제임스 그레이엄 밸러드

25 세계문학 단편선

제임스 그레이엄 밸러드

조호근 옮김

현대문학

차례

일러두기

1. 이 단편선은 2014년 포스에스테이트에서 발행된 *THE COMPLETE SHORT STORIES of J. G. Ballard*(Vol 1·2) 판본을 번역한 것으로, 이 중에서 옮긴이가 뽑은 스물다섯 편을 실었다.

2. 본문의 고딕체는 작가의 의도를 존중하여 원문의 이탤릭체를 가급적 그대로 옮긴 것임을 밝혀 둔다.

3. 본문의 주는 모두 옮긴이 주이다.

수용소 도시
The Concentration City

100만 번대 거리에서 들려오는 한낮의 대화.

"죄송하지만 여긴 서쪽 100만 번대 거리예요. 가셔야 하는 곳은 동쪽 9775335번 거리고요."

"1세제곱 피트에 5달러라고? 팔지!"

"서쪽으로 가는 고속 전철을 타고 495번 대로까지 나가서, 레드라인 승강기를 타고 1,000층을 올라가서 플라자 터미널로 나가세요. 거기서 남쪽으로 가다 보면 568번 대로와 422번 거리의 교차점에 있을 거예요."

"KEN 카운티에 함몰 발생! 가로 50, 세로 20블록에 30층 규모입니다."

"호외요! '방화범 집단 대탈주! 소방경찰이 BAY 카운티에 저지선 설치!'"

"아주 훌륭한 계수기라고. 일산화탄소를 0.005퍼센트 단위까지 측정해. 300달러나 줬어."

"신형 도시 간 야간열차 본 적 있어? 3,000층을 올라가는 데 10분밖에 안 걸린대!"

"1피트에 90센트? 사겠소!"

"꿈에서 착상을 얻었다고 말하는 건가?" 목소리가 쏘아붙였다. "다른 사람이 일러 준 게 아니라고 장담할 수 있나?"

"그렇습니다." M이 말했다. 몇 피트 떨어진 조명등이 지저분한 누런 광선을 그의 얼굴에 퍼부었다. 그는 눈부신 빛을 피해 시선을 내리깔고는, 경사가 자신이 앉은 쪽으로 걸어와 손가락으로 탁자 모서리를 두드리며 주변을 도는 동안 얌전히 기다렸다.

"친구들과 의논을 했지?"

"첫 번째 이론만 얘기합니다." M이 설명했다. "비행의 가능성에 대해서만요."

"하지만 자넨 다른 이론이 더 중요하다고 말하지 않았었나. 왜 그 이론에 대해서는 숨긴 거지?"

M은 머뭇거렸다. 바깥에서 전차가 선로를 바꿔서 경사를 올라가며 덜컹거리는 소리가 들렸다. "제가 무슨 말을 하는지 이해하지 못할까 봐 두려웠습니다."

경사는 큰 소리로 웃었다. "그러니까, 자네가 정말로 돌아 버렸다고 생각될까 봐 두려웠다는 소린가?"

등받이 없는 의자에 앉은 M은 불안하게 몸을 뒤척였다. 높이가 6인치밖에 되지 않는 의자 때문에 이제 허벅지는 불붙은 고무 조각 같았다. 세 시간째 신문을 받고 있는 터라 머리가 더 이상 논리적으로 돌아가지 않았다. "개념이 약간 모호했을 뿐입니다. 그걸 나타내는 단어가 존재하지 않으니까요."

경사는 고개를 저었다. "그 사실을 인정하다니 기쁘군." 그러고는 책상 위에 걸터앉아 잠시 M을 바라보다가 다시 그에게 다가갔다.

"생각 좀 해 보게." 그가 은밀하게 제안하듯 말했다. "시간만 끌고 있는 셈이지 않은가. 아직도 자네가 생각하는 두 가지 이론이 모두 말이 된다고 생각하나?"

M은 고개를 들었다. "그렇지 않은가요?"

경사는 창가 그림자 속에서 자신들을 바라보고 있는 남자 쪽으로 고개를 돌렸다. "이건 시간 낭비요." 그는 딱 잘라 말했다. "이놈은 정신과 쪽으로 넘기겠소. 이 정도면 충분히 봤겠지, 의사 선생?"

의사는 자신의 손을 내려다보았다. 그는 경사의 방식에 질린 것처럼 신문에 전혀 참여하지 않고 있었다.

"한 가지 알아내고 싶은 것이 있소." 그가 말했다. "30분만 단둘이 있게 해 주시오."

경사가 자리를 뜨자 의사는 책상에 앉아 창밖을 내다보며, 역 아래 거리에서 뻗어 올라온 통풍구 기둥에서 들려오는 나직한 바람 소리에 귀를 기울였다. 지붕의 조명 일부에는 아직 불이 들어와 있었고, 200야드 정도 떨어진 곳에서는 경관 한 사람이 거리 위로 뻗은 철제 통로를 따라 순찰을 하고 있었다. 어둠 속으로 장화 소리가 울려 퍼졌다.

의자에 앉은 M은 양 무릎 사이에 팔꿈치를 끼고 다리에 조금이라도 감각을 되살리려 애쓰고 있었다.

이내 의사가 탁자에 놓인 사건 기록부 쪽으로 시선을 돌렸다.

이름 프랜츠 M

연령 20

직업 학생

주소 서쪽 738번 거리, 549-7705-45층, 3599719번지 KNI(시내)

죄목 부랑죄

"그 꿈에 대해서 이야기해 보게." 그는 손에 든 철鐵자를 장난치듯 퉁기면서 건너편의 M을 바라보았다.

"전부 들으신 줄 알았는데요, 선생님." M이 말했다.

"상세하게."

M은 불안한 듯 몸을 뒤척였다. "별 내용 없습니다. 게다가 이제는 그다지 선명하게 기억나지도 않고요."

의사는 하품을 했다. M은 잠시 가만히 있다가 결국 지금까지 스무 번은 되풀이한 이야기를 다시 늘어놓기 시작했다.

"저는 드넓은 바닥 위 허공에 고정되어 있었습니다. 꼭 거대한 경기장 바닥처럼 보이더군요. 양팔을 벌리고 둥둥 떠서 아래를 내려다보고 있었는데—"

"잠깐." 의사가 끼어들었다. "헤엄치던 중이 아닌 건 확실한가?"

"네, 분명히 아니었습니다." M이 말했다. "제 주변 사방이 모두 텅 빈 공간이었어요. 그게 제일 중요한 점입니다. 벽이 없었어요. 허공밖에 없었습니다. 제가 기억하는 건 그게 전부입니다."

의사가 손가락으로 자 가장자리를 훑었다.

"계속해 보게."

"뭐, 그래서 그 꿈이 비행 기계를 만들자는 영감을 준 겁니다. 친구 하나가 만드는 걸 도와줬고요."

의사는 고개를 끄덕였다. 그리고 거의 무의식적으로 사건 기록부를 집어 들고는 단숨에 구겨 버렸다.

"말도 안 되는 소리 좀 하지 마, 프랜츠!" 그레그슨이 항의했다. 두 사람은 화학과 카페테리아의 대기 줄에 합류한 참이었다. "유체역학의 법칙에 어긋나는 일이라고. 부력을 어떻게 확보할 생각이야?"

"빳빳한 직물을 넓적하게 펴서 단다고 가정해 보자고." 프랜츠가 배식대로 걸어가면서 설명했다. "여기 이 벽판처럼 10피트 정도 너비로 만들어서, 아랫면에 손잡이를 다는 거야. 그리고 대경기장 관람석 꼭대기에서 뛰어내리는 거지. 그러면 무슨 일이 일어날까?"

"바닥에 구멍이 하나 생기겠지. 그건 왜?"

"아니, 농담하지 말고."

"크기가 충분히 크고, 부서지지 않는다면 종이 다트처럼 미끄러지며 떨어지겠지."

"바로 그거야. 활강을 하게 되지." 프랜츠가 말했다. 30층 위에서 도시 간 특급열차가 굉음을 내면서 지나가자 카페테리아의 탁자와 식기들이 흔들리며 짤랑였다. 프랜츠는 탁자에 닿을 때까지 기다렸다가 음식도 잊고 몸을 앞으로 내밀었다.

"그리고 거기다 추진 장치를 장착한다고 생각해 보자고. 예를 들어 전지로 작동하는 환풍기 팬이나, 야간열차에 사용하는 로켓 같은 걸 말이야. 몸무게를 이겨 낼 수 있을 정도로 추진력이 충분한 걸로. 그러면 어떻게 될까?"

그레그슨은 어깨를 으쓱했다. "그 물건을 조종할 수 있다면야, 너는, 너는……" 그는 프랜츠를 보며 얼굴을 찌푸렸다. "그걸 뭐라고 부르지? 네가 항상 사용하는 단어 있잖아."

"그래. 비행을 하게 되겠지."

"매서슨, 기본적인 관점에서는 단순한 기계일세." 이학부 도서관에 들어서며 물리학 강사 생어가 말했다. "벤투리 원리*의 기초적인 적용일 뿐이지. 하지만 그런 일에 어떤 이득이 있나? 그네를 써도 같은 일을 충분히 할 수 있지 않은가. 게다가 훨씬 안전하고. 또 우선 그 일을 하려면 엄청난 공간이 필요해. 교통부 사람들이 그리 달가워하지는 않을 것 같은데."

"여기서 하기에 비효율적인 일이라는 것 정도는 알고 있습니다." 프랜츠도 인정했다. "하지만 널찍한 공간이 있으면 가능할 겁니다."

"허가하지. 즉시 347-25층에 있는 경기장 쪽과 교섭을 해 보게." 강사가 즉흥적으로 말했다. "자네 계획을 들으면 꽤나 좋아할 것 같군."

프랜츠는 예의 바르게 미소를 지었다. "그걸로는 충분하지 않을 겁니다. 저는 사실 완벽하게 자유로운 공간을 생각하고 있습니다. 삼차원에서 말이죠."

생어가 묘한 표정으로 프랜츠를 바라보았다. "자유로운 공간? 공짜 공간? 모순되는 표현이지 않은가? 공간은 1세제곱 피트당 1달러니까."

---

* 바람은 탁 트인 공간을 지나다 좁은 공간과 마주치면 속력이 빨라지는 현상이 있는데 이를 정리한 것이다. 이탈리아 물리학자 조반니 바티스타 벤투리(1746~1822)의 이름에서 유래했다.

그가 코를 긁으며 덧붙였다. "벌써 기계를 제작하기 시작한 건가?"

"아니요." 프랜츠가 말했다.

"그렇다면 아예 포기하는 쪽을 권하겠네. 매서슨, 이걸 기억하게. 과학의 임무는 존재하는 지식을 보완하고, 과거의 발견을 체계화하고 재해석하는 거야. 엉뚱한 환상을 좇아 미래로 들어가는 것이 아닐세."

프랜츠는 가볍게 목례를 하고 먼지투성이 책꽂이들 사이로 사라졌다.

그레그슨이 계단 옆에서 기다리고 있었다.

"어땠어?" 그가 물었다.

"오늘 오후에 시험해 보자." 프랜츠가 말했다. "약리학 5번 교재 강독은 빼먹어도 될 거야. 플레밍 책은 거꾸로 암기할 수도 있을 지경이라고. 맥기 박사한테 가서 통행증을 받아 올 테니까."

그들은 도서관을 나와 토목공학 연구동이 있는 거대한 신축 건물 뒤편의 비좁은 통로를 따라 걸어갔다. 불빛이 흐릿했다. 학생의 75퍼센트 이상은 건축이나 공학 계열 학부에 등록했고, 기초과학을 선택한 학생은 2퍼센트가량에 지나지 않았다. 때문에 물리학과 화학 도서관은 대학에서도 가장 오래된 구역에 있었다. 이제는 사라진 철학과가 있던, 아연 철판으로 만들어진 임시 건물이나 다름없는 곳이었다.

통로를 지나 대학 광장으로 들어온 그들은 100피트를 더 가서 위층으로 통하는 철제 계단을 올라가기 시작했다. 반쯤 올라가자 하얀 헬멧을 쓴 헌병이 그들을 탐지기로 대충 한 번 훑고는 손을 흔들어 보내주었다.

"생어는 뭐래?" 637번 거리로 올라가서 교외 승강기 역으로 걸음을 옮기며 그레그슨이 물었다.

"아무 쓸모도 없었어." 프랜츠가 말했다. "애초에 내가 무슨 소리를 하는지 조금도 이해하지 못하더라니까."

그레그슨은 유감스럽다는 듯이 크게 웃었다. "나도 제대로 알아먹고 있는지 모르겠는걸."

프랜츠는 자동 발매기에서 표를 발급하고 하강 쪽 플랫폼으로 들어갔다. 승강기가 벨을 울리면서 천천히 내려왔다.

"오늘 오후까지만 기다려 보라고." 그는 그레그슨을 돌아보며 소리쳤다. "정말로 끝내주는 걸 보게 될 테니까."

대경기장의 총괄 관리자는 두 장의 통행증을 확인했다.

"학생들인가, 흠? 좋아." 그는 엄지손가락을 젖혀 프랜츠와 그레그슨이 나르고 있던 길쭉한 꾸러미를 가리켰다. "저건 뭘 가져온 건가?"

"풍속 측정기입니다." 프랜츠가 말했다.

관리자가 신음을 내며 출입구를 열어 주었다.

프랜츠가 텅 빈 경기장 가운데로 나가서 꾸러미를 풀었고, 두 사람은 함께 모형을 조립하기 시작했다. 철사와 종이로 만든 부채 모양의 넓찍한 날개가 모습을 드러냈다. 길쭉한 동체 끝에는 곡선형의 꼬리 날개가 달려 있었다.

프랜츠는 모형을 들고 하늘로 날렸다. 모형은 20피트 정도를 활공하더니 미끄러지듯 톱밥 더미 위로 착륙했다.

"안정적인 것 같은데." 프랜츠가 말했다. "일단 직접 끌어 보자고."

그는 주머니에서 노끈 꾸러미를 꺼내 한쪽 끝을 모형의 기수에 묶었다. 두 사람이 앞으로 달려가자 모형이 부드럽게 허공으로 떠오르더니 바닥에서 10피트가량 뜬 채로 경기장 안에서 그들을 따라다녔다.

"그럼 로켓을 시험해 볼까." 프랜츠가 말했다. 그는 날개와 꼬리날 개를 조절하고, 불꽃놀이 대회용 로켓 세 대를 날개 위에 설치된 철사 받침대에 고정시켰다.

경기장은 지름이 400피트 정도였고, 250피트 높이의 지붕이 있었 다. 모형을 들고 한쪽 가장자리로 간 다음 프랜츠가 도화선에 불을 붙 였다.

불꽃이 피어오르자 모형이 바닥을 가로질러 가속하기 시작했다. 지 상에서 2피트 정도 뜬 채로, 밝은 연기가 환한 궤적을 그리면서 뒤로 뿜어져 나갔다. 날개가 가볍게 양옆으로 흔들렸다. 돌연 꼬리날개에 불이 붙더니 타오르기 시작했다. 모형은 그대로 가파르게 솟아올라 빙빙 돌며 지붕을 향해 날아가다가, 표시등 하나에 충돌하기 직전에 올라가는 걸 멈추고 그대로 톱밥 속으로 곤두박질쳤다.

그들은 모형 쪽으로 달려가서 재 속의 불씨를 밟아 껐다. "프랜츠! 믿을 수가 없어! 실제로 작동하잖아." 그레그슨이 소리쳤다.

프랜츠는 부서진 동체를 걷어찼다. "당연히 작동하지." 그가 짜증 난 목소리로 말했다. "하지만 생어 말대로, 이게 다 무슨 소용이야?"

"무슨 소용이냐니? 실제로 날았잖아! 그거면 충분하지 않아?"

"아냐. 내가 탈 수 있을 정도로 큰 게 필요해."

"프랜츠, 진정 좀 해. 말이 되는 소리를 하라고. 그런 걸 어디서 시험 할 생각인데?"

"나도 모르겠어." 프랜츠가 격하게 대꾸했다. "하지만 어딘가 가능 한 장소가 있을 거야!"

총괄 관리자와 조수 두 명이 소화기를 들고 경기장을 가로질러 그들에게 달려왔다.

"성냥 숨겼어?" 프랜츠가 서둘러 물었다. "우리를 방화범이라고 생각하면 무사히 걸어 나갈 수 없을 텐데."

사흘 뒤 오후, 프랜츠는 승강기를 타고 150층을 올라가 677-98층에 도착했다. 그곳에는 지역 부동산 사무소의 접수처가 있었다.

"인접 구역의 493번과 554번 사이에 대규모 재개발을 하고 있습니다." 사무원이 말해 주었다. "근데 그걸로 충분할지는 모르겠네요. 가로 60, 세로 20블록 넓이에 15층 규모예요."

"더 넓은 곳은 없나요?" 프랜츠가 물었다.

사무원은 고개를 들었다. "더 넓은 곳요? 있을 리가요. 대체 **뭘** 원하는 겁니까? 가벼운 광장공포증이라도 경험하고 싶으신 건가요?"

프랜츠가 접수대 위의 지도를 똑바로 펼치면서 말했다. "그보다 넓은 연속된 재개발 구역을 찾고 싶습니다. 200~300블록 정도를 동시에 하는 곳요."

사무원이 고개를 저으며 장부로 시선을 돌렸다. "학교에서 공학 안 배웁니까?" 그가 경멸이 묻어나는 어조로 물었다. "시 당국에서 그런 공사는 벌이지 않아요. 최대 크기가 100블록입니다."

프랜츠는 그에게 감사를 표하고 접수처를 떠났다.

남쪽으로 향하는 특급열차를 타니 두 시간 만에 재개발 구역에 도착할 수 있었다. 그는 우회 지점에서 기차를 떠나 300야드를 걸어서 길이 끝나는 곳까지 갔다.

10마일 넓이의 공업 구역 한가운데를 따라 양장점이나 작은 상점들이 들어찬 지저분하고 북적이는 거리가 이어지다가 갑자기 끊기며 대들보와 콘크리트 폐기물 무더기가 나타났다. 재개발 구역의 가장자리를 따라 철제 난간이 설치되어 있었다. 프랜츠는 그 텅 빈 공간을, 길이 3마일, 너비 1마일, 깊이가 1,200피트는 되는 공동을 내려다보았다. 수천 명의 기술자와 철거 인부들이 도시를 구성하는 기반을 뜯어내는 중이었다.

800피트 아래에서 트럭과 궤도차들이 돌무더기와 잔해를 나르며 끝없이 늘어서 있었고, 천장에서 쏟아져 내려오는 눈부신 아크등 불빛 속으로 먼지구름이 피어올랐다. 그쪽을 바라보는 동안 왼쪽 벽을 따라 폭발음이 연속해서 들렸고, 벽면 하나가 통째로 무너지면서 바닥으로 떨어졌다. 그 안으로 15층에 달하는 도시의 단면이 선명하게 드러났다.

대규모 재개발 구역을 본 것이 처음은 아니었다. 무엇보다 그의 부모님이 역사 기록으로 남은 10년 전의 QUA 카운티 함몰 사건 때 목숨을 잃었다. 주 기둥 세 개가 부러지며 도시의 200층이 순식간에 1만 피트나 주저앉았고, 50만 명의 사람들이 아코디언 속에 들어간 파리처럼 짜부라진 사고였다. 그러나 지금 눈앞에 펼쳐진 텅 빈 공간은 여전히 그의 상상의 한계를 벗어난 광경이었다.

그의 주변으로 한 무리의 사람들이 대들보가 튀어나와 만들어진 테라스에 서거나 걸터앉은 채로 조용히 그 광경을 내려다보고 있었다.

"우리를 위해 정원이며 공원 따위를 만들어 줄 거라네." 프랜츠 바로 옆에 서 있던 노인이 차분한 목소리로 말했다. "심지어 나무도 한 그루 가져올 수 있을 거라고 하더구먼. 그러면 이 카운티에 있는 유일한 나무가 될 게야."

너덜너덜한 운동복 상의를 걸친 남자가 난간 너머로 침을 뱉었다.

"항상 말뿐이지. 1피트에 1달러나 하는데, 약속 말고 다른 데 낭비할 수가 있겠어?"

그들 아래에서 허공을 바라보던 여자가 신경질적이고 정신 나간 웃음을 흘리기 시작했다. 옆에 있던 사람 두 명이 팔을 잡고 그녀를 데려가려 시도했다. 여자는 몸부림치면서 저항했고, 잠시 후 헌병이 다가와 그녀를 거칠게 끌고 갔다.

"가엾고 어리석은 사람 같으니." 운동복을 걸친 남자가 말했다. "아마 저 안 어딘가에 살고 있었겠지. 저들은 집을 빼앗아 가면서 1피트에 90센트씩 줬을 거고. 저 여잔 그곳을 되사려면 1달러가 필요하다는 걸 아직도 모르고 있을 거야. 그리고 이제 저들은 여기 앉아서 지켜보는 일에도 한 시간에 5센트씩 받기 시작했지."

프랜츠는 두어 시간 동안 난간 너머를 바라보고 있다가, 상점에서 엽서 한 장을 산 다음 승강기 쪽으로 걸어갔다.

그는 학생 기숙사로 돌아가기 전에 그레그슨의 집으로 전화를 걸었다. 그레그슨 일가는 985번 대로의 서쪽 100만 번대 거리에 있는, 지붕 바로 아래의 방 세 칸짜리 아파트에 살고 있었다. 프랜츠는 부모님이 돌아가신 이후로도 계속 그들과 교류했지만, 그레그슨의 모친은 아직도 동정과 의심이 섞인 눈초리로 그를 대했다. 그녀가 습관적인 환영의 웃음을 머금고 그를 맞아 주면서도 복도에 달린 탐지기를 계속 흘끔거리는 것을 프랜츠는 알고 있었다.

그레그슨은 자기 방에 틀어박혀서 즐거운 표정으로, 프랜츠의 모형과 비슷하게 생겼지만 훨씬 크고 헐거운 구조물 위에 종이를 잘라 붙이고 있었다.

"여어, 프랜츠. 어때 보였어?"

프랜츠는 어깨를 으쓱했다. "그냥 재개발 구역이지 뭐. 볼만하긴 하던데."

그레그슨은 자신의 작품을 가리켰다. "이걸 거기서 시험해 볼 수 있을 것 같아?"

"가능은 할걸." 프랜츠는 침대에 걸터앉았다. 그리고 옆에 놓인 종이 다트를 집어서 창밖으로 가볍게 던졌다. 다트는 느긋하고 넓은 나선을 그리며 거리로 활강해 내려가다가 열려 있는 환기구 기둥 속으로 사라져 버렸다.

"새 모형은 언제 만들 거야?" 그레그슨이 물었다.

"안 만들어."

그레그슨은 고개를 들었다. "왜? 네 이론은 증명된 셈이잖아."

"내가 원하는 건 그런 게 아냐."

"네가 무슨 생각을 하는지 모르겠어, 프랜츠. 대체 원하는 게 뭐야?"

"자유로운 공간."

"자유로운? 공짜로?" 그레그슨이 그의 말을 되풀이했다.

프랜츠는 고개를 끄덕였다. "양쪽 다."

그레그슨은 슬프게 고개를 젓고는 다른 종이 판을 하나 잘라 냈다. "프랜츠, 넌 지금 제정신이 아니야."

프랜츠는 자리에서 일어섰다. "이 방을 예로 들어 보지." 그가 말했다. "가로 6, 세로 4.5, 높이 10피트 크기의 방이야. 이 방의 차원을 무한할 정도로 늘려 봐. 뭐가 생기지?"

"재개발 구역이겠지."

"무한하게라니깨."

"용도 없는 공간."

"과연 그럴까?" 프랜츠는 끈질기게 물었다.

"말도 안 되는 개념이야."

"왜?"

"그런 건 존재할 수 없으니까."

프랜츠는 절망에 빠져 자기 이마를 때렸다. "왜 존재할 수가 없다는 거지?"

그레그슨이 가위를 든 손으로 손짓을 해 보였다. "그건 자기모순적인 개념이잖아. 말하자면 '나는 거짓말을 하고 있어'라는 표현이나 같은 거라고. 언어유희일 뿐이라니까. 가설로서는 흥미롭지만, 생각해 봤자 아무런 의미도 없는 소리야." 그는 가위를 탁자 위로 던졌다. "게다가 그런 널찍한 공간이 얼마나 비쌀지 생각해 봤어?"

프랜츠는 책꽂이 앞으로 가서 책 한 권을 뽑아 들었다. "네가 가지고 있는 거리 지도를 한번 보자고." 그는 색인 부분을 펴 들었다. "1,000층이 수록되어 있군. KNI 카운티, 10만 세제곱 마일 크기에 인구는 3000만 명."

그레그슨은 고개를 끄덕였다.

프랜츠는 지도책을 덮었다. "KNI를 포함해서 250개 카운티가 모여서 493번 구역을 만들고, 근접해 있는 1,500개의 구역이 모여서 298번 지역연합을 형성하지." 그는 말을 멈추고 그레그슨을 바라보았다. "혹시나 해서 묻는 건데, 이런 거 들어 본 적 있어?"

그레그슨은 고개를 저었다. "아니. 그런 건 대체 어디서—"

프랜츠는 지도책을 탁자에 탁 소리가 나게 내려놓았다. "대충 하면 4×10^{15} 세제곱 대大마일이나 되지." 그는 창틀에 기대며 말을 이었다. "자, 그럼 어디 보자고. 298번 지역연합은 어디에 속해 있을까?"

"다른 연합 단위가 있겠지." 그레그슨이 말했다. "뭐가 문제인지 모르겠는데."

"그럼 그다음에는?"

"더 큰 게 있겠지. 안 될 건 뭐야?"

"영원히?" 프랜츠는 집요하게 물었다.

"글쎄, 영원이랄 것이 있다면야 계속 있겠지."

"247번 거리의 구 재무부 건물 도서관에 있는 거대한 거리 지도가 우리 카운티에서 제일 큰 거야." 프랜츠가 말했다. "오늘 아침 거기 들렀다 왔지. 수백만 권이나 되어서 세 층을 전부 차지하고 있더군. 하지만 거기에도 598번 지역연합 이상의 단위는 수록되어 있지 않아. 그 너머에 뭐가 얼마나 있는지를 아는 사람은 아무도 없어. 왜라고 생각해?"

"굳이 그걸 기록할 필요가 있어?" 그레그슨이 물었다. "프랜츠, 대체 뭘 찾고 싶은 거야?"

프랜츠는 문으로 걸음을 옮겼다. "생태역사박물관으로 내려가 보자고. 내가 보여 주지."

바위에 앉거나 물웅덩이 사이의 모랫길에서 뒤뚱거리는 새들이 보였다.

"시조새." 프랜츠가 새장에 적힌 설명 하나를 읽었다. 비쩍 마르고 버짐이 가득한 새는 콩 한 줌을 먹여 주자 고통이 섞인 울음소리를 냈다.

"여기 있는 새들 중 일부는 흉대 뼈의 흔적기관을 아직도 가지고 있지." 프랜츠가 말했다. "흉곽 주변 조직 안에 작은 뼛조각들이 박혀 있다고."

"그게 날개라고?"

"맥기 박사는 그렇게 생각하던데."

그들은 줄지어 늘어선 새장 사이로 걸음을 옮겼다.

"새들이 비행을 하던 게 언제 적 일이라고 생각해?"

"주춧돌을 놓기 전이겠지. 300만 년보다는 오래됐을 거야." 프랜츠
가 대답했다.

두 사람은 박물관 밖으로 나와서 859번 대로를 따라 걸음을 옮기기
시작했다. 거리를 절반쯤 내려오자 군중이 빽빽하게 몰려 있는 모습
이 보였다. 상층에는 창문과 발코니마다 사람들이 가득 모여서 소방
경찰이 집의 문을 부수고 들어가는 광경을 구경하고 있었다.

블록 양쪽 끝 격벽은 폐쇄된 상태고, 묵직한 철제 뚜껑 문이 위아래
층으로 이어지는 층계를 봉쇄했다. 환풍기와 배기구는 작동을 멈추었
고, 공기는 이미 퀴퀴하고 끈적해지고 있었다.

"방화범이야." 그레그슨이 중얼거렸다. "방독면을 가지고 왔어야 하
는데."

"그냥 경보일 뿐이라고." 프랜츠가 사방 벽에서 긴 주둥이로 공기를
빨아들이는 일산화탄소 탐지기를 가리켰다. 바늘은 미동도 하지 않고
0에 머물러 있었다. "건너편 식당에라도 들어가서 기다리자."

그들은 인파를 헤치고 식당에 도착해서, 창가에 자리를 잡고 커피를
주문했다. 메뉴의 다른 음식들과 마찬가지로 커피 또한 차가웠다. 모
든 조리용 기구는 35도를 넘지 못하도록 온도 조절 장치가 붙어 있었
고, 음식값이 더 비싼 식당이나 호텔에 가야 최소한 미지근하기라도
한 요리를 맛볼 수 있었다.

아래편 거리에서는 온갖 고함이 들려왔다. 소방경찰은 집의 1층 너머로 뚫고 들어가지 못하는 모양이었고, 이제 곤봉을 휘두르며 군중을 몰아내기 시작했다. 그들은 전기 윈치를 끌고 와서 인도 연석 아래에 있는 도리에 연결하고, 묵직한 철제 그래브 대여섯 개를 집 안으로 가지고 들어가 벽에 둘러 걸었다.

그레그슨이 웃음을 터트렸다. "집주인들이 귀가하면 꽤나 놀라겠는걸."

프랜츠는 집을 바라보고 있었다. 커다란 가구 도매점과 신축 슈퍼마켓 사이에 낀 좁고 허름한 건물이었다. 전면에 걸린 낡은 간판에 덧칠한 흔적이 있는 것으로 보아 최근 주인이 바뀐 모양이었다. 현 입주자는 1층 공간을 싸구려 입식 식당으로 개조하려고 적당히 시도하다 포기한 듯했다. 소방경찰은 모든 것을 박살 내기 위해 최선을 다하는 듯 보였고, 파이와 부서진 조리 도구가 주변 보도에 가득 널려 있었다.

소음이 잠잠해지고, 모두들 윈치가 회전하기를 기다렸다. 강선이 팽팽하게 당겨졌고, 집의 전면이 움찔거리더니 힘겹게 앞으로 끌려 나오기 시작했다.

갑자기 군중 가운데서 비명이 일었다.

프랜츠는 손을 들었다. "저 위야! 저기 봐!"

4층에서 남녀 한 쌍이 창가로 나와 어쩔 줄 모르는 표정으로 아래를 내려다보고 있었다. 남자는 여자를 창가로 올려 주었고, 그녀는 창문으로 기어 나와 배수관에 매달렸다. 아래에서 군중이 던지는 병들이 그대로 다시 경찰들 사이로 떨어졌다. 건물 꼭대기에서 바닥까지 넓은 균열이 생겼고, 서 있던 바닥이 무너지며 남자는 그대로 뒤로 쓰러져 시야에서 사라졌다. 다음 순간 2층 가로대 하나가 부러지면서 건물 전체가 기울어지더니 그대로 무너졌다.

프랜츠와 그레그슨은 탁자를 엎을 뻔하며 자리에서 일어섰다.

군중이 저지선을 향해 몰려들었다. 먼지가 가라앉자 돌무더기와 흰 목재만이 남아 있었다. 그 안에 남자가 엉망인 몰골로 파묻혀 있었다. 먼지가 잔뜩 묻은 채로 힘겹게 움직이며, 한쪽 손을 들어 몸을 빼내려고 했다. 군중이 다시 고함을 지르는 와중에, 그래브 하나가 다시 움직이더니 남자를 돌무더기 아래로 완전히 파묻어 버렸다.

식당 지배인은 프랜츠를 지나쳐 휴대용 계수기의 눈금에서 눈을 떼지 않은 채 창밖으로 몸을 내밀었다. 바늘은 다른 모든 계수기와 마찬가지로 0을 가리키고 있었다.

열 개가 넘는 소방 호스가 건물 잔해에 물을 뿌려 댔고, 잠시 시간이 흐르자 군중도 천천히 줄어들기 시작했다.

지배인은 계수기를 끄고는 창가를 떠나면서 프랜츠에게 고개를 끄덕여 보였다. "빌어먹을 방화광들. 이제 안심해도 될 거요."

프랜츠가 계수기를 가리켰다. "바늘이 움직이지 않던데요. 여기는 일산화탄소는 조금도 존재하지 않습니다. 한데 저 사람들이 방화광이었는지는 어떻게 아는 겁니까?"

"걱정 마쇼, 다 아는 방법이 있으니까." 그는 입가 한쪽에 슬쩍 웃음을 머금었다. "저런 것들이 이 근방에 있는 건 용납할 수 없거든."

프랜츠는 어깨를 으쓱하고는 자리에 앉았다. "그런 사람들을 제거하는 방법의 하나겠죠."

지배인은 프랜츠를 물끄러미 보았다. "그 말대로요. 이 동네는 훌륭한 5달러짜리 지역이거든." 그러고는 웃음을 머금으며 덧붙였다. "이제 우리 안전 기록을 다들 알았을 테니 6달러가 되었을 수도 있지."

"너무 그러지 마, 프랜츠." 지배인이 자리를 뜨자 그레그슨이 주의를 주었다. "저 사람 말이 맞을 수도 있다고. 방화광들은 작은 카페나 음식점에 모여드는 습성이 있단 말이야."

프랜츠는 커피를 저었다. "맥기 박사는 도시 인구 전체의 15퍼센트 정도가 잠재적 방화광이라고 추정하던데. 그것도 갈수록 증가하는 추세라서, 머지않아 도시 전체가 활활 타오를 거라고 확신하더군."

그는 자기 커피 잔을 밀어 놓았다. "돈 얼마나 있어?"

"지금 수중에?"

"가진 거 전부."

"30달러 정도 될걸."

"나는 15달러 모았어." 프랜츠가 말했다. "45달러라. 그 정도면 3~4주 정도는 충분할 것 같은데."

"어디다 쓰려고?" 그레그슨이 물었다.

"초특급열차를 타려고."

"초특급—!" 그레그슨은 놀라서 말을 멈추었다. "3~4주라고! 대체 뭘 하려는 거야?"

"확인할 방법이 하나밖에 없으니까." 프랜츠는 차분하게 설명했다. "여기 앉아서 탁상공론에만 빠져 있을 수는 없어. 어딘가 자유로운 공간이 있을 테니까, 그런 곳이 나올 때까지 열차를 타고 가 볼 생각이야. 30달러 빌려줄 거지?"

"하지만 프랜츠—"

"1~2주 안에 아무것도 찾지 못하면 방향을 바꿔서 돌아올게."

"하지만 열차표는……" 그레그슨은 생각을 더듬었다. "……수십억 달러는 할 텐데. 45달러로는 이 구역을 빠져나갈 수도 없어."

"그건 그냥 커피하고 샌드위치값이야." 프랜츠가 말했다. "열차표 자체는 공짜가 될 테니까." 그는 탁자에서 고개를 들었다. "너도 알겠지만……"

그레그슨은 믿을 수 없다는 듯 고개를 저었다. "초특급열차에서도 그게 가능한 거야?"

"안 될 건 뭐야? 만약 질문을 받으면 그냥 멀리 돌아서 가는 중이라고 하면 되지. 그레그, 돈 빌려줄 거지?"

"이게 잘하는 짓인지 모르겠는데." 그레그슨은 무력하게 커피를 저었다. "프랜츠, 대체 어떻게 텅 빈 공간이 존재할 수 있다는 거야? 어떻게?"

"바로 그걸 확인할 생각이야." 프랜츠가 말했다. "내 첫 실전 물리학 수업이라고 생각하라고."

교통 시스템의 여객 거리는 $a = \sqrt{b^2 + c^2 + d^2}$의 식을 적용하여 추산한다. 실제 탑승 경로는 승객이 직접 선택해야 하며 교통 시스템 안에 있는 동안에는 원하는 어떤 경로든 선택할 수 있다. 표는 역 개찰구에서만 확인하며, 감독관이 추가 요금을 확인하여 징수한다. 만약 1마일당 10센트씩의 추가 요금을 납부하지 못한다면 처음 출발한 장소로 돌려보낸다.

프랜츠와 그레그슨은 984번 거리에 있는 역에 들어가서, 커다란 자동 발매기 앞에 섰다. 프랜츠는 1페니 동전 하나를 넣고는 984라고 적힌 목적지 표를 뽑았다. 기계가 우르릉거리는 소리를 내더니 표 한 장을 뱉어 냈고, 거스름돈 함에도 동전이 떨어졌다.

"그럼 그레그, 잘 있으라고." 프랜츠가 개찰구 쪽으로 걸음을 옮기면서 말했다. "2주쯤 후에 봐. 기숙사 쪽은 친구들이 알아서 덮어 줄 거야. 생어한테는 내가 방화 예비부대로 차출됐다고 말해 줘."

"네가 돌아오지 않으면 어떻게 하지, 프랜츠?" 그레그슨이 물었다. "열차에서 끌어 내려지거나 하면?"

"그럴 수가 있겠어? 표를 가지고 있는데."

"그러면 텅 빈 공간을 찾으면? 그래도 돌아올 거야?"

"노력해 볼게."

프랜츠는 안심시키듯 그레그슨의 어깨를 두드려 준 다음 손을 흔들며 통근자들 사이로 모습을 감추었다.

그는 지역 교외의 녹색선을 타고 옆 카운티의 환승역까지 이동했다. 녹색선은 역마다 정차하며 시속 70마일로 움직이고, 총 여행 시간은 두 시간 30분이 걸렸다.

환승역에서 그는 시속 400마일로 90분이면 구역 바깥으로 나갈 수 있는 고속 승강기에 탑승했다. 구역 간 특급을 타고 50분을 더 가자 지역연합 본선의 종착역에 도착했다.

여기서 그는 커피를 한 잔 사고 결의를 다졌다. 초특급열차는 동서로 운행하며, 이 역을 비롯해 열 개 역마다 정차한다. 다음 정차역까지는 서쪽으로 72시간을 가야 한다.

본선 종착역은 프랜츠가 지금까지 본 기차역 중에서 가장 큰 곳으로, 길이 1마일, 깊이 30층의 거대한 동굴이었다. 수백 개의 승강기 기둥이 역사 안을 세로로 관통하고 대합실, 에스컬레이터, 식당, 호텔, 극장이 뒤얽힌 모습이 마치 도시 자체의 과장스러운 복제품처럼 보였다.

안내소 한 곳에 들러 방향을 확인한 후, 프랜츠는 에스컬레이터를 타고 초특급열차가 정차하는 15번 대합실로 올라갔다. 지름이 300피트에 달하는 금속 진공 터널 두 곳이 역사의 끝에서 끝까지 이어지고, 서른네 개의 거대한 콘크리트 지지대가 터널을 지탱하고 있었다.

프랜츠는 대합실을 따라 걸어가다 에어로크 중 하나로 이어지는, 점차 좁아지는 통로 앞에서 걸음을 멈추었다. 그는 통로 안쪽 터널의 휘어지는 아랫부분을 보면서 정확하게 270도 각도라고 생각했다. 분명 어딘가로 나갈 수 있을 것이다. 주머니에는 45달러가 들어 있었다. 이거면 커피와 샌드위치만으로 3주는 지낼 수 있고, 필요하다면 6주까지도 버틸 수 있을 것이다. 그 정도 시간이면 너끈하게 도시의 끝에 도달하리라.

그는 역 안에 있는 서른 곳의 카페테리아 중 한 곳에서 커피를 홀짝이고, 버려진 신문을 주워 읽고, 가장 가까운 지역을 네 시간 간격으로 순회하는 적색 지역 노선 열차에서 잠을 자면서 이어지는 사흘을 보냈다.

마침내 초특급열차가 들어오자 그는 통로에 서서 기다리고 있는 한 무리의 소방경찰과 지방정부의 공무원 속으로 섞여 들어 함께 기차로 향했다. 객차는 두 량이었다. 하나는 아무도 쓰지 않는 침대차, 다른 하나는 일반 객차였다.

프랜츠는 일반 객차의 알림판 근처, 눈에 잘 띄지 않는 구석에 자리를 잡고는 공책을 꺼내 여행의 첫 항목을 기입했다.

1일 차 : 서쪽으로 270도. 4350번 연합.

"한잔하러 가겠나?" 통로 맞은편에 앉은 소방경찰 대장이 물었다.

"이 역에서 10분간 정차할 모양인데."

"괜찮습니다." 프랜츠가 말했다. "제가 자리를 맡아 드리죠."

1세제곱 피트에 5달러. 자유로운 공간이 존재하는 지역이라면 이 가격도 내려갈 것이다. 굳이 열차에서 내리거나 질문을 하고 다닐 필요는 없다. 그저 신문을 잠시 보겠다고 하고 시장가격만 확인하면 된다.

2일 차 : 서쪽으로 270도. 7550번 연합.

"슬슬 침대칸을 줄일 모양이야." 누군가가 그에게 말해 주었다. "다들 일반 객차에 자리를 잡으니까. 여기 좀 봐. 좌석이 60개인데 네 명만 앉아 있잖아. 이제는 돌아다닐 필요가 없는 거라고. 사람들이 그냥 자기 사는 곳에만 머물러 있으니까. 몇 년만 지나면 교외 통근 열차 말고는 아무것도 남아 있지 않게 될걸."

97센트.

프랜츠는 머릿속으로 계산을 했다. 1세제곱 피트에 1달러를 평균으로 생각하면, 지금까지 거쳐 온 곳의 총 가치는 4×10^{27}달러가 될 것이다.

"다음 역까지 가는 건가? 그럼 잘 가게, 젊은이."

침대칸에 서너 시간 이상 머무는 승객은 별로 없었다. 이틀째가 끝나 갈 무렵이 되자 계속되는 가속 때문에 등과 목이 쑤시기 시작했다. 텅 빈 침대칸의 좁은 통로를 따라 걸으면서 약간이나마 운동을 했지만, 기차가 다음 역에 접근하며 긴 감속 구간에 들어가자 결국 좌석으로 돌아와 벨트를 맨 채로 대부분의 시간을 보내야 했다.

3일 차 : 서쪽으로 270도. 657번 연방.

"흥미롭긴 하지만, 그걸 구현할 수 있겠나?"

"그냥 문득 떠오른 착상일 뿐입니다." 프랜츠는 자신의 스케치를 구겨서 쓰레기통에 던져 넣었다. "실제로 어딘가에 적용하려는 건 아닙니다."

"묘하게도 어딘가에서 본 기억이 나거든."

프랜츠는 자세를 바로 했다. "그러니까 이런 기계를 본 적이 있다는 말인가요? 신문이나 책 같은 데서요?"

"아니, 그건 아니고. 꿈에서 본 거야."

하루의 반이 지날 때마다 기관사가 일지에 서명을 했고, 승무원은 동쪽으로 향하는 초특급열차 쪽으로 일지를 건넨 다음 대합실을 건너 집으로 돌아갔다.

125센트.

8×10^{28}달러.

4일 차 : 서쪽으로 270도. 1225번 연방.

"1세제곱 피트에 1달러일세. 혹시 부동산 일을 하나?"

"갓 시작했죠." 프랜츠는 가볍게 대꾸했다. "언젠간 제 사무소를 열 생각입니다."

그는 카드를 치고, 세면장 자동판매기에서 커피와 롤빵을 사고, 알림판을 지켜보면서 주변의 대화에 귀를 기울이며 시간을 보냈다.

"내 말을 믿으라고. 언젠가 모든 연합이, 모든 구역이, 심지어 모든 거리와 대로가 전부 완벽한 자유를 획득할 날이 올 거야. 자기네 지역만의 완벽한 전력, 통풍 시스템, 저수조, 농장 실험실을 가지게 되면……"

지겨운 잡담이 이어졌다.

6×10^{75}달러.

5일 차 : 서쪽으로 270도. 17번 대연방.

프랜츠는 역 매점에서 면도날을 사면서 지역 재무국에서 펴낸 안내 책자를 힐끔거렸다.

'12,000층, 1피트에 98센트, 느릅나무 진입로, 비할 데 없는 화재 안전 기록……'

그는 열차로 돌아가 면도를 하고 남은 돈 30달러를 세었다. 이제 984번 거리의 교외 기차역에서 9500만 대마일을 온 참이었고, 돌아가기까지 그리 오래 버티지는 못하리란 것을 알고 있었다. 다음에는 수천 달러 정도는 모아야 할 듯했다.

7×10^{127}달러.

7일 차 : 서쪽으로 270도. 212번 대도시권 제국.

프랜츠는 알림판을 힐끗거렸다.

"여기서는 안 멈추나요?" 그는 세 자리 떨어진 곳에 앉은 남자에게 물었다. "시장 평균가를 확인하고 싶었는데요."

"다양하지. 50센트에서 시작해서—"

"50이라고요!" 프랜츠는 대꾸하면서 자리에서 벌떡 일어났다. "다음 역이 어디죠? 여기서 내려야 하는데!"

"여길 말하는 게 아닐세, 젊은이." 남자가 그를 제지하듯 손을 뻗었다. "이곳은 나이트타운일세. 자네 부동산 일을 하나?"

프랜츠는 고개를 끄덕이며 감정을 억눌렀다. "저는 그저……"

"진정 좀 하게." 그는 건너와서 프랜츠를 마주 보는 자리에 앉았다. "그냥 커다란 슬럼 지구일 뿐이니까. 죽은 공간이야. 최소 5센트까지도 내려가지. 공공 기관도, 전력도 없어."

그 지역을 지나는 데는 이틀이 걸렸다.

"도시 담당자들이 봉쇄를 시작했다더군." 남자가 말해 주었다. "거대한 구역을 통째로 말일세. 할 수 있는 게 그것밖에 없으니까. 안으로 들어가는 사람들이 무슨 일을 당할지는 상상하고 싶지도 않군." 그는 샌드위치를 우물거리며 말을 이었다. "묘한 일이지만 저런 암흑 구역이 꽤 많단 말이지. 소문은 안 들려도 꾸준히 커져 가고 있어. 처음에는 평범한 1달러짜리 지역의 뒷골목에서 시작되지. 하수도 시스템에 막힌 곳이 생기거나, 쓰레기통이 충분하지 않다거나 하면, 미처 깨닫기도 전에—수백만 세제곱 마일이 정글로 돌아가 버리는 거야. 그런 다음에는 구제 계획을 시도하고, 시안화물을 부어 넣고, 그러다가—결국 막아 버리지. 그렇게 되면 영원히 폐쇄된 것이라고 봐도 좋아."

프랜츠는 고개를 끄덕이며 낮게 웅웅거리는 바람 소리에 귀를 기울였다.

"결국 얼마 지나지 않아 저런 암흑 구역만이 남게 될걸. 도시 전체가 거대한 공동묘지가 되어 버릴 거라고!"

"잠깐!" 프랜츠는 자리에서 벌떡 일어나 알림판을 뚫어져라 바라보았다.

"무슨 일인가?" 반대편에 앉은 누군가가 물었다.

"동쪽이라니!" 프랜츠가 소리쳤다. 그는 손으로 알림판을 세게 때렸지만 표시된 내용은 변하지 않았다. "열차가 방향을 바꾼 겁니까?"

"아니, 동쪽으로 가는 기차일세." 다른 승객 하나가 그에게 일러 주었다. "방향을 잘못 탄 것 아닌가?"

"서쪽으로 가고 있어야 합니다." 프랜츠는 주장을 굽히지 않았다. "지난 열흘 동안은 서쪽으로 가고 있었다니까요."

"열흘이라고!" 남자가 소리쳤다. "자네 열흘이나 이 열차에 타고 있었던 건가?"

프랜츠는 앞으로 나가서 승무원을 찾았다. "이 열차가 어느 쪽으로 가는 거지요? 서쪽입니까?"

승무원은 고개를 저었다. "동쪽입니다, 손님. 항상 동쪽으로 가고 있었어요."

"미친 것 아닙니까?" 프랜츠가 쏘아붙였다. "운행 기록을 보고 싶습니다."

"죄송합니다만 그건 불가능합니다. 표를 좀 보여 주시겠습니까, 손님?"

"좀 들어 봐요." 프랜츠는 지난 20년 동안의 좌절이 마음속에서 끓어오르는 것을 느끼며 힘없이 입을 열었다. "저는 이 열차에……"

그는 말을 멈추고 자리로 돌아갔다.

다섯 명의 다른 승객들이 그를 조심스레 바라보고 있었다.

"열흘이나." 한 사람은 아직도 놀란 목소리로 그의 말을 되뇌고 있었다.

2분 후 누군가가 객차로 들어와 프랜츠에게 표를 보여 달라고 요구했다.

"물론 법규를 어긴 건 아니지." 경찰 의사는 이렇게 평했다. "그런 일을 하지 못하도록 막는 규칙이 없다니 참 묘한 일이야. 나도 젊을 때는 그렇게 무임승차를 하기도 했지만, 자네가 한 여행 정도의 일을 꾸밀 생각은 못 했다네."

그는 책상으로 돌아갔다. "고소는 취하하겠네. 자네는 어딜 보아도 부랑자는 아니고, 교통 당국에서도 자네에게 어떤 식으로든 불이익을 가할 수 없네. 그렇게 경로가 휘어지는 일이 어떻게 발생했는지는 알 수가 없지만, 도시 자체가 가지는 기본적인 특성이 아닐까 싶군. 그럼 자네에 대해 이야기해 볼까. 이런 탐색을 계속할 생각인가?"

"비행 기계를 만들고 싶습니다." M은 조심스레 말했다. "어딘가 자유로운 공간이 있을 거예요. 어딘지는 모르지만…… 아래층으로 더 내려가 보면 어떨까요."

의사는 자리에서 일어났다. "경사한테는 우리 쪽 정신분석가 중 한 명에게 자네를 넘기라고 말해 놓겠네. 자네 꿈 문제를 도와줄 수 있을 걸세."

의사는 문을 열다가 멈칫했다. "이거 보게." 그는 설명을 시작했다. "시간에서 벗어날 수는 없지 않은가? 객관적으로 보면 변화 가능한 차원이기는 하지만, 직접 시도해 보면 결코 시계가 움직이는 걸 막거나," 그는 책상 위에 놓인 시계를 가리켰다. "거꾸로 가게 만들 수는 없지. 자네가 도시에서 벗어날 수 없는 것도 바로 이 때문일세."

"그 비유는 이치에 맞지 않아요." M이 말했다. 그는 주변을 둘러싼 벽과 바깥 거리의 불빛을 가리켰다. "이 모든 건 우리가 만든 거잖아요. 누구도 대답하지 못하는 질문은 바로 이거겠죠. 우리가 건설하기 전에 이곳에는 무엇이 있었는가?"

"항상 이곳에 있었다네." 의사가 말했다. "벽돌이나 대들보 하나하나를 말하는 것이 아니라, 그 이전에도 같은 구조체가 존재했다는 걸세. 자네도 시간에 시작이나 끝이 없다는 사실은 받아들이고 있겠지. 도시 또한 시간 그 자체만큼이나 오래되었고, 그만큼 오래 계속될 걸세."

"누군가 첫 벽돌을 놓은 사람이 있을 것 아닙니까." M이 주장했다. "'주춧돌'을 놓은 사람이 있을 거라고요."

"미신일세. 그런 걸 믿는 건 과학자들뿐이고, 심지어 그들조차도 거기에 큰 의미를 부여하지 않지. 대부분은 사적인 자리에서는 그 주춧돌이란 것이 미신에 지나지 않는다고 인정하지. 별 의미를 두지 않으면서도 입에 올리는 건 그로 인해 일종의 전통이라는 것이 생겨난다고 생각하기 때문일세. 첫 벽돌이 존재할 리 없다는 점은 명백하지 않은가. 만약 그런 것이 있었다면 누가 그걸 놓았는지, 아니면 더 어려운 질문인, 그들이 어디서 왔는지를 어떻게 설명하겠나?"

"어딘가 자유로운 공간이 있을 겁니다." M은 회피하듯 말했다. "도시에도 경계가 있을 거라고요."

"왜?" 의사가 물었다. "도시가 텅 빈 공간의 가운데 떠 있을 수는 없겠지. 설마 그렇게 믿으려고 애쓰는 건가?"

M은 힘없이 몸을 늘어트렸다. "그건 아닙니다."

의사는 아무 말 없이 한동안 M을 바라보다가 다시 책상 쪽으로 걸어왔다. "그런 묘한 착상에 사로잡혀 있다는 점이 이해가 안 되네. 자네는 정신분석가들이 말하는 소위 서로 모순되는 여러 측면들 사이에서 갈 길을 잃은 것뿐이야. 어쩌면 벽에 대한 소문을 듣고 잘못 해석한 것일 수도 있지 않겠나?"

M은 고개를 들었다. "무슨 벽 말인가요?"

의사는 알겠다는 듯 고개를 끄덕였다. "일부 급진적인 이론에 따르면 도시를 두르는 벽이 존재한다고 하네. 뚫고 나가는 것은 불가능하지만 말일세. 그 이론을 이해하는 척하지는 않겠네. 너무 모호하고 형이상학적인 소리라서. 어쨌든 나는 그 친구들이 자네가 초특급열차에서 본, 벽돌로 막아 놓은 암흑 구역을 잘못 본 것이 아닐까 하는 의심이 든다네. 나는 도시가 사방으로 아무런 한계 없이 뻗어 있다는, 이미 인정받은 이론을 선호하거든."

그는 문가로 향했다. "여기서 기다리고 있으면 석방되도록 손을 써 주겠네. 걱정 말게, 상담사와 면담을 하면 그쪽에서 알아서 자네 생각을 교정해 줄 테니까."

의사가 떠나자 M은 멍하니 문을 바라보았다. 안도감을 느끼기에도 너무 지친 상태였다. 그는 일어나서 기지개를 켜고는 비척거리며 방 안을 걸어 다녔다.

바깥의 마지막 남은 조명이 꺼지면서 어둠이 내려앉았고, 지붕 아래 좁은 통로에는 순찰을 도는 경관의 손전등 불빛이 어른거렸다. 경찰차가 굉음을 울리며 거리와 대로의 교차로를 지나갔다. 난간이 비명을 질렀다. 거리를 따라 세 개의 조명이 켜졌다가 하나씩 꺼졌다.

M은 왜 그레그슨이 역으로 마중을 나오지 않았는지 생각해 보았다.

그러다 문득 책상 위에 고정되어 있는 일력이 그의 시선을 끌었다. 일력의 낱장에 적힌 날짜는 8월 12일이었다. 그가 여행을 떠난 바로 그날이었다. 정확하게 3주 전의.

오늘이었다!

녹색선을 타고 서쪽으로 가서 298번가에 이르러, 교차로를 가로질러 적색 승강기를 타고 237층으로 간다. 175번 도로를 따라 기차역까지 걸어가서, 438번 교외선을 타고 795번 거리로 간다. 광장행 청색선을 타고 나와서 4번 대로와 275번가의 교차점에서 내려 원형 교차로에서 왼쪽으로 돌면—

처음 출발한 자리로 돌아온다.

지옥×10^n달러.

(1957)

12번 트랙
Track 12

"틀렸어. 다시 추측해 보게." 셰링엄이 말했다.

맥스티드는 헤드폰을 쓰고 조심스럽게 귀에 잘 맞췄다. 음반이 돌기 시작하자 그는 소리의 정체를 담은 희미한 단서를 찾아 귀를 기울였다.

금속성의 빠르게 사각대는 소리였다. 깎여 나간 쇳조각들이 환기구를 통해 쏟아지는 소리와 흡사했다. 같은 소리가 10초 주기로 열 번 정도 울리더니 삑 소리와 함께 멈추었다.

"그래, 어떤가? 뭐 같나?" 셰링엄이 물었다.

맥스티드는 헤드폰을 벗으며 한쪽 귀를 문질렀다. 몇 시간이나 음반을 듣고 있는지라 이제는 귀가 쓰리고 먹먹할 정도였다.

"가능성이 너무 많은데. 얼음 조각 녹는 소리 아닌가?"

셰링엄은 고개를 저었다. 살짝 기른 턱수염이 양옆으로 흔들렸다.

맥스티드는 어깨를 으쓱했다. "은하계가 충돌하는 소리라든가?"

"아니지. 음파는 우주를 가로지를 수 없잖나. 힌트를 하나 주지. 소리를 표현할 때 흔히 사용하는 **관용구**와 관계있다네." 그는 이런 문답을 내심 즐기는 듯 보였다.

맥스티드는 담배에 불을 붙이고 남은 성냥 도막을 실험실 작업대 한쪽으로 던졌다. 뜨거운 성냥 머리에 왁스가 녹아 작은 웅덩이가 만들어졌다가 그대로 다시 굳으면서 얇은 검은색 흔적이 남았다. 그 모습을 보고 있자니 즐거워졌다. 옆에 선 셰링엄이 초조해하고 있다는 걸 알기 때문이었다.

그는 애써 뇌를 움직여 적당한 미소를 얼굴에 띠었다. "그럼 혹시 파리가—"

"시간 종료야." 셰링엄이 그의 말을 잘랐다. "**핀이 떨어지는 소리였네.**"* 그는 전축에서 3인치 음반을 꺼내 재킷 안으로 집어넣었다.

"떨어진 순간의 소리가 아니라 떨어지는 동안의 소리지. 50피트 높이의 기둥에 마이크로폰을 여덟 대 연결했어. 자네라면 이건 맞힐 줄 알았는데."

그는 마지막 음반으로 손을 뻗었다. 12인치 LP였다. 그러나 맥스티드는 음반을 턴테이블에 올리기 전에 자리에서 일어났다. 유리문 너머로 회랑 가운데 있는 정원, 탁자, 어둠 속에서 빛나는 유리 주전자와 잔이 보였다. 문득 셰링엄과 그의 어린애 같은 놀이가 전부 짜증스러워지기 시작했다. 이렇게 오래 이런 장난질을 참아 주었다는 것만으

---

* 영어에서 쥐 죽은 듯이 조용한 상태를 표현하는 관용구 중에 '핀 떨어지는 소리가 들릴 정도로 몹시 조용하다so quiet one could hear a pin drop'라는 것이 있다.

로도 자신에게 화가 치밀 지경이었다.

"나가서 바람이나 좀 쐬는 건 어때." 그는 경쾌하게 말하며 증폭기 하나를 밀치고 지나갔다. "귓가에서 징을 울려 댄 것처럼 귀가 먹먹하다고."

"물론 좋지." 셰링엄은 즉각 동의했다. 그는 음반을 조심스레 턴테이블에 올려놓고는 전축의 전원을 내렸다. "사실 이 음반은 나중을 위해 아껴 놓고 싶었거든."

그들은 따스한 저녁 공기 속으로 나섰다. 셰링엄이 일본풍 조명등을 켰고, 훤한 하늘 아래 두 사람은 대나무로 짠 의자에 몸을 기댔다.

"자네를 너무 지루하게 만든 게 아니면 좋겠는데." 셰링엄이 유리 주전자를 들면서 말했다. "미세 음향은 꽤나 흥미로운 취미지만, 아무래도 나는 거의 집착적으로 빠져들고 있는 듯하네."

맥스티드가 뜻 모를 신음을 냈다. "꽤 흥미로운 녹음도 있었어." 그는 인정했다. "나방의 머리나 면도날을 확대한 사진처럼 맛이 간 참신함이 있기는 하니까. 하지만 자네 주장대로 미세 음향이 과학의 도구로 사용될 수 있는지는 잘 모르겠는데. 흥미로운 실험실 장난감일 뿐이잖아."

셰링엄은 고개를 저었다. "당연하지만 자네 생각은 완벽하게 잘못된 것이라네. 내가 맨 처음으로 틀어 준 세포분열 소리 기억하나? 동물의 세포분열 소리를 10만 배 증폭하면 쇠기둥과 강철판이 찢겨 나가는 소리처럼 들린다네. 뭐라고 해야 할까, 자동차가 슬로모션으로 박살 나는 것과 흡사한 소리지. 반면 식물의 세포분열은 전기로 구성된 시와 같아서 부드러운 화음과 온갖 음색으로 가득하다네. 미세 음향을 이용해서 동물계와 식물계를 구분할 수 있다는 완벽한 예시 아니겠나."

"내가 보기에는 지독하게 돌아가는 방법 같은데." 맥스티드가 소다수를 탄 위스키를 마시며 평했다. "별의 움직임을 측정해서 자동차의 속도를 계산하는 셈이잖아. 가능이야 하겠지만, 속도계를 참조하는 편이 훨씬 쉽지 않겠나."

셰링엄은 고개를 끄덕이면서 탁자 반대편에 앉은 맥스티드를 물끄러미 바라보았다. 대화에 대한 흥미가 절로 사라져 버린 듯, 두 사람은 손에 잔을 든 채로 한동안 말없이 앉아 있었다. 묘하게도 두 사람이 오랫동안 서로를 향해 품어 온 적의는 이제 상반된 성격과 습관과 체격이라는 모습이 되어 보다 명확하게 드러나고 있었다. 큰 키와 듬직한 체구, 거칠고 잘생긴 얼굴의 소유자인 맥스티드는 의자에 거의 눕다시피 기댄 채로 수전 셰링엄을 떠올리고 있었다. 그녀는 턴불 부부가 주최하는 파티에 가 있었다. 맥스티드 본인은 다들 아는 이런저런 이유 때문에 턴불 부부 앞에 얼굴을 내비치기가 꺼려지는 상황이어서, 결국 그녀 대신 이 괴팍한 땅꼬마 남편과 저녁 시간을 보내는 신세가 된 것이었다.

그는 최대한 객관적인 시선을 유지하려 애쓰며 셰링엄을 관찰했다. 이 고지식하고 매력 없는, 현학적이고 하찮은 유머만을 내뱉는 남자에게 쓸모 있는 구석이 하나라도 존재는 하는지 의문을 품으면서. 슬쩍 훑어보아서는 단 하나도 발견할 수 없는 사람이었지만, 오늘 저녁 그를 초대한 것으로 보아 나름 용기나 자존심은 있는 모양이었다. 하지만 그가 하는 행동의 목적은 언제나 그렇듯이 수수께끼였다.

맥스티드는 구실 자체는 꽤나 사소했음을 떠올렸다. 생화학과 교수인 셰링엄은 집에도 제법 그럴싸한 실험실을 구비하고 있었다. 전직 운동선수에 학과 성적은 바닥을 치던 맥스티드는 전자현미경을 제작하는 회사에서 하급 기술 관리직으로 일하고 있었다. 셰링엄은 전화를 걸어서 자신을 방문하면 서로에게 이득이 될 거라는 암시를 했다.

물론 명확하게 그런 언질을 준 것은 아니었다. 그러나 아직까지는 분명 수전과 관계가 있을 저녁 방문의 진짜 주제도 화제에 오르지 않았다. 맥스티드는 셰링엄이 어떤 식으로 외나무다리 위의 결전을 향해 나아갈지를 곱씹어 보았다. 셰링엄이라면 초조하게 원을 그리며 걷지도, 손때가 묻은 사진을 들이밀지도, 어깨를 잡아당기지도 않을 것이다. 셰링엄의 마음속 어딘가에는 사춘기 소년처럼 격한 성질이 숨어 있으니까—

맥스티드는 퍼뜩 상념에서 벗어났다. 마치 냉방장치를 가동한 것처럼 정원 공기가 갑자기 서늘해졌다. 허벅지와 목덜미에 소름이 돋았다. 그는 손을 뻗어 잔에 남은 위스키를 비웠다.

"밖이 좀 추운데." 그가 말했다.

셰링엄은 손목시계로 시선을 돌렸다. "그런가?" 그가 살짝 머뭇거리는 느낌이 들었다. 모종의 신호가 오기를 기다리는 것만 같았다. 그러다 그는 자신을 추스르고 묘한 미소를 반쯤 머금으면서 말했다. "마지막 음반을 들을 때인 것 같군."

"무슨 뜻인가?" 맥스티드가 물었다.

"그대로 있게나." 셰링엄이 일어섰다. "전축을 켜고 올 테니까." 그는 맥스티드의 머리 위 벽에 나사로 고정해 놓은 스피커를 가리키고는, 웃음을 지으며 정원을 나섰다.

맥스티드는 불안하게 몸을 떨면서 정적에 휩싸인 저녁 하늘을 올려다보고, 하늘에서 정원 위로 밀려드는 차가운 기류가 어서 흩어지기를 빌었다.

스피커에서 나지막하게 잡음 섞인 소리가 흘러나오더니, 곧 정원을 둘러싼 덩굴 지지대를 따라 설치된 다른 스피커들이 합세하며 점차 커져 갔다. 지금까지 그는 다른 스피커가 있다는 사실조차 눈치채지 못하고 있었다.

셰링엄의 한심한 짓거리에 천천히 고개를 저으며, 그는 위스키나 좀 더 홀짝이자고 마음먹었다. 그러나 탁자 위로 손을 뻗으려 시도하자마자 그는 휘청거리면서 다시 의자에 주저앉고 말았다. 얼음처럼 차갑고 묵직한 수은이 배 속을 가득 채우고 출렁이는 것만 같았다. 그는 재차 몸을 일으켜 잔을 잡으려 시도했지만, 그대로 탁자 건너편으로 떨어트렸을 뿐이었다. 머릿속이 흐릿해져 갔다. 그는 탁자 유리 위에 힘겹게 팔꿈치를 댔지만, 이내 손목에 자기 머리가 닿는 것을 느꼈다.

다시 고개를 들자, 그의 앞에 서서 동정하는 듯한 웃음을 짓고 있는 셰링엄이 보였다.

"별로 좋은 기분은 아니겠지, 안 그래?" 그가 말했다.

맥스티드는 가쁘게 숨을 쉬며 간신히 몸을 다시 의자에 기댔다. 셰링엄에게 대꾸하려 했지만 단어가 하나도 기억이 나지 않았다. 심장 박동이 덜컹거리는 고통에 그는 얼굴을 찌푸렸다.

"걱정 말게나." 셰링엄이 부드럽게 안심시키듯 말했다. "부정맥은 단순한 부작용일 뿐이니까. 조금 기분이 나쁘기는 하겠지만 곧 지나갈 걸세."

그는 느긋하게 정원을 걸어 다니며 여러 각도에서 맥스티드의 모습을 관찰하고는, 이내 만족한 표정으로 다시 탁자로 돌아와 자리에 앉왔다. 그리고 소다수 병을 들고 안의 내용물을 휘저었다. "시안산 크롬 일세. 인체의 액체 평형을 제어하는 보조 효소 시스템을 억제해서 수산화이온을 혈액으로 배출하게 만들지. 간단하게 말해서 익사하게 된다는 소리야. 단순히 욕조에 머리를 넣었을 때처럼 질식하는 게 아니라 진짜로 익사하는 거라네. 어쨌든 방해하면 안 되겠지."

그는 스피커 쪽으로 머리를 기울였다. 정원으로 묘하게 숨죽인 축축한 소리가 밀려들고 있었다. 라텍스 바다에서 유연한 파도가 철썩이는 소리처럼 들렸다. 크고 불안정하게 울리는 박자 위로 깊고 무거운 바람 소리가 휩쓸고 지나갔다. 소리는 처음에는 거의 들리지 않을 정도였지만, 이윽고 점점 커져서 마침내 정원을 가득 채우고 고속도로 쪽에서 들리는 얼마 안 되는 자동차 소리까지 잠재우고 말았다.

"환상적이지 않은가?" 셰링엄이 말했다. 소다수 병의 목을 쥔 채로, 그는 맥스티드의 다리 근처로 손을 뻗어 스피커 아래에 달린 음량 조절 장치를 돌렸다. 태평하고 쾌활해 보이는 모습이 거의 10년은 젊어진 것만 같았다. "30초 간격으로 반복된다네. 미세 마이크 400대를 사용했고, 음량은 1,000배 증폭했지. 약간 편집을 했다는 사실은 인정하겠네만, 아름다운 소리가 얼마나 역겨운 느낌을 줄 수 있는지 생각해 보면 참 대단하지 않은가. 자네는 결코 이 소리의 정체를 알아채지 못할 걸세."

맥스티드는 느릿하게 몸을 뒤틀었다. 배 속을 가득 채운 수은의 호수는 대양의 해구처럼 차갑고 끝을 모르게 깊었으며, 팔다리는 익사한 거인의 불어 터진 몸뚱이처럼 비대해지고 있었다. 셰링엄이 정면에 앉아 고개를 앞뒤로 흔들면서 멀리서 들려오는 느릿한 파도 소리에 귀를 기울이는 모습이 보였다. 이제 더 가까워졌는지, 육중하게 반복되는 리듬이 몸을 울려 왔다. 거대한 파도가 용암 바다의 거품처럼 부풀어 오르다 터져 나가는 소리가 들렸다.

"잘 듣게, 맥스티드. 이걸 녹음하는 데 꼬박 1년이 걸렸다네." 셰링엄이 말하고 있었다. 그는 손에 든 소다수 병으로 맥스티드 너머를 가리켰다. "1년이라고. 1년이 얼마나 끔찍하게 긴 세월이 될 수 있는지 생각해 본 적 있나?" 그는 잠시 말을 멈추고, 떠오른 기억을 지우려 애썼다. "지난 토요일 자정이 살짝 지난 시각에, 자네와 수전은 바로 이 의자에 누워 있었지. 있잖나, 맥스티드, 이곳에는 사방에 소형 녹음기가 숨겨져 있다네. 연필처럼 가늘고, 녹음 초점은 6인치 거리로 맞추어져 있지. 그 머리받이에만도 네 개가 있어." 그는 친절하게 설명을 덧붙였다. "바람 소리는 자네의 숨소리라네. 내 기억이 맞는다면 그때 꽤나 거칠었지. 그리고 자네와 내 아내의 맥박이 서로 얽히는 소리가 천둥의 효과를 내는 거라네."

맥스티드는 소리에 휘말려 떠다니고 있었다.

잠시 후 셰링엄의 얼굴이 그의 시야를 가득 메웠다. 흔들리는 턱수염 안쪽의 입이 바삐 움직였다.

"맥스티드! 이제 기회는 두 번뿐이야. 그러니 제발 집중 좀 하게." 짜증 섞인 고함 소리는 바다에서 울리는 천둥소리에 휩싸여 들리지도 않을 지경이었다. "제발, 이 친구야. 무슨 소리 같나? 맥스티드!" 그는 고함을 지르더니 가장 가까운 스피커로 달려가 음량을 올렸다. 소리가 정원을 가득 메우고 반사되어 밤하늘로 퍼져 나갔다.

맥스티드는 이제 거의 수평선을 넘어가고 있었다. 사라져 가는 자아는 이제 사방에서 몰아치는 파도에 부식되어 거의 모습을 감춘 작은 섬일 뿐이었다.

셰링엄이 무릎을 꿇고 그의 귓가에 소리쳤다.

"맥스티드, 바닷소리가 들리나? 어디서 익사하고 있는 건지 알겠나?"

거대하고 평온한 파도가, 이전 파도를 집어삼킬 만큼 계속해서 육중해지는 파도가 그들 위를 내리덮었다.

"키스라고!" 셰링엄이 소리쳤다. "키스 속이란 말이야!"

섬이 그대로 부스러지더니 이내 끓어오르는 해저로 천천히 미끄러져 사라졌다.

(1958)

크로노폴리스

Chronopolis

재판은 다음 날로 잡혔다. 물론 정확히 언제인지는 뉴먼도, 다른 누구도 알 수가 없었다. 어쩌면 오후 나절일지도 모른다. 주요 관계자, 즉 판사와 배심원과 검사가 동시에 같은 법정에 출두하는 데 성공한다면 말이다. 운이 좋다면 그의 변호사도 제시간에 등장할지 모른다. 물론 결과가 빤한 재판이라 뉴먼도 변호사가 그렇게까지 신경을 써주리라고는 기대하지 않았다. 게다가 이곳의 구식 감방을 드나드는 일은 극도로 힘들다. 형무소 담장 아래의 구질구질한 창고에서 끝없이 기다려야 하니까.

뉴먼은 시간을 유용하게 사용했다. 운 좋게도 그의 감방에는 남향으로 창이 나 있어서 하루 종일 햇빛이 들었다. 그는 햇빛이 드는 구간, 즉 낮 시간을 똑같은 간격으로 열 개로 구획 짓고, 창틀에서 빼낸 모르타르 쐐기로 눈금을 그려 놓았다. 그리고 그런 각 구획을 보다 작은 열두 개의 구획으로 나누었다.

이렇게 해서 그는 순식간에 제대로 작동하는 시계를 만들어 냈다. 거의 분 단위까지 정확한 시계였다(가장 작은 구획을 다섯으로 나누는 일은 머릿속에서 이루어졌다). 하얀 눈금이 한쪽 벽을 타고 내려와 바닥과 금속 침대를 지나 반대쪽 벽까지 이어졌다. 창문을 등지고 서면 누구나 볼 수 있는 눈금이었지만, 실제로 그 자리에 오는 사람은 아무도 없었다. 어차피 간수들은 눈금의 정체를 이해하기에는 너무 멍청했고, 뉴먼은 해시계 덕분에 간수들 머리 꼭대기에 올라설 수 있었다. 해시계를 조정하는 시간을 제외하면 그는 대부분의 시간을 창살에 붙어 일반 감방을 살피며 보냈다.

"브로컨!" 7시 15분이 되어 그림자 선이 첫 구획에 들어오면 그는 소리쳤다. "아침 점호 시간이야! 얼른 일어나라고!" 그러면 간수장은 땀에 전 채로 침대에서 기어 나와, 공기를 가르는 날카로운 기상 종소리 속에서 다른 간수들에게 욕설을 내뱉었다.

그로부터 계속해서 뉴먼은 하루 종일 이어지는 여러 일정을 큰 소리로 고지했다. 점호, 노동, 아침 식사, 운동 시간 등을 거쳐서 해가 지기 직전의 저녁 점호까지. 브로컨은 매일 일과를 뉴먼에게 의지한 덕분에 최우수 간수장으로 여러 번 표창을 받기도 했다. 뉴먼이 다음 일정을 확인하면서 특정 활동이 너무 오래 지속되면 경고를 해 주었으니까. 다른 건물에서는 노동 시간은 3분으로 끝나고 아침 식사나 운동 시간은 몇 시간이나 계속되는 경우도 있었다. 간수들이 언제 끝내야 할지를 짐작도 못 하기 때문에, 수감자들이 방금 시작했을 뿐이라고 계속 주장할 수 있었던 것이다.

브로컨은 뉴먼이 어떻게 그렇게 정확하게 시간을 파악하는지 절대 물어보지 않았다. 일주일에 한두 번, 비가 내리거나 구름이 낀 날이면 뉴먼은 묘하게 입을 다물었고, 그로 인해 빚어지는 혼란은 간수장에게 협조의 필요성을 강력하게 되새기게 했다. 덕분에 뉴먼은 특별 대우를 받으며 원하는 대로 담배를 피울 수 있었다. 마침내 재판일이 잡힌 것은 간수장에게는 정말이지 아쉬운 일이었다.

뉴먼 또한 유감이었다. 지금까지의 연구에 아무런 성과도 없었으니까. 가장 큰 문제는 북향 감방에 배정되면 형기를 치르는 동안 시간을 측정하는 일이 불가능해질 수도 있다는 것이었다. 운동장이나, 감시탑과 벽 위를 가로지르는 그림자로는 정확하게 시간을 판별할 수 없었다. 시각에 의지하는 측정 방법이 필요했다. 눈을 보완할 장비를 찾아내야 했다.

그에게 필요한 것은 체내의 시계였다. 무의식적으로, 예를 들어 자신의 맥박이나 호흡 리듬에 맞추어 작동하는 정신적 장치 말이다. 시간 감각을 훈련하고, 여러 복잡한 시험으로 시간 감각 속에 존재하는 최소한의 오차를 측정해 보기도 했다. 그러나 오차는 실망스러울 정도로 컸다. 정확하고 무의식적인 시간 감각을 발달시킬 가능성은 거의 없는 듯했다.

항상 정확한 시간을 측정할 방법을 찾지 못하면 그는 미쳐 버릴 것이 분명했다.

그에게 살인 혐의를 안겨다 준 강박증은 처음에는 완벽하게 무해해 보였다.

어린 시절, 그는 여느 아이들처럼 여기저기 서 있는 낡은 시계탑을 호기심 어린 눈으로 바라보곤 했다. 탑에는 항상 열두 개의 구간으로 나뉜 하얀 원판이 붙어 있었다. 도시의 빈민 구역으로 가면 싸구려 보석 상점에 녹슬어 가는 비슷한 원판이 매달려 있기도 했다.

"그냥 기호일 뿐이란다." 어머니는 이렇게 설명했다. "아무런 뜻도 없어. 별이나 고리 같은 거지."

그는 말도 안 되는 거짓말이라고 생각했다.

한번은 어머니와 함께 골동품 가구 상점에서 바늘이 달린 시계를 본 적이 있었다. 그것은 난로용 철물과 잡동사니로 가득한 상자 안에 거꾸로 박혀 있었다.

"열하나 열둘이네요." 그는 시계를 가리키며 말했다. "저게 무슨 뜻인가요?"

어머니는 서둘러 그를 끌고 나오면서, 두 번 다시 그 골목을 방문하지 않겠다고 다짐했다. 시간경찰들이 만일의 사태를 대비해 아직도 순찰을 하고 있을 테니까. "아무것도 아니란다." 그녀는 아들을 향해 날카롭게 말했다. "전부 끝난 일이야." 그녀는 시험 삼아 혼잣말로 중얼거려 보았다. 다섯 열둘. 12시 5분 **전**. 그래.

시간은 평소와 마찬가지로 느릿하게, 반쯤 혼돈에 빠진 모양새로 흘러갔다. 그들은 경계가 희미한 근교 지대, 영원히 오후가 계속되는 지역의 허름한 집에서 살았다. 열 살이 되어 어머니와 함께 문 닫은 식료품점 앞에서 줄을 서서 기다리며 대부분의 시간을 보내게 되기 전까지는 가끔 학교에 가기도 했다. 저녁이면 이웃집 아이들과 어울려 버려진 기차역에 가서 손으로 만든 화차를 잡초가 무성한 철로 위로 밀면서 놀거나, 근처의 빈집 문을 따고 들어가 임시 기지를 세우기도 했다.

군이 서둘러 성장할 필요가 없었다. 잘게 조각나 분산된 어른들의 세계에는 어떤 야심도 존재하지 않았다. 어머니가 돌아가신 후로 그는 다락방에 틀어박혀 시간을 보냈다. 낡은 옷으로 가득한 가방을 뒤지고, 다양한 모자와 장신구들을 만지작거리며, 어머니의 잔재를 조금이라도 회수하려 했다.

어머니의 보석함 맨 아랫단에 금으로 만든 작고 납작한 물건이 있었다. 그 물건에는 손목에 찰 수 있는 띠도 달려 있었다. 바늘은 달려 있지 않았지만 12까지 숫자가 적힌 원판만으로도 호기심이 동해서, 그는 그 물건을 손목에 착용했다.

그날 저녁 그 모습을 본 아버지는 수프를 먹다 사레들렸다.

"콘래드, 세상에! 대체 어디서 그걸 찾아낸 거냐?"

"엄마 반짝이 상자에서요. 제가 가져도 되나요?"

"안 돼. 콘래드, 이리 다오! 미안하구나, 얘야." 그리고 아버지는 차분한 태도를 되찾았다. "어디 보자. 네가 지금 열네 살이지. 자, 콘래드, 1~2년 안에 설명해 주마."

그러나 새로 생긴 금제가 그를 앞으로 나아가게 재촉해서 아버지가 모든 사실을 밝힐 때까지 기다릴 필요도 없었다. 얼마 지나지 않아 모든 것을 알게 되었으니까. 나이 많은 아이들은 모든 진실을 알고 있었지만, 그 진실이라는 것은 이상하게도 실망스러울 정도로 따분하게만 느껴졌다.

"그게 전부야?" 그는 계속 이렇게 말했다. "이해가 안 돼. 대체 왜 시계 때문에 그렇게 걱정을 하는 건데? 다들 달력은 쓰면서?"

소년은 그게 전부가 아닐 거라고 생각하면서 거리를 샅샅이 훑고, 버려진 시계들을 하나씩 살펴보며 진짜 비밀을 찾으려 했다. 대부분의 원판은 심각하게 손상된 상태였다. 바늘과 숫자는 전부 제거되고, 분 단위를 표시하는 눈금은 뜯겨 나가고 녹슬어 형체만 남아 있었다. 도시 곳곳에, 상점과 은행과 관공서의 높은 벽에 무작위로 분포되어 있는 시계를 보고 원래의 용도를 알아내는 일은 쉽지 않았다. 물론 임의로 정한 열두 개의 간격을 이용해 시간의 경과를 측정하는 기구란 것은 분명했지만, 그렇다고 금지까지 해야 하는 이유는 조금도 생각 나지 않았다. 시간을 측정하는 다른 기구들은 온갖 곳에서 잘만 사용 하고 있지 않은가. 부엌에서, 공장에서, 병원에서, 시간을 정확하게 측 정할 필요가 있는 곳이라면 어디서든 사용하고 있었다. 아버지도 침 대 머리맡에 비슷한 도구를 놓고 잠자리에 들곤 했다. 작고 검은 상자 에 들어 있고 초소형 전지로 움직이는 물건이었는데, 다음 날 아침 식 사 직전에 높고 새된 호각 소리를 내어서 늦잠을 잘 때 깨우는 역할을 했다. 시계란 정확한 측정을 위한 눈금이 달린 타이머일 뿐이었다. 쓸 데없는 정보를 쉬지 않고 전달하기 때문에 여러모로 쓸모가 덜하기는 하지만. 예전 방식대로 말해서 3시 30분이 되었다고 쳐도, 그때 뭔가 를 시작하거나 그때까지 뭔가를 끝낼 생각이 아니라면 그 정보가 대 체 무슨 소용이 있겠는가?

그는 최대한 순진해 보이도록 말을 골라서 길고 조심스러운 설문 조사에 들어갔다. 50세 이하의 사람들은 어느 누구도 과거에 있었던 사건에 대해 알지 못하는 모양이었고, 나이 든 사람들은 잊은 듯했다. 그는 또한 교육 수준이 낮을수록 거리낌 없이 입을 연다는 사실을 깨 달았다. 육체노동자나 낮은 계층의 사람들은 혁명에 전혀 참여하지 않았으며, 따라서 죄책감 때문에 기억을 억누를 필요도 없다는 뜻이 었다. 아파트 반지하에 살고 있는 배관공 크라이턴 영감은 조금도 주저하지 않고 과거를 떠올렸지만, 그의 회상은 문제를 이해하는 데 전혀 도움을 주지 못했다.

"물론이지, 그때는 시계가 수천 개, 아니 수백만 개가 있었단다. 모두 하나씩 가지고 다녔지. 그걸 손목시계라고 불렀는데, 말 그대로 손목에 차고 다녔거든. 매일 나사를 돌려서 밥을 줘야 했단다."

"하지만 그걸 가지고 뭘 할 수가 있는데요, 크라이턴 아저씨?" 콘래드는 끈질기게 물었다.

"글쎄, 그냥—보는 거지. 그러면 몇 시인지를 알 수가 있었단다. 1시인지, 3시인지, 7시 30분인지. 그게 내가 일하러 가는 시간이었거든."

"하지만 일을 하러 가는 건 아침 식사를 한 다음이잖아요. 늦으면 타이머가 울리고요."

크라이턴 씨는 고개를 저었다. "뭐라고 설명을 할 수가 없구나, 얘야. 아버지한테 여쭤보렴."

그러나 아버지도 딱히 도움이 되지 않았다. 열여섯 살 생일이 되면 설명해 주겠다는 약속은 결국 지켜지지 않았다. 그가 끈질기게 캐묻자, 아버지는 질문을 회피하는 데에도 지쳤는지 갑자기 쏘아붙이며 아들의 말문을 막아 버렸다. "그냥 그 일은 더 이상 생각하지 말거라. 알겠지? 계속 그랬다가는 너뿐 아니라 우리 모두가 곤경에 처하게 될 테니까."

젊은 영어 선생인 스테이시는 묘한 유머 감각의 소유자로, 결혼이나 경제에 관한 이단적인 관점을 설파함으로써 소년들에게 충격을 주는 일을 즐겼다. 콘래드는 시간의 경과를 분 단위로 철저하게 관측하는 일련의 복잡한 의식에 완벽하게 사로잡혀서 돌아가는, 상상 속의 세계를 묘사한 과제물을 제출했다.

그러나 스테이시는 장난에 어울리기를 거부하고 B⁺라는 애매한 점수를 매긴 다음, 방과 후에 조용히 콘래드를 불러 무엇 때문에 그런 환상을 품게 되었는지 물었다. 처음에는 콘래드도 발을 빼려 했지만, 결국은 핵심 문제를 담은 질문을 내뱉고 말았다.

"시계를 가지는 게 어째서 법에 어긋나는 일이에요?"

스테이시는 분필 조각을 양손으로 번갈아 던지고 받았다.

"그게 불법이었던가?"

콘래드는 고개를 끄덕였다. "보니까 시계나 손목시계를 가져오면 하나에 100파운드씩 보상금을 준다는 오래된 공지가 경찰서에 붙어 있었어요. 어제 봤는걸요. 경사님이 아직 효력이 있다고 하셨어요."

스테이시는 놀리는 듯 눈썹을 치켜세웠다. "백만장자가 되겠구나. 사업을 벌일 생각인가 보지?"

콘래드는 그 말을 무시했다. "총기 소지가 불법인 이유는 다른 사람을 쏠 수 있기 때문이잖아요. 하지만 시계를 가지고 다른 사람에게 피해를 입힐 수가 있나요?"

"당연한 소리 아니냐? 시간을 측정하면 어떤 일을 하는 데 얼마나 걸리는지를 정확하게 알 수가 있지."

"그래서요?"

"그러면 그 일을 더 빠르게 하도록 만들 수 있잖니."

열일곱 살이 되었을 때, 그는 순간적인 충동으로 첫 시계를 제작했다. 이미 시간에 신경을 쓰는 것만으로도 그는 급우들을 앞서갈 수 있었다. 그보다 영리한 아이들도 한둘 있었고, 그보다 성실한 아이들은 좀 더 많았지만, 그는 여가 시간과 숙제 시간을 계획하는 능력을 통해 자신의 재능을 최대한으로 발휘했다. 다른 아이들이 귀갓길에 철길 앞에서 노닥이는 동안 콘래드는 이미 예습을 반쯤 끝내 놓고 있었다. 자신의 시간을 여러 필요에 따라 효율적으로 배분한 덕분이었다.

예습을 다 한 다음에는 이제 그의 작업실이 된 다락방으로 향했다. 그는 낡은 옷장과 가방 사이에서 온갖 실험적인 도구들을 만들었다. 타는 시간을 계측할 수 있는 양초, 어설픈 해시계, 모래시계, 복잡한 태엽 장치 따위였다. 태엽 장치는 반 마력 정도의 힘을 내는 물건이었는데, 시곗바늘이 도는 속도가 점차 빨라지는 모습이 콘래드의 집착을 풍자하는 듯이 보였다.

그가 처음으로 만든 제대로 된 시계는 수력으로 작동하는 물건이었다. 조금씩 물이 새는 용기에 나무로 만든 부표를 띄워서, 부표가 아래로 내려가면서 바늘을 돌리도록 되어 있었다. 단순하지만 정확한 물건이라, 진짜 시계를 향한 기나긴 여정에서 몇 개월 동안 그의 갈증을 풀어 줬다. 이내 그는 골동품 가게나 다른 집 다락방의 녹슬어 가는 수많은 탁상시계와 회중시계 안에는 제대로 된 기계장치가 남아 있지 않다는 걸 발견하게 되었다. 톱니 장치와 바늘 그리고 때로는 숫자까지 항상 제거되어 있었다. 기존 시계의 톱니바퀴 움직임을 제어할 수 있는 장치를 만들려는 시도는 항상 수포로 돌아갔다. 시계의 작동 원리에 대한 소문을 종합해 보면, 태엽 장치는 완벽한 설계와 제작이 필요한 극도로 정밀한 기계였다. 그가 몰래 품은 야망인 휴대 가능한 시계, 가능하다면 손목시계를 만들기 위해서는 우선 제대로 작동하는 물건부터 찾아야 했다.

마침내 전혀 예상치 못한 경로로 손목시계 하나가 그의 수중에 들어왔다. 어느 날 오후 영화관에서 콘래드의 옆자리에 앉아 있던 노인이 갑작스레 심장마비를 겪었다. 콘래드와 다른 손님 두 사람이 그를 관리인 사무실로 옮겼다. 노인의 한쪽 팔을 붙들고 있던 콘래드는 소맷부리 안쪽에서 희미하게 빛나는 금속 띠의 광택을 알아챘다. 그는 재빨리 손가락으로 노인의 손목을 더듬어서 손목시계의 렌즈 모양 원판을 확인했다. 다른 것일 리가 없었다.

가지고 집으로 돌아오는 내내 시계는 마치 죽음의 종소리처럼 째깍거렸다. 그는 시계를 손으로 꾹 쥐고, 거리의 모든 사람이 자기를 향해 손가락질을 하고 시간경찰이 자기를 붙들 것이라고 생각하며 전전긍긍했다.

무사히 다락방으로 돌아오자 그는 시계를 꺼내서 숨죽이고 살펴보았다. 아래층 침실에 있는 아버지가 몸을 뒤척일 때마다 시계를 쿠션으로 덮어 소리를 죽였다. 얼마 후 그는 시계 소리가 거의 들리지도 않을 정도로 작다는 사실을 깨달았다. 손목시계는 어머니의 물건과 같은 디자인이었는데, 문자반이 붉은색이 아니라 노란색이었다. 금박은 긁히고 떨어져 나갔지만 완벽하게 작동하는 듯 보였다. 그는 뒷면의 판을 떼어 내고 초소형 톱니바퀴들이 서로 맞물려 정신없이 돌아가는 모습을 홀린 듯 몇 시간이나 바라보았다. 그리고 스프링이 부서질까 두려워 항상 태엽을 절반만 감은 다음, 솜으로 싸서 조심스레 간직했다.

원래는 딱히 손목시계를 훔칠 작정은 아니었다. 처음에 충동적인 행동을 한 건 의사가 맥을 짚으려다 시계를 발견하기 전에 우선 숨기기 위해서였다. 그러나 일단 손목시계가 수중에 들어오자 그는 주인을 찾아가 물건을 돌려주려는 생각 따위는 말끔히 버렸다.

여전히 손목시계를 차고 다니는 사람이 존재한다는 것은 그리 놀랍지 않았다. 물시계를 사용해 본 그는 시간을 정확하게 측정하는 것만으로도 삶에 새로운 차원이 더해진다는 것을, 한정된 기력을 효율적으로 배분하고 일상적인 온갖 행동의 중요성을 가늠하는 척도가 생기게 된다는 것을 이미 알고 있었기 때문이다. 콘래드는 작은 노란색 문자반을 바라보며 다락방에서 오랜 시간을 보냈다. 분침이 천천히 회전하는 것을, 시침이 알아차릴 수 없을 정도로 미세하게 움직이는 것을, 미래로 인도하는 나침반의 바늘을 지켜보면서. 시계가 없으면 방향타를 잃고 아무런 목적도 없이, 시간 바깥의 사건들이 뒤얽혀 있는 회색 혼돈 속을 표류하는 기분이 들었다. 언제 어떤 일이 일어날지도 모르고 멍하니 앉아 있기만 하는 아버지는 이제 게으르고 어리석은 사람으로 보였다.

곧 그는 하루 종일 손목시계를 차고 다니게 되었다. 얇은 면직 소매를 덧대어 꿰매 붙인 다음, 작은 덮개를 달아서 그것을 열면 시각을 확인할 수 있었다. 그는 모든 일의 시간을 측정했다. 수업 시간, 축구 시합, 식사 시간의 길이, 낮과 밤의 길이, 수면과 기상 시간. 그는 자신의 정확한 감각을 자랑하여 친구들을 당황하게 만드는 일을 즐겼다. 맥박을 측정하기도 하고, 라디오의 정시 뉴스 시각을 맞히고, 타이머를 사용하지 않고 항상 똑같은 정도로 달걀을 삶아 내면서.

그러다 결국 들키고 말았다.

다른 사람들보다 훨씬 교활한 스테이시가 콘래드가 손목시계를 차고 있다는 사실을 발견하고 만 것이다. 콘래드는 스테이시의 영어 수업이 정확하게 45분 동안 지속된다는 사실을 발견하고, 스테이시의 타이머가 울리기 1분 전부터 책상 위를 정리하는 습관을 들였다. 한두 번 스테이시가 흥미로운 표정으로 자신을 바라보고 있는 걸 알아차리기도 했지만, 항상 문을 나서는 첫 학생이 되어 스테이시에게 인상을 남기고 싶은 욕구를 억누를 수가 없었다.

어느 날 책을 차곡차곡 쌓고 펜 뚜껑을 끼우고 있는데, 스테이시가 그를 지목하면서 필기한 내용을 읽어 보라고 시켰다. 콘래드는 타이머가 울릴 때까지 10초도 남지 않았다는 사실을 알고 있었기 때문에, 그대로 앉아서 아이들이 몰려 나가며 자신을 구원해 주기를 기다리기로 마음먹었다.

스테이시는 차분하게 기다리며 단상에서 내려왔다. 아이들 한두 명이 고개를 돌려 얼굴을 찌푸리고 콘래드를 바라보았다. 콘래드는 속으로 남은 시간을 재고 있었다.

그러나 놀랍게도 타이머는 울리지 않았다! 완전히 당황한 그의 머릿속에 가장 먼저 떠오른 생각은 손목시계가 망가진 것은 아닐까였다. 그는 온 힘을 다해 시계를 확인하지 않으려고 애썼다.

"바쁜 모양이지, 뉴먼?" 스테이시가 건조한 목소리로 물었다. 그는 냉소를 띠고 책상 사이를 지나 콘래드에게 다가왔다. 콘래드는 어쩔 줄 몰라 당황으로 얼굴이 달아오른 채로, 정신없이 공책을 펴고 필기한 내용을 큰 소리로 읽었다. 몇 분 후 타이머가 울리기를 기다리지도 않고 스테이시는 수업을 마쳤다.

"뉴먼, 잠시 좀 보자꾸나." 스테이시가 말했다.

그는 콘래드가 다가오는 것을 보며 교단 뒤편을 뒤적였다. "어떻게 된 거냐? 오늘 아침에 시계태엽 감는 걸 잊기라도 한 모양이지?"

콘래드는 아무 말도 하지 않았다. 스테이시는 타이머를 꺼내 소음기를 끄고 울리는 종소리에 귀를 기울였다.

"어디서 얻은 거지? 부모님이냐? 걱정 말거라, 시간경찰은 몇 년 전에 해산됐으니까."

콘래드는 조심스레 스테이시의 얼굴을 살폈다. "어머니 거예요. 유품을 뒤지다가 발견했어요." 그는 거짓말을 했다. 스테이시는 손을 내밀었고, 콘래드는 겁먹은 채로 시계를 풀어 그에게 건넸다.

스테이시는 시계를 반쯤 보이게 손목에 차고는 노란색 문자반을 바라보았다. "어머니 거라고 했지? 흠."

"신고하실 건가요?" 콘래드가 물었다.

"그걸로 과로에 시달리는 정신 상담사의 일거리를 더 늘려 주라고?"

"손목시계를 차는 건 불법이지 않나요?"

"글쎄, 네가 공공 안전에 대한 현존하는 최대의 위협 따위는 아니지 않니." 스테이시는 문가로 걸음을 옮기며 콘래드에게 따라오라고 손짓하고는 손목시계를 돌려주었다. "토요일 오후에 할 일이 있다면 전부 취소하거라. 나하고 여행을 갈 거니까."

"어디로요?" 콘래드가 물었다.

"과거로." 스테이시는 경쾌하게 대답했다. "시간의 도시, 크로노폴리스로 갈 거다."

스테이시는 차를 한 대 빌려 왔다. 크롬 광택이 반짝이고 날개가 달린, 우그러든 마스토돈처럼 생긴 거대한 차였다. 도서관 앞에서 콘래드를 태우면서 그가 쾌활하게 손을 흔들었다.

"포탑으로 올라오너라." 그는 소리쳤다. 그리고 콘래드가 자기 옆자리에 내려놓는 불룩한 서류 가방을 가리켰다. "그건 한번 훑어봤니?"

콘래드는 고개를 끄덕였다. 차가 텅 빈 거리를 달려가는 동안, 그는 서류 가방을 열고 두툼한 도로 지도 묶음을 꺼냈다. "이 도시 넓이가 500제곱 마일은 되던데요. 그렇게 클 거라고는 상상도 못 했어요. 사람들은 다들 어디 박혀 있는 거래요?"

스테이시는 웃음을 터트렸다. 그들은 중앙 대로를 건너 한쪽 벽면이 연결되어 있는 주택들이 늘어선 가로수 길로 들어섰다. 집들은 절반 정도 비어 있었는데, 창문은 깨지고 지붕은 아래로 내려앉고 있었다. 사람이 사는 집도 대충 수리만 한 모양새였다. 굴뚝에 만들어 붙인 비계 위에 허술한 급수탑이 서 있고, 잡초만 무성한 정원에는 장작더미가 쌓여 있었다.

"한때 이 도시에는 3000만 명의 사람들이 살았지." 스테이시가 말했다. "현재 인구는 200만 명을 조금 넘을 뿐이고, 계속 감소하고 있단다. 남은 사람들, 즉 우리가 살고 있는 곳은 교외 지대의 외곽이야. 따라서 지금 남은 도시는 5마일 두께의 거대한 고리 형태인 셈이지. 지름 40~50마일의 거대한 죽은 중심부를 둘러싼 고리란다."

그들은 여러 골목길을 들락거리고, 정오에 근무가 끝나게 되어 있는데도 아직 돌아가고 있는 작은 공장을 지나쳐서, 마침내 서쪽을 향해 일직선으로 뻗은 도로를 골라냈다. 콘래드는 지도에서 지도로 옮겨 가며 진로를 확인했다. 이제 스테이시가 말한 고리의 경계 부근까지 다가온 참이었다. 지도에서는 고리 부분에 녹색으로 겹인쇄를 해 놓아서, 가운데 부분은 일률적인 회색의 거대한 미개척 영역으로 보였다.

그들은 마지막으로 작은 상점 몇 개, 전초기지라 할 수 있는 비슷하게 생긴 낡은 주택들이 테라스처럼 연이어 늘어선 거리, 거대한 철제 고가교들로 뒤덮인 무시무시한 거리들을 지나쳤다. 스테이시는 그 아래로 지나가면서 손을 들어 고가교를 가리켰다. "한때 존재했던 복잡한 철도 시스템의 일부지. 기차역과 교차로로 구성된 거대한 네트워크가 매일 1500만 명의 사람들을 열 곳이 넘는 거대한 종착역까지 수송했단다."

그들은 30분 동안 차를 타고 갔다. 콘래드는 내내 창가에 바짝 붙어 있었고, 스테이시는 백미러로 그런 콘래드를 주시했다. 천천히 주변 풍경이 변하기 시작했다. 집들이 커지고 지붕에 색이 들어갔으며, 보도에 난간이 생기고 보행자 신호등과 회전문이 등장했다. 교외 근교로, 복층 슈퍼마켓과 거대한 영화관과 백화점이 있는 완벽한 무인 지대로 진입한 것이었다.

콘래드는 한 손으로 턱을 괴고 아무 말 없이 바깥을 바라보고만 있었다. 교통수단이 없었기에 콘래드는 지금까지 아무도 살지 않는 도시 안쪽으로 들어가 본 적이 없었다. 다른 아이들과 마찬가지로 반대편의 탁 트인 시골 쪽으로만 향하곤 했다. 이쪽의 거리는 20~30년 전에 수명을 다했다. 틀에서 빠져나와 길가에 산산조각 나 있는 상점 쇼윈도 유리, 낡은 네온사인이나 창틀이나 전선 따위가 너저분하게 걸린 처마, 삭아 가는 금속 구조물이 이리저리 얽힌 보도가 보였다. 이따금 타이어가 바퀴에서 벗겨져 나간 버스나 트럭이 길 한복판에 버려져 있었다. 스테이시는 그것들을 피해 조심스럽게 차를 몰았다.

콘래드는 목을 빼고 텅 빈 창문을, 좁은 골목과 옆길을 들여다보았지만 공포나 갈망의 감정은 조금도 느낄 수 없었다. 그저 버려져 있을 뿐인 거리에는 반쯤 빈 쓰레기통처럼 조금도 두려운 구석이 없었다.

근교 중심지가 하나씩 사라지고 나타나며 길게 뒤엉킨 리본처럼 이어졌다. 앞으로 나아갈수록 건축양식이 바뀌었다. 건물은 점차 커져서 10층이나 15층짜리 직육면체가 되었고, 초록색과 푸른색 타일, 유리나 구리로 된 껍질을 몸에 둘렀다. 콘래드가 처음 생각한 것과 달리, 화석이 된 과거의 도시로 돌아가는 것이 아니라 미래로 나아가는 것만 같은 느낌이었다.

스테이시는 골목들이 합류하는 지점을 통과하더니 지붕 위로 높이 솟은 콘크리트 지지대 위 6차선 고속도로 쪽으로 차를 몰았다. 원을 그리면서 고속도로로 올라가는 진입로를 발견하고는, 도로에 올라 장애물이 없는 가운데 차선 하나로 나가서 급격하게 속도를 올렸다.

콘래드는 목을 빼고 앞을 바라보았다. 저 멀리 2~3마일 정도 떨어진 곳에서 30~40층 높이로 솟아 있는 거대한 직사각형 아파트 건물들의 윤곽이 드러나기 시작했다. 수백 채의 건물이 거대한 도미노처럼 끝없이 늘어서 있었다.

"이제 중앙 거주 지역에 들어가는 거다." 스테이시가 말해 주었다. 건물들이 양쪽에서 고속도로를 굽어보기 시작했다. 공간이 좁아지면서 결국 콘크리트 난간 바로 옆까지 건물들이 다가왔다.

얼마 지나지 않아 길 양쪽으로 초대형 아파트 단지가 나타났다. 똑같이 생긴 수천 개의 거주 구획마다 비스듬한 발코니가 하늘을 올려다보았고, 알루미늄 외벽 사이에 점점이 박힌 유리창이 햇빛을 받아 반짝였다. 교외 경계 지역에 있던 작은 주택과 상점들은 자취를 감추었다. 지상에 빈 공간이라고는 전혀 없었다. 건물 사이의 비좁은 공간에도 작은 콘크리트 정원, 쇼핑센터, 거대한 지하 주차장으로 이어지는 통로들이 빼곡했다.

그리고 모든 건물의 옆면에 시계가 붙어 있었다. 콘래드는 시계가 등장한 것을 즉각 알아챘다. 모든 골목길에, 모든 문 위에, 건물 측면의 4분의 3 정도 높이에, 가능한 모든 각도에 시계가 보였다. 대부분은 너무 높이 붙어 소방용 사다리를 가져와야 닿을 수 있을 정도여서 아직 바늘이 남아 있었다. 그리고 모두 똑같은 시간을 가리키고 있었다. 12시 1분.

콘래드는 손목시계를 확인했다. 아직 오후 2시 45분이었다.

"여기 시계들은 마스터 시계에 맞추어 돌아갔단다." 스테이시가 말했다. "그게 멈추니까 모든 시계가 같은 시각에 멈춰 버렸지. 37년 전, 자정에서 1분이 지났을 때의 일이야."

오후의 햇살이 높은 건물들 사이로 모습을 감추었고, 하늘은 건물들 사이 좁은 수직 틈새로 보이다 말다 했다. 계곡 바닥은 콘크리트와 간 유리로 가득한 우울한 황무지로 변했다. 고속도로는 분기점을 통과해 계속 서쪽으로 이어졌다. 몇 마일을 더 가자 아파트 구역이 사라지며 중심부의 사무용 건물이 처음으로 모습을 드러냈다. 이 건물들은 지금까지 것들보다도 더 거대했고, 60~70층 높이에, 소용돌이 형태의 진입로와 외부 통로로 연결되어 있었다. 지상 50피트 위 고속도로가 사무용 건물 2층과 같은 높이였다. 그 아래로 승강기와 에스컬레이터로 가득한, 유리로 둘러싸인 지상층 입구와 거대한 지지용 기둥이 보였다. 거리는 널찍했지만 아무런 특색도 없었다. 평행으로 뻗은 인도는 건물 아래를 들락거리며 하나로 연결된 콘크리트 테두리를 형성했다. 여기저기 담배 가게의 흔적이나 지상 30피트 높이의 단상에 지어진 레스토랑과 쇼핑 구역으로 이어지는 녹슨 계단이 눈에 띄었다.

그러나 콘래드는 시계만 바라보고 있었다. 이렇게 건물이 빽빽하게 모여 서로 시야를 가리는 곳에 수많은 시계들이 달려 있는 모습은 상상조차 해 본 적이 없었다. 붉은색, 푸른색, 노란색, 초록색 등 다양한 색의 문자반이 있었고, 대부분 네댓 개의 손이 달려 있었다. 시침과 분침은 모두 12시 1분에 멈춰 있었지만, 나머지 부차적인 바늘들은 제각기 다른 위치에—아마도 색깔에 따라 다르게—멈춰 있었다.

"저 나머지 바늘들은 어디에 쓰는 건가요?" 그는 스테이시에게 물었다. "그리고 색은 왜 전부 다르죠?"

"시간 구역이란다. 직업 범주와 소비 가능 시간에 따라 다른 거지. 어쨌든 조금만 참거라. 거의 다 왔으니까."

그들은 고속도로를 벗어나 경사로를 타고 내려가서 한 널찍한 광장의 북동쪽 구석으로 들어섰다. 길이는 800야드 정도에 너비는 그 절반으로, 한때는 중앙에 정원이 있었으나 지금은 잡초만 무성한 곳이었다. 광장은 텅 비어 있었다. 하늘을 이고 있는 듯 높이 솟은 유리 절벽들 사이에서 갑자기 나타난 빈 공간이었다.

스테이시가 주차를 하자, 둘은 함께 차에서 내려 기지개를 켜고는 널찍한 보도를 따라 정원을 향해 걸어갔다. 정원에는 허리께까지 잡초가 자라 있었다. 광장에서 그 뒤로 이어지는 풍경을 바라보며 콘래드는 처음으로 도시의 전체 모습을, 건물들로 이루어진 거대하고 기하학적인 정글을 제대로 볼 수 있었다.

스테이시가 정원을 둘러싼 난간에 한 발을 올리고 광장 건너편을 가리켰다. 그쪽을 바라보자 색다른 건축양식으로 지어진, 낮게 깔린 일군의 건물들이 콘래드의 눈에 들어왔다. 19세기 수직 양식이었는데, 매연에 때가 타고 여러 번의 폭발에 구멍이 숭숭 뚫려 있었다. 그러나 이번에도 그의 시선은 오래된 건물 바로 뒤편에 있는 콘크리트 탑의 시계, 지금까지 본 가장 큰 문자반에 멈추었다. 지름이 적어도 100피트는 되어 보였고, 거대한 검은 바늘이 12시 1분에 멈춰 있었다. 문자반은 지금껏 본 적 없는 색인 하얀색이었다. 탑 양쪽으로 이어지는 반원형 건물에는 열 개가량의 작은 시계가 있었는데, 모두 지름은 12피트 정도에 온갖 색깔이 모여 있었다. 각각 다섯 개의 바늘이 달렸고, 추가 바늘은 전부 다른 위치에서 멈춰 있었다.

스테이시가 시계탑 아래 폐허를 가리키며 설명했다. "50년 전까지만 해도 저 옛날 건물들은 세계에서 가장 위대한 입법기관이었지." 그는 한참을 아무 말 없이 그쪽을 바라보다 콘래드 쪽으로 얼굴을 돌렸다. "드라이브는 즐거웠니?"

콘래드는 열정적으로 고개를 끄덕였다. "정말 감동적이었어요. 여기 살던 사람들은 거인이었나 봐요. 진짜 대단한 건 건물을 비운 지 하루도 안 된 것처럼 보인다는 거예요. 왜 이리로 돌아오지 않는 거죠?"

"글쎄, 이제 사람이 별로 없다는 것도 문제지만, 설령 사람이 충분하다 해도 이곳을 제어할 방도가 없을 거란다. 전성기의 이 도시는 극도로 복잡한 사회 유기체였어. 저렇게 텅 빈 건물만 보고 있으면 그 내부의 의사소통 문제를 짐작할 수가 없지. 이 도시의 비극은 그런 문제를 해결하는 방법이 단 하나밖에 없다는 것이었단다."

"해결하기는 한 건가요?"

"아, 그럼, 물론이지. 하지만 그 해결을 위한 방정식에는 도시의 주민들 자신이 포함되어 있지 않았어. 일단 문제를 생각해 보자꾸나. 1500만 명의 사무직원들을 매일 도시 중심부로 들여보냈다 내보내야 하니, 자동차, 버스, 기차, 헬리콥터가 끝없이 이어질 것 아니냐. 그리고 거의 모든 책상에 화상전화를 설치하고, 모든 아파트에 텔레비전, 라디오, 전력, 수도, 엄청난 수의 인원을 부양할 수 있는 식량과 오락을 공급하고, 모든 사람을 보호할 수 있는 보조 서비스, 경찰, 소방, 의

료 시스템도 만들어야겠지. 그 모든 것이 단 하나의 요소에 달려 있었
단다."

스테이시는 거대한 시계탑을 향해 주먹을 내질렀다. "바로 시간 말
이다! 모든 행동을, 앞으로 또는 뒤로 내딛는 걸음 하나하나를, 모든
식사를, 버스 정차를, 전화 통화를 시간에 맞추어 동기화해야 이 유기
체가 제대로 작동할 수 있었던 거야. 자유롭게 자라게 놔두면 치명적
인 암세포가 되어 버리는 몸의 세포처럼, 이곳의 개인 모두는 도시의
요구에 자신을 맞추어야 했지. 그러지 않으면 어느 한 곳에서 병목현
상이 발생해 완벽한 혼란을 유발하고 말 테니까. 지금 우리는 낮이든
밤이든 언제나 물을 사용할 수 있지. 우리 마을에는 저수조가 따로 있
으니까. 하지만 이곳의 모든 사람이 동시에 10분 동안 아침 설거지를
하려고 시도하면 무슨 일이 벌어질 것 같으냐?"

그들은 천천히 광장을 가로질러 시계탑 쪽으로 걸음을 옮겼다. "50
년 전, 인구가 겨우 1000만밖에 되지 않았을 때는 그저 가용 최대치를
제공하면 족했지. 그래도 주요 서비스에서 파업이 발생하면 다른 대
부분의 분야도 함께 마비되곤 했지만. 직장에 도착하는 데만 두세 시
간이 걸렸고, 줄을 서서 점심을 먹고 집에 돌아가는 데도 비슷한 시간
이 걸렸지. 그러다 인구가 증가하면서 시간을 조직하려는 첫 시도가
이루어졌단다. 특정 영역의 노동자들이 다른 사람들보다 한 시간 일
찍, 또는 늦게 근무를 시작하는 거지. 그에 따라 열차 탑승권이나 자동
차 번호판에 다른 색을 칠했고, 지정된 시간 외에 이동하려고 하면 거
부당하게 되었단다. 머지않아 이 제도는 점차 적용 대상을 확장하기
시작했어. 특정 시간에만 식기세척기를 사용하거나 편지를 부치거나
목욕을 해야 하게 된 거지."

"말이 되는 소리네요." 콘래드는 점차 흥미가 차오르는 것을 느끼며 이렇게 평가했다. "하지만 그런 걸 어떻게 강제할 수 있는 거죠?"

"색을 넣은 통행증, 색을 넣은 화폐, 텔레비전이나 라디오 프로그램처럼 복잡하게 계획된 일정표를 매일 발행하는 시스템을 사용한 거지. 그리고 물론 이 주변에 보이는 수천 개의 시계들도 있고. 부속 바늘들은 그 시계가 가리키는 부류의 사람들에게 특정 활동을 할 수 있는 시간이 얼마나 남았는지를 알려 주는 것이란다."

스테이시는 말을 멈추고 광장을 굽어보고 있는 건물에 달린 푸른색 시계 하나를 가리켰다. "예를 들어서, 하급 관리자가 지정된 시간인 정오에 사무실을 떠나서 점심을 먹고, 도서관에서 새 책을 대여하고, 아스피린을 사고, 아내에게 전화를 걸고 싶어 한다고 해 보자꾸나. 관리자는 모두 청색 시간 영역에 따라 행동하지. 우선 그 주의 일정표를 꺼내거나 신문의 청색 표를 참조해서, 그날 자신의 점심시간이 12시 15분부터 30분까지라는 것을 확인한단다. 시간이 15분 남는 셈이지. 그럼 다음에는 도서관을 확인할 차례지. 오늘의 시간 코드가 3이라고 나와 있는데, 이건 시계의 세 번째 바늘을 가리키는 거란다. 가장 가까운 청색 시계를 보면 세 번째 손은 37분이 지났다고 되어 있지. 따라서 23분 안에 도서관에 도착해야 하는 거란다. 그래서 거리를 걷기 시작하지만, 첫 번째 교차로에 도착하자 보행자 신호가 적색과 녹색만 빛나고 있어 건널 수가 없다는 것을 깨닫게 된단다. 그 지역은 일시적으로 적색인 하급 여성 사무원과 녹색인 육체노동자만 사용할 수 있게 지정되었으니까."

"신호를 무시하면 어떻게 되는데요?" 콘래드가 물었다.

"당장은 아무 문제도 없지. 하지만 해당 구역의 모든 청색 시계는 0

으로 돌아가 있어서, 상점이나 도서관에 가도 아무것도 할 수가 없단다. 어쩌다 적색 또는 녹색 화폐와 위조 도서관 이용권을 가지고 있는 상황이 아니라면 말이지. 어쨌든 벌금이 너무 가혹해서 그런 위험을 감수할 이유도 없을뿐더러, 시스템 전체가 그의 편의를 위해 만들어진 것 아니겠니. 따라서 도서관에는 갈 수가 없으니 약국에 가기로 마음을 바꾼다고 해 보자. 약국의 시간 코드는 가장 작은 5번 바늘을 나타내는 5고. 54분이 지났다고 나오는구나. 그럼 6분 안에 약국을 찾아서 아스피린을 사야겠지. 그런 다음에도 점심 식사까지는 5분이 남으니까 아내에게 전화를 걸려고 시도한다고 해 보자. 그런데 전화 코드를 찾아보니 그날 또는 다음 날까지도 개인 통화 시간이 지정되어 있지 않구나. 결국 저녁이 되어 아내를 만날 때까지 기다릴 수밖에 없겠지."

"전화를 하면 어떻게 되는데요?"

"우선 자기 돈을 동전 함에 넣을 수도 없을 테고, 설령 넣는다고 해도, 만약 아내가 비서라고 가정하면 적색 시간대를 사용하기 때문에 그날은 더 이상 근무를 하지 않겠지. 따라서 전화 통화도 제한이 되지. 모든 것이 완벽하게 맞아 들어갔단다. 텔레비전을 켜고 끄는 것도 시간 일정에 따라야 했지. 가전 기구에는 전부 단락 장치가 설치되어 있어서, 지정된 시간 이외에 사용하면 꽤나 비싼 벌금과 수리비를 지불해야 했단다. 물론 대상자의 경제적 지위가 일정 선택에 큰 영향을 미쳤고, 일정에 따라 경제적 혜택도 존재했기 때문에 굳이 억압을 할 필요도 없었단다. 매일 일정을 보면 허락된 행동이 적혀 있었으니까. 지정된 시간에는 누구나 미용실, 영화관, 은행, 칵테일 바에 갈 수 있었고, 그 시간에 가기만 하면 빠르고 효율적으로 서비스를 받을 수 있었지."

　그들은 거의 광장 끄트머리에 도달했다. 정면에서 시계탑이 굽어보고 있었다. 거대한 문자반이 움직이지 않는 다른 열두 시종으로 이루어진 별자리의 가운데 자리를 당당하게 차지하고 있었다.

　"모든 사람이 사회경제적 지위에 따라 열두 부류로 나누어졌단다. 경영자는 청색, 군과 정부 관계자는 황색—그러니 너희 부모님이 그 손목시계를 가지고 있었다니 참 이상한 일이지. 너희 가족 중에 정부에서 일한 분은 없었을 테니까—육체노동자는 녹색 등으로 말이다. 물론 당연히 더 세밀한 분류도 가능했단다. 내가 언급한 하급 관리자는 12시에 사무실을 떠나겠지만, 똑같은 시간 코드를 가지고 있어도 상급 경영자라면 11시 45분에 사무실을 떠나 추가로 15분을 사용할 수 있었단다. 따라서 사무직 근로자들이 점심 식사를 하러 쏟아져 나오기 전에 텅 빈 거리를 거닐 수 있었겠지."

　스테이시는 시계탑을 가리켰다. "저게 다른 모든 시계를 통제했던 마스터 시계, '빅 클록'이란다. 시간을 관리하는 부서인 중앙 시간관리국에서 입법 능력이 쇠퇴해 가는 옛 국회 건물을 장악했지. 일정을 짜는 이들이 도시의 절대적인 지배자가 된 셈이니, 어찌 보면 당연한 일이었겠지."

　스테이시가 말을 잇는 동안 콘래드는 무력하게 12시 1분에 멈춘 채 일렬로 늘어선 시계들을 바라보았다. 왠지 시간 그 자체가 멈춰 버린 것처럼 느껴졌다. 주변의 거대한 사무 건물들은 어제와 내일 사이의 중립 공간에 떠 있는 것만 같았다. 저 마스터 시계만 다시 움직일 수 있다면 도시 전체가 맞물려 들어가며 살아나게 될지도 모른다. 그러면 순식간에 수백만의 사람들이 다시 도시를 채우고 역동적으로 움직이게 될 것이다.

그들은 다시 자동차로 돌아가기 시작했다. 콘래드는 시계를 흘긋 바라보았다. 거대한 바늘이 하늘을 바라보면서 고요 속에 멈춰 있었다.

"왜 멈춘 거예요?" 그는 물었다.

스테이시는 묘한 얼굴로 콘래드를 바라보았다. "내가 잘 설명해 주었을 텐데?"

"무슨 말이에요?" 콘래드는 얼굴을 찌푸리면서 광장을 둘러싼 수십 개의 시계들에서 스테이시에게로 눈길을 돌렸다.

"일부를 제외하면, 여기에 살던 3000만 명의 사람들이 어떤 삶을 살았을지 상상할 수 있지 않니?"

콘래드는 어깨를 으쓱했다. 청색과 황색 시계가 다른 색보다 많은 것이 눈에 띄었다. 분명 이 광장 주변에는 주요 정부 건물들이 있었을 것이다. "고도로 조직화되기는 했지만, 지금 우리가 누리는 삶보다는 나았을 테죠." 그는 마침내 주변 풍경에 더 신경을 팔며 대답했다. "전화를 전혀 못 쓰는 것보다는 하루 한 시간이라도 쓰는 게 낫잖아요. 어차피 지금도 귀한 물건은 전부 배급해 주지 않나요?"

"하지만 그때는 모든 것이 귀했단다. 인간의 존엄성을 포기한 삶이라는 생각이 들지는 않니?"

콘래드는 코웃음을 쳤다. "여길 보면 존엄성은 잔뜩 있었던 것 같은데요. 저 건물들 좀 보세요. 천 년은 버틸 것 같잖아요. 저거랑 우리 아버지를 비교해 보라고요. 게다가 그렇게 시계처럼 정확하게 돌아가도록 조율된 시스템은 아름답기까지 하다고요."

"그래, 시계나 다름없었지." 스테이시는 퉁명스럽게 대답했다. "톱니바퀴 부속에 대한 오래된 비유가 이토록 정확하게 들어맞는 곳은 또 없을 테니까. 네 존재의 총합이 신문의 일정표에 찍혀 나오고, 매달 시간관리국에서 우편으로 부쳐 주는 세계니까."

콘래드는 이미 다른 쪽으로 한눈을 팔고 있었지만, 스테이시는 목소리를 높여 계속 쏘아붙였다. "당연하지만 얼마 안 있어 반란이 일어났단다. 흥미롭게도 산업사회에서는 보통 매 세기 사회혁명이 한 번씩 일어나지. 그리고 혁명이 성공하면 보다 높은 사회 단계로 올라갈 수 있는 추진력을 얻게 되고. 18세기에는 도시 프롤레타리아 계층이었고, 19세기에는 장인 계층이었지. 그리고 이번 혁명의 주체가 된 이들은 현대식 아파트에 살고 있던 화이트칼라들이었어. 신용경제의 피라미드를 구성하며, 모든 자유나 개성을 억압당하는 경제체제를 지탱하던, 수많은 시계에 묶여 살던 이들 말이야……" 그는 말을 멈추었다. "뭘 보는 거냐?"

콘래드는 한쪽 골목을 빤히 바라보다가 잠시 머뭇거리고는 가벼운 말투로 물었다. "저 시계들은 어떻게 작동한 거죠? 전기인가요?"

"대부분 그렇지. 기계식도 좀 있었을 테고. 왜 그러냐?"

"그냥…… 어떻게 저 많은 걸 전부 움직였던 건지 궁금해서요." 그는 스테이시 뒤를 어슬렁거리며 따라가면서, 손목시계로 시간을 확인하고 왼쪽을 힐끔거렸다. 옆 골목에 늘어선 건물에는 20~30개의 시계들이 줄지어 달려 있었다. 오늘 오후에 계속 보았던 시계들과 별로 다를 것이 없는 모습이었다.

한 가지만 빼고. 그중 하나가 움직이고 있었던 것이다!

예의 그 시계는 오른쪽으로 50야드 떨어진 건물 출입구의 검은 유리로 된 현관 주랑 가운데에 달려 있었다. 18인치 정도 지름에 색이 바랜 청색 문자반을 가진 것으로, 다른 시계들과 달리 시곗바늘은 정확한 시간, 즉 3시 15분을 가리키고 있었다. 그리고 콘래드가 스테이시에게 이 기묘한 우연에 대해 말하려는 순간, 분침이 살짝 움직이는게 눈에 들어왔던 것이다. 누군가가 시계를 다시 작동시킨 것이 분명했다. 설령 고갈되지 않는 전지가 연결되어 있어도, 37년이나 지났는데 저렇게 시간이 정확하게 맞을 수는 없을 테니까.

그는 말을 잇는 스테이시의 뒤를 따랐다. "모든 혁명에는 압제의 상징이 존재하는 법이며……"

이제 시계가 거의 시야에서 사라졌다. 콘래드가 몸을 숙여 신발 끈을 묶는 척하는 순간, 다시 분침이 수평에서 살짝 아래로 움직였다.

그는 스테이시를 따라 주차된 차 근처까지 왔다. 더 이상 그의 말에는 신경도 쓰고 있지 않았다. 차에서 10야드 떨어진 곳에서 콘래드는 갑자기 몸을 돌려 도망치기 시작했다. 그는 거리를 달려 가장 가까운 건물로 향했다.

"뉴먼!" 스테이시가 소리치는 것이 들렸다. "돌아오너라!" 그는 보도에 도달해 건물을 지탱하고 있는 거대한 콘크리트 기둥 사이로 달려갔다. 승강기 기둥 뒤에 숨어 잠시 움직임을 멈추자, 스테이시가 서둘러 차에 오르는 모습이 보였다. 엔진이 쿨럭거리며 굉음을 뱉는 소리를 들으면서, 콘래드는 건물 아래를 통과해 방금 전의 거리로 통하는 뒷골목으로 나갔다. 자동차의 속도가 올라가는 소리, 문이 세게 닫히는 소리가 들렸다.

골목으로 진입했을 즈음에는 광장을 따라 30야드 뒤편까지 차가 따라붙고 있었다. 스테이시는 그대로 커브를 틀어 인도 위로 올라와서는 브레이크를 거칠게 밟고, 겁을 주려고 경적을 크게 울리면서 콘래드를 향해 차를 몰았다. 콘래드는 보닛 위로 구를 뻗하며 옆으로 차를 피하고는 2층으로 이어지는 좁은 계단을 달려 올라가기 시작했다. 끝까지 올라가자 마지막에 커다란 유리문들이 있는 좁은 층계참이 나왔다. 그 너머로 건물을 둘러싼 널찍한 발코니가 보였다. 화재용 비상계단이 건물을 지그재그로 오가며 지붕까지 이어지고, 5층까지 올라가면 거리 위를 가로지르는 식당을 통해 반대편 건물로 갈 수 있을 것 같았다.

아래에서 스테이시가 인도를 달려오는 소리가 들렸다. 유리문들은 잠겨 있었다. 콘래드는 옆에 놓인 소화기를 잡아당겨 그 육중한 원통을 유리문 한가운데로 던졌다. 유리가 부서져 바닥 타일에 폭포처럼 쏟아지며 계단 위로 흘러내렸다. 콘래드는 그대로 발코니로 들어서서 계단을 오르기 시작했다. 3층에 이르자 아래에서 스테이시가 고개를 빼고 위를 올려다보는 모습이 눈에 들어왔다. 콘래드는 거의 기다시피 힘겹게 남은 두 층을 올라간 다음, 회전문의 가로대를 밀고 널찍한 개방형 식당으로 들어갔다. 여기저기 쓰러져 있는 탁자와 의자 사이로 위층에서 던진 책상의 잔해가 널려 있었다.

식당으로 들어가는 문은 잠겨 있지 않았고, 바닥 가운데에는 커다란 물웅덩이가 생겨 있었다. 콘래드는 철벅거리며 웅덩이를 지나 낡은 플라스틱 모조 식물 뒤에 숨어서 거리를 내다보았다. 스테이시는 포기한 듯했다. 콘래드는 식당 뒤편으로 건너가서 카운터를 타고 넘어간 다음, 창문을 통해 거리를 가로지르는 옥외 테라스로 나갔다. 난간 너머로 광장의 풍경과 아래 거리에 새겨진 급커브 타이어 자국이 보였다.

반대편 발코니에 거의 도달했을 때 총소리가 허공을 갈랐다. 텅 빈 골짜기 사이로 깨진 유리가 날카롭게 쨀랑거리며 떨어지는 소리와 폭발음이 울려 퍼졌다.

　콘래드는 귀가 먹먹해져 잠시 어찌할 바를 모른 채, 몸이 드러나는 난간에서 물러서 양옆을 둘러싼 거대한 직사각형 건물들을 바라보기만 했다. 수많은 창문들이 마치 거대한 곤충의 겹눈 같았다. 스테이시가 무기를 가지고 있다. 분명 시간경찰의 일원일 것이다!

　콘래드는 엎드려 기다시피 테라스를 가로질러, 회전문 사이로 들어가 반쯤 열린 발코니 창문 쪽으로 움직였다.

　그리고 재빨리 건물 속으로 몸을 감추었다.

　마침내 6층 모퉁이의 사무실에 자리를 잡고 밖을 내다보자, 오른쪽 바로 아래에 아까 지나온 식당이 보였다. 처음에 도망쳐 올라온 층계는 정반대편에 있었다.

　오후 내내 스테이시는 근처 거리를 따라 차를 몰고 다녔다. 가끔은 엔진을 끄고 조용히 움직였고, 때로는 속도를 내서 달렸다. 두어 번은 허공에 대고 총을 쏜 다음 차를 멈추고 소리를 지르기도 했지만, 목소리가 거리를 따라 울리며 사라져 버리는 바람에 무슨 말인지는 알아들을 수가 없었다. 종종 인도 위로 올라와서는 승강기 로비 뒤편에서 콘래드를 몰아내려는 것처럼 건물 아래를 이리저리 돌아다니기도 했다.

　마침내 그가 차를 몰고 모습을 감추자 콘래드는 입구 위의 시계 쪽으로 시선을 돌렸다. 6시 45분, 그의 손목시계와 거의 같은 시각을 가리키고 있었다. 콘래드는 그 시계의 시각이 정확하다고 간주하고 자기 시계를 맞춘 다음, 자리에 앉아 시계를 맞춘 사람이 나타나기만을 기다렸다. 주변을 둘러싼 30~40개의 시계들은 모두 그대로 12시 1분을 가리키고 있었다.

5분 정도 자리를 비우고 식당의 웅덩이에서 물을 떠 오기도 했다. 자정이 지나자 콘래드는 주린 배를 움켜쥐고 책상 뒤 구석에서 웅크린 채 잠들어 버렸다.

다음 날 아침 콘래드는 사무실을 채우는 밝은 햇살 속에서 깨어났다. 그리고 자리에서 일어나 옷에 묻은 먼지를 털고 몸을 돌렸다. 누더기가 된 트위드 정장을 걸친 머리가 센 키 작은 남자가 그곳에 서서 날카로운 눈으로 그를 훑어보고 있었다. 팔에는 커다란 총을 매고 있었다. 공이를 젖힌 모습이 눈에 들어왔다.

남자는 금고를 두드리고 있던 철자를 내려놓고는 콘래드가 정신을 차리기를 기다렸다.

"여기서 뭘 하는 거냐?" 남자가 퉁명스럽게 물었다. 콘래드는 남자의 주머니가 각진 물건들로 가득 차서 울퉁불퉁한 것을 눈치챘다.

"저는…… 그게……" 콘래드는 할 말을 찾으려 애썼다. 왠지 모르게 눈앞의 이 남자가 시계를 감은 사람이 분명하다는 생각이 들었다. 문득 정직하게 모든 것을 털어놓아도 잃을 것이 없다는 결정을 내린 콘래드는 불쑥 말했다. "시계가 움직이는 것을 보았어요. 저 아래 왼쪽에요. 저도 시계를 감는 일을 돕고 싶어요."

남자는 예리한 눈으로 그를 바라보았다. 신경을 곤두세운 새처럼 보이는 얼굴에, 싸움닭처럼 턱살이 두어 번 접혀 있었다.

"어떻게 도울 생각이냐?" 그가 물었다.

콘래드는 움찔하고는 힘없이 중얼거렸다. "어딘가 태엽 감개가 있겠죠."

남자는 얼굴을 찌푸렸다. "태엽 감개 하나? 그걸로는 별 소용도 없을 텐데." 조금씩 경계를 푸는 모양이었다. 주머니가 흔들리며 둔탁한 금속음이 울렸다.

잠시 두 사람 모두 아무 말도 하지 않았다. 그러다 문득 한 가지 생각이 떠오른 콘래드가 손목을 드러냈다. "저, 손목시계가 있어요. 7시 45분이네요."

"어디 보자." 노인이 앞으로 한 발짝 나서며, 콘래드의 손목을 거세게 쥐고는 노란색 문자반을 살펴보았다. "모바도 슈퍼매틱이군. 시간관리국 발행품이고." 그는 산탄총을 내리면서 한 발짝 물러서더니 콘래드를 위아래로 훑어보았다. "좋아." 그가 마침내 입을 열었다. "그럼 어디 볼까. 아침 식사를 아직 안 했을 것 같군."

그들은 건물을 나와서 빠른 걸음으로 거리를 걸어가기 시작했다.

"가끔 여기까지 오는 사람들이 있지." 노인이 말했다. "보통은 관광객이나 경찰들이지만. 네가 어제 도망치는 모습을 보았다. 목숨이 붙어 있어서 다행이구나." 그들은 텅 빈 거리를 지그재그로 움직였다. 노인은 계속 계단이나 지지대 뒤쪽으로 몸을 숨기며 걸으면서도, 항상 손을 옆구리에 붙여 주머니가 흔들리지 않게 했다. 콘래드가 그 안을 슬쩍 보자 무수히 많은 태엽 감개들이, 크고 녹슬어 있는 온갖 형태와 조합을 갖춘 태엽 감개들이 눈에 들어왔다.

"아버지 시계인 모양이지." 노인이 말했다.

"할아버지 거예요." 콘래드는 말을 정정하고는 스테이시의 강의를 떠올리고 한마디 덧붙였다. "광장에서 살해당하셨어요."

노인은 이해한다는 듯 얼굴을 찌푸리고 잠시 콘래드의 팔을 잡았다.

그들은 주변의 다른 건물들과 구별이 가지 않는 건물 아래로 들어가 걸음을 멈추었다. 한때 은행이었던 듯했다. 노인은 주의 깊게 주변을 둘러보고, 사방을 둘러싼 높다란 절벽 위를 살핀 다음, 멈춰 있는 에스컬레이터로 올라가기 시작했다.

노인의 거주 구역은 3층에 있었다. 철창과 안전문의 미로 너머 커다란 작업장 한가운데에 스토브 하나와 해먹 하나가 있는 게 전부였다. 원래 타자수들이 사용했던 모양인 30~40개의 책상 위에는 시계들이 수없이 놓여 있었는데, 모두 동시에 수리에 들어간 것으로 보였다. 그 주변을 둘러싼 커다란 수납장들에는 이름표가 붙은 우편물 서랍 안에 수천 개의 부속들이 깔끔하게 정리되어 있었다. 녹슨 금속 무더기 속에서 탈진기, 래칫, 톱니바퀴 등을 간신히 알아볼 수 있었다.

노인은 콘래드를 이끌고 한쪽 벽에 걸린 도표로 가서 날짜 옆에 적힌 총계 숫자를 가리켰다. "저걸 보거라. 이제 278개가 제대로 움직이고 있어. 솔직히 네가 와 줘서 정말 기쁘구나. 저걸 감는 데만도 내 시간의 절반 정도가 들거든."

그는 콘래드에게 아침 식사를 만들어 주고는 자신에 대해 간략하게 설명했다. 그의 이름은 마셜이었다. 한때 시간관리국에서 일정 제작자로 근무했고, 반란과 시간경찰의 손아귀에서 벗어나 살아남았으며, 10년이 지난 후 도시로 돌아왔다. 그는 매달 초 자전거를 타고 변두리 마을 하나로 나가서 연금을 받고 생필품을 사 모았다. 그리고 남은 시간은 계속 늘어나고 있는 작동하는 시계의 태엽을 감고, 자신이 분해해서 수리할 수 있는 시계를 찾으면서 보냈다.

"비를 맞으며 오랜 시간을 보냈으니 상태가 좋을 리가 없지." 그는 설명했다. "그리고 전자시계는 어떻게 손쓸 방법도 없고."

콘래드는 책상들 사이를 돌아다니며 조심스러운 손길로, 마치 구조를 이해할 수 없는 거대한 로봇의 신경세포처럼 널려 있는 시계 부속들을 어루만졌다. 희열과 동시에 묘하게 차분한 느낌이 들었다. 평생을 톱니바퀴 하나에 걸고 그것이 회전하기만을 기다리는 사람의 기분이었다.

"어떻게 모든 시계가 똑같은 시간을 가리키게 만드시는 거예요?" 그는 마셜에게 물었다. 그 질문이 왜 그리 중요한 느낌이 드는지 스스로도 의문을 품으면서.

마셜은 별것도 아니라는 듯한 손짓을 했다. "그런 건 불가능하지. 하지만 무슨 상관이냐? 어차피 완벽하게 정확한 시계 따위는 존재하지도 않는데. 가장 완벽함에 근접한 시계는 멈춰 버린 시계야. 언제인지는 몰라도 하루에 두 번은 완벽하게 정확한 시각을 **표시하니까.**"

콘래드는 창가로 가서 지붕 사이로 보이는 거대한 시계를 가리켰다. "저걸 움직인 다음에, 저 시계에 맞춰서 다른 시계들을 돌리면 되잖아요."

"불가능한 일이야. 다이너마이트로 내부를 통째로 날려 버렸거든. 종을 울리는 부분만 멀쩡하지. 게다가 전자시계의 내부 회로는 한참 전에 삭아 버렸을 게다. 그런 것들을 다시 움직이게 하려면 기술자가 한 부대는 필요할 거야."

콘래드는 고개를 끄덕이고는 다시 숫자를 기록한 표를 바라보았다. 세월이 흐르는 동안 마셜이 숫자 세는 것을 잊은 듯하다는 생각이 들었다. 거기에 적혀 있는 완성 일자는 7년 반 전의 것이었다. 콘래드는 느긋하게 이런 아이러니를 곱씹다가, 결국 마셜에게는 언급하지 않는 편이 좋겠다는 결론에 이르렀다.

마셜과 함께 지낸 석 달 동안, 콘래드는 태엽을 감을 때 사용하는 사다리와 태엽 감개가 가득 든 가방을 들고, 자전거로 돌아다니는 노인을 걸어서 따라다녔다. 수리할 수 있는 시계를 떼어 내 작업장으로 가져가는 일을 돕기도 했다. 그들은 낮 동안 내내 그리고 때로는 밤을 반쯤 지새우기도 하며 시계의 기계장치를 수리하고 다시 움직이게 만든 다음 원래 위치로 돌려 놓으면서 보냈다.

그러나 그러는 동안에도 항상 콘래드의 마음은 광장을 굽어보는 탑 위의 거대한 시계에 쏠려 있었다. 그는 하루에 한 번씩 몰래 빠져나가 무너진 시간관리국 건물에 올라가 보곤 했다. 마셜이 말한 대로 마스터 시계와 그 주변을 둘러싼 열두 개의 작은 시계는 두 번 다시 움직이지 못할 것이 분명했다. 기계장치가 들어 있던 공간은 폭발 때문에 뒤틀린 수많은 회전자와 구동 바퀴가 녹슨 채로 뒤얽혀서, 마치 침몰한 배의 기관실 같은 몰골이 되어 있었다. 매주 콘래드는 끝없이 이어지는 층계를 올라 200피트 높이의 최상층까지 가서는 종탑에 서서 멀리 지평선까지 이어지는 거대한 사무용 건물들의 모습을 바라보곤 했다. 발아래 길게 늘어진 가로줄 위에 종을 때리는 망치들이 얌전히 얹혀 있는 모습이 보였다. 가장 높은 곳의 가로줄을 별생각 없이 건드렸더니 광장 위로 둔중한 종소리가 퍼져 나갔다.

그에 따라 콘래드의 마음속에도 묘한 파문이 일었다.

그는 천천히 종 울리는 기관을 수리하기 시작했다. 망치와 도르래 장치를 다시 연결하고, 새 철사를 탑 꼭대기까지 감아올리고, 아래 기계장치에서 윈치를 빼내어 고리 거는 부분을 수선했다.

마셜과 그는 작업에 대해 의견을 나누지 않았다. 그들은 본능에 복종하는 동물들처럼, 자신의 동기조차도 제대로 깨닫지 못한 채 쉬지 않고 일했다. 어느 날 콘래드가 그곳을 떠나 그 도시의 다른 구역으로 가서 작업을 계속할 생각이라고 말하자, 마셜은 즉각 그 의견에 찬성을 표하고는 여분 도구를 최대한 많이 챙겨 주고 작별 인사를 했다.

6개월 후, 거대한 시계의 종소리가 거의 하루 종일 도시의 지붕 위로 퍼져 나갔다. 한 시간, 30분, 15분에 맞추어 종소리가 울리며 천천히 하루의 경과를 알렸다. 30마일 떨어진 도시의 경계 지역에서는 사람들이 거리와 문가에서 걸음을 멈추고 멀리 지평선에 보이는 기나긴 아파트 건물 사이로 음울하게 울리는 종소리에 귀를 기울였다. 자기도 모르게 시간을 알리는 소리가 몇 번 울리는지 헤아리면서. 나이 든 사람들은 서로 속삭였다. "4시였나, 아니면 5시였나? 다시 시계를 돌리는 모양이야. 이렇게 오랜만에 들으니 기분이 묘하구먼."

그리고 그렇게 하루가 지나가는 동안, 15분과 30분의 종이 먼 거리를 뚫고 그들에게 도달할 때면, 머릿속에서 어릴 적 목소리가 들려와 규칙적으로 움직이던 먼 옛날의 세계를 떠오르게 했다. 사람들은 종소리를 이용해 타이머를 맞추고, 잠자리에 들기 전에는 길게 꼬리를 끄는 자정의 종소리에 귀를 기울이고, 자리에서 일어나서는 아침의 맑은 공기 속에서 울리는 종소리를 듣기 시작했다.

경찰서까지 가서 다시 손목시계나 탁상시계를 소유해도 되는지 물어보는 이들도 있었다.

스테이시 살해로 20년, 시간 법률을 열네 차례 어긴 죄로 5년형을 판결받은 후, 뉴먼은 법정 지하에 있는 유치장으로 끌려갔다. 형량은 예상한 대로였고, 판사가 이의가 있는지 물어보았을 때에도 아무 말도 하지 않았다. 1년 동안 재판을 기다린 그에게 있어 오늘 법정에서 보내는 오후는 그저 한순간의 막간극에 지나지 않았다.

스테이시를 살해했다는 혐의에 대해서도 조금도 자신을 변호하지 않았다. 한편으로는 마셜이 계속 방해받지 않고 작업할 수 있도록 보호하기 위해서였고, 다른 한편으로는 자신이 그 시간경찰의 죽음에 간접적으로 책임이 있다고 느꼈기 때문이다. 20~30층 높이에서 떨어져 두개골절로 사망한 스테이시의 시체는 광장에서 얼마 떨어지지 않은 지하 주차장에 세워 둔 그의 차 뒷좌석에서 발견되었다. 아마 마셜이 주변을 둘러보는 그를 발견하고 손쉽게 처치했을 것이다. 뉴먼은 마셜이 하루 종일 모습을 보이지 않았던 날을 그리고 그 주 내내 노인이 묘하게 기분 나쁜 표정을 띠고 다녔던 것을 기억해 냈다.

마지막으로 그 노인을 목격한 것은 경찰이 도착하기 사흘 전의 일이었다. 매일 아침 광장으로 종소리가 울려 퍼질 때마다 뉴먼은 노인의 작은 몸이 서둘러 광장을 가로질러 다가오던 모습을, 두려움 없이 고개를 들고 그를 향해 힘차게 손을 흔들던 모습을 보았었다.

이제 뉴먼은 이어질 20년 동안 어떻게 시간을 측정할 것인가 하는 문제에 직면했다. 다음 날 장기수용 감방으로 이감되자 그의 공포는 더욱 커졌다. 감독관을 만나러 가다가 앞으로 쓰게 될 감방을 지나쳤는데, 창밖으로 보이는 것이라고는 아주 좁은 수직 통로밖에 없었던 것이다. 그는 서서 감독관의 훈계를 들으면서도 제정신을 유지할 방법을 찾아 필사적으로 두뇌를 굴렸다. 그러나 매초를, 매일 86,400초를 직접 세는 것 말고는 시간을 확인할 방법을 도저히 생각해 낼 수가 없었다.

감방에 갇힌 그는 좁은 침대에 털썩 주저앉았다. 작은 소지품 꾸러미를 풀기에도 너무 지친 상태였다. 잠깐 살펴보아도 좁은 틈새는 아무런 도움이 안 될 것이 분명했다. 통로 절반쯤의 위치에 설치된 강한 조명이 50피트 위의 철창을 통해 들어오는 햇빛을 완벽하게 가렸기 때문이다.

그는 침대 위에서 몸을 쭉 뻗고는 천장을 살펴보았다. 천장 한가운데 홈 안에 있는 것은 전구였지만, 놀랍게도 그것 말고도 장식이 하나더 있는 듯했다. 벽에, 그의 머리에서 몇 피트 위쪽에 무언가가 붙어있었다. 반지름이 10인치 정도 되는 둥그스름한 보호 유리도 눈에 들어왔다.

독서등 같은 게 아닐까 하고 생각에 잠겨 있던 그는 문득 전등을 켜는 스위치가 없다는 사실을 깨달았다.

그는 몸을 돌려 일어나 앉아 그 물건을 살펴보다가 놀라서 자리에서 벌떡 일어났다.

시계였다! 그는 둥그스름한 유리 위로 손을 올려서 비스듬하게 기울어 있는 바늘을 확인하고는 숫자를 읽었다. 4시 53분, 충분히 지금 정도에 가능한 시각으로 보였다. 그냥 시계가 아니라 제대로 움직이는 시계였다! 잔인한 농담일까, 아니면 갱생 치료를 한답시고 실수를 저지른 것일까?

문을 두드리자 간수 한 사람이 다가왔다.

"왜 이리 소란이야? 시계? 시계가 왜?" 간수는 문을 열고 뉴먼을 뒤로 밀치며 안으로 들어왔다.

"아무 문제도 없습니다. 하지만 이게 어떻게 여기 있는 거죠? 불법이잖습니까."

"아, 그래서 걱정이 되셨다 이건가." 간수는 어깨를 으쓱했다. "글쎄, 네놈도 알겠지만 여기서는 다른 종류의 규칙이 적용되니까. 앞으로 한참을 여기서 보내야 할 텐데 시간을 알려 주지 않으면 너무 잔인하지 않겠나. 시계 쓰는 법은 알지? 잘됐군." 간수는 문을 쾅 닫고 빗장을 단단히 채운 다음, 철창 너머에서 뉴먼에게 웃어 보였다. "여기서는 하루가 아주 길거든. 저 시계가 있으면 하루를 버티는 데 도움이 될 거다."

뉴먼은 행복감에 젖어 자리에 누웠다. 그는 발치에 있던 담요를 말아서 베개 삼아 머리를 대고 시계만을 바라보고 있었다. 완벽하게 제대로 작동하는 듯했다. 전기로 작동하는 모양인지 30초마다 분침이 달각이며 움직였다. 간수가 떠난 후 한 시간 동안 그는 시계에서 단 한 순간도 눈을 떼지 않았다. 그런 다음에는 감방 안을 정리하면서 몇 분마다 한 번씩 시계를 흘깃 바라보고 아직 그 자리에 있는지, 제대로 작동하는지를 확인했다. 법 집행이 그에게 축복을 가져다주었다는 역설적인 상황이 즐겁게 느껴졌다. 생애의 20년을 대가로 바친 셈이기는 했지만.

2주 후까지도 그는 여전히 이 황당한 상황에 웃음을 머금고 있었다. 난생처음으로 시계의 째깍거리는 소리가 미칠 정도로 귀에 거슬린다는 사실을 깨달은 것은 그즈음이었다……

(1960)

시간의 목소리
The Voices of Time

하나

나중에 파워스는 종종 횟비를, 그리고 그 생물학자가 빈 수영장 바닥에 새겨 놓은 기묘한 자국을 떠올렸다. 얼핏 보기에는 무작위로 그린 것 같은 깊이 1인치, 길이 20피트의 홈이 서로 뒤얽혀 중국 글자처럼 복잡한 표의문자를 형성하고 있었다. 완성하는 데만도 여름 한 철이 걸렸지만, 횟비는 사막의 기나긴 오후 내내, 다른 생각은 조금도 없이, 지치지도 않고 작업에 매달렸다. 파워스는 신경외과 건물 반대쪽 끝에 있는 연구실 창문을 통해 그가 끌과 줄을 움직이고, 작은 자루에 시멘트 부스러기를 담아 내가는 모습을 지켜볼 수 있었다. 횟비가 자살한 이후 그의 작업물에 손을 대는 사람은 아무도 없었지만, 파워스는 종종 관리자의 열쇠를 빌려 아무도 사용하지 않는 수영장으로 들어가서, 염소 살균기에서 새어 나온 물이 반쯤 고여 썩어 가는 도랑과 그것들이 모여 구성하는 미궁을 내려다보곤 했다. 이제는 해답이 존재하지 않는 암호를.

처음에는 병원 업무를 마무리하고 최후의 퇴거를 준비하느라 너무 바빠서 제대로 신경을 쓸 새도 없었다. 그리고 첫 주를 분주하게 보내고 나자, 그는 자신의 문제도 환자들을 대할 때와 동일하게 무심하게 운명주의적인 시각에서 받아들일 수 있게 되었다. 다행히 그의 육체와 정신은 같은 속도로 퇴행했다. 무기력증과 무력감이 초조한 기분을 완화시켜 주었고, 신진대사 속도가 떨어져 집중하지 않으면 생각을 이어 나갈 수 없게 되었다. 갈수록 길어지는 꿈 없는 잠의 시간은 이제 거의 휴식과도 같이 느껴졌다. 이내 그는 자신이 잠을 기다리기 시작했음을 깨닫고, 필요한 것보다 일찍 일어나려는 노력을 완전히 포기했다.

처음에는 침대 옆에 자명종을 가져다 놓고, 짧아져만 가는 의식이 있는 시간 동안 최대한 많은 일을 하려고 애썼다. 서재를 정리하고, 매일 아침 횟비의 실험실까지 차를 타고 가서 최신 엑스레이 건판을 확인했으며, 매시간 매분을 수통에 남은 마지막 물 몇 방울처럼 철저히 배급해서 아껴 쓰려 했다.

다행히도 앤더슨이 본인도 모르는 사이에 이런 모든 일이 부질없음을 깨닫게 해 주었다.

이제는 거의 형식적인 일일 뿐이었지만, 파워스는 퇴직한 후에도 여전히 일주일에 한 번씩 차를 몰고 검진을 하러 병원에 들렀다. 마지막 방문에서 앤더슨은 파워스의 늘어지는 얼굴 근육과 희미해지는 동공 반사, 면도도 하지 않은 뺨에 주목하면서 형식적으로 맥박을 쟀다.

앤더슨은 책상 건너편에 앉아 있는 파워스를 향해 애석한 듯 미소를 지으며 무슨 말을 건넬지 고민했다. 물론 앤더슨도 명민한 환자들에게 기운을 북돋아 주거나 설명을 하려 시도했던 적이 있었다. 그러나 파워스는 그의 손이 닿는 곳 너머의 존재였다. 그는 최고의 신경외과 전문의에, 항상 최전선에 나가 처음 보는 재료를 다룰 때만 안도하는 사람이었던 것이다. 앤더슨은 생각했다. **미안하네, 로버트. 무슨 말을 해야 할지······ '태양도 식어 가는 상황 아닌가'**라고 말해야 할까? 그는 파워스가 손가락으로 에나멜 책상을 초조하게 두드리는 모습을, 사방에 붙어 있는 척수 도해표로 시선을 옮기는 모습을 지켜보았다. 일주일 전과 마찬가지로 다림질하지 않은 셔츠를 입고 지저분한 캔버스 운동화를 신은 후줄근한 모습임에도, 파워스는 차분하게 자신을 다스리고 있는 것처럼 보였다. 콘래드의 작품 속, 뛰어난 지성을 가진 해변의 쓰레기를 줍는 사람처럼 자신의 연약함을 알면서도 주눅 들지 않는 모습이었다.

"요즘은 뭘 하면서 시간을 보내나, 로버트?" 그가 물었다. "아직도 휫비의 실험실에 놀러 가나?"

"가능한 한도 내에서는 자주 들르지. 호수를 건너는 데만 30분이 걸리고 자명종이 울려도 그대로 자 버리는 일이 잦아져서 말이야. 아예 이쪽 집을 떠나서 그쪽으로 이사를 가야 할지도 모르겠어."

앤더슨은 얼굴을 찌푸렸다. "그게 무슨 의미가 있나? 내가 보기에는 휫비의 연구는 전부 추측일 뿐이고—" 그는 문득 말을 끊었다. 자신의 발언이 파워스가 병원에 있을 당시에 하던—재앙으로 끝난—연구를 비판하는 것처럼 들린다는 사실을 깨달았기 때문이다. 그러나 파워스는 그의 말을 무시하고 천장에 떠오른 그림자의 무늬를 살펴보고 있었다. "어쨌든 지금 자네가 사는 곳에서, 익숙한 물건에 파묻혀서 토인비나 슈펭글러를 읽는 편이 낫지 않겠나?"

파워스는 가볍게 웃었다. "그건 정말 하고 싶지 않은 일인데. 토인비나 슈펭글러는 기억하는 게 아니라 **잊어버리고** 싶은 쪽이거든. 솔직히 말해서, 폴, 이젠 모든 걸 잊고 싶다네. 하지만 그럴 시간조차 충분할지 모르겠어. 석 달 동안 얼마나 많은 것을 잊을 수 있다고 생각하나?"

"원하기만 한다면 전부 잊을 수 있을 것 같은데. 하지만 너무 시간과 싸우려고 애쓰지는 말게나."

파워스는 조용히 고개를 끄덕이며, 앤더슨의 마지막 말을 되뇌어 보았다. 그가 지금까지 해 온 행동은 시간과 싸우려 애쓰는 일 그 자체였다. 자리에서 일어나 앤더슨에게 작별 인사를 하면서, 그는 문득 자명종을 버리고 시간에 대한 헛된 집착에서 벗어나겠다고 결심했다. 그리고 결심을 확고히 하기 위해 손목시계를 풀어 시간을 엉망으로 돌린 다음 주머니에 집어넣었다. 건물을 나서서 자동차로 향하면서, 그는 이런 단순한 행위가 자신에게 가져다준 자유에 대해 반추했다. 이제 시간이라는 복도에서 돌아가는 길을, 쪽문을 탐색할 수 있게 된 것이다. 석 달이라는 시간은 영원과 동일할 수도 있다.

그는 줄지어 늘어선 차들 사이에서 자신의 차를 확인했다. 그리고 강당의 접시 모양 지붕을 쓸고 내려와 그의 눈가를 직격하는 태양을 가리면서 그쪽으로 걸음을 옮겼다. 차에 타려는 순간, 누군가가 자동차 앞 유리에 덮인 먼지 위에 손가락으로 숫자를 써 놓은 것이 눈에 들어왔다.

힐긋 둘러보자 눈에 익은 하얀 패커드가 옆에 주차되어 있었다. 차 안을 들여다보니 햇빛에 색이 바랜 금발과 두뇌 긴장형 두상을 가진 호리호리한 얼굴의 젊은이가 앉아 있었다. 그의 옆자리, 운전석에는 심리학과 근처에서 종종 보았던 검은 머리 여성이 앉아 있었다. 지성 이 엿보이지만 눈매가 조금 삐딱한 여자였다. 파워스는 젊은 의사들 이 그녀를 '화성에서 온 여자'라고 부르던 것을 기억해 냈다.

"잘 지냈나, 칼드런." 파워스가 젊은이에게 말했다. "아직 나를 쫓아 다니고 있나?"

칼드런은 고개를 끄덕였다. "거의 항상 그러고 있습니다, 박사님." 그는 예리한 눈으로 파워스를 훑어보았다. "사실 요즘 들어 박사님이 거의 안 보이셔서요. 앤더슨 선생은 박사님이 사임하셨다고 했고, 연 구실도 닫혔더라고요."

파워스는 어깨를 으쓱했다. "휴식이 좀 필요하다는 생각이 들어서. 자네들도 이해하겠지만, 다시 생각을 정리할 요소가 꽤 많거든."

칼드런은 반쯤 조롱하듯 얼굴을 찌푸렸다. "그거 유감이군요, 박사 님. 하지만 일시적인 차질 정도로 너무 우울해하실 필요는 없지 않겠 습니까." 그는 여자 쪽이 흥미로운 눈으로 파워스를 바라보고 있는 것 을 알아챘다. "여기 코마는 박사님 팬입니다. 《미국정신의학회지》에 실린 박사님 논문들을 줬더니, 그걸 전부 다 읽어 버렸지 뭡니까."

여자는 파워스를 향해 즐겁게 웃으면서 두 남자 사이에 존재하던 적개심을 순식간에 지워 버렸다. 파워스가 그녀에게 가볍게 목례하자, 그녀가 칼드런 위로 몸을 뻗으며 말했다. "사실 얼마 전에 노구치 자서전을 다 읽은 참이에요. 스피로헤타균을 발견한 위대한 일본인 의사 말이죠. 왠지 박사님을 보면 그 사람이 생각나네요. 박사님이 진료한 모든 환자들 속에 박사님의 모습이 아주 많이 남아 있거든요."

파워스는 힘없이 그녀를 향해 미소를 짓고는, 자기도 모르게 시선을 돌려 칼드런과 서로 쏘아보았다. 그렇게 한동안 침울한 눈싸움을 하자니, 돌연 칼드런의 오른뺨에 신경에 거슬리는 작은 틱 증상이 나타났다. 칼드런은 얼굴 근육을 풀면서 몇 초 만에 힘겹게 틱을 멈추었다. 파워스가 자신의 수치스러운 모습을 잠깐이라도 목격했다는 사실에 짜증이 난 것이 분명했다.

"오늘 병원에서는 무슨 일 없었나?" 파워스가 물었다. "혹시 이후로…… 두통을 더 앓지는 않았고?"

칼드런은 순간 짜증이 치솟아 오른 듯 이를 악물었다. "제 담당이 박사님입니까, 앤더슨 선생입니까? 박사님이 그런 질문을 할 입장이시긴 합니까?"

파워스는 무마하려는 듯 손을 내저었다. "아니겠지." 그리고 그는 목청을 가다듬었다. 열기 때문에 화가 치밀어 오르지도 않았고, 그저 지쳐서 얼른 벗어나고 싶은 마음만 가득했다. 자동차로 몸을 돌리던 그는 아마도 칼드런이 따라올 것이며, 자신을 밀어 도랑에 빠트리거나 길을 막아서 호수까지 걸어서 돌아가게 만들 게 분명하다는 걸 깨달았다. 칼드런은 어떤 미친 행동도 실행에 옮길 수 있는 작자였다.

"그럼, 나는 가서 챙겨 올 물건이 있어서." 그는 이렇게 말하고는 보다 단호한 목소리로 덧붙였다. "어쨌든 앤더슨과 연락이 닿지 않으면 내 쪽으로 연락하게."

그는 손을 흔들고 줄지어 늘어선 자동차들 사이로 걸음을 옮겼다.

차창에 반사되는 풍경을 통해 칼드런이 고개를 돌리고 자신을 빤히 쳐다보는 모습이 눈에 들어왔다.

그는 뇌신경외과 건물로 들어가서, 현관에서 잠시 걸음을 멈추고 서늘함을 만끽하며 접수처의 간호사 두 사람과 무장 경비원에게 고개를 끄덕였다. 왠지는 몰라도 옆의 기숙사 건물에 잠들어 있는 말기 환자들은 관광객 지망생들을 잔뜩 끌어들였다. 대부분은 혼수상태를 막는 마법적인 방법을 찾아내려는 괴짜거나 할 일 없는 구경꾼들이었지만, 꽤나 정상적인 사람들도 수가 제법 되었다. 그중 여럿은 기묘한 본능에 이끌린 듯 수천 마일의 거리를 무릅쓰고 이곳 병원까지 찾아왔다. 마치 자기네 종種의 무덤을 미리 확인하러 찾아오는 짐승들처럼.

그는 복도를 따라 접수처를 내려다보고 있는 관리 사무소로 걸어가서 열쇠를 빌린 다음, 테니스 코트와 보건체조 연습장을 지나 반대쪽 끝의 사방이 막힌 수영장으로 향했다. 몇 달 동안 사용되지 않은 데다 자물쇠가 열리는 일 자체도 파워스가 방문할 때밖에 없었다. 그는 안으로 들어가서 문을 닫은 다음 칠이 벗겨져 가는 목제 스탠드를 지나 수심이 깊은 쪽으로 향했다.

그는 다이빙 보드에 한 발을 올린 채로 횟비의 표의문자를 바라보았다. 젖은 나뭇잎과 종잇조각에 가려 윤곽만 간신히 알아볼 수 있었다. 수영장 바닥 거의 전부를 덮고 있는 그림은 얼핏 보기에는 거대한 태양 원반을 그려 놓은 것만 같았다. 원반을 중심으로 네 개의 팔이 사방으로 뻗어 나가며 다이아몬드 형태를 이룬 모양새가 마치 어설프게 그린 융의 만다라처럼 보였다.

횟비가 죽음을 앞두고 이런 것을 그린 이유를 생각하던 파워스는 문득 원반 가운데 쓰레기 속에서 뭔가가 움직이는 것을 발견했다. 1피트 길이에 돌기로 가득한 검은색 껍질을 가진 동물이 진창을 쑤시면서 힘겹게 움직이고 있었다. 분절되어 있는 껍질이 어떻게 보면 아르마딜로와 비슷했다. 동물은 원반 가장자리까지 와서는 움직임을 멈추고 잠시 머뭇거리다 이윽고 천천히 원반의 중심으로 돌아갔다. 좁은 홈을 건너고 싶지 않거나 건너지 못하는 모양이었다.

파워스는 주변을 둘러보다가 탈의실 한 곳에 들어가 녹슨 벽감에서 작은 목제 사물함을 하나 뜯어냈다. 그리고 그걸 한 팔에 끼고는 금속 사다리를 타고 수영장으로 내려가서, 미끄러운 바닥 위로 조심스레 걸음을 옮기며 동물에게 다가갔다. 그가 다가오는 모습을 보고 동물은 한쪽으로 몸을 피하려 했으나, 그는 손쉽게 동물을 몰아넣은 다음 뚜껑을 이용해 사물함 속으로 밀어 넣었다.

놈은 꽤나 무거웠다. 적어도 벽돌 한 장 정도 무게는 되는 듯했다. 그는 육중한 검은 올리브색 갑각을 주먹으로 두드려 보다가, 껍질 밑에서 거북이처럼 쑥 튀어나와 있는 우둘투둘한 세모꼴 머리와 앞발의 다섯 발가락 중 첫 번째 발가락 아래로 형성된 두툼한 발바닥에 주목했다.

그는 사물함 안에서 불안하게 자신을 바라보며 껌뻑이는 세 겹의 눈꺼풀이 달린 눈을 마주 보았다.

"방사능 가득한 날씨를 대비하는 모양이지?" 그는 중얼거렸다. "그래도 납으로 만든 양산을 얹고 다니니 나름 막을 수는 있을 것 같구나."

그는 뚜껑을 닫은 다음 수영장 사다리를 타고 올라와 관리 사무소에 들렀다가, 사물함을 들고 자동차로 돌아갔다.

……칼드런은 계속해서 나를 비난한다. (파워스는 일기장에 이렇게 썼다.) 이유는 모르겠지만 자신이 격리된 상황을 받아들이고 싶지 않은지, 자는 동안 잃어버린 시간을 벌충하기 위해 여러 개인적인 의식을 벌인다. 어쩌면 나 자신도 0으로 수렴해 가고 있다는 사실을 일러 줘야 할지도 모르겠지만, 그는 그런 사실조차 견딜 수 없는 최후의 모욕으로 받아들일 것이다. 자신이 그토록 갈구하는 것을 내가 풍족하게 소유하고 있어야 한다고 여기니까. 무슨 일이 벌어질지는 신만이 아실 것이다. 악몽 같은 예지는 다행히도 일단은 사라진 모양이지만……

파워스는 일기장을 밀어 놓고 책상에 몸을 기댄 채 창밖으로 시선을 돌려서, 지평선의 언덕을 향해 뻗어 있는 백색 호수 바닥을 바라보았다. 3마일 떨어진 건너편 기슭에는 맑은 오후의 하늘 속에서 천천히 회전하는 전파망원경의 둥근 접시가 보였다. 칼드런이 끊임없이 하늘을 붙들어, 수백만 세제곱 파섹*에 이르는 황막한 에테르를 받아들여 걸러 내는 모습이었다. 마치 페르시아 만의 해변으로 바다를 둘러싸 사로잡은 유목민처럼.

등 뒤에서는 에어컨이 조용히 웅웅대며 흐릿한 빛에 반쯤 파묻힌 하늘색 벽을 식혀 주고 있었다. 바깥의 공기는 밝고 숨 막히게 더웠다. 20층 높이의 뇌신경외과 건물이 병원 아래의 금빛 선인장 무리에서 올라오는 열기에 감싸여 흔들렸다. 굳게 닫힌 문 너머의 고요한 다인실에는 말기 환자들이 꿈 없는 긴 잠에 빠진 채 누워 있었다. 이 병원에 500명 넘게 모여 있는 이들이야말로 마지막 행군에 나서기 위해

* 천문학에서 천체의 거리를 측정하는 단위. 1파섹은 3.26광년 또는 20.6만 AU(천문단위로, 태양과 지구 간의 거리)이다.

모여드는 몽유병자 군대의 첨병이었다. 혼수 증상이 처음 확인된 후로 5년밖에 지나지 않았는데도 환자들은 계속 늘어나고 있었고, 이미 동부의 거대한 정부 병원들은 수천 명 단위의 환자들을 받아들일 준비를 하는 중이었다.

파워스는 갑자기 피로를 느끼며 손목에 흘깃 시선을 주었다. 다음 한 주 동안의 취침 시간인 8시까지 얼마나 남았는지 보려 한 것이다. 벌써부터 황혼이 그리워지기 시작했다. 머지않아 마지막 여명을 보게 되리라.

손목시계는 뒷주머니에 있었다. 그는 시계를 사용하지 않겠다는 결심을 기억해 내고는, 자리에 기대앉아 책상 옆 책장을 바라보았다. 횟비의 서재에서 가져온 녹색 표지의 원자력위원회 간행물이 여러 줄에 걸쳐 꽂혀 있었다. 거기에는 횟비가 생물학자로서 수소폭탄 실험 이후 태평양에서 연구했던 결과를 발표한 논문이 수록되어 있었다. 대부분은 파워스가 이미 잘 알고 있는 내용이었다. 횟비의 최종 결론을 확인하기 위해 골백번은 읽었을 테니까. 분명 토인비 쪽이 훨씬 잊기 쉬울 것이다.

정신 뒤편에 도사리고 있는 높은 검은색 담장이 뇌에 묵직하게 그림자를 드리우면서 순간 눈앞이 흐릿해졌다. 그는 일기장으로 손을 뻗으며 칼드런의 차에 타고 있던 여성과—칼드런은 그 여자를 코마, 즉 혼수상태라고 불렀다. 또 정신 나간 농담이겠지—그녀가 자신을 노구치에 비교했던 것을 떠올렸다. 사실 그런 비교에 어울리는 사람은 그가 아니라 횟비 쪽이었다. 실험실의 괴물들은 횟비의 마음을 반영하는 부서진 거울 조각에 지나지 않았다. 마치 오늘 아침에 수영장에서 찾아낸 방사능 방호 장비를 갖춘 기괴한 모양의 개구리처럼.

코마라는 여자를, 그리고 그녀가 자신에게 보여 준 기운찬 미소를 떠올리며 그는 이렇게 적었다.

오전 6:33 기상. 앤더슨과 마지막 면담. 이제 충분히 봤으며 앞으로는 홀로 지내는 편이 나을 것이라고 확실히 의사를 표현했다. 8:00에 수면? (남은 시간을 재는 일이 두렵다.)

그리고 잠시 머뭇거리다 덧붙였다.

안녕, 에네웨타크*.

둘

그는 다음 날 아침 휫비의 실험실에서 그녀를 다시 만났다. 새로 채집한 표본이 죽기 전에 사육장에 풀어 놓을 생각으로, 아침 식사를 마치자마자 서둘러 온 참이었다. 예전에 딱 한 번 만났던 갑주를 가진 돌연변이는 파워스의 목을 부러트릴 뻔했다. 한 달쯤 전에 호숫가 도로를 따라 속도를 내서 달리던 중이었는데, 밟으면 납작해질 것 같아서 그는 오른쪽 앞바퀴로 그대로 밟고 지나가려 했다. 그러나 내부의 생물은 그대로 곤죽이 되어 버렸지만 납이 들어찬 단단한 껍질은 차의

* 태평양 마셜 제도에 있다. 1948년부터 1954년까지 미국의 핵무기 실험지로 사용되었다.

무게를 버텨 냈고, 차는 그대로 도랑으로 떨어지고 말았다. 나중에 회수해서 실험실에서 측정해 보았더니 껍질에 600그램이 넘는 양의 납이 들어 있었다.

제법 많은 수의 동식물이 방사능 차폐물로 이용하기 위해 체내에 중금속을 축적하고 있었다. 해변 건물 뒤편의 언덕에는 예전에 광맥 탐사를 하던 사람 두엇이 모여 80년 넘게 버려져 있던 사금 채취 장비를 개량하고 있었다. 밝은 노란색을 머금은 선인장을 분석해 본 결과, 추출 가능할 정도의 금이 축적되어 있다는 사실을 확인한 것이다. 해당 지역의 토양에서는 추출이 불가능한데도 말이다. 마침내 오크리지*의 골드러시도 성공을 거둘 모양이었다!

그날 아침에는 전날보다 10분이 늦어진 6시 45분이 되자마자 잠에서 깨어났다(라디오를 켜 놓고 잤기 때문에, 자리에서 일어나면서 항상 듣던 아침 방송으로 확인할 수 있었다). 입맛이 없었지만 가볍게 아침 식사를 하고, 서재의 책 일부를 상자에 포장해서 동생 집으로 부치면서 한 시간 정도를 소비했다.

횟비의 실험실에 도착한 것은 30분 후였다. 실험실은 칼드런의 여름 별장에서 1마일 정도 떨어진 호수의 서쪽 기슭, 오두막 옆에 붙여지은 100피트 넓이의 지오데식 돔 안에 있었다. 오두막은 횟비가 자살한 이후 폐쇄되었고, 파워스가 실험실 사용 허가를 받아 내기 전에 상당수의 실험 동식물이 죽어 버렸다.

진입로로 들어서자 돔의 노란 골조 꼭대기에 그녀가 서 있는 모습

---

* 미국 테네시 주 동부에 있는 도시. 세계 최초의 원자폭탄 제조지로 이와 관계된 시설이 많이 있다.

이 보였다. 하늘을 배경으로 늘씬한 실루엣이 눈에 들어왔다. 그녀는 그를 향해 손을 흔들고는 정다면체 유리 벽을 타고 내려와 가뿐하게 차 옆 진입로로 뛰어내렸다.

"안녕하세요." 그녀가 환영하듯 미소 지으며 말했다. "박사님이 운영하신다는 동물원을 보러 왔어요. 칼드런이 자기가 따라오면 들여보내 주지 않을 거라고 해서 저 혼자 왔지요."

그녀는 열쇠를 찾는 파워스를 보면서 그가 뭔가 말을 꺼내기만을 기다리고 있다가, 이내 이렇게 제안했다. "괜찮으시다면 셔츠를 빨아 드릴 수도 있는데."

파워스는 그녀를 향해 씩 웃고는 먼지로 얼룩진 소맷자락을 씁쓸한 눈으로 내려다보았다. "나쁜 생각은 아니군. 꼴이 좀 엉망이 되어 가고 있다고 생각하던 참일세." 그는 문을 열고 코마의 팔을 붙들었다. "칼드런이 왜 그런 말을 했는지는 모르겠군. 그 친구가 오고 싶어 한다면 언제든 환영인데."

"그 안에는 뭐가 있어요?" 장비로 가득한 작업대 사이를 걸어가며 코마가 그의 손에 들린 목제 사물함을 가리켰다.

"내가 발견한 우리 먼 친척이지. 흥미로운 꼬마 친구야. 곧 소개해 주겠네."

미닫이 칸막이가 돔 내부를 네 구역으로 분할하고 있었다. 그중 두 구역은 창고 용도로, 여분의 용기와 실험 장비와 동물용 사료와 계측 장치로 가득했다. 그들은 강력한 엑스선 방사기로 거의 가득 차 있는 세 번째 구역을 지나쳤다. 거대한 250앰프 G. E. 맥시트론이 회전하는 탁자 위를 겨누고 있고, 콘크리트 차폐 벽이 사용할 준비가 된 채로 거대한 벽돌처럼 사방에 흩어져 있었다.

파워스의 동물원은 네 번째 구역에 있었다. 사육장들은 작업대 위와 싱크대 안을 가득 메우고 있었다. 그 위편 환기구에는 색색의 판지 차트와 메모가 잔뜩 붙어 있고, 바닥에는 고무관과 전선이 뒤얽혀 있었다. 늘어선 액체 용기들 옆을 지나가자 간유리 뒤편에서 흐릿한 형체들이 꿈틀거렸는데, 복도 반대편 끝, 파워스의 책상 옆에 있는 커다란 우리에서는 갑자기 뭔가가 뒤척이는 소리가 들려왔다.

파워스는 사물함을 의자에 내려놓고는, 책상에 놓인 땅콩 봉지를 들고 우리 쪽으로 다가갔다. 검은 털에 우그러든 비행용 헬멧을 쓴 작은 침팬지 한 마리가 즉시 창살 쪽으로 걸어와서는 행복한 듯 끽끽대더니 우리 뒤쪽 벽에 붙은 소형 제어판으로 달려갔다. 침팬지가 빠르게 버튼을 누르고 스위치를 올리자, 여러 색의 빛이 주크박스처럼 반짝이며 음악이 큰 소리로 2초 동안 울려 퍼졌다.

"착한 아이로구나." 파워스가 칭찬하면서 침팬지의 등을 토닥이고 손에 땅콩을 쥐여 주었다. "저걸 가지고 놀기에도 너무 똑똑해지고 있는 모양이야. 그렇지?"

침팬지는 마술사처럼 날렵한 손놀림으로 땅콩을 입 안으로 던져 넣고 나서, 파워스를 향해 노래하듯 부드러운 목소리로 중얼대기 시작했다.

코마는 웃으며 파워스에게서 땅콩 몇 알을 받아 들었다. "정말 귀여운데요. 박사님한테 말을 하고 있는 것 같아요."

파워스는 고개를 끄덕였다. "맞는 말이네. 사실 이 녀석은 200단어 정도의 어휘력을 가지고 있지만, 성대 구조 때문에 제대로 발음할 수가 없지." 그는 책상 옆의 작은 냉장고 문을 열고는, 식빵 반 통을 꺼내 한두 장을 침팬지에게 건네주었다. 침팬지는 바닥에서 전기 토스터를 집어 들어 우리 가운데의 흔들거리는 탁자 위에 놓고 식빵을 홈에 끼웠다. 파워스가 우리 옆의 배전반 스위치를 누르자 토스터가 부드럽게 치직 소리를 내기 시작했다.

"여기 친구들 중에서 가장 영리한 아이일세. 지능은 다섯 살 아이 정도지만, 자신을 간수하는 일에는 여러 측면에서 훨씬 더 뛰어나지." 침팬지는 계속 무심하게 헬멧을 두드리며 허공으로 튀어 오른 토스트 두 장을 가뿐하게 잡았다. 그런 다음 다 쓰러져 가는 작은 움막으로 어슬렁어슬렁 들어가서는 창문에 한 팔을 얹은 채로 몸을 누이고 토스트를 입에 밀어 넣었다.

"자기 스스로 지은 집이라네." 파워스는 토스터의 전원을 내리면서 말을 이었다. "사실 꽤나 괜찮은 작품이지." 그는 움막 앞에 놓여 있는 노란 폴리에틸렌 양동이에 꽂힌 시들어 가는 제라늄을 가리켰다. "저 식물을 돌보고, 우리를 청소하고, 재치 있는 농담을 끝없이 늘어놓는다네. 함께 지내기에 즐거운 아이지."

코마는 활짝 미소를 짓고 있었다. "근데 왜 우주 비행사용 헬멧을 쓰고 있는 거죠?"

파워스는 머뭇거렸다. "아, 그건, 음, 스스로를 보호하기 위해서지. 가끔 두통이 꽤 심해지는 모양이거든. 저 녀석 이전의 아이들은 모두—"그는 말을 끊고는 몸을 돌렸다. "다른 수감자들을 좀 살펴보지."

그는 물탱크가 늘어선 쪽으로 걸음을 옮기며 코마에게 따라오라고 손짓했다. "처음부터 시작하겠네." 그는 용기의 유리 덮개 하나를 들었고, 그 안을 들여다본 코마는 얕은 물속에서 가느다란 촉수를 가진 작고 둥근 생물이 조개껍질과 조약돌 사이에 파묻혀 있는 모습을 보왔다.

"말미잘일세. 아니면 말미잘이었던 동물이라고 할까. 개방된 체강을 가진 단순한 구조의 생물이지." 그는 말미잘 아랫부분에 두텁게 부풀어 오른 조직을 가리켰다. "저 녀석은 체강을 폐쇄해 버리고, 내부의 공간을 원시적인 척삭으로 바꾸었다네. 신경계를 가진 최초의 식물이라 할 수 있지. 나중에는 촉수가 서로 얽혀서 신경절을 형성하겠지만, 이미 지금도 색을 감지할 수 있다네. 이걸 보게." 그는 코마의 가슴 주머니에 있던 보라색 손수건을 빌려서 물탱크 위에 펼쳐 놓았다. 촉수가 수축하며 뻣뻣해지더니, 마치 집중을 하려는 것처럼 천천히 흔들리기 시작했다.

"묘한 일은 이 녀석들이 하얀 빛에는 전혀 반응하지 않는다는 것일세. 보통은 촉수가 우리 귀의 고막처럼 압력 변화를 감지하거든. 이제는 원색을 거의 **들을** 수 있는 것 같다네. 수중 생활을 벗어나 격렬한 색의 대비가 존재하는 정적인 세계에서 살아가려고 재적응을 하고 있는 것 같지 않은가."

코마는 영문을 모르겠다는 듯 고개를 저었다. "하지만 왜요?"

"잠깐 기다려 보게. 먼저 전체 그림을 설명해 주지." 그들은 작업대를 따라 철망으로 만든 북 형태의 우리들이 있는 쪽으로 움직였다. 첫 번째 우리 위의 흰색 판지에는 커다란 탑 모양의 사슬을 찍은 확대 사진이 붙어 있고, '드로소필라 : 분당 15뢴트겐'이라는 설명이 적혀 있었다.

파워스는 북에 붙어 있는 작은 아크릴 창문을 두드렸다. "초파리일세. 거대한 염색체를 가지고 있어서 유용한 실험동물이지." 그는 몸을 숙여 천장에 매달린 V자 형태의 회색 벌집을 가리켰다. 초파리 몇 마리가 벌집 입구에서 나와 부산하게 돌아다니고 있었다. "이 곤충은 평소에는 개별적으로 떠돌아다니며 먹을 것을 찾지. 하지만 이제는 복잡한 사회구조를 형성하고, 벌꿀처럼 살짝 단맛이 나는 체액을 분비하기 시작했다네."

"이건 뭐죠?" 코마는 판지를 건드리며 물었다.

"실험에서 핵심이 되는 유전자의 구조일세." 그는 사슬 위를 가리키는 여러 화살표들을 손으로 훑었다. 화살표에는 '체액 분비선'이라고 적혀 있고, 각각의 화살표마다 '괄약근' '상피조직' '주형' 등의 하위분류가 붙어 있었다.

"어떻게 보면 자동피아노에 사용하는 천공 악보와 같다고 할 수 있지. 컴퓨터의 천공 테이프나." 파워스는 이렇게 덧붙였다. "엑스레이 광선으로 연결 고리 하나를 제거해 주면, 특성 한 가지가 사라지며 악보가 바뀌는 거라네."

코마는 다음 우리의 창문을 슬쩍 들여다보다가 불쾌한 표정을 지었다. 파워스는 그녀의 어깨 너머를 바라보고는, 그녀가 거미처럼 생긴 거대한 곤충을 구경하고 있다는 것을 확인했다. 손 하나만큼 크고, 털이 숭숭한 검은 다리는 손가락만큼 두꺼웠다. 겹눈은 더욱 크게 발달해서 거대한 루비처럼 보였다.

"별로 친근한 모양새는 아닌데요." 그녀가 말했다. "무슨 줄사다리 같은 걸 만들고 있는 건가요?" 그녀가 손가락을 입가로 가져가자 거미가 다시 움직이더니, 우리 뒤편으로 후퇴해서 복잡하게 엉킨 회색 실타래를 뱉어 내기 시작했다. 실타래가 우리의 천장에서부터 고리를 만들며 길게 늘어졌다.

"거미줄일세." 파워스가 말했다. "다만 저 안에 신경조직이 있을 뿐이지. 저 사다리가 외부 신경망을 구성하는 걸세. 말하자면 상황에 맞춰 얼마든지 크기를 키울 수 있는 접이식 두뇌라고나 할까. 사실 우리의 뇌보다 훨씬 효율적인 구조물이라고 할 수 있지."

코마는 뒤로 물러섰다. "섬뜩한데요. 저 벌레가 있는 방에는 들어가고 싶지 않아요."

"아, 보기만큼 두려운 생물은 아니라네. 저 거대한 눈은 사실 아무것도 보지 못하지. 아니, 시각이 관장하는 영역이 짧은 파장 쪽으로 내려가서 이제 감마선만 감지할 수 있다는 게 정확한 표현이겠지. 자네의 손목시계 바늘은 형광을 발하지 않나. 그걸 창가로 움직이면 저 녀석은 생각을 시작하는 걸세. 제4차 세계대전이라도 일어나면 정말 활기차게 움직일 거야."

두 사람은 다시 파워스의 책상으로 돌아왔다. 파워스는 벤젠 버너 위에 커피 냄비를 올리고는 코마 쪽으로 의자를 하나 밀었다. 그리고 사물함을 열고 딱딱한 껍질을 두른 개구리를 꺼내어 압지에 올려놓았다.

"알아볼 수 있겠나? 어린 시절의 친구, 유럽 산개구리일세. 제법 튼튼한 방공호를 직접 만들어 냈지." 그는 개구리를 싱크대 쪽으로 데려가서 수돗물을 틀어 껍질 위로 물이 부드럽게 흐르도록 해 놓았다. 그리고 셔츠에 손을 닦으며 책상 쪽으로 돌아왔다.

코마는 긴 머리카락을 이마 위로 쓸어 넘기면서 호기심 넘치는 눈으로 그를 주시했다.

"그래서, 비밀이 뭔가요?"

파워스는 담배에 불을 붙였다. "비밀이랄 것은 없네. 기형 연구자들이 괴물을 만들어 내기 시작한 지도 몇 년은 됐으니까. '비표현 유전자'라고 들어 본 적 있나?"

그녀는 고개를 저었다.

파워스는 잠시 침울한 얼굴로 담배를 바라보면서, 매일의 첫 담배가 가져다주는 기력이 몸에 퍼지는 느낌을 만끽했다. "이른바 '비표현 유전자'는 현대 유전학자들의 가장 오랜 문제들 중 하나라네. 모든 생물 종 안에서 낮은 확률로 존재하며, 개체의 구조나 발달에 어떤 영향을 끼치는지 파악할 수 없는 비활성 상태인 유전자 한 쌍을 가리키는 용어지. 생물학자들은 꽤나 오랫동안 그런 유전자를 발현시키려고 노력했지만, 부모 개체의 수정된 생식세포에서 비표현 유전자를 구별해 내는 일도, 나머지 염색체에는 피해를 입히지 않을 만큼 정확하게 엑스레이 광선을 조준하는 일도 꽤나 어려워서 말이네. 하지만 횟비 박사는 거의 10년에 걸친 노력 끝에 전신 방사능 처리 기술을 개발해 냈다네. 에네웨타크 환초에서 방사선의 생물학적 피해를 관찰한 결과를 활용해서 말이지."

파워스는 잠시 말을 멈추었다. "직접 방사능에 노출되는 것보다 무기 실험을 끝내고 난 다음이 생물학적 피해가 더욱 크다는 걸 발견했거든. 진동하는 막이 공명을 통해 에너지를 모으듯이, 유전자 속의 단백질 격자 안에 에너지가 축적된다는 사실이 확인된 거라네. 걸음을 맞추어 행군하는 병사들 때문에 현수교가 무너졌다는 이야기와 유사하다고 할 수 있겠지. 이 사실을 통해 횟비는 특정 비표현 유전자 속의 단백질 격자에 영향을 끼치는 진동 주파수를 알아낸 다음, 그 주파수를 생식세포가 아니라 생명체 전체에 쏘이는 방법을 생각해 낸 걸세. 다른 염색체에는 영향을 끼치지 않지만, 그 특정 주파수에 민감하게 반응하는 단백질 격자 구조를 가진 비표현 유전자에는 영향을 끼칠 정도로 낮은 진동의 역장을 만들어서 말이지."

파워스는 손에 든 담배로 실험실 곳곳을 가리켰다. "여기 있는 것들은 그런 '진동 전이' 기술의 결실 중 일부라네."

코마는 고개를 끄덕였다. "비표현 유전자를 활성화시켰다는 거네요?"

"그래, 모두가 그렇지. 여기 있는 것은 이곳을 거쳐 간 수천 마리의 실험체 중 일부일 뿐이고, 자네도 목격했듯이 꽤나 극적인 결과물이 나왔다네."

그는 손을 들어 커튼 일부를 드리웠다. 돔의 가장자리에 앉아 있어서 갈수록 하늘로 올라가는 햇빛이 거슬리던 참이었다.

실험실 안이 아까보다 어두워지자, 코마는 뒤편 작업대 끝에 있는 물탱크에서 스트로보스코프*가 천천히 깜빡이는 모습을 발견했다. 그녀는 자리에서 일어나 그쪽으로 걸어가서는, 줄기가 두껍고 꽃받침이 상당히 크게 발달한 키 큰 해바라기 하나를 살펴보았다. 꽃 주변으로 회백색 돌멩이들이 빼곡하게 굴뚝 모양으로 쌓여서 머리만 내놓은 형상이 되어 있었다. 시멘트로 깔끔하게 접합된 돌멩이들 위에는 다음과 같은 꼬리표가 붙어 있었다.

백악기 연토질 석회암 : 60,000,000년 전

그 옆 작업대에는 비슷한 굴뚝이 세 개 더 있었고, 각각 '데본기 사암 : 290,000,000년 전' '아스팔트 : 20년 전' '폴리염화비닐 : 6개월 전'

* 회전운동 혹은 진동의 주기를 재거나 그 상태를 관찰하는 장치.

이라는 꼬리표가 붙어 있었다.

"꽃받침을 둘러싸고 있는 축축하고 하얀 원반을 보게나." 파워스가 지적했다. "어떻게 말하면 그 구조물이 식물체의 신진대사를 조절하고 있는 거라네. 말 그대로 시간을 **볼** 수 있지. 주변 환경의 연대가 높을수록 신진대사가 더 느려진다네. 아스팔트 굴뚝 안에 있으면 일주일 안에 한해살이가 끝나 버리지. 폴리염화비닐 안에 있으면 몇 시간밖에 걸리지 않는다네."

"시간을 본다고요." 코마는 놀란 목소리로 되풀이했다. 그녀는 생각을 반추하듯 아랫입술을 잘근거리며 파워스를 올려다보았다. "정말 환상적인데요. 이게 미래의 생물인 걸까요, 박사님?"

"나도 모른다네." 파워스가 말했다. "그러나 만약 그게 사실이라면, 이들이 경험하는 세계는 끔찍하게 초현실주의적인 모습이겠지."

셋

그는 책상으로 돌아가서 서랍에서 컵 두 개를 꺼내 커피를 따른 다음 버너의 불을 껐다. "어떤 사람들은 비표현 유전자 쌍을 가진 생물들을 진화의 계단 먼 위쪽을 목적지로 삼은 전령이라고 여겼다네. 비표현 유전자가 일종의 암호라고, 우리 하등한 생물체가 보다 발전한 후손들을 위해 운반하고 있는 신성한 메시지라고 생각했지. 그 말이 사실일지도 모르겠네. 어쩌면 암호를 너무 빨리 해독한 것일지도 모르지."

"왜 그렇게 생각하시는데요?"

"글쎄, 횟비의 죽음이 말해 주듯이, 이 실험실에 있는 실험체들은 모두 꽤나 불행한 결말을 맞이했다네. 우리가 방사선을 쪼인 생물들은 단 하나의 예외도 없이 완벽하게 무절제한 발달 단계에 진입해서, 도저히 그 쓰임새를 예측할 수도 없는 특수한 감각기관들을 수십 개나 만들어 냈다네. 그 결과는 참혹했지. 말미잘은 말 그대로 폭발하고, 초파리는 서로를 잡아먹고, 뭐 그 밖에도 여러 일들이 있었지. 이곳의 동식물 속에 내포되어 있는 미래의 모습이 실제로 발현될 예정인지, 아니면 우리가 허황된 추측을 하고 있는 것인지…… 나도 잘 모르겠네. 하지만 때로는 이들이 만들어 내는 새로운 감각기관이 실제 의도의 패러디일 뿐이라는 생각이 든다네. 자네가 오늘 본 실험체들은 모두 두 번째 성장 단계의 초기에 진입한 상태라네. 모두 갈수록 괴상한 형질이 눈에 띌 정도로 발현되지."

코마는 고개를 끄덕였다. "하지만 동물원에는 사육사가 필요하잖아요. 인간의 경우에는 어떻죠?"

파워스는 어깨를 으쓱했다. "다른 동물의 경우와 비슷하게, 10만 명 중 한 명꼴로 비표현 유전자를 가지고 있다네. 자네도, 나도 가지고 있을 수 있지. 지금까지 전신 방사능 처리에 자원한 사람은 하나도 없다네. 자살이나 다름없는 행동이라는 사실은 차치하더라도, 지금까지의 실험과 유사한 양상을 보인다면 끔찍하고 참혹한 경험을 하게 될 테니까."

그는 연한 커피를 홀짝이며, 피로와 일종의 지루함을 느꼈다. 실험실의 작업을 정리해서 설명하느라 진이 빠져 버렸다.

코마는 앞으로 몸을 기울였다. "얼굴이 끔찍하게 창백해요." 그녀는 걱정하는 기색으로 말했다. "잘 못 주무시는 거 아닌가요?"

파워스는 잠시 미소를 띠다가 인정했다. "너무 잘 자는 편이지. 이제 그쪽으로는 문제가 없다네."

"칼드런에 대해서도 그렇게 말할 수 있었으면 좋겠는데요. 아무리 봐도 충분히 수면을 취하고 있는 것 같지가 않아요. 밤새 걸어 다니는 소리가 들린다니까요." 그리고 덧붙였다. "그래도 말기 환자보다는 낫 겠죠. 박사님, 혹시 말인데요, 이 방사능 처리 기술을 병원의 잠든 사 람들한테 시도해 볼 가치가 있지 않을까요? 종말을 맞이하기 전에 깨 울 수 있을지도 모르잖아요. 분명 그중 일부는 비표현 유전자를 가지 고 있을 거예요."

"사실 **모두** 가지고 있다네." 파워스는 그녀에게 말했다. "그 두 가지 현상은 아주 밀접하게 연관되어 있지." 그는 문득 말을 멈추었다. 피 로 때문에 두뇌 회전이 둔해지고 있었고, 눈앞의 여자에게 떠나 달라 고 부탁할까 하는 생각이 들었다. 그러다 그는 책상에서 일어나 뒤편 으로 손을 뻗어서 테이프녹음기 하나를 꺼냈다.

그는 녹음기를 켜서 테이프를 맨 앞으로 되감은 다음 스피커 음량 을 올렸다.

"휫비와 나는 종종 이 주제를 놓고 대화를 나누었다네. 나는 그 대 화를 마지막까지 전부 녹음해 두었지. 그 친구는 위대한 생물학자였 으니, 그의 목소리로 직접 들어 보도록 하게나. 분명히 이 문제의 정수 라고 할 수 있거든."

그는 녹음기를 탁자에 놓고 버튼을 누르며 덧붙였다. "내가 이미 천 번은 재생해 들은 내용이라, 아마 음질이 별로 좋지는 않을 걸세."

테이프가 늘어져 생기는 낮은 웅웅거림 위로 날카롭고 살짝 짜증이 섞인, 나이 든 남자의 목소리가 울렸다. 그러나 코마는 내용을 확실히 알아들을 수 있었다.

휫비   ……제발 로버트, 여기 식량농업기구에서 발표한 통계를 한번 보게나. 지난 15년 동안 경작 면적이 매년 5퍼센트씩 증가했는데도, 전 세계의 밀 생산량은 매년 2퍼센트씩 감소하고 있어. 동일한 현상이 지겨울 정도로 반복되고 있다네. 곡물과 뿌리채소, 낙농업 제품 생산량, 반추동물의 임신율…… 모두 하락하고 있지. 이런 현상을 비슷한 여러 징후와 동일 선상에 놓고 생각해 보게. 철새들의 이주 경로가 변화한 것이나 동면 기간이 늘어난 것 등을 말일세. 그러면 전체 패턴이 명확하게 드러나지 않나.

파워스   하지만 유럽과 북미의 인구는 조금도 감소 추세를 보이지 않잖나.

휫비   물론 그렇겠지. 나도 계속 지적하고 있지 않나. 장기적인 산아제한 정책이 인공적인 비축고 역할을 하는 지역에서는 생식력이 감소한 효과가 드러날 때까지 1세기는 걸릴 걸세. 우리는 극동의 국가들, 특히 영아 사망률이 일정한 수준을 유지하는 국가들을 살펴봐야 해. 예를 들어 수마트라의 인구는 지난 20년 동안 15퍼센트나 감소했다네. 엄청난 쇠락이지! 20~30년 전에 신맬서스주의자들이 '세계 인구 폭발'을 예견했던 것 기억나나? 사실 그건 폭발이 아니라 함몰이었어. 다른 요소는—

여기서 테이프가 잘려 나가 편집되어 있었다. 이어지는 휫비의 목소리는 조금 전보다 덜 짜증스럽게 들렸다.

……그냥 호기심에서 묻는 건데, 하나만 알려 주게나. 자네, 매일 잠을

몇 시간이나 자나?

파워스 정확하게는 모르겠네. 아마 여덟 시간 정도겠지.

횟비 모두가 말하는 여덟 시간이지. 누굴 잡고 물어봐도 다들 반사적으로 '여덟 시간'이라고 말할 걸세. 사실 자네는 대부분의 사람들과 마찬가지로 열 시간 반 정도 수면을 취한다네. 여러 번에 걸쳐 자네의 수면 시간을 측정해 보았거든. 나는 열한 시간을 잔다네. 그러나 30년 전 사람들은 실제로 여덟 시간을 잤고, 1세기 전에는 예닐곱 시간을 잤다네. 바사리의 『미술가 열전』을 보면 미켈란젤로가 하루에 네다섯 시간밖에 자지 않았다는 언급이 있지. 80세가 되어서도 온종일 그림에 몰두하다가 해부용 탁자로 가서 이마에 양초를 붙들어 매고 밤새 연구에 매진했다고 말이야. 지금은 그게 재능으로 여겨지지만, 당시만 해도 평범한 일이었다네. 고대인들은 어땠을 거라고 생각하나? 플라톤에서 셰익스피어까지, 아리스토텔레스에서 아퀴나스까지, 그 모든 이들이 어떻게 한 사람의 일생 동안 그 많은 일을 해냈을 거라고 생각하나? 그저 그 사람들은 매일 예닐곱 시간을 더 쓸 수 있었기 때문일세. 물론 현재의 우리는 기초 신진대사율이 낮아진 상태에서 행동한다는 두 번째 제약이 있긴 하지. 이 또한 누구도 설명하려 들지 않는 문제점일세.

파워스 수면 시간이 길어진 것은 보상 기제라고 볼 수도 있지 않나. 20세기 후반의 도시 생활이 가하는 끔찍한 압박으로부터 회피하기 위한 일종의 보편적 신경증 증상이라네.

횟비 그렇게 본다면 그건 틀린 관점일세. 이건 단순한 생화학적 문제일 뿐이야. 모든 생명체의 단백질 사슬을 만들어 내는 리보핵산이 마모되고, 원형질의 특징을 기록하는 염료가 색이 바랜 것일 뿐일세. 어쨌든 수억 년 동안 쉴 새 없이 작동한 셈이지 않은가. 이제 기계를 바꿀 때가 된 거지. 하나의 개체, 또는 효모 군체나 특정 생물 종의 수명이 유한한 것과 마찬가지로, 전체 생물계의 수명에도 한도가 있는 거라네. 우리는 진화의 계단이 끝없이 상승할 거라고 가정해 왔지만, 사실 이미 꼭대기에 도달한 지 오래고, 이제는 모든 생물의 무덤으로 향하는 내리막길에 접어든 거지. 절망적이고 현재로서는 납득할 수 없는 모습이겠지만, 그게 우리에게 유일하게 남은 미래란 말이네. 5,000세기 후 우리의 후손들은 여러 개의 뇌를 가지고 우주를 여행하는 게 아니라, 이마에 털이 성성하고 턱이 튀어나온 벌거벗은 머저리들이 되어 끙끙거리며 이 병원의 폐허를 오가고 있을 거라네. 마치 시간이 거꾸로 뒤집힌 세계에 떨어진 신석기 시대의 원시인처럼 말이지. 내 말을 믿게. 나는 그들도, 나 자신도 가엾게 여기고 있다네. 나 자신의 완벽한 실패를, 내 존재를 정당화할 수 있는 그 어떤 도덕적 또는 생물학적 근거도 없다는 사실을, 내 몸의 세포 하나하나가 암시하고 있다네······

테이프는 여기서 끝났고, 녹음기는 계속 돌아가다 이내 멈추었다. 파워스는 기계를 닫고 얼굴을 문질렀다. 코마는 조용히 앉아서 그를 바라보며, 침팬지가 큐브 퍼즐을 가지고 노는 소리에 귀를 기울였다.

"휫비가 보기에, 비표현 유전자는 생물계 전체가 갈수록 높아지는 수면 위로 고개를 내밀고 있기 위한 마지막 절망적인 시도라네. 생물계의 수명은 태양이 발하는 방사선의 양에 따라 정해지고, 이 총량이 사망에 이르는 임계치를 넘어가면 생물계의 멸절은 피할 수 없게 되는 셈이지. 이런 상황에 대비하기 위해 생물체의 형태를 바꾸어 보다 뜨겁고 방사능이 많은 기후에서 적응해 살 수 있도록 만드는 경보 장치가 존재하는 거라네. 부드러운 피부를 가진 생물들은 딱딱한 껍질을 만들어 내고, 그 껍질에는 방사능 차폐 역할을 하는 중금속이 함유되어 있지. 새로운 감각기관도 만들어진다네. 물론 횟비는 장기적으로 보면 그 모든 노력은 쓸모없는 것이라고 했지. 하지만 나는 가끔은 그렇지 않을 수도 있다는 생각을 한다네."

그는 코마를 보면서 어깨를 으쓱해 보였다. "자, 그럼 다른 이야기나 해 보지. 칼드런과는 얼마나 알고 지냈나?"

"3주쯤 됐네요. 1만 년은 지난 것처럼 느껴지지만요."

"요즘 그 친구는 어떤 느낌인가? 최근에는 서로 별로 교류를 하지 않아서 말이지."

코마는 웃음을 머금었다. "저도 별로 오래 보지는 못해요. 같이 있으면 항상 잠이 오거든요. 칼드런은 괴상한 재주가 아주 많지만, 결국 자기 자신만을 위해 사는 사람이니까요. 그 사람한테는 박사님이 아주 큰 의미가 있어요. 솔직히 말하자면 제가 보기에는 강력한 라이벌처럼 느껴지는데요."

"내가 눈에 보이는 것조차 못 견뎌 하는 줄 알았는데."

"아, 그건 그냥 표면적인 증상일 뿐이에요. 사실은 계속 박사님만 생각한다고요. 그래서 저희가 온종일 박사님을 따라다니고 있는 거죠." 그녀는 빈틈없는 눈으로 파워스를 곁눈질했다. "제 생각에는 뭔가 죄책감을 가진 것 같아요."

"죄책감?" 파워스는 소리쳤다. "**그 친구가** 죄책감을? 죄를 지은 쪽은 나인 줄 알았는데."

"왜요?" 그녀가 캐묻다가, 잠시 머뭇거리고는 덧붙였다. "그 사람한테 실험적인 수술법을 시험해 보신 것 맞죠?"

"그렇네." 파워스는 인정했다. "내가 연루된 다른 모든 일들과 마찬가지로, 그 수술 또한 온전한 성공이라고는 할 수 없었네. 만약 칼드런이 죄책감을 느낀다면, 아마 자신도 책임을 일부 나눠 가져야 한다고 느끼고 있어서겠지."

그는 여자를 내려다보았다. 지적인 눈이 그를 세밀하게 살피고 있었다. "한두 가지 이유 때문에 자네도 알아 두는 편이 좋을지도 모르겠군. 자네는 칼드런이 밤새 돌아다니며 잠을 제대로 자지 못한다고 말했지. 사실 그 친구는 잠을 전혀 자지 못한다네."

여자가 고개를 끄덕였다. "박사님은······" 그리고 손가락을 퉁기는 동작을 해 보였다.

"······그 친구의 수면을 제거해 버렸지." 파워스가 대신 말을 끝맺었다. "수술 측면에서 말하자면 완벽한 성공이었어. 노벨상 공동 수상이 가능할지도 모르지. 일반적으로 수면 주기를 제어하는 기관은 시상하부인데, 뇌정맥의 모세혈관을 이완시키고 축적된 독소를 빨아내기 위해 의식이 돌아오는 역치값을 높이는 일을 하지. 하지만 몇 가지 제어 주기를 봉쇄해 버리면 대상은 수면 신호를 받지 못하고, 의식이 있는 동안 모세혈관이 독소를 빨아내게 된다네. 그가 느끼는 것은 일시적인 무기력증뿐이지만, 그조차 서너 시간 정도면 사라져 버리지. 물리적으로 말하자면, 칼드런은 추가로 20년을 더 살게 된 셈이야. 하지만 인간의 정신에는 자기 나름의 비밀스러운 이유 때문에 수면이 필요한 모양이고, 칼드런은 주기적으로 자신을 갈기갈기 찢어 버리는 격정을 겪게 된다네. 그 모든 것이 비극적인 실수일 뿐이지."

코마는 걱정스러운 듯 얼굴을 찌푸렸다. "그럴 거라고 짐작했어요. 뇌의학 학회지에 실린 박사님 논문에는 환자 이름이 K라고 적혀 있더군요. 순수한 카프카 분위기가 말 그대로 결실을 맺은 셈이네요."

"나는 영원히 이곳을 떠나게 될지도 모른다네, 코마 양." 파워스가 말했다. "칼드런이 꼭 진료를 받으러 가도록 해 주게. 깊은 곳에 있는 반흔 조직을 제거해야 할 걸세."

"노력은 해 볼게요. 가끔은 저 자신도 그 사람의 정신 나간 최종 문서 중 하나일 뿐이지 않을까 하는 생각이 들어요."

"그건 또 뭔가?"

"들어 본 적 없으세요? 칼드런은 호모 사피엔스에 대한 마지막 저작물들을 모아들이고 있어요. 프로이트의 저작 전체, 베토벤의 블라인드 사중주, 뉘른베르크 재판 기록, 자동기술 소설, 뭐 그런 것들이죠." 그녀는 잠시 말을 멈추었다. "뭘 그리고 있으신 거예요?"

"뭐 말인가?"

그녀는 책상 위의 압지를 가리켰고, 파워스는 아래를 내려다보고는 자신이 무의식적으로 복잡한 낙서를 끼적이고 있었다는 걸 깨달았다. 팔이 네 개 달린 횟비의 태양이었다. "아무것도 아닐세." 그는 말했다. 그러나 그 그림에는 분명 묘하게 사람을 끌어당기는 힘이 있었다.

코마는 자리에서 일어나 떠날 채비를 했다. "저희를 한번 보러 오셔야 해요, 박사님. 칼드런이 박사님께 보여 드리고 싶어 하는 물건이 정말 많아요. 얼마 전에 20년 전 머큐리 7호가 달에 도착해서 보내온 마지막 신호 기록을 손에 넣었는데, 덕분에 다른 생각은 아무것도 못 하고 있어요. 우주 비행사들이 죽기 직전에 보내온 기묘한 메시지 기억하시죠? 백색 정원에 대한 시적인 헛소리로 가득한 그것 말이에요. 지금 보니 그 사람들이 이곳 박사님 동물원에 있는 식물들처럼 행동했던 건 아닐까 하는 생각이 드네요."

그녀는 주머니에 손을 넣더니 뭔가를 끄집어냈다. "그건 그렇고, 칼드런이 이걸 전해 드리라고 했어요."

천문대 도서관에서 나온 낡은 색인 카드였다. 가운데에 타자로 친 숫자가 보였다.

$$96{,}688{,}365{,}498{,}720$$

"이대로 가면 0에 도달하기까지 아주 오래 걸리겠는데." 파워스가 감정 없는 목소리로 평가했다. "우리가 끝날 때쯤에는 제법 많이 모일 것 같군."

그녀가 떠나자 그는 카드를 쓰레기통에 던져 버리고는 책상에 앉아서 한 시간 동안 압지 위에 그려진 표의문자를 바라보고만 있었다.

해변의 집으로 돌아가는 길을 절반쯤 가다 보면, 호숫가 도로가 왼편으로 갈라지며 언덕 사이의 좁은 저지대로 들어간다. 그 길을 따라가면 외진 소금 호수들 중 한 곳에 버려진 공군 무기 사격장이 있다. 가까운 쪽에는 작은 벙커와 카메라 감시탑이 여럿 서 있고, 금속 막사 한두 개와 지붕이 낮은 격납고가 하나 보인다. 백색 언덕이 전체 지역을 빙 두르고 있어 외부 세계와 격리된 곳이다. 파워스는 호수 반대편 끝의 콘크리트 겨냥대 앞까지 뻗어 있는 2마일 너비의 포격 시험용 통로를 따라 걸어가는 것을 좋아했다. 바닥의 추상적인 패턴 때문에 뼈처럼 하얀 체스보드 위를 지나가는 개미가 된 기분이 들었다. 한쪽 끝에 있는 직사각형 겨냥대와 반대쪽 끝에 있는 탑과 벙커들이 서로 적대하는 체스 말처럼 보였다.

코마와 함께 시간을 보내고 나니, 갑자기 마지막 남은 몇 달의 시간을 보내 온 방식이 만족스럽지 않게 느껴지기 시작했다. **안녕, 에네웨타크**라고 적기는 했지만, 사실 모든 것을 체계적으로 망각해 나가는 과정은 기억해 내는 과정과 완벽하게 동일했다. 거꾸로 목록을 작성하고 정신 속 서재의 책들을 분류해 빼낸 다음 원래 자리에 거꾸로 집어넣는 것이나 다름없었다.

파워스는 카메라 감시탑 하나에 올라가서 난간에 기댄 채로 겨냥대까지 뻗은 포격 시험용 통로를 따라 시선을 옮겼다. 도탄跳彈된 포탄과 로켓 때문에 과녁 가운데를 둘러싼 원형 콘크리트 구조물은 여기저기 이가 빠져 있었지만, 푸른색과 붉은색으로 번갈아 칠한 100야드 너비의 거대한 원반의 윤곽은 아직까지 알아볼 수 있었다.

그 모습을 조용히 쳐다보며 보낸 30분 동안 그의 머릿속에서는 온갖 형체 없는 생각들이 일렁였다. 그러다 문득, 그는 아무 생각 없이 난간을 떠나 계단을 내려갔다. 50야드 떨어진 곳에 격납고가 있었다. 그는 빠른 걸음으로 그 앞으로 걸어가서, 서늘한 그림자 속으로 들어가 녹슬어 가는 전기 트롤리와 텅 빈 조명탄 탄창을 둘러보았다. 반대편 끝의 잡동사니와 철사 뭉치 사이에 아직 개봉하지 않은 시멘트 포대, 더러워진 모래 더미와 낡은 혼합기가 보였다.

30분 후 그는 뷰익을 후진시켜 격납고에 대고 뒤 범퍼에 시멘트 혼합기를 매달았다. 안에는 모래와 시멘트와 밖에 널려 있는 드럼통에서 퍼 온 물이 가득 들어 있었다. 그리고 트렁크와 뒷좌석에 남은 시멘트 포대를 가득 채우고, 마지막으로 곧게 뻗은 통나무 몇 개를 골라서 창문으로 밀어 넣어 끼운 다음 호수를 건너 가운데의 목표물 쪽으로 차를 몰기 시작했다.

이어지는 두 시간 동안 그는 커다란 푸른색 원반 가운데에서 계속 작업을 했다. 손으로 시멘트를 섞고, 그 반죽을 통나무를 엮어 만든 허술한 나무 형틀 쪽으로 가져가서는, 그대로 부어서 과녁판을 둘러싸는 6인치 높이의 벽을 만들었다. 잠시도 쉬지 않고, 시멘트를 타이어 지레로 저은 다음 바퀴에서 떼어 낸 타이어 휠 캡으로 떠 올렸다.

그가 일을 끝내고 장비를 그대로 놔둔 채 떠날 즈음에는 30피트 길이의 벽 한 구역이 완성되어 있었다.

넷

6월 7일 처음으로 하루하루가 덧없을 정도로 짧다는 사실을 인지했다. 열두 시간 이상 깨어 있는 동안에는 태양을 기준으로 내 시간을 구분하곤 했다. 예전의 리듬에 맞추어, 오전과 오후로. 그러나 의식이 있는 시간이 열한 시간 이하로 줄어든 지금에는, 그 모든 시간이 한데 뒤섞여 계속되는 막간을 구성한다. 마치 줄자의 눈금처럼. 감겨 있는 양이 얼마나 되는지를 정확하게 볼 수 있으며, 줄자가 풀려 나가는 속도에는 거의 영향을 끼칠 수가 없다. 서재의 책을 느릿느릿 포장하면서 시간을 보낸다. 상자가 들기에 너무 무거워서 책을 담았던 장소에 그대로 놔두고 있다. 세포의 카운트다운은 400,000까지 내려갔다.

기상 8시 10분. 취침 7시 15분. (나도 모르게 손목시계를 잃어버린 모양이다. 마을까지 나가서 새 걸 사 와야 했다.)

6월 14일 아홉 시간 반. 시간이 고속도로를 달리는 것처럼 순식간에 지나가 버린다. 그러나 휴가의 마지막 주는 언제나 첫 주보다 빠르게 지나가는 법이다. 지금과 같은 속도라면 4~5주 정도가 남아 있을 것이다. 오늘 아침에는 마지막 주가 어떤 모습일지를 떠올려 보려 했다. 마지막 순간, 3, 2, 1, 끝이 오는 순간이 어떤 기분일지. 불현듯 순수한 공포가 나를 엄습하고 오한이 들었다. 지금껏 느껴 본 적이 없는 기분이었다. 정신을 가다듬고 링거를 꽂는 데만도 30분이 걸렸다.

칼드런은 빛을 발하는 그림자처럼 나를 따라다닌다. 출입구에 분필로 '96,688,365,498,702'라고 써 놓았다. 우체부가 헷갈려 할지도 모르겠다. 기상 9시 5분. 취침 6시 36분.

6월 19일 8과 4분의 3시간. 아침에 앤더슨이 전화를 걸었다. 대놓고 끊어 버릴 뻔했지만, 간신히 마지막 정리를 하는 척할 수가 있었다. 그는 내 금욕적인 태도를 칭찬하고, 심지어 '영웅적'이라는 단어를 사용하기까지 했다. 그런 기분은 들지 않았지만. 절망은 모든 것을 잠식해 들어간다. 용기, 희망, 절제, 그 밖의 모든 고결한 자질을. 과학의 전통이 요구하는 비인격적인 초연한 수용의 자세를 유지하는 일은 빌어먹게도 너무 힘들다. 종교재판소에 선 갈릴레오를, 턱의 종양 수술 때문에 끝없는 고통을 감내해야 했던 프로이트를 떠올리려 노력한다.

마을에서 칼드런을 만나서, 머큐리 7호에 대한 기나긴 토론을 했다. 그는 자신들이 도착하기를 기다리고 있던 '인수위원회'를 통해 범우주적인 시각을 획득한 우주 비행사들이, 달을 떠나는 걸 거부했다고 믿고 있다. 오리온자리에서 온 수수께끼의 사절단으로부터 외우주 탐사가 무의미한 행동이며, 이미 우주의 모든 생명이 종말을 맞은 것이나 다름없기 때문에 그들이 너무 늦어 버렸다는 말을 들었다는 것이다! K는 이런 말도 안되는 소리를 진지하게 받아들인 공군 장교들이 있다고 하지만, 나는 그런 주장조차도 K가 나를 위로하기 위해 꾸며 낸 것이라고 생각한다.

전화를 끊어야 할 모양이다. 어떤 도급업체가 계속 전화를 걸어서 열흘 전에 수주한 시멘트 50포대의 대금을 지불하라고 말한다. 내가 트럭에 싣는 것을 직접 도왔다는 것이다. 횟비의 픽업트럭을 타고 마을로 내려가기는 했지만, 구입한 것은 납으로 된 차폐막 몇 장뿐이었다. 내가 그 많은 시멘트로 무얼 할 거라고 생각하는 걸까? 최후의 퇴장을 앞두고 거치적거릴 것이라고는 생각지 않았던 짜증 나는 일이 발생한 것뿐이다. (교훈, 에네웨타크를 잊으려고 너무 노력하지 말 것.)

기상 9시 40분. 취침 4시 15분.

6월 25일 일곱 시간 반. 오늘 칼드런이 다시 실험실 주변을 들쑤시고 돌아다녔다. 나한테 전화를 걸었는데, 전화를 받으니 녹음된 목소리가 정신 나간 시각 안내 전화처럼 일련의 숫자를 주절거렸다. 이런 짓궂은 장난질에도 슬슬 지쳐 가고 있다. 조금도 내키는 일은 아니지만, 조만간 그쪽으로 가서 담판을 지어야 할 모양이다. 어쨌든 '초콜릿 바 광고 모델처럼 달콤한 아가씨'를 보는 일은 꽤 즐거울 것이다.

이제 식사는 하루에 한 번만 하고, 포도당 주사 한 대만 추가하면 충분하다. 아직도 잠은 완전히 어둠뿐이고, 조금도 활기가 돌아오지 않는다. 어젯밤에는 처음 세 시간 동안을 16밀리미터 필름으로 촬영해서 아침에 실험실에서 틀어 보았다. 처음으로 보는 제대로 된 공포 영화였다. 반쯤 되살아난 시체처럼 보였으니까.

기상 10시 25분. 취침 3시 45분.

7월 3일 5와 4분의 3시간. 거의 아무 일도 하지 않았다. 무력함이 커져만 간다. 간신히 몸을 일으켜 실험실로 가다가 두 번이나 도로 옆으로 빠질 뻔했다. 동물들에게 먹이를 주고 일기를 쓸 정도로 집중력을 그러모았다. 횟비가 남기고 간 조종 매뉴얼을 마지막으로 읽고, 분당 40뢴트겐에 목표 거리는 350센티미터로 맞추었다. 모든 준비가 끝났다.

　　기상 11시 5분. 취침 3시 15분.

　　파워스는 기지개를 켜고 베개 위에서 천천히 머리를 뒤척이다가, 이내 블라인드 옆 천장에 맺힌 그림자에 눈의 초점을 맞추었다. 그리고 발치를 내려다보고는 칼드런이 침대 끄트머리에 앉아 조용히 자신을 바라보고 있는 걸 깨달았다.

　　"안녕하십니까, 박사님." 칼드런이 담배를 끄며 말했다. "늦게 주무셨나 봅니다? 피곤해 보이시는데."

　　파워스는 팔꿈치로 짚어 몸을 일으키면서 손목시계를 확인했다. 11시가 조금 지난 시각이었다. 아직 머릿속이 흐릿했다. 그는 다리를 돌려 침대 가장자리로 일어나 앉았고, 팔꿈치를 무릎에 대고는 얼굴을 문지르며 조금이라도 생기를 찾으려 했다.

　　방 안에 연기가 자욱했다. "여기서 뭘 하고 있는 건가?" 그는 칼드런에게 물었다.

　　"점심 식사에 초대를 하려고 왔지요." 그는 침대 옆의 전화를 가리키며 말했다. "전화가 끊겨 있길래 차를 몰고 왔습니다. 창문으로 들어온 건 양해해 주시죠. 30분 동안 초인종을 울렸으니까요. 그 소리를 듣지 못하시다니 참 놀랍더군요."

　　파워스는 고개를 끄덕이더니, 자리에서 일어나서 면바지의 주름을 펴려고 시도했다. 일주일 동안 갈아입지 않고 잠자리에 들었던 터라 이제 옷은 전부 더럽고 축축해져 있었다.

욕실 문 쪽으로 걸음을 옮기자, 칼드런이 침대 건너편에 세워 둔 카메라 삼각대를 가리켰다. "저건 또 뭔가요? 포르노 영화 산업에라도 투신하실 모양이죠, 박사님?"

파워스는 멍한 눈으로 한동안 그를 살펴보았다. 질문에는 대답하지 않고 삼각대 쪽으로 시선을 돌리다 문득 침대 옆 탁자에 일기장이 펼쳐진 채 놓여 있는 것을 발견했다. 칼드런이 마지막 항목을 읽었는지 걱정하면서, 그는 돌아가 일기장을 집어 들고 욕실로 들어가서 문을 닫았다.

그는 거울 뒤편 수납장에서 링거 주사와 앰풀을 꺼내 주사를 놓고 나서 잠시 문에 기댄 채 약효가 돌아 자신을 각성시키기를 기다렸다.

돌아와 보니 칼드런은 거실로 나가서 바닥 가운데에 나뒹구는 상자들의 라벨을 읽고 있었다.

"그래 좋네, 같이 점심이나 하지." 파워스는 말을 하면서 칼드런을 자세히 살폈다. 평소보다 기분이 가라앉아 보였다. 거의 공손해 보일 지경의 느낌이 주변을 감돌고 있었다.

"좋네요." 칼드런이 말했다. "그건 그렇고, 떠나시는 건가요?"

"뭐 상관할 것 있나?" 파워스는 퉁명스럽게 대꾸했다. "자네 담당은 앤더슨인 줄 알았는데?"

칼드런은 어깨를 으쓱했다. "좋을 대로 하시죠. 12시 정도쯤 오시면 될 겁니다." 그러고는 쏘아붙이듯 덧붙였다. "그 정도면 씻고 옷을 갈아입을 시간은 충분하겠지요. 셔츠에는 뭘 그렇게 묻히고 다니시는 겁니까? 석회처럼 보이는데요."

파워스는 몸을 내려다보며 하얀 자국을 털었다. 칼드런이 떠나자 그는 옷을 벗어 던지고 샤워를 한 다음 여행 가방 하나에서 깨끗한 정장을 꺼내 입었다.

　코마와 동거하기 전까지, 칼드런은 호수 북쪽 기슭의 난해하게 생긴 여름 별장에 홀로 살고 있었다. 원래는 괴짜 백만장자 수학자가 정신 나간 거대한 뱀처럼 나선형으로 상승하는 콘크리트 리본 모양으로 건축한 7층짜리 저택이었다. 벽과 바닥과 천장 모두 굽이치는 형상이었다. 이 건물이 $\sqrt{-1}$ 을 기하학적으로 나타낸 모델이라는 해석에 도달한 사람은 칼드런뿐이었고, 그 대가로 그는 비교적 낮은 월세로 이 건물을 부동산업자의 손에서 빼앗아 올 수 있었다. 저녁때면 파워스는 종종 실험실에서 그의 모습을 눈으로 좇곤 했다. 그는 쉴 새 없이 여러 층을 오가면서, 경사로와 테라스와 옥상으로 구성된 미로를 들락거렸다. 하늘을 향해 비쩍 마르고 각진 몸을 교수대처럼 세운 채, 고독한 눈으로 다음 날의 라디오 전파를 걸러내 잡으려는 것처럼 보였다.
　정오가 되어 그의 집 쪽으로 차를 몰고 가던 파워스는 그곳에서 칼드런을 보았다. 지면에서 150피트 떨어진 선반 위에 서서, 과장된 동작으로 하늘을 향해 머리를 쳐들고 있었다.
　"칼드런!" 파워스는 정적을 깨며 갑자기 크게 소리쳤다. 칼드런이 깜짝 놀라 발을 헛디디리라 약간 기대하면서.
　칼드런은 몽상에서 깨어나 정원을 내려다보더니, 사교적으로 웃으면서 오른팔을 들고 천천히 반원을 그리며 흔들어 보였다.
　"올라오시죠." 그가 소리치고는 다시 하늘로 시선을 돌렸다.
　파워스는 차에 기댔다. 예전에, 그러니까 몇 달 전에 같은 도전을 받아들인 적이 있었다. 그때는 입구로 들어가고 3분도 지나지 않아 2층의 막다른 곳에서 완전히 길을 잃어버렸다. 칼드런이 그를 찾아내는 데만 30분이 걸렸다.

파워스는 칼드런이 자기 둥지에서 일어나 수많은 통로와 층계를 건너 내려올 때까지 기다린 다음, 함께 승강기를 타고 펜트하우스로 들어갔다.

그들은 칵테일을 들고 유리 천장이 있는 널찍한 작업실로 들어갔다. 거대한 흰색 콘크리트 리본이 엄청난 크기의 용기에서 짜낸 치약처럼 그들 주변을 두르고 있었다. 그들 건너편 무대 위에는 추상적인 형태의 회색 가구 여러 점, 각진 스크린에 붙은 거대한 사진들, 세심한 설명이 달려 탁자에 진열된 전시품들이 그들과 평행하게 놓여 있었다. 그 뒤편 벽에는 길이가 20피트나 되는 검은 글자들이 단 하나의 거대한 단어를 만들면서 모든 전시품을 압도하듯 그려져 있었다.

너

칼드런은 그쪽을 가리켰다. "초의식적 접근 방식이라 부를 수 있겠지요." 그는 파워스를 향해 음모를 꾸미는 듯한 손짓을 하고는 술잔을 한 번에 비웠다. "여기가 **제** 실험실입니다, 박사님." 그가 자부심 섞인 목소리로 말했다. "선생님의 실험실보다 훨씬 중요한 곳이죠. 제 말을 믿으세요."

파워스는 속으로 냉담하게 웃으면서 첫 전시품을 확인했다. 색이 바랜 잉크 자국이 남아 있는 낡은 뇌파 측정 결과였다. '아인슈타인 A.,

알파파, 1922년.'

그는 천천히 잔을 홀짝이며, 암페타민 덕분에 잠시나마 감각이 날카로워지는 기분을 즐기면서 칼드런을 따라다녔다. 두 시간만 있으면 이런 감각도 사라지고 두뇌는 다시 압지 뭉치처럼 느껴지게 될 것이다.

칼드런은 소위 최종 문서라는 것의 중요성을 열심히 설명하고 있었다. "파워스 박사님, 이건 마지막 판본, 최종 선언, 완벽한 분열의 산물입니다. 충분한 양이 모이면 이걸로 저를 위한 새로운 시계를 만들어낼 수 있을 겁니다." 그는 묵직한 책 한 권을 탁자에서 들어 책장을 훑으며 넘겼다. "뉘른베르크에서 사형선고를 받은 12인의 연상검사 결과입니다. 이건 꼭 들어가야 했어요……"

파워스는 그의 말에 귀를 기울이지 않고 멍하니 걸음을 옮겼다. 구석에 수신용 테이프 발급기로 보이는 기계가 세 대 놓여 있고, 주둥이에서 테이프가 길게 나와 있었다. 그는 칼드런이 지난 20년 동안 천천히 쇠락해 온 주식시장에 손을 댈 정도로 판단력이 떨어진 것인지 궁금해졌다.

"파워스 박사님," 칼드런의 목소리가 들렸다. "일전에 머큐리 7호에 대해 대화를 나누었지요." 그는 화면에 붙어 있는, 타자 친 종이쪽들을 가리켰다. "저게 기록용 화면으로 전송되어 온 그들의 마지막 신호입니다."

파워스는 종이에 적힌 내용을 대충 훑으며, 적당히 눈에 띄는 부분만 읽어 보았다.

"……파란색……사람들……재활용……오리온……원격 계측기……"

파워스는 애매하게 고개를 끄덕였다. "흥미롭군. 저기 있는 수신용 테이프들은 뭔가?"

칼드런은 웃음을 머금었다. "그 질문을 해 주시기를 몇 달 동안 기다리고 있었습니다. 직접 보시죠."

파워스는 그쪽으로 가서 테이프 하나를 뽑아 들었다. 기계에 설명이 붙어 있었다. '마차부자리 225-G 간격 69시간'.

테이프의 내용은 다음과 같았다.

$$96,688,365,498,695$$
$$96,688,365,498,694$$
$$96,688,365,498,693$$
$$96,688,365,498,692$$

파워스는 테이프를 떨어트렸다. "어디서 본 것만 같군. 이 수열에 무슨 의미가 숨어 있나?"

칼드런은 어깨를 으쓱했다. "아무도 모르죠."

"그게 무슨 소리지? 실제 존재하는 현상의 계측 결과일 것 아닌가."

"네, 그렇기는 합니다. 계속 줄어드는 수열이죠. 원한다면 카운트다운이라 부르셔도 좋습니다."

파워스는 그 오른쪽에 있는 기계의 테이프를 뽑았다. '양자리 44R951 간격 49일'이라고 적혀 있었다.

이쪽의 수열은 다음과 같았다.

$$876,567,988,347,779,877,654,434$$

876,567,988,347,779,877,654,433

876,567,988,347,779,877,654,432

파워스는 뒤를 돌아보며 물었다. "신호가 오는 주기가 어떻게 되나?"

"몇 초에 한 번꼴입니다. 물론 상당히 편향 압축되어 있지요. 천문대에 있는 컴퓨터가 그 신호를 해독합니다. 20년 전쯤 조드럴뱅크 천문대에서 처음 잡혔지만, 이제는 아무도 귀를 기울일 생각을 하지 않지요."

파워스는 마지막 테이프 쪽으로 눈길을 돌렸다.

6,554

6,553

6,552

6,551

"거의 끝나 가는 모양이로군." 그는 말하면서 덮개에 붙은 설명을 곁눈질했다. '확인되지 않은 전파원, 사냥개자리 간격 97주'.

그는 테이프를 칼드런에게 보여 주었다. "금방 끝나겠어."

칼드런은 고개를 저으며, 옆에 놓인 묵직한 사전 크기의 책을 양손으로 들었다. 그의 얼굴에 갑자기 침울하고 공포 어린 표정이 떠올랐다. "그럴 것 같지는 않군요." 그가 말했다. "그건 마지막 네 자리만 적은 겁니다. 원래 숫자는 자릿수가 5000만을 넘어가요."

그는 책을 파워스에게 건네주었고, 파워스는 제목을 넘겨보았다.

'조드럴뱅크 천문대 전파망원경이 수신한 신호 수열의 전체 배열 체계, 맨체스터 대학교, 잉글랜드, 0012-59시간, 21-5-72 전파원 NGC 9743, 사냥개자리'. 그는 빼곡하게 인쇄된 두꺼운 책의 책장을 넘겼다. 칼드런이 말한 대로 수백만 개의 숫자들이 1,000장에 가까운 종이 위에 계속해서 반복되고 있었다.

파워스는 고개를 젓고는 테이프를 다시 들고 유심히 바라보았다.

"컴퓨터는 마지막 네 자리만 해독합니다." 칼드런이 설명했다. "신호 하나는 15초짜리 꾸러미에 담겨서 오지만, 하나를 해독하는 데 IBM으로도 2년이 넘게 걸리거든요."

"놀랍군." 파워스가 소감을 말했다. "그런데 정체가 뭔가?"

"보시다시피 카운트다운이죠. 사냥개자리 어딘가에 있는 NGC 9743에서 보낸 겁니다. 거대한 나선은하가 산개하면서 작별 인사를 보내고 있는 거예요. 그들의 진짜 목표가 누구일지는 알 도리가 없지만, 적어도 우리에게도 그 사실을 알려 주고 있는 겁니다. 수소선에 실어서 우주의 모든 이들이 들을 수 있도록 쏘아 보내는 거죠." 그는 말을 멈추었다. "다른 해석을 하는 사람도 있지만, 그런 모든 해석을 압도하는 증거가 하나 존재합니다."

"그게 뭔가?"

칼드런은 사냥개자리에서 온 마지막 테이프를 가리켰다. "저 수열이 0에 도달하는 때가 우주가 종말을 맞이할 것이라고 예상되는 시간과 일치한다는 단순한 사실이죠."

파워스는 생각을 반추하며 테이프를 매만졌다. "실제 시간을 알려 주려 하다니 참으로 사려 깊은 친구들이군."

"저도 그렇게 생각합니다." 칼드런은 나지막하게 말했다. "역제곱법칙을 적용해 보면, 원래 신호는 300만 메가와트의 100제곱에 달하는 강도로 방송되고 있을 겁니다. 우리 국부은하군 전체에 도달할 수 있는 강도죠. 단순히 사려 깊은 정도가 아닙니다."

칼드런이 갑자기 파워스의 팔을 단단히 붙들더니 그의 눈을 정면으로 바라보며 감정으로 벅찬 목소리를 쏟아 내기 시작했다.

"박사님은 혼자가 아닙니다. 혼자라고 생각하지 마세요. 이건 시간의 목소리고, 모두가 박사님에게 작별을 고하고 있는 겁니다. 자신을 보다 넓은 견지에서 생각하세요. 박사님의 신체를 구성하는 모든 입자가, 모든 모래 알갱이들이, 모든 은하가 동일한 표식을 가지고 있는 겁니다. 방금 말씀하셨듯이 이제는 진정한 시간을 알게 되었습니다. 그런데 휴식이 무슨 의미가 있겠습니까? 계속 시계를 보고 있을 필요는 없어요."

파워스는 그의 손을 잡고 꽉 쥐었다. "고맙네, 칼드런. 자네가 이해했다니 기쁘군." 그는 창가로 걸어가서 백색 호수를 내려다보았다. 그와 칼드런 사이에 존재하던 긴장감이 사라지며, 마침내 칼드런을 향한 모든 의무를 완수한 것만 같은 기분이 들었다. 이제 최대한 빨리 이곳을 떠나고 싶었다. 드러난 뇌 조직이 그의 손가락들 사이를 지나갔던 여느 수많은 환자들의 얼굴과 마찬가지로, 이제 칼드런 또한 잊어버리고 싶었다.

그는 수신용 테이프 발급기로 다가가서, 주둥이에서 나오는 테이프를 뜯어내 주머니에 집어넣었다. "잊지 않기 위해 이걸 가져가겠네. 코마에게 나를 대신해 작별 인사를 전해 주게나."

그는 문을 향해 가다가 문가에 이르러 뒤를 돌아보았다. 칼드런은 반대쪽 벽에 걸린 커다란 글자의 그림자에 서서, 초조한 눈빛으로 발치를 내려다보고 있었다.

차를 몰고 떠나면서, 파워스는 칼드런이 옥상에 올라가 차가 커브에 이르러 사라질 때까지 자신을 바라보며 천천히 손을 흔드는 모습을 백미러를 통해 계속 보고 있었다.

다섯

이제 외곽 원이 거의 완성되었다. 약 10피트 길이의 작은 홈이 남아 있었지만, 그곳을 제외하면 6인치 높이의 콘크리트 바닥이 과녁판 외곽을 완벽하게 둘러싸고 있었다. 10피트 간격의 콘크리트 동심원 세 개가 장치의 외곽을 구성했고, 가장 큰 원은 지름이 100야드에 달했다. 원의 중심에는 지면에서 10피트 정도 솟아오른 작고 둥근 단상이 있고, 그곳에서 뻗어 나온 커다란 십자가가 원을 네 개의 구역으로 나누었다.

파워스는 날렵하게 움직여서 모래와 시멘트를 혼합기에 붓고, 대충 반죽이 만들어질 때까지 물을 추가한 다음에, 혼합기를 들고 나무 형틀이 있는 곳까지 가서 안에 든 혼합물을 좁은 공간에 채워 넣기 시작했다.

10분도 안 되어서 작업은 끝났다. 그는 시멘트가 굳기 전에 형틀을 제거한 다음, 그 통나무들을 차 뒷좌석에 밀어 넣었다. 그는 바지에 손을 털고 혼합기로 가서 그것을 주변 언덕이 드리운 긴 그림자 속으로 50야드 정도 밀어 넣었다.

수많은 오후의 끈질긴 노동으로 완성한 거대한 문양을 음미할 생각도 하지 않고, 그는 자동차에 올라타서 지저분한 백색 먼지를 일으키면서, 남색으로 고여 있는 그림자를 둘로 가르며 멀어져 갔다.

실험실에 도착하니 3시였다. 그는 급브레이크를 밟자마자 차에서 뛰어내렸다. 입구로 들어가서는 우선 조명을 켜고, 서둘러 돌아다니며 햇빛 가리개를 전부 내려 바닥의 홈에 고정시켰다. 돔이 강철로 만든 텐트나 다름없는 모습으로 변했다.

그의 뒤로 물탱크 안에서 식물과 동물들이 소리 없이 몸을 뒤틀며, 갑자기 밀려오는 차가운 형광 빛에 반응했다. 그를 무시하는 것은 침팬지뿐이었다. 녀석은 우리 바닥에 앉아 신경증 환자처럼 폴리에틸렌 양동이에 큐브 퍼즐을 쑤셔 넣으면서, 조각이 맞아 들어가지 않을 때마다 발작하듯 분노를 폭발시켰다.

그쪽으로 간 파워스는 헬멧이 우그러들어 유리섬유로 된 강화 판이 부서져 있는 것을 발견했다. 침팬지의 얼굴과 이마는 이미 스스로 입힌 상처 때문에 피투성이가 되어 있었다. 파워스는 녀석이 창살 너머로 던진 제라늄 잔해를 들어 주의를 끈 다음, 책상 서랍에서 가져온 검은 알갱이를 던져 주었다. 침팬지는 한 손을 뻗어 가뿐하게 검은 물체를 받고는 큐브 퍼즐에서 뜯어낸 조각과 함께 잠시 손으로 가지고 놀다가, 이내 허공으로 던져 단숨에 삼켰다.

파워스는 환자의 경과를 기다리지 않고 외투를 벗은 후에 엑스레이 실험실 쪽으로 걸음을 옮겼다. 그는 높다란 미닫이문을 열어 맥시트론의 길고 반짝이는 금속 주둥이를 드러낸 다음, 뒷벽에 납으로 만든 차폐막을 쌓기 시작했다.

몇 분 후 엑스레이 방사기가 웅웅거리며 작동했다.

말미잘이 꿈틀거렸다. 잠재의식 속에서 따스한 방사능 바닷물이 주변으로 차오르는 것을 느끼며, 먼바다의 무수한 기억에 자극을 받은 말미잘이 물탱크 건너편에 희미하게 보이는 어머니 태양을 움켜쥐려 했다. 촉수가 수축하고, 끄트머리마다 잠들어 있던 수천 개의 신경세포들이 다시 모이고 증식을 시작하면서 각각 세포핵에서 발산되는 에너지를 끌어모았다. 사슬이 생기고, 격자가 위로 뻗어 올라 겹눈 모양의 수정체를 형성하더니, 어두운 돔 안에서 춤추는 형광 파장의 소리에, 그 선명한 스펙트럼의 윤곽에 천천히 초점을 맞추었다.

천천히 하나의 형상이 떠올랐다. 밝은 빛을 끝없이 뿜어내는 거대한 검은색 샘이 작업대와 용기를 가득 메웠다. 그 옆에서 형체 하나가 움직이며, 입을 통해 빛의 흐름을 조절하고 있었다. 형체가 발을 디딘 자리마다 선명한 빛깔이 폭발했고, 작업대를 쓸고 지나가는 손길을 따라 눈부신 명암 대비가 피어올랐다. 푸른색과 보라색 빛의 구체가 어둠 속에서 초소형 조명탄처럼 피어올라 폭발했다.

광자가 웅웅거렸다. 천천히, 주변을 가득 메우는 눈부신 소리의 벽을 지켜보면서, 말미잘은 계속 몸을 부풀려 나갔다. 그것은 신경절이 서로 연결됨으로써 척삭 꼭대기에 생겨난 연약한 막을 통해 느껴지는 새로운 자극에 주의를 기울이고 있었다. 실험실 안의 가만한 윤곽들이 부드럽게 울리기 시작하며, 숨죽인 소리가 아크등에서 떨어져 아래의 작업대와 가구들에 튕겨 메아리를 만들었다. 소리에 휩싸인 사물들의 각진 형상이 끊임없이 날카로운 소리를 발하며 진동했다. 플라스틱 의자는 불협화음을 스타카토로 울렸고, 측면이 네모난 책상은 계속해서 두 가지 음계를 동시에 발했다.

확인을 마친 소리들은 무시하고, 말미잘은 천장으로 주의를 돌렸다. 천장이 형광 튜브에서 쏟아져 내린 소리를 받아 내는 거대한 방패처럼 계속 울리고 있었다. 비좁은 틈을 통해 흘러드는 하늘의 빛 속에서 강하고 선명한 목소리가 들려왔다. 수많은 다른 소리가 겹겹이 울리는 가운데 태양이 노래하고 있었다……

파워스가 실험실을 떠나 차에 오른 것은 해가 지기 몇 분 전이었다. 뒤편으로는 어둠 속에 조용히 누워 있는 거대한 돔 위로 하얀 달빛이 비춘 언덕들의 가느다란 그림자가 드리워져 있었다. 파워스는 그대로 구불구불한 진입로를 따라 아래편 호숫가 도로로 차를 몰았다. 푸른색 자갈 위에서 타이어가 미끄러지는 소리에 귀를 기울이다가, 클러치에서 발을 떼고 엔진을 힘차게 올렸다.

차를 몰던 그는 왼편의 어둠에 반쯤 모습을 숨기고 있는 석회암 언덕을 바라보다가, 차츰 자신이 더 이상 언덕으로 시선을 향하지 않아도 마음속 깊은 곳에서 기묘한 방식으로 그 형체와 윤곽을 인지하고 있다는 사실을 깨달았다. 감각 자체를 정의할 수는 없으나 존재하는 것은 분명했다. 기묘한, 거의 시각에 가까운 인상이 느껴졌다. 그 인상은 언덕 사이를 가르는 골짜기와 협곡에서 더욱 강하게 느껴졌다. 파워스는 그 감각의 정체를 확인하려 시도하지 않고 잠시 즐기고만 있었다. 열 개가 넘는 기묘한 환영이 뇌 위로 흘러갔다.

도로는 호숫가에 지어진 오두막 몇 채를 빙 두르며 비탈로 이어졌다. 자동차는 언덕 바로 아래로 진입했고, 파워스는 갑자기 어둠에서 빛을 발하는 백악 절벽처럼 뻗은 급경사면의 엄청난 무게를 느꼈다. 그리고 그 순간 이제 자신의 정신 속에 강하게 느껴지는 감각의 정체를 깨달았다. 급경사면 자체만이 아니라, 그 암석의 어마어마한 연대까지도 느껴지고 있었던 것이다. 지각 속 마그마로부터 비어져 나온 이후 지나간 100만 년 단위의 셀 수도 없는 시간이 명징하게 느껴졌다. 300피트 위의 깎여 나간 산마루, 어둑한 침식곡과 틈새, 언덕 아래 길가의 매끄럽게 깎인 바윗덩어리, 그 모두가 제각기 명확한 형상을 그의 마음에 새기고 있었다. 수많은 목소리가 입을 맞추어 그 경사면의 생애 동안 흘러간 전체 시간을 알려 주고 있었다. 이 정신 속의 형상은 눈앞에 보이는 시각적인 형상만큼이나 명확하고 또렷했다.

파워스는 자기도 모르게 속도를 줄이고 언덕 사면에서 고개를 돌렸다. 그러자 두 번째 시간의 흐름이 첫 번째 흐름을 뒤덮는 것이 느껴졌다. 이번에는 보다 폭이 넓지만 시간은 짧았다. 널찍이 펼쳐진 소금 호수에서 피어오른 형상이 고대의 석회암 절벽에 부딪히는 모습이, 마치 높이 솟은 곳에 부딪혀 포말을 일으키며 부서지는 작은 파도처럼 보였다.

파워스는 몸을 뒤로 젖히고 눈을 감은 채 양쪽 시간이 만나는 경계선을 따라, 마음속에서 점차 깊어지고 강해지는 형상을 느끼며 차를 몰았다. 주변 풍경에 새겨진 광대한 시간이, 호수와 백악 절벽에서 들려오는 소리 없는 합창이, 그를 시간을 거슬러서 세계가 존재하기 시작한 첫 순간에 이르는 끝없는 통로로 안내하는 것만 같았다.

그는 차의 방향을 틀어 포격 시험장으로 향하는 샛길로 들어섰다. 터널 양옆으로, 뚫을 수 없는 시간의 역장을 우레처럼 울리는 절벽이 우뚝 선 모습이, 마치 같은 극을 마주하고 있는 거대한 자석처럼 보였다. 마침내 그 사이를 뚫고 호수의 평평한 바닥에 도착하자, 파워스는 모든 모래 알갱이와 소금 결정을 분간할 수 있을 것만 같은, 주변을 둘러싼 언덕들이 자신을 부르고 있는 것만 같은 느낌을 받았다.

그는 자신이 만든 만다라 옆에 차를 세우고, 그림자 속으로 뻗은 외곽의 둥근 콘크리트 테두리를 향해 천천히 걸음을 옮겼다. 머리 위에서 별의 목소리가 들렸다. 수백만에 달하는 우주의 목소리가 한쪽 지평선부터 반대쪽 지평선까지 밤하늘을 가득 메우고 있는 모습이 진정한 시간의 차양이라 부를 만했다. 길게 뻗은 별들의 통로는 혼잡한 무선 표식처럼 서로 무수한 각도로 뒤얽히다가, 그대로 하늘로 솟구쳐 한 지점에 모였다 사라졌다. 희미하고 붉은 시리우스의 원반에서 들려오는 아득한 수백만 년 전의 고대의 목소리가, 안드로메다의 거대한 나선성운에, 사라진 우주들의 거대한 회전목마가 발하는 우주 자체만큼이나 오래된 목소리에 뒤덮였다. 이제 파워스에게 하늘은 끝없이 펼쳐진 바벨탑처럼 보였다. 1,000개의 은하계가 부르는 시간의 노래가 마음속에서 연이어 서로를 뒤덮으며 펼쳐졌다. 천천히 만다라의 가운데로 걸음을 옮기면서, 그는 반짝이는 은하수를 목을 빼고 바라보며 떠들썩한 성운과 별자리들이 만드는 혼돈 속을 살펴보았다.

만다라의 내부 원에 들어서서 중심의 단상에서 몇 야드 떨어진 자리에 이르자, 그는 혼란이 차츰 잦아들고 단 하나의 강한 목소리가 생겨나 다른 소리를 압도하기 시작했음을 깨달았다. 그는 단상 위로 올라가서 시선을 들어 어두운 하늘을 바라보았다. 별자리를 헤치고 그 너머의 섬은하들을 살펴보며, 무수한 시간을 건너 자신에게 도달하는 희미한 태고의 목소리에 귀를 기울였다. 그는 주머니에 든 종이테이프를 만지작거리다 멀리 떨어진 사냥개자리의 왕관 모양을 찾아 고개를 돌렸다. 그 위대한 목소리가 마음속에 울리는 것을 느끼면서.

너무 넓어서 강둑이 수평선 아래로 사라진 강을 끝없이 흐르는 강물처럼, 목소리가 쉬지 않고 그를 향해 흘러왔다. 하늘과 우주를 가득 메우며 펼쳐진 장대한 시간의 흐름이 그 안의 모든 것을 감싸고 있었다. 도도하지만 느려서 흐름의 방향을 판별하기 힘들 정도였으나, 파워스는 그 근원이 우주의 근원 자체임을 이미 알고 있었다. 시간의 흐름이 그의 몸을 훑고 지나가자 강력한 인력이 느껴졌고, 그는 흐름에 합류해 강력한 물살에 몸을 맡겼다. 그리고 흐름이 조용히 그를 끌어안자, 천천히 몸을 돌려 흐름의 방향을 마주했다. 주변에 보이던 언덕과 호수의 윤곽은 사라졌지만, 만다라의 형상은 거대한 우주의 시계처럼 그의 눈앞에 고정된 채로 남아서 흐름의 수면 위에서 빛을 발했다. 계속 그 모습을 바라보던 그는 자신의 육신이 천천히 녹아내리고 있음을, 물리적 형체가 흐름의 거대한 연속성 속으로 녹아들고 있음을 깨달았다. 흐름은 그를 거대한 해협 가운데로 끌고 들어가, 그를 흐름의 앞으로 밀어내며, 벗어날 수 없지만 마침내 찾아온 안식 속에서, 갈수록 넓어지는 영원의 강의 하류를 향해 이끌어 나갔다.

그림자가 흐릿해지다 이내 언덕 사면으로 후퇴할 즈음이 되자, 칼드런이 차에서 내려 콘크리트 둘레 벽 쪽으로 서둘러 걸어갔다. 50야드 떨어진 중심부에서는 코마가 파워스의 시체 곁에 무릎을 꿇고 앉아서 작은 손으로 죽은 이의 얼굴을 어루만지고 있었다. 돌풍이 불어 모래가 일렁이며 테이프 한 조각이 칼드런의 발치로 날아왔다. 그는 몸을 숙여 테이프 조각을 줍고는 조심스레 말아 주머니에 넣었다. 차가운 아침 공기 속에서, 그는 외투 깃을 세우고 무표정한 얼굴로 코마를 바라보았다.

"6시야." 그는 잠시 후 그녀에게 말했다. "가서 경찰을 불러 오지. 그분하고 같이 있어 줘." 그리고 잠시 말을 멈췄다 이내 덧붙였다. "시계는 부수지 못하게 해."

코마는 몸을 돌려 그를 바라보았다. "돌아오지 않을 생각이야?"

"나도 모르겠어." 그는 코마에게 고개를 까딱하고는 발길을 돌렸다.

그는 호숫가 도로로 들어갔고, 5분 후에는 휫비의 실험실 바깥 진입로에 차를 세우고 있었다.

창문을 전부 가린 돔 내부는 어두웠지만, 엑스레이 실험실에서는 여전히 방사기가 웅웅 소리를 내고 있었다. 칼드런은 입구로 들어서며 조명을 올렸다. 그는 실험실에서 방사기의 철망을 만지고 따끈한 베릴륨 단창 실린더를 더듬었다. 둥그런 실험대는 분당 1회전으로 설정된 채로 천천히 회전하고 있었고, 서둘러 실험대에 고정시켜 놓은 구속용 철제 의자가 보였다. 몇 피트 떨어진 곳에는 대부분의 물탱크와 우리들이 대충 급하게 쌓아 놓은 듯 반원형으로 늘어서 있었다. 그중 하나에는 거의 용기를 탈출한 오징어처럼 생긴 거대한 식물이 보였다. 길고 투명한 촉수가 물탱크 가장자리를 붙들고, 동체는 둥글게 뭉친 점액질을 쏟아 내며 터져 있었다. 다른 용기에는 대형 거미가 자신의 거미줄에 사로잡혀, 형광을 발하는 거미줄로 만들어진 거대한 삼차원 미로 가운데 무력하게 매달려서 발작하듯 몸을 떨고 있었다.

모든 동식물 실험체가 목숨을 잃었다. 침팬지는 눈까지 헬멧을 눌러 쓴 채로 움막 잔해 사이에 드러누워 있었다. 칼드런은 잠시 그쪽을 바라보다가 이내 자리에 앉아 수화기를 들었다.

다이얼을 돌리던 중에 그는 압지 사이에 놓인 필름 뭉치를 발견했다. 그는 한동안 필름의 꼬리표를 바라보다가 자신의 주머니 속 테이프 옆에 넣었다.

경찰에 연락을 한 다음, 그는 조명을 끄고 자동차로 돌아가 천천히 진입로를 따라 몰았다.

여름 별장에 도착했을 때는 리본처럼 엉킨 발코니와 테라스로 아침 햇빛이 내리쬐고 있었다. 그는 승강기를 타고 펜트하우스로 올라가 자신의 박물관 안으로 들어갔다. 셔터를 하나씩 올리며 햇살이 자신의 전시품 위에서 춤추는 모습을 바라보던 그는, 이내 한쪽 측창 앞으로 의자를 가져다 놓고 기대앉아서 방으로 쏟아져 들어오는 햇살을 올려다보았다.

두세 시간이 지나자 바깥에 코마가 도착해서 그를 부르는 소리가 들렸다. 그녀는 30분 후에 가 버렸지만, 잠시 후 두 번째 목소리가 칼드런을 향해 소리치기 시작했다. 그는 의자에서 일어나 정면 정원 쪽으로 난 모든 창문의 셔터를 내렸고, 곧 그를 방해하는 사람은 모두 사라졌다.

칼드런은 자리로 돌아와 조용히 기대앉으면서 눈으로 전시품들의 윤곽을 훑었다. 반쯤 잠든 상태로, 그는 주기적으로 몸을 일으켜 셔터를 통해 들어오는 빛의 양을 조절하며 생각을, 앞으로 남은 시간 동안 계속하게 될 생각을 이어 나갔다. 파워스와 그의 기묘한 만다라에 대해서, 머큐리 7호와 달의 백색 정원을 향한 여행에 대해서, 섬은하의 금빛 태양들 아래 존재했던 고대의 아름다운 세계들을, 이제는 우주의 수많은 죽음들 속으로 사라져 버린 그 세계들에 관해 운율로 알려주었던 오리온자리에서 온 푸른 사람들에 대해서.

(1960)

고더드 씨의 마지막 세계
The Last World of Mr Goddard

 딱히 그럴 만한 이유가 없는데도, 천둥소리가 고더드 씨의 신경을
거슬렀다. 하루 종일 1층 매장 관리인의 업무를 수행하는 동안에도 그
는 멀리서 들려오는, 백화점의 소음과 북적이는 사람들의 소리에 파
묻혀 거의 들리지도 않는 우르릉거림에 귀를 기울였다. 두 번이나 핑
계를 대고 옥상 카페테리아까지 승강기를 타고 올라가 먹구름이나 돌
풍이 있는지 확인해 보기도 했다. 그러나 언제나와 마찬가지로 무덤
덤하고 단조로운 푸른 하늘에 작은 구름 몇 덩이가 한가롭게 떠다니
고 있을 뿐이었다.

 고더드 씨의 걱정은 그 때문에 더욱 깊어져 갔다. 카페테리아 난
간에 기대어 있노라니 다시 멀리서 천둥소리가 들려왔다. 머리 위로
1,000피트도 안 되는 곳에서 거대한 새들이 날갯짓을 하는 양 대기를

찢는 굉음이 흘러갔다. 소리는 금세 멈췄다가도 몇 분도 지나지 않아 다시 시작되곤 했다.

소리를 알아챈 사람은 고더드 씨만이 아니었다. 테라스의 탁자에 앉아 있는 사람들 모두가 소음의 근원지를 찾아 목을 빼고 두리번거렸다. 다들 고더드 씨만큼 당황한 듯했다. 평소의 고더드 씨라면 그런 사람들과 가볍게 대화를 나누었을 것이다—고풍스러운 헤링본 정장을 차려입은 희끗한 머리카락의 노인은 지금까지 20년 동안 이 백화점에서 친절한 배려의 대명사나 다름없었으니까. 그러나 오늘 그는 눈길도 주지 않고 사람들을 지나쳤다. 1층으로 내려오자 초조함은 조금 가셨지만, 오후 내내 인파로 북적이는 계산대를 오가고 아이들의 머리를 쓰다듬어 주는 동안에도 귓가에서 희미한 천둥소리가 떠나지 않았다. 근원을 알 수 없고, 어딘지 모르게 위험한 느낌이 드는 소리였다.

6시가 되자 그는 출퇴근 확인 부스의 자기 자리에서 마지막 직원이 카드에 도장을 찍을 때까지 초조하게 기다렸다. 그는 야간 경비원에게 자리를 넘겨주었고, 직원들은 모두 건물을 떠났다. 고더드 씨가 낡은 외투와 사냥 모자를 걸치고 건물을 나서는 그 순간까지도 가끔씩 천둥소리가 하늘을 갈랐다.

반 마일도 떨어지지 않은 곳에 있는 고더드 씨의 집은 높직한 산울타리에 둘러싸인 2층 건물이었다. 외관은 다 낡았지만 아직 튼튼했고, 얼핏 보기에는 평범한 독신자 주택과 별로 다르지 않았다. 그러나 짧은 진입로를 따라 안으로 들어가면 독특한 점이 하나 눈에 띄었다. 위아래 층의 모든 창문이 굳게 잠겨 있다는 것이었다. 너무 오래 닫힌 채 있어서, 집 전면을 뒤덮은 담쟁이가 판자 위 여기저기 발을 뻗어 썩어가는 목재를 부술 정도였다.

더 자세히 살펴보면, 먼지로 가득한 유리창 뒤편으로 격자무늬 철창까지 쳐 있었다.

고더드 씨는 문가의 우유병을 집어 들고, 안락의자와 작은 소파를 가져다 놓아서 거실 역할을 하는 부엌으로 향했다. 그는 서둘러 저녁 식사를 준비했다. 준비를 반쯤 마쳤을 때 언제나 들르는 이웃집 고양이가 찾아와 문을 긁어 댔고, 그는 문을 열어 주었다. 둘은 함께 식탁에 앉았다. 고양이는 언제나처럼 의자 위 쿠션에 자리를 잡고는 작고 날카로운 눈으로 고더드 씨를 바라보았다.

8시가 조금 지나서 고더드 씨는 항상 똑같은 저녁 일과를 시작했다. 우선 부엌문을 열고 측면 진입로를 양쪽 모두 훑어본 다음, 들어가서 양쪽 창문과 문 모두에 묵직한 빗장을 질렀다. 그런 후에는 고양이를 앞으로 몰면서 복도로 나가 집 전체를 탐색하기 시작했다.

아주 세심한 작업이었다. 고양이가 제육감의 역할을 했다. 고더드 씨는 고양이에게서 눈을 떼지 않고, 고양이가 야옹거리며 발소리 없이 빈방을 돌아다니는 모습과 반응을 조심스레 살폈다.

집 안은 텅 비어 있었다. 위층 바닥에는 아무것도 놓여 있지 않았다. 창문에 커튼도 없고, 전구에 전등갓도 없었다. 구석마다 먼지가 쌓이고 빅토리아 시대 벽지는 얼룩지고 떨어져 나가고 있었다. 벽난로는 모두 벽돌로 막아 놓았고, 선반 위로 석조 구조물이 드러나 있는 모습으로 미루어 굴뚝도 완전히 메웠음을 추측할 수 있었다.

고더드 씨는 한두 번 창살을 확인해 보기도 했다. 창살 때문에 방은 일련의 철제 우리나 다름없어 보였다. 그는 만족스럽게 아래층으로 내려가서 응접실 쪽으로 걸음을 옮기며, 아무것도 없어지지 않았다는 걸 확인했다. 그는 고양이를 부엌으로 몰고 들어가서는 노동의 대가로 그릇에 우유를 따라 주고, 다시 복도로 나와 문에 걸쇠를 걸었다.

아직 들어가지 않은 방이 하나 있었다. 진짜 거실이었다. 주머니에서 열쇠를 꺼낸 다음, 고더드 씨는 자물쇠를 열고 안으로 들어갔다.

다른 방들과 마찬가지로 이 방 역시 가구가 제대로 갖추어져 있지 않았다. 나무 의자 하나와 벽을 등지고 선 커다란 검은 금고만이 있을 뿐이었다. 특별히 눈에 띄는 점이라고는 천장 가운데의 복잡한 도르래 장치에 연결된 제법 밝은 전구 하나 정도였다.

고더드 씨는 외투 단추를 채우고 금고 앞으로 걸음을 옮겼다. 골동품에다 꽤나 묵직한 물건으로, 높이와 너비 모두 좋이 3피트씩은 되었다. 한때는 와인병같이 어두운 녹색으로 칠해져 있었지만, 이제 페인트가 대부분 벗겨져 칙칙한 검은 강철이 드러나 있었다. 정면에 금고와 높이며 너비가 같은 커다란 문이 자리 잡고 있었다.

금고 옆에 놓인 의자 등받이에 셀룰로이드로 된 얼굴 가리개가 걸려 있었다. 그것을 쓴 고더드 씨의 모습은 힘겨운 저녁 작업에 착수하려는 숙련된 위조꾼 노인처럼 보였다. 그는 열쇠고리에서 작은 은빛 열쇠를 골라 자물쇠에 꽂았다. 그리고 손잡이를 한 바퀴 돌려서 움푹 들어간 문을 앞으로 끌어낸 다음, 양손으로 잡고 끈기 있게 당겨서 열었다.

금고 안쪽은 선반도 없이 하나의 공간으로 이루어져 있었다. 그 안을 거의 점거하다시피 한 것은, 3인치나 되는 두꺼운 금고 벽 안쪽을 가득 채우는 커다란 검은색 주석 서류 상자였다.

잠시 쉬면서 숨을 가다듬고 있는 고더드 씨의 귀에, 막아 둔 창문 너머의 어둠 속에서 아련하게 천둥소리가 들려왔다. 자기도 모르게 얼굴을 찌푸리던 그는 문득 금고 안쪽에서 퍼덕이는 날갯소리가 나는 것을 알아챘다. 고개를 숙이는 바로 그 순간, 커다란 하얀 나방 한 마리가 서류 상자 위편 공간에서 날아 나오더니 천장에 정신없이 부딪쳤다. 부딪칠 때마다 금속 벽면으로 진동이 전해지며 둔탁한 소리가 울렸다.

그날 내내 자신을 괴롭히던 문제의 해답을 얻은 고더드 씨는 홀로 활짝 웃음을 지었다. 그는 금고에 기대 나방이 전구 주변을 맴돌면서 망가진 날개 조각을 떨구는 모습을 지켜보았다. 마침내 나방은 한쪽 벽에 부딪치더니 그대로 바닥으로 떨어졌다. 고더드 씨는 그쪽으로 가서 발로 나방을 방 밖으로 밀어내고 금고 앞으로 돌아왔다. 그리고 안으로 손을 뻗어, 뚜껑 가운데 붙은 손잡이를 쥐고는 아주 조심스럽게 서류 상자를 들어 올렸다.

서류 상자는 무거웠다. 금고에 부딪히지 않고 꺼내려면 온 힘을 기울여야 했지만, 오랫동안 해 온 일이라 한 번에 성공할 수 있었다. 그는 서류 상자를 바닥에 내려놓고 의자를 끌어온 다음, 머리 바로 위까지 전구를 당겼다. 이어 걸쇠를 풀고 경첩 달린 뚜껑을 뒤로 젖혔다.

그의 시선 아래, 눈부신 빛을 가득 받으며 정교한 인형의 집이 모습을 드러냈다. 단순히 집 한 채가 아니라 초소형 건물들이 가득한 풍경이었다. 정교하게 제작된 옥상과 지붕, 벽과 벽돌까지 완벽했다. 너무 완벽하게 원본을 복제하고 있어서, 어둠 속에 얼굴을 숨긴 채 들여다보는 고더드 씨만 아니었더라면 진짜 건물과 주택으로 보일 지경이었다. 문과 창문에는 저마다 미세한 걸쇠와 조각 비누만 한 유리창이 달렸고, 모두 완벽하게 작동했다. 포석과 거리 장식물, 배수를 위해 도로가 살짝 올라간 모습까지도 비례에 맞게 완벽하게 재현되어 있었다.

상자 속에서 가장 높은 건 14인치 높이의 6층짜리 건물이었다. 상자 중심, 교차로 한쪽 모퉁이에 자리 잡은 건물은 어딜 봐도 고더드 씨가 일하는 백화점이었다. 내부 또한 외양만큼이나 세심하게 꾸며져 있었다. 창문을 통해서 층층마다 진열되어 있는 초소형 상품들이 보였다. 1층에는 양탄자가 펼쳐져 있고, 2층에는 속옷과 여성 의류, 3층에는 가구들이 놓여 있었다. 옥상 카페테리아에는 작은 금속 의자와 탁자가 구비되어 있고, 탁자 위에는 접시와 식기와 초소형 꽃이 든 꽃병까지 놓여 있었다.

백화점의 왼쪽과 오른쪽으로는 은행과 슈퍼마켓이, 대각선 맞은편에는 시청 건물이 있었다. 이쪽 또한 원본의 완벽한 복제품이라 부를 만했다. 은행 카운터 뒤 서랍에는 초소형 수표 꾸러미가 가득했고, 동전들이 은가루 더미처럼 반짝였다. 슈퍼마켓 안에는 놀라운 기교의 결과물이 가득했다. 매대마다 눈으로 판별하기 힘든 크기의 깡통과 색색의 꾸러미들이 피라미드 형태로 쌓여 있었다.

교차로의 대형 건물들 너머로는 골목을 따라 포목점, 선술집, 신발 가게와 담배 가게 따위의 작은 상점과 점포들이 자리를 잡고 있었다. 주변을 둘러보면 도시가 끝없이 뻗어 있는 것처럼 보였다. 상자의 벽은 워낙 솜씨 좋게 원근법을 살려 칠해 놓아서, 어디서 모형이 끝나고 어디서 벽이 시작되는지 알 수 없을 지경이었다. 너무 완벽하게 구성되고 현실감을 구현하고 있는 상자 속 세계는 마치 실제 도시 그 자체인 것처럼 보였다.

문득 따스한 새벽 햇살 속에서 그림자 하나가 움직였다. 신발 가게 유리문이 열리며 사람 하나가 잠깐 포석 위로 나와서 아직 텅 비어 있는 거리를 좌우로 둘러보더니, 다시 어둑한 가게 내부로 퇴각했다. 회색 양복에 하얀 옷깃을 세운 중년 남자인 것으로 보아, 아침이 되어 가게 문을 여는 지배인인 모양이었다. 이에 화답하듯 거리 저 멀리에서 두 번째 문이 열렸다. 그리고 이번에는 미용실에서 검은 스커트와 분홍색 비닐 스목 블라우스를 입은 여성이 나오더니 블라인드를 내리기 시작했다. 그녀는 다시 미용실 안으로 들어가면서 시청 쪽으로 걸어가는 사람을 향해 손을 흔들었다.

더 많은 사람들이 문에서 모습을 드러냈다. 그들은 서로 대화를 나누고 포석 위에서 걸음을 옮기며 하루 일과를 시작했다. 얼마 지나지 않아 거리는 가득 차고 북적였다. 상점 위층의 사무실도 활기를 찾았고, 타자수들이 책상 사이를 움직이고 서류함을 채웠다. 간판이 걸리거나 내려지고, 달력이 다음 장으로 넘어갔다. 백화점과 슈퍼마켓에 첫 손님이 찾아와서는 신선한 진열 상품들 사이를 느긋하게 거닐었다. 시청에서는 사무원들이 자기 자리를 찾았고, 상급 공무원들은 개인 사무실의 떡갈나무 문짝 뒤편에서 아침 찻잔을 들었다. 규율 잡힌 벌통 속처럼 도시에 생기가 가득 차올랐다.

그림자 속에 거대한 얼굴을 숨긴 채로, 고더드 씨는 높은 곳에서 그 모든 광경을 조용히 바라보았다. 조심스레 릴리펏 사람들을 관찰하는 나이 든 걸리버 같았다. 그는 초록색 얼굴 가리개로 눈을 보호한 채, 무릎 위로 손을 맞잡고 앞으로 몸을 내밀고 있었다. 가끔씩 고개를 몇 인치 정도 숙여 아래의 사람들을 자세히 살펴보거나, 고개를 기울여 상점이나 사무실 내부를 살피기도 했다. 얼굴에는 아무런 감정도 띠지 않고, 그저 관객 역할만으로 만족하는 듯했다. 2피트 떨어진 곳에서 수백 명의 작은 사람들이 제각기 자신의 삶을 살아갔고, 웅성거리는 거리 소음이 방 안으로 스며들었다.

가장 큰 사람도 키가 1인치 반 정도밖에 되지 않았지만, 완벽하게 빚어진 얼굴에는 개성과 표정이 확실하게 살아 있었다. 대부분은 고더드 씨가 아는 얼굴이었고, 그중 많은 수는 이름까지 알았다. 속옷 구매계원인 해밀턴 부인이 지각을 해서 서둘러 직원 입구 쪽으로 달려가는 모습이 보였다. 창문 안쪽에서는 상무이사 셸링스 씨가 부서 책임자 세 사람을 앉혀 놓고 매주 하는 격려 연설을 했다. 바깥 거리에서는 고더드 씨가 수년 동안 친분을 쌓은 단골 고객들이 식료품을 구입하고, 편지를 부치고, 잡담을 나누었다.

아래쪽의 풍경이 펼쳐지는 동안 고더드 씨는 천천히 상자 가장자리 쪽으로 시선을 옮겼고, 두어 가지 모습에 특히 관심을 기울이기 시작했다. 그가 있는 위치에서 주목할 만한 점은, 구조 때문인지 시선의 각도 때문인지는 몰라도, 그 안에 있는 사람들을 모두 동시에 완벽한 각도에서 관측할 수 있다는 것이었다. 은행의 높다란 창문 덕분에 카운터에 앉은 모든 은행원이 보였고, 문 위의 채광창 덕분에 귀중품 보관실 내부, 창살 뒤편에 늘어선 상자들과 그 앞에서 라벨을 읽으며 시간을 보내고 있는 보조 회계사의 모습도 보였다. 백화점은 매 층이 널찍해서 그가 그저 고개를 살짝 기울이기만 하면 모든 것을 볼 수 있었다. 거리를 따라 늘어선 작은 상점들도 마찬가지로 그의 시선에 노출되어 있었다. 대부분 방 두 칸 정도 깊이였는데, 뒤편 창문과 채광창을 통해서 원하는 것은 전부 볼 수 있었다. 그 무엇도 고더드 씨의 날카로운 눈에서 벗어날 수 없었다. 뒷골목에 줄지어 있는 자전거와 지하실 문옆에 대걸레가 든 채 놓인 양동이와 쓰레기가 반쯤 찬 쓰레기통마저 보였다.

고더드 씨의 흥미를 끈 첫 번째 장면은 백화점 창고 관리인인 더런트 씨와 관련된 것이었다. 은행 안을 별생각 없이 훑는 고더드 씨의 눈에 더런트가 은행장의 사무실에서 책상 앞으로 몸을 내밀고 뭔가를 진지하게 설명하고 있는 모습이 들어왔다. 평소라면 더런트는 셀링스 씨의 연설에 고통스러워하는 사람들 중 하나였을 테고, 아주 긴박한 사태가 아니라면 은행까지 오지는 않았을 것이다. 그러나 은행장은 시선을 피하고 서류를 만지작거리면서 더런트를 쫓아내기 위해 최선을 다하고 있는 듯 보였다. 순간 더런트가 자제력을 잃더니, 비뚤어진 넥타이를 바로 할 생각도 않고 분노해서 소리를 지르기 시작했다. 은행장은 아무 말 없이 그 상황을 받아들이고, 어두운 미소를 띤 채로 고개를 저었다. 마침내 더런트는 문가로 가서는, 씁쓸한 책망의 표정을 머금고 잠시 머뭇거리더니, 곧 밖으로 나섰다.

은행을 떠난 더런트는 백화점 업무는 완전히 잊은 듯 바쁘게 중앙대로를 걸어갔다. 그는 미용실 앞에서 걸음을 멈추더니 가게 뒤편에 있는 개인실로 들어갔다. 그곳에는 체크무늬 양복을 입은 덩치 큰 남자가 녹색 중절모를 벗지도 않은 채로 면도를 받고 있었다. 고더드 씨는 그들 위편의 채광창을 통해 그들이 대화하는 모습을 지켜보았다. 의자에 앉아 있는 사람은 지역의 마권업자였는데, 그는 더런트가 말을 마칠 때까지 비누 거품을 얼굴에 두르고 조용히 앉아 있다가, 이내 가볍게 손을 저어 더런트를 자리에 앉도록 했다.

상황을 추유한 고더드 씨는 흥미로운 얼굴로 그들의 대화가 재개되기를 기다렸다. 방금 본 상황은 최근 더런트가 계속 딴생각에 빠져 있는 모습을 보고 든 의심을 확신으로 바꾸어 주는 것이었다.

그러나 마권업자가 수건을 풀고 자리에서 일어서기 전에, 보다 중요한 사건 하나가 고더드 씨의 눈을 사로잡았다.

백화점 바로 뒤편에는 높다란 나무 문을 통해 들어가는 막다른 골목이 하나 있었다. 오래된 포장재와 잡다한 쓰레기들이 쌓여 있고, 반대편 끝은 잔뜩 쌓인 상자들로 막혀서 그 너머를 넘겨다볼 수가 없었다. 화물용 승강기의 유리창이 그 공터를 내려다보고 있었고, 그 위 5층에는 작은 발코니가 있었다.

고더드 씨의 주의를 끈 것은 바로 그 발코니였다. 남자 둘이 그곳에 엎드린 채로 길쭉한 목재 도구를 조작하고 있었다. 고더드 씨는 그 도구가 안테나형 사다리임을 깨달았다. 그들은 함께 사다리를 허공으로 들어 올린 다음 밧줄을 이리저리 당겨 사다리 길이를 늘이고는 자기들 머리 위 15피트 부근의 벽에 기댔다. 그들은 만족한 듯 사다리 아랫부분을 발코니 난간에 단단히 고정했다. 그리고 한 사람이 사다리 맨 끝까지 올라가서 벽을 이리저리 만져 보기 시작했다. 사다리가 마치 공터 위편 허공에 떠 있는 것처럼 보였다.

상자를 탈출하려는 것이었다! 고더드 씨는 깜짝 놀라서 몸을 앞으로 내밀고 그들의 모습을 자세히 살폈다. 사다리 끝까지 올라가도, 발코니에서 30~40피트 정도 떨어진 상자 가장자리에 닿으려면 7~8인치 정도 부족했다. 그러나 이 정도까지 해낸 것도 감탄스러운 일이었다. 그는 숨을 죽이고 고정 줄을 조이는 그들의 모습을 지켜보았다.

멀리서 희미하게 자정을 알리는 종소리가 들렸다. 고더드 씨는 손목시계를 확인하고, 상자 속 살피기를 그만두고 전구를 천장으로 밀어 올린 다음 뚜껑을 닫았다. 그리고 자리에서 일어나 조심스레 상자를 금고로 옮기고 금고 문을 잠갔다. 불을 끄고 그는 조용히 방을 나섰다.

다음 날 출근한 고더드 씨는 평소처럼 백화점을 돌아보면서, 판매 보조원과 고객 모두와 친근한 대화를 나누며 도움을 주었다. 엊저녁에 얻은 사소하고도 수많은 통찰이 도움이 된 것은 물론이다. 그러면서도 그는 계속 더런트 씨를 찾아 주변을 두리번거렸다. 끼어들어야 할지 주저되기도 했지만, 더런트 씨의 현재 자산 변동 추세에 극적인 변화를 주지 않으면 마권업자와의 관계가 머지않아 비극적인 결말을 불러올지도 모른다는 두려움이 있었던 것이다.

오전 내내 창고 직원 누구도 그를 보지 못했다고 했지만, 정오가 조금 지나자 더런트가 서둘러 거리를 달려 정문을 지나치는 모습이 고더드 씨의 눈에 들어왔다. 더런트는 걸음을 멈추고 어찌할 바를 모르는 듯 주변을 둘러보더니, 뭔가 생각에 잠긴 것처럼 진열장 앞을 서성거리기 시작했다.

고더드 씨는 사람들을 헤치고 나와 가볍게 더런트 씨의 옆으로 따라붙었다.

"날씨 좋지, 안 그런가?" 그가 말을 건넸다. "모두가 휴가 생각만 하고 있을 걸세."

더런트는 멍하니 고개를 끄덕이며, 스포츠용품 진열장의 등반 장비를 살펴보았다. "그런가요? 그거 잘됐군요."

"여행이라도 갈 생각인가, 더런트? 또 남프랑스로 갈 모양이지."

"네? 아뇨, 올해는 안 갈 것 같은데요." 더런트는 다시 걸음을 옮기기 시작했지만, 고더드 씨는 그에게 따라붙었다.

"그거 유감이로군, 더런트. 해외에서 휴가를 보내도 될 만큼 열심히 일한 것 같던데. 뭔가 문제가 있는 건 아니지?" 그는 뭔가를 살피는 듯 더런트의 얼굴을 바라보았다. "뭔가 도울 일이 있다면 알려만 주게나. 조금이지만 돈을 빌려줄 수도 있으니. 나 같은 노인네는 딱히 돈을 쓸 일이 없거든."

더런트는 걸음을 멈추고 생각에 잠긴 눈으로 고더드 씨를 바라보았다. "그거 참 친절하시군요, 고더드 씨." 그는 마침내 입을 열었다. "아주 친절해요."

고더드 씨는 자조하듯 웃었다. "신경 안 써도 된다네. 회사에 도움이 되는 일이라면 뭐든 나한테도 즐거우니까. 실례가 되는 말일지도 모르겠지만, 혹시 오십 정도면 도움이 되겠나?"

더런트의 눈이 살짝 가늘어졌다. "그래, 아주 많이 도움이 되겠죠." 그는 잠시 말을 멈추었다가 이윽고 나직하게 물었다. "이거 영감님 스스로 생각해서 하는 일인가요, 아니면 셀링스가 시킨 일인가요?"

"시키다니―?"

더런트는 그에게 한 발짝 다가서며, 보다 거친 목소리로 쏘아붙였다. "나를 며칠 동안 미행한 모양이군. 네놈은 모두에 대해 모든 것을 알고 있지, 안 그래, 고더드? 네놈을 신고해 버릴 수도 있어."

고더드 씨는 이 상황을 어떻게 타개할지 생각하며 한 발짝 뒤로 물러섰다. 순간 그는 진열장 주변에 아무도 없다는 사실을 깨달았다. 평소에 쇼윈도 주변에서 기웃거리던 사람들은 백화점 옆 골목에 모여 있었다. 어디선가 누군가의 외침 소리도 들렸다.

"무슨 일이 난 거야?" 더런트가 내뱉었다. 그는 골목의 인파에 합류해 하늘을 올려다보았다.

고더드 씨는 서둘러 백화점 안으로 돌아왔다. 판매원 모두가 목을 길게 빼고 서로 속삭이고 있었다. 판매대를 떠난 직원들이 뒤편 화물용 출입구 주변에 모여 있는 모습이 보였다.

고더드 씨는 사람들을 헤치고 앞으로 나섰다. 경찰을 부르라고 소리치는 사람도 있었다. 인사과의 여직원이 담요 두어 장을 들고 화물용 승강기를 통해 내려왔다.

인파를 저지하고 있던 수위가 고더드 씨를 들여보내 주었다. 바깥 공터에는 열다섯에서 스무 명가량의 사람들이 모여 5층 발코니를 올려다보고 있었다. 직접 만든 사다리의 아래쪽 절반이 45도 각도로 허공으로 뻗은 채 난간에 고정되어 있었다. 12피트 길이의 위쪽 사다리가 그 끄트머리에 연결되어 있었지만, 연결부가 망가진 것인지 아래로 꺾인 채 공터에 모인 사람들의 머리 위에서 천천히 흔들렸다.

고더드 씨는 간신히 목청을 가다듬었다. 누군가가 두 구의 시체에 담요를 덮어 놓았고, 의사로 보이는 사람이 그들 옆에 무릎을 꿇고 앉아서 천천히 고개를 흔들고 있었다.

"정말 이해가 안 되는데." 부지배인 한 사람이 수위에게 속삭였다. "대체 어디로 올라가려던 거지? 저 사다리는 그대로 허공으로 뻗어 있었을 거 아냐."

수위도 고개를 끄덕였다. "마스터먼 씨와 스트릿필드 씨도 그렇죠. 대체 저 노인 양반들이 뭘 하려고 사다리를 세운 걸까요?"

고더드 씨는 허공을 향해 뻗은 사다리의 궤적을 눈으로 좇았다. 공터 뒤편의 벽은 7~8피트 높이밖에 되지 않았고, 그 너머로는 양철 지봉을 얹은 자전거 보관소와 주차장이 이어졌다. 사다리는 어느 곳으로도 이어지지 않았지만, 두 남자는 맹목적이고 저항할 수 없는 충동에 사로잡혀 있던 것이 분명했다.

그날 저녁 고더드 씨는 평소와는 달리 그저 형식적으로만 집 안을 순찰했다. 빈방은 그저 슬쩍 훑어보기만 하고, 고양이가 냄새를 한 번 맡자마자 바로 문을 닫아 버렸다. 그리고 고양이를 부엌에 가둔 다음 서둘러 금고 문을 열었다.

그는 상자를 방 한가운데로 가져와서 뚜껑의 걸쇠를 풀었다.

마을에 생명이 돌아오는 모습을 내려다보면서 그는 세심하게 모든 곳을 살폈다. 작은 길거리를 위아래로 훑어보고, 창문들을 전부 들여다보고, 최대한 많은 주민의 신원과 역할을 확인했다. 베틀의 수많은 북들이 교차하며 극도로 복잡한 패턴을 짜듯이, 사람들은 상점과 사무실에서 수많은 문을 드나들며 자신만의 실을 이어 나갔다. 각자 보도나 회랑 어디선가 다른 수많은 사람들과 접촉하면서, 사건과 동기로 가득한 삶의 직물에 한 땀씩을 더하고 있었다. 고더드 씨는 실 하나하나를 따라가며 그 방향이 변하지는 않았는지, 연결되는 행동에 달라진 점이 없는지를 확인하려 했다.

그리고 그는 패턴이 변하고 있음을 깨달았다. 일관된 방향성을 보이는 것은 아니지만 조금씩 변화가 일어나고 있었다. 상자 속 사람들의 관계가 미묘하게 달라지고 있었다. 라이벌 상점 주인들이 친밀한 관계가 되고, 낯선 이들이 서로에게 말을 걸기 시작하고, 필요도 의미도 없는 행동이 늘어 가고 있었다.

고더드 씨는 그런 모든 변화가 어디에서 시작되는지, 무엇이 새로운 패턴의 원인인지 찾아내려 시도했다. 승강기 통로 옆의 발코니를 살펴보며 다른 탈출 시도가 없는지를 확인하기도 했다. 사다리는 이미 사람들이 치워 버렸지만, 대신할 만한 물건은 등장하지 않았다. 다른 탈출 가능 경로—영화관 옥상이나 시청의 시계탑 따위—역시 딱히 단서를 제공해 주지는 않았다.

영문을 알 수 없는 사건 하나가 눈에 띄기는 했다. 당구장의 조용한 벽감 안에서 꽤나 독특한 사건이 하나 일어났는데, 더런트 씨가 마권 업자에게 은행장을 소개해 준 것이었다. 새벽 2시가 되어 고더드 씨가 찜찜한 마음으로 상자를 닫을 때까지도, 세 사람은 여전히 열정적으로 대화를 나누고 있었다.

다음 며칠 동안 고더드 씨는 백화점을 지나쳐 가는 사람들을 살펴보며, 그들 사이에서 상자 속에서 목격한 경향성을 관찰할 수 있는지 확인하려 했다. 얼마 지나지 않아 찾아올 예순다섯 살 생일은 오래된 직원들과 가볍게 대화를 시작하기에 요긴한 화젯거리였다. 그러나 흥미롭게도 그가 기대한 만큼의 호의적인 반응은 돌아오지 않았다. 대화는 짤막했고, 때로 무례하다 싶은 느낌도 들었다. 그는 이렇게 분위기가 변화한 것이 사다리를 오르다 사망한 두 남자 때문이라는 결론을 내렸다. 사인을 조사하는 자리에서 판매원 여성 한 사람이 히스테리에 빠져 폭발하는 일이 있었고, 검시관은 해당 정보가 고의적으로 은폐된 것 같다는 발언을 했다. 그와 함께 동의하는 숙덕거림이 방 안을 휩쓸었지만, 그게 정확히 무슨 뜻인지는 아무도 모르는 것처럼 보였다.

불안함을 가속시키는 또 다른 요소는 계속 날아드는 사직서들이었다. 직원의 3분의 1가량이 백화점을 떠날 예정이었는데, 그 이유는 대부분 핑계에 지나지 않았다. 고더드 씨가 진짜 이유를 탐색해 보았지만, 대개의 경우 본인은 그게 핑계라는 사실조차 알아차리지 못하고 있는 듯했다. 순전히 무의식적인 결정이었던 것이다.

이런 일련의 비논리적인 사건만으로는 부족했는지, 어느 날 저녁 백화점을 떠나던 고더드 씨는 은행장이 시청의 시계탑 꼭대기에 서서 하늘을 올려다보는 모습을 목격하게 되었다.

다음 일주일 동안 상자 속에서는 묘한 상황에 대한 단서를 조금도 찾아볼 수 없었다. 관계의 변화와 재정립은 계속되었다. 은행장은 마권업자와 점차 오래 붙어 다니기 시작했고, 그 모습을 보며 그는 더런트가 도박 빚에 시달리는 게 아니었음을 깨달았다. 사실 그의 역할은 마권업자와 은행장 사이를 중개하는 데 지나지 않았던 것이다. 그리고 은행장은 마침내 그들의 음모에 가담하게 된 모양이었다.

뭔가 음모가 진행되고 있는 건 분명했다. 처음에는 단체로 상자에서 탈출하려는 계획을 꾸미는 것이 아닌가 했으나, 그런 가설을 뒷받침하는 단서는 아무것도 없었다. 그보다는 바깥 세계 사람들의 예측할 수 없는 행동을 반영하듯 상자 속 사람들의 무의식에도 자기도 모르게 일종의 충동이 생겨나는 것처럼 보였다. 무의식적으로, 자신의 동기도 제대로 모르는 채로, 백화점 동료들은 마치 거대한 퍼즐의 조각처럼 움직이기 시작했다. 깨진 거울의 조각 속에 고정되어 버린 부서진 장면처럼. 결국 그는 자유방임주의 정책을 선택하기로 했다. 몇 주가 지나면 분명 음모의 근원도 드러나게 될 테니까.

불행하게도, 일련의 사건은 고더드 씨가 기대한 것보다 훨씬 빠르게 파국을 향해 나아갔다.

65세 생일날, 그는 평소보다 30분 늦게 출근했다. 그리고 백화점에 도착하자 셀링스 씨가 그를 호출했다는 말을 들었다.

셀링스는 먼저 축하의 말을 건넨 다음, 고더드 씨가 백화점에서 재직한 동안의 일들을 길게 늘어놓고, 그만큼 오랫동안 평화롭게 은퇴 생활을 보내기를 바란다며 말을 끝맺었다.

그 말이 무슨 뜻인지를 깨닫는 데는 잠시 시간이 걸렸다. 지금까지 퇴직에 대해서는 그 누구도 언급한 적이 없었고, 그는 자신이 다른 임원들처럼 70세가 될 때까지 근무할 수 있을 것이라고 생각했기 때문이다.

그는 생각을 가다듬고 자신의 의견을 셀링스에게 피력했다. "솔직히 말하자면 저는 은퇴를 할 생각이 없습니다, 이사님. 뭔가 착오가 있었던 모양입니다만."

셀링스는 자리에서 일어나면서 가벼운 미소를 띤 채 고개를 저었다. "착오는 전혀 없소, 고더드 씨. 확신할 수 있지. 사실 어제 이사진 회의에서 당신에 대한 안건을 두고 오래 회의를 했소. 그리고 이렇게 오래 수고를 했으니 편안히 휴식을 취할 수 있어야 한다는 데 모두들 동의했다오."

고더드 씨는 얼굴을 찌푸렸다. "하지만 저는 퇴직하고 싶지 않습니다. 세워 둔 계획도 없어요."

"그거야 이제부터 세우면 되는 거 아니겠소." 셀링스는 악수를 할 준비를 갖춘 채로 문가로 걸어가고 있었다. "퇴직금도 제법 나올 테고, 살 집도 있으니, 이제 세계를 마음껏 요리해 보도록 하시오."

고더드 씨는 자리에 꼿꼿이 앉아서 열심히 머리를 굴렸다. "유감이지만 이사진의 결정을 받아들일 수가 없습니다. 백화점의 번창을 위해 제가 현 직위를 유지해야 한다고 확신할 수 있습니다." 셀링스의 얼굴에서 미소가 사라졌다. 초조하고 짜증이 난 듯 보였다. "고객들은 물론이고 각 층의 담당자와 판매원들에게 물어본다면 다들 제가 백화점에 있어야 한다고 말해 줄 겁니다. 제가 퇴직을 고려하고 있다고 말해 주면 매우 충격을 받을 겁니다."

"그럴 거라고 생각하오?" 셀링스가 퉁명스럽게 그의 말을 잘랐다. "내가 들은 정보는 그 반대였는데. 내 말을 믿으시오. 지금이야말로 은퇴하기에 딱 좋은 시기란 말이오, 고더드 씨. 최근 들어 온갖 불만이 접수되어서, 그에 따른 결정을 내릴 수밖에 없었던 거요. 이 정도로 즉각적으로 말이오."

마지막이 될 발걸음을 돌려 회계 부서의 문을 나서며, 고더드 씨는 멍하니 셀링스의 말을 되뇌어 보았다. 거의 믿을 수 없는 소리였다. 그러나 셀링스는 한두 사람의 말만 믿고 이렇게 중요한 일을 처리할 정도로 책임감 없는 사람이 아니었다. 그러나 어찌 됐든 엄청난 실수를 저지르고 있는 것만은 분명했다.

아니, 실수가 아니었나? 작별 인사를 하러, 어쩌면 갑작스러운 퇴직 소식에 동료들이 자신을 지지하기 위해 들고일어나 줄지도 모른다는 기대를 품고 백화점 안을 순회하던 고더드 씨는 이내 셀링스의 말이 옳다는 걸 깨닫고 말았다. 모든 층에서, 모든 부서에서, 모든 판매대에서, 그는 동일한 속마음을, 암묵적인 찬성의 태도를 목격했다. **모두가 그가 떠난다는 사실에 기뻐하고 있었던 것이다.** 진심으로 아쉬워하는 이는 단 한 명도 없었다. 꽤 많은 이들이 악수를 하기도 전에 자리를 피했고, 다른 이들은 가볍게 웅얼거리며 말을 끝냈다. 20~30년 동안 알고 지낸 나이 든 이들은 약간 당황한 기색을 보였지만, 위안의 말을 건네는 사람은 하나도 없었다.

마침내 가구 부서의 직원들이 대화를 피해 일제히 등을 돌리는 모습을 마주하자, 고더드 씨는 마지막 순회를 포기했다. 어안이 벙벙하고 굴욕감으로 가득 찬 그는 사물함에서 얼마 되지 않는 소지품을 챙겨 밖으로 걸어 나갔다.

집에 도착하는 데만 한나절이 걸릴 것 같았다. 그는 고개를 숙이고 한적한 인도를 따라 천천히 걸음을 옮겼다. 지나치는 사람들에게는 조금도 신경을 돌리지 않고, 지금까지 수년 동안 일구어 온 자존감에 가해진 강렬한 충격을 받아들이려 비참하게 애썼다. 그가 지금까지 다른 사람들에게 가졌던 흥미는 분명 순수하고 사심 없는 것이었다. 셀 수도 없이 많이 다른 이들을 돕기 위해 무리했고, 그들의 문제에 대한 최적의 해결책을 찾아내기 위해 끊임없이 머리를 굴렸다. 그러나 그 결과는 어떤가? 결국 그가 얻은 것은 멸시와 질투와 불신뿐이었다.

문가에서 고양이가 참을성 있게 기다리고 있었다. 고더드 씨가 이렇게 빨리 돌아온 것을 보고 놀랐는지, 달려 나와서는 가르랑거리며 문에 빗장을 거는 그의 다리에 몸을 비볐다. 그러나 고더드 씨는 고양이의 존재조차 알아채지 못했다. 그는 떨리는 손으로 부엌문을 열고 들어가서 무의식적으로 문을 닫았다. 그리고 외투를 벗고 차를 탄 다음 무의식적으로 고양이를 위해 접시에 우유를 부었다. 고양이가 우유를 마시는 모습을 보면서, 그는 여전히 자신이 사람들에게 불러일으킨 반감을 이해하려는 무력한 시도를 계속했다.

그는 돌연 찻잔을 치우고 문가로 걸음을 옮겨서, 위층을 둘러볼 생각도 하지 않고 그대로 거실로 향했다. 그는 불을 켜고 쓰라린 눈으로 금고를 바라보았다. 저 안 어딘가에 분명 오늘 받은 해고 통지의 원인이 존재할 것이다. 잘 살펴보기만 하면 분명 찾아낼 수 있을 것이다.

그는 금고 자물쇠를 따고 걸쇠를 연 다음 금고 문을 잡아당기다가, 그에 대한 관성의 힘 때문에 관절에 통증을 느꼈다. 그리고 서둘러 상자를 열어 보고 싶은 마음에 어깨가 쑤시는 것을 무시하고 그대로 손을 뻗어 상자 뚜껑을 손에 쥐었다.

금고 안에서 상자를 힘껏 꺼냄과 동시에, 그는 상자의 무게가 순간적으로 감당할 수 없을 정도로 무겁게 느껴진다는 사실을 깨달았다. 자세를 바로잡으려 안간힘을 쓰며, 그는 한쪽 무릎으로 상자를 받치고 뚜껑을 팔꿈치로 누른 채, 금고에 어깨를 대고 기대섰다.

이런 불안정한 자세는 고작해야 몇 초밖에 유지할 수 없었다. 상자를 다시 금고 안으로 넣으려 힘껏 들어 올리는 순간 어지럼증이 그를 덮쳤다. 눈앞에 작은 나선 모양의 빛이 나타나더니, 점차 깊고 검은 소용돌이로 변하며 그의 머릿속을 가득 메웠다.

상자는 안정된 곳으로 올라가지 못하고, 그대로 그의 손에서 빠져나가 커다란 금속성을 내면서 바닥으로 떨어졌다.

고더드 씨는 금고 옆에 주저앉아 고개를 가슴팍으로 떨군 채 벽에 기대어 그대로 쓰러졌다.

상자는 전구의 불빛이 그리는 원 가장자리로 넘어져 있었다. 떨어질 때의 충격 때문에 뚜껑의 걸쇠가 열려 버렸다. 가는 빛줄기가 상자 안쪽 면에 반사되어 반짝였다.

한동안 방 안은 조용했다. 고더드 씨의 불규칙하고 힘겨운 숨소리만 제외하고. 이윽고 뚜껑과 바닥 사이의 공간에서 거의 보이지도 않을 정도로 작은 무언가가 움직이기 시작했다. 그림자 속에서 작은 사람 하나가 조심스레 걸어 나오더니, 빛을 가득 받으며 주변을 둘러보다가 다시 안으로 사라졌다. 10초 후 세 사람이 더 등장했고, 그 뒤를 다른 이들이 따랐다. 그들은 작은 무리를 이루어 바닥으로 퍼져 나갔다. 작은 팔다리가 빛을 받아 일렁였다. 뒤를 따라 스무 명가량이 더 나왔고, 이윽고 흐름을 이루어 서로를 밀치며 상자에서 도망쳐 나왔다. 얼마 지나지 않아 빛의 원은 작은 사람들로 가득 차서, 마치 피라미 떼로 가득한 웅덩이에 햇빛이 드는 듯 반짝였다.

구석의 그림자 속에서 끼익하는 날카로운 소리와 함께 문이 열렸다. 수백 명의 인간들은 그대로 얼어붙었다. 고더드 씨의 고양이가 호기심으로 눈을 빛내면서 방으로 들어와서는, 한동안 눈앞의 광경을 이해하려 노력하는 듯 멈추어 가만있었다.

이빨 사이로 날카로운 쉿 소리를 내며, 고양이가 사납고 빠르게 앞으로 뛰어올랐다.

고더드 씨가 간신히 자리에서 일어난 것은 몇 시간이 흐른 후였다. 떨리는 몸을 금고에 기댄 그는 밝은 빛 속에 뒤집혀져 있는 상자를 바라보았다. 그는 조심스레 몸을 추스르고 광대뼈를 문지른 다음, 고통을 참으며 가슴과 어깨를 주물렀다. 그리고 비틀거리며 다가가서 상자를 똑바로 세우고 조심스레 안을 들여다보았다.

다음 순간 그는 뚜껑을 쾅 닫고 바닥을 훑어보면서, 전구를 조절해 구석구석 빛이 닿게 만들었다. 그리고 몸을 돌려 서둘러 복도를 걸어가며 불을 켜고 바닥을 세심하게 살폈다. 걸레받이와 창살 뒤편까지 모두.

고개를 들자 부엌문이 열려 있는 것이 보였다. 그는 복도를 가로질러 부엌으로 가서 발소리를 죽이며 안으로 들어갔다. 눈은 계속해서 탁자와 의자 다리, 빗자루와 석탄 통 뒤를 살폈다.

"신드바드!" 고더드 씨가 소리쳤다.

깜짝 놀란 고양이가 앞발 사이에 끼고 있던 작은 물체를 떨어트리고 소파 아래로 도망쳤다.

고더드 씨는 몸을 숙였다. 그 물체를 잠시 자세히 살펴보다가, 일어나서 찬장에 몸을 기댔다. 그는 자기도 모르게 눈을 꾹 감았다.

고양이가 뛰어나와 앞발로 물체를 잡고는 이빨을 드러냈다. 그리고 소리 내어 물체를 삼켰다.

"신드바드." 고더드 씨는 보다 조용한 목소리로 다시 고양이를 불렀다. 그리고는 한참 고양이를 지켜보다 마침내 문가로 향했다.

"밖으로 나가자꾸나." 그는 고양이에게 말했다.

고양이가 꼬리를 양쪽으로 천천히 흔들며 그의 뒤를 따랐다. 그들은 함께 진입로를 따라 대문까지 나갔다. 고더드 씨는 손목시계를 확인했다. 2시 45분, 이른 오후였다. 주변 집들은 모두 조용했고, 하늘은 공허하고 평화로운 푸른색이었다. 여기저기에서 햇빛이 옥상의 널찍한 채광창에 반사되어 반짝이고 있었다. 그러나 거리에는 그 어떤 움직임도 없었다. 절대적이고 깨어지지 않는 정적만이 가득했다.

고더드 씨는 포석 위로 나오라고 고양이에게 손짓하고는 대문을 닫았다.

그리고 함께 텅 빈 세계로 걸어 나갔다.

(1960)

스타스 가, 5번 스튜디오

Studio 5, The Stars

여름 내내 버밀리언샌즈에 저녁이 내리덮일 때마다, 내 아름다운 이웃 여인의 정신 나간 시구절이 스타스 가 5번 스튜디오에서 흩날리며 날아와, 사막을 가로질러서 내게 도착했다. 시구절은 부서진 색색의 리본 타래가 되어, 분해되어 모래 위에 놓인 거미줄처럼 사방으로 흩어졌다. 밤새 테라스 아래 지지대 주변을 팔락거리면서 맴돌다가, 발코니 난간을 휘감으며 뒤엉키고는, 아침이 되어 내가 직접 흩트리기 전까지는 선명한 선홍색 부겐빌레아처럼 저택의 남쪽 측면을 뒤덮고 있곤 했다.

사흘 동안 레드비치에 머물다 돌아왔더니 테라스 전체가 구름처럼 일어난 색색의 부드러운 조직으로 가득 차 있기도 했다. 내가 유리문을 열자 그대로 거실로 밀려들어서는, 거대하고 부드러운 식물의 섬세한 촉수처럼 가구와 책꽂이 위로 퍼져 나갔다. 이후 며칠 동안 곳곳에서 시의 파편들이 계속 발견되었다.

몇 번 불평을 해 보기도 했다. 항의 편지를 전하러 모래언덕을 300야드나 가로질러 걸어가 보기도 했지만, 초인종을 눌러도 아무도 응답하지 않았다. 내 이웃을 직접 본 것은 단 한 번뿐이었다. 그녀가 처음 이곳에 도착한 날이었는데, 거대한 엘도라도 컨버터블을 타고 여신의 머리 장식처럼 긴 머리채를 뒤로 나부끼며 스타스 가를 달려오는 모습이었다. 엄청난 속도로 순식간에 사라져 버려서, 내게는 얼음처럼 창백한 얼굴에 떠오른 성급한 눈빛만이 잠시 아른거렸을 뿐이다.

그녀가 초인종에 응답하지 않는 이유는 도저히 이해할 수 없었지만, 5번 스튜디오로 걸어갈 때마다 하늘에 모래가오리가 가득 떠올라 성난 박쥐 떼처럼 맴돌며 울부짖는다는 사실은 확인할 수 있었다. 마지막으로 갔을 때는 검은 유리 현관문 앞에서 초인종을 있는 힘껏 눌러대는 내 발치로 거대한 모래가오리 한 마리가 떨어지기도 했다.

하지만 후일 깨달은 바로는, 이때야말로 버밀리언샌즈가 미쳐 돌아간 계절이었다. 토니 새파이어가 모래가오리의 노랫소리를 듣고, 내가 목양신 판이 캐딜락을 몰고 지나가는 모습을 본 것이 이즈음이었으니까.

나는 아직도 오로라 데이의 정체가 무엇인지 자문하곤 한다. 계절에 걸맞지 않게 평온한 하늘을 여름철의 혜성처럼 가로지르며, 그녀는 스타스 가에 사는 우리에게 제각기 다른 역할을 수행했다. 내가 받은 그녀의 첫인상은 팜파탈로 가장한 아름다운 신경증 환자였지만, 레이먼드 메이오는 그녀를 살바도르 달리의 폭발하는 성모 중 하나로, 세계의 종말을 우아하게 견디고 살아남은 수수께끼의 존재로 보았다. 토니 새파이어는 그녀를 아슈타르테의 현신으로, 30세기를 살아온 다이아몬드 눈을 가진 시간의 아이로 보았다.

그녀의 시를 처음 찾아낸 날의 기억이 아직도 생생하다. 어느 날 저녁 식사를 끝낸 후 테라스에 앉아 있는데—버밀리언샌즈에 있는 동안에는 대부분의 시간을 그렇게 보내긴 했지만—난간 아래 모래밭에 색 리본이 떨어져 있는 것이 보였다. 몇 야드 떨어진 곳에 다른 리본이 몇 개 더 있었고, 나는 반 시간 남짓 리본이 바람을 타고 모래언덕 위로 가볍게 움직이는 모습을 지켜보았다. 5번 스튜디오로 들어가는 진입로에서 자동차 전조등이 반짝여서, 나는 몇 달 동안 빈집이었던 그 저택에 마침내 새로운 세입자가 들어왔다고 생각했다.

나는 결국 호기심을 이기지 못하고 난간을 넘어 모래 위로 뛰어내린 다음 분홍색 조직으로 만들어진 리본을 집어 들었다. 3피트 정도 길이의 조각이었는데, 장미 꽃잎 같은 촉감에 너무 얇아서 내 손가락이 닿은 곳부터 부서지고 녹아내리기 시작했다.

나는 리본을 손에 들고 읽었다. "……그대를 여름날에 비할까, 훨씬 사랑스럽고……"

그리고 그 리본을 발코니 아래 그늘로 떨어트리고 나서 조심스레 다음 리본을 손에 들었다. 지지대 하나에 엉켜 있던 리본이었다.

그 리본에는 아까와 같은 신고전주의 장식체로 글씨가 인쇄되어 있었다. '……용골을 파도로 돌리고, 티 없는 바다로 향하라……'

나는 두리번거렸다. 사막을 비추는 빛은 사라져 있었고, 300야드 떨어진 내 이웃의 저택은 유령의 왕관처럼 반짝였다. 스타스 가를 따라 모래 바다 속 협곡에 드러나 있는 석영 광맥이 레드비치로 향하는 차들의 스쳐 지나가는 전조등 불빛에 목걸이처럼 일렁이며 반짝였다.

나는 다시 리본을 바라보았다.

셰익스피어에 에즈라 파운드라고? 아무래도 이웃 사람은 정말이지 취향이 독특한 모양이었다. 호기심이 사라진 나는 다시 테라스로 돌아왔다.

이어진 며칠 동안 계속해서 리본이 모래언덕 위로 흩날렸다. 이유는 몰라도 항상 저녁 무렵, 지나가는 자동차 불빛에 색 리본이 반짝일 즈음부터 시작되었다. 그러나 처음에는 거의 알아차리지 못했다. 당시 나는 아방가르드 시 평론지인 《웨이브 Ⅸ》의 편집을 맡고 있어서, 내 작업실은 타자기 테이프와 교정쇄로 가득했다. 게다가 이웃에 여류 시인이 들어왔다고 한들 딱히 놀라운 일은 아니었다. 스타스 가를 따라 늘어선 스튜디오의 입주자들은 거의 모두 화가와 시인들이었다. 관념적이고 생산성 없는 주류를 따르는 이들이었지만. 우리 대부분은 다양한 정도의 해변 무력증을 앓고 있었는데, 이는 환자로 하여금 끝없이 일광욕과 선글라스와 오후 테라스의 구렁텅이에 빠져들게 하는 만성질환이었다.

그러나 시간이 흐를수록 모래언덕을 넘어 날아오는 리본들은 귀찮은 존재가 되었다. 항의의 쪽지를 두고 와도 아무 소용이 없자, 나는 그녀를 직접 만나 보려고 이웃 저택으로 건너갔다. 마지막으로 찾아갔을 때 하늘에서 떨어져 죽어 가는 가오리가 최후의 경련을 일으키다 나를 쏠 뻔한 후, 나는 그녀를 직접 만나 볼 가능성이 거의 없다는 사실을 깨달았다.

발이 안쪽으로 굽고 얼굴이 뒤틀린, 늙은 목양신처럼 생긴 꼽추 운전기사가 진입로에 서 있는 선홍색 캐딜락을 세차하고 있었다. 나는 그에게 다가가서 1층 창문으로 흘러나와 아래 사막으로 떨어져 내리는 리본 조각을 가리켜 보였다.

"저 리본들이 제 집으로 계속 날아드는데요." 나는 그에게 말했다. "그쪽 여주인이 VT 세트를 계속해서 돌리고 있는 모양입니다."

그는 엘도라도의 널찍한 보닛 건너로 나를 슬쩍 보더니, 운전석으로 들어가서 계기판 위에 놓인 작은 피리를 손에 들었다.

내가 캐딜락을 돌아 그에게 다가가는 사이, 그는 높고 신경에 거슬리는 화음을 연주하기 시작했다. 나는 그가 연주를 끝내기를 기다린 다음 조금 더 큰 목소리로 물었다. "죄송하지만 창문 좀 닫아 달라고 전해 주시겠습니까?"

그는 피리에서 입을 떼지 않은 채 음울한 표정으로 내 말을 무시했다. 몸을 숙여 그의 귓가에 대고 소리치려는 순간, 진입로 바로 너머의 모래언덕 중 하나에서 돌풍이 불어왔다. 돌풍이 자갈밭 위를 맴돌면서 재와 먼지의 작은 토네이도를 만들었다. 이 소형 토네이도는 완벽하게 우리를 감쌌고, 그 바람에 시야가 완전히 막히고 입 속에 모래가 가득 차 버렸다. 나는 팔로 얼굴을 가리고는 주변을 때려 대는 긴 리본을 맞으며 진입로 쪽으로 걸어 나왔다.

돌풍은 시작되었을 때와 마찬가지로 갑작스럽게 사라졌다. 모래도 잦아들며 가라앉았고, 공기는 조금 전처럼 고요하고 평온해졌다. 나는 진입로를 따라 30야드 정도 물러난 상태였다. 놀랍게도 캐딜락과 운전기사는 그대로 사라져 버렸다. 차고 문은 아직 열려 있었지만.

머리가 묘하게 울리고 숨이 가빠 오고 화가 치솟았다. 문전박대를 당하고 모래 폭풍에 휘말려 몰골이 엉망이 되자 짜증이 났다. 나는 다시 저택에 접근하려 시도했다. 그러나 그 순간 다시 한 번 피리 소리가 가늘게 들려오기 시작했다.

나직하지만 선명하고 묘하게 악이 섞인 소리가 귓가에 울렸다. 소리가 만들어 낸 공간이 내 주변을 감싸고 돌았다. 소리의 근원을 찾기 위해 주변을 둘러보던 나는 진입로 양쪽 언덕 사면에서 모래 구름이 일어나고 있는 모습을 보았다.

나는 잠시도 지체하지 않고 즉시 발길을 돌려 서둘러 내 저택으로 돌아갔다.

한심한 몰골을 보인 스스로에게 화도 나고, 법적인 수단으로 항의하는 편이 낫겠다는 생각도 들었다. 나는 우선 테라스 주변을 돌아다니며 리본 조각을 전부 주워 모아 쓰레기 투하 장치에 쑤셔 넣었다. 그리고 저택 아래로 내려가서 잔뜩 엉켜 있는 리본을 잘라 냈다.

그러면서 몇 개의 리본을 골라 대충 읽었다. 아무런 규칙 없이 온갖 시 조각들이 인쇄되어 있었다. 셰익스피어나 워즈워스, 키츠나 엘리엇의 시에서 그대로 따온 구절이었다. 이웃의 VT 세트가 심각한 기억 오류를 겪고 있는 모양이었다. 그래서 선택 장치의 헤드가 고전 속 예시를 변형하는 대신, 예시에서 나온 파편들을 그대로 계속 뱉어 내고만 있는 것이리라. 나는 레드비치의 IBM 대리점에 전화해서 수리공을 파견해 달라고 부탁하는 건 어떨지 한참을 진지하게 고민했다.

그러나 그날 밤, 나는 마침내 이웃 사람과 대면하여 대화를 나눌 수 있었다.

11시쯤 되어 잠자리에 든 나는 한 시간 정도 지나 문득 잠에서 깨어났다. 밝은 달이 중천에 떠올라 흐릿한 녹색 구름 줄기 뒤로 숨으면서, 사막과 스타스가 위로 흐릿한 빛을 비추었다. 베란다로 나온 나는 즉시 모래언덕 사이로 묘한 발광체가 움직이고 있는 것을 알아차렸다. 운전기사의 피리에서 나온 기묘한 음악처럼, 그 빛에는 다른 광원이 존재하지 않는 것만 같았다. 하지만 나는 그 빛이 구름 사이의 좁은 틈새로 내리비추는 달빛이라고 생각했다.

다음 순간 그녀를 보았다. 한밤중의 모래 위로 걸음을 옮기는 그녀의 모습이 잠시 언덕 사이로 드러났다. 하얀 가운 자락이 발치에 길게 드리워지고, 그 위에 내려앉은 푸른 머리채가 극락조의 꽁지깃처럼 바람에 흩날렸다. 발치에는 리본이 떠다녔고, 머리 위에서는 보라색 가오리 두세 마리가 계속 허공을 맴돌았다. 그녀는 주변 풍경에는 신경 쓰지 않는 듯 걸음을 옮겼다. 저택 위층의 창문에서 흘러나오는 빛이 그녀의 뒤를 따라다녔다.

잠옷 가운의 허리띠를 맨 다음, 나는 기둥에 기대서서 조용히 그녀의 모습을 바라보았다. 그 순간만큼은 리본도, 성미 고약한 운전기사도 전부 용서할 수 있었다. 그녀는 고개를 살짝 들고, 도로를 따라 화석호化石湖 가장자리의 모래 협곡으로 걸음을 옮기고 있었다. 때로 녹색 빛에 덮인 언덕 너머로 모습을 감추기도 했다.

그녀는 가장 가까운 모래 협곡에서 100야드는 떨어진 곳에 있었다. 협곡은 구불구불한 통로와 절벽 동굴로 가득한 깊은 계곡이었는데, 같은 속도로 곧장 걸어가는 모습을 보니 혹시 몽유병 상태에서 걷고 있는 것이 아닐까 하는 생각이 들었다.

나는 그녀의 머리 위를 떠도는 가오리들을 보고 잠시 머뭇거리다가 난간을 넘어 모래밭을 가로질러서 그녀에게 달려갔다.

석영 조각이 맨발을 찔렀지만, 그녀가 협곡 가장자리에 다다르기 직전에 곁에 도착할 수 있었다. 나는 속도를 늦추어 그녀 옆을 걸어가면서 팔꿈치를 건드렸다.

머리 위로 3피트쯤 떨어진 허공에서 가오리들이 짧은 울음소리를 뱉으며 공중을 맴돌았다. 내가 달빛이라 생각했던 기묘한 빛은 오히려 그녀의 가운에서 흘러나오고 있는 것만 같았다.

이웃 여인은 내가 생각한 대로 몽유병이 아니라, 깊은 몽상이나 꿈에 빠져 있던 모양이었다. 그녀의 검은 눈은 멍하니 앞을 주시했고, 창백하고 가냘픈 얼굴은 움직임도 표정도 없는 대리석 가면 같았다. 그녀는 그다지 주의를 기울이지 않으면서 내 쪽으로 고개를 돌리더니, 한 손으로 저리 가라는 손짓을 했다. 그러다 문득 자신이 한밤중에 사막을 걷고 있었다는 사실을 깨달은 듯, 걸음을 멈추고 발치를 내려다보았다. 눈에 총기가 돌아오며 모래 암반의 입구를 내려다본 그녀는 자기도 모르게 뒤로 물러섰다. 그녀가 경계하자 가운에서 발하는 빛도 더욱 강해지는 것만 같았다.

머리 위에서 가오리들이 하늘로 솟아올랐다. 그녀가 깨어나서인지 선회 반경도 커져 있었다.

"놀라게 해서 죄송합니다." 나는 사과를 했다. "하지만 협곡에 너무 가까이 가고 있으셔서요."

그녀가 내게서 떨어져 나갔다. 길고 검은 눈썹이 위로 솟구쳤다.

"뭐라고요?" 그녀는 머뭇거리며 말했다. "당신 누구예요?" 그러고는 꿈을 마무리 지으려는 듯 나지막하게 중얼거렸다. "아 신이여, 파리스여, 미네르바가 아니라 저를 선택해 주세요—" 그녀는 말을 멈추고 검붉은 입술을 파르르 떨면서 격한 눈으로 나를 바라보더니, 이내 걸음을 옮겨 모래언덕을 가로지르기 시작했다. 가오리들은 진자처럼 그녀의 머리 위 흐릿한 하늘에서 흔들렸고, 고여 있던 빛도 그녀를 따라 움직였다.

나는 그녀가 저택에 도착할 때까지 기다렸다가 발길을 돌렸다. 문득 땅으로 시선을 돌리자, 그녀의 발자국 안에서 뭔가 반짝이는 것이 보였다. 몸을 숙이고 주워 보니 작은 보석, 완벽하게 세공된 1캐럿짜리 다이아몬드였다. 그리고 그 앞의 발자국에도 같은 보석이 보였다. 서둘러 앞으로 걸음을 옮기며 대여섯 개의 보석을 주워 들고 사라져 가는 그녀를 소리쳐 부르려는 순간, 손에 축축한 느낌이 들었다.

보석을 들고 있던 손바닥에 얼음처럼 차가운 이슬이 고여 찰랑이고 있었다.

그녀가 누구인지 알게 된 것은 그다음 날이었다.

아침 식사를 마친 후 바에 앉아 있는데, 엘도라도가 진입로로 들어오는 것이 보였다. 발이 굽은 운전기사가 차에서 내리더니, 기묘하게 몸을 흔들고 경중대며 현관으로 다가왔다. 검은 장갑을 낀 손에는 분홍색 편지 봉투가 들려 있었다. 나는 그에게 잠깐 기다리라고 하고는 계단에 서서 편지를 열었다. 운전기사는 차로 돌아가서 시동을 끄지 않고 나를 기다렸다.

어젯밤의 무례한 행동에 사과드립니다. 제 꿈속으로 바로 걸어 들어오셔서 놀랐거든요. 칵테일 한 잔으로 사과가 될까요? 운전기사가 정오에 모시러 갈 겁니다.

오로라 데이

나는 손목시계를 확인했다. 11시 55분이었다. 5분은 몸차림을 가다듬을 시간이랍시고 준 모양이었다.

운전기사는 내 반응에는 관심 없다는 듯 운전대만 바라보고 있었다. 나는 현관문을 열어 둔 채 안으로 들어가 비치 재킷을 챙겨 입었다. 그리고 밖으로 나가면서 《웨이브 IX》의 교정쇄 가제본을 주머니에 찔러 넣었다.

운전기사는 내가 차에 제대로 타는 걸 기다리지도 않고 커다란 차를 몰아 빠르게 진입로를 달리기 시작했다.

"당신들, 버밀리언샌즈에는 얼마나 있을 겁니까?" 나는 뾰족모자와 검은 옷깃 사이로 보이는 적갈색 고수머리에 대고 물었다.

그는 아무 말도 하지 않고 스타스 가를 따라 캐딜락을 몰다가, 갑자기 건너편 차선으로 들어가더니 엄청난 속도로 앞차를 추월해 버렸다.

나는 정신을 가다듬고 다시 질문을 던지고는 운전기사의 대답을 기다리다가, 이내 그의 검은색 정장 어깨를 가볍게 두드렸다.

"당신 귀가 먹은 거요, 아니면 그냥 무례한 거요?"

그는 잠시 도로에서 눈을 떼고 나를 돌아보았다. 순간 나를 바라보는 옅은 붉은색 눈동자와 천박한 눈매 안에 경멸과 감출 수 없는 잔혹함이 깃들어 있는 듯한 느낌이 들었다. 그의 입에서 새된 소리로 격렬한 욕설이 쏟아져 나왔고, 그 짧고 지저분한 공격에 나는 도로 뒷좌석으로 물러나 앉을 수밖에 없었다.

5번 스튜디오에 도착하자 그는 차에서 내려 내 문을 열어 준 다음, 아주 작은 파리를 거대한 거미줄 속으로 안내하는 거미처럼 나를 검은 대리석 계단 쪽으로 이끌었다.

문안으로 들어가자 그는 모습을 감추었다. 나는 조명이 부드럽게 비추는 홀을 지나 분수가 물을 뿜고 하얀 잉어가 맴돌고 있는 실내 연못으로 걸음을 옮겼다. 그 너머 거실에 이웃 여인이 긴 의자에 비스듬히 누워 있었다. 부채처럼 사방으로 펼쳐진 하얀 가운에는 분수의 빛을 받아 반짝이는 보석들이 수를 놓은 듯 박혀 있었다.

내가 자리에 앉자 그녀는 흥미로운 표정으로 나를 바라보면서, 직접 엮은 시 선집으로 보이는 얇고 노란 가죽 장정 책을 한쪽으로 내려놓았다. 바닥에는 다른 시집들이 여러 권 놓여 있었는데, 그중 대다수가 최근에 출간된 시선이나 문집이었다.

창문 옆 커튼 주변으로 리본이 몇 개 흩날리는 모습이 눈에 들어왔다. 나는 그녀의 VT 세트가 어디에 놓여 있는지 확인하려 주변을 둘러보면서, 우리 사이에 있는 낮은 탁자에서 칵테일 잔을 들었다.

"시를 많이 읽으십니까?" 나는 그녀 주변의 시집들을 가리키며 물었다.

그녀는 고개를 끄덕였다. "제가 견딜 수 있는 한은요."

나는 웃음을 터트렸다. "무슨 말인지 압니다. 저는 원하는 것보다 더 많이 읽어야 하는 사람이거든요." 나는 주머니에서 《웨이브 IX》를 꺼내 그녀에게 건넸다. "혹시 이거 본 적 있으십니까?"

표지를 본 그녀의 분위기가 우울하고 야멸차게 바뀌었다. 나는 왜 그녀가 굳이 나를 초대한 것인지 의문이 들기 시작했다. "네, 본 적 있어요. 정말 끔찍하지 않나요? '폴 랜섬'이라. 이 사람이 당신인가요?

당신이 편집자인가요? 정말 흥미롭군요."

억양이 묘한 것이, 어떤 행동을 취해야 할지 생각하는 듯했다. 그녀는 잠시 생각에 잠긴 채 나를 바라보았다. 인격이 완전히 분열된 듯한 모습에다, 내게 보이는 관심의 정도도 계속해서 갑작스럽게 바뀌는 것만 같았다. 마치 조잡한 영화에서 조명이 바뀌는 것처럼. 가면 같은 얼굴에는 아무런 표정도 떠올라 있지 않았지만, 나는 조금씩 그녀의 흥미가 동하고 있다는 사실을 알아챘다.

"자, 그럼 당신 직업에 대해서 이야기해 주세요. 현대 운문의 문제가 무엇인지 아주 잘 알고 있으실 테니까요. 왜 요즘 시들은 전부 형편없는 거지요?"

나는 어깨를 으쓱했다. "기본적으로는 영감의 문제가 아닐까 합니다. 한때는 저도 시를 제법 많이 썼는데, VT 세트를 장만하고 나니 충동이 사라지더군요. 과거의 시인은 자신의 시, 그러니까 자신의 매개물의 완벽한 창조자가 되고자 스스로를 희생해야 했지요. 이제 그런 기술적인 건 버튼을 누르고, 다이얼을 돌려 음보와 운율과 유사도를 결정하기만 하면 습득되지요. 희생할 필요도, 그 희생을 값지게 만들어 줄 만한 이상조차 존재하지 않는 겁니다—"

나는 문득 말을 멈추었다. 그녀가 대놓고 경계하는 태도로 나를 바라보고 있었다. 거의 그대로 나를 집어삼켜 버릴 기세였다.

나는 슬쩍 화제를 바꾸었다. "당신의 시도 꽤 많이 읽어 보았습니다. 이런 말씀을 드리면 실례일지도 모르겠지만, 가지고 있으신 운문 필사기에 문제가 있는 것 같더군요."

그녀가 고개를 획 들더니 짜증 섞인 몸짓을 하고는 시선을 돌렸다.

"그런 저열한 기계는 가지고 있지 않아요. 천상의 성스러운 주여, **제가** 그런 물건을 사용할 거라고 생각하시는 건 아니겠지요?"

"그러면 저 리본은 어디서 나오는 겁니까?" 내가 물었다. "색 리본이 매일 밤 제 쪽으로 날아옵니다. 모두 시구절이 인쇄되어 있던데요."

그녀가 무심코 대답했다. "그랬던가요? 아, 그런 줄은 몰랐는데." 그녀가 바닥에 흩어진 시집들을 내려다보았다. "저는 절대 시를 써서는 안 될 사람이지만, 최근에는 어쩔 수 없이 그렇게 됐어요. 아시겠지만, 사멸해 가는 예술을 보존해야 할 필요성 때문에 말이죠."

그녀의 말에 나는 완전히 말문이 막히고 말았다. 내 기억이 맞는다면, 리본에 인쇄되어 있는 시는 전부 과거 다른 이들의 작품이었기 때문이다.

그녀가 고개를 들고는 내게 환한 미소를 보냈다.

"몇 편 보내 드릴게요."

첫 원고가 도착한 것은 다음 날 아침이었다. 운전기사가 분홍색 캐딜락을 몰고 와 전해 주었는데, 깔끔하게 인쇄된 4절판 의양피지들이 꽃무늬 리본에 묶여 있었다. 요즘 받는 원고는 대부분 컴퓨터 펀치 테이프로 인쇄한 것이라 자동판매기 식당의 표처럼 돌돌 말려 있었으므로, 이렇듯 우아한 원고를 받는 일은 당연하지만 기분이 좋았다.

그러나 시 자체는 끔찍할 정도로 형편없었다. 전부 여섯 편이었는데, 페트라르카풍의 이탈리아 소네트가 두 편, 오드가 한 편, 장편 자유시가 세 편이었다. 그 모두가 똑같은 위협조로 가득했고, 협박을 하듯 모호한 내용이 마치 미친 마녀가 망상을 예언으로 내뱉는 것만 같았다. 오로라 데이는 분명 본인으로서는 아주 심각한, 자신만의 세계에 살고 있는 모양이었다. 나는 그녀가 자신만의 환상을 과도하게 탐닉하는 것이 가능한, 부유한 신경증 환자라는 결론을 내렸다.

나는 종이를 넘기며 그 안에서 뿜어져 올라오는 사향과 비슷한 향기를 들이마셨다. 어디서 이런 독특한 문체와 고대의 필치를 익힌 것일까? '일어나라, 속세의 현인들이여, 그리고 옛적 그대의 행적을 기록하는 펜에 가장 진실한 맹세가 깃들게 하라'라고? 어떤 은유들에는 묘하게도 밀턴이나 베르길리우스의 풍취가 느껴졌다. 사실 어조 전체가 베르길리우스의 『아이네이스』의 여사제를 떠올리게 하는 데가 있었다. 아이네이아스가 잠시 쉬려고 앉을 때마다 불쾌한 비난을 퍼붓던 그 여자 말이다.

이 시들을 정확히 어떻게 처리해야 할지 고민하고 있을 때—양은 늘어나 있었다. 다음 날 아침 9시 정각에 운전기사가 두 번째 꾸러미를 배달해 주었으니까—토니 새파이어가 잡지의 다음 호 구성을 도와주러 들렀다. 그 친구는 대부분의 시간을 라군웨스트의 해변 오두막에서 자동기술 소설을 프로그래밍 하며 보냈지만, 매주 하루나 이틀 정도는 《웨이브 IX》를 위해 비워 두곤 했다.

그가 도착했을 때, 나는 제로 패리스가 투고한 IBM 소네트 시퀀스의 운율을 점검하고 있었다. 소네트 위로 코드 표를 들고 운율 격자를 확인하는 동안, 그는 오로라의 시가 인쇄된 분홍색 4절판 종이를 집어 들었다.

"달콤한 냄새로군." 그는 종이로 허공에 부채질을 하면서 평했다. "편집자를 설득하는 방법 중 하나지." 그는 첫 시를 읽기 시작하다가, 이내 얼굴을 찌푸리며 내려놓았다.

"꽤나 독특한데. 이거 대체 뭐야?"

"나도 정확히는 모르겠어." 나는 인정했다. "석조 정원의 메아리랄까."

토니는 종이 맨 아래 쓰인 서명을 읽었다. "'오로라 데이'라. 새 구독자인 모양이지. 아마 《웨이브 IX》를 《VT 타임스》로 생각하고 있을 테고. 하지만 이게 대체 다 뭐야? '찬미가도 아니고, 찬송도 아니며, 밤의 여왕을 찬미하는 공허한 음악도 아닐지니'라고?" 그는 고개를 저었다. "이게 무슨 뜻이 있기는 한 건가?"

나는 그를 향해 웃음을 지었다. 다른 작가나 시인들과 마찬가지로, 그 또한 VT 세트 앞에 너무 오래 앉아 있어서 실제로 손으로 시를 쓰던 시절은 잊어버린 모양이었다.

"당연하지만 운문의 일종이지."

"그러니까 이걸 자기가 직접 썼다는 거야?"

나는 고개를 끄덕였다. "그런 모양이야. 사실 20~30세기 동안 꽤나 유행을 탔던 방식이지. 셰익스피어도 해 봤고, 키츠나 셸리도 그렇고—당시에는 꽤 잘 먹혔다고."

"하지만 지금은 아니잖아." 토니가 말했다. "VT 세트가 나온 이후에는 말이야. IBM의 튼튼한 상징주의 시스템과 어떻게 경쟁을 할 수 있겠나? 세상에, 이것 좀 보라고. 꼭 T. S. 엘리엇처럼 보이잖아. 진지하게 이런 걸 보낸 건 아니겠지."

"자네 말이 맞을지도. 그 아가씨가 그저 나를 놀리고 있는 걸 수도 있겠지."

"아가씨는 무슨. 아마 예순 살쯤 먹은 노인네가 더듬거리다 오드콜로뉴를 종이에 엎지른 거겠지. 슬픈 일이로군. 정신 나간 글이기는 하

172

지만 뭔가 의미가 있을 수도 있는데."

"잠깐만." 나는 그에게 말했다. 루퍼트 브룩의 풍자시를 제로의 시하나에 이어 붙이는 중이었는데 여섯 줄이 부족했다. 나는 토니에게마스터 테이프를 건넸고, 그는 그걸 IBM에 넣고 돌렸다. 그리고 음보와 운율 방식과 어구를 맞추고 나서 스위치를 올리고, 출력 헤드에서테이프가 쿨럭거리며 나오기를 기다린 다음, 여섯 줄에서 테이프를끊고 내 쪽으로 건넸다. 나는 굳이 읽어 볼 필요조차 없었다.

이어지는 두 시간 동안 우리는 열심히 일했다. 해 질 녘이 되자 끝낸작업량이 1,000줄이 넘었고, 우리는 노력의 대가로 한잔 기울이며 쉬기로 했다. 우리는 테라스로 나가 앉아서 서늘한 저녁 햇살 속에서 사막 위로 녹아내리는 선명한 색조를 감상하고, 어둠에 휩싸인 오로라의 저택 쪽에서 들려오는 모래가오리의 울음소리를 들었다.

"저 아래 널려 있는 리본들은 다 뭐야?" 토니가 물었다. 그는 하나를집어 들더니, 손안에서 부서지는 리본을 붙들고 탁자 유리판 위로 가져왔다.

"······찬송도 아니며, 밤의 여왕을 찬미하는 공허한······" 그는 인쇄된 내용을 소리 내어 읽고는 리본을 바람에 흘려보냈다.

그는 어둠에 덮인 5번 스튜디오 쪽을 바라보았다. 평소와 마찬가지로 위층 방 하나에 불빛 하나가 보일 뿐이었고, 그 빛은 모래 위를 가로질러 우리 쪽으로 날아오는 리본을 비추고 있었다.

토니는 고개를 끄덕였다. "그러니까 그 여자가 저기 사는 모양이군." 그는 난간에 휘감긴 채 자신의 팔꿈치께에서 펄럭이고 있던 다른리본을 집어 들었다.

"있잖나, 친구. 이거 말 그대로 포위 공격을 받고 있는 셈이지 않은가."

그 말은 사실이었다. 이어지는 며칠 동안 더욱 모호하고 괴상한 운문의 무리가 나를 폭격해 왔다. 공격은 항상 두 번에 걸쳐 이루어졌다. 첫 공격은 매일 아침 정확하게 9시마다 운전기사가 전달했고, 두 번째 공격은 저녁이 되면 야음을 틈타 내 쪽으로 바람을 타고 날아왔다. 이제 셰익스피어와 파운드의 시구는 사라졌고, 리본에는 그 대신 그녀가 아침마다 보내는 시의 파편이 인쇄되어 있었다. 마치 그녀의 작업 초안을 보여 주는 것만 같았다. 세심하게 살펴본 결과, 나는 그 리본이 오로라 데이의 말처럼 VT 세트에서 나온 것이 아님을 깨달았다. 컴퓨터 내부의 스풀과 고속으로 움직이는 캠을 지나가며 버티기에는 재질이 너무 약했다. 게다가 글자 자체도 인쇄를 한 것이 아니라, 나로서는 판별할 수 없는 모종의 수단으로 돋을새김한 것으로 보였다.

매일 나는 그녀의 최신작을 읽고는, 조심스레 책상의 가운데 서랍에 정리해 놓았다. 그리고 마침내 일주일 치가 모이자, 그걸 전부 반송 봉투에 담아서 '오로라 데이, 5번 스튜디오, 스타스 가, 버밀리언샌즈'라고 주소를 적은 다음 요령 있게 거절의 말을 적었다. 작품이 보다 다양한 시 평론지에 실리게 되는 쪽이 궁극적으로 만족하실 수 있으리라고 제안하는 식으로.

그리고 그날 밤, 앞으로 이어질 일련의 극도로 불쾌한 꿈들 중 첫 번째 것이 나를 찾아왔다.

다음 날 아침, 나는 멍하니 진한 커피를 타면서 정신이 맑아지기를 기다렸다. 그리고 테라스에 앉아, 밤새 나를 괴롭혔던 잔혹한 악몽을 유발한 것이 무엇인지 생각해 보았다. 수년 동안 이런 꿈은 꾸어 본 적도 없었다. 해변 무력증의 즐거운 증상 중 하나는 꿈을 꾸지 않고 깊이 잘 수 있다는 것이었다. 갑자기 꿈으로 가득한 밤이 찾아오다니, 나는 오로라 데이가, 보다 정확하게 말하자면 그녀의 정신 나간 시가, 생각한 것보다 훨씬 내 마음을 좀먹어 들어간 것이 아닐까 의문을 품지 않을 수 없었다.

두통이 가라앉기까지는 한참이 걸렸다. 나는 의자에 몸을 기대고 데이의 저택을 바라보았다. 굳게 닫히고, 차양이 내려진 창문들이 봉인된 왕관처럼 보였다. 대체 저 여자의 정체는 무엇일까? 그리고 정말로 뭘 원하는 걸까?

5분 후 캐딜락이 진입로를 나와서 스타스 가를 따라 내 쪽으로 달려오는 모습이 보였다.

또 배달을 오는 건 아니겠지! 지칠 줄도 모르는 여자였다. 나는 현관 앞에서 기다리다가, 계단을 반쯤 내려가서 운전사를 맞이하고 밀랍으로 봉해진 봉투를 받아 들었다.

"이거 봐요." 나는 그에게 은밀하게 부탁하는 투로 말했다. "자라나는 재능을 꺾기는 싫지만, 당신이 여주인에게 영향력을 좀 발휘해 주는 편이 낫지 않을까 싶은데요, 그러니까, 보통 보자면……" 나는 말꼬리를 흐린 다음 덧붙였다. "게다가 이쪽으로 계속 리본이 날려 와서 끔찍하게 힘들 지경인데."

운전기사는 여우 같은 붉은 눈으로 나를 물끄러미 보았다. 뾰족한 얼굴에 사악한 미소가 드리워 있었다. 그는 슬픈 듯 고개를 젓더니 다시 차에 올라탔다.

그가 차를 몰고 떠난 후 나는 봉투를 열어 보았다. 안에는 종이가 한 장 들어 있을 뿐이었다.

랜섬 씨,

제 시를 거부하시다니 믿을 수가 없네요. 진지하게 충고하는데, 결정을 재고해 보셨으면 합니다. 이건 사소한 문제가 아니에요. 다음 호에 제 시가 수록되어 있기를 희망합니다.

오로라 데이

그날 밤 나는 다시 광기로 가득한 꿈을 꾸었다.

다음 시 묶음은 내가 아직 침대에 누워 정신에 조금이라도 이성을 공급하려 애쓰고 있는 동안 도착했다. 나는 침대에서 기어 나와 큰 잔에 마티니를 섞었다. 종이 창의 날처럼 문틈에서 튀어나와 있는 봉투는 무시한 채로.

간신히 마음을 가다듬은 다음 봉투를 열자 안에는 짧은 시 세 편이 들어 있었다.

정말로 처참했다. 나는 멍한 머리로 그녀가 기본적인 재능조차 없다는 사실을 어떻게 본인에게 설명해야 할지 생각했다. 한 손에는 마티니를 들고 다른 손에는 그녀의 시를 든 채로, 나는 비틀거리면서 테라스로 나가 의자 하나에 주저앉았다.

그리고 소리를 치며 바로 일어났다. 유리잔이 손에서 떨어져 나뒹굴었다. 뭔가 크고 푹신한 게 엉덩이에 닿았던 것이다. 쿠션 정도 크기였지만 뼈가 튀어나와 울퉁불퉁한 굴곡이 느껴졌다.

아래를 내려다보자 거대한 모래가오리 시체가 의자 가운데 놓여 있었다. 두개골 거죽 위로 아직 독이 남아 있는 하얀 침이 1인치는 뻗어 나와 있었다.

나는 분노로 이를 악물고 곧장 서재로 향했다. 그리고 세 편의 시를 반송용 딱지가 붙은 봉투에 넣고 그 위에 휘갈겨 썼다. '죄송합니다만 저희의 편집 방향과 전혀 맞지 않습니다. 부디 다른 출판사를 이용해 주시길.'

30분 후 나는 차를 몰고 버밀리언샌즈까지 가서 직접 우편물을 배달했다. 돌아오는 길에는 나 스스로에 대해 제법 자부심을 느끼고 있었다.

그날 오후, 오른쪽 뺨에 커다란 종기가 생겼다.

다음 날 아침 토니 새파이어와 레이먼드 메이오가 문병을 왔다. 둘 다 내가 너무 완고하고 젠체한다고 여기고 있었다.

"한 편 실어 줘." 토니가 침대 발치에 걸터앉으며 말했다.

"그런 짓은 절대 못 해." 나는 사막 건너편의 5번 스튜디오를 바라보았다. 가끔씩 창문 하나가 움직이며 햇빛을 받아들이기는 했지만, 그 외에 내 이웃의 낌새는 조금도 보이지 않았다.

토니는 어깨를 으쓱했다. "그냥 한 편만 실어 주면 그 여자도 만족할 거 아니야."

"확신할 수 있나?" 나는 냉소적으로 물었다. "이건 그냥 시작일 뿐일 수도 있어. 저 여자의 여행 가방 바닥에 서사시가 열 편 정도 깔려 있을지도 모른다고."

레이먼드 메이오는 내 옆의 창가로 나와서는 선글라스를 끼고 눈을 찌푸린 채 저택을 바라보았다. 나는 그가 평소보다 더 말쑥한 차림인데 주목했다. 검은 머리카락은 기름을 발라 뒤로 넘기고, 최대한 멋져 보이는 각도로 서 있었다.

"어젯밤 '사이코 아이'에서 그 여자를 봤지." 그는 중얼거렸다. "중 이층 개인석 자리를 잡고 있더군. 꽤나 대단했어. 플로어 쇼를 두 번이나 중단해야 했다고." 그는 고개를 끄덕이며 말을 이었다. "그 여자한테는 명확하게 형체를 잡을 수도, 말로 표현할 수도 없는 뭔가가 있어. 달리의 〈태초의 비너스〉가 떠오르더군. 그 모습을 보니 여성이란 존재가 얼마나 지독하게 끔찍한지 깨닫게 되던데. 만약 내가 자네였더라면 시키는 대로 뭐든 할 텐데 말이야."

나는 턱의 구조가 허용하는 한 최대한 입을 떡 벌리고 도저히 용납할 수 없다는 자세로 고개를 저었다. "저리 꺼져. 자네들 작가들은 항상 편집자한테 경멸하는 말만 쏟아 내지만, 상황이 힘들어지면 누가 먼저 굴복하는지 알고 있나? 이 정도는 내가 맞닥트릴 각오가 되어 있는 상황이야. 평생의 훈련과 수양 덕분에 본능적으로 어떻게 처리해야 할지 알고 있다고. 저 너머에 사는 미친 신경증 환자가 나한테 저주를 걸고 있잖아. 가오리 시체와 종기와 악몽이라는 재앙을 내리면 내가 양심을 버리고 굴복하리라고 생각하는 거야."

내 완고한 태도에 슬프게 고개를 저으며, 토니와 레이먼드는 나를 홀로 두고 떠났다.

두 시간이 지나자 종기는 처음 생겼을 때와 마찬가지로 영문을 모르게 사라져 버렸다. 그 이유를 고민하고 있는데, 버밀리언샌즈의 '그 래피스 프레스'에서 픽업트럭으로《웨이브 IX》의 다음 호 증정본 500부를 배달해 주었다.

나는 소포를 거실로 가져가 포장을 뜯으면서, 자신의 시가 다음 호에 실리기를 바란다는 오로라 데이의 언급을 떠올리고는 즐거운 기분이 되었다. 그녀는 내가 이틀 전에 최종 원고를 넘겼으며, 설령 내가 그러고 싶어도 그녀의 시를 실을 수 없다는 걸 미처 모르고 있는 것이다.

나는 책을 펼치고 사설 부분을 보았다. 항상 그렇듯이 현대의 병증이 시에 끼치는 영향을 분석한 내용이었다.

그러나 10포인트 활자로 대여섯 문장이 찍혀 있어야 하는 곳에는, 24포인트 활자로 된 단 한 문장만이 남아서, 이탤릭체 대문자로 다음과 같이 선언하고 있었다.

위대함이 시작된다!

나는 해당 쪽에서 눈을 떼고, 황급히 표지를 뒤적여 인쇄소에서 증정본을 잘못 보낸 것이 아닌지 확인하고는, 서둘러 책장을 넘겼다.

첫 번째 시는 즉시 알아볼 수 있었다. 겨우 이틀 전에 반려한 것이었으니까. 이어지는 세 편도 내가 확인하고 반려한 것들이었지만, 그 뒤로는 처음 보는 작품들이 이어졌다. 모두 '오로라 데이'라고 서명이 되어 있었고, 내가 선정해서 조판 교정을 마친 작품들의 자리를 대신 차지하고 있었다.

그 여자가 잡지 한 권을 통째로 약탈해 버린 것이다! 원래 내가 골랐던 시는 단 한 편도 남지 않고, 완전히 새로운 구성으로 바뀌어 있었다. 나는 거실로 달려 돌아가서 다른 증정본을 펼치고 확인했다. 모두 똑같았다.

10분 후, 나는 소포 세 개를 전부 소각기 앞으로 가져가서 거기 넣고 석유를 충분히 적신 다음 장작더미 가운데에 성냥 하나를 던져 넣었다. 동시에 몇 마일 떨어진 그래피스 프레스에서도 남은 5,000부의 인쇄물에 같은 일을 하고 있었다. 어떻게 그런 실수를 한 것인지는 그들도 설명하지 못했다. 오로라의 편지지에 인쇄되어 있는 교정본을 발견하기는 했지만, 그 위에는 내 필체로 편집자 확인 서명이 되어 있었다는 것이다! 내가 보낸 교정본은 사라진 모양이었고, 잠시 후에는 자기네가 그걸 받았다는 사실조차 부인하기에 이르렀다.

커다란 불길이 뜨거운 태양을 향해 솟구치기 시작하자, 문득 짙은 갈색 연기 사이로 이웃집에서 부산스러운 움직임을 본 듯한 느낌이 들었다. 차양 아래 창문이 열렸고, 등이 굽은 운전기사의 형체가 테라스를 따라 바삐 움직였다.

거대한 은빛 양모처럼 하얀 가운을 사방으로 나부끼면서, 오로라 데이가 옥상에 올라서서 나를 내려다보고 있었다.

그날 아침 섭취한 대량의 마티니 때문인지, 아니면 최근 뺨에 났던 종기나 석유가 타는 매연 때문인지는 모르겠으나, 집으로 들어오는 도중에 걸음이 휘청거리기 시작했고, 나는 어지러움을 느끼며 계단 맨 위에 걸터앉아 울렁거리는 머릿속을 진정시키려 눈을 감았다.

잠시 시간이 흐르자 머릿속이 다시 맑아졌다. 나는 무릎에 상체를 기댄 채로 발치의 푸른 유리 계단에 시야의 초점을 맞추었다. 계단 위에 깔끔한 글씨들이 새겨져 있었다.

왜 그리 창백하고 파리한 얼굴인가요, 사랑하는 이여?
부디 알려 주세요, 왜 그리 창백한가요?

반달리즘적 행위에 자동적으로 일어나는 분노 외에 다른 생각을 하기에는 아직 제정신이 아닌지라, 나는 자리에서 일어나 잠옷 주머니에서 문 열쇠를 꺼냈다. 열쇠를 자물쇠에 넣으면서 보니, 황동으로 된 자물쇠 덮개 위에 또 글자가 새겨져 있었다.

기름칠한 자물쇠 안에서 열쇠를 재빨리 돌리소서.

문에 덧댄 검은 가죽 위에는 다른 문구들이 가득했다. 똑같은 깔끔한 서체로 명확하게, 서로가 서로를 무작위로 가로지르는 모습이 마치 바로크식 금속 쟁반의 은세공 테두리 장식처럼 보였다.

나는 들어와 문을 닫고는 거실로 향했다. 벽은 평소보다 더 어두워 보였다. 나는 이내 벽면 전체가 수없이 많은 작은 글자들로 빼곡하게 덮여 있다는 사실을 깨달았다. 무수히 많은 시구들이 천장에서 바닥까지 전부 뒤덮고 있었다.

나는 탁자에서 술잔을 들어 입가로 가져갔다. 푸른색 크리스털 잔의 윗부분부터 대를 타고 내려가 받침에 이르기까지, 동일한 흘림체의 글씨가 나선을 이루며 적혀 있었다.

오직 그대의 눈동자만으로 건배를.

거실의 모든 물건이 시구들로 덮여 있었다. 책상, 스탠드와 전등갓,

책꽂이, 소형 그랜드피아노의 건반, 심지어는 스테레오그램 턴테이블에 올려진 레코드판까지.

나는 멍해진 상태로 얼굴로 손을 가져가다가, 내 피부가 수천 개의 문신으로 뒤덮였다는 사실을 깨닫고 공포에 사로잡혔다. 수많은 글자들이 광기에 빠진 뱀처럼 내 손과 팔에 똬리를 틀고 기어 다니고 있었다.

나는 잔을 떨어트리고 벽난로 위에 붙은 거울로 달려갔다. 내 얼굴 역시 같은 문신으로 가득 차 있었다. 아직도 잉크가 뚝뚝 떨어지는 살아 있는 원고였다. 펜이 아직 그 위로 움직이고 있는 것처럼, 글자는 계속 생겨나고 변화하는 중이었다.

그대는 혀가 둘로 갈라진 뱀을 발견했으니……

실을 잣는 거미들이여, 이쪽으로 오지 말지어다.

나는 거울에서 떨어져 테라스로 달려 나갔다. 그리고 바람에 발코니로 날아온 색 리본 위에서 발이 미끄러졌다. 그러고 나서 그대로 난간을 뛰어넘어 땅에 발을 디뎠다.

두 저택 사이의 거리를 순식간에 좁히고는, 어둑해지는 진입로를 따라 올라가 검은색 현관문 앞에 도착했다. 초인종으로 손을 뻗자 문이 열렸고, 나는 크리스털 복도로 달려 들어갔다.

오로라 데이는 분수대 옆 긴 의자에서, 가까이 다가온 늙은 하얀색 물고기에게 먹이를 주면서 나를 기다리고 있었다. 내가 그녀 쪽으로 다가가는 동안 그녀는 물고기를 향해 미소 지으며 나직하게 속삭였다.

"오로라!" 나는 울부짖었다. "제발 부탁합니다, 항복할 테니! 원하는 건 뭐든 가져가도 좋으니 제발 이제 그만둬요!"

잠시 그녀는 나를 무시하고 물고기에게 계속 먹이를 주었다. 순간 두려운 생각 하나가 내 마음을 꿰뚫고 들어왔다. 지금 그녀의 손가락 사이에서 노니는 거대한 하얀 잉어가 한때는 그녀의 연인들이었던 것은 아닐까?

우리는 함께 석양빛 속에 앉았다. 길게 뻗은 그림자가 오로라 뒤편 벽에 달리의 〈기억의 지속〉 속 자줏빛 풍경을 그렸고, 물고기는 우리 옆의 분수대 안에서 천천히 맴돌았다.

그녀는 조건을 제시했다. 잡지에 대한 완벽한 통제권, 자신의 정책을 강요할 수 있는 자유, 수록할 작품의 선택권. 그녀가 허락하지 않으면 아무것도 인쇄할 수 없었다.

"걱정 말아요." 그녀가 가벼운 투로 말했다. "한 호분에만 적용되는 거니까." 놀랍게도 그녀는 자신의 시를 출판하고 싶지는 않은 모양이었다. 원고를 바꾼 일은 그저 나를 최종적으로 굴복시키기 위한 수단인 듯했다.

"정말로 한 호면 충분한 겁니까?" 나는 이제 그녀의 진의가 궁금해져서 물었다.

그녀는 나른한 눈으로 나를 올려다보며, 녹색 물이 든 손가락 끝으로 수면에 파문을 그렸다. "당신과 당신 친구들에게 달린 일이지요. 그대들이 언제쯤 정신을 차리고 다시 시인으로 돌아오게 될까요?"

나는 수면의 파문을 바라보았다. 어떤 기적인지는 몰라도, 파문은 그대로 수면 위에 새겨진 듯 멈추어 남았다.

함께 앉아서 보낸 천 년처럼 느껴지는 몇 시간 동안, 나는 나 자신에 대한 거의 모든 것을 털어놓았지만, 오로라에 대해서는 거의 아무것도 알아내지 못했다. 한 가지는 분명했다—그녀가 '시'라는 예술 형태에 집착하고 있다는 것. 이유는 알 수 없었지만 그녀는 현대 운문이 퇴조하는 세태가 자기 탓이라고 여기는 모양이었다. 그러나 그녀가 제시하는 유일한 해결책은 완벽하게 퇴행적인 것으로 보였다.

"와서 이 동네에 있는 제 친구들을 만나 보는 게 좋겠습니다." 나는 제안했다.

"그럴 거예요." 그녀는 대답했다. "제가 도울 수 있으면 좋겠네요. 다들 배울 것이 아주 많은 사람들이라."

나는 그 말에 웃음을 지었다. "유감스럽지만 그 친구들이 당신의 관점에 별로 동의할 것 같지는 않군요. 대부분은 자신을 이미 예술의 대가로 여기니까요. 그들에게 있어 완벽한 소네트를 찾는 여정은 한참 전에 끝난 것이나 다름없습니다. 컴퓨터가 만들어 주니까요."

오로라는 코웃음을 쳤다. "그 사람들은 시인이 아니라 기계공일 뿐이에요. 여기 시집이라고 내놓은 것을 한번 보세요. 시는 달랑 세 편이고 조작법 설명이 60쪽을 차지하고 있지요. 볼트와 앰프만 가득할 뿐이에요. 제가 말한 배워야 할 것은, 기술이 아니라 그들 자신의 감정을 말하는 거였어요. 형식이 아니라 영혼에서 나오는 음악 말이에요."

그녀는 말을 멈추고 기지개를 켰다. 그녀의 아름다운 육체가 비단뱀처럼 늘씬하게 뻗었다. 그녀가 몸을 앞으로 숙이고 진지하게 말하기 시작했다. "오늘날의 시는 죽었어요. 그런 기계들 때문이 아니라, 시인들이 더 이상 진정한 영감을 찾아 헤매지 않기 때문에요."

"진정한 영감을 어떻게 정의합니까?"

오로라는 슬프게 고개를 저었다. "스스로 시인이라고 칭하면서 그런 질문을 하나요?"

그녀는 나른한 눈으로 분수대를 내려다보았다. 순간 깊은 슬픔이 그녀의 얼굴을 스치고 지나갔고, 나는 그녀가 깊은 죄책감이나 무력감에 사로잡혀 있음을 깨달았다. 그녀 자신의 실패가 현재의 상황을 불러왔다고 여기는 것이다. 그녀에 대한 두려움이 사라진 건, 어쩌면 그런 무력감을 감지했기 때문일지도 모르겠다.

"멜란더와 코리돈의 전설을 들어 본 적 있나요?" 그녀가 물었다.

"대충은 압니다." 나는 생각을 멈추고 말했다. "기억이 맞는다면 멜란더는 시의 뮤즈였지요. 코리돈은 그녀를 위해 자살한 궁정시인이 아니던가요?"

"잘 아는군요." 오로라가 말했다. "아무래도 완전히 문외한은 아닌 모양이네요. 그래요, 궁정시인들은 시의 영감이 사라졌으며, 궁정의 귀부인들이 자기네보다 기사들과 어울리기를 더 좋아하게 되었다는 걸 깨달았죠. 그래서 그들은 시의 뮤즈인 멜란더에게 간청했고, 그녀는 시인들이 자신의 재주를 당연한 것으로 여기고 영감이 오는 진짜 근원을 잊었기 때문에 주술을 걸었다고 대답했어요. 그들은 자기네가 항상 그녀를 잊지 않았다고 뻔뻔한 거짓말을 하며 항변했지요. 하지만 그녀는 그들의 말을 믿지 않았고, 그들 중 하나가 그녀를 위해 자신의 생명을 포기하지 않으면 힘을 돌려주지 않겠다고 말했어요. 당연하지만 아무도 나서는 사람이 없었죠. 단 하나, 코리돈이라는 이름의 훌륭한 재능을 가진 젊은 시인을 제외하고요. 그녀는 여신을 사랑해서 유일하게 능력을 잃지 않은 사람이었어요. 다른 시인들을 위해, 그는 자신의 목숨을 끊었죠……"

"……멜란더는 그 일로 끝없는 슬픔에 빠졌지요." 내가 끝맺음을 대신했다. "그가 예술을 위해 목숨을 바치리라고는 생각하지 않고 있었으니까요. 아름다운 전설입니다. 하지만 이곳에서 당신의 코리돈을 찾을 수 있을 것 같지는 않습니다만."

"그러려나요." 그녀가 나지막하게 말했다. 그러고는 분수대 안의 물을 저었고, 수면이 일렁이면서 벽과 천장에 빛의 파문이 일었다. 그러다 나는 거실 벽과 천장이 만나는 부분에 둘러진 부조가 방금 오로라가 언급한 바로 그 전설을 묘사하고 있다는 사실을 알아차렸다. 왼쪽으로 가장 멀리 떨어진 곳에 있는 첫 번째 부조는 여신 주변에 모여 있는 시인과 음유시인들을 보여 주었다. 키가 크고 하얀 가운을 걸친 여신의 얼굴은 오로라와 놀라울 정도로 흡사했다. 이어지는 부조로 이야기를 따라가다 보니 그 유사성은 갈수록 커져만 갔고, 그녀는 단 한 사람의 예술가를 위한 멜란더로서 그곳에 내려온 것으로만 보였다. 어떤 측면으로인지는 몰라도, 오로라가 자신을 전설 속 여신과 동일시하는 것은 아닐까? 그렇다면 그녀의 코리돈은 누구일까? 어쩌면 그 예술가 자신일지도 모른다. 나는 부조를 둘러보며 자살을 한 시인을 찾았다. 날씬한 몸매에 금발을 길게 늘어트린 젊은이로, 약간 눈에 익긴 했지만 누군지 판별할 수는 없었다. 그러나 장면의 주인공들 아래 명확하게 눈에 띄는 인물이 하나 있기는 했다. 염소 얼굴의 운전기사가 여기서는 당나귀 다리를 하고 갈대 피리를 들고 등장하고 있었다. 두말할 것도 없이 멜란더의 시중을 드는 목양신 판을 나타내는 것이었다.

부조 속의 인물들 사이에서 또 다른 유사한 부분을 찾기 직전, 오로라는 내가 부조를 살펴보고 있는 걸 깨달았다. 그녀는 분수대의 수면을 어루만지던 손을 멈추었고, 파문이 잦아들자 부조들은 다시 어둠 속으로 가라앉았다. 잠시 오로라는 내가 누군지 잊은 것처럼 나를 바라보았다. 지치고 내면으로 침잠한 듯한 모습이, 마치 전설을 요약해주는 일이 내면의 고통과 피로를 불러오기라도 한 것처럼 보였다. 동시에 복도와 유리 주랑 현관도 그녀의 감정을 반영하듯 어두워졌다. 그녀의 존재감이 너무 강렬해서 대기 자체가 그녀와 함께 색이 바래는 듯했다. 나는 다시 한 번, 내가 걸어 들어온 그녀의 세계가 완벽하게 환상으로 이루어져 있다는 느낌을 받았다.

그녀는 잠이 들었다. 방 주변은 거의 어둠에 휩싸였다. 분수대의 빛은 사라지고, 우리 주위의 반짝이던 크리스털 기둥은 칙칙하게 색이 바래서 불투명한 유리로 만든 나무줄기처럼 보였다. 유일하게 남은 빛은 잠든 그녀의 가슴 사이로 보이는 꽃 모양 보석에서 흘러나오고 있었다.

나는 자리에서 일어나 조심스레 그녀 쪽으로 다가가서 그녀의 매끈한 회색 피부를, 흑백의 암석의 꿈에 갇힌 파라오의 신부 같은 묘한 얼굴을 바라보았다. 문득 내 옆 문가에 구부정한 모습의 운전기사가 와 있는 것을 알아차렸다. 뾰족모자로 얼굴을 숨겼지만, 한 쌍의 눈은 작은 석탄처럼 타오르며 나를 주시하고 있었다.

함께 건물을 나오자 모래가오리 수백 마리가 달빛 가득한 사막 위에 누워 있는 모습이 보였다. 우리는 조심스레 그것들 사이로 걸어 나와서 캐딜락으로 조용히 움직였다.

내 집에 도착하자 나는 즉시 서재로 갔다. 곧바로 다음 호를 조합하는 작업에 착수할 생각이었다. 돌아오는 길에 VT 세트에 넣고 돌릴 주요 주제와 중심 소재를 순식간에 정해 놓은 참이었다. 반복도 최고로 프로그래밍 하기만 하면, 24시간 후에는 달에 들떠서 뮤즈의 광기에 빠진 광신도들의 시가 나올 것이다. 마음에 호소하는 단순함과 영감으로 오로라 데이를 뒤흔들 수 있는.

서재에 들어서자 무언가 날카로운 물건이 신발에 부딪쳤다. 어둠 속에 쭈그리고 앉아서 살펴보니 하얀 가죽 깔개 위에 뜯겨져 나간 컴퓨터 회로 조각이 박혀 있었다.

조명을 켜자 누군가가 내 VT 세트 세 대를 전부 박살 내 놓은 모습이 보였다. 야만스럽게 폭력을 휘둘러서, 뒤틀려 곤죽이 될 때까지 두드려 패 놓은 모양새였다.

목표가 된 것은 내 기계들만이 아니었다. 다음 날 아침 박살 난 컴퓨터 세 대를 생각하면서 책상에 앉았노라니, 전화가 울리며 스타스 가를 따라 줄줄이 비슷한 사건이 일어났다는 제보가 들어왔다. 토니 새 파이어의 50와트 IBM은 두드려 맞아 산산조각 났고, 레이먼드 메이오의 신형 필코 버소매틱스 네 대는 수리가 불가능할 정도로 박살이 난 모양이었다. 내가 확인한 한도 내에서 무사히 넘어간 VT 세트는 단 한 대도 없었다. 어젯밤 6시에서 자정 사이에, 누군가가 스타스 가를 재빨리 따라 내려가면서 작업실과 아파트마다 들러 모든 VT 세트를 파괴하는 일에 매진한 모양이었다.

나는 범인의 정체를 거의 확신하고 있었다. 어제 캐딜락을 타고 오로라의 저택에서 돌아오는 길에, 조수석에 놓인 묵직한 렌치 두 개를 목격했기 때문이었다. 그러나 나는 경찰을 부르거나 고소하지는 않기로 결정했다. 어쨌든《웨이브 IX》의 지면을 채우는 일은 불가능해 보였다. 인쇄소에 전화를 걸자 내가 기대한 대로 오로라의 원고가 알 수 없는 이유로 전부 사라졌다는 소식이 들려왔다.

문제는 여전히 남아 있었다. 잡지를 무엇으로 채울 것인가? 한 호라도 휴간하면 내 구독자들은 모두 유령처럼 흩어져 사라지게 될 것이다.

나는 오로라에게 전화를 걸어 이 사실을 지적했다.

"일주일 안에 인쇄소로 원고를 넘겨야 합니다. 그러지 않으면 계약이 파기되어 두 번 다시 계약을 할 수 없을 거예요. 그리고 1년 정기 구독자들에게 배상을 하려면 전 파산하고 말 겁니다. 다른 원고를 찾아야 해요. 신임 편집장으로서 이 사태에 대해 제안하고 싶은 바는 없습니까?"

오로라는 가볍게 웃었다. "제가 그 박살 난 기계들을 수수께끼의 방법으로 다시 조립해 주기라도 할 거라고 생각하는 모양이죠?"

"그것도 한 가지 방법이겠죠." 나는 막 집으로 들어온 토니 새파이어에게 손을 흔들며 그녀의 말에 동의했다. "그러지 못하면 유감스럽지만 단 한 부도 못 찍게 될 것 같군요."

"이해가 안 되네요." 오로라는 대답했다. "아주 간단한 방법이 하나 있잖아요."

"그렇습니까? 그게 뭐죠?"

"직접 쓰는 거죠!"

내가 항의하기도 전에 그녀가 새된 웃음을 터트렸다. "버밀리언샌즈 전체에 유능한 운문 제작자와 소위 시인이란 자들이 스물세 명은 되는 걸로 알고 있는데요." 어젯밤 침입자가 방문한 가구와 정확하게 같은 수였다. "자, 그 사람들이 어떤 운문을 제작할 수 있나 한번 보죠."

"오로라!" 나는 쏘아붙였다. "지금 농담하는 거죠. 잘 들어요, 세상에, 이건 농담이 아니라—"

그러나 그녀는 이미 전화를 끊은 후였다. 나는 토니 새파이어를 돌아보고는, 힘없이 자리에 주저앉아 VT 세트에서 회수한 망가지지 않은 테이프 뭉치를 바라보았다. "이걸로 다 끝인 모양이로군. 자네도 방금 들었지, '직접 쓰라'고?"

"정신이 나간 모양이야." 토니도 동의했다.

"이 사태도 모두 그 여자의 비극적인 집착의 일부일 뿐이야." 나는 목소리를 낮추고 설명했다. "그 여자는 진짜로 자기가 시의 뮤즈고, 사멸해 가는 시인이란 종족에게 다시 영감을 불어넣기 위해 강림했다고 믿고 있어. 어젯밤에는 멜란더와 코리돈의 전설을 인용하더군. 정말로 목숨을 바칠 젊은 시인을 기다리고 있는 건 아닐까 싶어."

토니는 고개를 끄덕였다. "하지만 착안점이 잘못되었어. 50년 전에는 시를 쓰는 사람이 몇 있었을지도 모르지만, 그때도 읽는 사람은 아무도 없었잖아. 이제 쓰는 사람까지 사라졌을 뿐이야. VT 세트는 그저 그 모든 과정을 간략하게 만들었을 뿐이고."

나는 토니에게 동의를 표했지만, 물론 그의 말 또한 편견이 섞여 있었다. 그는 문학이란 기본적으로 읽을 수도 쓸 수도 없는 것이라고 믿는 부류였으니까. 그가 '쓰고' 있는 1000만 단어짜리 자동기술 소설은, 문학사란 고속도로를 내려다보는 거대하고 기괴한 탑이 되어 불운한 여행객들에게 겁을 주는 것이 목적이었다. 불운하게도 그는 자신의 소설을 인쇄용지 위로 옮기지 않았고, 전기신호로 기억장치에 작성된 소설은 어젯밤의 대학살에 휘말려 박살이 나 버렸다.

나 역시 짜증이 나기는 마찬가지였다. 내 VT 세트 중 하나는 제임스 조이스의 『율리시스』를 헬레니즘 시대의 그리스를 배경으로 번안하는 중이었다. 조이스의 걸작이 『오디세이아』 원전과 얼마나 정확하게 일치하는지 확인하기 위한 즐거운 학술적 시도였다. 그 또한 전부 박살 나 사라지고 말았다.

우리는 밝은 오전의 햇살 속에서 5번 스튜디오를 바라보았다. 분홍색 캐딜락이 없는 것을 보니, 오로라는 아마 버밀리언샌즈 주변에서 드라이브를 즐기며 카페에 모여든 사람들의 경탄을 한 몸에 받고 있는 모양이었다.

나는 테라스 전화를 손에 들고 난간에 걸터앉았다. "모두에게 전화를 걸어서 가능한지 확인이라도 해 봐야 할 것 같은데."

나는 첫 번째 번호를 돌렸다.

레이먼드 메이오는 말했다. "내가 직접 쓰라고? 폴, 미친 거 아니야?"

제로 패리스는 말했다. "직접? 물론이지, 폴. 발가락으로 써도 상관없다면."

페어차일드 데밀은 말했다. "꽤 멋진 일일 것 같지만, 글쎄요……"

커트 버터워스는 짜증 섞인 소리로 말했다. "해 본 적은 있나? 어떻게 하는 건데?"

마를린 매클린틱은 말했다. "어머나, 시도해 볼 엄두가 안 나는데요. 이상한 쪽 근육이 굵어지거나 하면 어떻게 해요."

지기스문트 루티치는 말했다. "아니, 아니. 지기는 이제 새로운 영역에 들어왔거든. 초우주 충돌 상태의 플라스마를 이용한 전자 조각이야. 들어 보라고—"

로빈 손더스, 맥밀런 프리보디와 에인절 프티는 말했다. "싫어."

토니가 술을 한 잔 가져다주었고, 나는 계속 목록 아래쪽 사람들에게 전화를 걸었다. "소용없는 일이야." 내가 마침내 말했다. "이제 시를 쓰는 사람은 아무도 없어. 받아들이자고. 애초에 자네나 나도 마찬가지잖아?"

토니는 공책을 가리켰다. "아직 이름이 하나 남아 있는데. 레드비치로 떠나기 전에 갑판 청소부터 깨끗하게 해 놓는 편이 나을지도 몰라."

"트리스트럼 콜드웰이라." 나는 이름을 읽었다. "축구 선수 체격에 수줍은 젊은이 아니던가. 항상 VT 세트에 뭔가 문제가 있었지. 이 친구도 시도해 보아야겠군."

부드럽고 달콤한 목소리의 아가씨가 전화를 받았다.

"트리스트럼요?" 그녀가 콧소리를 섞어 말했다. "어, 그래요, 여기 있는 것 같아요."

침대 위에서 들썩이는 소리가 들렸고, 그러는 동안 전화가 바닥에 몇 번쯤 튕긴 모양이었다. 콜드웰이 전화를 받았다.

"안녕하세요, 랜섬. 뭘 도와 드릴까요?"

"트리스트럼." 나는 말했다. "자네도 어젯밤에 다른 사람들처럼 누군가의 방문을 받지 않았나? 아니면 아직 눈치채지 못한 건가? 자네 VT 세트는 어때?"

"VT 세트요?" 그는 내 말을 되풀이했다. "괜찮은데요, 그냥 잘 있어요."

"뭐라고?" 나는 소리쳤다. "자네 기계는 피해가 없었단 말인가? 트리스트럼, 정신 차리고 내 말 똑똑히 듣게!" 나는 서둘러 우리 문제를 설명했지만, 트리스트럼은 갑자기 웃음을 터뜨렸다.

"아, 그거 끝내주게 웃긴데요? 정말 끝내주네요. 그 여자 말이 맞는 것 같아요. 다들 옛 시절의 방식으로 돌아가서—"

"옛 시절 따위는 집어치우고," 나는 짜증 섞인 목소리로 말했다. "지금 내가 원하는 건 다음 호에 실을 원고를 확보하는 것뿐이야. 만약 자네 기계가 작동한다면 우린 구원받은 거라고."

"글쎄요, 잠깐 기다려 봐요, 폴. 요즘 다른 일 때문에 조금 바빠서 기계를 확인해 보지는 못했어요."

나는 그가 자리를 뜬 동안 기다렸다. 발소리와 여자의 초조한 외침에 멀리서 들려오는 대답 소리를 듣자니, 정원으로 나간 모양이었다. 어디선가 문이 열리고 뒤적거리는 소리가 들렸다. VT 세트를 보관하기에는 꽤나 기묘한 장소라는 생각이 들었다. 뭔가를 두드리는 소음이 이어졌다.

마침내 트리스트럼이 다시 수화기를 들었다. "미안해요, 폴. 아무래도 그 여자가 이쪽에도 들렀던 것 같네요. 기계가 완전히 박살 나 있어요." 내가 욕설을 읊는 동안 그는 기다렸다가 다시 입을 열었다. "근데 말이에요, 그 손으로 직접 쓴 시 이야기는 정말로 진지하게 한 거겠지요? 그 때문에 전화를 한 거 아닌가요?"

"맞아." 나는 그에게 말했다. "내 말 믿으라고, 정말로 뭐든 실어 줄 테니까. 오로라의 허락을 받아야 하기는 하지만. 옛날에 쓴 원고 남은 것 좀 없나?"

트리스트럼은 다시 웃었다. "있잖아요, 폴, 사실 좀 있는 것 같아요.

절대 출판할 수 없을 거라고 생각했었는데, 어쨌든 버리지 않아서 다행이네요. 저기, 손 좀 보고 내일까지 가져다 드릴게요. 소네트 몇 편에 발라드 한두 편 정도예요. 마음에 들 거라고 생각하는데."

그의 말이 맞았다. 다음 날 아침 소포를 뜯고 5분도 지나지 않아, 나는 그가 우리를 속이려 한다는 걸 눈치챘다.

"예전하고 똑같은 물건이라고." 나는 토니에게 설명했다. "교활한 아도니스 같으니. 여기 유운하고 여성형 운율 맞춘 꼴 좀 보라지. 휴지休止 부분도 제멋대로고—콜드웰의 특징이지. 교정 회로의 테이프가 닳아 버리고 콘덴서가 새기 시작하면 이 꼴이 나는 거야. 몇 년 동안이나 내 손으로 계속 이런 오류를 제거했는데. 아무래도 이 친구 기계는 작동하고 있는 모양이군."

"그래서 어떻게 할 건데?" 토니가 물었다. "그냥 부인하면 끝나는 일이잖아."

"당연히 그렇지. 어쨌든 이건 써먹을 수 있다고. 한 권을 통째로 트리스트럼 콜드웰에게 바친들 누가 뭐라 하겠어."

나는 오로라에게 가져다주려고 원고를 봉투에 넣다가 문득 한 가지 생각을 떠올렸다.

"토니, 방금 기발한 생각이 하나 더 났는데. 이 마녀의 집착을 치료해 주면서, 동시에 달콤한 복수도 할 수 있을 것 같아. 트리스트럼의 속임수에 넘어간 척하고서, 오로라한테 이게 직접 쓴 시라고 말해 주는 거지. 이 친구 문체는 완벽히 시대착오적이고 주제도 오로라가 원하는 그대로잖아. 이걸 들어 보라고. 「클레오에게 바치는 송가」 「미네르바 231」 「침묵이 엘렉트라가 되나니」. 그 여자는 이걸 인쇄소에 넘기라고 허락할 테고, 이번 주말에 인쇄가 끝나고 나면, 이걸 보시라,

트리스트럼 콜드웰의 불타는 가슴에서 태어난 줄 알았던 이 시들이 사실은 망가진 VT 세트가 찍어 낸 클리셰투성이의 작업물일 뿐이었다고, 기계의 헛소리 중에서도 최악의 부류일 뿐이라고 그 여자 앞에서 공개하는 거지.”

토니는 환호했다. “끝내주는군! 그런 꼴을 당하고 버틸 수는 없겠지. 그런데 그 여자가 속아 넘어갈까?”

“당연한 거 아니야? 그 여자가 진심으로 우리가 모두 자리에 앉아서 ‘낮과 밤’이나 ‘여름과 겨울’ 따위를 주제로 판에 박힌 고전 시를 배출하기를 바라는 거 모르겠어? 실제로 뭔가 써내는 사람이 콜드웰밖에 없으면 그 여자는 아주 기꺼이 승인을 해 줄 거라고. 우리 계약은 이번 호에만 적용되는 거고, 잡지를 무사히 발간할 책임은 그 여자한테 있으니까. 어떻게든 원고를 찾기는 해야 할 것 아냐.”

우리는 그렇게 계략을 꾸몄다. 나는 오후 내내 트리스트럼에게 오로라가 그의 첫 배송품을 마음에 들어 했으며 더 보고 싶어 한다고 일러주면서 그를 괴롭혔다. 다음 날 두 번째 꾸러미가 도착했는데, 운이 좋게도 손으로 쓴 내용이었다. 어제 VT 세트에서 직접 뽑아 보내온 물건과 비교하면 잉크가 상당히 흐릿하기는 했지만. 어쨌든 나는 이 사실이 우리의 속임수를 강화하는 효과를 낼 것이라 생각하고 기뻐해 마지않았다. 오로라는 더욱 즐거워할 뿐, 의심하는 기색이라고는 전혀 보이지 않았다. 가끔씩 몇 군데 사소한 비판을 하기도 했으나 문구를 바꾸거나 개작하는 것은 단호하게 거부했다.

“하지만 개작은 항상 하는 겁니다, 오로라.” 나는 그녀에게 설명했다. “심상을 표현할 때 오류가 없는 사람은 없으니까요. 이건 동의어

설정치를 너무 올린 경우입니다." 나는 실수를 했음을 깨닫고 황급히 덧붙였다. "작가가 인간이든 로봇이든 관계없습니다. 같은 원칙을 적용하게 되니까요."

"정말 그런가요?" 오로라는 능청스럽게 되물었다. "어쨌든 이 부분은 콜드웰 씨가 처음 쓴 대로 놔두도록 하죠."

나는 그녀의 태도에 담긴 절망적인 오류를 굳이 지적하지 않고, 그녀가 서명한 원고를 챙겨서 서둘러 집으로 돌아갔다. 토니는 내 책상에 앉아 열정적으로 통화를 하고 있었다. 트리스트럼에게서 원고를 더 뽑아내려 애쓰고 있는 모양이었다.

그는 송화기를 손으로 막고 내 쪽으로 손짓했다. "이 녀석 내숭을 떨고 있어. 아무래도 1,000자에 2센트까지 원고료를 올릴 생각인 것 같은데. 원고가 다 떨어진 척한다고. 이 장단에 맞춰 놀아날 필요가 있는 거야?"

나는 고개를 저었다. "위험하군. 만약 우리가 트리스트럼의 거짓말에 가담하고 있다는 걸 오로라가 알아채면 무슨 짓을 할지 몰라. 내가 직접 이야기해 보지." 나는 수화기를 받아 들었다. "문제가 뭔가, 트리스트럼? 생산율이 너무 낮잖나. 물건이 더 필요하다고, 이 친구야. 한 줄당 단어 수를 낮춰. 왜 구태여 6보격을 맞추려고 테이프를 낭비하는 건가?"

"무슨 소리 하는 겁니까, 랜섬? 나는 빌어먹을 공장이 아니에요. 나는 시인이고, 하고 싶은 말을 표현하기 위한 유일한 방법이 떠오를 때만 그걸 글로 옮긴단 말입니다."

"그래, 그래." 나는 응수했다. "하지만 50쪽을 채워야 하는데 시간이 며칠밖에 남지 않았다고. 지금까지 넘긴 게 열 쪽 분량이니까, 계속 이

속도로 해 줘야 한단 말이지. 오늘은 얼마나 작업했나?"

"그게, 다른 소네트를 한 편 쓰고 있기는 합니다. 내용 자체는 나쁘지 않은데—사실 그 오로라란 아가씨에 대해서 쓰고 있거든요."

"훌륭하군. 하지만 어휘 선택기를 사용할 때는 조심하게. 시의 황금률을 기억하라고. '이상적인 문장은 단어 하나 길이다.' 또 뭘 쓰고 있나?"

"뭘 더 써요? 그게 끝이죠. 이것만으로도 한 주 내내, 어쩌면 1년은 걸릴지도 모르는데."

나는 수화기를 거의 씹어 먹을 뻔했다. "트리스트럼, 대체 자네 문제가 뭐야? 세상에, 전기세가 밀리기라도 한 건가? 전기가 끊긴 거야?"

그러나 내가 답변을 듣기도 전에 그는 전화를 끊었다.

"하루에 소네트 한 편이라." 나는 토니에게 말했다. "세상에, 아주 규칙적으로 사시는 모양이군. 미친 머저리 같으니. 기계 회로가 얼마나 복잡한지도 모르는 주제에."

우리는 초조하게 자리를 지키고 기다렸다. 다음 날 아침에는 아무것도 도착하지 않았다. 그다음 날 아침에도. 그러나 다행히도 오로라는 조금도 놀라는 것 같지 않았다. 사실 오히려 트리스트럼의 진도가 느려지는 걸 기뻐하는 것만 같았다.

"한 편이면 충분해요." 그녀는 말했다. "완벽한 문장이기만 하면. 영겁의 간극을 영원히 닫아 버리는 시라면 더 이상 입을 열 필요도 없지요."

그녀가 생각에 잠겨 히아신스 꽃잎을 쓰다듬었다. "어쩌면 약간 격려를 해 줄 필요가 있을지도 모르겠네요."

트리스트럼을 만나고 싶다는 말로 들렸다.

"저녁 식사 자리에 초대하는 건 어떻습니까?" 내가 제안했다.

그녀가 즉시 환하게 웃었다. "그래야겠네요." 그리고 전화를 들더니 내 쪽으로 건넸다.

트리스트럼의 번호로 전화를 걸면서, 나는 갑작스러운 질투와 낙담의 감정이 마음속을 파고드는 것을 느꼈다. 나를 둘러싼 부조 위에 멜란더와 코리돈의 이야기가 펼쳐져 있었지만, 자신의 감정에만 사로잡혀 있던 나로서는 다음 주에 펼쳐질 비극에 대해서는 전혀 생각조차 못 하고 있었다.

그 이후 며칠 동안 트리스트럼과 오로라 데이는 항상 함께 지냈다. 아침이면 함께 예의 운전기사가 모는 커다란 캐딜락을 타고 라군웨스트의 영화 촬영장으로 드라이브를 나갔다. 저녁에 홀로 테라스에 앉아 따스한 어둠 속으로 5번 스튜디오의 불빛이 번져 나가는 모습을 보고 있으면, 그들의 목소리가 결정화된 음악 소리처럼 모래 위를 건너 띄엄띄엄 들려오곤 했다.

그들의 관계를 혐오했다고 말하고 싶지만, 솔직히 말하자면 처음의 낙담이 가신 후로는 거의 신경조차 쓰지 않았다. 내가 앓고 있는 해변 무력증은 감각을 지독하게 마비시키며, 절망과 희망을 무디게 해서 결국 서로 비슷하게 만들어 버린다.

그들이 만난 지 사흘째 되는 날, 오로라와 트리스트럼은 다 함께 라군웨스트로 낚시를 하러 가자고 제안했다. 나는 그들의 정사를 가까이서 볼 수 있으리라는 기대를 품고 기꺼이 초청을 받아들였다.

스타스 가를 따라 드라이브를 하는 동안에는 이후 벌어질 일에 대한 전조는 조금도 보이지 않았다. 트리스트럼과 오로라가 함께 캐딜락에 타고, 토니 새파이어와 레이먼드 메이오와 나는 토니의 쉐보레로 그 뒤를 따랐다. 캐딜락 뒤편의 푸른색 차창으로 트리스트럼이 얼마 전에 탈고한 소네트를 오로라에게 읽어 주는 모습이 보였다. 라군 웨스트에 도착한 그들은 손을 잡고 차에서 내려 모래 협곡 근처의 추상영화 촬영장으로 향했다. 하얀색 해변용 신발을 신고 신사복을 입은 트리스트럼은 뱃놀이에 나서는 에드워드 시대의 멋쟁이처럼 보였다.

운전기사가 소풍용 바구니를 날랐고, 레이먼드 메이오와 토니는 작살총과 그물을 들고 있었다. 동굴 아래를 보니 가오리가 수천 마리 단위로 둥지를 틀고 있었다. 여름잠에 들어 홀쭉해진 독가오리도 수십 마리 보였다.

일단 그늘 아래 자리를 잡은 다음, 레이먼드와 트리스트럼이 경로를 정하고 모두를 불러 모았다. 우리는 일렬로 적당히 거리를 벌리고 구멍 한 곳으로 내려가기 시작했다. 오로라는 트리스트럼의 팔에 매달리다시피 하고 있었다.

"가오리 낚시 해 본 적 있나요?" 트리스트럼이 아래쪽 통로로 들어가며 내게 물었다.

"해 본 적 없네. 이번에는 그냥 구경만 하지. 듣자 하니 자네는 꽤 전문가라던데."

"글쎄요, 운이 좋으면 죽지 않을 수도 있겠죠." 그는 우리 머리 위 돌출부에 매달린 가오리들을 가리켰다. 우리가 다가가자 놈들이 시끄럽게 새된 소리로 울어 댔다. 약한 빛에 피부 주머니 안에서 옴찔거리는 하얀 독침 끄트머리가 보였다. "진짜 놀란 게 아니라면 우선 거리부터 벌리려 할 겁니다." 그가 설명했다. "요는 놀라게 하지 않으면서 하나를 골라 천천히 접근하는 거지요. 쏠 거리가 될 때까지 빤히 보면서 얌전히 앉아 있도록 말입니다."

레이먼드 메이오가 우리 오른쪽 10피트 위의 좁은 틈새에 앉은 커다란 자주색 독가오리를 한 마리 발견하고 조용히 접근했다. 주머니에서 삐져나온 독침을 위협하듯 흔드는 모습을 주시하며, 진정시키려는 듯 낮은 콧노래 소리를 흘리면서 독침을 집어넣기를 기다렸다. 마침내 5피트 가까이까지 다가가자 그는 총을 들고 조심스럽게 조준했다.

"별거 아닌 것 같아 보이지만," 트리스트럼이 오로라와 나에게 속삭였다. "사실은 가오리에게 완전히 목숨을 내놓은 것이나 다름없습니다. 공격하기로 마음먹으면 방어할 방도가 없거든요." 레이먼드의 총에서 화살이 날아가 두개골에 명중했고, 가오리는 순식간에 마비되었다. 그는 재빨리 앞으로 나가서 가오리를 그물에 집어넣었다. 놈은 잠시 후 정신을 차리고 검은 삼각형 날개를 무력하게 흔들더니 그대로 잠잠해졌다.

우리는 둑길과 지하로를 따라 이동했다. 하늘은 머리 위에서 비좁은 틈으로밖에 보이지 않았고, 길은 그대로 빙빙 돌면서 협곡 아래 암반까지 이어졌다. 가끔씩 가오리가 앞쪽에서 날아올라 협곡 사면을 스치고 올라가며, 가는 모래 알갱이를 머리 위로 쏟아붓곤 했다. 레이먼드와 트리스트럼은 가오리를 몇 마리 더 쏘았고, 운전기사가 그물을 맡았다. 우리 일행은 차츰 둘로 나뉘었다. 토니와 레이먼드는 운전기사와 함께 한쪽 통로를 맡고, 나는 오로라와 트리스트럼과 함께 다른 쪽으로 나아갔다.

점차 앞으로 나아갈수록 오로라의 얼굴에서 여유가 사라지고, 움직임에 조금씩 의도와 계획이 묻어나기 시작했다. 나는 그녀가 트리스트럼을 주시하고 있다는 느낌을 받았다. 팔짱을 낀 채로 계속 옆을 힐끔거리면서.

우리는 협곡 막다른 곳의 넓은 공동에 도착했다. 성당 같은 느낌의 깊은 공간으로, 그곳을 중심으로 여러 개의 회랑이 마치 은하의 팔처럼 나선을 그리며 지상으로 뻗어 나가고 있었다. 어둠 속에서 우리 주변으로 수천 마리의 가오리들이 꼼짝도 않고 매달려 있었다. 형광을 발하는 독침을 반짝이는 별처럼 넣었다 뺐다 하면서.

200피트 떨어진 공동의 반대편에서 레이먼드 메이오와 운전기사가 한쪽 통로를 통해 모습을 드러냈다. 그들은 그곳에서 잠시 기다리는 듯했다. 갑자기 토니의 외침 소리가 들렸다. 레이먼드는 자기 작살총을 떨어트리고는 통로 안으로 모습을 감추었다.

나는 실례를 표하고 공동을 가로질러 달려갔다. 그들은 좁은 통로에 서서 어둠 속을 뚫어져라 바라보고 있었다.

"진짜라니까." 토니가 이렇게 주장하고 있었다. "저 빌어먹을 것이 노래를 불렀다고."

"말도 안 돼." 레이먼드가 말했다. 그들은 한동안 말다툼을 벌이다가, 결국 수수께끼의 노래가오리를 찾는 일을 포기하고 공동으로 들어섰다. 걸음을 옮기다 보니 운전기사가 뭔가를 주머니에 집어넣는 모습이 눈에 들어왔다. 뾰족한 얼굴과 광기 어린 눈, 구부정한 등 그리고 몸부림치는 가오리가 든 그물을 짊어진 모습이 마치 히로니뮈스 보스의 그림 속 인물처럼 보였다.

레이먼드와 토니와 말을 몇 마디 나눈 다음, 나는 다른 이들과 합류하기 위해 길을 되짚어 돌아갔다. 그러나 그들은 이미 공동을 떠난 후였다. 나는 그들이 어느 통로로 갔을지 애써 짐작하며 각 통로 안으로 몇 야드씩 들어가 보다가, 마침내 내 위로 빙 돌아가는 경사로 한 곳에서 그들을 발견했다.

길을 되짚어 가서 그들과 합류할까 생각한 순간, 오로라의 옆얼굴이, 그녀가 뭔가를 뚫어져라 바라보고 있는 모습이 내 눈에 들어왔다. 순간 나는 마음을 바꾸고 조용히 나선형 경사로를 따라 그들이 있는 곳 바로 아래편 길로 들어갔다. 모래 떨어지는 소리가 내 발소리를 가려 주었고, 나는 위로 솟은 기둥 사이로 그들의 모습을 계속 확인할 수 있었다.

그렇게 겨우 몇 야드밖에 떨어지지 않은 지점에 도착하자, 오로라의 말소리가 들렸다. "가오리한테 노래를 해서 사로잡을 수 있다는 이론이 있지 않던가요?"

"최면을 걸어서 말입니까?" 트리스트럼이 물었다. "한번 해 보죠."

그들은 다시 거리를 벌렸고, 오로라의 목소리가 나직하고 부드럽게 흥얼거리듯 울렸다. 그녀의 목소리가 점차 커지더니 회랑의 높은 천장 아래에 부딪혀 울리고 또 울렸고, 가오리들이 어둠 속에서 몸을 움찔거리기 시작했다.

지표 가까이 다가갈수록 가오리의 수는 불어났고, 오로라는 걸음을 멈추고 트리스트럼을 햇빛으로 가득한 좁은 공터로 '이끌었다. 100피트 높이의 벽이 사방을 둘러싸고, 머리 위는 활짝 열려 있었다.

이제 더 이상 그들의 모습을 확인할 수 없게 되자, 나는 통로로 돌아와서 안쪽 경사로를 따라 위로 올라간 다음, 그곳에서 한 층 더 위로 걸음을 옮겨 통로 끝까지 나와서 아래쪽 공터를 관찰할 수 있는 곳에 자리를 잡았다. 그러나 그러는 동안 불길하고 신경에 거슬리는 소음이 들려오기 시작했다. 단조로운 동시에 모든 것을, 협곡 전체를 가득 채우는 소리였다. 발작을 일으키기 직전에 간질 환자가 내는 고음 같았다. 트리스트럼은 아래 공터에서 귓가에 손을 가져다 댄 채로 벽을 더듬으며 소리의 근원을 찾으려 애쓰고 있었다. 뒤에 서 있던 오로라에게서는 눈을 뗀 상태였다. 그녀는 양팔을 위로 뻗고 꼼짝도 않고 서 있었다. 접신에 든 영매 같은 모습이었다.

그 묘한 자세를 홀린 듯이 지켜보고 있던 나는 돌연 협곡 아래에서 들리는 끔찍한 비명에 순간적으로 정신을 팔았다. 그 소리와 함께 혼란에 빠진 피막의 날갯짓 소리가 들려왔고, 거의 동시에 무수한 수의 가오리들이 구름처럼 날아올라, 협곡에서 도망치려고 안간힘을 쓰며 아래 통로에서 쏟아져 나왔다.

공터로 들어와서 트리스트럼과 오로라의 머리 위로 날아든 가오리들은 순간 모든 방향감각을 잃어버린 모양이었다. 공터는 순식간에 어찌할 바를 모르고 허공을 맴도는 가오리로 가득 찼다.

가오리들이 얼굴을 스치듯 날아가자, 오로라는 공포로 비명을 지르면서 접신 상태에서 빠져나왔다. 트리스트럼은 밀짚모자를 벗어서 가오리들을 향해 격렬하게 휘두르며, 남은 한 손으로는 오로라를 가려주었다. 그들은 함께 공터 뒷벽의 좁은 틈새로 물러났다. 그 틈새를 통하면 건너편 통로로 퇴각할 수 있을 듯 보였다. 그 길을 따라 시선을 옮기다 보니 위편 절벽이 눈에 들어왔고, 나는 그물도 장비도 벗어 던진 운전기사의 작달막한 형체가 아래의 연인을 바라보고 있는 것을 발견하고 깜짝 놀라고 말았다.

이제 수백 마리의 가오리가 공터를 가득 메워 트리스트럼과 오로라의 모습을 확인할 수가 없었다. 잠시 후 그녀는 절망에 빠져 고개를 저으며 틈새에서 다시 모습을 드러냈다. 도주로가 봉쇄된 것이다! 트리스트럼은 재빨리 그녀에게 엎드리라고 손짓하고는, 공터 안으로 뛰어들어 가오리 떼를 향해 모자를 마구 휘두르면서 그녀에게 다가가지 못하게 했다.

잠시 동안은 효과가 있었다. 거대 말벌 떼처럼 가오리들은 어지럽게 허공을 맴돌았다. 공포에 질려 나는 가오리들이 다시 그를 향해 강하하는 모습을 지켜보았다. 내가 미처 소리도 지르기 전에 트리스트럼은 쓰러져 버렸다. 가오리들은 날아 내려가 쭉 뻗은 그의 몸 위에서 빙빙 돌다가, 이내 소용돌이에서 해방된 듯 하늘 높이 날아올랐다.

트리스트럼은 엎드려 쓰러진 채였다. 금빛 머리카락이 모래 위에 흐트러지고 팔은 힘없이 뒤틀려 있었다. 나는 말문이 막힌 채 너무나 순식간에 목숨을 잃은 그의 시체를 바라보고 있다가, 문득 오로라 쪽으로 시선을 돌렸다.

그녀 또한 시체를 바라보고 있었지만, 그녀의 얼굴에 떠오른 표정은 동정도 공포도 아니었다. 그녀는 한 손으로 치맛자락을 모아 쥐고 재빨리 몸을 돌려 틈새로 들어갔다—

도주로는 막혀 있지 않았던 것이다! 당황한 나는 이윽고 오로라가 일부러 트리스트럼에게 길이 막혀 있다고 거짓말을 해서, 결국 그가 가오리 떼를 공격하게 만들었음을 깨달았다.

잠시 후 그녀는 위편 통로 입구에서 모습을 드러냈다. 검은 제복을 입은 운전기사를 대동하고, 그녀는 잠시 아래쪽 공터를, 그대로 움직임 없이 누워 있는 트리스트럼의 시체를 바라보았다. 그러고는 서둘러 자리를 떴다.

나는 그들을 뒤쫓아 달려가며 최대한 힘껏 소리를 질렀다. 토니와 레이먼드 메이오의 주의를 끌 수 있기를 바라면서. 협곡 입구에 도착하자 내 목소리가 아래편 통로로 우렁차게 울려 퍼지는 것이 들렸다. 100야드 떨어진 곳에서 오로라와 운전기사가 캐딜락에 오르는 모습이 보였다. 캐딜락이 배기음을 우렁차게 울리면서 촬영장 사이를 달려 나갔다. 모래 먼지가 일어나며 사방에 서 있는 추상적인 형상들을 가렸다.

나는 토니의 차로 달려갔다. 내가 차에 도착했을 때쯤 캐딜락은 반마일 정도 거리를 벌리고, 도망치는 용처럼 불을 뿜으며 사막을 가로지르고 있었다.

내가 오로라 데이를 본 것은 그때가 마지막이었다. 고속도로를 따라 라군웨스트까지 쫓아가기는 했지만, 탁 트인 도로로 나오자 캐딜락은 점차 거리를 벌렸고, 10마일을 더 가서 라군웨스트에 도착했을 때쯤에는 완전히 시야에서 사라지고 말았다. 나는 버밀리언샌즈와 레드비치로 갈라지는 분기점 근처의 주유소에 들러 분홍색 캐딜락을 본 사람이 없는지 수소문했다. 종업원 두 사람이 캐딜락을 보았다고 말하기는 했으나, 차가 내가 온 쪽을 **향해** 달려갔다고 했다. 분명히 보았다고 맹세까지 했지만, 나는 그들이 오로라의 마법에 걸려 혼란에 빠진 것이라고 여기기로 했다.

나는 그녀의 저택에 가 보기로 마음먹고 버밀리언샌즈로 가는 교차로로 접어들었다. 그런 일이 벌어질 것을 예견하지 못한 자신을 책망하면서. 시인이랍시고 앉아 있는 주제에 다른 시인의 꿈을 진지하게 받아들이지 못하다니. 오로라가 트리스트럼의 죽음을 향한 복선을 그토록 명쾌하게 깔아 놓았는데도 말이다.

스타스 가 5번 스튜디오는 조용하고 텅 비어 있었다. 진입로의 가오리들은 사라졌고, 검은 유리문은 활짝 열려 있었다. 남은 리본 몇 개가 바닥에 모인 먼지 위에서 팔락댔다. 복도와 거실은 어둠에 휩싸여 있었고, 분수대 안에 떠다니는 하얀 잉어만이 흐릿하게나마 빛을 발했다. 사방이 고요하고 적막했다. 마치 수 세기 동안 아무도 살지 않은 듯한 풍경이었다.

거실 벽 위편의 부조를 눈으로 훑던 나는 문득 그 위에 새겨진 모든 인물의 얼굴이 내가 아는 모습이라는 것을 깨달았다. 거의 사진에 가까울 정도로 유사했다. 트리스트럼은 코리돈이고, 오로라는 멜란더였으며, 운전기사는 목양신 판이었다. 그리고 나, 토니 새파이어, 레이먼드 메이오, 페어차일드 데밀과 이곳의 다른 거주자들도 있었다.

나는 부조에서 눈을 떼고 분수대를 지나 밖으로 나왔다. 시간은 저녁이 다 되어 있었고, 열려 있는 문을 통해 멀리 버밀리언샌즈의 불빛이 보였다. 스타스 가를 따라 달리는 자동차의 전조등 불빛이 내 저택의 유리 지붕에 반사되어 반짝였다. 가볍게 바람이 일렁이며 리본을 날렸고, 계단을 내려가자 일어난 바람 한 줄기에 문이 큰 소리를 내면서 닫혔다. 문 닫히는 소리가 집 전체에 울려 퍼졌다. 마치 환상과 재앙으로 가득한 이야기의 종막을 선언하는 것처럼, 마녀가 떠난 것을 알리는 마지막 선언처럼 들렸다.

걸어서 사막을 건너고 있자니 마지막 남은 리본들이 어둠에 감싸인 모래 위로 날아왔다. 나는 다부지게 그것들 사이를 걸어가며 나 자신의 현실을 다시 만들어 내고자 했다. 오로라 데이의 광기 어린 시구 파편이 저물어 가는 사막의 빛을 받아 내 발치에서 녹아내렸다. 그대로 색이 바래 버리는 꿈의 파편처럼.

집에 도착하니 불이 켜져 있었다. 안으로 달려 들어가자 놀랍게도 금발의 트리스트럼이 테라스에 놓인 의자에 느긋하게 몸을 기대고 있었다. 그의 한 손에는 얼음이 든 유리컵이 들려 있었다.

그는 상냥한 눈으로 나를 바라보더니, 웃음을 머금은 채 윙크를 보내고는 내가 말문을 열기 전에 자기 입가에 손가락을 가져다 댔다.

나는 그에게 다가갔다. "트리스트럼." 그리고 쉰 목소리로 속삭였다. "자네, 죽은 줄 알았는데. 대체 그 아래에서 무슨 일이 벌어진 건가?"

그가 나를 보며 웃었다. "미안해요, 폴. 어쩐지 당신이 보고 있는 것 같긴 했는데. 오로라는 그대로 빠져나가겠죠?"

나는 고개를 끄덕였다. "쉐보레로 쫓아가기에는 그쪽이 너무 빠르더군. 하지만 자네, 가오리의 독침을 맞은 것이 아닌가? 자네가 쓰러지는 모습을 보고 즉사한 줄만 알았는데."

"오로라도 그랬겠죠. 당신도 가오리에 대해선 잘 모르죠? 수렵 철에 녀석들의 독침은 비활성 상태예요. 그렇지 않으면 그 안에 사람들을 들여보낼 리가 없잖아요." 그는 나를 보고 웃었다. "멜란더와 코리돈의 전설 들어 본 적 있어요?"

나는 힘없이 그의 옆자리에 주저앉았다. 무슨 일이 벌어졌는지 그가 2분 만에 설명해 주었다. 오로라가 그에게 전설을 이야기해 주었고, 그는 반쯤은 동정에서 그리고 반쯤은 놀이 삼아 자신의 역할을 수행하기로 마음먹었다고 한다. 가오리의 위험과 난폭함을 설명한 것은 모두 오로라를 부추기기 위해 일부러 한 행동이었다. 덕분에 그녀는 그가 자신을 희생해 자살할 완벽한 기회를 만들어 냈던 것이다.

"물론 자살이 아니라 살인**이었지만** 말이야." 나는 그에게 말했다. "내 말 믿게. 눈 속에 살의가 담겨 있었다니까. 정말로 자네를 죽이려 한 거야."

트리스트럼은 어깨를 으쓱했다. "그렇게 놀란 표정 짓지 마요, 폴. 애초에 시를 짓는다는 건 그렇게 위험한 일이잖아요."

레이먼드와 토니 새파이어는 무슨 일이 벌어졌는지 조금도 모르는 모양이었다. 트리스트럼은 오로라가 갑자기 폐소공포증을 느끼고 광포하게 달려 나갔다는 이야기를 지어냈다고 한다.

"오로라가 이제 무얼 할지 궁금하네요." 트리스트럼은 느긋하게 말했다. "예언을 실행시킨 셈이잖아요. 어쩌면 자신의 아름다움에 더 긍지를 가지게 될지도 모르겠어요. 있잖아요, 그 아가씨는 자신이 육체적으로 부족하다는 느낌에 시달리고 있었어요. 코리돈이 자살하자 깜짝 놀란 멜란더처럼, 오로라도 자신의 예술과 자기 자신을 혼동하고 있거든요."

나는 고개를 끄덕였다. "사람들이 지금까지 해 오던 나쁜 방식으로 시를 쓰고 있다는 사실을 깨닫고 그녀가 너무 실망하지 않았으면 좋겠군. 말이 나왔으니 말인데, 아직 25쪽을 더 채워야 한다네. 자네의 VT 세트는 잘 돌아가고 있나?"

"그런 거 없는데요. 전화를 걸었던 날 아침에 박살 냈죠. 몇 년 동안 그 물건은 쓰지도 않았는걸요."

나는 일어나 앉았다. "그럼 자네가 계속 보내온 소네트는 직접 쓴 거란 말인가?"

"당연하죠. 하나하나 전부 영혼을 박아 넣은 보석이에요."

나는 신음하며 다시 의자에 기댔다. "세상에, 자네 기계가 나를 구원 해 줄 거라고 생각했는데. 이제 대체 뭘 해야 하지?"

트리스트럼은 미소를 머금었다. "직접 써 보시죠. 예언을 떠올려 봐 요. 어쩌면 예언이 이루어질지도 모르잖아요. 어쨌든 오로라는 내가 죽었다고 생각하고 있을 테고."

나는 그에게 한바탕 욕설을 퍼부었다. "도움이 된다면 말이지만, 자 네가 진짜 죽어 나자빠져 있었으면 좋겠군. 이걸로 내가 얼마나 손해 를 볼지 알기나 하나?"

그가 떠난 후 나는 서재로 들어가 현재 가지고 있는 원고를 추슬러 보고는, 정확하게 23쪽을 더 채워야 한다는 사실을 확인했다. 묘하게 도 버밀리언샌즈에 사는 등록된 시인 모두가 1쪽씩만 채워 주면 되는 분량이었다. 문제는 트리스트럼을 제외하면 그들 모두가 스스로는 단 한 줄도 쓸 수 없는 인간들이라는 것이었다.

자정이 지났지만, 최종 마감까지 남은 24시간 안에 문제를 해결하 려면 1분도 허비할 수 없었다. 내가 스스로 뭔가 써 볼까 하는 생각까 지 떠올린 순간, 전화가 울렸다. 처음에는 오로라 데이라고 생각했다. 높고 여성스러운 목소리였으니까. 그러나 전화를 건 사람은 남자인 페어차일드 데밀이었다.

"이렇게 늦게까지 뭘 하는 거야?" 나는 분노가 끓어오르는 목소리로 그에게 물었다. "미용을 위해 잠들어야 할 시간 아니었나?"

"글쎄요, 사실 그래야 할 것만 같기는 한데요, 폴, 그런데 오늘 저녁에 꽤나 끝내주는 일이 한 가지 일어났지 뭐예요. 있잖아요, 아직도 직접 쓴 시가 필요한가요? 한두 시간 전에 뭔가 끼적이기 시작했는데, 그렇게 나쁘지는 않더라고요. 사실은 그 오로라 데이라는 아가씨에 관한 거예요. 당신 마음에 들 것 같은데."

나는 자리에서 일어나 앉아서 그에게 온갖 수식어를 덧붙인 축하를 보내고는, 그가 쓴 분량을 확인해 적었다.

5분 후 다시 전화가 울렸다. 이번에는 에인절 프티였다. 그 또한 내가 관심을 가질 만한, 직접 쓴 시를 몇 편 가지고 있었다. 이번에도 오로라 데이에게 바치는 시였다.

이어지는 30분 동안 전화가 족히 스무 번은 울려 댔다. 버밀리언샌즈에 사는 모든 시인이 잠자리에 들지 않은 것 같았다. 맥밀런 프리보디와 로빈 손더스와 나머지 친구들도 전화를 걸어왔다. 이유는 알 수 없지만 그날 저녁 모든 시인들이 뭔가 독창적인 물건을 써 보고 싶다는 생각을 떠올리고는, 몇 분 만에 오로라 데이를 추억하는 구절을 한두 절씩 뽑아낸 모양이었다.

마지막 전화를 받은 후, 나는 자리에 그대로 서서 이 상황을 곱씹고 있었다. 시간은 12시 45분이었고, 나는 지쳐서 녹초가 되어 있어야 마땅한 상황이었다. 그러나 두뇌는 생생하고 날카롭게 살아 있었으며, 수천 가지 생각이 그 안에서 흘러넘쳤다. 마음속에서 시구 하나가 스스로 형체를 만들었다. 나는 공책을 들고 그 내용을 적어 내려갔다.

시간이 녹아내리는 것만 같았다. 5분도 지나지 않아 나는 10년 만에 처음으로 시 한 편을 완성했다. 그 너머에서, 내 마음의 표면 근처에서 십수 편의 시들이 나가기만을 기다리고 있었다. 햇빛을 보고 싶은 바위 속 한 줄기 금광맥처럼.

잠은 나중으로 미루어도 된다. 나는 다른 종이를 찾아 손을 뻗다가, 문득 레드비치의 IBM 대리점에 보낼 예정이었던 편지 한 통을 발견했다. 새 VT 세트 세 대에 대한 구매 요청서였다.

나는 은밀한 웃음을 머금으며, 편지를 여러 조각으로 찢어 버렸다.

(1961)

빌레니엄
Billennium

하루 온종일 그리고 때로는 새벽에 이르기까지, 워드의 비좁은 칸막이실 공간 바깥 계단에서는 끊임없이 오르내리는 발소리가 났다. 4층과 5층 사이 층계참의 좁은 공간을 합판으로 막아 만든 벽은 발소리가 들릴 때마다 무너져 가는 방앗간의 썩은 목재처럼 휘고 삐걱거렸다. 셋집의 꼭대기 3층에만 해도 100명이 넘는 사람들이 살고 있었다. 워드는 가끔은 새벽 2~3시가 될 때까지 비좁은 침대에 누워서, 반 마일 떨어진 스타디움에서 심야 영화를 보고 돌아오는 사람의 수를 기계적으로 세면서 보내기도 했다. 창문을 통해 음량을 높인 대화의 파편이 지붕 사이의 공간을 타고 이곳까지 들려왔다. 스타디움은 비는 일이 없었다. 낮 동안에는 거대한 스크린이 기둥에 걸려 사면을 감쌌고, 그 안에서는 체육대회나 축구 경기가 끊임없이 벌어졌다. 스타디움 근처에 사는 사람들은 소음을 견딜 수 없을 지경일 것이다.

적어도 워드는 최소한의 사생활은 확보하고 있었다. 층계참으로 이사하기 전인 두 달 전까지만 해도, 그는 755번 거리에 있는 집의 1층에서 일곱 명의 사람들과 함께 살았는데, 끊임없이 창문 옆을 지나가는 사람들의 물결 때문에 탈진할 지경이었다. 거리는 항상 사람들로 가득했고, 목소리와 발소리가 끝없이 이어졌다. 6시 30분이 되어 눈을 뜨고 서둘러 세면장 줄에 합류할 때쯤이면 이미 보도는 끝에서 끝까지 사람들로 가득했으며, 정확히 30초마다 도로 건너편 상점 위를 지나가는 고가철도의 굉음이 다른 소음들을 뒤덮었다. 층계참의 좁은 칸막이실 광고를 보자마자, 그는 높은 집세를 감수하기로 마음먹고 그곳을 떠났다. (다른 사람들과 마찬가지로 그는 신문의 항목별 광고란을 살피며 여가 시간을 보냈고, 두 달에 한 번꼴로 거주지를 옮겼다.) 층계참의 좁은 칸막이실은 분명 혼자 사용할 수 있을 테니까.

그러나 이곳에도 나름의 단점은 있었다. 저녁이면 거의 매일같이 도서관의 친구들이 들러서 공공 열람실에서 인파에 부대끼느라 지친 팔꿈치를 쉬려 한다는 점이 문제였다. 칸막이실의 순 면적은 4.5제곱미터로, 1인이 가질 수 있는 최대 면적보다 0.5제곱미터 넓었다. 목수들이 불법으로 가까운 굴뚝 기둥 근처의 움푹 팬 곳을 칸막이실 면적에 포함시킨 결과물이었다. 그래서 워드는 등받이 의자 하나를 침대와 문 사이의 공간에 쑤셔 넣을 수 있었고, 이 때문에 침대에는 한 번에 한 사람만 앉을 수 있었다. 대부분의 1인 칸막이실에서는 주인과 손님이 함께 침대에 나란히 앉은 채로, 서로 옆을 보며 대화를 나누고 목의 부담을 덜기 위해 주기적으로 자리를 바꿔야 했다.

"이런 곳을 찾다니 운이 좋은 거야." 가장 주기적으로 들르는 손님인 로시터는 틈날 때마다 이렇게 말했다. 그는 침대에 기대앉으면서 칸막이실 안을 손으로 가리켜 보였다. "정말 거대한 방이잖아. 눈이 확 트이는 기분이라고. 최소한 5미터, 아니 6미터는 되어 보이는데."

워드는 강력히 부정하며 고개를 저었다. 로시터는 가장 친한 친구였지만, 주거지를 찾는 여정에서 획득한 반사적인 행동이 먼저 나왔다. "4.5미터가 조금 넘을 뿐이야. 철저하게 재 보았다고. 의심할 여지도 없어."

로시터는 한쪽 눈썹을 치켜세웠다. "그거 대단한데. 그럼 천장 때문 이겠군."

천장을 조작하는 것은 뻔뻔한 집주인들이 즐겨 사용하는 속임수였다. 대부분의 거주 공간 평가는 편의상 천장 면적을 측정한 값으로 이루어졌고, 합판 칸막이를 슬쩍 기울이기만 하면 우량 세입자를 위해 칸막이실의 면적을 늘리거나(수많은 부부들이 이런 식으로 속아서 칸막이실에 살게 되었다) 주택 감독관이 방문할 때면 일시적으로 줄일 수 있었다. 천장은 늘 연필 자국으로 빼곡했는데, 벽 건너편 세입자들과 영토 분쟁을 벌인 자취였다. 소심해서 자신의 권리를 주장하지 못하는 사람은 말 그대로 존재 자체가 짓눌려 사라질 수도 있었다. 사실 '조용한 이웃'을 강조하는 광고는 보통 이런 부류의 약탈 행위가 가능하다는 것을 알려 주는 암묵적인 초대나 다름없었다.

"벽이 약간 기울어 있기는 하지." 워드도 인정했다. "사실 바깥으로 4도 정도 기울어 있어. 다림줄을 사용해서 확인해 봤지. 하지만 그래도 층계에는 사람들이 다닐 공간 정도는 충분히 있다고."

로시터는 웃음을 지었다. "물론이지, 존. 그냥 질투가 날 뿐이야. 내 방 때문에 미칠 지경이거든." 다른 사람들과 마찬가지로, 그 또한 자신의 좁은 칸막이실을 '방'이라는 명칭으로 불렀다. 50년 전 실제로 사람들이 자기 방이라 부를 수 있는 장소에 살던, 심지어 믿을 수 없게도 한 사람이 아파트나 주택 하나를 통째로 소유하기도 하던 시절의 잔재였다. 도서관에 있는 건축 카탈로그의 마이크로필름에는 박물관이나 연주회장, 그 밖의 공공건물의 모습이 담겨 있었는데, 일상을 담은 것으로 보임에도 거대한 회랑이나 층계를 두세 사람만이 오가고 있었다. 차량은 자유롭게 도로 가운데를 오갔고, 인적이 뜸한 구역으로 가면 보도가 50야드 이상 텅 빈 경우도 있었다.

물론 그런 옛 건물은 전부 헐고 닭장 같은 셋집을 올리거나, 아니면 건물을 통째로 아파트 용도로 개조한 지 오래였다. 옛 시청 건물의 연회장으로 사용되던 공간은 가로로 네 개의 층으로 분할되어 각각에 수백 개의 칸막이실이 들어차 있었다.

거리로 말하자면, 자동차가 다니던 시절은 먼 옛날에 끝나 버렸다. 인도 쪽만 붐비는 새벽녘 몇 시간 정도를 제외하고, 모든 도로가 항상 보행자들로 가득 차 있었다. 머리 위에 매달린 수많은 '좌측통행' 표지는 무시할 수밖에 없었다. 수많은 사람들이 서로를 밀치면서 집이나 직장으로 향했고, 결국 먼지투성이에 후줄근한 꼴이 되고 말았다. 가끔 교차로에서 엄청난 수의 사람이 한데 엉키면서 움직일 수 없게 되는 '교통 정체'가 일어나기도 했는데, 때로는 그런 상황이 며칠 동안 계속되기도 했다. 워드도 2년 전 스타디움 밖에서 그런 보행자 정체에 휘말린 적이 있었고, 2만 명의 사람들이 뒤엉킨 상태에서 48시간을 보내야 했다. 한쪽에서는 스타디움을 나오는 사람들이, 다른 쪽에서는 스타디움으로 들어가는 사람들이 끊임없이 공급되는 바람에, 1제곱 마일에 달하는 근처 구역이 통째로 마비된 것이었다. 그는 요동치는 인파에 따라 무력하게 흔들리며, 균형을 잃고 넘어져 인파에 밟히지 않을까 공포에 질려 있던 당시의 악몽을 아직도 생생하게 기억했다. 경찰이 스타디움을 봉쇄하고 인파를 흩어 놓은 후에야 그는 간신히 칸막이실로 돌아올 수 있었고, 퍼런 멍을 가득 달고 침대에 쓰러져 일주일을 잠든 채 보냈다.

"개인 공간을 3.5미터로 삭감할 거라는 말이 돌던데." 로시터가 말했다.

6층에서 내려온 세입자 한 무리가 지나가는 동안 워드는 말을 멈추었다. 문이 걸쇠에서 튀어 나가지 않도록 단단히 붙든 채. "항상 말은 하잖아. 그런 소문은 10년 전에도 돌았다고."

"소문이 아니야." 로시터가 그에게 경고하듯 말했다. "곧 실제로 그런 조치가 필요해질 수도 있으니까. 이 도시에만 3000만 명의 사람들이 들어차 있는데, 1년에 100만 명씩 늘어난다고. 주택 담당 부서에서 꽤 심각하게 토의를 했다고 하던데."

워드는 고개를 저었다. "그런 종류의 재평가는 실행에 옮기기가 거의 불가능할 텐데. 칸막이를 전부 뜯어내서 다시 설치해야 할 테고, 행정 업무만 해도 상상하기 힘들 정도로 방대할 거야. 수백만 개의 칸막이실을 재설계하고 확인하고, 허가증을 내 주고, 거기다 모든 세입자들을 재배치하기까지 해야 한다고. 마지막 재평가 이후로 설계한 모든 건물은 4미터를 기준으로 만들어져 있잖아. 단순히 모든 칸막이실의 끄트머리에서 0.5미터씩을 잘라 내고 그만큼 새 칸막이실을 지을 수 있는 게 아니란 말이지. 그랬다가는 6인치짜리 자투리 공간들이 잔뜩 생겨나게 될 텐데." 그는 소리 내어 웃었다. "게다가 3.5미터의 공간에 대체 사람이 어떻게 살 수 있겠어?"

로시터는 미소를 지었다. "그게 최후의 논리 아닌가? 25년 전의 지난 재평가에서도, 개인 공간을 5미터에서 4미터로 줄였을 때도 다들 같은 말을 했지. 모두가 그런 일은 불가능하다고, 인간은 4제곱미터의 공간에서 사는 걸 버틸 수 없다고 말했지. 침대와 가방 하나를 놓을 공간은 되지만, 문을 열고 들어갈 수조차 없을 거라고 말이야." 그는 가볍게 너털웃음을 터트렸다. "전부 틀린 소리였다고. 그저 모든 문이 밖으로 열리게만 하면 되는 일이었잖아. 그렇게 해서 4제곱미터 규제가 굳어 버렸고."

워드는 손목시계를 확인했다. 7시 30분이었다. "식사 시간이로군. 길 건너편 식당 카운터에 자리가 있나 보자고."

로시터는 생각만 해도 끔찍한지 투덜거리며 침대에서 일어났다. 그들은 칸막이실을 나와 계단을 내려갔다. 층계는 짐과 포장용 상자로 가득해서 난간을 따라 좁은 공간만이 남아 있을 뿐이었다. 아래쪽 상황은 더욱 심각했다. 복도마저 구획별로 잘라 칸막이실을 설치해 놓아서 공기는 퀴퀴하고 숨이 막혔다. 판지로 만든 벽을 따라 축축한 세탁물과 식료품 주머니들이 걸려 있었다. 층마다 다섯 개의 방에 각각 열두 명의 세입자가 살았고, 칸막이를 따라 그들의 목소리가 울려 퍼졌다.

2층 계단에는 사람들이 앉아 있었다. 층계참을 비공식적인 휴게실로 사용하는 모양이었다. 물론 소방 조례에 어긋나는 일이기는 했지만. 여자들은 셔츠 바람으로 세면장 밖에 줄 서 있는 남자들과 대화를 나누고, 아이들이 그 사이를 이리저리 뛰어다녔다. 계단 층계에도 게시판 주변에도 세입자들이 빼곡했고, 아래편 거리에서도 세입자들이 밀려들어 왔다. 워드와 로시터는 입구에 도착할 때까지 그런 사람들을 밀치고 지나가야 했다.

현관 맨 위 계단에서 잠시 숨을 고르면서, 워드는 길 건너편의 식당 카운터를 가리켰다. 거리는 30야드밖에 되지 않았으나, 그 사이의 도로에는 인파가 격렬하게 흐르는 강물처럼 오른쪽에서 왼쪽으로 움직이고 있었다. 스타디움의 첫 영화 상영 시각은 9시 정각이었지만, 사람들은 자리를 확실히 잡기 위해 미리 출발하고 있는 모양이었다.

"다른 데로 가면 안 되나?" 로시터는 식당 카운터까지 갈 생각만으로도 얼굴을 찌푸리며 물었다. 사람으로 빼곡하고 30분은 기다려야 하는 데다 음식마저 밍밍하고 맛이 없는 곳이었다. 네 블록 떨어진 도서관에서 이곳까지 오느라 식욕이 생긴 모양이었다.

워드가 어깨를 으쓱했다. "길모퉁이에 식당이 하나 있기는 한데, 거기까지 갈 수 있을지 모르겠군." 인파를 거슬러 200야드를 가야 하는 위치였다. 가는 내내 인파를 헤치고 움직여야 할 터였다.

"자네 말이 맞을지도 모르겠군." 로시터는 워드의 어깨에 손을 올렸다. "있잖나, 존. 자네의 문제는 아무 데도 가지 않으려 한다는 거야. 너무 세상에 초연해서 모든 일이 얼마나 나빠지는 중인지 깨닫지 못하는 거지."

워드는 고개를 끄덕였다. 로시터의 말이 옳았다. 아침이 되어 도서관으로 떠날 때면 인파는 그와 함께 도심의 사무실 구역 쪽으로 움직였다. 저녁이 되어 돌아올 때는 반대 방향으로 흘렀다. 전반적으로 그는 자신의 일과를 바꾸어 본 적이 없었다. 열 살 때 지방자치단체에서 운영하는 호스텔에 입주한 후 그는 천천히 부모님과 멀어졌다. 도시의 동쪽 구역에 사는 부모님을 만나러 가는 여행을 할 수도, 그럴 의욕도 없었기 때문이다. 도시의 흐름에 몸을 맡기고 살아가는 그로서는 단지 조금 더 맛있는 커피 한 잔을 위해 흐름을 거스르는 일이 망설여졌다. 다행히도 도서관에 근무하는 덕분에 비슷한 분야에 흥미를 가진 젊은이들을 다양하게 접할 수 있기는 했다. 머지않아 그는 결혼할 것이고, 도서관 근처의 2인용 칸막이실을 하나 찾아 정착할 것이다. 아이를 많이 낳으면(최소 세 명은 낳아야 했다) 언젠가는 작은 방을 하나 가질 수 있을지도 모른다.

그들은 보도의 인파 속으로 걸음을 옮겨서, 10야드에서 20야드 정도 흐름을 따라 흘러가다가, 발걸음을 빨리해 인파를 피해서 힘겹게 거리 반대편으로 이동해 나갔다. 그리고 가게 앞 현관에서 인파의 흐름을 피한 다음 천천히 식당 카운터까지 거슬러 올라가기 시작했다. 어깨를 굳게 세우고 셀 수도 없이 계속되는 충돌을 버텨 내면서.

"최근 인구 추정치가 얼마나 되지?" 워드가 담배 가게를 빙 돌면서, 공간이 보일 때마다 재빨리 앞으로 나서며 물었다.

로시터는 웃음을 머금었다. "미안하네, 존. 말해 주고는 싶지만 그랬다가는 자네가 놀라서 사람들을 깔아뭉개며 도망칠지도 모르거든. 애초에 믿지도 않을 테고."

로시터는 시청의 보험 부서에 근무하고 있어서, 인구조사 통계치를 비공식적으로 확인할 수 있었다. 지난 10년 동안 이 정보는 기밀로 취급되었다. 정보 자체가 부정확하다는 것이 이유의 일부였지만, 사실 주된 이유는 집단 폐소공포증 발작이 일어날지도 모른다는 것이었다. 이미 국지적으로 그런 상황이 발생한 적이 있었고, 공식적인 발표에 따르면 세계 인구는 최종적으로 200억 명에 도달해 안정기에 접어들었다고 했다. 그 말을 조금이라도 믿는 사람은 아무도 없었는데, 워드는 1960년대 이후로 유지되어 온 연간 3퍼센트의 성장률이 그대로 유지되는 중이라고 간주하고 있었다.

　얼마나 계속될 수 있을지는 짐작하기 어려웠다. 신맬서스주의자들의 가장 암울한 예언에도 불구하고, 세계 식량 생산량은 인구 증가와 발맞추어 증가했다. 경작이 극도로 고도화되어 인구의 95퍼센트는 영원히 거대한 광역도시권에 갇힌 신세가 되었지만 말이다. 끊임없이 계속되던 도시의 확장에도 마침내 제동이 걸렸다. 사실 전 세계적으로 과거의 교외 지대는 다시 농지로 전용되었고, 불어나는 인구는 이미 존재하는 도심의 수용 구역 안에 갇혀 버렸다. 따라서 예전과 같은 개념의 시골은 존재하지 않았다. 땅이란 땅은 모두 1제곱 피트도 남기지 않고 작물 재배에 사용되었다. 한때 들판이며 평원이었던 곳들은 이제 사실상 공장이나 다름없는 장소로 바뀌어 버렸다. 공업지대와 마찬가지로, 고도로 기계화되고 일반인이 접근할 수 없는 곳이었다. 경제와 이데올로기를 두고 벌이는 각축은 단 하나의 버거운 임무, 즉 도시 내부의 군집화 정책을 위해 먼 옛날에 사라졌다.

　식당 카운터에 도착한 그들은 사람들을 밀치고 입구로 들어가, 6열로 늘어서서 단단히 자리를 지키고 있는 손님들 속에 합류했다.

　"이 인구 상황의 진짜 문제는 말이야," 워드는 로시터에게 털어놓았다. "누구도 이 상황에 문제를 제기하려 들지 않았다는 거야. 50년 전에는 근시안적인 민족주의와 산업 확장이 인구 증가의 동력이 되었지. 심지어 지금까지도 대가족이면 약간이나마 개인 생활을 가질 수 있다는 이점이 존재하지 않나. 독신자들은 단순히 수가 많고 2인이나 3인용 칸막이실을 사용할 수 없다는 것만으로도 불이익을 받고 있는 셈이라고. 하지만 진짜 문제를 일으키는 자들은 깔끔한 공간 절약형 셋방에 살고 있는 대가족들이 아닌가."

220

로시터는 주문을 외칠 준비를 한 채 계산대 쪽으로 비집고 들어가면서 고개를 끄덕였다. "맞는 말이야. 우리 모두가 6제곱미터의 공간을 확보하기 위해 결혼할 날을 고대하고 있으니까."

그들 바로 앞에서 여자 둘이 고개를 돌리며 웃음을 지었다. "6제곱미터라." 달걀형의 귀여운 얼굴에 검은 머리 여자가 그의 말을 따라했다. "내가 교제하고 싶은 부류의 젊은 남성인 것 같네. 부동산업에 뛰어들 생각인가 보지, 헨리?"

로시터는 웃으며 그녀의 팔을 지그시 눌렀다. "안녕, 주디스. 적극적으로 알아보는 중이긴 한데. 같이 개인 사업 해 볼 생각 없어?"

여자는 그에게로 몸을 기대며 함께 계산대 앞에 도착했다. "글쎄, 그럴 수도 있지만, 최소한 합법적이었으면 좋겠어."

다른 쪽 여자, 도서관 보조로 일하는 헬렌 웨어링이 워드의 소맷부리를 잡아당겼다. "존, 최신 뉴스 하나 들어 볼래? 주디스하고 나, 방에서 쫓겨났어. 지금 이 순간 거리에 나앉은 신세라고."

"뭐라고?" 로시터가 소리쳤다. 그들은 수프와 커피를 받아 들고는 식당 카운터 끄트머리로 헤치고 나왔다. "대체 무슨 일이야?"

헬렌이 설명했다. "우리 칸막이실 밖에 있는 작은 청소용구실 있지? 주디스하고 내가 그 공간을 공부방 비슷하게 사용했거든. 거기 가서 책을 읽는 거지. 숨 안 쉬는 법만 익히면 조용하고 아늑해서. 그런데 그 할망구가 그걸 알아채고 잔뜩 소란을 피운 거야. 우리가 법을 어기고 있다느니 어쩌느니 하면서. 그래서 말하자면, 쫓겨난 거지." 헬렌은 잠시 말을 멈추었다. "그 공간을 1인실로 내준다는 이야기가 들리더라고."

로시터는 카운터 난간을 두드리며 말했다. "청소용구실을? 거기다 세입자를 받는다고? 그건 절대 허가가 안 나올 텐데."

주디스는 고개를 저었다. "허가는 이미 나왔대. 그 할망구 오빠가 주택 부서에서 일한다더라."

워드는 수프를 먹다 말고 웃음을 터트렸다. "그게 나가기는 하겠어? 청소용구실 안에서 살려는 사람이 있을 리가 없잖아."

주디스는 우울한 얼굴로 그를 바라보았다. "정말로 그렇게 생각해, 존?"

워드는 숟가락을 놓았다. "아니, 네 말이 맞는 것 같아. 어디서든 살려는 사람은 있겠지. 세상에, 너희하고 그 청소용구실에 살게 될 친구 중에서 어느 쪽을 더 불쌍히 여겨야 할지 모르겠는데. 그래서 이제 어떻게 할 거야?"

"서쪽으로 두 블록 떨어진 곳에 사는 부부가 자기네 칸막이실의 절반을 전대해 주기로 했어. 가운데에 커튼을 치고, 헬렌하고 내가 간이 침대에서 번갈아 자는 거야. 농담이 아니라 우리 방은 이제 2피트밖에 안 된다고. 헬렌한테 우리 공간을 다시 잘라서 그 절반을 우리 집세의 배를 받고 전대하자고 권해 봤지."

이 말에 그들은 다 함께 한참을 웃었다. 이윽고 워드는 다른 이들에게 작별 인사를 하고 자신의 셋방으로 돌아갔다.

그러고는 비슷한 문제에 휘말리고 말았다.

관리인이 조잡한 문에 기대서 있었다. 축축하게 젖은 시가 꽁초를 입에 물고 잘근잘근 씹으며, 면도도 제대로 하지 않은 얼굴에는 뚱하고 따분한 표정이 떠올라 있었다.

"여기 4.72미터더군." 방으로 들어가지 못하고 계단에 선 워드를 향해 그가 말했다. 다른 세입자들이 층계참에 빼곡히 들어차 있었다. 머리에 헤어 롤러를 잔뜩 감고 가운을 걸친 여인 둘이 가방과 상자로 이루어진 벽을 가지고 말다툼하며 실랑이하는 모습이 보였다. 관리인은 가끔씩 짜증 섞인 얼굴로 그들 쪽을 돌아보곤 했다. "4.72미터야. 두 번이나 측정했다고." 이것으로 모든 논쟁의 가능성을 제거했다는 듯 그가 말했다.

"천장이요, 바닥이요?" 워드가 물었다.

"당연히 천장이지, 뭔 소리 하는 거야? 이런 쓰레기로 가득한데 어떻게 바닥을 측정할 수 있겠어?" 그는 침대 아래로 삐져나온 책 상자를 발로 걷어찼다.

워드는 그 행동은 참고 넘기기로 했다. "벽이 꽤 기울어져 있지 않습니까. 적어도 3~4도 정도는 될 텐데요." 그가 지적했다.

관리인은 들은 척 만 척 고개를 끄덕였다. "4미터는 확실하게 넘지. 아주 많이 넘어." 그는 남녀 한 쌍이 지나갈 수 있도록 계단을 몇 단 내려가 있는 워드를 돌아보며 말했다. "이건 2인실로 세를 놓을 수 있겠는데."

"뭐라고요, 4.5미터밖에 안 되는데요?" 워드는 믿을 수 없다는 듯 말했다. "대체 어떻게요?"

방금 그를 지나쳐 간 남자가 관리인의 어깨 너머로 고개를 들이밀고는 코를 킁킁거렸다. 아주 잠시지만 방 안의 모든 요소를 확인한 모양이었다. "이걸 2인실로 내놓는다고, 루이?"

관리인은 남자를 쫓아낸 다음 워드에게 방 안으로 들어오라는 손짓을 하고 그가 들어오자 문을 닫았다.

"이건 액면가 5미터짜리 방이야." 그는 워드에게 말했다. "방금 새로 조례가 나왔다고. 4.5를 넘는 방이면 이제 2인실이야." 그리고 교활한 표정으로 워드를 곁눈질했다. "자, 그래서 어떻게 생각하나? 좋은 방이지. 공간도 널찍해서 느낌만으로는 3인실 같구먼. 계단과 접근성도 좋고, 창문도 있고—" 그는 워드가 침대에 주저앉아 웃음을 터트리는 모습을 보고 말을 멈추었다. "왜 그러나? 이거 보라고, 이렇게 널찍한 방을 쓰려면 그에 맞는 돈을 내야지. 집세를 1.5배로 올려 주거나 나가거나 선택하라고."

워드는 눈가를 훔치고는 지친 표정으로 일어나 서랍으로 손을 뻗었다. "걱정 마시죠, 나갈 테니까. 청소용구실에라도 들어가야겠습니다. '계단과 접근성이 좋다'라니—정말 대단하군요. 하나만 가르쳐 줘요, 루이. 천왕성에 혹시 생명이 존재합니까?"

그는 당분간 로시터와 함께 2인 칸막이실을 빌려 살기로 했다. 도서관에서 100야드 떨어진 곳에 있는, 반쯤 폐가가 된 건물의 방이었다. 지저분하고 허름한 동네였고, 방마다 세입자들이 가득했다. 대부분의 방들은 그곳에 거주하지 않는 지주들이나 시 자치단체 소유였는데, 그들이 고용하는 관리인은 최악의 부류였다. 세입자들이 공간을 어떻게 나누든 신경도 쓰지 않고, 절대 2층 위로는 올라가지 않는 단순한 집세 수금원일 뿐이었다. 빈 병과 깡통이 복도에 널려 있었고, 세면장은 구정물 웅덩이처럼 보였다. 많은 수의 세입자가 노쇠한 이들로, 비좁은 칸막이실에 무기력하게 들어앉아 얇은 칸막이를 통해 대화를 나누며 하루하루를 보냈다.

그들이 빌린 2인실은 3층의, 건물을 빙 두르고 있는 복도의 맨 끝에 있었다. 사방으로 방이 뻗어 나가 있어서 건물 구조를 파악하는 것은 불가능에 가까웠다. 복도 끝이 막다른 공간인 것이 다행일 지경이었다. 상자 무더기들이 벽을 따라 돌출 기둥까지 4피트가량 죽 늘어섰고, 칸막이실은 딱 침대 두 개 넓이만큼 칸막이로 나뉘어 있었다. 그리고 높직하게 달린 창문이 건너편 건물을 내려다보았다.

워드는 머리 위 선반에 소지품을 가득 올려놓고는 침대에 누워서, 오후의 아지랑이에 흔들리는 도서관 지붕을 우울한 얼굴로 바라보았다.

"여기도 나쁘진 않은데." 로시터가 가방을 열면서 그에게 말했다. "제대로 된 프라이버시랄 것도 없고 일주일도 지나지 않아서 서로를 견딜 수 없게 될 거라는 사실은 알고 있지만, 적어도 2피트 밖에서 우리 귓가에다 숨을 불어 대는 여섯 명의 사람들과 함께 지내지는 않아도 되잖아."

가장 가까운 칸막이실은 1인실로, 복도를 따라 대여섯 발짝 떨어진 곳의 상자 무더기 속에 박혀 있었다. 그러나 그 방의 세입자는 침대를 떠나지 않는 70세의 귀머거리 남성이었다.

"나쁘지는 않지." 워드는 마지못해 그의 말을 따라 했다. "그럼 이제 최근 인구 성장률이나 알려 달라고. 들으면 기분이 나아질지도 모르잖아."

로시터는 말을 멈추고는 목소리를 낮추었다. "4퍼센트야. **매년 8억 명의 사람이 추가된다고.** 1950년 전 세계 인구의 절반이 조금 안 되는 수치지."

워드는 나지막이 휘파람을 불었다. "그러면 재평가를 하겠군. 얼마로 할 생각이지? 3.5인가?"

"3이야. 내년 초부터 시행될걸."

"3제곱미터라고!" 워드는 일어나 앉아 주변을 둘러보았다. "믿을 수가 없군! 세계가 미쳐 가고 있는 거야, 로시터. 원 세상에, 언제쯤 되어야 대책을 마련할 생각이지? 얼마 지나지 않아 눕는 건 고사하고 앉아 있을 공간도 없게 될 거라고!"

그는 흥분을 이기지 못하고 주먹으로 벽을 때렸다. 두 방을 쳤을 뿐인데 벽지를 붙여 놓은 작은 나무 판이 넘어져 버렸다.

"이봐!" 로시터가 소리쳤다. "우리 방을 때려 부수지는 말라고." 그는 침대 너머로 몸을 뻗어 벽지 한 조각에 거꾸로 매달려 있는 나무 판을 회수하려 했다. 워드는 컴컴한 틈새로 손을 넣어서 조심스레 나무 판을 침대 위로 빼냈다.

"건너편에 누가 있는 거야?" 로시터가 속삭였다. "방금 우리 대화, 들었을까?"

워드는 눈으로 흐릿한 빛을 더듬으며 틈새를 들여다보았다. 갑자기 그는 나무 판을 떨어트리더니 로시터의 어깨를 잡고 침대로 끌어 내렸다.

"헨리! 저것 좀 봐!"

그들 바로 앞에 뿌연 햇빛에 희미하게 보이는 중간 크기의, 족히 15피트는 될 듯한 방이 있었다. 걸레받이에 먼지가 쌓인 것을 제외하면 안은 텅 비어 있었다. 맨바닥에는 갈라진 리놀륨이 몇 개 깔려 있고, 벽에는 단조로운 꽃무늬 벽지가 붙어 있었다. 여기저기 벽지가 벗겨져 나온 부분과 썩어 떨어진 액자걸이 조각이 아직 붙어 있었지만, 전체적으로 거주 가능한 상태였다.

워드는 천천히 숨을 가다듬으며 발로 칸막이실의 열려 있던 문을 닫은 다음, 로시터를 돌아보았다.

"헨리, 지금 무얼 발견한 건지 알아? 이게 뭔지 알겠느냐고, 이 친구야?"

"닥쳐 봐. 제발 부탁인데 목소리 좀 낮춰." 로시터는 방 안을 세심하게 관찰했다. "끝내주는데. 최근에 누가 사용했는지 확인해 봐야겠어."

"당연히 사용 안 했지." 워드가 지적했다. "당연한 일이잖아. 이 방으로 통하는 문이 없으니까. 우리가 지금 들여다보고 있는 여기가 문인 거야. 한참 전에 이 문 위로 판자를 덧대 막아 버리고는 그대로 잊은 거지. 사방에 때가 낀 것 좀 보라고."

로시터는 방 안을 멍하니 바라보고 있었다. 광대한 공간을 마주하니 정신이 혼미한 모양이었다.

"네 말이 맞아." 그가 중얼거렸다. "자, 그럼 언제 저 안으로 이사를 갈까?"

그들은 문 아래의 나무 판을 한 장씩 떼어 낸 다음 목조 문틀에 대고 못질해 박았다. 가짜 문을 언제든 즉시 다시 설치할 수 있도록.

그런 다음, 건물이 반쯤 비고 관리인이 아래층에서 잠들어 있는 오후를 골라서, 그들은 처음으로 방 안으로 진출했다. 워드가 혼자 들어가고, 그 사이 로시터는 칸막이실에서 보초를 섰다.

한 시간 후 그들은 위치를 교대했다. 아무 말 없이 먼지투성이 방 안을 돌아다니고, 팔을 뻗어 제약 없는 텅 빈 공간을 느껴 보고, 절대적인 공간의 자유라는 감각을 만끽했다. 지금까지 살아 보았던 여러 개의 공간으로 분할된 방보다는 작은 크기였지만, 이 방은 그보다 무한히 더 커 보였다. 벽이 하늘을 향해 솟아오른 높은 절벽처럼 느껴졌다.

마침내 이삼일 후, 그들은 안으로 이사했다.

첫 주 동안은 로시터가 방 안에서 혼자 자고, 워드가 바깥의 칸막이실에서 잤다. 낮 동안은 둘이 함께 방 안에서 보냈다. 그들은 천천히 가구 몇 점을 몰래 반입했다. 안락의자 두 개, 탁자 하나, 칸막이실의 콘센트에 연결한 램프 하나. 묵직한 빅토리아풍의 가구들로, 구할 수 있는 것 중 가장 싼 물건이었다. 그 크기만으로도 널찍한 방이 강조되는 것만 같았다. 가장 눈에 띄는 물건은 거대한 마호가니 옷장으로, 사방에 천사를 새긴 부조와 거울이 가득 붙어 있었다. 이 물건은 결국 분해해서 서류 가방에 조금씩 담아 가져와야 했다. 그들을 굽어보며 서 있는 옷장의 모습을 보면서 워드는 마이크로필름에서 보았던 고딕 성당의 모습을, 광활한 신자석 위로 솟아오른 장중한 오르간석의 모습을 떠올렸다.

3주 후에는 두 사람이 함께 방에서 자게 되었다. 칸막이실이 도저히 견딜 수 없을 정도로 비좁게 느껴진 것이다. 모조 일본식 가리개로 방을 나누었는데도 크기는 전혀 줄어드는 것 같지 않았다. 저녁에 그곳에서 책과 음반에 둘러싸여 앉아 있노라면, 워드는 바깥의 도시를 완전히 잊어버릴 수 있었다. 다행스럽게도 뒷골목으로 돌아가면 붐비는 거리를 피해 도서관까지 갈 수도 있었다. 로시터와 그 자신만이 이 세계의 진정한 거주자처럼 느껴졌다. 다른 모든 이들은 그들의 존재에서 생성된 의미 없는 부산물, 통제를 벗어나 과도하게 늘어나 버린 복제품일 뿐이었다.

두 여자에게 방을 공유할 생각이 없느냐고 물어보자는 의견을 꺼낸 사람은 로시터였다.

"다시 쫓겨나서 헤어져야 할지도 모른다고 하던데." 그가 워드에게 말했다. 분명 주디스가 나쁜 사람들과 어울리게 될까 봐 걱정하고 있었다. "재평가 이후에는 항상 집세 동결 정책을 시행하지만, 이제 지주들도 그걸 알아서 재계약을 해 주지 않는다고. 어디서도 방을 구하기가 쉽지 않은 모양이야."

워드는 고개를 끄덕이면서 붉은색 둥근 삼목 탁자 앞에 걸터앉았다. 그는 옥색 전등갓에 달린 술을 어루만지며, 순간적으로 빅토리아 시대의 문필가가 된 것 같은 기분을 느꼈다. 과도하게 풍성한 가구 사이에서 여유롭고 경쾌한 삶을 살아가는 것처럼.

"나는 적극 찬성이야." 그는 텅 빈 한쪽 구석을 가리키며 말했다. "공간이야 잔뜩 있잖아. 하지만 이 사실을 다른 데 가서 떠들지 못하도록 다짐을 받아야 해."

충분히 주의를 준 다음, 그들은 두 여자를 비밀 공간으로 안내하고는 여자들이 내밀한 우주를 보면서 놀라는 모습을 즐겼다.

"가운데에 칸막이를 설치할 거야." 로시터가 설명했다. "그리고 매일 아침 치우면 되는 거지. 이틀만 있으면 이사를 올 수 있게 될 거고. 어떻게 생각해?"

"정말 대단해!" 그들은 옷장을 보고 눈이 휘둥그레졌다. 거울에 끝없이 반사되는 자신의 모습을 보며 눈을 찡그려 보기도 했다.

건물을 출입하는 데는 아무런 문제도 없었다. 세입자는 계속 바뀌었고, 집세는 우편함에 넣으면 되었기 때문이다. 여자들이 누구인지 신경 쓰는 사람도, 그들이 매번 어느 거주 공간에 들어가는지 확인하는 사람도 없었다.

한데 여자들은 도착하고 나서 30분이 지나도록 둘 다 가방을 풀 생각도 하지 않았다.

"왜 그래, 주디스?" 워드가 여자들의 침대를 넘어 탁자와 옷장 사이의 좁은 공간으로 들어가며 물었다.

주디스는 머뭇거리면서 워드와, 침대에 앉아 합판 칸막이를 마무리하고 있는 로시터를 번갈아 보았다. "존, 별건 아닌데……"

보다 직설적인 헬렌 웨어링이 손가락으로 침대보를 만지작거리며 대신 나섰다. "주디스가 하고 싶은 말은, 여기서 우리 상황이 조금 거북하다는 거야. 저 칸막이는—"

로시터가 자리에서 일어섰다. "세상에, 그런 걱정은 안 해도 돼, 헬렌." 그들 모두가 강제로 익히게 된 크게 속삭이는 목소리로, 그는 그녀를 안심시켰다. "이상한 짓 할 생각 없으니까. 우리는 믿어도 된다고. 여기 칸막이는 바위처럼 탄탄해."

두 여자는 서로를 향해 고개를 끄덕였다. "그런 걱정을 하는 건 아니야." 헬렌이 설명했다. "하지만 항상 칸막이를 세워 두는 건 아니잖아. 만약 여기 나이 든 사람이 한 명만 있다면, 그러니까 예를 들어, 주디스의 고모님이라든가—공간도 별로 차지하지 않을 테고 문제도 일으킬 리가 없고, 정말로 아주 상냥하신 분이거든—그런 분이 있다면 굳이 칸막이에 신경을 안 써도 되지 않을까 해서. 밤에만 빼고 말이야." 그녀가 재빨리 덧붙였다.

워드는 로시터를 곁눈질했고, 로시터는 어깨를 으쓱하고는 방 안을 둘러보기 시작했다.

"그래, 그런 방법도 가능하겠지." 로시터가 말했다. "존하고 나도 너희가 어떤 기분인지는 알아. 안 될 거 있겠어?"

"물론이지." 워드도 동의했다. 그는 여자들의 침대와 탁자 사이의 공간을 가리켰다. "침대 하나 더 놓는다고 딱히 달라질 것도 없을 거야."

여자들은 환호성을 올렸다. 주디스는 로시터에게 가서 볼에 입을 맞추었다. "귀찮게 해서 미안해, 헨리." 그녀가 그를 향해 웃어 보였다. "정말 훌륭한 칸막이를 만들었네. 고모님을 위해서 하나 더 만들어 줄 수는 없을까? 아주 작은 걸로? 아주 상냥하신 분이지만 조금 치매기가 있거든."

"물론이지." 로시터가 말했다. "알겠어. 어차피 목재는 많이 남아 있으니까."

워드는 손목시계를 확인했다. "7시 30분인데, 주디스. 고모님께 연락하려면 서두르는 편이 좋겠어. 오늘 밤 안에 오지 못하실지도 모르잖아."

주디스가 외투의 단추를 채웠다. "아, 오실 거야." 그녀가 워드에게 장담했다. "금방 다녀올게."

고모님은 5분 만에 방에 도착했다. 꽉 채운 묵직한 여행 가방 세 개를 대동한 채로.

"정말 대단한데." 석 달 후, 워드가 로시터에게 말했다. "이 넓은 방을 보고 있자면 아직도 말문이 막혀. 거의 매일 조금씩 더 커지는 느낌이야."

로시터는 즉각 동의하며, 가운데 칸막이 뒤에서 옷을 갈아입고 있는 여자를 피해 눈을 돌렸다. 매일 해체하는 것도 귀찮아져서 이제 항상 그대로 놔두고 있었다. 게다가 주디스의 고모를 위한 추가 칸막이도 가운데 칸막이에 연결되어 있었는데, 그녀는 그 칸막이를 치우느라 매번 부산을 떠는 것을 싫어했다. 문제가 생길 때마다 그녀를 숨겨진 문을 통해 들어가고 나오게 하는 것만으로도 충분히 힘들었다.

그럼에도 들킬 것 같지는 않았다. 이 방은 건물의 중앙 공간을 고려하여 지은 모양이었고, 주변 복도마다 가득 쌓여 있는 짐 더미가 방음벽 역할을 해 주었다. 바로 아래에는 나이 든 여인 여럿이 작은 공동 침실을 사용하고 있었는데, 그들을 방문한 주디스의 고모는 두꺼운 천장을 통해 아무런 소리도 들려오지 않는다고 확인해 주었다. 위쪽으로는 지붕의 채광창을 통해 빛이 들어왔고, 조명을 켜도 이 건물의 창문으로 비치는 수많은 다른 전등 불빛과 구분할 수가 없었다.

로시터는 새 칸막이를 다 만들어 세운 다음, 그와 워드의 침대 사이 벽에 박아 넣은 홈에 끼웠다. 이러면 사적인 공간이 조금 더 확보될 것이라고 서로 동의한 바였다.

"주디스와 헬렌을 위해서도 이런 걸 만들어 줘야 할 듯해." 그는 워드에게 털어놓았다.

워드는 베개를 바로잡았다. 그들은 너무 자리를 많이 차지하는 안락의자 두 개를 가구 상점으로 몰래 도로 가져다 놓았다. 어쨌든 침대 쪽이 더 편하기도 했다. 부드러운 의자 덮개에는 도저히 익숙해질 수가 없었다.

"나쁘지 않은 생각인데. 벽 둘레에 선반을 좀 다는 건 어때? 물건을 놓아둘 자리가 전혀 없잖아."

선반을 달자 방 안이 정리되면서 상당한 바닥 공간이 확보되었다. 칸막이로 나뉜 침대 다섯 개가 뒷벽을 따라 일렬로 늘어서서 마호가니 옷장과 마주하고 있었다. 침대와 옷장 사이에는 3~4피트 정도의 공간이, 옷장 양쪽으로는 6피트 정도의 공간이 남았다.

워드는 여분의 공간이 이토록 많이 남아 있다는 사실에 감탄했다. 헬렌의 어머니가 병에 걸려서 간병이 필요하다는 이야기를 로시터가 꺼냈을 때, 그는 즉시 새로운 칸막이를 어디에 설치해야 할지를 깨달았다. 자신의 침대 발치, 옷장과 옆벽 사이였다.

헬렌은 정말로 기뻐했다. "정말 고마워, 존." 그녀가 말했다. "하지만 혹시 어머니가 내 옆 침대를 써도 될까? 추가로 침대 하나를 놓을 공간 정도는 있잖아."

그래서 로시터는 칸막이를 분해해서 각각의 공간을 보다 좁게 만들었고, 이제 벽 앞에는 여섯 개의 침대가 늘어서게 되었다. 이제 한 사람에게 배정된 공간은 2.5피트 정도로, 간신히 침대를 들여놓을 수 있을 넓이였다. 맨 오른쪽 끝자리인 데다 머리 위 2피트 높이에 선반이 달려 있어서, 워드는 옷장을 거의 볼 수가 없었다. 그러나 그의 반대편 벽까지 6피트에 달하는 공간은 텅 비어 깨끗했다.

그리고 헬렌의 아버지가 도착했다.

워드는 앞쪽 칸막이실의 문을 두드리고는, 문을 열어 자신을 들여보내 주는 주디스의 고모에게 웃음을 지어 보였다. 그리고 그녀를 도와 입구를 막는 가짜 침대를 치운 다음 안쪽의 나무 판을 두드렸다. 잠시 후 왜소한 체구에 머리는 반백이 된, 속옷에 멜빵바지를 입은 남자가 나무 판을 안으로 치웠다. 헬렌의 아버지였다.

워드는 그에게 고개를 꾸벅하고는 방 안에 가득한 짐들을 넘어 늘어선 침대 쪽으로 향했다. 헬렌은 어머니의 칸막이실에서 어머니가 저녁 수프를 먹는 것을 돕고 있었다. 로시터는 마호가니 옷장 옆에 무릎을 꿇고 앉은 채 땀을 비 오듯 흘리면서 쇠지레로 가운데 거울을 떼어 내고 있었다. 옷장 조각들이 그의 침대와 바닥에 널려 있었다.

"내일부터 이걸 내가야겠어." 로시터가 워드에게 말했다. 워드는 헬렌의 아버지가 발을 끌며 지나가기를 기다린 다음 자기 칸막이실에 들어갔다. 헬렌의 아버지는 자기 공간에 작은 판지 문을 만들어 달았고, 들어간 후에는 항상 철사를 구부려 만든 조악한 자물쇠를 이용해 문을 잠갔다.

로시터는 그를 바라보며 얼굴을 찌푸렸다. "누군 행복하겠군. 이걸 해체하려니 정말 끔찍한데. 대체 우리가 어쩌다 이걸 살 생각을 한 거지?"

워드는 자기 침대에 걸터앉았다. 칸막이가 무릎에 닿아 움직일 수조차 없었다. 로시터가 다시 작업을 시작하자, 워드는 문득 천장을 올려다보다가 자신이 연필로 그려 놓은 분할 선이 칸막이에 먹혀 있는 것을 발견했다. 그는 벽에 기대어 칸막이를 원래 위치로 되돌리려 해 보았지만, 아무래도 로시터가 아래쪽 가장자리를 바닥에 못질해 고정시켜 놓은 듯했다.

바깥 칸막이실의 문을 날카롭게 두드리는 소리가 들렸다―주디스가 직장에서 돌아온 모양이었다. 워드는 자리에서 일어나려다 그대로 다시 앉았다. "웨어링 씨." 그는 나직하게 불렀다. 오늘은 웨어링 노인이 당번이었다.

웨어링이 부스럭대며 문가로 와서는 일부러 큰 소리를 내면서 문을 열고 혀를 찼다.

"들어왔다 나갔다, 들어왔다 나갔다." 그는 중얼거렸다. 그리고 걸음을 옮기다 로시터의 연장 통에 발이 걸리자 큰 소리로 욕설을 내뱉고는, 뒤를 돌아보며 별생각 없이 한 마디를 덧붙였다. "내 보기에 여기 사람이 너무 많은 것 같구먼. 우린 일곱 명인데 아래층은 여섯 명이 아닌가. 같은 크기의 방인데 말이야."

워드는 멍하니 고개를 끄덕이며 비좁은 침대 위로 몸을 누였다. 선반에 머리를 부딪히지 않으려 조심하면서. 그가 방을 떠나야 한다는 암시를 준 사람은 웨어링이 처음이 아니었다. 주디스의 고모도 이틀 전에 비슷한 말을 꺼냈다. 도서관 일을 그만둔 후(다른 이들에게 부과하는 소정의 집세만으로도 그에게 필요한 얼마 안 되는 음식을 살 정도는 형편이 되었다) 그는 대부분의 시간을 방에서 보냈고, 이 때문에 원하는 것보다 자주 노인과 얼굴을 맞대게 되었다. 그러나 그도 이제 노인을 참아 넘기는 법을 익히고 있었다.

자리에 누운 그는 지난 두 달 동안 볼 수 있었던 유일한 부분인 옷장 오른쪽 맨 위 끄트머리가 이제 분해되고 있는 걸 깨달았다.

아주 아름다운 가구였다. 어떻게 보면 사적인 공간이 존재하는 세계의 상징이라 할 수 있었다. 상점의 점원은 그런 물건은 이제 거의 남아 있지 않다고 말했다. 문득 워드의 마음에 후회의 감정이 밀려들었다. 어릴 적에 아버지가 그로부터 무언가를 빼앗아 갔을 때, 그걸 다시 보지 못하리라는 사실을 깨달았을 때 느꼈던 그런 분노의 감정이었다.

그러나 그는 감정을 추슬렀다. 두말할 나위 없이 아름다운 옷장이기는 하지만, 저 옷장을 치우고 나면 방은 더욱 커 보일 테니까.

(1961)

시간의 정원
The Garden of Time

저녁이 다가와 팔라디오풍 저택의 거대한 그림자가 테라스를 가득
메우면, 액설 백작은 서재를 떠나서 시간의 꽃들 사이로 뻗은 하얀 대
리석 계단을 내려갔다. 키가 크고 고압적인 사내는 검은 벨벳 상의를
입고, 조지 5세풍의 턱수염을 길렀으며, 그 아래로 빛나는 황금 넥타
이핀을 착용하고 있었다. 흰 장갑을 낀 손은 지팡이를 굳게 쥐고 있었
다. 그는 아내의 하프시코드 소리에 귀를 기울이면서 훌륭한 수정 꽃
들을 아무 감정 없는 얼굴로 둘러보았다. 음악실에서 흘러나온 모차
르트의 론도가 투명한 꽃잎 사이를 넘나들며 떨리고 울려 퍼졌다.

저택의 정원은 테라스 너머로 200야드가량 뻗어 있었다. 정원은 경
사를 타고 내려가서 작은 호수까지 이어졌다. 호수에 걸쳐진 하얀 다
리 너머 강둑에는 늘씬하게 솟은 정자가 있었다. 액설은 호수까지 가

는 일이 별로 없었다. 꽃은 보통 테라스 바로 아래의 작은 수풀에서, 영지를 둘러싼 높은 담장의 보호 아래에서 피어났다. 테라스에 오르면 담장 너머로 펼쳐진 평원을, 지평선까지 끝없이 펼쳐진 광야를 볼 수 있었다. 지평선에 도달하면 평원은 살짝 높아지다가 이내 시야에서 사라졌다. 사방을 둘러싼 평원의 단조롭고 공허한 모습은 이 저택이 얼마나 세상에서 격리되어 있는지, 얼마나 풍요롭고 웅장한지를 강조해 주었다. 이곳 정원에서는 공기조차 더욱 선명했고, 태양은 더욱 따스했다. 평원은 언제나 단조롭고 차가웠다.

저녁 산책을 하기 전에, 액설 백작은 습관처럼 저 멀리 평원 너머 지평선의 언덕을 바라보았다. 마치 먼 곳의 연극 무대처럼 지는 해가 언덕을 비추었다. 아내의 우아한 손이 빚어낸 모차르트의 섬세한 선율이 주변을 맴돌고 있을 때, 그는 지평선 쪽에서 천천히 움직이는 거대한 군세의 선봉대를 보았다. 얼핏 보기에는 대오를 맞추어 질서 정연하게 진군하는 듯했지만, 자세히 살펴보면 고야의 풍경화에 숨겨진 묘사처럼 온갖 부류의 사람들로 이루어져 있었다. 수많은 남녀와 그 사이에 띄엄띄엄 섞인 낡은 제복을 입은 병사들이 무질서하게 앞으로 밀려오고 있었다. 어떤 이들은 목에 멍에를 인 채로 무거운 짐을 끌고, 어떤 이들은 짐이 가득한 나무 수레를 힘겹게 밀었다. 그들의 손이 비틀릴 때마다 바퀴가 삐걱대는 소리가 들렸다. 홀로 걷는 이들도 있었지만, 모두가 같은 속도로 전진하고 있었다. 저무는 햇살이 활처럼 휜 그들의 등 위에서 반짝였다.

아직은 잘 보이지 않을 정도로 멀었지만, 오만한 표정으로 주시하고 있던 액설은 그들이, 아직 지평선 너머에 숨어 있는 수많은 폭도들의 첨병일 뿐인 그들이 계속해서 거리를 좁혀 오고 있음을 알아볼 수 있었다. 햇빛이 사라지기 시작할 때쯤에는 무리의 선봉이 지평선 아래 첫 언덕에 도달했고, 액설은 몸을 돌려 테라스를 나와 시간의 꽃 사이를 거닐었다.

6피트 높이까지 자란, 유리 막대처럼 생긴 가녀린 줄기에는 잎이 열 장 정도 달렸고, 한때 투명했던 잎사귀 위에는 석화된 잎맥이 하얗게 수놓여 있었다. 줄기 끝에 시간의 꽃이 피어 있었다. 커다란 술잔만 한 꽃이었다. 뿌연 꽃잎이 수정핵을 감싸고 있는데, 다이아몬드처럼 반짝이는 수정핵이 사방으로 빛을 반사하며 흩뿌리는 모습이 마치 주변의 대기에서 빛과 움직임을 빨아들이는 것만 같았다. 저녁 공기 속에서 가볍게 흔들리는 꽃들이 창대 끝에 달린 불꽃 창날처럼 보였다.

대부분의 줄기에는 꽃이 달려 있지 않았다. 액설은 그 모두를 찬찬히 살펴보았다. 새 꽃봉오리를 찾는 그의 눈에 가끔씩 희망의 기운이 스쳐 지나갔다. 마침내 그는 담장에서 가장 가까운 줄기에 달린 커다란 꽃을 선택하고는, 장갑을 벗고 억센 손가락으로 꽃을 꺾었다.

테라스로 돌아가는 도중에 꽃이 빛을 내며 녹기 시작했다. 중심부에 갇혀 있던 빛이 마침내 해방되는 것이었다. 수정은 천천히 녹아내리고 바깥의 꽃잎만이 형체를 유지했다. 그리고 액설 주변의 공기가 환하게 생기를 띠더니, 빛을 가득 머금은 채 저물어 가는 햇살을 맞이했다. 순간 저녁 풍경이 묘하게 일렁였다. 시공간이 미묘하게 변하고 있었다. 어둠이 깔린 저택 현관에서는 세월의 흐름이 가져온 녹청빛이 밀려나고, 마치 꿈속의 기억을 되찾기라도 한 듯 유령 같은 흰빛이 떠오르기 시작했다.

액설은 고개를 들고 다시 담장 쪽을 바라보았다. 이제 햇빛이 닿는 곳은 지평선 끄트머리뿐이었다. 그리고 평원을 4분의 1 정도 건너왔던 폭도의 무리는 이제 지평선까지 도로 밀려나 있었다. 무리 전체가 시간을 되감은 듯 뒤로 밀려났고, 이제 움직이지 않는 것처럼 보였다.

액설이 들고 있는 꽃은 이제 유리 골무 크기까지 줄어들었고, 꽃잎은 사라지는 중심부 주변으로 달라붙었다. 중심에서 희미한 빛이 반짝이더니 곧 꺼졌고, 액설은 손에 든 꽃이 얼음처럼 차가운 이슬로 녹아내리는 것을 느꼈다.

어스름이 저택을 휘감고 긴 그림자를 평원 위로 드리우면서, 지평선이 하늘과 뒤섞였다. 하프시코드는 울음을 그쳤고, 더 이상 선율을 반사할 수 없게 된 시간의 꽃들은 밀랍 숲처럼 움직임 없이 서 있었다.

액설은 잠시 그 모습을 내려다보며 남은 꽃의 수를 센 다음, 테라스를 가로질러 오는 아내를 맞이했다. 이브닝드레스의 양단 천이 장식용 타일 위를 부드럽게 쓸었다.

"정말 아름다운 저녁이네요, 액설." 정원을 덮는 섬세한 장식의 그림자와 어둠 속에서 일렁이는 공기에 대해 남편에게 고마워하기라도 하는 듯, 감동이 담긴 목소리였다. 차분하고 지적인 얼굴에, 뒤로 쓸어 넘겨 보석 장신구로 고정시킨 머리카락에는 희끗한 새치가 섞여 있었다. 어깨선을 드러낸 드레스 덕분에 길고 늘씬한 목과 가는 턱선이 두드려져 보였다. 액설은 애정과 자부심이 섞인 눈길로 그녀를 살폈다. 그리고 팔을 내밀어 에스코트해서 함께 계단을 내려가 정원으로 향했다.

"올여름 중 날이 가장 긴 하루였소." 액설이 곧 덧붙였다. "완벽한 꽃을 골랐다오, 내 사랑. 보석 같았지. 운이 좋으면 그걸로 며칠은 버틸 수 있을 거요." 눈살을 찌푸리면서 그는 무의식적으로 담장 쪽을 돌아보았다. "매번 더 가까이 다가오는 것 같군."

아내는 격려하듯 미소를 지으며 그의 팔을 더욱 꼭 붙들었다.

두 사람 모두 시간의 정원이 죽어 가고 있다는 사실을 알고 있었다.

예상한 대로(내심 원한 것보다는 이르기는 했으나) 세 번의 저녁이 지나간 다음, 액설 백작은 시간의 정원에서 다시 꽃 한 송이를 꺾었다.

처음 담장 너머를 보자 폭도들이 평원의 먼 쪽 절반을 채우고 있는 모습이 보였다. 지평선부터 한 번도 끊어지지 않고 이어지고 있었다. 거칠 것 없는 하늘을 따라 낮은 목소리의 파편이, 부루퉁한 중얼거림과 비명과 외침이 들리는 것만 같다는 생각이 들었지만, 그는 곧 그 모두가 자신의 상상일 뿐이라고 마음을 다잡았다. 다행스럽게도 아내가 하프시코드를 연주하고 있었고, 바흐 푸가의 풍요로운 대위법 선율이 테라스 안을 은은하게 덮으며 다른 소리를 모두 가려 주었다.

네 곳의 커다란 언덕이 저택과 지평선 사이의 평원을 가로지르고 있었다. 저물어 가는 햇살 속에서 네 개의 언덕 봉우리가 선명하게 눈에 들어왔다. 액설은 절대로 남은 언덕을 세지 않겠다고 다짐했으나, 외면하기에는 언덕의 수 자체가 너무 적었다. 특히 군대의 전진 정도를 이렇게 명확하게 표시해 주는 상황에서는. 지금 무리의 전열은 첫 번째 언덕을 넘어 두 번째 언덕으로 진군해 오는 중이었고, 그 뒤로 꾸역꾸역 밀려드는 본대가 언덕 봉우리와 그 주변의 구릉지 모두를 가리고 있었다. 액설은 본대의 왼쪽과 오른쪽으로 인간의 물결이 끝없이 이어지고 있다는 사실을 깨달았다. 처음에 본대라고 여겼던 것은 그저 전위대일 뿐으로, 평원을 가득 메운 수많은 부대 중 일부에 지나지 않았던 것이다. 진정한 본대는 아직 모습을 드러내지 않았지만, 액설은 본대가 평원에 도착하면 분명 지면 전체가 가득 덮이리라고 예상했다.

커다란 탈것이나 기계를 찾아 무리 속을 둘러보았지만, 언제나와 마찬가지로 형체를 분간할 수 없을 정도로 혼란스럽기만 했다. 군기도, 수호물이나 지휘관을 에워싼 호위병도 보이지 않았다. 수많은 사람들이 고개를 숙인 채 하늘을 바라보지 않고 진격할 뿐이었다.

고개를 돌리기 직전, 갑자기 두 번째 봉우리 위에 무리의 선봉이 모습을 드러내더니 그대로 평원으로 쏟아져 나오기 시작했다. 액설은 언덕에 가려져 있는 동안 그들이 얼마나 빠르게 움직였는지를 깨닫고 깜짝 놀랐다. 이제 사람들의 형상이 배로 크게 보이며, 무리 속에 있는 개개인의 모습이 명확하게 눈에 들어왔다.

액설은 서둘러 테라스에서 정원으로 내려가 시간의 꽃 하나를 골라 줄기에서 꺾었다. 그는 압축된 빛을 내뿜는 꽃을 손에 들고 테라스로 돌아왔다. 꽃이 손바닥 위에서 얼어붙은 진주 크기로 줄어들자, 그는 다시 평원을 바라보았다. 다행스럽게도 군대는 도로 지평선까지 후퇴해 있었다.

다음 순간, 그는 지평선이 이전보다 훨씬 가까워졌음을 그리고 자신이 지평선이라 생각한 것이 사실은 첫 번째 언덕임을 깨달았다.

그날 저녁 백작 부인과 함께 저녁 산책을 하는 동안 그는 이런 이야기를 조금도 입 밖에 내지 않았다. 그러나 그녀는 그의 무심한 태도 이면을 꿰뚫어 보고는 그의 근심을 덜어 주고자 자신이 할 수 있는 일을 했다.

계단을 내려가면서 그녀는 시간의 정원 쪽을 가리켰다. "정말 아름다운 모습이에요, 액설. 아직도 꽃이 저렇게 많이 남아 있네요."

액셀은 고개를 끄덕이며, 자신을 안심시키려는 아내의 시도에 속으로 웃음을 지었다. '아직도'라는 표현을 사용한 것 자체가 그녀 역시 종말을 두려워하고 있음을 말해 주는 것이었기 때문이다. 정원에 있던 수백 송이의 꽃은 이제 열두어 송이 정도로 줄었고, 그나마 몇 송이는 아직 봉오리에 지나지 않았다. 활짝 핀 꽃은 서너 송이뿐이었다. 두 사람은 호수 쪽으로 걸음을 옮겼고, 백작 부인의 드레스가 서늘한 잔디를 쓸었다. 그는 가장 큰 꽃을 먼저 꺾을지, 아니면 마지막을 위해 남겨 두어야 할지를 고민하고 있었다. 원칙적으로 보자면 작은 꽃들에게 성숙할 시간을 더 주는 편이 나을 것이다. 하지만 그가 원하는 대로 마지막 방어를 위해 큰 꽃을 남겨 두면 이런 이점은 사라질 것이다. 그러나 어느 쪽이든 별 차이가 없다는 사실은 이미 알고 있었다. 정원은 머지않아 시들 것이고, 아직 작은 꽃 안에 시간이 응축되려면 그가 버틸 수 있는 것보다 훨씬 더 많은 시간이 필요했다. 평생 꽃이 자란다는 증거조차 본 적이 없으니까. 커다란 꽃송이는 처음부터 그렇게 성숙한 상태였고, 봉오리들은 조금도 자라는 느낌이 없었다.

부부는 호수를 건너 고요한 검은 물에 자신들의 모습을 비추어 보았다. 한쪽에 정자가, 다른 한쪽에 정원 담장이 높이 서 있고, 멀리 저택이 보이는 풍경 속에서 액셀은 마치 보호를 받는 것처럼 마음이 차분해졌다. 폭도들로 가득한 평원의 모습은 아침이 되어 무사히 깨어난 후의 악몽처럼 느껴질 뿐이었다. 그는 한 팔을 아내의 매끄러운 허리에 두르고는, 애정 어린 손길로 그녀를 끌어안았다. 수년 동안 그녀를 포옹한 적이 없음을 깨달으면서. 그들이 함께한 삶은 시간 밖의 것이었고, 처음 그녀가 저택으로 온 날을 어제처럼 생생하게 기억하는데도 말이다.

"액설." 아내가 갑자기 진지한 얼굴로 물었다. "정원이 시들기 전에…… 내가 마지막 꽃을 꺾어도 될까요?"

아내의 부탁을 이해한 그는 천천히 고개를 끄덕였다.

이후 매일 저녁이 찾아올 때마다 그는 남은 꽃들을 하나씩 꺾었다. 테라스 바로 아래에서 자라는 작은 봉오리 하나만 아내를 위해 남겨 둔 채로. 수를 세거나 분량을 나눌 생각은 하지도 않고 손이 가는 꽃을 꺾었다. 필요하면 두세 개의 작은 봉오리를 한 번에 꺾기도 했다. 폭도들은 이제 두 번째와 세 번째 봉우리에 도달했고, 어마어마한 수의 인간이 지평선을 완전히 가려 버렸다. 들썩이며 힘겹게 마지막 봉우리로 움직이는 사람들의 모습이, 목소리 사이사이 섞인 분노의 고함과 채찍질 소리가 테라스에 서 있는 액설에게 흘러왔다. 바퀴가 꺾인 나무 수레가 이리저리 비틀거리고, 수레를 끄는 사람들이 균형을 잡으려 애쓰는 모습도. 군중 가운데 누구도 무리 전체가 나아가는 방향을 모르는 것처럼 보였다. 제각기 아무 생각 없이, 그저 앞사람의 발걸음을 그대로 따라가는 것만 같았고, 그런 모든 움직임이 한데 모여 방향이라 부를 만한 것을 형성할 뿐이었다. 액설은 혹시라도 지평선 너머 저 멀리에 있는 무리의 진짜 중심 부대는 다른 방향으로 나아가고 있을지도 모른다고, 무리가 천천히 방향을 바꾸어 저택에서 멀어져 갈지도 모른다고, 썰물처럼 평원에서 빠져나갈지도 모른다고 무력한 희망을 품었다.

마지막이 오기 전날 밤, 시간의 꽃을 꺾으러 내려가자 폭도의 전위가 세 번째 봉우리를 점령하고 그대로 앞으로 밀고 나오는 모습이 보였다. 부인을 기다리면서 액설은 남은 꽃 두 송이를 바라보았다. 둘 다

작은 봉오리에 지나지 않았다. 내일 저녁에 꺾어도 고작해야 몇 분 정도밖에 시간을 되돌리지 못할 것이다. 정원에는 죽은 꽃들의 유리 줄기만 허공에 뻣뻣하게 서 있을 뿐, 더 이상 꽃은 찾아볼 수 없었다.

다음 날 오전, 액설은 희귀한 필사본들을 복도 사이의 유리 뚜껑이 달린 상자에 봉인하며 서재에서 조용히 시간을 보냈다. 초상화가 걸린 복도를 천천히 걸으면서 그림을 하나하나 세심하게 닦아 낸 다음, 책상을 정리하고 방을 나오며 문을 잠갔다. 오후에는 응접실에서 장식품을 청소하고 꽃병이며 흉상 등의 위치를 바로잡는 아내를 뒤에서 도우면서 바쁘게 보냈다.

저녁이 되고 태양이 저택 뒤로 사라질 즈음에는 두 사람 모두 지치고 먼지투성이가 되어 있었다. 하루 종일 서로 아무 말도 하지 않았다. 아내가 음악실로 걸음을 옮기자, 액설은 그녀를 불러 세웠다.

"오늘은 함께 꽃을 꺾읍시다, 내 사랑." 그는 평온한 말투로 그녀에게 말했다. "각자 한 송이씩 꺾는 거요."

그는 담장 쪽을 흘깃 바라보았다. 이제는 반 마일도 떨어지지 않은 곳에서 너덜너덜해진 군대의 둔중한 굉음이, 무기와 채찍 소리가 저택을 향해 밀려드는 것이 들렸다.

액설은 서둘러 자기 꽃을 꺾었다. 사파이어 조각 하나보다도 작은 봉오리였다. 봉오리가 부드럽게 반짝이자 바깥의 소음이 잠시 물러가더니, 이내 다시 모여들었다.

액설은 소음을 신경 쓰지 않으려 애쓰면서 저택을 돌아보고, 주랑의 기둥 여섯 개를 센 다음, 정원 건너편에서 은빛 원반처럼 반짝이는 호수를, 마지막 남은 저녁의 햇살을 반사하는 수면을 바라보고는, 이내

키 큰 나무들 사이로 일렁이며 파릇파릇한 잔디 위로 길어져만 가는 그림자로 눈을 돌렸다. 두 사람이 서로 팔짱을 낀 채로 수많은 여름 나절을 보냈던 다리에 그의 눈길이 머물렀다—

"액설!"

바깥의 소란이 대기로 퍼졌고, 수많은 인간의 목소리가 20~30야드도 떨어지지 않은 곳에서 울렸다. 돌 하나가 담장을 넘어와 시간의 꽃들 사이로 떨어지며 연약한 줄기 몇 가닥을 깨트렸다. 더 많은 돌이 담장 너머에서 날아오는 것을 보면서 백작 부인이 그에게로 달려왔다. 묵직한 기와 하나가 그들의 머리 위를 날아가 채광창 하나를 부수고 저택 안으로 떨어졌다.

"액설!" 그는 아내를 끌어안고는, 아내의 어깨가 옷깃 사이를 쓸고 지나가는 것을 느끼며 자신의 실크 크라바트를 바로잡았다.

"어서, 내 사랑, 마지막 꽃을!" 그는 아내를 이끌고 계단을 지나 정원으로 들어섰다. 그녀가 연약하고 섬세한 손가락으로 줄기를 잡고는 깔끔하게 꺾은 다음, 봉오리를 양손으로 감싸 쥐었다.

혼란스러운 굉음이 약간 줄어들었고, 액설은 마음을 추슬렀다. 꽃에서 반짝이는 생생한 빛 속에서 아내의 겁에 질린 창백한 눈동자가 보였다. "최대한 오래 붙들고 있으시오, 내 사랑. 마지막 한 톨이 사그라질 때까지."

그들은 함께 테라스에 서 있었다. 백작 부인의 손에서 시들어 가는 보석이 반짝였고, 다시 바깥의 목소리가 높아지며 사방의 모든 것이 그들을 향해 조여들었다. 폭도들이 육중한 철문을 두드려 대자 저택 전체가 충격으로 흔들렸다.

마지막 한 올의 빛마저 사라지자 백작 부인은 손을 허공으로 높이

들었다. 마치 눈에 보이지 않는 새를 풀어 주려는 것처럼. 마지막 용기를 모아 남편의 손을 감싸 쥔 그녀의 미소는 이미 사라져 버린 꽃처럼 눈부시기만 했다.

"아, 액설!" 그녀가 외쳤다.

어둠이 날카로운 검처럼 그들 주변을 휩쓸어 내리쳤다.

숨을 헐떡이고 욕설을 내뱉으면서, 폭도들의 전열이 폐허가 된 영지에 둘러진 무릎 높이의 장벽 잔해를 타고 넘었다. 수레를 장벽 너머로 들어 올리며, 한때 화려한 진입로였던 메마른 바큇자국 위로 사람들이 걸음을 옮겼다. 한때 널찍한 저택이었던 폐허는 끝없이 몰려드는 인간의 행렬을 막을 수 없었다. 호수는 메말랐고, 나무는 밑동만 남기고 쓰러져 썩어 가고 있었으며, 낡은 다리는 녹슬어 버렸다. 정원에는 무성하게 자란 잡초가 산책로와 석조 장막 위까지 뒤덮고 있었다.

테라스는 대부분 무너져 있었다. 무리의 대부분은 폐허가 되어 버린 저택을 무시하고 그대로 정원을 가로질러 지나갔지만, 호기심 많은 한두 사람은 폐허를 기어올라 텅 빈 저택을 살펴보았다. 문은 썩어서 경첩에서 떨어졌고, 바닥도 여기저기 무너져 있었다. 음악실에 있던 하프시코드는 토막 나 땔감이 되었고, 건반 몇 개만 아직 먼지 속에서 나뒹굴었다. 서재의 책은 모두 꺼내 내던져졌고, 화폭마다 칼자국이 가득했으며, 도금 액자는 바닥에 떨어져 있었다.

저택에 도착한 본대가 사방에서 벽을 타 넘기 시작했다. 한데 뭉쳐 비틀대며 마른 호수 안으로 떨어지고 테라스를 지나고 저택을 가로지르면서 북쪽으로 열린 문을 통해 끊임없이 움직여 갔다.

끝없는 인간의 물결로부터 무사한 곳은 단 한 곳뿐이었다. 테라스 바로 아래, 무너진 발코니와 장벽 사이에 6피트 높이로 빽빽하게 자라난 가시나무 덤불이 있었다. 가시로 가득한 잎사귀가 그곳을 뚫고 지나가기 힘들 정도로 가득 모여 있었고, 지나가는 사람들은 가지를 휘감고 있는 벨라도나 덩굴을 알아보고는 조심스레 그 장소를 피했다. 대부분의 사람들은 엉망이 된 포석 위에서 발 디딜 곳을 찾느라 가시덤불 가운데로는 눈길을 돌리지 않았다. 그곳에는 한 쌍의 석상이 안전한 위치에 나란히 서서 바깥을 내다보고 있었다. 큰 석상은 옷깃을 높이 올린 외투를 입고 한쪽 팔에 지팡이를 낀, 턱수염을 기른 남자였다. 그 옆에는 땅에 끌리는 화려한 드레스를 입고, 풍파에 시달리지 않은 고요한 얼굴의 여자가 있었다. 그녀의 왼손에는 장미 한 송이가 들려 있었다. 섬세하게 조각된 꽃잎은 너무 얇아서 투명해 보이기까지 했다.

태양이 저택 뒤편으로 사라졌다. 무너진 처마 사이로 한 줄기 빛이 들어와 장미를 비추고 꽃잎에 반사되어 석상 위로 퍼졌다. 햇살 속에서 아주 잠시, 회색 석상은 오래전에 사라진 원래의 석상과 흡사한 모습으로 빛났다.

(1962)

스텔라비스타의 천 가지 꿈
The Thousand Dreams of Stellavista

요즘은 버밀리언샌즈에 오는 사람도 별로 없고, 사실 이름을 들어 본 사람조차 별로 남지 않았으리라고 생각된다. 그러나 10년 전, 결혼이 파탄에 이르기 직전 페이와 내가 스텔라비스타 99번지로 이사를 갔을 즈음까지만 해도 그 거주구는 침체기 전 좋았던 옛 시절에, 영화 스타와 놀아나는 상속녀들과 세계 시민이랍시고 돌아다니던 괴팍한 친구들의 놀이터로 사람들의 기억에 남아 있었다. 사실 그때쯤에는 난해한 형상의 저택들과 모조 궁전들은 이미 텅 비고, 널찍한 정원에는 잡초만 무성했으며, 2단 수영장은 물이 빠진 지 오래인 데다 구역 전체가 버려진 유원지처럼 무너진 상태였지만 말이다. 그러나 허공에는 아직 괴이한 허영의 기운이 남아, 거인들이 막 이곳을 떠났다는 사실을 사람들에게 알려 주고 있었다.

부동산업자의 차를 타고 처음으로 스텔라비스타 가로 진입했을 때의 기억이 난다. 페이와 내가 겉으로는 부르주아 흉내를 내면서도 얼마나 흥분했던지. 내 생각에 페이는 살짝 경외감을 가졌던 것도 같다. 당시에는 굳게 닫힌 테라스 안에 거물들이 한둘 살고 있었으니까. 그리고 우리는 아마도 그 젊은 부동산업자가 몇 달 만에 처음으로 보는 손쉬운 표적이었으리라.

초반에 정말로 수상쩍은 물건만 보여 준 이유가 그것이었을 것이다. 처음에 본 대여섯 채는 낡은 표준 주택으로, 조심성 없는 고객이 실수로 구입할지도 모른다는 희망에서 일단 들러 보는 게 분명해 보이는 건물이었다. 만약 그 희망이 수포로 돌아간다 해도 고객들이 모든 비교의 기준을 잃어버려 적당히 괜찮은 건물이 나오자마자 덥석 미끼를 물 가능성도 있었고.

스텔라비스타와 M 가의 바로 바깥에 있는 건물 하나는 방금 헤로인을 맞은 고전적인 초현실주의자조차 충격을 받을 만한 물건이었다. 먼지 쌓인 철쭉 덤불 때문에 길가에서는 제대로 모습이 보이지 않았는데, 들어가 보니 알루미늄으로 감싸인 구체 여섯 개가 모빌 장식처럼 거대한 콘크리트 기둥에 매달려 있었다. 가장 큰 구체 안에 거실이 있고, 나선을 그리듯 위로 올라가며 점차 작아지는 나머지 구체들 안에는 침실과 부엌이 있었다. 벽 몇 곳에는 구멍이 숭숭 뚫리고, 전체적으로 살짝 녹이 슨 구조물이 갈라진 콘크리트 지면을 뚫고 올라온 잡초밭 속에 늘어져 있었다. 마치 공터 위로 고대의 우주선 한 무리가 착륙한 것처럼 보였다.

부동산업자인 스테이머스는 차에 남은 우리의 시야를 반쯤 철쭉으로 가린 채 혼자 내리더니, 입구로 달려가 건물의 전원을 올렸다(당연하게도 버밀리언샌즈의 모든 건물은 정신감응식이었다). 희미하게 웅웅거리는 소리가 들리더니 구체가 허공으로 떠올라 잡초를 스치며 회전하기 시작했다.

페이는 차 안에 앉아서 경탄하는 눈으로 이 끔찍하고 아름다운 물건을 올려다보고 있었다. 그러나 나는 호기심을 이기지 못하고 차에서 내려 입구 쪽으로 걸어갔다. 내가 다가가자 가장 큰 구체가 속도를 늦추고는 머뭇거리면서 내 쪽으로 다가왔다. 작은 구체들이 그 뒤를 따랐다.

안내서에 따르면, 이 주택은 8년 전에 텔레비전 방송사의 거물이 주말을 보내려고 만든 곳이라고 한다. 그 후로 거주자 목록이 꽤 길게 이어졌다. 신인 여배우 두 명, 정신분석가 한 명, 초음파 작곡가 한 명(고故 드미트리 쇼흐만 씨였다. 악명 높은 광인으로, 한번은 자살 파티에 스무 명가량의 손님을 초대했는데 그의 자살을 구경하러 온 사람이 아무도 없었다고 한다. 유감스럽게도 자살 시도마저 실패했다), 자동차 미용사 한 명이었다. 이렇게 우량주들이 선호했던 건물이라면 아무리 버밀리언샌즈라 할지라도 일주일 안에 팔려야 하는 것이 정상이었다. 몇 달, 몇 년이나 매물로 나와 있다는 건, 그것만으로도 예전 입주자들이 이곳 생활을 별로 즐기지 않았다는 사실을 증명하는 셈이나 다름없었다.

내가 선 자리 10피트 앞에서 가장 큰 구체가 머뭇거리듯 둥실 뜬 채로 입구 계단을 아래로 뻗었다. 스테이머스는 열린 문가에 서서 얼른 들어와 보라는 듯 웃고 있었지만, 집 쪽은 어쩌 거북한 기색이었다. 내가 그쪽으로 걸음을 옮기자 구체는 깜짝 놀라기라도 했는지 갑자기 몸을 뒤로 뺐다. 입구가 물러나면서 낮은 떨림이 나머지 구체로 전해지는 모습이 보였다.

정신감응식 건물이 낯선 이에게 적응하려 애쓰는 모습을 보는 일은 언제나 흥미롭다. 특히 경계하고 있거나 의심이 많은 녀석의 경우에는. 과거의 부정적 감정에 대한 반작용, 예전 입주자들의 공격성, 압류 담당관이나 좀도둑과의 조우에서 남은 트라우마(양쪽 다 정신감응식 건물을 피하는 편이기는 하다. 갑자기 발코니가 뒤집히거나 복도가 꺼지는 등의 위험이 너무 크기 때문이다) 등에 따라 반응은 제각기 다른 양상을 보인다. 첫 반응이야말로 마력이나 탄성계수 따위를 들먹이는 영업 문구보다도 그 주택의 실제 상태를 나타내는 제대로 된 척도라고 할 수 있다.

이 주택은 명백하게 방어적이었다. 입구로 들어가자 스테이머스가 문 뒤편 벽 안감에 설치된 계기판을 필사적으로 조작하고 있는 모습이 보였다. 감응도를 최대한 낮추는 모양이었다. 보통 부동산업자들은 고객의 정신에 대한 반응도를 높이기 위해 감응도를 중간-최대로 놓는데 말이다.

그는 나를 보며 초조한 미소를 지었다. "회로가 조금 낡은 모양입니다. 별문제는 아니에요. 계약에 따라 교체하도록 되어 있으니까요. 예전 집주인 몇 명이 쇼 비즈니스에 종사하던 사람들이라, 풍족한 생활에 대해 과도하게 단순한 시각을 가지고 있었던가 봅니다."

나는 고개를 끄덕이고, 가운데가 팬 널찍한 거실을 둘러 싸고 있는 발코니로 걸음을 옮겼다. 불투명한 플라스텍스 벽과 하얀 형광유리 천장이 눈길을 끄는 아름다운 방이었지만, 뭔가 끔찍한 일이 벌어졌던 듯했다. 내 움직임에 반응하여 천장이 슬쩍 올라가고 벽이 조금 더 투명해지면서 원근감을 찾으려 하는 내 눈빛을 반사했다. 방이 피해를 입었다가 회복된 흔적이 있는 곳에 묘한 결절이 눈에 띄었다. 벽에 숨어 있는 흔적 때문에 구체가 뒤틀리면서, 벽감 안쪽이 터지기 직전의 풍선껌처럼 부풀어 오르는 모습이 보였다.

스테이머스가 내 팔꿈치를 건드렸다.

"반응이 참 생기 넘치지 않습니까, 탤벗 씨?" 그가 우리 뒤쪽 벽에 손을 댔다. 플라스텍스가 끓어오르는 치약처럼 움직이며 소용돌이를 그리다, 그대로 뻗어 올라서 작은 선반을 형성했다. 스테이머스가 선반 가장자리에 앉자 선반은 그의 몸 곡선에 맞추어 확장하여 등받이와 팔걸이를 만들어 냈다. "앉아서 긴장 좀 푸시죠, 탤벗 씨. 편안하게 계셔 보십쇼."

몸을 감싸는 의자가 하얀색의 거대한 손처럼 느껴졌다. 그리고 즉시 벽과 천장이 잠잠해졌다. 스테이머스는 아무래도 고객들이 계속 돌아다니면서 피해를 입기 전에 바닥에서 발을 떼게 하고 싶은 모양이었다. 여기 살던 작자는 분명 고뇌에 차서 돌아다니며 주먹을 우둑거리는 걸 즐겼던 모양이다.

"물론 여기에는 특별 제작된 물건들밖에 없습니다." 스테이머스가 말했다. "여기 플라스텍스 비닐 화합물은 말 그대로 분자 단위까지 수제품들이거든요."

내 주변의 방이 움직이는 것이 느껴졌다. 천장은 일정한 맥박에 따라 수축과 이완을 반복했는데, 우리의 호흡 주기에 대해 당황스러울 정도로 과도하게 반응하고 있었다. 게다가 그 움직임 위로 뭔가 심장

질환의 피드백 같은 날카로운 경련이 가로질렀다.

이 집은 단순히 우리에게 겁먹은 정도가 아니라 심각하게 병든 상태였다. 누군가, 아마도 드미트리 쇼흐만이 자괴감으로 가득 차서 끔찍한 자해를 하는 바람에, 이 집이 예전에 보였던 반응을 되풀이하고 있는 모양이었다. 이곳에서 자살 파티가 열렸느냐고 물어보려는 순간, 스테이머스가 자리에서 일어나더니 조바심치는 얼굴로 주변을 둘러보았다.

동시에 웅웅거리는 소리가 귓가를 가득 메웠다. 묘한 일이지만 거실 내부의 기압이 올라가고 있었다. 먼지와 모래 알갱이가 소용돌이치며 복도를 따라 입구 쪽으로 빨려 나가는 모습이 보였다.

스테이머스가 자리에서 일어섰고, 자리는 자동으로 벽으로 다시 빨려 들어갔다.

"어, 탤벗 씨, 정원을 한번 거닐어 보실까요, 일단 한번 느껴 보시죠―"

그는 놀라 경직된 표정으로 말을 멈추었다. 천장이 우리 머리 위 5피트까지 내려와서, 거대한 하얀색 방광처럼 조여들고 있었다.

"―폭발성 압축을," 스테이머스는 자기도 모르게 말을 끝맺고는 내 팔을 붙들었다. "이해가 안 되는군." 그가 복도를 달려가면서 중얼거렸다. 공기가 우리 주변에서 휘몰아치며 흘러갔다.

하지만 나는 무슨 일이 벌어지고 있는지 짐작이 갔다. 당연하게도 페이가 계기판을 들여다보면서 감응도를 올리는 모습이 눈에 들어왔다.

스테이머스는 그녀를 지나치면서 몸을 날렸다. 천장이 발을 뻗어 문을 통해 공기를 빨아들이는 바람에, 우리는 거의 거실로 다시 빨려 들어갈 뻔했다. 그는 긴급 계기판에 도착해 주택의 전원을 내렸다.

스테이머스는 눈을 휘둥그렇게 뜬 채로 웃옷 단추를 채웠다. "아슬아슬했습니다, 탤벗 부인. 정말 아슬아슬했어요." 그리고 살짝 히스테리 섞인 웃음을 터트렸다.

잡초 위에 잠들어 있는 구체들을 뒤로하고 자동차로 돌아오는데, 그가 말했다. "자, 탤벗 씨, 나쁘지 않은 물건입니다. 8년밖에 되지 않은 주택치고는 엄청난 이력을 가지고 있지요. 주거에 새로운 감각을 더해 주는 짜릿한 도전이 될 겁니다."

나는 그를 향해 애써 웃음을 지어 보였다. "그럴지도 모르겠군요. 하지만 당신이 그 도전을 **함께할** 건 아니지 않습니까?"

우리는 버밀리언샌즈에 2년 동안 머물 생각이었다. 내가 20마일 떨어진 레드비치의 중심가에 법률사무소를 열었기 때문이었다. 물론 레드비치의 먼지와 스모그와 끝을 모르고 올라가는 부동산 가격이 버밀리언샌즈로 온 이유의 전부는 아니었고, 이곳의 낡은 맨션에 칩거하는 이들 중에 잠재적 고객이 존재하리라 여긴 것도 있었다. 왕년의 대여배우나 고독한 흥행주 따위의, 세상에서 가장 소송 친화적인 자들이 모이는 곳이었으니까. 일단 자리를 잡으면 브리지 게임 탁자나 만찬장을 돌아다니면서 유산 분쟁이나 계약 파기에 대한 정당한 분노를 들쑤시고 다닐 수 있을 터였다.

그러나 스텔라비스타를 따라 차를 몰다 보니 적절한 거주지를 찾을 수 있을지조차 의구심이 들기 시작했다. 우리는 빠른 속도로 모조 아시리아풍 지구라트(마지막 소유주가 무도병 환자라도 됐는지, 아직도 구조물 전체가 전기 충격을 받은 피사의 사탑처럼 몸을 떨고 있었다)

와 개조한 잠수함 독dock(이쪽의 문제는 알코올 중독이었다. 거대하고 축축한 벽에서 우울함과 무기력이 뿜어져 나오는 것이 실제로 **느껴졌다**)을 살펴보았다.

스테이머스도 마침내 더 이상의 우주여행을 포기하고 우리를 다시 지구로 데려다주었다. 애석하게도 보다 일반적인 매물들조차 딱히 나올 것이 없었다. 가장 큰 문제는 버밀리언샌즈의 건물 대부분이 초기 또는 태동기의 환상적인 정신감응식 건물이라는 것이었다. 건축가들이 새로운 생물학적 플라스틱 전달재의 가능성에 한껏 도취되어 있던 시기의 건물들 말이다. 거주자에게 100퍼센트 반응하는 주택과 과거의 반응성 없는 주택 사이의 타협이 이루어진 것은 그로부터 수년 뒤의 일이었다. 최초의 정신감응식 주택에는 감각 인식기를 너무 많이 쑤셔 넣어서, 입주자의 감정과 위치 변화가 그대로 반영되곤 했다. 그 안에서 사는 것은 말 그대로 다른 사람의 뇌 속에 거주하는 것이나 다름없었다.

애석하게도 바이오플라스틱은 계속 사용하지 않으면 경화하고 금이 가는 속성이 있으며, 많은 사람들은 현재의 정신감응식 건물조차도 불필요한 기억을 너무 많이 받아들이고 과도하게 민감하다고 생각한다. 괴담 같지만, 귀족 가문으로부터 100만 달러짜리 저택을 사들인 서민 출신 백만장자가 말 그대로 저택에서 내쫓긴 이야기도 있다. 귀족들의 무례하고 불량한 태도에 너무 길들여진 나머지, 서민 출신 주인에게 재적응하는 과정에서 의도치 않게 그의 사근사근하고 예의 바른 모습을 놀려 대며 충돌하는 식으로 반응했던 것이다.

이런 과거 거주자들의 잔영이 거슬릴 수도 있지만, 당연하게도 나름의 장점도 존재한다. 적당한 가격의 정신감응식 주택의 많은 수는 행복한 가족의 웃음이나 성공적인 결혼의 느긋한 화합의 기운을 뿜어낸다. 내가 우리 부부를 위해 원하는 집은 그런 집이었다. 당시 우리의 부부 관계는 살짝 김이 빠지고 있었고, 건전한 반응 체계를 갖춘 잘 맞는 주택이라면—예를 들어 성공 가도를 달리는 은행장과 그의 충실한 배우자 같은—우리 사이에 생기기 시작한 골을 메우는 데 큰 도움을 주리라고 생각했던 것이다.

스텔라비스타의 끄트머리에 도달해서 안내서를 뒤적여 보니 버밀리언샌즈에서 가정적인 은행장이란 꽤나 희귀한 부류임을 분명히 확인할 수 있었다. 이곳 주택들의 이력은 네 번쯤 이혼하고 궤양에 시달리는 텔레비전 방송국의 중역으로 가득하거나, 아니면 아예 고의로 비워 놓은 상태였던 것이다.

스텔라비스타 99번지의 주택은 후자에 속했다. 차에서 내려 짧은 진입로를 따라 올라가면서 과거 거주자들을 알아보려 목록을 살펴봤지만, 적혀 있는 것은 최초 거주자의 이름뿐이었다. 에마 슬랙이라는 이름의 미혼 여성으로, 정신 상태에 대한 정보는 기재되어 있지 않았다.

여성의 집이라는 점은 명확했다. 푸른색 자갈이 깔린 안뜰 중앙, 낮은 콘크리트 단상 위에 커다란 난초 같은 형상의 건물이 올라앉아 있었다. 한쪽에 거실, 다른 한쪽에 주 침실이 달린 하얀 플라스텍스 날개가 진입로 반대편의 목련들 위로 뻗어 있었다. 두 날개 사이 2층에는 하트 모양 수영장을 둘러싸고 있는 개방된 테라스 공간이 보였다. 테라스는 가운데의 꽃봉오리로 이어졌고, 자체가 3층 건물인 그 꽃봉오리 안에는 고용인 거주 공간과 거대한 2층짜리 부엌이 있었다.

주택의 상태 자체는 괜찮아 보였다. 플라스텍스에 흠집도 없었고, 거대한 잎의 잎맥처럼 생긴 가느다란 이음매가 멀리 떨어진 곳까지 부드럽게 이어져 나갔다.

흥미롭게도 스테이머스는 조급하게 전원을 올리고 싶지 않은 듯했다. 우리가 유리 계단을 따라 테라스로 올라가는 동안 그는 이쪽저쪽을 가리키며 다양한 매력적인 모습을 강조했지만, 계기판을 찾으려는 노력은 조금도 하지 않았다. 어쩌면 이 주택은 정적으로 변환된 것일지도 모른다는 생각이 들었다. 많은 정신감응식 주택이 수명이 다 되면 기본 형태로 고정되는데, 그러면 제법 괜찮은 일반 주택 역할을 하는 경우도 있었다.

"나쁘지 않군요." 스테이머스가 최상급의 문구를 겹겹이 덧칠하는 동안, 나는 이렇게 인정하며 연한 푸른색 물을 바라보았다. 수영장의 유리 바닥 너머로 우리가 타고 온 차가 해저에 잠들어 있는 화려한 색깔의 고래처럼 일렁였다. "괜찮은 물건이라는 점은 알겠습니다. 근데 전원은 안 넣는 겁니까?"

스테이머스는 내 주변을 빙 돌더니 페이를 따라 걸음을 옮겼다. "우선 부엌부터 확인해 보시죠, 탤벗 씨. 서두를 필요 없습니다. 긴장부터 푸십시오. 내 집처럼 편하게."

부엌은 어마어마했다. 반짝이는 계기판과 자동 조리기가 산더미처럼 쌓여 있었다. 모든 도구들이 벽감에 들어가 있었는데, 세련되면서도 방 전체의 색조를 해치지 않았다. 또한 복잡한 조리 기구는 자동으로 접혀서 수납 서랍으로 들어갔다. 나라면 달걀 하나를 삶는 데도 이틀 정도는 걸릴 것만 같았다.

"대단한 공간이로군요." 내가 평가했다. 페이는 행복에 말문이 막힌 듯, 멍하니 크롬 표면을 손가락으로 훑으며 사방을 돌아다녔다. "페니실린도 만들 수 있을 것 같네요." 나는 안내서를 툭툭 치면서 말을 이었다. "하지만 왜 이렇게 싼 겁니까? 2만 5천이라니 거의 공짜나 다름없지 않습니까."

스테이머스는 눈을 반짝이더니, 이것이야말로 **내게** 찾아온 **단 하나뿐인** 기회라는 듯 공모자의 웃음을 얼굴 가득 띠었다. 그는 나를 오락실과 서재로 끌고 다니면서 이 저택의 장점을 내 머릿속에 욱여넣고, 자기네 부동산의 35년 할부 상품을 설명했으며(현금 말고는 뭐든 받는 모양이었다. 현금만큼 돈이 안 되는 것도 없으니까) 정원의 단순한 아름다움을 찬양했다(대부분 신축성 있는 폴리우레탄으로 만든 조화들이었다).

마침내 내가 충분히 빠져들었다는 결론을 내렸는지, 그는 집의 전원을 올렸다.

정체를 딱 짚어 말할 수 없는 기묘한 기운이 집 안에 감돌기 시작했다. 에마 슬랙은 분명 강인하고 비뚤어진 성격의 여성이었을 것이다. 느린 걸음으로 텅 빈 거실을 둘러보며 벽이 기울고 물러나는 모습, 다가가는 데 반응해 문의 폭이 넓어지는 모습을 바라보자니, 집 안에 새겨져 있는 기억이 기묘한 반향을 일으키면서 움직이는 것이 느껴졌다. 명확하게 짚어 낼 수는 없었지만 어딘가 섬뜩하고 불안한 기분이 들었다. 누군가가 어깨 너머에서 계속 지켜보는 듯한 느낌이었다. 부드럽게 제멋대로 움직이는 내 발소리에 맞추어 주변의 방들이 계속 모습을 조정하는 것이 느껴졌다. 마치 언제든 극도의 정열이나 신경질을 터트릴 수 있을 것만 같은 긴장감이었다.

고개를 기울이자 다른 반향이 들리는 것 같았다. 섬세하고 여성적이고 우아한 움직임이 순간 미끄러지듯 한쪽 구석을 스치고 지나간 느낌이었다. 통로나 벽감이 품위 있게 열리고 닫힐 때마다 같은 느낌이 들었다.

그러다가 갑자기 다시 분위기가 바뀌며, 이전의 공허한 섬뜩함이 돌아오곤 했다.

페이가 내 팔을 건드렸다. "하워드, 뭔가 좀 이상해."

나는 어깨를 으쓱했다. "하지만 흥미롭잖아. 며칠이면 우리의 반응이 이런 것들을 전부 덮어 버릴 거라고."

페이는 고개를 저었다. "이건 견딜 수가 없어, 하워드. 스테이머스 씨한테도 평범한 매물이 있을 거야."

"여보, 버밀리언샌즈는 버밀리언샌즈일 뿐이야. 평범한 교외 주택을 기대하면 곤란하다고. 여기 살던 사람들은 죄다 개인주의자였으니까."

나는 페이를 내려다보았다. 그녀의 작은 타원형 얼굴, 어린아이처럼 생긴 입과 턱선, 금발 앞머리와 귀여운 코가 모두 어찌할 바를 모르고 초조해하는 것만 같았다.

나는 그녀의 어깨에 팔을 둘렀다. "알았어, 자기. 당신 말이 옳아. 다리 쭉 펴고 긴장을 풀 수 있는 곳을 찾아보자. 자, 그럼 스테이머스에게는 뭐라고 둘러댄다?"

놀랍게도 스테이머스는 딱히 실망한 것 같지 않았다. 내가 고개를 젓자 그는 형식적인 항변을 했지만, 곧 포기하고 집의 전원을 내렸다.

"탤벗 부인이 느끼시는 점도 이해는 합니다." 계단을 내려가며 그가 말했다. "이런 주택 중에서는 과도하게 개인의 인격을 받아들인 곳들이 있지요. 글로리아 트레메인 같은 사람과 사는 일은 분명 쉽지는 않겠지요."

나는 땅에서 두 계단 위에서 발을 멈추었다. 묘한 깨달음의 물결이 마음속을 스치고 지나갔다.

"글로리아 트레메인요? 이곳에 살던 사람은 에마 슬랙 양 한 사람뿐인 줄로만 알았는데요."

스테이머스는 고개를 끄덕였다. "맞습니다, 그 사람이 글로리아 트레메인이에요. 에마 슬랙이 본명이지요. 저한테서 들었다고 발설하지는 마십시오. 이 동네 사람들은 전부 아는 일이지만 말입니다. 최대한 감추려고 하고 있거든요. 글로리아 트레메인의 이름을 입에 올리면 이 물건을 구경하려는 사람조차 사라지지 않겠습니까."

"글로리아 트레메인." 페이는 영문을 모르겠다는 표정으로 이름을 따라 읊었다. "자기 남편을 총으로 쏜 영화배우 아닌가요? 남편이 유명한 건축가였죠. 하워드, 당신이 맡았던 사건 아니야?"

페이가 계속 재잘거리는 동안 나는 몸을 돌려서 계단 위 일광욕실 쪽을 바라보았다. 내 마음은 10년 전의 당대 가장 유명했던 재판으로 돌아갔다. 그 재판의 진행 과정과 판결은 가히 한 세대의 종말을 상징한다고 할 법한 것으로, 침체기 이전의 세계가 얼마나 무책임했는지를 여실히 드러내 주었다. 글로리아 트레메인은 무죄를 선고받았지만, 그 여자가 남편인 건축가 마일스 밴던 스타를 냉혹하게 살해한 건 모든 사람이 알고 있었다. 그녀의 변호사였던 대니얼 해밋의 능수능란한 탄원 그리고 조수였던 하워드 탤벗이라는 젊은이의 노력이 그녀를 구원한 것이었다. 나는 페이에게 대답했다. "맞아, 내가 변호를 도왔지. 정말 오래전 일만 같군. 내 천사, 차에서 잠시 기다려 봐. 한 가지 확인하고 싶은 게 있어."

아내가 따라오기 전에 나는 얼른 계단을 달려 올라가 테라스로 나간 다음 유리 이중문을 닫아 버렸다. 이제 먹먹하게 아무 반응도 보이지 않는 하얀 벽이 수영장 양쪽으로 하늘 높이 솟아 있었다. 미동도 않고 고여 있는 물은 시간이 농축된 투명한 벽돌 같았다. 그 너머 물속 자동차에 앉아 있는 페이와 스테이머스의 모습이, 마치 방부 처리를 한 내 미래의 편린처럼 보였다.

10년 전 글로리아 트레메인의 재판이 진행된 3주 동안, 나는 그녀에게서 겨우 몇 피트 떨어진 곳에 앉아 있었다. 그리고 그 북적이는 법정 안의 다른 모든 사람들처럼, 나 또한 그녀의 가면 같던 얼굴을, 증언하는 목격자 모두의 얼굴을 날카롭게 관찰하던 그 눈길을 잊지 못했다. 그녀는 흡사 사냥감에 의해 기소된 화려한 한 마리 거미처럼 어떤 감정도 반응도 나타내지 않고 운전기사, 경찰 법의학자, 총소리를 들은 이웃 모두를 그저 바라보고만 있었다. 그들이 그녀의 거미줄을 한 올 한 올 헤집는 동안, 그녀는 가운데 자리에 무심하게 앉아 있기만 했다. 해밋을 격려하는 말 한 마디 건네지 않고, 그때까지 15년 동안 전 세계에 방송되어 온 자신의 이미지 '얼음 얼굴'을 유지하는 것만으로도 만족하는 듯했다.

어쩌면 결국은 그 사실이 그녀를 구한 것일지도 모른다. 배심원들은 눈앞에 놓인 수수께끼를 굴복시키지 못했다. 솔직하게 말해서, 재판의 마지막 주에 이르자 나는 재판에 대한 모든 관심을 잃어버렸다. 해밋이 소송을 진행하는 동안 신호에 따라 그의 붉은 삼목 서류 가방을 여닫으면서 완급을 조절하는 일(해밋은 이런 행동이 배심원들의 집중을 흩트리는 데 탁월한 효과가 있다고 보증했다)을 맡고 있던 나는 계속해서 글로리아 트레메인에게 집중하며 가면의 균열을 찾아 그 안의 내밀한 모습을 발견하려 애썼다. 아마 나 역시 수많은 홍보 대리인들이 만들어 낸 전설과 사랑에 빠진 순진한 젊은이 중 하나였을 것이다. 그러나 적어도 내게 있어 그 감정은 진실이었다. 그리고 그녀가 무죄 판결을 받아 낸 다음에야 세상은 다시 움직이기 시작했다.

정의가 패배했다는 사실은 아무 상관도 없었다. 흥미롭게도 해밋은 그녀가 무죄라고 믿고 있었다. 다른 여러 성공한 법조인들과 마찬가지로, 해밋 또한 죄지은 자를 처벌하고 무고한 자를 지킨다는 원칙으로써 경력을 쌓아 왔다. 이를 통해 그는 충분히 높은 승률을 확보하고, 영리하며 패배하지 않는 변호사라는 명성을 얻을 수 있었다. 그가 글로리아 트레메인의 변호를 맡았을 때, 법조계 사람들 대부분은 그가 원칙을 어기고 그녀의 기획사로부터 꽤 많은 뇌물을 받아 챙겼을 것이라 간주했지만, 사실 그는 그 사건을 맡겠다고 자원한 것이었다. 어쩌면 그 또한 내심 그녀에게 매혹되어 있었던 것일지도 모른다.

물론 그 후로 나는 두 번 다시 그녀를 만나지 못했다. 다음 영화가 성공적으로 배급된 후, 기획사에서는 그녀를 쫓아내 버렸다. 나중에 마약 복용과 연관된 자동차 사고로 잠깐 다시 세상에 등장했지만, 그녀는 그대로 알코올 중독자 요양원과 정신병동의 혼돈 속으로 다시 모습을 감추었다. 5년 후 그녀가 목숨을 잃었을 때조차, 대부분의 신문들은 그 소식을 한두 줄 정도로 다루었을 뿐이다.

아래에서 스테이머스가 경적을 울렸다. 나는 여유롭게 거실과 침실을 돌아다니며 텅 빈 바닥을 살피고 매끈한 플라스텍스 벽을 손으로 쓰다듬으면서, 다시 한 번 글로리아 트레메인의 인격이라는 충격을 느낄 준비를 했다. 정말로 행복하게도 그녀의 존재는 집 안 곳곳에 남아 있을 것이다. 수천 개의 반향이 증류되어 모든 공간과 감각세포마다 스며들어 있을 것이다. 감정의 모든 순간이 복제되어 다른 누구도, 아마도 그녀의 남편을 뺀 다른 누구도 알지 못하는 그녀를 내밀하게 느낄 수 있을 것이다. 한때 내가 매혹되어 있던 글로리아 트레메인의 존재는 이미 소멸되었지만, 이 집은 그녀의 영혼이 매장된 성소와 다름없는 곳이었다.

일단 처음에는 모든 것이 조용하게 진행되었다. 항의하는 페이에게는 이 집을 사면서 절약하는 돈으로 새 밍크 목도리를 사 주겠다고 약속해서 달랬다. 다음으로, 처음 이사해 들어가고 몇 주 동안은 항상 감응도를 낮추고 있도록 주의했다. 두 여성적인 감정이 충돌하면 곤란한 일이 벌어질 테니까. 정신감응식 주택의 가장 큰 문제는 입주 후 몇 달 정도 지나면 감응도를 올려야 예전 주인의 존재를 느낄 수 있는데, 그러면 기억 세포도 더 민감해져서 오염 역시 더 빠르게 진행된다는 것이다. 또한 기저 심리를 증폭시키면 내면의 노골적인 감정이 강조되는 경향이 있다. 증류된 부드러운 크림이 아니라 찌꺼기 맛이 나기 시작하는 것이다. 나는 글로리아 트레메인의 정수를 최대한 오래 맛보고 싶어서, 일부러 감응도를 조절하는 쪽을 택했다. 낮에 나가 있는 동안에는 감응도를 낮추어 놓고, 저녁에 돌아와 앉아 있는 방에만 감응도를 올리는 식으로.

애초부터 페이는 방치한 상태였다. 단순히 새집으로 이사해 들어갈 때마다 결혼한 부부가 겪는 조율 문제에 몰두하고 있었기 때문만은 아니다—침실에서 첫날 밤을 보낼 때는 옷을 벗는 일조차 신혼여행의 긍정적인 경험을 되풀이하는 느낌이 들게 마련이니까. 더 큰 문제는 내가 글로리아 트레메인의 인격에 완벽하게 빠져서, 그녀를 찾아 모든 벽감과 틈새를 남김없이 뒤지고 다녔다는 것이다.

저녁이 되면 나는 서재에 앉아서 주변을 둘러싼 꿈틀거리는 벽 안에서 그녀를 느꼈다. 그녀는 이삿짐 포장을 비우는 내 주변을 서큐버스처럼 맴돌고 있었다. 검고 푸른 수영장 위로 밤이 내려앉는 동안 스카치위스키를 홀짝거리며, 나는 세심하게 그녀의 인격을 분석하고, 인위적으로 내 감정 상태를 바꾸면서 최대한 넓은 범위의 반응을 끌어내려 했다. 이 저택의 기억 세포들은 완벽하게 결속되어서 인격적 결함을 드러내 보이지 않고 항상 절제된 태도를 유지했다. 내가 갑자기 자리에서 일어나 전축의 음반을 스트라빈스키에서 스탠 켄턴, 다시 모던재즈콰르텟으로 바꿔도, 방은 조금도 당황한 기색 없이 능숙하게 자신의 분위기와 템포를 바꾸었다.

내가 이 집에 또 다른 하나의 인격이 있다는 사실을 깨달은 것은, 스테이머스가 전원을 넣자마자 페이와 내가 감지했던 으쌱한 느낌을 다시 받은 것은 언제였던가? 처음 몇 주 동안은 아니었다. 그때까지는 이 집이 내가 환상 속에서 그리던 이상적인 모습을 반영하고 있었으니까. 내가 작고한 글로리아 트레메인의 영혼에 몰두하는 동안에는 집도 자신의 역할에 충실했다. 글로리아 트레메인의 보다 우아한 면모만을 드러내 보이면서.

그러나 얼마 지나지 않아 거울 안에 어둠이 깃들었다.

마법의 주문을 깬 것은 페이였다. 그녀는 얼마 지나지 않아 처음의 반응이 보다 풍요롭고, 그녀의 입장에서는 보다 위험한 과거의 분위기에 뒤덮이는 것을 느꼈다. 그녀는 글로리아를 몰아내기 위해 모든 노력을 기울였다. 감응도를 이리저리 조절하고, 최저 감도는 최대치로—이렇게 하면 남성적인 반응을 강조하게 된다—최고 감도는 최저치로 설정하기도 했다.

어느 날 아침 그녀가 계기판 앞에 무릎을 꿇고 앉아 드라이버로 메모리 장치를 찌르고 있는 모습이 보였다. 저장된 전체 내용을 지우려고 시도하는 듯했다.

나는 드라이버를 빼앗은 다음 덮개를 고정시켜 잠그고 열쇠를 내 열쇠고리에 끼웠다.

"여보, 그런 짓을 하면 부동산을 손상시켰다는 이유로 융자회사에서 우리를 고소할 거야. 그게 망가지면 이 집에는 아무 가치도 없다고. 대체 뭘 하려는 거야?"

페이는 손에 묻은 먼지를 치마에 닦고는 고개를 치켜세우고 나를 정면으로 바라보았다.

"이 장소에 약간이나마 제정신을 돌려주고, 가능하다면 내 결혼 생활도 되찾으려는 거야. 저 안 어딘가에 숨어 있을 거라고 생각하거든."

나는 그녀의 허리에 팔을 둘러 그녀를 부엌 쪽으로 이끌었다. "여보, 당신 또 너무 직감에 매달리고 있는 거야. 온갖 일에 짜증 내지 말고 긴장 좀 풀라고."

"이게 짜증이라고—? 하워드, 대체 무슨 소릴 하는 거야? 내 남편에 대한 권리는 당연히 나한테 있는 거 아냐? 5년 전에 죽은 신경증 환자에 살인자인 여자하고 남편을 공유하는 일은 이제 질렸어. 말 그대로

엽기적인 상황이라고!"

나는 그녀가 쏘아붙이는 동안 눈살을 찌푸렸다. 복도의 벽이 어두워지며 방어적으로 움츠러드는 것처럼 보였기 때문이다. 공기가 먹구름으로 가득한 날처럼 어둡고 부산해졌다.

"페이, 당신 과장하는 솜씨가 훌륭하다는 건 알고 있지만······" 복도 벽이 울렁이는 바람에 나는 잠시 신경이 분산되어 부엌을 돌아보았다. "당신 이게 얼마나 운 좋은 건지 모른다면······"

그녀가 말을 자르기 전에 할 수 있는 이야기는 이 정도였다. 5초도 지나지 않아 우리는 격렬한 말다툼을 벌이기 시작했다. 페이는 이 집에 영구적인 손상을 입히기 위해 일부러 모든 조심성을 던져 버린 듯 행동했고, 나는 어리석게도 그녀를 향한 무의식적인 혐오감을 그대로 표출하고 말았다. 마침내 그녀는 자기 침실로 쿵쿵거리며 들어가 버렸고, 나는 엉망이 된 거실에서 발을 쿵쿵 구르다가 화가 잔뜩 난 채 소파에 주저앉았다.

머리 위에서 천장이 움찔거리며 물결쳤다. 여기저기 지붕의 색이 드러나면서 분노에 핏줄이 서듯 사방 벽에 응어리가 생겼다. 실내 기압이 증가했지만 나는 너무 지쳐서 창문을 열 생각도 하지 못한 채 시커먼 분노에 사로잡혀 자리에서 일어나지 않았다.

내가 마일스 밴던 스타의 존재를 눈치챈 것은 분명 이 시점에서였을 것이다. 글로리아 트레메인의 인격은 모두 사라져 버렸고, 이사해 온 이후 처음으로 나는 제정신을 되찾았다. 거실에는 분노와 혐오의 분위기가 명백하게 남아 있었다. 단순한 말다툼으로 인한 것이라고 보기에는 너무 오래 지속되었다. 벽은 이후 30분 동안, 내 짜증이 가신 후에도 계속 박동하고 응어리를 만들었다. 나는 자리에 앉아 맑은 정신으로 주변을 살피기 시작했다.

이 좌절감에 젖은 깊은 분노는 분명 남성의 것이었다. 나는 그 감정의 근원이 밴던 스타일 것이라고 올바른 추측을 했다. 글로리아 트레메인을 위해 저택을 설계하고, 목숨을 잃기 전까지 이곳에 1년 동안 살았던 남자 말이다. 이 정도로 기억장치에 깊게 새겨져 있다면, 이런 맹목적이고 신경질적인 적대감이 그 기간의 대부분을 지배하고 있었으리라.

혐오감이 천천히 걷히자, 나는 페이가 목적을 달성했다는 사실을 깨닫게 되었다. 글로리아 트레메인의 고요한 인격은 사라졌다. 여성적인 느낌은 여전히 존재했지만, 이제 보다 고음의 신경질적인 목소리로 바뀌어 버렸다. 그러나 전체적으로 우세한 인격은 분명 밴던 스타일 것이었다. 저택에 깃든 새로운 분위기는 법정에서 본 그의 사진을 떠오르게 했다. 1950년대의 한 무리의 사람들, 르코르뷔지에와 로이드 라이트와 함께 찍은 사진에서 밖을 노려보는 모습.* 비열한 독재자처럼 두툼한 턱, 불거진 갑상선, 광택을 잃은 커다란 눈을 두리번거리며 시카고인지 도쿄인지 모를 주택단지 건축 현장을 어슬렁거리는 모습. 그리고 마침내 버밀리언샌즈로 온 1970년대의 사진들. 금붕어 어항에 들어온 상어처럼 영화 관계자들의 공동체에 끼어 있는 모습.

하지만 그 악의의 뒤에는 권능이 존재했다. 우리의 소동에 잠에서

---

* 르코르뷔지에(1887~1965)는 스위스 태생의 프랑스 건축가 겸 화가. 국제적 합리주의 건축 사상의 대표 주자로 '집은 살기 위한 기계'라는 신조를 가지고 있었다. 프랭크 로이드 라이트(1867~1959)는 미국의 건축가로, 주택 건축에 특별한 관심을 보였다. 광활한 지형을 기반으로 한 자연과 조화되는 유기적인 건축이 그의 특징이다. 이들과 독일의 건축가 루트비히 미스 반데어로에(1886~1969)를 일컬어 근대건축의 3대 거장이라 한다.

깨어난 밴던 스타의 존재는 마치 폭풍우를 몰고 오는 먹구름처럼 스텔라비스타 99번지에 강림했다. 처음에는 초반의 평온한 분위기를 되찾으려 노력도 했지만, 노력이 실패하자 상실감으로 인한 짜증이 먹구름에 힘을 더해 줄 뿐이었다. 정신감응식 주택의 문제점 중 하나는 바로 이런 공명 현상이다. 서로 상치되는 인격들의 경우에는 얼마 지나지 않아 관계가 안정되며, 옛 감정의 반향은 새로운 감정의 근원에 자리를 내주게 된다. 그러나 감정들이 비슷한 파장과 진폭을 가질 경우에는 서로를 강화시키며, 상대방의 인격에 수월하게 적응해 버린다. 나는 얼마 지나지 않아 밴던 스타의 인격을 뒤집어쓰게 되었다. 그리고 페이에 대해 커져만 가는 분노의 감정은 저택의 적대감을 갈수록 증폭시키는 역할을 했다.

훗날 나는 내가 페이를 대한 방식이 밴던 스타가 글로리아 트레메인을 대하던 방식과 똑같다는 사실을 깨닫게 되었다. 그들의 비극을 그대로 따라서, 동일한 재난으로 가득한 결말을 향해 나아가고 있었다는 것을.

페이는 집의 분위기가 바뀐 것을 즉시 알아챘다. "우리 동거인에게 무슨 일이 생긴 걸까나?" 다음 날 저녁 식사 자리에서 그녀가 쏘아붙였다. "우리 아름다운 유령이 당신한테 퇴짜를 놓은 것 같은데. 육신도 없는데 영혼마저 거부하면 어떻게 해?"

"누가 알겠어." 나는 매몰차게 으르렁댔다. "당신이 이 집을 완전히 망쳐 버린 모양인데." 나는 식당을 둘러보며 글로리아 트레메인의 남은 흔적을 찾으려 했지만, 그녀는 이미 어디에도 보이지 않았다. 페이는 부엌으로 나가 버리고, 나는 반쯤 먹은 오르되브르를 멍하니 바라보고 있었다. 순간 내 뒤편 벽에서 기묘한 일렁임이 느껴지면서 무언가가 빠르게 솟아오르다가 내가 고개를 들자 그대로 사라져 버렸다. 나는 그쪽으로, 말다툼을 벌인 후 처음으로 느끼는 글로리아의 반향에 신경을 집중해 보았지만 아무 소득도 없었다. 그러나 그날 밤, 페이가 흐느끼는 소리를 듣고 침실로 들어가자 다시 그 느낌이 찾아왔다.

페이는 욕실에 가 있었다. 그녀를 찾아 두리번거리는 동안 아까와 같은 여성적인 괴로움이 느껴졌다. 페이의 눈물에 자극을 받아 나타난 것이 분명했지만, 내 분노 때문에 나타난 밴덤 스타의 느낌과 마찬가지로 첫 자극이 사라진 이후에도 한참을 그곳에 남아 있었다. 나는 방 안에서 사라지는 그 느낌을 따라 복도로 나섰는데, 그것은 그대로 천장 위로 흩어져서는 아무런 움직임 없이 그곳에 붙어 있기만 했다.

거실로 돌아가면서, 나는 저택 전체가 상처 입은 동물처럼 나를 지켜보고 있다는 사실을 깨달았다.

이틀 후 페이가 습격을 당했다.

나는 막 사무실에서 돌아온 참이었고, 페이가 차고의 내 자리에 차를 댔다는 이유로 아이처럼 짜증이 나 있는 상태였다. 현관에서 나는 분노를 다스리려 애썼다. 감각세포는 내 감정을 받아들이고는 짜증을 빨아내서 공기 중으로 뱉어 냈고, 결국 현관 벽이 검고 부글거리는 모습으로 변하고 말았다.

나는 거실에 있는 페이를 향해 불필요하게 모욕적인 언사를 내뱉었다. 바로 다음 순간 그녀가 비명을 질렀다. "하워드! 도와줘!"

나는 거실을 향해 달려가며 문으로 몸을 날렸다. 평소처럼 열리리라 생각했지만, 문은 그대로 단단하게 문틀에 고정되어 있을 뿐이었다.

집 전체가 회색으로 물들고 경직된 것처럼 보였다. 창밖의 수영장은 차가운 납으로 가득 차 있는 듯했다.

페이가 다시 소리를 질렀다. 나는 수동 조작용 금속 손잡이를 잡고 억지로 문을 당겨 열었다.

페이의 모습은 시야에 들어오지 않았다. 거실 가운데 놓인 길쭉한 소파에 있던 그녀는 무너진 천장 아래 깔려 있었다. 묵직한 플라스텍스 한 덩이가 그대로 그녀의 머리 위에서 쏟아져서 지름이 1야드는 되는 웅덩이를 형성하고 있었다.

나는 축 늘어진 플라스텍스를 손으로 들어 올려 발만 나온 채로 쿠션 위에 납작하게 깔려 있는 페이를 간신히 빼낼 수 있었다. 그녀는 플라스텍스를 헤치고 나와서는 나를 끌어안고 시끄럽게 흐느꼈다.

"하워드, 이 집은 미쳤어. 날 죽이려는 것 같아!"

"세상에, 페이, 말도 안 되는 소리 하지 마. 어딘가 잘못돼서 감각세포가 집중되어 있었을 뿐이라고. 아마 당신의 호흡에 자극을 받은 거겠지." 나는 아내의 어깨를 두드리며 그녀 안에 남아 있는, 예전의 내가 결혼했던 소녀의 모습을 떠올렸다. 내심 미소를 지으면서 나는 천장이 천천히 원래의 모습으로 돌아가고, 벽의 색이 밝아지는 것을 지켜보았다.

"하워드, 여길 떠나면 안 돼?" 페이가 헛소리를 늘어놓기 시작했다. "여길 떠나서 안 움직이는 집에 살자. 따분하다는 건 알지만, 그러면 좀 어때—?"

"아니, 그건 단순히 따분한 게 아니라 죽어 있는 집이지. 걱정 마, 여보. 곧 여기가 마음에 들게 될 거야."

그녀는 내 품에서 몸을 뒤틀어 빼냈다. "하워드, 난 더 이상 이 집을 견딜 수 없어. 요즘 당신은 다른 생각만 해. 완전히 변해 버렸다고." 그녀는 다시 울음을 터트리며 천장을 가리켰다. "내가 누워 있지 않았더라면 이 자리에서 죽었을 거라고. 알아?"

나는 소파 끝의 먼지를 털었다. "그래, 여기 하이힐 자국이 보이니까." 멈출 시간도 없이 짜증이 담즙처럼 입 안에 고였다. "여기 눕지 말라고 말했을 텐데. 여긴 해변이 아니라고, 페이. 이러는 걸 내가 싫어한다는 거 알잖아."

주변 벽들이 다시 경직되고 색이 흐려지기 시작했다.

페이에게 왜 그리 쉽게 화를 낸 것일까? 당시 생각한 대로 내 안에 억울한 감정이 쌓여 가고 있어서였을까, 아니면 밴던 스타와 글로리아 트레메인의 결혼 생활 동안 쌓인 분노가 나를 통해 표출되면서, 그들을 뒤따라 스텔라비스타 99번지에 당도한 불운한 부부에게 쏟아졌던 것일까? 후자라고 간주하면 나 자신에게 너무 관대하게 구는 것 같지만, 페이와 나는 지난 5년 동안 비교적 행복한 결혼 생활을 꾸렸다. 그리고 글로리아 트레메인에 대한 향수가 깃든 집착이 나를 그 정도로 망쳐 놓지는 않았으리라 생각한다.

어느 쪽이든 페이는 두 번째 공격이 찾아오기를 얌전히 기다리지 않았다. 이틀 후 집에 돌아와 보니 부엌의 메모폰에 새 테이프가 들어 있었다. 전원을 넣자 더 이상 나를 그리고 내가 스텔라비스타 99번지에 가지는 집착을 견딜 수 없으며, 동부로 돌아가 언니와 함께 살 것이라고 말하는 그녀의 목소리가 들렸다.

순간적으로 찾아온 분노가 가신 후 처음 떠오른 감정은 냉담하게도 그저 안도감뿐이었다. 나는 여전히 글로리아 트레메인이 사라지고 밴던 스타가 등장한 것이 페이 때문이라고 믿었고, 그녀가 가 버렸으니 다시 평온하고 낭만적인 처음의 분위기를 되찾을 수 있으리라 생각했던 것이다.

내 생각은 부분적으로만 옳았다. 글로리아 트레메인이 돌아오기는 했지만, 내가 원한 역할로는 아니었다. 법정에서 그녀를 변호했던 나라면 마땅히 예상했어야 하는 일이었다.

페이가 떠난 후 며칠에 걸쳐, 나는 저택이 독립적인 주체성을 가지고 움직이기 시작했음을 깨달았다. 내장된 기억이 내 행동과 관계없이 표출되고 있었다. 때로 저녁에 돌아와서 스카치위스키 반병을 비우며 긴장을 풀려고 하면, 마일스 밴던 스타와 글로리아 트레메인의 유령이 온전하게 모습을 드러냈다. 스타의 검고 잔혹한 인격이 미약하지만 갈수록 견고해져 가는 아내의 인격과 부대꼈다. 날카로운 펜싱용 검 같은 저항을 실제로 관찰할 수 있었다. 거실 벽이 경직되고 검게 변하더니, 한쪽 벽감 안에 숨은 작은 빛의 영역을 둘러싸며 분노의 소용돌이를 형성했다. 그러나 마지막 순간에 이르면 글로리아의 인격은 잽싸게 공격을 피해 도망갔고, 방은 부글거리면서 몸을 꿈틀댔다.

페이가 이런 저항의 기운을 촉발한 것이 분명했다. 글로리아 트레메인 또한 이와 비슷한 지옥 같은 고통의 시간을 보냈을 것이다. 나는 새로운 역할로 다시 등장한 그녀의 모습을 자세히 관찰하기 시작했다. 집이 망가질 위험에도 불구하고 감응도를 최대치까지 올려놓은 채로. 한번은 스테이머스가 들러서 회로를 점검해 보자고 제안한 적도 있었다. 근처 도로를 지나다가 우리 집을 보았는데, 꿈틀거리면서 화난 오징어처럼 계속 색을 바꿔 대고 있더라는 것이었다. 나는 그에게 감사를 표하고는 대충 둘러대며 제안을 거절했다. 나중에 그는 당시 내가 예의도 차리지 않고 자신을 내쫓았다고 말했다. 내 모습을 제대로 알아보기도 힘들 지경이었다. 나는 진동하는 집의 어둠 속에서 엘리자베스 시대의 공포 소설 광인처럼 홀로 앉아서, 다른 무엇에도 신경 쓰지 않고 있었다.

마일스 밴던 스타의 인격에 잠식된 상태에서도, 나는 이내 그 작자가 글로리아 트레메인을 일부러 광기로 몰아넣었다는 사실을 알아챘다. 그런 이해할 수 없는 공격성을 촉발한 것이 무엇인지는 오직 추측할 수밖에 없었다. 어쩌면 아내의 성공을 증오한 것일지도 모른다. 아내가 외도를 한 것일지도 모른다. 어쨌든 그녀가 보복하기로 마음먹고 그를 쏘았을 때, 그 행동은 분명 정당방위라 할 수 있었으리라.

동부로 돌아가고 나서 두 달이 지나 페이가 이혼소송을 했다. 나는 화급히 그녀에게 전화를 걸어 소송을 연기해 주면 정말 감사할 것이며, 이 사실이 공표되면 내가 새로 연 법률사무소가 돌이킬 수 없는 피해를 입을 것이라고 말했다. 그러나 페이는 조금도 물러설 생각이 없었다. 가장 신경에 거슬렸던 일은 그녀의 목소리가 최근 몇 년 동안 들은 것 중 가장 밝았으며 진실로 행복해하고 있다는 점이었다. 내가 애원하자 그녀는 재혼을 해야 해서 이혼을 서둘러야 한다고 내뱉었다. 그리고 재혼 상대방이 누구인지는 절대 말해 주지 않았다. 내 이성을 놓게 만드는 마지막 지푸라기 한 가닥이었다.

이 시점에서 나는 수화기를 쾅 내려놓았다. 분노가 달 탐사선처럼 치솟아 올랐다. 나는 이른 시간에 사무실을 떠나 레드비치의 술집들을 순회하다가 느릿하게 버밀리언샌즈로 돌아갔다. 그리고 1인 군대처럼 스텔라비스타 99번지를 급습해서 진입로의 목련 대부분을 밀어버리고 차고 양쪽 문을 모두 박살 낸 다음 세 번째 시도로 자동차를 차고 안으로 들이받았다.

열쇠가 자물쇠에 물리는 바람에 나는 결국 유리문 하나를 발로 깨고 집 안으로 들어가야 했다. 분노에 가득 차서 검게 변하고 있는 테라스로 달려 올라간 다음, 모자와 외투를 수영장에 던져 버리고 쿵쿵거리며 거실로 들어갔다. 새벽 2시 즈음이 되어 잠자리용 칵테일을 한 잔 만들고 〈신들의 황혼〉의 마지막 악장을 재생시켰을 즈음에는 집 전체가 달아오르고 있었다.

잠자리로 가던 도중, 나는 페이의 방으로 뛰어들어 그녀에 대한 기억을 어떤 식으로든 망치기 위해 애썼다. 옷장 문을 발로 차서 열고 바닥의 깔개를 짓밟는 동안, 벽은 모멸감이 섞인 선연한 푸른색으로 변하고 있었다.

새벽 3시가 조금 지나서 나는 잠이 들었다. 집이 거대한 턴테이블처럼 내 주변을 감싸고 돌았다.

어둑한 방 안에 기묘한 침묵이 감돌고 있다는 사실을 깨닫고 잠에서 깬 것은 기껏해야 4시 정도였을 것이다. 나는 한 손은 술병의 목을 붙들고 다른 손에는 불 꺼진 시가 꽁초를 쥔 채로 침대에 널브러져 있었다. 벽은 미동도 하지 않았다. 거주자가 잠들어 있는 동안 정신감응식 주택 안을 떠다니곤 하는 잔여 기류조차도 느껴지지 않았다.

누군가가 평소의 집 안 모습을 바꿔 놓은 것이 분명했다. 아래로 부풀어 오른 회색 천장에 집중하려 애쓰면서, 나는 바깥의 발소리를 찾아 귀를 기울였다. 내 짐작대로 복도 벽이 수축하기 시작했다. 보통 때는 6인치 너비의 틈새에 지나지 않는 문틈이 누군가를 맞아들이기 위해 확장되었다. 아무도 들어오지 않았지만 방은 추가로 들어온 사람을 위해 넓어지기 시작했고, 천장이 위로 부풀어 올랐다. 나는 당황한 채, 아무도 서 있지 않은 압력 지점이 빠른 속도로 침대를 향해 다가오는 모습을 바라보며 고개를 돌리지 않으려 애썼다. 천장에서 움직이는 작은 반구가 보이지 않는 존재의 위치를 알려 주었다.

압력 지점은 침대 발치에서 멈추더니 잠시 머뭇거렸다. 그러나 벽은 안정되지 않고 빠른 속도로 진동했다. 마음을 정하지 못한 듯 기묘한 느낌을 주는 떨림이었다. 격심한 다급함과 망설임이 느껴졌다.

그러다 갑자기 방의 움직임이 멎었다. 다음 순간, 내가 한 팔꿈치에 무게를 싣고 몸을 일으키는 것과 맞추어, 격렬한 발작이 방을 뒤흔들며 벽이 일그러지고 침대가 바닥에서 퉁겨 올랐다. 집 전체가 흔들리면서 몸을 뒤틀었고, 경련의 한복판에 놓인 침실은 마치 최후를 맞이한 심장의 심실처럼 수축과 이완을 반복했다. 오르락내리락하는 천장이 눈에 들어왔다.

일렁이는 침대 위에서 균형을 잡으려 애쓰는 동안 발작은 천천히 잦아들었다. 벽이 원래의 모습을 되찾았다. 나는 방금 일어난 간질 발작이 대체 어떤 말도 안 되는 위험을 복제한 것인지 궁금해하며 자리에서 일어섰다.

방 안은 어두웠다. 침대 뒤편의 작은 원형 환기구 세 개로 달빛이 흘러들고 있었다. 벽이 서로를 향해 조여들기 시작하면서 환기구들도 수축했다. 천장을 만져 보자 아래를 향해 짓누르는 강한 힘이 느껴졌다. 바닥 가장자리가 벽 속으로 합쳐지며, 방은 구체의 형태로 변하고 있었다.

기압이 상승했다. 나는 비틀거리며 환기구 쪽으로 가서 손을 뻗었다. 구멍이 내 주먹 주변으로 조여들었고, 손가락 사이로 지나가는 바람이 느껴졌다. 나는 환기구에 얼굴을 대고 차가운 밤공기를 들이마신 다음 조여드는 플라스텍스를 힘으로 당겨 열려고 애썼다.

안전 차단 장치의 스위치는 방 맞은편의 문 위에 달려 있었다. 나는 기울어지는 침대에서 빠져나와 그쪽으로 몸을 날렸지만, 플라스텍스가 흘러내려 장치 전체를 파묻어 버린 상태였다.

천장을 피해 고개를 숙인 채, 나는 넥타이를 풀고 숨 막히는 공기 속에서 헐떡였다. 집이 총을 맞고 숨을 헐떡이던 밴던 스타의 마지막 순간을 복제하는 동안, 방 안에 갇힌 나는 질식해 가고 있었다. 조금 전의 엄청난 발작은 글로리아 트레메인의 총에서 발사된 총알이 가슴팍에 명중하는 순간의 경련을 나타내는 것이 분명했다.

나는 주머니칼을 찾아 주머니를 뒤지다가 담배 라이터를 발견하고는 꺼내어 불을 켰다. 방은 이제 반지름 10피트의 회색 구체로 변해 있었다. 내 팔뚝만큼 굵은 힘줄이 서랍장과 침대를 부수면서 벽면을 가로질렀다.

나는 천장으로 라이터를 들어 올려 불투명한 형광유리 위로 불꽃이 춤추도록 놔두었다. 천장은 즉시 쉬익 소리를 내며 녹아내리기 시작했다. 그대로 불이 붙으면서 천장이 양쪽으로 갈라졌고, 불타는 양 입술이 강한 열기를 내뿜으며 활짝 열렸다.

고치가 양쪽으로 갈라지자 방으로 향하는 복도 입구가 뒤틀려 있는 모습이 눈에 들어왔다. 그 위로 윤곽으로나마 식당 천장이 아래로 처져 있는 게 보였다. 나는 녹아내린 플라스텍스 위로 미끄러져 복도로 나와 섰다. 집 전체가 파열된 모양이었다. 벽은 일그러지고, 바닥은 가장자리에서 접혀 올라와 있었다. 기반이 약해져 기울어진 수영장에서는 물이 쏟아져 나오고 있었다. 계단의 유리판은 깨져 나가서 면도날처럼 날카로운 이빨이 벽에 박힌 것처럼 보였다.

나는 페이의 침실로 들어가서 차단 스위치를 찾은 다음 스프링클러 경보기를 힘껏 때렸다.

여전히 꿈틀대던 집은 다음 순간 그 모습 그대로 굳어 버렸다. 나는 얼굴 정면으로 쏟아지는 스프링클러 물줄기를 그대로 맞으며 움푹 들어간 벽에 기대섰다.

망가지고 부서진 저택이 학대받은 꽃 한 송이처럼 내 주변을 감싸고 있었다.

스테이머스는 짓밟힌 화단에 서서 저택을 물끄러미 바라보았다. 얼굴에는 경탄과 경악이 떠올라 있었다. 아침 6시밖에 되지 않았다. 마지막까지 남아 있던 경찰차 세 대도 떠나 버렸다. 사건을 맡은 부서장도 결국 패배를 인정한 모양이었다. "젠장, 살인미수로 집을 구속할 수는 없지 않소?" 그가 자못 호전적인 말투로 내게 물었다. 나는 그 말에 큰 소리로 웃음을 터트렸다. 처음 받았던 충격은 이제 거의 히스테리에 가까운 즐거움으로 변해 있었다.

스테이머스는 나 역시 이놈의 저택만큼이나 이해가 안 되는 모양이었다.

"대체 저 안에서 뭘 하고 있던 겁니까?" 그는 속삭이듯 물었다.

"아무것도 안 했습니다. 잠들어 있었다고 말했지 않습니까. 그리고 긴장 푸시죠. 저 집이 당신 말을 듣지는 못할 테니까요. 전원은 내렸습니다."

우리는 엉망이 된 자갈 안뜰을 가로지르고 검은 거울처럼 고여 있는 물웅덩이를 건넜다. 스테이머스가 고개를 저었다.

"이 집은 미쳐 버린 모양입니다. 제 생각에는 이걸 바로잡으려면 정신분석가가 필요할 것 같은데요."

"당신 말이 맞아요." 나는 대답했다. "사실 내가 그 역할을 수행한 모양입니다. 최초의 트라우마를 생성한 상황을 재구축하고, 내면에 억압되어 있던 기제를 분출하게 만든 거지요."

"농담이 나오십니까? 이 집이 탤벗 씨를 죽이려 했는데요."

"말도 안 되는 소리 마시죠. 진범은 밴던 스타입니다. 하지만 부서장의 말을 빌리자면, 10년 전에 죽은 사람을 구속할 방법은 없지요. 그의 죽음에 관한 억압된 기억이 나를 죽이려 한 겁니다. 방아쇠를 당긴 것은 글로리아 트레메인이었지만, 총구를 그 방향으로 돌린 것은 스타였지요. 내 말 믿어요. 지난 두 달 동안 그 작자의 역할을 맡았으니까요. 진짜 두려운 일은, 페이가 이곳을 떠날 정도로 분별 있는 사람이 아니었더라면, 최면에 걸려 글로리아 트레메인의 역할을 맡아서 **나를** 죽였을지도 모른다는 겁니다."

나는 결국 스텔라비스타 99번지에 계속 머물기로 결정하여 스테이머스를 깜짝 놀라게 했다. 다른 집을 살 돈이 없다는 문제도 있었지만, 이 집에는 떨쳐 버리고 싶지 않은 기억이 분명 남아 있었기 때문이다. 글로리아 트레메인은 여전히 이곳에 있었고, 이제 밴던 스타가 사라졌다는 것도 분명했다. 부엌과 편의 시설은 여전히 사용 가능했으며, 형상이 일그러졌다는 점을 제외하면 대부분의 방은 아직 쓸 만했다. 휴식이 필요하기도 한 상황인 데다, 조용하다는 점에서는 정적인 주택만 한 것이 없기도 했다.

물론 현재 상태로는 스텔라비스타 99번지를 일반적인 정적 주택이라 부를 수는 없었다. 일그러진 방과 뒤틀린 복도에는 여느 정신감응식 주택만큼이나 풍부한 인격이 깃들여 있었다. 정신감응 장치는 아직 살아 있으며, 언젠가는 그걸 다시 켜야 할 것이다. 그러나 걱정되는 점이 한 가지 있었다. 집 전체를 뒤흔들었던 격렬한 발작 때문에 글로리아 트레메인의 인격이 손상되었을 수 있다는 것이다. 그 인격과 같이 산다면 나도 미쳐 버릴지 모른다. 지금처럼 뒤틀린 상태에서도 미묘한 매력이, 아름답지만 광기에 빠진 여성의 뜻 모를 미소가 느껴져 오니까.

가끔씩 제어판을 열고 내부의 기억장치를 점검하곤 한다. 지금 어떤 상태인지는 모르지만 그녀의 인격이 그 안에 잠들어 있다. 지우는 일은 아주 간단할 것이다. 그러나 그럴 수가 없다.

언젠가는, 어떤 결과가 나오더라도, 나는 결국 집의 전원을 다시 올리게 될 것이다.

(1962)

감시탑
The Watch-Towers

다음 날이 되자 이유는 모르겠지만 감시탑의 움직임이 부쩍 늘었다. 늦은 오전부터 시작되더니 렌설이 호텔을 떠나 오즈먼드 부인을 보러 갈 때쯤에는 최고조에 이르렀다. 거리 양쪽에서는 사람들이 창문과 발코니로 모여들어 커튼에 몸을 숨긴 채 밖을 내다보면서 긴장을 늦추지 않고 서로 속삭이며 하늘을 가리켰다.

평소에 렌설은 감시탑을 무시하려 했다. 감시탑의 존재를 알려 주는 아주 작은 증거조차도 거부하면서. 그러나 거리 끝까지 도달한 그는 걸음을 멈추고 건물 그림자에 숨어서 가장 가까운 탑을 올려다보았다.

100피트 떨어진 곳에 탑이 공공 도서관 위에 걸려 있었다. 끝부분이 도서관 지붕에서 채 20피트도 떨어져 있지 않았다. 맨 아래층의 사방 벽이 유리로 된 객실은 아래를 지켜보는 사람들로 가득했다. 그들은 창문을 열고 닫으며, 렌설의 눈에는 거대한 광학 장비같이 보이는 물건을 둘러싸고 움직이고 있었다. 렌설은 더 멀리 보이는 탑들로 시선을 돌렸다. 탑들은 서로 300피트 정도의 간격을 두고 하늘에서 뻗어 내려와 고정되어 있었다. 가끔 창문이 여닫힐 때마다 햇빛이 반사되어 탑이 반짝였다.

평소에는 도서관 바깥을 돌아다니곤 하던 노인 하나가 거리를 건너 렌설에게 다가와서는 그 옆의 그림자 속으로 들어왔다. 노인은 허름한 검은 양복에 윙 칼라를 받쳐 입었다.

"뭔가가 벌어진 모양이야." 노인이 눈 위에 손을 대고는 불안한 표정으로 감시탑을 바라보았다. "내 기억에 저런 모습을 보인 적은 지금까지 없었네."

렌설은 그의 표정을 살펴보았다. 불안해하고 있긴 했지만, 움직임이 보였다는 사실에 분명 안도하고 있었다. "과하게 걱정할 필요는 없겠지요." 렌설은 노인에게 말했다. "적어도 뭔가가 일어난다는 것만으로도 변화가 생긴 것 아닙니까."

상대방이 대답하기도 전에 그는 몸을 돌려 포석 위를 다시 걸어가기 시작했다. 오즈먼드 부인이 사는 거리에 도착하기까지 10분 동안, 그는 땅바닥에 시선을 고정하고 몇 안 되는 행인들을 무시하며 걸음을 옮겼다. 거리 가운데를 따라 감시탑 네 동이 일렬로 늘어서 있어서, 그 아래를 지나다니는 사람은 거의 보이지 않았다. 이곳 주택의 절반 정도는 입주자가 없었고, 얼마 지나지 않아 사람의 손길이 사라져 폐가로 전락할 것이 분명했다. 평소 렌설은 이곳을 살피면서 호텔을 나와 이런 버려진 집들 중 한 곳으로 옮겨 오는 것이 나을지 고민하곤 했지만, 마음속으로 대비해 온 것보다 감시탑의 움직임이 훨씬 심기를 뒤흔들었고, 그는 줄지어 늘어선 집들 쪽으로는 눈길도 주지 않고 걸음을 옮겼다.

오즈먼드 부인의 집은 거리를 절반쯤 내려간 곳에 있었다. 경첩이 녹슬어 현관문이 흔들거리고 있었다. 렌설은 포석 가장자리의 플라타너스 아래에서 잠시 머뭇거리다, 재빨리 좁은 정원을 지나 문안으로 들어갔다.

평소의 오즈먼드 부인은 베란다에서 햇볕을 쬐며 뒤뜰의 잡초밭을 바라보면서 오후를 보내곤 했는데, 오늘은 거실 한쪽 구석으로 물러 앉아 있었다. 렌설이 들어갔을 때는 낡은 서류로 가득한 서류 가방을 정리하는 중이었다.

렌설은 그녀를 포옹하려 하지도 않고 창가로 갔다. 그리고 오즈먼드 부인이 반쯤 쳐 놓은 커튼을 다시 열어젖혔다. 90피트 떨어진 텅 빈 주택가 위, 거의 머리 위나 다름없이 가까운 곳에 감시탑이 하나 있었다. 감시탑들이 대각선으로, 왼쪽에서 오른쪽으로 점차 멀어져 가면서 뿌연 아지랑이 사이로 모습을 감추며 지평선까지 늘어서 있었다.

"꼭 오늘 왔어야 했나요?" 오즈먼드 부인이 의자 위에서 풍만한 엉덩이를 뒤척이며 물었다.

"안 될 건 뭡니까?" 렌설은 대꾸하면서, 손을 주머니에 가볍게 찔러 넣은 채로 감시탑들을 훑어보았다.

"하지만 오늘따라 유달리 자세히 살펴보고 있다면, 당신이 여기 오는 것도 발견했을 거 아니에요."

"소문을 들리는 대로 전부 믿을 필요는 없습니다." 렌설은 차분하게 그녀에게 말했다.

"그럼 저게 무슨 뜻이라고 생각해요?"

"짐작도 안 갑니다. 어쩌면 우리의 움직임처럼 무작위적이고 의미 없을지도 모르지요." 렌설은 어깨를 으쓱했다. "물론 보다 자세히 관찰하고 **있는** 것일지도 모릅니다. 하지만 그냥 지켜보기만 하는데 무슨 상관입니까?"

"그러면 더 이상 여기 와서는 안 되죠!" 오즈먼드 부인이 항변했다.

"왜지요? 벽 너머를 볼 수 있을 거라고는 생각하지 않습니다만."

"그렇게 멍청한 자들이 아닐 거예요." 오즈먼드 부인은 짜증 섞인 목소리로 말했다. "얼마 안 가 사실을 유추해 낼 거라고요. 벌써 한 게 아니라면요."

렌설은 탑에서 시선을 돌려 차분하게 오즈먼드 부인을 바라보았다. "내 사랑, 이 집에는 도청 장치가 없어요. 우리가 기도용 깔개를 꿰매거나 촌충의 내분비계에 대해 토의를 하고 있다고 생각할 수도 있잖습니까."

"그런 생각은 하지 않겠죠, 찰스. 당신 일인데." 오즈먼드 부인은 짤막하게 웃음을 터트렸다. "당신에 대해서 안다면 그런 생각은 안 할 거예요." 농담 덕분에 기분이 나아졌는지, 그녀는 긴장을 풀고 탁자에 놓인 상자에서 담배 한 개비를 꺼냈다.

"어쩌면 나에 대해서 모를 수도 있습니다." 렌설은 별 감정을 드러내지 않고 말했다. "사실 모를 거라고 거의 확신할 수 있지요. 만약 알고 있다면 내가 아직도 여기 있지는 못할 테니까요."

그는 자신이 상체를 숙이고 있다는 것을 알아차렸다. 걱정을 하고 있다는 명백한 증거였다. 그는 소파 쪽으로 자리를 옮겼다.

"내일 학기가 시작하지요?" 그가 길고 늘씬한 다리를 탁자 주변에 두는 모습을 보며 오즈먼드 부인이 물었다.

"그래야겠지요." 렌설이 대답했다. "핸슨이 오늘 아침에 시청에 다녀왔는데, 언제나 그렇듯이 무슨 일이 벌어지는지도 모르더군요."

그는 외투 앞섶을 풀고 속주머니에서 낡았지만 깔끔하게 접힌 여성 잡지 한 부를 꺼냈다.

"찰스!" 오즈먼드 부인이 소리쳤다. "이게 어디서 났어요?"

그녀는 렌설의 손에서 잡지를 받아 들고 때 묻은 책장을 훑어보기 시작했다.

"다 가져오는 데가 있지요." 렌설이 말했다. 소파에서도 맞은편 집 위에 떠 있는 감시탑이 여전히 보였다. "조지나 사이먼스입니다. 이런 걸 잔뜩 가지고 있더군요."

그는 자리에서 일어나 창가로 가서 커튼을 쳤다.

"찰스, 그러지 말아요. 안 보인다고요."

"나중에 읽어요." 렌설이 말하고는 다시 소파에 몸을 기댔다. "오늘 오후 연주회에 올 겁니까?"

"취소되지 않았던가요?" 오즈먼드 부인은 마지못해 잡지를 내려놓으며 물었다.

"아뇨, 당연히 취소되지 않았지요."

"찰스, 그다지 가고 싶지가 않은걸요." 오즈먼드 부인은 얼굴을 찌푸렸다. "핸슨은 어떤 음반을 틀 생각인데요?"

"차이콥스키 작품. 그리고도 있죠." 그는 흥미롭게 들리도록 목소리를 가다듬었다. "당신도 와야 해요. 이대로 앉아서 지루하고 쓸모없는 존재로 전락해 버릴 수는 없지 않습니까."

"그렇겠죠." 오즈먼드 부인이 짜증 섞인 목소리로 대답했다. "하지만 그럴 기분이 아닌걸요. 오늘은 됐어요. 음반은 이제 전부 지겨워요.

너무 자주 들었어요."

"나도 지겹습니다. 하지만 적어도 소일거리 정도는 되니까요." 그는 오즈먼드 부인의 어깨에 팔을 두르고, 귀 뒤로 넘긴 탈색하지 않은 머리카락을 만지작거리다 커다란 니켈 귀걸이를 건드리고는 그 짤랑거림에 귀를 기울였다.

그러나 무릎에 손을 올리자, 오즈먼드 부인은 자리에서 일어나 치마를 바로 하고는 방 안을 오락가락하기 시작했다.

"줄리아, 왜 그러는 겁니까?" 렌설이 짜증 난 목소리로 물었다. "두통이라도 있어요?"

오즈먼드 부인은 창가에 서서 감시탑을 올려다보았다. "저자들이 내려올 거라고 생각해요?"

"그럴 리가!" 렌설은 쏘아붙이듯 말했다. "대체 어쩌다 그런 생각을 하게 된 겁니까?"

갑자기 견딜 수 없을 정도로 화가 치밀었다. 비좁고 먼지투성이인 거실 공간이 이성의 숨통을 틀어쥐는 것만 같았다. 그는 자리에서 일어나 외투 단추를 채웠다. "오늘 오후에 회관에서 봅시다, 줄리아. 연주회는 3시에 시작해요."

오즈먼드 부인은 멍하니 고개를 끄덕이고는, 유리문을 열고 감시탑들이 뚜렷하게 보이는 베란다로 느릿하게 걸어 나갔다. 표정 없는 얼굴이 마치 기도하는 수녀처럼 보였다.

렌설이 예상한 대로 다음 날에도 학교는 문을 열지 않았다. 아침 식사 후 호텔 주변을 돌아다니는 일에 질린 그와 핸슨은 시청으로 걸음을 옮겼다. 건물은 거의 텅 비어 있었고, 간신히 찾아낸 유일한 공무원은 전혀 협조적이지 않았다.

"현재까지 지시 사항은 없소." 그가 말했다. "학기가 시작되면 공지를 받게 될 거요. 내가 들은 바로는, 무기한 연기될 모양이지만."

"그게 위원회의 결정입니까?" 렌설이 물었다. "아니면 이번에도 시청 서기관이 즉석에서 내린 결정입니까?"

"교육위원회는 더 이상 열리지 않소." 공무원이 말했다. "그리고 유감이지만 서기관은 오늘 출석하지 않았군." 렌설이 반박하기 전에 그가 덧붙였다. "물론 월급은 계속 지급할 거요. 온 김에, 나가다가 회계과에 잠깐 들러 줄 수 있겠소?"

렌설과 핸슨은 시청을 떠나 카페를 찾아 돌아다녔다. 그리고 마침내 문을 연 곳을 발견하고 차양 아래 앉아서 멍하니 주변 지붕 위로 드리운 수많은 감시탑들을 바라보았다. 어제에 비해서는 꽤나 움직임이 줄어들어 있었다. 가장 가까운 탑은 길 건너편의 버려진 사무실 건물 위, 고작해야 50피트 떨어진 곳에 있었다. 관측층의 창문은 닫혀 있었지만, 가끔씩 그 뒤에서 그림자가 움직이는 모습을 알아볼 수 있었다.

잠시 후 웨이트리스가 다가왔고, 렌설은 커피를 주문했다.

"아무 데나 가서 강의라도 좀 해야겠어." 핸슨이 말했다. "이렇게 노닥거리는 것도 슬슬 질릴 지경이란 말이야."

"그것도 나쁘지 않겠군." 렌설이 동의했다. "물론 관심을 가져 주는 사람이 있다면 말이지만. 어제 연주회가 별 호응을 못 얻어서 유감이야."

핸슨은 어깨를 으쓱했다. "새 음반을 구할 수 있을지 알아봐야지. 그건 그렇고, 어제 줄리아가 상당히 아름답던데."

렌설이 칭찬에 가벼운 목례로 답했다. "좀 더 자주 데리고 나가야겠어.”

“그게 현명한 행동이라고 생각하나?”

“딱히 아닐 이유가 있나?”

“글쎄, 일단 지금은 저런 상태잖나.” 핸슨은 손가락으로 감시탑을 가리켰다.

“저게 별로 문제가 된다고는 생각하지 않는데.” 렌설이 말했다. 개인적인 이야기를 싫어하는 그는 주제를 돌리려 했지만, 핸슨은 탁자 위로 몸을 내밀며 말을 이었다. “그럴지도 모르지. 하지만 저번 의회 회의에서 자네 이야기가 나온 것 같더라고. 한두 사람이 자네의 가벼운 교우 관계에 대해 비판적 입장을 표출했던 모양이야.” 그는 얼굴을 찌푸리고 커피를 마시는 렌설을 보면서 슬쩍 미소를 지었다. “물론 심술일 뿐이겠지만, 자네 행동이 약간 독특한 건 사실이지 않은가.”

렌설은 감정을 다스리며 커피 잔을 밀어 놓았다. “대체 무슨 이유로 그런 짓을 벌이는지 말해 줄 수 있겠나?”

핸슨은 웃으면서 대답했다. “알 리가 있나. 그냥 그쪽 친구들이 간부니까 우리는 시키는 대로 할 수밖에 없다는 정도지.” 이 말에 렌설이 코웃음을 쳤지만, 핸슨은 말을 이었다. “사실대로 말하자면, 며칠 안에 자네한테 공식적인 훈령이 전달될지도 몰라.”

“**뭐라고?**” 렌설은 폭발했다. 그리고 자리에 몸을 묻으며 믿을 수 없다는 듯 고개를 저었다. “농담은 아니겠지?” 핸슨이 고개를 끄덕이자 그는 거칠게 웃음을 터트렸다. “그 머저리 놈들! 우리가 왜 그런 작자들에게 신경을 쓰는지 모르겠군. 얼마나 멍청한지 때로는 정신이 나갈 지경이야.”

“진정 좀 하게.” 핸슨이 달래듯 말했다. “무슨 생각을 하는지는 알만하지 않나. 어제 감시탑에서 움직임이 보였으니까, 아마 의회에서 사람들이 감시탑의 심기를 거스르는 행동을 삼가는 편이 좋겠다는 결론을 내린 거겠지. 알 수 없는 일 아닌가. 어쩌면 정식으로 지시를 받고 하는 행동일지도 몰라."

렌설은 경멸하는 눈으로 핸슨을 바라보았다. "자네 설마 의회가 감시탑과 연락을 취하고 있다는 헛소리를 **진심으로** 믿는 건가? 단순한 작자들이야 그런 생각으로 안도감을 느낄지도 모르지만, 제발 부탁이니 나한테는 시도하지 말아 주게. 남아 있던 인내심이 방금 전부 끝장난 상태라고." 렌설은 핸슨을 물끄러미 바라보며, 의회 위원 중 누가 그에게 그런 정보를 제공했을지를 생각해 보았다. 이렇게 대놓고 대화를 나누는 상황 자체가 고통스러웠다. "그래도 경고를 해 줘서 고맙네. 아무래도 내일 줄리아와 함께 영화관에 가면 상당히 당황스러운 분위기를 마주하게 될 거라는 뜻일 것 같군."

핸슨은 고개를 저었다. "그렇지는 않을 걸세. 상영이 취소되었거든. 어제의 소요 사태 때문에 내린 결정이야."

"하지만 왜—?" 렌설은 의자에 주저앉았다. "이런 상황에서야말로 최대한 사회적 모임을 가져야 한다는 사실을 모를 정도로 멍청한 건가? 겁에 질린 유령 무리처럼 골방에 숨어 지내고 있잖은가. 사람들을 끌어내서 힘을 모을 만한 뭔가를 줘야만 한다고."

그는 생각에 잠긴 눈으로 거리 건너편의 감시탑을 바라보았다. 관측창의 간유리 뒤에서 그림자들이 돌아다니는 모습이 보였다. "무도회나 정원 파티 같은 건 어때? 하지만 그런 걸 꾸릴 사람이 있으려나?"

핸슨은 의자를 뒤로 밀었다. "조심하게, 찰스. 의회에서 그런 걸 허가해 줄지 모르겠어."

"허가할 리가 없지." 핸슨이 떠난 다음에도 그는 한동안 자리에 앉아서, 다시 감시탑에 대해 홀로 생각에 잠겼다.

렌설은 30분 정도 탁자에 앉아 빈 커피 잔을 만지작거리며 거리를 지나가는 몇 안 되는 사람들을 바라보았다. 카페에 다른 손님은 한 명도 없었지만, 그는 도리어 홀로 사색에 빠질 수 있어 다행이라고 생각했다. 도심의 작은 공동에서, 지붕 위로 흐릿하게 일렬로 뻗어 있는 감시탑들과 자신 사이를 가로막는 것이 아무것도 없는 상황에서.

오즈먼드 부인을 제외하면, 렌설에게는 내밀한 대화를 나눌 만한 가까운 친구가 단 한 사람도 없었다. 날카로운 지성의 소유자인 데다 사소한 일을 참고 넘기지 못하는 렌설은 주변 사람들이 긴장을 풀도록 놔두지 않는 유형의 인물이었다. 내면에서 나오는 의식적인 겸양, 절제되어 있지만 누구나 알아챌 수 있는 우월감이 그에게서 거리를 두게 만들었다. 그를 단순히 너저분한 교사로 취급하는 사람도 소수 있기는 했지만 말이다. 호텔에서 그는 홀로 시간을 보냈다. 손님들 사이에는 사회적 교류가 거의 없었다. 라운지와 식당에서 손님들은 낡은 신문이나 잡지에 빠져 시간을 보냈고, 가끔씩 서로 낮은 소리로 대화를 주고받을 뿐이었다. 모든 손님의 교감을 동시에 얻어 내려면 감시탑에서 뭔가 사건이 일어나야 했고, 그럴 때면 렌설은 항상 완벽하게 침묵을 지켰다.

자리에서 일어나려는 순간, 덩치 좋은 남자 하나가 거리를 걸어오는 모습이 눈에 띄었다. 그 사람을 알아본 렌설은 인사를 하지 않으려고 자세를 바꾸려 했으나, 그 사람의 표정 때문에 절로 그쪽으로 고개가 돌아가고 말았다. 두툼하고 축 처진 목살에, 사뿐하고 건들거리는 걸음걸이, 더블브레스트 체크무늬 외투를 열어젖혀 살집 오른 몸을 드러낸 남자였다. 이 구역 싸구려 영화관의 소유주로, 때때로 주류 밀매나 뚜쟁이 역할도 하는 빅터 보드먼이었다.

렌설은 그와 대화를 나눠 본 적은 없었지만, 보드먼 역시 자신처럼 의회가 탐탁지 않게 여기는 부류임은 알고 있었다. 핸슨은 의회가 보드먼의 불법행위를 짓밟는 데 성공했다고 주장했는데, 항상 자기 외의 세상에 대해 우쭐하고 만족스러워하는 표정으로 다니는 모습을 보면 도저히 그렇게 생각되지 않았다.

두 남자는 서로를 지나치는 순간 눈빛을 교환했고, 보드먼의 얼굴에는 잠시 이해한다는 듯한 웃음이 스쳐 지나갔다. 렌설을 향한 것이 명백했는데, 그 안에는 렌설이 아직 모르는 사건에 대한, 아마도 곧 의회와 마찰을 빚게 될 것이라는 판단이 함축되어 있었다. 보드먼은 그가 찍소리 않고 의회에 항복하기를 바라는 게 분명했다.

신경이 거슬린 렌설은 보드먼에게 등을 돌리고는, 거리를 걸어가는 그의 모습을 슬쩍 바라보았다. 어깨를 가볍게 양옆으로 흔들며 경쾌하게 걸음을 옮기는 모습을.

다음 날이 되자 감시탑의 움직임은 완벽한 소강상태에 들어갔다. 줄지어 뻗은 감시탑이 만들어 내는 푸른 아지랑이는 최근 몇 달 사이에 가장 밝아 보였고, 거리의 공기는 관측 창에 반사되는 햇빛으로 반짝여 보였다. 움직이는 것은 단 하나도 없었고, 하늘은 막연한 정적 속에서 견고하고 균일한 모습을 유지하고 있었다.

그러나 웬일인지 렌설은 그 어느 때보다 더 긴장하고 있었다. 아직 학교는 개학을 하지 않았지만, 묘하게도 오즈먼드 부인을 방문하고 싶은 기분이 들지 않았다. 그는 오전 내내 실내에 머무르면서, 보이지 않는 죄책감의 그림자를 피하기라도 하려는 듯 거리 쪽을 피했다.

한쪽 지평선에서 반대쪽 지평선까지 늘어선 감시탑들을 보고 있자니, 머지않아 의회의 '지시'가 내려올지도 모른다는 사실이 떠올랐다. 핸슨이 그런 말을 생각 없이 입에 올리지는 않았을 테니까. 그리고 의회가 지위를 강화하기 위한 행동에 나서고, 잡다한 규제와 법 개정을 수행하는 건 항상 이런 소강상태일 때였다.

자신과 관계가 없는 정석적인 문제였더라면 의회의 권위에 도전하고 싶은 마음도 있었다. 예를 들어 거리에서 공공 집회를 금하는 조례의 타당성 따위 말이다. 그러나 지지해 줄 사람들을 모으는 데 필요한 온갖 공작을 생각하면 끔찍하게 지겨워졌다. 혼자서 의회에 맞서려는 사람은 없었지만, 대부분은 의회가 무너지는 모습을 즐기고 반길 것이다. 그러나 반대의 힘을 하나로 모으려는 사람은 없는 모양이었다. 의회가 감시탑과 교류하고 있을 거라는 공포가 없다고 해도, 애초에 오즈먼드 부인과 불륜을 저지를 권리를 지지하기 위해 일어날 사람은 없을 것이 분명했다.

흥미롭게도 그날 오후에 방문한 그녀는 그런 복잡한 기류를 전혀 눈치채지 못한 모양이었다. 그녀는 집 청소를 끝내고 아주 행복한 기분으로 그를 맞아들였다. 반짝이는 공기가 활짝 열린 창문을 통해 밀려들었다.

"찰스, 왜 그러는 거예요?" 그녀가 뻣뻣하게 의자에 몸을 묻는 그를 책망하듯 말했다. "몸이 달아 있는 암탉처럼 보이잖아요."

"오늘 아침에 조금 지친 것 같습니다. 날이 더워 그런 거겠지요." 그녀가 의자 팔걸이에 걸터앉자, 그는 나른하게 그녀의 엉덩이에 손을 대고 기력을 끌어모으려 했다. "요즘 의회에 대해 강박관념이 생겼거든요. 자기 신뢰의 위기를 겪고 있는 모양입니다. 자존심을 되찾을 방법이 필요해요."

오즈먼드 부인이 차가운 손가락으로 머리카락을 쓰다듬어 주며 그를 진정시켰다. 부드러운 눈길이 그를 매만지고 있었다. "찰스, **당신에게** 필요한 것은 어머니의 사랑이에요. 호텔에서 나이 든 사람들 사이에 고립되어 있잖아요. 이 거리에 집을 하나 빌리는 건 어때요? 그럼 내가 당신을 돌보아 줄 수 있을 텐데."

렌설은 냉소 어린 눈으로 그녀를 올려다보면서 말했다. "차라리 이리로 이사해 들어오는 건 어떻습니까?" 그의 물음에 그녀는 조롱하는 듯 코웃음을 치며 고개를 뒤로 젖히더니 창가로 걸음을 옮겼다.

그녀는 100피트 떨어진 곳에 있는 가장 가까운 감시탑을 올려다보았다. 닫혀 있는 창문은 조용했고, 거대한 중심축이 아지랑이 사이로 희미하게 보였다. "저들은 무슨 생각을 하고 있을까요?"

렌설은 어설프게 손가락을 튕겨 소리를 냈다. "아마 아무 생각도 안할 겁니다. 때로 저 위에는 아무도 없는 것은 아닐까 하는 생각이 들기도 해요. 우리 눈에 보이는 움직임은 그저 눈의 착각일 뿐인 거지요. 창문이 열리는 것처럼 보이기는 하지만, 실제로 그 안의 사람을 정확히 **본** 적은 없지 않습니까. 어쩌면 이곳은 그저 버림받은 동물원 정도의 장소일지도 모릅니다."

오즈먼드 부인은 쓸쓸한 즐거움이 담긴 표정으로 그를 바라보았다. "찰스, 당신은 정말 독특한 비유를 생각해 내는군요. 만약 당신이 우리와 같다면 그런 말을 하지는 못할 거라고 생각하는데 말이에요. 이런 상황에서─"그녀는 문득 말을 끊고 무의식적으로 하늘에 매달려 있는 감시탑 쪽으로 시선을 돌렸다.

렌설은 느긋하게 물었다. "어떤 상황 말입니까?"

"그거야—" 그녀는 짜증 섞인 목소리로 말을 이었다. "모르는 척하지 말아요, 찰스. 우리를 굽어보고 있는 저 감시탑을 생각하면 두려운 게 당연하잖아요?"

렌설은 천천히 고개를 돌려 감시탑 쪽을 바라보았다. 언젠가 수를 세어 보려고 한 적이 있었지만, 결국 아무 의미도 없는 행동이었다. "그래요, 나도 두렵습니다." 그는 애매하게 대답했다. "핸슨과 호텔의 늙은이들과 이곳의 다른 모든 사람들과 마찬가지로요. 하지만 학교의 아이들이 **나를** 두려워하는 것과는 다른 의미입니다."

오즈먼드 부인은 마지막 말을 잘못 이해하고는 고개를 끄덕였다. "아이들은 금세 알아채니까요, 찰스. 아마 당신이 자기들에게 관심이 없다는 걸 알고 있을 거예요. 유감스럽게도 감시탑이 무엇을 의미하는지 알 정도로 나이를 먹지는 않았지만요."

그녀는 살짝 몸을 떨더니 어깨에 카디건을 둘렀다. "있잖아요, 창문 뒤에서 저들이 부산하게 움직이는 날이면 도저히 돌아다닐 수가 없어요. 정말 끔찍해요. 너무 불안해서 그저 자리에 앉아 벽만 쳐다보고 싶다니까요. 어쩌면 뭐랄까, 저들이 뿜어내는 기운에 다른 사람들보다 예민한 걸지도 모르겠어요."

렌설은 웃음을 머금었다. "분명 그렇겠지요. 저들 때문에 우울해질 필요는 없어요. 다음번에는 종이 모자를 쓰고 발레처럼 회전 연습을 해 보는 건 어떻습니까?"

"뭐라고요? 아, 찰스, 냉소적인 말은 그만둬요."

"냉소적인 건 아닌데요. 줄리아, 그런다고 해서 뭔가 달라질 거라고 생각합니까, 정말로?"

오즈먼드 부인은 슬프게 고개를 저었다. "찰스, 당신이 해 본 다음에 나한테 알려 줘요. 어디로 가는 거예요?"

렌설은 창가에서 걸음을 멈추었다. "쉬러 호텔로 갑니다. 그러고 보니 말인데, 혹시 빅터 보드먼 아십니까?"

"예전에는 알았죠. 왜요, 혹시 싸움이라도 붙었나요?"

"영화관 주차장 옆 정원이 그 사람 땅입니까?"

"그럴 것 같은데요." 오즈먼드 부인이 소리 내 웃었다. "설마 정원이라도 가꿀 생각인가요?"

"어떻게 보면 그렇지요." 렌설은 손을 흔들며 떠났다.

렌설은 클리프턴 박사부터 시작하기로 했다. 바로 아래층 방을 쓰는 사람이었다. 클리프턴의 근무시간은 하루에 한 시간 정도에 지나지 않았다—요즘은 죽음도 질병도 거의 존재하지 않았으니까. 그러나 아직 취미를 즐길 정도의 여유는 있는 사람이라, 방 한쪽 끝을 새장으로 바꾸어 카나리아 열두 마리를 기르며 새들에게 재주를 가르치는 일에 꽤 많은 시간을 소모했다. 그의 신랄하고 단호한 태도는 항상 렌설을 피곤하게 했지만, 다른 이들처럼 그대로 나태 속으로 빠져들지 않는 모습은 존중할 만한 태도였다.

클리프턴은 렌설의 제안을 세심하게 곱씹었다. "나도 동의하네. 아마 그런 종류의 일이 필요할 수도 있어. 좋은 생각이야, 렌설. 제대로 조직을 하면 사람들이 필요로 하는 활력을 공급해 줄 수 있을 걸세."

"가장 중요한 문제는 조직입니다, 박사님. 가능한 곳은 시청밖에 없어요."

클리프턴은 고개를 끄덕였다. "그래, 그쪽이 문제겠지. 자네가 그런 뜻으로 하는 말이라면, 유감스럽지만 나로서는 의회에 영향력을 행사할 방도가 없다네. 어떻게 해야 할지를 모르겠군. 물론 허가를 얻어야할 테고, 선례를 보면 그리 극단적이거나 창의적인 사람들이 아니지. 지금 현 상태를 유지하는 쪽을 원할 걸세."

렌설은 고개를 끄덕이고는 가볍게 덧붙였다. "자기네 권력을 유지하는 일에만 흥미가 있지요. 가끔씩 우리 의회가 하는 일에 지치고는 합니다."

클리프턴은 그를 슬쩍 바라보더니 새장 쪽으로 고개를 돌렸다. "자네 혁명을 설파하고 있군, 렌설." 그는 나직하게 말하며 검지로 카나리아 한 마리의 부리를 쓰다듬었다. 문가로 나가는 렌설을 배웅하지도 않았다. 명백한 신호였다.

박사를 포섭하는 데 실패한 렌설은 방으로 돌아와 잠시 쉬고, 빛바랜 조각 양탄자 위를 계속 왔다 갔다 하다가, 다음으로 지하실에 있는 관리인 멀베이니를 만나러 갔다.

"시작하기 전에 의견을 모아 보는 것뿐입니다. 아직 허가를 청원하지는 않았지만, 클리프턴 박사님은 훌륭한 생각이라 하셨고, 허가가 나올 것은 분명하니까요. 식료품을 공급해 주실 수 있습니까?"

멀베이니의 누르스름한 얼굴이 미심쩍은 눈으로 렌설을 바라보았다. "물론 할 수야 있지만, 대체 얼마나 진지하게 말하는 거요?" 그는 뚜껑 달린 책상 위로 몸을 기대며 말했다. "허가가 나올 것 같소? 렌설 씨, 잘못 생각하고 있는 거요. 의회가 그런 의견을 수용할 리가 없지 않소. 영화관도 폐쇄했는데 개방된 파티를 허용할 가능성이 있겠소. 사람들이 예전부터 춤추는 걸 좋아했던 것도 아니고."

"제 의견은 다릅니다만, 어쨌든 발상 자체는 꽤 마음에 들지 않습니까?"

멀베이니는 이미 렌설에게 질린 모양인지 고개를 저었다. "우선 허가부터 얻으시오, 렌설 씨. 그런 다음에 진지하게 이야기를 합시다."

렌설은 목소리를 낮추어 물었다. "꼭 의회의 허가를 얻어야 합니까? 허가 없이 시작할 수는 없습니까?"

멀베이니는 고개도 들지 않고 책상 앞에 자리를 잡고 앉았다. "계속 노력해 보시오, 렌설 씨. 훌륭한 생각이니까."

다음 며칠 동안 렌설은 계속 질문을 던지면서, 모두 대여섯 명의 사람들에게 접근해 보았다. 전반적으로 똑같이 부정적인 반응이 돌아왔으나, 얼마 지나지 않아 그가 의도한 대로 미묘하지만 명확한 호기심의 기운이 그 주변을 둘러싸게 되었다. 그가 식당의 탁자 옆을 지나갈 때면 평소의 산발적인 대화는 잠시 멈추었고, 서비스도 살짝 빨라졌다. 핸슨은 더 이상 아침마다 그와 함께 커피를 마시지 않았는데, 한번은 시청 서기관의 비서인 반스라는 이름의 젊은이와 긴장한 채로 대화를 나누는 모습이 보이기도 했다. 아무래도 그 젊은이가 핸슨의 연줄인 모양이었다.

그러는 동안 감시탑에서는 아무런 활동도 없었다. 밝고 뿌연 하늘에는 감시탑이 끝없이 늘어서 있었고, 관측 창은 닫혀 있었으며, 아래쪽 거리의 사람들은 천천히 평소와 같은 무기력 속으로 빠져들어 호텔과 도서관과 카페를 오갔다. 자신의 행동에 확신을 가진 렌설은 자신감이 돌아오는 것을 느꼈다.

일주일 정도 유예기간을 가진 다음, 그는 마침내 빅터 보드먼에게 부탁을 하러 움직였다.

흥행사이자 밀매꾼은 영화관 위층의 자기 사무실에서, 쓴웃음을 띤 얼굴로 그를 맞이했다.

"그래, 렌설 씨, 듣자 하니 유흥 산업에 투신하실 모양이라던데. 술 취해서 뛰어다니고 뭐 그럴 모양이라고. 사실 꽤 놀랐소."

"축제를 열 뿐입니다." 렌설은 그의 말을 정정했다. 보드먼이 제공한 의자는 창문 쪽을 향하고 있었다. 다분히 의도적이라는 생각이 들었다. 거기서는 이웃한 가구점의 지붕을 굽어보고 있는 감시탑의 모습이 명확하게 보였다. 40피트밖에 떨어지지 않은 위치에서 하늘의 절반을 가리고 있었다. 직사각형 형태의 측면 금속판은 렌설이 짐작할 수 없는 공정을 통해 서로 접합되어 있었다. 용접한 것도, 나사로 고정한 것도 아니었다. 마치 탑 전체를 그 자리에 주조해 낸 것만 같았다. 그는 창을 등지고 놓여 있는 다른 의자로 움직였다.

"학교가 아직 문을 열지 않았거든요. 그래서 뭔가 쓸모 있는 일을 해 보고 싶었습니다. 그러라고 돈을 받는 거니까요. 여기 온 이유는 선생님이 경험이 많은 분이기 때문입니다."

"그래, 내가 경험이 많기는 하지, 렌설 씨. 아주 다양한 분야에서. 의회에 고용된 입장에서 물어보는 건데, 허가는 이미 받은 모양이오?"

렌설은 이 질문을 회피했다. "의회는 당연하게도 보수적인 집단입니다, 보드먼 씨. 따라서 지금 단계에서는 당연하게도 별도로 행동하는 중이지요. 나중에 적합한 때가 오면 의회에 상담을 할 생각입니다. 실현 가능한 제안을 할 수 있게 된 다음에요."

보드먼은 알겠다는 듯 고개를 끄덕였다. "분별 있는 판단이로군, 렌설 씨. 그래서 내가 뭘 해 줬으면 하는 거요? 일을 전부 조직해 주기를 바라는 건가?"

"아니요, 당연히 그렇게 해 주신다면야 정말 감사하겠습니다만. 일단 지금으로서는 소유하고 있는 부동산 일부에서 축제를 열 수 있도록 허가해 주셨으면 하는 것뿐입니다."

"영화관 말이오? 좌석을 전부 들어낼 생각은 없는데. 그러기를 바란다면 하는 말이지만."

"영화관이 아닙니다. 물론 바와 외투 보관소는 사용할 수 있겠지만요." 렌설은 즉석에서 이렇게 덧붙이며, 자신의 계획이 너무 허황되게 들리지 않기만을 바랐다. "혹시 주차장 옆에 있는 옥외 정원이 선생님 소유 아닙니까?"

한동안 보드먼은 아무 말이 없었다. 그는 교활한 눈으로 렌설을 바라보며 시가 자르는 칼로 손톱 아래를 파냈다. 눈에는 살짝 감탄의 빛이 깃들어 있었다. "그래서 내가 야외에서 축제를 열어 줬으면 하는 거요? 렌설 씨, 그런 거요?"

렌설은 고개를 끄덕이면서 보드먼을 향해 마주 웃어 보였다. "명성대로 빠르게 논점에 도달하시는 모습을 보니 정말 기쁘군요. 그 정원을 빌려줄 수 있으십니까? 물론 수익의 상당량을 분배해 드리겠습니다. 사실 그쪽으로 관심이 있으시다면, 수익을 전부 드릴 수도 있습니다."

보드먼은 시가를 꼈다. "렌설 씨, 당신이 재주 많은 사람인 건 분명하군. 내가 당신을 얕잡아 본 모양이오. 그저 의회에 반감을 가진 자일 뿐이라고 생각했지. 지금 당신이 뭘 하려는 건지 확실히 알고 있었으면 하는데."

"보드먼 씨, 정원을 빌려줄 수 있으십니까?" 렌설은 같은 질문을 반복했다.

창문을 가득 채운 감시탑을 바라보는 보드먼의 입술에 즐겁지만 생각에 잠긴 미소가 떠올랐다. "그 옥외 정원 바로 위에 감시탑 두 동이 떠 있다오, 렌설 씨."

"저도 잘 알고 있습니다. 그 정원의 명물이라 할 만하지요. 그럼 답을 해 줄 수 있으십니까?"

두 남자는 아무 말 없이 서로를 응시했다. 이내 보드먼이 보이지 않을 만큼 작게 고개를 끄덕였다. 렌설은 보드먼이 자신의 계획을 진지하게 받아들이고 있음을 알아챘다. 자신의 이익을 위해 렌설을 이용하는 것이 분명하기는 했다. 일단 한 번 의회의 권위를 무시하고 나면, 보다 이익이 큰 다른 사업도 재개할 수 있을 테니까. 물론 축제가 열릴 일은 없겠지만, 보드먼의 질문에 맞추어 그는 임시 진행안을 늘어놓았다. 그들은 한 달 후로 축제 일정을 잡았고, 다음 주 초에 다시 회합을 가지기로 했다.

예상한 대로, 이틀 후 의회에서 보낸 특사가 처음으로 그를 방문했다.

그는 평소 앉는 카페 테라스의 자리에서 기다리고 있었다. 고요한 감시탑이 사방 하늘을 둘러싼 가운데, 핸슨이 거리를 따라 달려오는 모습이 보였다.

"이리 앉게." 렌설이 의자 하나를 빼 주었다. "뭐 새로운 소식이라도 있나?"

"별일은 아닌데, 자네가 알아야 할 것 같아서, 찰스." 그는 총애하는 제자를 질책하듯 메마른 웃음을 렌설에게 보내고는, 웨이트리스를 찾아 텅 빈 테라스를 눈으로 훑었다. "여기 서비스는 어이가 없을 정도로 끔찍하다니까. 얘기 좀 해 보게, 찰스. 자네와 빅터 보드먼에 대한 소문은 대체 뭐야? 내 귀를 믿을 수가 없던데."

렌설은 의자에 몸을 기댔다. "난 모르는데. 말해 보게나."

"우리—아니, 나는 보드먼이 완벽하게 무해한 발언을 주워듣고 그걸 이용하려는 게 아닌가 생각하고 있어. 자네가 그자와 함께 조직하려 한다는 정원 파티 이야기 말이야. 완벽하게 허황된 소리잖나."

"왜 그렇지?"

"하지만 찰스," 핸슨은 몸을 앞으로 내밀고 렌설을 주의 깊게 살피면서, 조금도 동요하지 않는 그의 속내를 파악하려 애썼다. "진심으로 하는 소리는 아니겠지?"

"하지만 안 될 이유가 있나? 내가 원한다는데, 딱히 정원 파티를, 정확하게 말하자면 축제를 주선할 수 없는 이유가 있단 말인가?"

"그런다 해도 조금도 달라지는 일은 없을 거라고." 핸슨은 신랄하게 쏘아붙였다. "다른 이유는 그렇다쳐도," 그가 하늘을 힐긋 쳐다보았다. "자네가 의회에 고용된 신세라는 점은 변하지 않잖나."

바지 주머니에 손을 찔러 넣은 채 렌설은 의자를 뒤로 젖혔다. "하지만 그렇다고 해서 그쪽한테 내 사생활에 간섭할 권한이 생기는 건 아니지. 자네는 잊고 있는 모양이지만, 내 계약 내용을 보면 그런 유의 권리가 없다는 조항이 명시되어 있다네. 내 협정 임금률을 보면 분명한데, 나는 지역 주민이 아니거든. 의회에서 내 행동이 마음에 들지 않는다 해도, 기껏해야 파면 통지를 하는 것 말고는 아무것도 할 수 없을걸세."

"분명 그렇게 할 거네, 찰스. 자만하지 말게."

렌설은 그의 말에 딱히 대답을 하지 않았다. "나쁠 거야 없지, 내 일을 맡을 다른 사람을 찾을 수만 있다면. 솔직히 그럴 것 같지는 않지만 말이네. 예전에도 도덕적인 거리낌을 그냥 꾹 참고 넘어가는 일이 많지 않나."

"찰스, 이번 일은 달라. 자네가 조심만 하면 사적으로 뭘 하든 끼어드는 사람은 없을 걸세. 하지만 정원 파티는 공공의 문제고, 의회에서 개입을 할 수 있는 영역이라고."

렌설은 하품을 했다. "의회 이야기는 이제 따분한데. 일단 축제 자체는 엄밀하게 말해 사적인 영역일 걸세. 초대를 받은 사람만 들어올 수 있을 테니까. 이 경우에는 의회와 상담할 의무는 조금도 없을 텐데. 만약 소요 사태가 발생한다면 경찰서장이 행동에 들어가면 되겠지. 대체 이 정도 일에 소란을 피우는 이유가 뭔가? 나는 그저 무해한 축제 분위기를 조금 제공하고 싶을 뿐이란 말일세."

핸슨은 고개를 저었다. "찰스, 일부러 논점을 회피하지 말자고. 보드먼의 말에 따르면 축제를 야외에서 열 거라고 하던데. 감시탑 두 곳 바로 아래에서 말이야. 어떤 파급 효과가 있을지 알고는 있는 건가?"

"물론이지." 렌설은 천천히 입을 움직이며 단어를 정확하게 발음했다. "전혀. 아무 영향도 없을 걸세."

"찰스!" 대놓고 신성모독을 하는 모습에, 핸슨은 황급히 고개를 낮추고는 즉시 보복이 가해질지도 모른다고 생각하는 눈으로 허공의 감시탑들을 올려다보았다. "이봐, 이 친구야, 내 충고 좀 들어. 전부 없던 일로 하라고. 어차피 성공할 가능성도 없는 미친 장난질인데, 왜 굳이 의회와 마찰을 일으키려 하는 거야? 도발을 당하면 그들이 진짜로 무슨 일을 벌일지 아무도 모르잖아?"

렌설은 자리에서 일어섰다. 그리고 맞은편 거리 허공에 매달려 있는 감시탑을 바라보며, 가슴 찌르는 초조함을 억누르려 애썼다. "초대장은 보내지." 그는 호텔로 걸음을 옮기기 시작했다.

다음 날 오후, 시청 서기관의 비서가 그의 방으로 방문하겠다고 연락을 해 왔다. 생각할 시간을 주려고 일부러 비운 것이 분명한 여유 시간 동안, 렌설은 호텔에 머물며 안락의자에서 조용히 독서를 즐겼다. 오즈먼드 부인을 잠시 만나러 가기는 했지만, 곧 충돌이 일어날 것이라는 사실을 알았는지 초조하고 짜증이 가득한 기색이었다. 렌설은 초연한 태도를 취하는 것만으로도 지치기 시작했고, 최대한 바깥쪽 거리를 피해 걸음을 옮겼다. 다행스럽게도 아직 학교는 문을 열지 않았다.

검은 머리를 말쑥하게 다듬은 비서 반스는 즉시 요점으로 들어갔다. 그는 렌설이 권하는 의자를 거부하더니 분홍색 서류 사본 한 장을 손에 들어 보였다. 지난 의회 기록의 사본인 듯했다.

"렌설 씨, 의회에서는 당신이 3주 후에 정원 축제를 벌이려는 의도를 가지고 있다는 정보를 입수했습니다. 저는 감시위원회 의장 각하의 명을 받아, 위원회 측에서 극도로 우려하고 있으며, 이에 즉시 모든 준비 과정을 종료하고 축제 기획을 취소할 것을 요청할 뿐만 아니라, 청문회에 출석하기를 요구하는 바입니다."

"그거 미안하게 됐군, 반스. 하지만 유감스럽게도 준비가 거의 다 끝났거든. 이제 막 초대장을 인쇄하려던 참이야."

반스는 머뭇거리면서 눈을 굴려 렌설의 허름한 방과 낡아 빠진 책 몇 권을 훑어보았다. 렌설의 행동 아래 숨어 있는 수상한 의도를 찾아내고 싶은 모양이었다.

"렌설 씨, 아무래도 이 요청이 의회에서 직접 내린 지시에 준하는 것임을 알려 드려야 할 것 같습니다만."

"그건 나도 알고 있네." 렌설은 창틀에 앉아서 바깥의 감시탑들을 바라보았다. "핸슨과 그 문제를 놓고 의견을 나눈 적이 있지, 자네도 아마 알고 있겠지만. 내가 거리를 걷는 걸 막을 수 없는 것과 마찬가지로, 의회에는 이 축제를 취소하라고 명령을 내릴 권한이 없다네."

반스는 입가에 슬쩍 관료의 웃음을 띠었다. "렌설 씨, 이 문제는 의회의 법적 권한에 관한 것이 아닙니다. 이 명령은 상급자에게서 권한을 받은 당국에서 내린 것입니다. 원한다면 의회에서는 그저 받은 지령을 전달하는 것뿐이라고 생각하셔도 좋습니다." 그는 감시탑을 향해 고개를 슬쩍 기울였다.

렌설은 자리에서 일어섰다. "마침내 제대로 이야기를 할 수 있을 것 같군." 그는 자세를 바로잡으며 말을 이었다. "그렇다면 내가 정중하지만 단호하게 거부의 의사를 보낼 테니, 그 의견을 자네가 말하는 소위 상급자란 사람들에게 전해 달라고 의회에 이르게나. **무슨** 뜻인지 알겠나?"

반스가 살짝 뒷걸음질을 쳤다. 그리고 렌설을 차분히 바라보더니 고개를 끄덕였다. "알 것 같습니다, 렌설 씨. 자신의 행동이 어떤 뜻인지 이해하고 있으신 게 분명하군요."

그가 자리를 떠나자, 렌설은 창문의 블라인드를 내리고 침대에 누웠다. 그리고 한 시간 동안 긴장을 풀려고 애썼다.

의회와의 최후의 결전은 다음 날 벌어졌다. 감시위원회의 긴급회의에서 그를 소환했고, 그는 즉시 초청에 응했다. 그는 주主 의회에 소속된 모든 위원회의 위원들이 그곳에 와 있을 것임을 확신했다. 그렇다면 그들의 허세를 들추고 의회의 권위를 실추시키기에는 최적의 기회가 될 것이다.

핸슨과 오즈먼드 부인 둘 다 그가 항변하지 않고 항복할 것이라 확신하고 있었다.

"자, 찰스, 이건 자네가 자초한 일이야." 핸슨이 말했다. "그래도 자네에게는 관대하게 처리할 것이라 생각하네. 이제는 체면 문제거든."

"그 이상이었으면 좋겠는데." 렌설이 대꾸했다. "저 친구들은 감시탑으로부터 직접 지시를 받고 있다고 주장하거든."

"글쎄, 그거야……" 핸슨이 어정쩡하게 손을 놀리면서 말을 이었다. "물론 그렇겠지. 물론 감시탑 쪽에서 이런 사소한 일에 직접 개입하지는 않을 걸세. 의회가 자기네를 대신해 일을 처리할 거라고 간주할 테니, 의회의 권위가 지켜지는 한은 그대로 지켜보고만 있을 거라고."

"그거 이상적일 정도로 단순한 계약 조건이군. 그렇다면 의회와 감시탑 사이에 어떤 식으로 통신이 이루어질 거라고 생각하나?" 렌설은 방 밖, 거리 너머로 보이는 감시탑을 가리키며 말했다. 창문이 전부 닫힌 관측층이 성수기가 지난 곤돌라처럼 허공에 매달려 있었다. "전화로? 아니면 수기로 신호를 보내나?"

그러나 핸슨은 그저 웃으며 화제를 바꿀 뿐이었다.

줄리아 오즈먼드 또한 명확하게 아는 것이 없으면서도 의회가 실수할 리 없다고 확신하고 있었다.

"물론 감시탑에서 지령을 받을 거예요, 찰스. 하지만 걱정하지 말아요. 분명 균형 감각이 있을 테니까. 애초에 여기까지 무사히 오도록 놔두었잖아요." 그녀는 훈계의 손가락을 렌설에게 돌렸다. 풍만한 엉덩이와 몸이 그의 시야를 메우며 감시탑을 가렸다. "그게 당신의 가장 큰 문제예요, 찰스. 자신을 실제 모습보다 더 중요하게 생각하는 것 말이에요. 지금 당신 꼴을 봐요. 다 떨어진 신발 같은 얼굴을 하고 하루 종일 쭈그려 앉아 있기만 하잖아요. 의회하고 감시탑에서 뭔가 끔찍한 형벌을 내릴 거라고 걱정하는 거죠. 하지만 그러지 않을 거예요. 당신에게는 그럴 가치도 없으니까요."

렌설은 호텔에서 내키지 않는 점심 식사를 했다. 주변 탁자에 앉은 손님들이 자신을 지켜보고 있다는 것을 의식하면서. 대부분이 방문객을 데려온 것으로 보아, 그날 오후의 회의에는 참석자가 꽉 찰 모양이었다.

식사를 한 후 그는 방으로 퇴각해서 2시 30분인 회의 시간까지 책을 읽으려 노력했다. 밖에는 감시탑들이 희뿌연 안개 속에 줄지어 늘어서 있었고, 렌설은 주머니에 손을 넣은 채 적진의 위용을 살피는 장군처럼 대놓고 감시탑을 관찰했다. 평소에 비해 안개가 낮게 깔려서 탑들 사이의 간극을 메우고 있었다. 그래서 멀리, 탑 끝부분과 주변 건물의 지붕이 맞닿은 곳은 탑들이 사각형 굴뚝처럼 허공을 향해 솟아오르고 하얀 연기가 하늘을 뒤덮은 공업지대처럼 보였다.

가장 가까운 탑은 왼쪽 대각선으로 75피트 떨어져 있었고, 구역의 다른 호텔들과 함께 쓰는 안뜰의 동쪽 끝 위에 떠 있었다. 렌설이 몸을 돌리는 순간 관측층의 창문 하나가 열리는 듯했는데, 희뿌연 유리판에서 날카로운 빛의 투창이 그를 향해 날아오는 것만 같았다. 렌설은 심장이 격렬하게 고동치는 것을 느끼며 움찔하고 뒤로 물러섰다가, 이내 다시 몸을 앞으로 내밀었다. 감시탑의 활동은 일어났던 것처럼 순식간에 사라져 버렸다. 창문은 굳게 닫혀 있었고, 그 안쪽에서는 아무런 움직임도 보이지 않았다. 렌설은 위아래 방에서 무슨 소리가 들리는지 귀를 기울여 보았다. 탑의 움직임이 너무도 뚜렷했던 데다 며칠 만에 처음으로 나타난 것이었고, 추가로 비슷한 움직임이 있을 거라는 느낌이 들었으므로, 사람들이 일제히 발코니로 몰려오는 소리가 들려야 했다. 그러나 호텔 안은 고요했고, 아래층에서는 클리프턴 박사가 창가의 새장을 돌보며 콧노래를 부르는 소리만 들렸다.

렌설은 안뜰 맞은편의 창문을 살펴보았으나 그가 기대한 대로 목을 빼고 위를 바라보는 사람들은 보이지 않았다. 그는 감시탑을 찬찬히 살피다가 결국 근처 호텔의 창문이 열리는 모습을 본 것이라는 결론을 내렸다. 딱히 만족스럽지는 않은 설명이었다. 햇살은 은빛 칼날처럼 공기를 꿰뚫었고, 오직 감시탑의 창문만이 그런 독특하고 강렬한 광선을 쏠 수 있기 때문이었다. 그의 머리를 정확하게 조준한 것은 물론이고.

그는 손목시계로 시선을 돌리다가, 시간이 2시 15분이 된 것을 보고 욕설을 뱉었다. 시청까지 반 마일은 떨어져 있으니, 그곳에 도착하면 땀범벅에 옷차림이 엉망이 되어 있을 것이 분명했다.

문을 두드리는 소리가 들렸다. 열어 보니 멀베이니가 서 있었다. "무슨 일입니까? 지금 바쁜데요."

"미안하오, 렌설 씨. 의회에서 반스라는 사람이 와서 급히 알려야 할 일이 있다고 그러더군. 오늘 오후 회의가 연기되었다고 하오."

"하!" 렌설은 문을 열어 놓은 채, 경멸하는 투로 허공에 손을 들고 손가락을 튕겼다. "그래서 결국 생각을 고쳐먹은 모양이로군요. 신중함이야말로 더 나은 용기라는 말이 있지요." 그는 활짝 웃으며 멀베이니를 방 안으로 불러들였다. "멀베이니 씨! 잠깐만 기다리십시오!"

"좋은 소식인 거요, 렌설 씨?"

"끝내주지요. 놈들을 도망치게 만든 겁니다." 그리고는 덧붙였다. "두고 보시죠. 다음번 감시위원회는 분명 비공개로 열릴 테니까요."

"당신 말이 맞을지도 모르겠소, 렌설 씨. 의회 사람들 행동이 조금 지나치다고 생각하는 이들도 있고 말이오."

"그렇습니까? 그거 흥미로운 소식이로군요. 잘됐습니다." 렌설은 그 소식을 기억해 두면서 멀베이니를 창가로 불렀다. "멀베이니 씨, 혹시 말입니다, 층계로 올라오는 동안에 저 밖에서 움직임이 보였습니까?"

그는 가볍게 감시탑 쪽으로 손짓했다. 직접 손가락질을 해서 주의를 끌고 싶지는 않았던 것이다. 멀베이니는 바깥의 안뜰을 내다보면서 천천히 고개를 저었다. "평소보다 딱히 더 움직임이 있었던 것 같지는 않은데. 어떤 종류의 움직임 말이오?"

"있잖습니까, 창문이 열린다든가……" 멀베이니가 계속 고개를 흔드는 것을 보며 렌설은 말했다. "좋습니다. 혹시 그 반스라는 친구가 또 전화를 하면 알려 주십시오."

멀베이니가 떠나자 그는 모차르트의 론도를 휘파람으로 불면서 방 안을 왔다 갔다 했다.

그러나 이어진 사흘 동안 고양감은 서서히 가라앉았다. 렌설에게는 짜증 나는 일이었지만, 취소된 위원회 회의는 이후로도 확정되지 않았다. **밀실에서** 진행되리라고 예측하고 있었으나, 아무래도 위원회 사람들이 그래 봤자 달라질 일은 거의 없다는 사실을 깨달은 모양이었다. 머지않아 의회와 감시탑이 소통을 하고 있다는 주장에 대한 렌설의 도전이 성공했다는 사실을 모든 사람이 깨닫게 될 테니까.

렌설은 회의가 무기한 연기될 수도 있다는 가능성 앞에서 몸이 달았다. 그와 정면으로 충돌하는 일을 피한 것만으로도 의회는 성공적으로 눈앞의 위험을 회피한 셈이었다.

렌설은 혹시나 자신이 의회를 과소평가한 것이 아닐까 생각하기 시작했다. 어쩌면 그가 강경한 자세로 맞서는 대상이 의회가 아니라 감시탑이라는 사실을 깨달은 것일지도 모른다. 희미한 가능성이라고, 어린애 같은 환상이라고 여기며 무시하려 해도 끈질기게 붙어 있는 공포, 즉 감시탑과 의회가 알 수 없는 공모를 **하고 있을지도 모른다**는 생각이 점차 커지기 시작했다. 애초에 축제는 감시탑에 대하여 악의를 드러내지 않고 도전하기 위해 꾸민 계획이었다. 여기까지 와서 오만하게 보이지 않으면서 아예 말이 안 되지도 않는 새로운 계획을 꾸미기는 쉽지 않을 것이 분명했다.

게다가 계속 곱씹던 대로, 그는 대놓고 반란을 일으키려는 것이 아니었다. 처음에는 단순히 언짢은 생각에서, 주변 사람들의 지루하고 무기력한 모습과, 모두가 감시탑을 보며 느끼는 공포가 마음에 들지 않아 벌인 일이었다. 그들의 절대적 권력에 도전하는 일에는 사실 아무 의미도 없었다. 적어도 이 단계에서는. 그저 이 세계의 존재적 경계를 규정하고, 만약 모두가 쥐덫에 걸린 **거라면** 적어도 치즈는 먹을 수 있도록 하고 싶을 뿐이었다. 또한 그는 감시탑에서 반응을 이끌어 내려면 정말로 영웅적인 수준의 모욕이 필요할 것이며, 애초에 일정 한도의 자유는 주어져 있다고 계산하고 있었다. 작지만 소중한 자산이 이미 시스템 안에 확보되어 있다고 말이다.

존재론적 관념이 실생활에서 적용될 때에는 어느 정도의 유예가 존재하게 마련이며, 따라서 흑과 백 또는 선과 악의 현실적인 경계는 이론적인 경계에서 어느 정도 거리를 둔 곳에 성립된다. 바로 이런 분수령, 반음영半陰影의 구역에 활기를 가져다주는 삶의 쾌락이 존재하며, 렌설 또한 이런 영역에서 가장 편안함을 느꼈다. 오즈먼드 부인의 집역시 이 구역에 있었고, 렌설은 항상 그 경계 안쪽으로 넘어가고 싶은 사람이었다. 그러나 그러기 위해서는 우선 도덕적인 시차를, 방향성의편차를 명확하게 파악할 필요가 있었다. 하지만 의회는 위원회 회의를 취소하는 것으로 그의 계획을 미연에 방지한 셈이었다.

반스의 연락을 기다리는 동안 초조감이 점차 커져 갔다. 감시탑은 하늘을 가득 메우는 것처럼 보였고, 그는 짜증을 이기지 못해 블라인드를 내렸다. 2층 위의 옥상에서는 하루 종일 가벼운 망치질 소리가들려왔다. 그러나 그는 거리로 나가고 싶지 않았고, 카페로 내려가 모닝커피를 마시는 일도 그만두었다.

결국 그는 옥상으로 통하는 계단을 올라가 문으로 나섰다. 목수 두 사람이 멀베이니의 지시를 받으며 작업을 하는 모습이 보였다. 타르칠이 된 시멘트 위에 생목 판자를 올리고 있었다. 눈부신 햇살에 눈을가리자니 또 다른 남자 하나가 뒤편 층계로 올라왔다. 목제 난간 부품을 두어 개 들고 있었다.

"시끄러워 미안하오, 렌설 씨." 멀베이니가 사과했다. "내일이면 끝날 거요."

"무슨 일입니까?" 렌설이 물었다. "설마 여기에 옥상 정원을 만드는건 아니겠지요?"

"그럴 생각이오만." 멀베이니는 난간을 가리켰다. "의자하고 양산을 몇 개 가져다 놓으면 노인네들이 좋아할 것 같지 않소? 클리프턴 박사의 제안이었소." 그는 여전히 문가 그늘에 숨어 있는 렌설을 내려다보며 덧붙였다. "렌설 씨도 이리로 의자를 가져와서 앉아 있는 게 어떻겠소. 일광욕이 좀 필요할 것 같은데."

렌설은 고개를 들어 사람들의 머리 바로 위에 떠 있는 감시탑을 올려다보았다. 조약돌을 던지면 물결무늬가 그려진 감시탑의 금속 바닥을 손쉽게 맞힐 수 있을 것 같았다. 옥상은 주변 하늘에 매달려 있는 수십 개의 감시탑에 완벽하게 노출되어 있었다. 멀베이니가 정신이 나가 버린 건 아닐까 싶었다. 노인들은 잠시도 그곳에 앉을 생각을 하지 않을 것이다.

멀베이니는 안뜰 맞은편 옥상을 가리켜 보였다. 그쪽에서도 비슷한 작업이 벌어지고 있었다. 밝은 노란색 차양이 펼쳐져 있었고, 그 아래에는 이미 두 사람이 자리를 차지하고 앉아 있었다.

렌설은 머뭇거리다 목소리를 낮추고 말했다. "하지만 감시탑은 어떻게 하고요?"

"뭐라고 하셨소?" 멀베이니가 목수 쪽으로 한눈을 파느라 잠시 고개를 돌렸다가 다시 렌설 쪽을 향했다. "그래요, 여기서는 누가 뭘 하든 확실히 감시할 수 있을 거요, 렌설 씨."

렌설은 어안이 벙벙해져서 방으로 돌아갔다. 멀베이니가 질문을 잘못 들은 것일까, 아니면 감시탑을 자극하기 위해 어리석은 시도를 한 것일까? 렌설은 옥상마다 일어나는 수많은 사소한 반항의 움직임이 모두 자기 때문은 아닐지 생각해 보았다. 어쩌면 지금까지 수년 동안 억눌려 온 반감이 그의 행동으로 인해 일시에 표출된 것은 아닐까?

놀랍게도 다음 날 아침이 되자 층계를 올라가는 삐걱임이 들렸다. 호텔 손님 한 무리가 옥상 정원을 이용하는 모양이었다. 점심 식사 전에 옥상으로 올라가 보니, 적어도 열두 명은 되는 나이 든 손님들이 감시탑 바로 아래에 앉아 평온하게 서늘한 공기를 들이마시고 있었다. 감시탑 때문에 거북해하는 사람은 한 명도 없었다. ㄱ자 모양의 구역 여기저기에 일광욕을 하는 사람들이 모습을 드러냈다. 마치 지금까지 숨어 있던 욕구에 반응이라도 하듯이. 사람들은 베란다에 앉거나 난간에 기대어 서로에게 손을 흔들고 있었다.

더욱 놀라운 것은 이렇게 사람들이 격렬하게 움직이는데도 감시탑에서는 아무런 반응을 보이지 않는다는 점이었다. 렌설은 블라인드 뒤에 반쯤 몸을 숨긴 채로 감시탑을 찬찬히 훑어보았다. 반 마일 떨어진 곳의 관측 창에서 뭔가가 반짝하고 움직이는 게 보이기는 했지만, 그것을 제외하면 감시탑들은 모두 잠잠했다. 사방으로 지평선까지 길게 늘어선 감시탑들은 왜인지는 몰라도 미동도 하지 않았다. 안개가 약간 걷혀서 하늘까지 뻗은 기둥이 드러나 있었다. 윤곽도 더 짙고 생생해져 있었다.

점심시간이 거의 다 되어 핸슨이 그의 관찰을 방해하러 찾아왔다. "이봐, 찰스. 좋은 소식이야! 내일 학교 문을 연다고. 정말 잘된 일이지. 너무 지겨워서 제대로 서 있지도 못할 지경이었는데."

렌설은 고개를 끄덕였다. "잘됐군. 무슨 전기 충격을 받았기에 갑자기 생기가 돌아와서 꿈틀거리는 거지?"

"아, 나도 모르지. 어차피 언젠가 열 거 아니었겠나. 기쁘지 않아?"

"물론 기쁘지. 내가 아직 고용되어 있는 건가?"

"당연하지. 의회는 사소한 원한 따위로 움직이지 않아. 일주일 전이었다면 해고해 버렸을지도 모르지만, 이제 상황이 변하지 않았나."

"무슨 소린가?"

핸슨은 렌설을 찬찬히 훑어보았다. "학교가 문을 열었다는 소리지. 왜 그러나, 찰스?"

렌설은 창가로 걸음을 옮겼다. 그의 눈은 옥상에 줄지어 앉아 일광욕을 하는 사람들을 훑었다. 그리고 감시탑에서 움직임이 나타날 것을 대비해 잠시 숨을 죽이고 기다렸다.

"감시위원회는 내 청문회를 언제쯤 열려는 거지?"

핸슨은 어깨를 으쓱했다. "이제 귀찮게 굴지 않을걸. 지금까지 괴롭히던 사람들보다 자네가 강하다는 사실을 깨달았으니까. 그냥 다 잊어버리라고."

"하지만 잊어버리고 싶지 않아. 청문회가 열리기를 바란단 말일세. 젠장, 일부러 놈들의 패를 까발리려고 축제 이야기를 꾸며 내기까지 했는데. 이제 와서 서둘러 발을 빼고 있단 말이지."

"뭐, 그럴 수도 있지 않나? 진정 좀 하게. 그쪽도 나름대로 힘든 일이 있겠지." 핸슨이 웃으며 말했다. "혹시 모르잖나. 어쩌면 이제 그 친구들도 초대장을 받고 싶어서 몸이 달아 있을지."

"받을 리가 있나. 솔직히 그 작자들이 두뇌 싸움으로 나를 이긴 것만 같은 기분이라고. 축제가 열리지 않으면 모든 사람들이 내가 항복했다고 생각하겠지."

"하지만 축제는 열릴 텐데. 최근 보드먼이 뭐 하고 돌아다니는지 못 봤나? 잔뜩 준비하고 있어. 분명 엄청난 구경거리가 될 걸세. 자네를 내치려고 들지도 모르니까 조심하라고."

렌설은 어안이 벙벙해져서 창문에서 고개를 돌렸다. "설마 보드먼이 그대로 진행했다는 말인가?"

"당연하지 않나. 적어도 겉보기로는 그래. 주차장 너머에 커다란 천막을 치고, 긴 의자를 잔뜩 가져다 놓고 깃발을 휘날리고 있다고."

렌설은 손바닥을 주먹으로 때렸다. "그 작자 미쳤군!" 그는 핸슨을 돌아보았다. "조심하는 게 좋을 걸세. 뭔가가 벌어지고 있어. 내가 보기에는 의회 작자들은 그저 기회를 노리고만 있는 거야. 고삐를 늦춘 다음 우리가 선을 넘기만을 기다리는 거지. 옥상에 사람들 봤나? 다들 일광욕을 하고 있다고!"

"나쁘지 않은 생각인데. 자네가 항상 바라던 일 아닌가?"

"이렇게 대놓고 할 생각은 없었어." 렌설은 가까운 감시탑을 가리켰다. 창문은 닫혀 있었지만 반사되는 햇빛은 평소보다 훨씬 밝았다. "머지않아 짧지만 날카로운 반응이 있을 거라고. 의회에서는 그걸 기다리고 있는 걸세."

"의회가 무슨 상관인가. 사람들이 옥상에 앉아 있고 싶다는데 그걸 누가 막겠나? 점심 먹으러 올 거지?"

"곧 내려가겠네." 렌설은 창가에 조용히 서서 핸슨을 물끄러미 바라보았다. 예전에는 상상도 하지 못했던 가능성 한 가지가 마음속에 떠올랐다. 그는 그 가설을 시험해 볼 방법을 찾아보았다. "아직 시간이 안 된 거 아닌가? 내 시계는 멎어 버려서."

핸슨이 손목시계를 확인했다. "12시 30분인데." 그러고는 창밖 멀리, 시청 건물에 딸린 시계탑 쪽을 바라보았다. 렌설이 자기 방에 가지고 있던 가장 큰 불만은, 바로 앞의 감시탑이 시계탑의 전면을 거의 다 가리고 있다는 것이었다. 핸슨은 고개를 끄덕이면서 시계를 다시 맞추었다. "12시 31분이로군. 이따가 또 봄세."

핸슨이 나가자 렌설은 침대에 주저앉아, 용기가 천천히 사그라지는 것을 느끼며 예측하지 못한 전개를 어떻게든 정당화하려 애썼다.

다음 날 그는 두 번째 증거를 마주하게 되었다.

보드먼은 우중충한 방 안을 내키지 않는 눈으로 둘러보았다. 창가 의자에 웅크리고 앉아 있는 렌설의 몰골이 이해가 안 되는 모양이었다.

"렌설 씨, 이제 와서 취소하는 건 말도 안 되오. 이미 축제를 시작한 것이나 다름없으니까. 애초에 취소한다 해서 무슨 의미가 있겠소?"

"우리는 정원 축제를 열기로 약속했잖습니까." 렌설은 지적했다. "그걸 유원지 놀이로 바꿔 놓았지요. 긴 의자하고 음악을 잔뜩 추가해서."

보드먼은 렌설의 선생다운 태도에 꿈쩍도 않고 코웃음을 쳤다. "어차피 다를 게 뭐 있소? 어쨌든 나는 그 위에 지붕을 덮어서 영구적인 유원지로 만들 생각이오. 의회에서 끼어들지는 않겠지. 요즘은 조용하게 일 처리를 하는 모양이니까."

"그렇습니까? 저는 그렇게 생각하지 않는데요." 렌설은 안뜰을 내려다보았다. 반팔을 입은 남자들, 꽃무늬 드레스를 입은 여자들이 머리 위 100피트 상공에 떠 있는 감시탑의 존재를 모른 채 여기저기 둘러앉아 있었다. 안개는 더 많이 걷혀서 이제 적어도 200야드 안쪽에 있는 모든 감시탑의 동체가 드러나 보였다. 탑에서는 전혀 움직임이 없었지만, 렌설은 곧 움직임이 시작되리라고 확신했다.

"한 가지 묻죠." 그는 목소리를 가다듬고 보드먼에게 질문을 던졌다. "감시탑이 두렵지 않습니까?"

보드먼은 영문을 몰라 했다. "무슨 탑?" 그는 시가로 나선 모양을 그려 보였다. "혹시 커다란 미끄럼틀을 말하는 거요? 걱정 마시오, 그런 건 들여놓지 않을 테니까. 사람들이 그 계단을 올라갈 기력이 있겠소."

그는 시가를 다시 입에 물고는 문 쪽으로 느긋하게 걸음을 옮겼다. "자, 그럼 잘 있으시오, 렌설 씨. 초대장은 보내 드리지."

그날 오후 늦게, 렌설은 클리프턴 박사를 만나러 아래층으로 갔다.

"실례합니다, 박사님. 혹시 박사님 전문 분야에 대해 상담을 좀 해 주실 수 있습니까?" 그는 사과하며 말했다.

"글쎄, 여기서 할 생각은 없는데, 렌설. 지금은 일과 시간이 아니라서 말일세." 그는 퉁명스럽게 얼굴을 찌푸리고 창가의 카나리아 새장에서 시선을 돌리다가 렌설의 심각한 표정을 보고 화를 풀었다. "알겠네, 문제가 뭔가?"

클리프턴이 손을 씻는 동안 렌설은 자기 문제를 설명했다. "혹시 말입니다, 박사님. 동시에 많은 사람들에게 동일한 최면 암시를 거는 방법을 아십니까? 최면술사가 연기를 하듯 기술을 펼쳐 보이는 것에는 다들 익숙하겠지만, 저는 작은 공동체 전체가—이를테면 여기 한 구역의 호텔 인근 주민들 모두라든가—현실과 완벽하게 상치되는 가정을 받아들이게 할 수 있는지 묻는 겁니다."

클리프턴이 손 씻기를 멈추었다. "내 전문 분야에 대해 상담하고 싶은 줄 알았는데. 나는 주술사가 아니라 의사일세. 이번에는 또 뭘 꾸미는 건가, 렌설? 저번 주에는 축제였고, 이제는 동네 전체에 최면술을 걸고 싶은 건가? 조심하는 게 좋을 걸세."

렌설은 고개를 저었다. "최면술을 거는 사람은 제가 아닙니다, 박사님. 사실은 이미 최면에 성공했다고 생각하고 있어요. 혹시 환자를 진료하다 이상한 점을 눈치챈 적은 없으십니까?"

"평소보다 딱히 더 이상한 정도는 아닌데." 클리프턴은 무미건조하게 대답했다. 렌설을 바라보는 그의 눈빛에 호기심이 조금 더 깃들었다. "그 집단 최면을 건 사람이 누군가?" 렌설이 손가락으로 천장을 가리키자 클리프턴은 이해했다는 듯 고개를 끄덕였다. "알겠네. 정말로 사악한 일이로군."

"그렇지요. 이해해 주셔서 다행입니다, 박사님." 렌설은 창가로 가서 건물 아래의 차양을 바라보았다. 그는 감시탑을 가리켰다. "한 가지만 확인해 보지요, 박사님. 저기 감시탑이 보이십니까?"

클리프턴은 아주 잠깐 머뭇거리며, 책상 위의 왕진 가방 쪽으로 눈치채기 힘들 정도로 살짝 움직였다. 그러고는 고개를 끄덕였다. "물론일세."

"다행이군요. 그 말씀을 들으니 마음이 놓입니다." 렌설은 웃음을 터트렸다. "한동안 저 혼자만 아는 것은 아닐까 생각했어요. 핸슨과 보드면 둘 다 이제 감시탑을 보지 못한다는 사실을 혹시 아셨습니까? 그리고 저 아래 있는 사람들도 마찬가지일 겁니다. 그렇지 않다면 뻥 뚫린 하늘 아래 저렇게 앉아 있을 리가 없으니까요. 저는 이게 의회에서 벌인 짓이라고 확신하지만, 그쪽에 이 정도의 일을 벌일 능력이 있을 리는 없으니—" 그는 클리프턴이 자신을 뚫어져라 바라보고 있다는 사실을 깨닫고 말을 멈추었다. "왜 그러십니까? **박사님!**"

클리프턴은 서둘러 왕진 가방에서 처방전 용지를 꺼냈다. "렌설, 주의야말로 모든 전략의 기본일세. 너무 서두르지 않는 편이 좋아. 오늘 오후에는 일단 우리 둘 다 휴식을 취하도록 합세. 자, 이걸 먹으면 잠을 잘 수 있을 테고—"

며칠 만에 처음으로 그는 거리로 나섰다. 고개를 숙이고, 박사에게 진심을 내비친 사실에 화가 나서, 그는 보도를 따라 오즈먼드 부인에게 향했다. 아직 감시탑을 볼 수 있는 사람을 최소한 한 명은 찾아내고야 말 작정이었다. 그가 기억하는 한 본 적이 없을 정도로 많은 사람이 거리에 나와 있었고, 그는 행인들을 피하기 위해 계속 시선을 위로 할 수밖에 없었다. 머리 위에는 지구 종말의 공습을 시작하려는 폭격기처럼 감시탑들이 아래를 굽어보고 있었다. 교회의 두 종탑 사이에서, 대로의 풍경을 가로막으며, 하지만 오후 산책을 즐기는 사람들에게는 모습을 드러내지 않은 채.

카페를 지나치던 렌설은 커피를 마시는 사람들로 가득한 테라스의 모습에 깜짝 놀랐다. 이어서 영화관 주차장에 서 있는 보드먼의 천막이 눈에 들어왔다. 영화관 오르간이 삐걱대면서 음악을 연주했고, 색색의 얇은 깃발들이 허공에서 흩날렸다.

오즈먼드 부인의 집에서 20야드 떨어진 곳까지 오자, 그녀가 널찍한 밀짚모자를 쓰고 현관문을 나오는 모습이 보였다.

"찰스! 여기서 뭘 하고 있는 거예요? 며칠이나 안 보이더니. 무슨 일이라도 난 줄 알고 걱정했잖아요."

렌설은 그녀의 손가락에서 열쇠를 빼내 다시 자물쇠 구멍으로 밀어 넣었다. 안으로 들어가 문을 닫고는, 어둑한 복도에서 걸음을 멈추고 호흡을 가다듬었다.

"찰스, 대체 왜 그래요? 쫓아오는 사람이라도 있어요? 당신 정말 안 좋아 보여요. 얼굴이—"

"내 얼굴은 됐습니다." 렌설은 마음을 가라앉히고 거실로 걸음을 옮겼다. "이리 와요, 어서." 그는 창가로 가서 블라인드를 올렸다. 건너편에 일렬로 늘어선 주택 위로 감시탑이 떠 있을 거라 확신하고. "앉아서 긴장 좀 풀어요. 이렇게 들이닥쳐서 미안하지만 곧 이해할 수 있을 겁니다." 그는 오즈먼드 부인이 머뭇거리며 소파에 앉을 때까지 기다린 다음, 벽난로 장식을 손으로 부여잡은 채 생각을 정리했다.

"이 며칠 동안 말도 안 되는 일이 일어났어요. 당신도 들어 보면 믿을 수 없을 겁니다. 거기다 클리프턴 앞에서 세계 최고의 멍청이 짓을 해 버렸지요. 세상에, 내가 대체―"

"찰스―!"

"일단 들어요! 아직 시작하지도 않았는데 말을 끊으면 어떻게 합니까. 안 그래도 골치 아픈 일은 셀 수도 없이 많으니까. 모든 곳에서 완벽하게 미친 짓이 벌어지고 있습니다. 누구 짓인지는 몰라도, 덕분에 제정신인 사람은 나밖에 없는 모양입니다. 제대로 미친 소리로 들린다는 건 알지만, 그게 사실이니까요. 왜인지는 모르겠습니다. 나를 겨냥한 보복일지도 모른다는 생각이 들지 않는 건 아니지만요. 하지만," 그는 창가로 움직였다. "줄리아, 창밖으로 뭐가 보입니까?"

오즈먼드 부인은 모자를 벗고 눈을 찡그리며 창문 쪽을 바라보더니, 이내 불편한 듯 몸을 틀었다. "찰스, 무슨 일이 벌어지고 있는 거죠? ―가서 안경을 가져와야겠어요." 무력감에 진정이 된 기색이었다.

"줄리아! 그걸 보려고 안경이 필요했던 적은 없어요. 자, 말해 봐요. 뭐가 보입니까?"

"그야, 줄지어 늘어선 집들하고, 정원에……"

"그리고 또 뭐가 있습니까?"

"물론 창문들이 보이죠. 나무도 한 그루 있고……"

"하늘은 어떤가요?"

그녀는 고개를 끄덕였다. "그래요, 보이죠. 옅은 안개 같은 것이 끼어 있지 않나요? 아니면 눈이 잘못된 건가?"

"아닙니다." 렌설은 지친 기색으로 창가에서 고개를 돌렸다. 처음으로 달랠 수 없는 피로가 그를 짓눌렀다. "줄리아." 그는 조용히 물었다. "감시탑이 기억나지 않습니까?"

그녀는 천천히 고개를 저었다. "아뇨, 기억 안 나요. 그게 뭔가요?" 그녀의 얼굴에 걱정의 기색이 드리웠다. 그녀가 그의 팔에 부드럽게 손을 올렸다. "자기, 무슨 일이 벌어지고 있는 건가요?"

렌설은 똑바로 서 있기 위해 온 힘을 기울였다. "나도 모르겠습니다." 그는 다른 손으로 이마를 두드렸다. "탑이 전혀 기억이 안 난다는 거지요. 관측 창도." 그는 창문 가운데에 걸려 있는 감시탑을 가리켰다. "저쪽, 저기 있는 집 바로 위에 하나가 있었습니다. 항상 그걸 지켜보고 있었죠. 위층에 올라가면 꼭 커튼을 치던 일이 생각나지 않습니까?"

"찰스! 조심해요, 사람들이 듣겠어요. 어딜 가려는 거예요?"

렌설은 감각이 사라진 몸을 애써 움직여 문을 당겼다. "밖으로 갑니다." 그는 감정 없는 목소리로 말했다. "이제는 실내에 있을 이유가 없으니까요."

그는 정문을 통해 50야드 정도 걸어 나와 자신을 부르는 그녀의 목소리를 들으며 재빨리 샛길로 들어가서 첫 번째 갈림길 쪽으로 서둘러 걸음을 옮겼다.

머리 위로 환한 하늘에 매달려 있는 감시탑이 느껴졌지만, 그는 주변의 대문과 울타리로 눈높이를 맞추고는 빈집들을 훑었다. 가끔씩 거주자가 있는 집을 지나갈 때면 가족들이 정원에 나와 앉아 있는 모습이 보였고, 한번은 누군가가 그의 이름을 부르면서 그 없이 학기가 시작되었다고 말해 주기도 했다. 공기는 청명하고 상쾌했고, 햇빛은 평소와 달리 포석 위에서 강렬하게 빛났다.

10분 후 그는 자신이 익숙하지 않은 구역에 들어섰음을 알아챘고, 이내 완벽하게 길을 잃어버리고 말았다. 이제 그를 인도해 줄 만한 것은 하늘에 줄지어 늘어선 감시탑들밖에 없었지만, 그는 여전히 하늘을 올려다보기를 거부했다.

도시의 빈민가에 들어온 모양이었다. 비좁고 아무도 없는 거리 가운데에 쓰레기 더미가 쌓여 있고, 무너진 주택들 사이로 나무 울타리들이 쓰러질 듯 기울어 있었다. 주택들 대다수가 단층이어서 하늘은 보다 널찍하고 트여 있었다. 멀리 지평선 근처의 감시탑들이 말뚝 울타리처럼 보였다.

튀어나온 돌부리에 발을 접질린 채로, 그는 고통을 참으면서 쓰레기장 가운데 작은 둔덕에 보이는 망가진 울타리를 향해 절룩거리며 걸어갔다. 땀이 비 오듯 흐르고 있었다. 그는 넥타이를 느슨하게 푼 다음 주변에 제멋대로 늘어선 집들을 훑어보며 돌아갈 길을 찾아보았다.

머리 위에서 무언가가 그의 시선을 유혹했다. 그것을 억지로 무시하려 애쓰면서, 렌셜은 호흡을 가다듬고 자신의 머릿속을 쑤시는 묘한 어지러움을 이겨 내려 했다. 갑작스럽게 쓰레기장 위에 무거운 침묵이 드리웠다. 침묵이 너무 완벽해서, 오히려 들을 수 없는 음악을 귀를 찌를 정도의 최고 음량으로 틀어 놓은 것만 같은 느낌이었다.

그의 오른쪽으로, 쓰레기장 가장자리에서 자갈밭 위로 천천히 발을 끄는 소리가 들렸다. 고개를 돌리자 평소에 공공 도서관 밖을 어정거리던, 허름한 검은 양복에 윙 칼라를 받쳐 입은 노인이 보였다. 그는 주머니에 손을 찌르고 채플린처럼 절뚝이면서 걸음을 옮기고 있었다. 흐릿한 눈으로 가끔씩 하늘을 훑으며, 잊어버리거나 잃어버린 무언가를 찾고 있는 모습이었다.

렌설은 그가 쓰레기장을 가로지르는 모습을 지켜보았다. 그러나 소리쳐 부르기도 전에, 노인은 무너진 벽 너머로 비틀거리며 사라졌다.

다시 위에서 무언가가 움직였다. 이어 세 번째의 날카로운 움직임이 느껴졌고, 뒤따라 빠르게 좌우로 움직이는 소리가 들렸다. 발치의 돌무더기가 빛을 반사하기 시작했고, 대기 자체가 눈을 감았다 뜨는 것처럼 온 하늘이 반짝였다.

그리고 시작되었을 때와 마찬가지로 갑작스럽게, 다시 모든 움직임이 사라졌다.

렌설은 마음을 다스리며 마지막 순간을 기다렸다. 그러고는 고개를 들어 50피트 위에 있는 가장 가까운 감시탑을 바라본 다음, 거대한 기둥처럼 맑은 하늘에 꽂혀 있는 수백 개의 탑들로 시선을 돌렸다. 안개는 완전히 걷혔고, 감시탑 기둥은 지금까지 그 어느 때보다도 또렷하게 모습을 드러내고 있었다.

그의 눈이 닿는 모든 곳의 관측 창이 열려 있었다. 조용히, 미동도 없이, 감시자들이 그를 내려다보고 있었다.

(1962)

잠재의식 인간
The Subliminal Man

"광고판이에요, 선생님! 광고판 보셨어요?"

프랭클린 박사는 짜증으로 얼굴을 찌푸리며, 걸음을 재촉해 병원 계단을 내려가서 줄지어 주차된 자동차 쪽으로 향했다. 어깨 너머로, 진입로 반대편에서 다 떨어진 샌들에 페인트 얼룩이 가득한 청바지를 입은 젊은이가 그를 향해 손을 흔들고 있는 모습이 슬쩍 보였다.

"프랭클린 선생님! 광고판이라고요!"

프랭클린은 고개를 숙인 채 외래 병동 쪽으로 걸어가는 노부부를 빙 돌아갔다. 자동차까지는 아직 100야드도 넘게 남아 있었다. 달리기에는 너무 지쳐서, 그는 차라리 젊은이가 자신을 따라잡도록 기다리기로 했다.

"좋아, 해서웨이, 이번에는 또 뭔가?" 그가 쏘아붙였다. "자네가 이 주변을 맴도는 것도 이젠 질릴 지경이네."

해서웨이는 박사의 바로 앞까지 달려와서 갑자기 섰다. 제멋대로 자란 검은 머리카락이 차양처럼 눈 위를 가리고 있었다. 그는 손톱이 길게 자란 손으로 머리를 뒤로 넘기고는 활짝 미소를 지었다. 프랭클린을 만난 기쁨을 마음껏 드러내면서도, 동시에 그의 적의는 완벽하게 무시하는 모양새였다.

"밤에 선생님께 전화를 드렸는데, 사모님이 계속 전화를 끊어 버리시지 뭐예요." 그는 조금도 원망하는 기색 없이, 그런 식의 푸대접에는 익숙하다는 듯 설명했다. "그리고 병원 안에서 선생님을 찾고 싶지는 않았거든요." 그들은 관리동 건물 지상층에서는 보이지 않는 쥐똥나무 덤불 뒤에 서 있었지만, 해서웨이와 그가 전하는 계시의 말씀이며 주기적인 마주침 때문에 프랭클린은 이미 온갖 흥미로운 소문의 대상이 되어 있었다.

프랭클린이 입을 열었다. "자네가 그렇게 생각해 준다면 고맙—" 그러나 해서웨이는 그의 말을 단칼에 잘랐다. "상관없습니다, 선생님, 이제 더 중요한 일이 있으니까요. 그들이 처음으로 커다란 광고판을 올리기 시작했어요! 높이가 100피트를 넘는데, 도시 바깥 차도 가운데 안전 구역에 세우고 있어요. 조금만 있으면 진입로마다 전부 설치될 거예요. 그게 끝나면 생각을 아예 멈추게 될지도 몰라요."

"자네 문제는 생각이 너무 많다는 거야." 프랭클린은 젊은이에게 말했다. "몇 주 동안 그 광고판에 대해서만 이야기하고 있지 않나. 광고판이 신호를 보내는 걸 본 적은 있는 건가?"

해서웨이는 의미 없는 질문에 짜증이라도 났는지 덤불에서 이파리를 한 움큼 뜯어냈다. "당연히 본 적은 없어요, 바로 그게 문제라고요,

선생님." 그는 간호사 몇 명이 지나쳐 가는 것을 보며 목소리를 낮추고, 혹시라도 자신의 지저분한 몰골이 눈에 띌까 몸을 숨겼다. "어젯밤에 건설 인부들이 또 나와서 굵직한 전력 케이블을 설치했어요. 집에 가는 길에 보실 수 있을 거예요. 이제 준비가 거의 다 끝났다고요."

"그건 교통표지판이라니까." 프랭클린은 참을성 있게 설명했다. "입체교차로 건설이 끝났으니까. 해서웨이, 제발 부탁인데 진정 좀 하게. 도라하고 아이들 생각도 해야지."

"가족 생각을 하느라 **이러는** 거라고요!" 해서웨이의 목소리가 비명을 참는 것처럼 커졌다. "그 케이블은 4만 볼트짜리예요, 선생님. 끔찍한 고압선용 개폐기도 달려 있고요. 그 트럭들에는 무지막지하게 큰 금속 비계가 잔뜩 실려 있었단 말이에요. 내일이면 그걸 도시 전체에 높이 세워서 하늘의 절반을 막아 버릴 거예요! 그러고 나서 6개월 후면 도라가 어떻게 될 것 같으세요? 우리가 막아야 해요, 선생님. 우리 머리를 트랜지스터 회로로 만들려고 하는 거라고요!"

해서웨이의 새된 고함에 당황한 프랭클린은 잠시 방향감각을 잃었다. 그는 무력한 시선을 돌리면서 자동차의 바다에서 자신의 차를 찾아 헤맸다. "해서웨이, 더 이상 자네와 대화하며 시간을 낭비할 수는 없어. 내 말 믿으라고, 자네는 전문가의 도움을 받아야 해. 그 집착이 자네를 지배하기 시작했단 말일세."

해서웨이가 막 항변하려 했지만, 프랭클린은 단호하게 오른손을 들어 올렸다. "잘 듣게. 마지막으로 말하네만, 만약 자네가 그 광고판을 보여 주고 거기서 잠재의식에 호소하는 명령이 나오고 있다는 걸 증명할 수 있다면, 내가 자네와 함께 경찰에 가 주겠네. 하지만 자네도 알다시피 증거랄 것은 뭐 하나 없지 않나. 잠재의식 광고는 30년 전에 금지되었고, 그 법은 지금까지도 폐지되지 않았네. 어쨌든 기술 자체도 만족스럽지 못한 데다 별달리 성공을 거두지도 못했으니까. 수천 개의 거대한 광고판이 올라가고 있다는 자네의 엄청난 음모론은 말도 안 되는 소리야."

"알았습니다, 선생님." 해서웨이는 한 자동차의 보닛에 기대며 말했다. 감정이 한쪽에서 다른 쪽으로 순식간에 옮겨 간 것만 같았다. 그는 다정한 눈길로 프랭클린을 바라보았다. "왜 그러세요, 자동차를 못 찾고 있으신가요?"

"자네가 소리를 치는 바람에 정신이 없어서 그러네." 프랭클린은 자동차 열쇠를 꺼내 열쇠고리에 적힌 숫자를 읽었다. "NYN-299-566-367-21. 찾을 수 있겠나?"

해서웨이는 나른하게 기댄 채로, 한쪽 샌들을 보닛에 올리고 1,000대가량의 자동차가 그들을 바라보고 있는 주차장을 둘러보았다. "꽤 어려운 일이죠, 전부 똑같은 모델에 색깔도 전부 같으니까요. 30년 전만 해도 차종이 열 가지는 되었고, 각자 색깔이 열두 가지는 되었는데 말이에요."

프랭클린은 자기 차를 발견하고 그쪽으로 걸음을 옮기기 시작했다. "60년 전에는 차종이 100가지는 되었지. 그래서 나쁠 게 뭔가? 규격화를 통한 경제성장에는 당연히 대가가 따르는 법이야."

해서웨이는 손바닥으로 차 지붕을 두드렸다. "하지만 이 차들은 딱히 그렇게 싸지도 않잖아요, 선생님. 사실 평균 소득 대비로 30년 전과 비교해 보면 40퍼센트 정도 비싸진 셈이라고요. 단일 차종을 생산하면 당연히 생산 단가는 증가하는 게 아니라 상당히 감소할 텐데 말이죠."

"그럴지도 모르지." 프랭클린은 자동차 문을 열면서 말했다. "하지만 공학적으로 보면 현대의 차들은 훨씬 정교한 물건이지 않은가. 보다 가볍고, 보다 튼튼하고, 운전하기에도 안전하지."

해서웨이는 미심쩍은 듯 고개를 저었다. "저는 **질린다**고요. 매년 똑같은 차종에, 똑같은 외형에, 똑같은 색깔의 자동차가 등장하죠. 마치 공산주의 같잖아요." 그는 기름 낀 손가락으로 앞 유리를 문질러 보았다. "이것도 새로 구입하신 차죠, 선생님? 예전 차는 어디 있나요? 석달 전에 구입하신 거 말이에요."

"신형으로 교체했지." 프랭클린은 시동을 걸며 대답했다. "자네도 돈이 있다면 이게 자동차를 소유하는 가장 경제적인 방법임을 깨닫게 될 걸세. 같은 자동차를 부서질 때까지 타 봤자 의미가 없어. 다른 물건들과 마찬가지라네. 텔레비전 세트, 식기세척기, 냉장고. 하지만 자네는 이런 문제와는 거리가 멀겠지."

해서웨이는 비꼬는 소리를 무시하고 프랭클린의 차창에 팔꿈치를 걸쳤다. "이쪽도 그리 나쁘지는 않아요, 선생님. 생각할 시간이 생기거든요. 하루에 열두 시간씩 일해서 산 물건들을 채 써 보지도 못하고 교체하면서 살 필요가 없으니까요."

그는 프랭클린이 차를 후진시켜 대열에서 빠져나가는 동안 손을 흔들고는, 배기가스를 뿜으며 멀어져 가는 차를 향해 소리쳤다. "눈 꼭 감고 운전하세요, 선생님!"

귀갓길에 오른 프랭클린은 4속도 도로 중 가장 느린 차선에서 조심스레 차를 몰았다. 해서웨이와 대화를 나눈 다음이면 항상 그랬듯이, 그는 이유 모를 울적함에 사로잡혀 있었다. 그는 자신이 무의식적으로 해서웨이의 속박 없는 삶을 부러워하고 있다는 사실을 깨달았다. 고가 교차로의 굉음과 그림자에 파묻힌, 더운물도 안 나오는 아파트에 살고, 바가지만 긁어 대는 아내와 병에 걸린 아이가 있고, 집주인이나 슈퍼마켓 외상 담당과 끊임없이 실랑이를 벌이기는 하지만, 해서웨이는 여전히 자유를 누리고 있었다. 어떤 의무도 지지 않고, 외부 사회로부터의 그 어떤 사소한 접근도 물리쳤다. 강박적인 환상, 이를테면 요즘 푹 빠져 있는 잠재의식 광고에 대한 음모론 따위 덕분일지는 모르겠지만.

자극에 반응하는 능력이야말로, 설령 그 반응이 비논리적일지라도 진정한 자유의 기준이라 할 수 있었다. 그에 비하면 프랭클린의 자유는 삶의 중심에 존재하는 온갖 의무의 제약을 받는 피상적인 것이었다. 세 군데에 걸려 있는 주택 융자금, 의무적으로 참석해야 하는 수많은 칵테일파티, 온갖 가전제품과 옷과 휴가 비용을 충당하기 위해 토요일 거의 대부분을 보내는 개인 진료 근무까지. 그가 홀로 보낼 수 있는 유일한 시간은 직장으로 출퇴근하며 운전대를 잡고 있는 동안뿐이었다.

그러나 적어도 도로는 훌륭했다. 지금의 사회에 대해 이런저런 온갖 비판을 늘어놓을 수는 있겠지만, 요즘 사람들이 도로를 만들 줄 안다는 사실은 의심할 여지가 없었다. 8차선, 10차선, 12차선의 고속도로가 전국을 수놓고, 머리 위를 지나는 고가도로에서 빠져나와 도시 한가운데 건설된 거대한 주차 시설로 연결되거나, 교외의 간선도로로 연결되어 상업지역 주변의 수 에이커 넓이 주차장으로 이어졌다. 도로와 주차 시설 면적은 전부 합하면 전 국토의 3분의 1 정도를 차지했고, 도시 근교로 제한하면 비율은 훨씬 상승했다. 구시가는 수많은 클로버 모양 진입로와 입체 교차로로 둘러싸여 있었지만, 그렇게 해도 정체 현상은 조금도 나아지지 않았다.

10마일 떨어진 집에 도착하려면 실제로는 25마일을 달려야 했으며, 고속도로를 건설하기 전보다 배가 넘는 시간이 들었다. 세 개의 거대한 클로버 모양 진입로를 통과해야 하기 때문에 거리가 늘어난 것이었다. 고속도로를 따라 늘어선 모텔과 카페와 자동차 상점들로부터 새로운 도시가 생겨나고 있었다. 교차로 비슷한 것만 보여도, 가판대와 주유소로 이루어진 너저분한 마을이 전자 신호판과 표지판의 숲을 뚫고 모습을 드러냈다.

주변의 모든 자동차들이 총알처럼 교외를 향해 달려가고 있었다. 차의 부드러운 움직임에 긴장을 푼 채, 프랭클린은 다음 속도 차선으로 변경을 시도했다. 시속 40마일에서 50마일로 속도를 올리자, 타이어에서 귀에 거슬리는 거친 소음이 울리면서 차대를 흔들었다. 표면적으로는 차선 질서를 지키게 하기 위해, 차선마다 노면에 수많은 작은 고무 징들을 박아 놓아서 나는 소리였다. 이 징들은 차선마다 배치 간격이 달라 제각기 시속 40, 50, 60, 70마일에 정확히 맞추어 공명하도록 되어 있었다. 몇 초만 어중간한 속도로 달려도 지독하게 신경에 거슬리는 소리가 나고, 곧 차체와 타이어가 손상되었다.

고무 징이 닳아 버리면 살짝 다른 패턴을 가진 노면으로 교체가 된다. 패턴은 최신형 타이어에 맞춰서 나오므로, 안전과 도로 정비의 효율을 위해 정기적으로 타이어를 교체해야 했다. 자동차와 타이어 제작사의 수익에도 도움이 되는 일이었다. 대부분의 자동차는 6개월이 넘으면 그때까지 누적된 충격으로 인해 부서졌지만, 이는 바람직한 현상으로 간주되었다. 상품 순환율이 좋으면 대당 단가는 하락하고,

차종 변화도 빨리 이루어지며, 위험한 자동차를 도로에서 몰아내는 효과도 있었기 때문이다.

4분의 1마일 앞에 첫 클로버 모양 진입로가 등장하자 자동차의 물결이 속도를 줄이기 시작했다. 거대한 경찰 표지판이 '전방 차선 폐쇄'와 '10마일 감속'을 알렸다. 프랭클린은 이전 차선으로 돌아가려고 시도했지만, 벌써 차들이 앞뒤로 빼곡하게 들어차 있었다. 차체가 흔들리기 시작하면서 진동이 등골을 타고 올라왔다. 그는 이를 악물고 경적을 울리고 싶은 충동을 이기려 애썼다. 다른 운전자들은 그 정도로 자제심이 강하지는 못한지, 엔진이 덜컹거리고 으르렁거리는 소리를 배경으로 사방에서 경적 소리가 울려 퍼졌다. 요즘 도로세는 상당히 높아져서 국민총생산의 30퍼센트가량을 차지하고 있었기 때문에(대조적으로 소득세는 2퍼센트에 지나지 않았다), 고속도로에서 문제가 발생하면 즉각 정부에서는 청문회가 열렸고, 정부 주요 부서들은 항상 도로 시스템 관리에 신경을 썼다.

클로버 모양 진입로에 더 가까이 가자, 차선이 폐쇄된 곳에서 건설 인부들이 한쪽 교통섬에 거대한 금속 광고판을 세우는 모습이 눈에 들어왔다. 건설용 울타리 너머에는 인부와 측량사들이 가득했다. 프랭클린은 이 광고판이 해서웨이가 어젯밤에 보았다는 그 물건일 거라고 생각했다. 해서웨이의 아파트는 근처 고가 교차로 주변으로 적당히 퍼져 있는 거주 구역의 싸구려 건물 중 한 곳이었다. 휴게소 직원이나 웨이트리스 등의 이주 노동자들이 사는 저가 임대주택이 모여 있는 곳이었다.

광고판은 거대했다. 적어도 100피트 높이에, 접시형 레이다 안테나처럼 생긴 오목한 격자 창살이 달려 있었다. 늘어선 콘크리트 지지대 위에 올라앉은 그것은 수 마일에 걸쳐 뻗어 있는 진입로를 굽어보고 있었다. 프랭클린은 고개를 빼고 창살 쪽을 보면서 변압기에서 뻗어 올라가 창살 표면을 그물처럼 덮고 있는 동력선을 눈으로 좇았다. 붉은 항공 경고등이 광고판 상부를 따라 반짝이고 있었다. 프랭클린은 그 광고판이 동쪽으로 10마일 떨어진 곳에 있는 공항의 활주로 관제 시스템의 일부라는 결론을 내렸다.

3분 후, 다음 클로버 모양 진입로로 이어지는 도로를 따라 속도를 올리고 있을 때 두 번째 광고판이 하늘에서 거대한 모습을 드러냈다.

시속 40마일 차선으로 차선 변경을 하면서 프랭클린은 백미러 속에서 거대한 두 번째 광고판이 멀어져 가는 모습을 지켜보았다. 창살을 뒤덮고 있는 전선 코일 사이에서 딱히 수상쩍은 것이 보이지는 않았으나, 해서웨이의 경고가 아직 그의 귓가에 울리고 있었다. 이유는 명확히 알 수 없었음에도, 프랭클린은 저 광고판들이 공항 관제 시스템의 일부가 아님을 명확히 느끼고 있었다. 양쪽 광고판 모두 항공 경로와 일치하지 않는 곳에 있었기 때문이다. 고속도로 가운데의 교통섬에 저런 구조물을 설치하는 데 드는 비용을 생각한다면—좁은 교통섬에 있는 두 번째 광고판의 경우에는 좁은 면적에서 무게를 지탱하기 위해 기묘한 각도로 지지대를 설치해 놓았다—분명 어떤 식으로든 도로를 이용하는 사람들과 관계가 있을 것이 분명했다.

200야드 떨어진 곳에 도로변 자동 상점이 있었고, 프랭클린은 문득 담배가 필요하다는 것을 기억해 냈다. 그는 진입로를 따라 차를 몰아서 자동판매기 앞에 늘어선 긴 줄의 끄트머리로 합류했다. 차량용 상점은 차들로 가득했고, 다섯 개의 줄마다 사람들이 지친 얼굴로 운전대에 몸을 수그리고 있었다.

그는 동전을 넣고(자동판매기에서 사용할 수 없기 때문에 지폐는 더 이상 유통되지 않았다) 자판기에서 담배 한 보루를 꺼냈다. 살 수 있는 담배 상표는 하나뿐이었다—사실 모든 물품의 상표가 하나뿐이었다. 대안으로 보다 경제적인 대형 포장이 있기는 했지만. 그는 진입로에서 나오며 글로브박스를 열었다.

그 안에는 아직 포장을 뜯지 않은 담배가 세 보루 더 있었다.

집에 도착하니 생선 비슷한 강렬한 냄새가 부엌 오븐에서 흘러나와 집 안을 가득 메우고 있었다. 프랭클린은 외투와 모자를 벗었다. 아내는 거실 텔레비전 세트 앞에 쭈그리고 앉아 있었다. 아나운서 한 사람이 숫자를 계속해서 읊어 대고, 주디스는 가끔씩 욕설을 중얼거리며 종이 패드에 그 숫자를 받아 적고 있었다. "정말 엉망이지 뭐예요!" 그녀가 소리쳤다. "너무 빨리 말해서 몇 개 받아 적지도 못했어요."

"아마 일부러 그러는 거겠지." 프랭클린이 말했다. "새로운 패널 게임이오?"

주디스는 남편의 뺨에 키스를 하면서, 담배꽁초와 초콜릿 포장으로 가득한 재떨이를 슬쩍 숨겼다. "잘 다녀왔어요, 여보? 마실 걸 준비해 놓지 못해서 미안해요. 이게 새로 시작한 〈즉석 할인〉 방송인데, 지역 상점에서 상품 교환을 할 때 90퍼센트 할인을 해 준대요. 해당 지역에 있고, 정확한 일련번호를 가지고 있으면요. 정말 복잡하지 뭐예요."

"하지만 나쁘지 않은 것 같은데. 뭘 받았소?"

주디스가 자기가 쓴 목록을 바라보며 말했다. "글쎄요, 지금까지 받아 적은 거라고는 적외선 바비큐 화덕밖에 없네요. 하지만 오늘 저녁 8시가 되기 전에 상점에 도착해야 해요. 벌써 7시 30분이나 됐네."

"그럼 그건 무리겠군. 여보, 지금 나는 너무 지쳤고 뭘 좀 먹어야 하니 말이오." 주디스가 항변을 시작하자 그는 단호하게 덧붙였다. "새 적외선 바비큐 화덕 따위에는 조금도 관심 없소. 지금 쓰는 것도 두 달밖에 안 됐는데. 젠장, 애초에 다른 모델도 아니지 않소."

"하지만 여보, 설마 모르는 거예요? 계속 새로운 물건을 사야 더 싸진다고요. 어차피 연말이 되면 지금 쓰는 물건을 교환하기로 계약을 했잖아요. 이렇게 하면 5파운드는 절약할 수 있단 말이에요. 저 〈즉석 할인〉은 단순한 게임이 아니라고요. 저것 때문에 하루 종일 텔레비전 앞에 붙어 있었는데." 그녀의 목소리에 짜증이 섞여 들고 있었지만, 프랭클린은 단호하게 시계를 무시하며 자신의 입장을 고수했다.

"좋소, 5파운드 잃은 셈 치면 되는 것 아니오. 그럴 가치가 있어 보이는데." 그녀가 반발하기 전에 그는 말을 이었다. "주디스, 제발, 어차피 번호도 잘못 받아 적었을 거요." 그녀가 어깨를 으쓱하며 부엌의 바 쪽으로 향하는 모습을 보면서 그는 덧붙였다. "독한 걸로 만들어 주시오. 보아하니 오늘 식사는 건강식인 모양인데."

"당신을 위한 거예요, 여보. 일반식만 먹고 살 수는 없잖아요. 단백질이나 비타민 따위는 하나도 들어 있지 않으니까. 당신은 항상 옛날 사람들처럼 건강식만 먹고 살아야 한다고 주장하잖아요."

"그러고 싶지만, 냄새가 너무 끔찍한데." 프랭클린은 위스키 잔을 들고 의자에 몸을 묻으며, 어둠에 잠겨 가는 창밖 스카이라인을 바라보았다.

4분의 1마일 떨어진 근처 슈퍼마켓의 지붕에서 붉은 유도등 다섯 개가 반짝이고 있었다. 가끔씩 건물에서 번쩍이는 〈즉석 할인〉 화면들의 불빛을 통해, 그는 저녁 하늘을 배경으로 아래를 굽어보는 거대한 광고판을 명확하게 알아볼 수 있었다.

"주디스!" 그는 부엌으로 들어가서 아내를 데리고 창가로 나왔다. "저 광고판 말이오, 슈퍼마켓 바로 뒤에 있는 거. 저거 대체 언제 설치된 거요?"

"나도 몰라요." 주디스는 물끄러미 남편을 바라보았다. "왜 그렇게 걱정을 하는 거예요, 로버트? 공항 때문에 설치한 거 아니겠어요?"

프랭클린은 어둠에 파묻힌 광고판의 윤곽을 바라보았다. "아마 다들 그렇게 생각하겠지."

그는 조심스레 남은 위스키를 싱크대에 버렸다.

다음 날 아침 7시, 프랭클린은 슈퍼마켓 주차장에 차를 댄 다음, 조심스레 주머니를 비우고 동전을 글로브박스 안에 쌓았다. 슈퍼마켓 내부는 이른 아침부터 장을 보러 나온 사람들과 30개의 회전문이 삐걱대며 여닫히는 소리로 번잡했다. '24시간 소비의 날'을 도입한 후로 쇼핑센터는 단 한 번도 문을 닫은 적이 없었다. 대부분의 손님은 할인 쇼핑객으로, 미친 듯이 구매 계획에 따르려 애쓰고 쇼핑 욕구를 지속적으로 유지하도록 만들어진 추가 혜택에 목숨을 거는 주부들이었다. 그들은 식료품과 피복과 가전제품들에 대해 상당한 할인을 받고 대량 구매 계약을 맺었을 뿐만 아니라, 하루 종일 슈퍼마켓에서 슈퍼마켓으로 차를 몰고 돌아다녔다.

이런 여성 중 많은 이들이 조를 짜서 움직였는데, 프랭클린이 슈퍼마켓 입구로 걸어가는 동안에도 한 무리가 가방에 영수증을 쑤셔 넣고 서로에게 고함을 치면서 차로 달려가는 광경이 보였다. 잠시 후 그들의 자동차가 굉음과 함께 우르르 다음 쇼핑 구역을 향해 달려갔다.

슈퍼마켓 입구에 서 있는 커다란 네온사인은 교환 상품 수량에 따른 추가 할인율을 열거하고 있었다. 이 매장은 겨우 5퍼센트에 지나지 않았다. 가장 할인율이 높은 곳은 때로 25퍼센트까지도 할인하는데, 젊은 화이트칼라 계층의 주거지 부근이었다. 그 동네에서는 소비가 사회관계에서의 강점으로 간주되었으며, 슈퍼마켓 입구에 세워진 거대한 점수판에 각자의 이름과 소비한 금액이 기록되는 시스템을 통해 동네 최고의 소비자가 되고자 하는 욕망을 강화시켰다. 소비자 등수가 높아질수록 다른 이들이 누리는 할인율에서 더 큰 의무를 졌다고 여겨졌다. 소비가 적은 이들은 다른 소비자들에게 업혀 가는 무임승차자 또는 사회적 범죄자 취급을 받았다.

다행스럽게도 아직 프랭클린의 거주 구역에는 그런 시스템이 도입되지 않았다. 전문가 계층과 그 아내들이 보다 절제해서가 아니라, 수입이 더 높기 때문에 도시의 대형 백화점에서 운영하는 보다 비싼 할인 상품을 계약할 수 있기 때문이었다.

프랭클린은 입구에서 10야드 떨어진 곳에서 문득 걸음을 멈추고, 주차장 울타리 안에 세워진 커다란 금속 광고판을 바라보았다. 사방에 가득한 다른 간판이나 광고판과 달리 그 광고판에는 딱히 치장이랄 게 없었다. 심지어 나사로 고정된 직사각형의 금속 철망을 숨기려는 시도조차 되어 있지 않았다. 옆면을 타고 전선이 따라 내려갔을 뿐만 아니라, 주차장의 콘크리트 보도 위에는 굵직한 케이블이 파묻힌 흔적이 한 줄 이어지고 있었다.

프랭클린은 그쪽으로 걸음을 옮겼다. 광고판에서 50야드 정도 떨어진 곳에 다다르자, 그는 문득 병원에 지각할지도 모르며 담배 한 보루가 필요하다는 사실을 깨닫고 방향을 틀었다. 희미하지만 강렬한 웅웅 소리가 광고판 아래쪽 변압기에서 나왔는데, 그가 다시 슈퍼마켓 쪽으로 걸음을 옮기자 사라졌다.

입구의 자동문을 건너가면서 그는 주머니의 잔돈을 더듬다가, 자신이 일부러 주머니를 비운 이유를 기억해 내고 크게 휘파람을 불었다.

"해서웨이!" 너무 큰 소리로 말하는 바람에 쇼핑객 두 사람이 그를 물끄러미 바라보았다. 광고판을 똑바로 바라볼 엄두가 나지 않아서, 그는 유리문 한쪽에 반사된 모습을 바라보았다. 잠재의식 메시지를 전부 되돌릴 수 있도록.

적어도 두 가지 신호를 받은 것이 거의 확실했다. '다가오지 말 것' 그리고 '담배를 살 것'. 평소에 주차장 가장자리에 차를 대던 사람들도 울타리 아래쪽을 피하고 있었다. 주차된 자동차들은 그 주변으로 반지름 50피트의 반원을 그리고 있었다.

그는 입구를 청소하는 수위를 돌아보았다. "저 광고판은 뭐 하는 물건입니까?"

수위는 빗자루에 기댄 채로 멍하니 광고판을 바라보았다. "모르겠는데요. 아마 공항 때문에 세운 물건이겠죠." 그는 불도 붙이지 않은 담배를 입에 물고 있는데도 오른손을 엉덩이 주머니 속으로 넣어 담뱃갑을 꺼냈다. 프랭클린은 그가 멍하니 엄지손톱으로 담뱃갑을 톡톡 쳐서 두 번째 담배를 꺼내는 모습을 보며 걸음을 돌렸다.

슈퍼마켓에 들어오는 모든 사람들이 담배를 사고 있었다.

조용히 시속 40마일 차선을 따라 차를 몰면서, 프랭클린은 주변 풍경에 보다 주의를 기울였다. 평소에는 너무 지치거나 운전에 몰두해서 별다른 생각을 할 수가 없었다. 그러나 지금 그는 고속도로 주변을 철저하게 살피면서, 길가의 카페에 보다 작은 새 광고판이 있지는 않은지 확인하고 있었다. 문가와 창문마다 네온사인이 가득했지만, 대부분은 별문제가 없어 보였다. 그는 다음으로 고속도로를 따라 세워진 커다란 광고판 쪽으로 주의를 돌렸다. 많은 수가 4층집 높이의 화려한 삼차원 광고판이었는데, 전기 눈과 이를 가진 거대한 가정주부들이 이상적인 주방에서 이리저리 몸을 움직이며 포즈를 취하고 있었다. 그녀들의 미소 띤 입술에서 네온 불빛이 폭발했다.

고속도로 양옆은 모두 황무지로, 자동차와 트럭과 세탁기와 냉장고로 가득한 끝없는 고물상이나 다름없었다. 모두 완벽하게 작동하지만, 계속 밀려드는 할인 모델의 경제적 압박에 밀려난 제품들이었다. 광택도 사라지지 않은 금속 껍질과 칸막이가 햇빛에 반짝였다. 도시에 가까워질수록 광고판이 빽빽해져 모습이 가려지기는 했지만, 고가 진입로로 들어가며 속도를 줄이는 그의 눈에 잃어버린 엘도라도의 쓰레기장처럼 조용히 빛나고 있는 거대한 금속 피라미드가 들어왔다.

그날 저녁 병원 계단을 내려가자 해서웨이가 그를 기다리고 있었다. 프랭클린은 건너편에서부터 그를 알아보고 손을 흔든 다음, 재빨리 자기 자동차 쪽으로 그를 이끌었다.

"왜 그러세요, 선생님?" 차창을 올리고 줄지어 주차된 자동차들을 훑어보는 프랭클린의 모습에 해서웨이가 물었다. "미행하는 사람이라도 있는 건가요?"

프랭클린은 음울하게 웃으며 대답했다. "나도 모르겠네. 아니었으면 좋겠지만, 만약 자네 말이 맞는다면 그럴 수도 있을 것 같군."

해서웨이는 가볍게 웃으면서 의자에 몸을 기대고 한쪽 무릎을 조수석 대시보드 위로 올렸다. "그래서, 선생님도 뭔가를 보기는 하신 모양이군요."

"글쎄, 아직 확신은 못 하겠지만, 자네 말이 옳을 가능성도 있지 않나. 오늘 아침에 페얼론 슈퍼마켓에서……" 그는 잠시 말을 멈추고 커다란 검은 광고판과 그것에 접근하다 말고 갑작스레 슈퍼마켓 쪽으로 발길을 돌렸던 일을 거북하게 떠올린 다음, 자신이 겪은 일을 전부 설명했다.

해서웨이는 고개를 끄덕였다. "저도 거기 광고판 봤어요. 크기는 해도 지금 올라가고 있는 광고판들 정도는 아니지요. 이제 사방에서 광고판을 올리고 있더군요. 이제 어쩌실 건가요, 선생님?"

프랭클린은 운전대를 꽉 움켜쥐었다. 즐거움을 감추지도 않는 해서웨이의 태도에 짜증이 났다. "당연히 아무 일도 못 하지. 젠장, 그냥 평범한 자기암시일지도 모르잖아. 자네 때문에 이상한 쪽으로 상상하게 된 걸지도—"

해서웨이가 갑자기 몸을 벌떡 일으켰다. "말도 안 되는 소리 하지 마세요, 선생님! 직접 느끼고도 믿지 못할 지경이라면 이제 끝난 거 아니냐고요. 놈들이 뇌를 갉아먹고 있는 거예요. 방어를 올리지 않으면 완전히 점령해 버릴 거라고요! 모두가 마비되어 버리기 전에 당장 행동해야 해요."

프랭클린은 지친 기색으로 한 손을 들어 그를 제지했다. "잠깐만 기다려 보게. **실제로** 사방에서 광고판이 올라가고 있다고 치고, 대체 그럴 이유가 있기는 한가? 수많은 광고판에 엄청난 양의 자본을 낭비해도, 실제 소비력에 끼치는 영향은 극도로 미미할 거란 말일세. 현재 존재하는 융자와 할인 계약만 해도 50년 연한짜리가 수도 없이 많아. 상품을 놓고 전쟁을 벌여 봤자 재앙만 찾아올 거란 말일세."

"맞는 말씀이에요, 선생님." 해서웨이는 침착하게 그의 말을 받았다. "하지만 한 가지 잊고 있으신 게 있어요. 그 추가 소비력을 지탱하려면 뭐가 필요할까요? 생산력을 엄청나게 증가시켜야 하죠. 이미 1일 근무 시간은 열두 시간에서 열네 시간으로 늘어났어요. 도시 주변의 가전 제품 공장 몇 곳에서는 일요일 근무를 기본으로 도입하고 있다고요. 상상할 수 있으세요, 선생님? 주 7일 근무에, 모두가 적어도 세 가지 직업을 가지고 살게 되는 거라고요."

프랭클린은 고개를 저었다. "사람들이 그런 걸 참고 견딜 리가 있나."

"그렇게 할걸요. 지난 25년 동안 국내총생산은 50퍼센트 증가했지만, 동시에 평균 노동시간도 그만큼 증가했어요. 결국에는 하루 24시간, 주 7일 동안 일하고 소비하게 될 거예요. 아무도 거역할 엄두를 못 낼걸요. 불황이 무슨 뜻이 될지 생각해 보세요. 수백만 명의 실업자가, 시간은 넘쳐나지만 소비할 돈은 없는 사람들이 생겨나는 거예요. 물건을 사느라 시간을 쓰는 게 아니라 진정한 여가를 가지게 되는 거라고요." 그는 프랭클린의 어깨를 힘껏 붙들었다. "자, 선생님, 동참하실 건가요?"

프랭클린은 그의 손을 뿌리쳤다. 반 마일 떨어진 곳에 예의 거대한 광고판이 있었다. 4층짜리 병리학 연구소에 반쯤 가려져 상부 절반만 보였다. 인부들이 아직도 지지대 위를 오가고 있었다. 도시 위를 지나는 항공로는 병원 상공을 피하도록 되어 있기 때문에, 저 광고판은 비행기 유도와는 아무 관계도 없는 것이 분명했다.

"규제 법안이 있지 않던가? 그 뭐라더라, 잠재의식 각인에 대해서 말이야. 노조에서 그런 걸 용납할 리가 있나?"

"불황이 두려울 테니까요. 최신 경제 이론이 어떻게 돌아가는지 아시잖아요. 생산량이 꾸준히 5퍼센트씩 증가하지 않으면 경기 침체라고 말하죠. 10년 전까지는 효율성을 증가시키는 것만으로도 생산량이 늘어났지만, 이제 그 정도로는 효과를 볼 수가 없으니 마지막 수단만 남은 거죠. 노동을 늘리는 거요. 잠재의식 광고가 박차를 가해 줄 테고요."

"자네 뭘 하려는 건가?"

"말씀드릴 수 없어요, 선생님. 저하고 책임을 나누어 지겠다고 말씀해 주시지 않는 이상에는요."

"어째 돈키호테의 계획으로 들리는데." 프랭클린은 이렇게 평가했다. "풍차에 돌진하는 꼴 아닌가. 도끼 하나로 저것들을 전부 찍어 낼 수는 없을 거야."

"그런 시도는 안 해요." 해서웨이는 문을 열었다. "결정하는 데 너무 시간을 들이지 마세요, 선생님. 그때쯤이면 그 결정조차도 선생님 스스로 내린 게 아닐지도 몰라요." 그는 인사도 하지 않고 모습을 감추었다.

귀갓길에 오르자 프랭클린은 다시 회의적이 되었다. 말도 안 되는 음모론이었고, 경제와 관련된 주장은 지나치게 아귀가 맞았다. 그러나 항상 그렇듯이 해서웨이가 눈앞에 던진 별것 아닌 미끼에는 낚싯바늘이 숨어 있었다. 일요일 근무. 그 자신도 일요일 오전에 진료를 하고 있었던 것이다. 그가 방문 의사로 근무하는 자동차 공장 한 곳에서 일요일 근무조를 돌리기 시작했기 때문이었다. 그러나 노동이 이미 얼마 되지 않는 휴식 시간을 침범했는데도, 그는 도리어 기뻤다. 단 한 가지 이유, 바로 추가 소득이 필요해서였다.

급히 달려가는 자동차들을 바라보다, 그는 적어도 열 개의 커다란 광고판이 고속도로를 따라 세워졌다는 사실을 알아차렸다. 해서웨이가 말했듯이, 사방에 더 많은 광고판들이 세워지고 있었다. 거주 구역의 슈퍼마켓 뒤편에서 녹슨 금속 돛처럼 날개를 활짝 펴고.

집에 도착하니 주디스는 부엌에 앉아 조리기 위에 설치한 소형 텔레비전을 시청하고 있었다. 프랭클린은 부엌문을 가로막고 있는, 아직 뜯어보지도 않은 커다란 골판지 상자를 타고 넘어가 메모장에 숫자를 적는 아내의 뺨에 입을 맞추었다. 기분 좋은 닭찜 냄새가—아니, 사실 치킨과 완벽하게 같은 맛이 나지만 독성 물질이나 영양소는 조금도 없는 젤라틴으로 만든 모조품이라고 해야겠지만—아직도 〈즉석 할인〉에 매달리고 있는 아내에 대한 짜증을 달래 주었다.

그는 발로 상자를 툭툭 건드렸다. "이건 뭐요?"

"나도 몰라요, 여보. 요즘은 쉴 새 없이 뭔가가 배달되어 오니까요. 전부 살펴볼 수가 없어요." 그녀는 조리기의 유리문을 통해 안을 들여다보았다. 잘생긴 다리와 날개, 거대한 가슴살을 가진 칠면조 크기의 절약형 12파운드짜리 통닭이 돌아가고 있었다. 그 대부분은 식사가 끝나고 나면 쓰레기통으로 들어갈 테지만(지금 세상에는 부자의 탁자에서 떨어지는 찌꺼기를 처리해 주던 개나 고양이 따위가 존재하지 않았다). 이내 아내가 그를 날카로운 눈으로 돌아보았다.

"걱정이 있어 보여요, 로버트. 일진이 안 좋았어요?"

그는 알아들을 수 없는 말을 몇 마디 웅얼거렸다. 〈즉석 할인〉 진행자들의 얼굴에 떠오르는 거짓 단서들을 추적하느라 주디스의 감각이 예민해진 모양이었다. 그는 자신과 마찬가지로 아내를 속여 넘기지 못하는 수많은 남편들에게 동질감을 느꼈다.

"그 정신 나간 무임승차자하고 또 대화를 나눈 거예요?"

"해서웨이? 솔직히 말하자면 그렇소. 사실 그리 정신이 이상한 친구는 아니야." 그는 뒤로 물러서다 상자에 부딪혀 술을 쏟을 뻔했다. "그래, 이건 대체 뭐지? 앞으로 50번의 일요일을 일하며 보내서 값을 치러야 할 테니, 확인 정도는 해 보고 싶은데."

그는 옆면을 살펴보다 마침내 짐표를 발견했다. "**텔레비전 세트라고?** 주디스, 텔레비전이 또 필요한 거요? 벌써 세 대나 있잖소. 응접실에 하나, 거실에 하나, 휴대용 하나. 네 대째를 어디다 쓰려는 거요?"

"손님방에 놔야죠, 여보. 그렇게 흥분하지 말아요. 손님방에 휴대용 텔레비전을 놔둘 수는 없잖아요. 무례한 짓이라고요. 나도 최대한 절약하고 있어요. 하지만 텔레비전 네 대는 최소한의 기본이라고요. 잡지에서 전부 그렇게 말하고 있어요."

"라디오**도** 세 대 필요하고?" 프랭클린은 짜증이 가득한 눈으로 상자를 바라보았다. "손님이 묵을 일이 생긴다고 해도, 그 사람이 자기 방에 혼자 틀어박혀 텔레비전이나 보고 있을 일이 얼마나 있겠소? 주디스, 이제 그만둬야 하오. 공짜로 나눠 주는 물건도 아니고, 싼 것도 아니잖소. 게다가 텔레비전은 완전히 시간 낭비일 뿐이오. 프로그램도 하나뿐이잖소. 네 대나 가지고 있을 필요는 조금도 없지."

"로버트, 채널은 **네 개**라고요."

"하지만 다른 것이라고는 광고뿐이잖소." 주디스가 미처 대답하기 전에 전화가 울렸다. 프랭클린은 부엌 수화기를 들고 거기서 쏟아져 나오는 판독 불가능한 소음에 귀를 기울였다. 처음에는 색다른 특별 광고 전화가 아닌가 싶었지만, 이내 정신 나간 것처럼 떠들어 대는 해서웨이의 목소리를 알아들을 수 있었다.

"해서웨이!" 그는 마주 소리쳤다. "제발 부탁이니, 진정 좀 하게! 이번엔 또 무슨 일인가?"

"—선생님, 이번에는 진짜로 제 말을 믿어 주셔야 해요. 스트로보스코프를 가지고 교통섬 하나에 올라가 봤는데, 수백 개의 화면으로 고속 영상을 기관총처럼 사람들 면상에 쏘아 대고 있는데도 아무도 눈치채지 못하더라니까요. 대단했어요! 다음번 광고는 자동차와 텔레비전 세트가 될 거예요. 두 달 주기로 신형을 내놓으려고 계획하고 있어요. 짐작이 가세요, 선생님? 두 달마다 새 차를 사게 될 거라고요. 하나님 아버지, 이건 모두—"

프랭클린은 갑자기 끼어든 5초짜리 광고 문구를 들으며 초조하게 기다렸다(이제 모든 전화 통화는 무료인 대신 통화 시간에 비례하는 양의 광고를 들어야 했다. 장거리 통화의 경우 광고와 통화의 비율은 10대 1 정도까지 올라갔고, 계속 이어지는 광고 사이로 말을 끼워 넣기 위해 애써야만 했다). 그러나 광고가 끝나기 직전, 그는 갑자기 수화기를 내려놓은 다음 전선을 뽑아 버렸다.

주디스가 다가와서 그의 팔을 붙들었다. "로버트, 무슨 일이에요? 엄청나게 긴장한 것처럼 보이는데요."

프랭클린은 술잔을 들고 응접실로 걸음을 옮겼다. "해서웨이였을 뿐이오. 당신 말대로, 그 작자와 지나치게 어울린 모양이지. 내 마음을 갉아먹고 있으니."

그는 어둠 속에서 슈퍼마켓 건물 위로 떠올라 있는 광고판의 실루엣을 바라보았다. 붉은 경고등이 밤하늘을 배경으로 빛나고 있었다.

텅 비고 공허한, 광기에 빠진 정신 속에 존재하는 폐쇄된 공간처럼, 그 아무런 특징 없는 익명성이 그를 두렵게 했다.

"하지만 아직도 모르겠어." 그는 중얼거렸다. "해서웨이가 한 말의 상당수가 말이 되는 소리란 말이오. 그런 잠재의식 기술이야말로 고도로 자본 중심적으로 변한 산업 체계에서 최후의 수단으로 시도해 볼 만한 일 아니겠소."

그는 주디스의 대답을 기다리다가, 문득 눈을 들어 그녀를 바라보았다. 아내는 양탄자 가운데에서, 손을 힘없이 떨구고, 날카롭고 지적인 얼굴에 묘하게 멍하고 투박한 표정을 띠고 서 있었다. 그는 그녀의 시선을 따라 바깥의 지붕 위를 바라보았다가, 힘겹게 다시 고개를 돌리고 텔레비전 세트의 전원을 켰다.

"자, 자," 그는 단호하게 말했다. "텔레비전을 봅시다. 원 이런, 아무래도 저 네 번째 세트가 필요할 것 같군."

일주일 후, 프랭클린은 구매 목록을 확인하기 시작했다. 그는 더 이상 해서웨이를 떠올리지 않았다. 저녁이 되어 병원을 떠날 때에도 그 친숙하고 허름한 모습은 더 이상 나타나지 않았다. 도시 주변에서 폭발음이 들리기 시작하고 거대한 광고판에 테러 행위를 시도하는 자가 있다는 소식을 읽었을 때, 그는 자동적으로 해서웨이가 저지른 짓이라고 간주했다. 그러나 나중에 뉴스를 들으니 그 폭발음은 기반암을 파고 들어가는 건설 인부들의 작업 소리였다.

더 많은 광고판이 지붕 위에, 교외의 쇼핑센터 근처 울타리 속의 교통섬에 모습을 드러내기 시작했다. 이미 병원까지 가는 10마일 거리 안에 30개가 넘는 광고판들이 거대한 도미노처럼 어깨를 맞대고 서서 달려가는 차들을 굽어보고 있었다. 프랭클린은 광고판을 쳐다보지 않으려는 노력을 포기했지만, 그 폭발음이 해서웨이의 반격이었을지도 모른다는 약간의 가능성 때문에 아직 의심의 불씨만은 살아 있는 상태였다.

그리고 뉴스를 들은 다음 물품을 정리하다가, 지난 2주 동안 자신과 주디스가 다음과 같은 물품을 반납하고 교환했다는 사실을 깨달았다.

> 자동차(2개월 전에 교환한 구형 모델)
> 텔레비전 세트 두 대(4개월)
> 전동 잔디깎이(7개월)
> 전자 조리기(5개월)
> 헤어드라이어(4개월)
> 냉장고(3개월)
> 라디오 두 대(7개월)
> 레코드플레이어(5개월)
> 칵테일 바(8개월)

여기에서 절반 정도는 그가 스스로 교환한 물건이었지만, 정확하게 언제였는지는 도무지 기억해 낼 수가 없었다. 예를 들어 자동차는 윤활유를 교체하려고 병원 근처 정비소에 맡기고 나왔는데, 그날 저녁에는 자동차 운전석에 앉아서 윤활유를 교체하는 것보다 두 달 주기로 자동차를 교환하는 편이 경제적이라는 영업 사원의 보증을 받으며 계약서에 서명을 하고 있었다. 10분 후, 고속도로를 달려가면서 그는 불현듯 방금 자신이 새 차를 샀다는 사실을 깨닫고 말았다. 텔레비전 세트도 마찬가지로 신경에 거슬리는 간섭 화면을 본 다음 동일한 모델로 교체했다(흥미롭게도 새로운 텔레비전 세트 역시 동일한 현상을 보였지만, 판매원이 장담한 대로 이틀이 지나자 완벽하게 사라졌다). 실제로 원하는 물건을 직접 가게로 가서 구매한 적은 단 한 번도 없었다!

그는 목록을 항상 소지하고 다니면서 필요할 때마다 그 안에 새 항목을 기입하고, 조용하게, 항의하지 않고 새로운 판매 전략을 분석하며 전면적 항복을 할 수밖에 없을지를 고민했다. 표면적으로라도 저항을 하면 성장곡선은 매년 10퍼센트라는 절제된 수치를 지킬 것이다. 그 저항마저 없애 버리면 제어를 잃고 순식간에 치솟을 것이다……

두 달 후, 병원을 떠나 집으로 돌아오는 길에 그는 예의 광고판 중 하나를 처음으로 마주하게 되었다.

계속 밀려드는 차들을 피해 시속 40마일 차선으로 달리면서 세 곳 중 두 번째의 클로버 모양 진입로를 통과한 참이었다. 갑자기 반 마일 앞의 차들이 속도를 줄이기 시작했다. 수백 대의 자동차들이 잡초가 자라난 갓길에 차를 대고, 광고판 하나에 사람들이 모여들고 있었다. 작고 검은 형체 두엇이 광고판의 금속 표면을 타고 오르는 모습이 보였고, 격자처럼 생긴 빛의 패턴이 점멸하며 저녁 하늘을 밝혔다. 패턴 자체는 무작위적이고 가끔씩 끊겼다. 마치 처음으로 시험 작동을 해 보는 것만 같았다.

해서웨이의 의심이 완벽하게 근거 없는 것이었다는 사실에 안도한 채로, 프랭클린은 비포장 갓길로 나와 시동을 끄고는 광고판의 빛을 정면으로 바라보고 있는 구경꾼들을 헤치고 앞으로 나섰다. 광고판 아래 교통섬, 강철 울타리 안쪽에 경찰과 기술자들이 잔뜩 모여서 목을 빼고 머리 위 100피트 높이에 있는 광고판을 오르는 사람들을 바라보고 있었다.

갑자기 프랭클린은 발을 멈추었다. 안도의 감정은 순식간에 사라졌다. 지상에 있는 경찰 중 여럿은 산탄총으로 무장하고, 광고판을 오르고 있는 세 사람 중 두 사람은 어깨에 기관단총을 메고 있었다. 그들은 세 번째 사람을 쫓아가는 중이었다. 끝에서 두 번째의 제어기 위에 몸을 숙이고 있는 남자를. 남자는 때에 전 셔츠를 입고, 수염을 기르고 있었다. 청바지 구멍 사이로 맨 무릎이 보였다.

해서웨이였다!

프랭클린은 서둘러 교통섬 쪽으로 나아갔다. 광고판에서 쉭쉭거리다 터지는 소리가 들리며 퓨즈가 연이어 나가 버렸다.

불빛이 이내 점멸을 멈추고, 선명하고 지속적인 빛을 발하기 시작했다. 고개를 들어 구경하던 사람들은 모두 밝은 글자를 선명하게 알아볼 수 있었다. 문구와 그 문구들이 조합해 만드는 모든 문장들은 너무도 익숙했다. 프랭클린은 지난 몇 주 동안 고속도로를 지나면서 자신이 저 문구를 계속 읽고 있었음을 깨달았다.

지금 구매 지금 구매 지금 구매 지금 구매 지금 구매
신형 자동차 지금 신형 자동차 지금 신형 자동차 지금
그래 그래 그래 그래 그래 그래 그래 그래 그래

순찰차 두 대가 사이렌을 울리면서 군중 가장자리를 휩쓸고 축축하게 젖은 풀밭 위로 올라왔다. 안에서 곤봉을 손에 든 경찰들이 쏟아져 나와 사람들을 뒤로 밀어붙이기 시작했다. 프랭클린은 다가오는 경찰들을 마주 보며 물러서지 않고 말문을 열었다. "경관님, 저 사람을 아는데요—" 그러나 경찰은 그대로 그의 가슴팍을 맨손으로 가격했다. 그는 비틀거리며 자동차 사이로 물러서서 자동차 흙받기에 몸을 기댔다. 경찰들은 자동차 앞 유리를 부수기 시작했고, 당황한 운전자들은 격분해서 항의했다. 좀 멀리 떨어져 있는 이들은 저마다 자기 자동차로 돌아가기 시작했다.

기관단총 하나가 굉음을 내뿜자 소란은 잦아들었다. 그리고 해서웨이가 승리와 고통이 뒤섞인 비명을 지르며 팔을 뻗은 채 떨어지는 모습을 보면서, 사람들은 일제히 놀라 헉 소리를 냈다.

"하지만 로버트, 그게 대체 무슨 상관인데요?" 다음 날 아침, 주디스는 프랭클린이 기운 없이 응접실에 앉아 있는 모습을 보며 물었다. "그의 아내와 딸에게는 안된 일이지만, 해서웨이 그 사람은 항상 집착에 사로잡혀 있었잖아요. 그렇게 광고판이 싫었으면 우리 눈에 **보이는** 것들을 날려 버렸으면 되는 것 아녜요. 우리한테 안 보이는 것들에 신경 쓰지 말고요."

프랭클린은 혹시라도 신경을 분산시킬 수 있을까 생각하며 텔레비전 화면을 멍하니 바라보았다.

"해서웨이의 말이 **옳았소**." 그는 말했다.

"그랬나요? 어차피 광고가 사라지는 일은 없을 거예요. 애초에 우리에게 선택의 자유 따위는 없고요. 어차피 감당할 수 있는 이상의 소비를 할 수는 없잖아요. 금융회사들이 곧 목을 조여 올 테니까요."

"이런 상황을 그냥 받아들일 거요?" 프랭클린은 창가로 걸음을 옮겼다. 4분의 1마일 정도 떨어진 주거 지구의 중심부에 다른 광고판 하나가 올라가고 있었다. 그의 집에서 정동쪽이라 이른 아침의 햇빛을 받은 거대한 직사각형 구조물의 그림자가 정원을 뒤덮었다. 미닫이 유리문의 문턱을 넘어 그의 발치에 도달할 정도였다. 주변 풍경과 일관성을 이루게 하기 위해 그리고 아마도 건설 도중 의심을 사는 일을 막고 싸구려 허영심으로 위장하기 위해, 광고판 아랫부분은 튜더 양식을 흉내 낸 패널로 덮여 있었다.

프랭클린은 그 모습을 바라보면서 순찰차 주변을 도는 대여섯 명의 경찰들과 조립을 마친 창살을 트럭에서 내리고 있는 건설 인부들의 수를 세었다. 그리고 슈퍼마켓 쪽의 광고판을 바라보며 해서웨이를, 그리고 그가 애달프게 프랭클린을 설득시키고 도움을 구했던 기억을 억누르려 애썼다.

한 시간 후, 주디스가 모자와 외투를 걸치고 슈퍼마켓을 방문할 준비를 끝내고 돌아왔을 때에도, 그는 여전히 그 자리에 서 있었다.

프랭클린은 아내를 따라 문가로 향했다. "거기까지 태워다 주리다, 주디스. 새 차를 예약해야 할 것 같으니까. 월말이면 신형 모델이 나온다지 않소. 운이 좋으면 선행 상품을 확보할 수 있을지도 모르지."

그들은 함께 잘 정돈된 진입로를 따라 걸어갔다. 해가 솟으며 광고판들의 그림자가 고요한 주거 지구를 천천히 뒤덮었다. 슈퍼마켓을 향해 걸어가는 사람들의 머리 위를 거대한 추수용 낫처럼 쓸어 내리면서.

(1963)

재진입의 문제
A Question of Re-Entry

그들은 온종일, 때로 프로펠러를 멈추고 들어 올려 엉켜 있는 수초를 잘라 내면서 꾸준히 상류로 올라갔다. 3시 무렵까지 이동한 거리는 75마일 정도였다. 순찰선 양쪽으로 50야드 떨어진 지점에는 정글을 흐르는 강을 감싸듯 높은 벽이 솟아 있었다. 캄푸스부루스에서 오리노코 강의 삼각주까지, 아마조나스 주를 가로지르는 수림이 빽빽한 고원지대였다. 제법 먼 거리를 이동했음에도—트레스부리치스의 전신국을 떠난 것이 아침 7시였다—강은 조금도 폭이 좁아지거나 수량이 변화할 조짐을 보이지 않았다. 어둑한 숲 또한 그대로 똑같은 모습으로 강을 따라왔다. 숲의 장막이 하늘을 가려 햇빛을 차단하고, 기슭을 따라 흘러가는 강물을 검은 벨벳 광택으로 뒤덮었다. 가끔씩 강폭이 넓어지며 물이 멈추어 고여 있는 것처럼 보일 때도 있었다. 느릿하고 미끈거리는 물결이 일렁이면서 멀리 수수께끼 가득한 하늘을 비추는 끈적한 거울이 되고, 썩은 발사 나무가 만드는 무수한 섬들은 겹겹이 싸인 안개에 굴절되어 떠다니는 꿈의 군도처럼 보였다. 그러다 폭이 다시 좁아지면 서늘한 정글의 어둠이 배를 감싸곤 했다.

처음 몇 시간은 코널리도 난간에 기대 있는 페레이라 선장과 어울렸지만, 이내 끝없이 스쳐 지나가기만 하는 숲의 초록색 강둑에 질리고 말았다. 그래서 정오가 지난 이후에는 지도에서 궤적을 계산하는 척하면서 선실에 틀어박혔다. 선실 쪽이 더 지겹기는 하지만, 적어도 갑판보다는 서늘하고 덜 우울했다. 머리 위에서 선풍기가 웅웅거리며 돌아갔고, 물살이 부딪치며 덜걱이는 소리와 날씬한 동체 옆을 스치고 지나가는 물결의 신음이 점심 식사 후 페레이라와 함께 마신 미지근한 맥주 때문에 일어난 가벼운 두통을 잠재우는 역할을 했다.

코널리의 첫 정글 경험은 꽤나 실망스러웠다. 마라카이보 호湖의 준설 작업 때였는데, 그곳에 있는 숲이라고는 물속에 박혀 있는 일군의 버려진 석유 굴착 장치뿐이었다. 녹슬어 가는 동체와 거대한 굴착기와 수상 플랫폼이 인간의 손으로 만든 생물계를 구성했다. 이번에는 아마존의 정글에 왔으니 사방이 가장 풍요롭고 화려한 자연으로 가득하리라 기대했는데, 정작 와 보니 빈사 직전의 나무로 가득한, 잡초만 무성한 늪이 기다리고 있을 뿐이었다. 생명보다는 시체가 더 많았다. 대륙 전체에 만연한 관리 소홀의 표상이라 할 만했다. 심지어 강기슭을 제대로 판별하는 일조차 힘들었다. 썩어 가는 나무등치가 모여서 튼튼한 난간을 이루는 곳이 가끔 보이는 것을 제외하면 제대로 된 강둑조차 형성되어 있지 않았고, 덤불 아래 수백 년 동안 고여 온 얕은 물에는 수많은 식물들이 이미 습기 속에서 숨이 끊어져 가고 있었다.

코널리는 지금 갑판의 차양 아래 앉아서 평온하게 궐련을 피우고 있는 페레이라에게 자신의 실망감을 표출하려고 시도하기도 했다. 반쯤은 코널리와 그의 임무가 암시하는 모든 것들에 대해 선장이 정중하게 드러내 보이는 경멸을 되갚아 주기 위해서였다. 코널리가 처음에는 베네수엘라에서 그리고 이제는 브라질에서 만난 다른 모든 원주민보호국의 공무원들과 마찬가지로, 페레이라는 정글과 그 안의 신비를 독점하고 있는 듯한 태도를 유지했다. 멀끔한 얼굴에 빳빳한 제복을 차려입은 조사관들이 아무리 많이 와도 뭐든 절대 내줄 수 없다는 것처럼 보였다. 페레이라 선장은 코널리의 어깨에서 번쩍이는 궤도 마크가 덧붙은 유엔 견장에도, 3주 전 브라질리아의 고위층이 직접 내린 협조 요청에도 별로 감탄하는 기색이 아니었다. 수도의 하얀 탑 속 사무실을 뉴욕이나 런던이나 바빌론처럼 머나먼 땅으로 여기는 게 틀림없었다.

물론 표면적으로는 선장으로서 충분히 도움을 주었다. 코널리의 추적용 장비를 선적하는 선원들을 감독하고, 스미스앤드웨슨 권총을 확인하고, 쓸모없는 방충 부츠를 교환해 주기도 했다. 코널리가 원하는 한은 친근하게 대화를 나누며 이런저런 풍경들을 가르쳐 주고, 나뭇가지에 앉아 있는 희귀한 새나 도마뱀의 종을 알려 주기도 했다.

그러나 그가 임무의 진짜 목적에는 관심이 없다는 점은 이내 분명해졌다. 코널리가 임무에 대해 설명해 줘도, 페레이라는 그저 보일락 말락 고개를 끄덕일 뿐이었다. 바로 이런 태평한 태도에 코널리는 짜증이 났다. 행방불명이 된 그 빌어먹을 스페이스 캡슐을 쫓아 유엔 조사관들을 태우고 다니는 일이, 그에게는 존재하지도 않는 엘도라도를 찾아 헤매는 관광객들을 태우고 다니는 일과 별로 다르지 않은 것이었다. 이는 다른 무엇보다도 코널리를 비롯해서 남미 대륙에 파견된 수백 명의 다른 조사관들이 너무 끈질겨 보인다는 암시로 이어졌다. 모든 설명이 끝나자, 페레이라는 달 탐사선 골리앗 7호가 귀환 도중 남미 대륙으로 추락한 지 벌써 5년이 흘렀음을 지적하고, 수색 기한을 무한정 연장하는 일은 좋지 못할 뿐 아니라 거의 시체 애호증에 가깝다는 의견을 피력했다. 조종사가 아직 생존해 있을 가능성은 거의 없을 테니, 이제 마음 편하게 잊고 기차역이나 공항 주차장에 동상이나 세우고 나머지 일은 비둘기들에게 맡기는 편이 낫다는 것이었다.

코널리는 정치적 또는 기술적 이유는 차치하더라도, 수색을 무기한적으로 계속해야 하는 절대적인 도덕적 이유에 대해 설명해 주고 싶은 마음이 가득했다. 실종된 우주 비행사, 프랜시스 스펜더 대령이 달까지 왕복하는 극도로 위험한 임무를 기꺼이 맡았다는 것만으로도 필요한 모든 도움을 받을 권리가 있다는 점을 지적하고 싶었다. 대여섯 번의 참혹한 실패 이후—적어도 세 명의 운 없는 조종사들이 동력이 끊긴 우주선에 탄 채로 아직도 달 궤도를 돌고 있었다—마침내 달에 착륙하는 데 성공한 일이야말로 인간의 정신세계에 깊이 각인된 오랜 야망을 성취한 것이며, 귀환한 그를 찾지 못하기라도 한다면 인류는 치유할 수 없는 죄책감과 상실감을 안고 살아가야 할 것이라고, 페레이라에게 쏘아붙이고 싶었다. (만약 바다가 무의식의 상징이라면, 우주는 제약 없는 시간의 표상이 아닐까? 우주를 뚫고 나갈 수 없다는 것은 영원의 림보에 갇힌 채 지내야 하는, 생명의 죽음을 상징하는 것이 아닐까?)

그러나 페레이라 선장은 아무런 흥미도 없었다. 차분하게 궐련 향을 음미하며, 조금도 동요하지 않고 난간 앞에 앉아서 주변으로 지나쳐 가는 악취 가득한 늪지를 살피고만 있었다.

정오가 조금 지나 40마일 정도 이동했을 때, 코널리는 강둑의 높은 지지대 위에 설치된 대나무 잔교의 잔해를 가리켰다. 밧줄로 얼기설기 엮은 다리가 맹그로브 숲속으로 이어지고 있었다. 빽빽한 나무 사이 공터에서, 버려진 점토 움막들이 쓰레기 더미처럼 햇살 아래 녹아내리고 있는 모습이 보였다.

"저거 그자들의 야영지 아닙니까?"

페레이라는 고개를 저었다. "남비쿠아라족과 혈연관계에 있는 이스피후족이오. 3년 전에 저들 중 하나가 전신국에서 인플루엔자를 옮겨왔지. 전염병 사태가 터졌고, 폐부종 증상을 유발해서 48시간 사이에 300명의 인디언이 죽었소. 부족 전체가 와해되어 이제는 남자 열다섯 명과 그 가족들만 살아 있을 뿐이오. 엄청난 비극이었지."

그들은 함교 앞으로 나가 키 큰 니그로 키잡이 옆에 섰다. 남은 선원 두 명은 가는 철사 그물을 갑판 위에 씌워 고정시키는 작업에 들어갔다. 페레이라는 쌍안경을 들어 앞쪽의 강물을 살폈다.

"이스피후족이 이 구역을 떠난 후로 남바족이 이쪽까지 내려와 수렵을 하기 시작했소. 아마 만나게 되지는 않겠지만, 조심하는 편이 좋겠지."

"적대적이라는 말입니까?" 코널리가 물었다.

"대놓고 적개심을 표출한단 말은 아니오. 하지만 남비쿠아라족을 구성하는 여러 집단은 끊임없이 서로 반목하고 있고, 정착지에서 이렇게 멀리 떨어진 곳에서라면 우발적인 공격에 휘말리게 될지도 모르는 일이니까. 정착지에 도착하면 아무 문제 없을 거요. 그곳에서는 불안하지만 평형상태가 유지되고 있으니 말이지. 하지만 그곳에 가서도 정신은 바짝 차리고 있으시오. 곧 알게 되겠지만, 새처럼 겁이 많은 친구들이거든."

"라이커는 어떻게 그들과 얽히지 않을 수 있었던 겁니까? 여기에 몇 년 동안 있지 않았나요?"

"12년이오." 페레이라는 뱃전에 걸터앉아서 챙 달린 모자를 매만졌다. "라이커는 특수한 경우요. 성격은 꽤나 다혈질이지만—조심해서 대하라고 일러두는 거요. 문제가 생기면 바로 폭발할 수도 있으니까—어찌어찌 부족 내에서 권위를 가지는 자리까지 올라간 모양이오. 어떻게 보면 집단 사이의 반목을 중재하는, 심판 비슷한 위치라고 할 수도 있겠지. 무슨 수를 써서 그런 지위를 얻었는지는 나도 아직 파악 못 했소. 인디언들이 백인을 그런 식으로 대하는 일은 꽤나 드무니까. 어쨌든 우리에게는 유용한 친구고, 결국에는 이쪽에 파견지를 세울 수도 있지 않겠소. 거의 불가능한 일이나 다름없지만 말이오. 한번 시도해 봤더니 인디언들이 500마일을 이주해 버리더군."

코널리는 모퉁이 너머로, 주변 정글과 거의 구분도 하기 힘든 잔교를 돌아보았다. 정글 또한 여기 홀로 남은 외로운 건조물만큼이나 황폐해 보였다.

"대체 라이커는 무엇 때문에 이리로 나온 겁니까?" 브라질리아에서 그 괴상한 인물에 대해 들은 적이 있기는 했다. 전직 저널리스트이자 행동가이며 42세가 된 자칭 세계시민으로, 문명과 싸구려 신들에게 분통을 터트리며 반평생을 보내다가 갑자기 아마조나스 주 안으로 사라지더니 원시 부족 하나에 자리를 잡았다는 것이었다. 이 시대의 고갱들은 대부분 도주 중인 사기꾼이거나 신경증 환자이기 십상인데, 라이커는 나름대로 자신의 신념에 충실한 인물로 보였다. 20세기의 삶을 규정하는 철조망과 조직화를 피해 퇴각한, 최후의 진정한 개인주의자일 것만 같았다. 그러나 코널리는 라이커가 선택한 낙원이 가까이서 보면 꽤나 꾀죄죄하고 쇠락한 곳이라는 인상을 받았다. 어쨌든 그 사람이 인디언들을 규합해 수색대를 조직하도록 도와주기만 한다면 그걸로 충분했다. "왜 라이커가 아마존 분지를 골랐는지 이해가 안 되는군요. 남태평양이라면 나쁘지 않겠지만, 지금까지 들은 바에 따르면―선장님이 방금 확인해 주신 것이나 다름없지만―이곳 인디언들은 온갖 질병을 앓고 있는 비참한 종족 아닙니까. 고결한 야만인이라고는 할 수 없을 텐데요."

페레이라 선장은 그저 어깨를 으쓱하며 끈적이는 수면 너머를 바라볼 뿐이었다. 통통하고 누르께한 얼굴에 철사 그물 그림자가 레이스처럼 드리워져 꿈틀댔다. 그는 슬쩍 소리를 죽여 트림을 하고는 권총집 벨트를 추켜올렸다. "남태평양에 대해서는 잘 모르지만, 내 생각에는 그쪽 동네가 과도하게 감상적으로 여겨지는 건 아닐까 싶소. 그래, 물론 인디언들이 질병이 가득하고 비참하게 살아가는 자들이기는 하오. 50년도 버티지 못하고 멸종할지도 모를 일이지. 하지만 지금 이 순간 그들은 길들여지지 않은 자연 속 존재의 한 가지 모습을 대변하고 있는 거요. 우리를 지금의 형상으로 만든 바로 그 모습을 말이오. 엄청난 위험을 마주하면서도 아직 생존하고 있지 않소." 그리고 그는 코널리를 향해 의미심장한 미소를 지어 보였다. "하지만 이런 건 라이커에게 가서 따져야 할 문제겠지."

그들은 난간 옆에 앉아서 아무 말 없이 강물이 똬리를 풀고 흘러가는 모습을 지켜보았다. 지쳐 쓰러진 나무들이 강둑을 메우고 있었다. 죽어 가는 이들이 살아 있는 이들 사이에서 숨을 다하며, 순찰선과 승객을 향해 마지막으로 절망적인 공격을 감행하려는 듯 앞으로 헤쳐 나오고 있었다. 이후 점심 도시락을 열기까지 남은 30분 동안 코널리는 지구로 강하하는 캡슐에 매달려 있었을, 두 쪽으로 나뉜 거대한 낙하산을 찾아 나무 위를 둘러보았다. 대기 중에서 부식되는 재질이 아니니, 이곳에 떨어졌다면 분명 숲의 지붕 위에 날개를 펴고 도사린 거대한 새처럼 눈에 띌 것이 분명했다. 그러고 나서 그는 페레이라의 맥주를 한 캔 얻어 마신 후, 자리를 뜨겠다고 말하고 선실로 내려갔다.

해도가 펼쳐진 탁자 아래에는 수색 장비가 든 금속 상자 두 개가 보관되어 있었다. 그는 상자를 꺼내 방습포장이 아직 멀쩡한지 확인했다. 캡슐을 육안으로 확인할 확률은 극도로 적었지만, 아직 무사하다면 유도기가 음파와 전파를 계속 방출할 것이다. 물론 범위는 20마일 정도밖에 되지 않지만, 그 정도면 접근했을 때 확인되기에는 충분했다. 그러나 남미 대륙의 북부 절반을 공중에서 샅샅이 살펴본 마당이니, 유도기가 아직 작동하고 있다고 생각하기는 힘들었다. 캡슐이 발견되지 않았다는 것은 최소한 부분적으로라도 피해를 입었다는 뜻이고, 아마 이제는 습기 찬 공기 속에서 배터리도 방전되어 버렸을 것이다.

최근 들어 유엔의 특정 우주 분야 기구에서는 스펜더 대령이 재진입 당시 고도를 잘못 잡았으며, 캡슐이 최종 강하 단계에서 증발해 버렸을 것이라는 비공식적 의견을 입에 담기 시작했다. 그러나 코널리는 그런 의견을 단순히 전 세계의 비난을 잠재우고 우주 계획을 재개하기 위한 변명으로만 여겼다. 마라카이보 호 준설 작업과 지금 자신이 순찰선에 승선해 있다는 점을 고려해 보면, 유엔 기구에서는 아직 스펜더 대령이 살아 있다고, 아니면 적어도 착륙 당시에는 살아 있었다고 믿는 것이 분명했다. 최종 재진입 궤도를 따랐다면 트리니다드 군도에서 동쪽으로 500마일 떨어진 착륙 지역에 내려앉았겠지만, 전리층이 캡슐을 감싸 통신이 끊기기 직전에 연결된 마지막 전파에 따르면, 그는 궤도에 잘못 진입해서 남미 대륙의, 마라카이보 호와 브라질리아를 잇는 직선상에 추락하게 될 예정이었다.

계단을 내려오는 발소리가 들리더니 이윽고 페레이라 선장이 고개를 숙이고 선실로 들어왔다. 그는 해도 위로 모자를 던지고는 숱이 줄어드는 머리카락에 바람이 닿도록 선풍기를 등지고 앉았다. 마늘과 싸구려 포마드의 불쾌한 냄새가 코널리를 습격했다.

"당신은 분별 있는 사람인 모양이오, 중위. 이럴 때 갑판에 올라와 있는 건 미친 짓이지. 하지만—"그는 코널리의 창백한 얼굴과 손을, 뉴욕의 긴 겨울이 남긴 기념품을 가리켰다. "어떻게 보면 일광욕을 할 수 없어서 유감이라고도 해야겠소. 그런 도시인의 피부색은 인디언들에게는 꽤나 진기한 것으로 보일 테니 말이오." 그는 쾌활하게 웃음을 지으며, 누렇게 변하는 이를 드러냈다. 그 때문에 그의 올리브색 피부가 더욱 어둡게 보였다. "당신처럼 말 그대로 흰 피부를 가진 사람은 인디언들에게는 처음일지도 모르겠소."

"라이커는요? 그 사람도 백인 아닙니까?"

"이제는 블랙베리만큼 검어졌지. 키가 7피트인 걸 빼고는 인디언들하고 거의 구분할 수도 없을 거요." 그는 좌석 반대쪽 끝에 쌓인 골판지 상자를 가져와 안을 뒤지기 시작했다. 상자 안에는 다양한 잡동사니들이 가득했다. 털실 뭉치와 솜뭉치, 왁스와 송진 덩어리, 우루쿠 열매 염료, 담배와 목걸이용 구슬 따위였다. "이거면 당신의 선의를 증명해 보일 수 있을 거요."

코널리는 상자를 다시 잠그는 선장을 바라보았다. "수색대를 얼마나 고용할 수 있는 겁니까? 그거면 충분한가요? 선물 용도로 50달러까지 사용할 수 있습니다."

"그거 잘됐군." 페레이라는 태연한 태도로 말했다. "맥주를 더 살 수 있을 테니. 걱정 마시오, 중위. 이 사람들을 고용하는 것은 애초에 불가능하니까. 그들의 호의에 기대야 하는 거요. 이런 잡동사니를 건네주면 그쪽에서도 입을 열 기분이 될 거요."

코널리는 애써 웃음을 지었다. "대화보다는 자리에서 일어나서 수풀 속으로 들어가게 만들고 싶습니다만. 수색대는 어떻게 조직할 생각이십니까?"

"이미 수색은 다 끝나 있소."

"뭐라고요?" 코널리는 몸을 앞으로 내밀었다. "어떻게 그럴 수가 있습니까? 아니, 기다렸어야죠." 그는 묵직한 탐지 장비들을 힐긋거리며 말을 이었다. "무얼 찾아야 하는지 알고 있을 리도……"

페레이라는 손을 들어 그의 말을 막았다. "친애하는 중위, 진정하시오. 비유적으로 말하고 있었을 뿐이오. 이해가 안 되시오? 이곳의 부족민은 지역 안을 유랑하는 이들이오. 끊임없이 움직이면서 생활하지. 지난 5년 동안 이 숲의 모든 구석을 100번은 오갔을 거요. 따라서 다시 수색을 보낼 필요는 없소. 그저 뭔가를 보았기를 기대하면서, 그 내용을 털어놓도록 설득만 하면 되는 거요."

페레이라가 다른 상자의 포장을 벗기는 동안, 코널리는 그의 말을 곱씹었다. "좋습니다. 하지만 수색도 좀 하고 싶군요. 사흘 동안 그냥 눌러앉아 있을 수는 없지 않습니까."

"당연한 일이지. 걱정 마시오, 중위. 당신네 우주 비행사가 이곳에서 500마일 안쪽에 불시착했다면 분명 저들이 알고 있을 테니까." 그는 포장을 풀고 그 안에서 작은 티크제 보관함을 꺼냈다. 앞면의 긴 홈을 잡고 열자 커다란 오르몰루* 탁상시계의 문자반이 드러났다. 도금된 둥그런 종 아래로 고딕풍의 바늘과 숫자가 보였다. 페레이라 선장이 자기 손목시계와 비교해 그 시계의 시간을 확인했다. "좋아. 제대로 작동하는군. 지난 48시간 동안 1초도 어긋나지 않았소. 이거면 라이커의 마음에 들 거요."

코널리는 고개를 저었다. "대체 그 사람은 왜 시계가 필요한 겁니까? 그런 물건들에 질려 등을 돌린 사람인 줄로만 알았는데요."

페레이라는 금속 문자반을 닫으며 말했다. "뭐, 글쎄, 우리 모두 뭔가에서 도망칠 때에는 그를 상징하는 기념품을 가져가기 마련이지 않소. 라이커는 시계를 모은다오. 내가 가져다주는 것만 해도 이게 세 개째요. 이걸로 뭘 하는지는 신만이 아시겠지."

배는 이제 큰 원을 그리면서 수면 위에서 방향을 틀고 있었다. 물결이 선체에 부딪치면서 부드럽게 물을 튀기며 웅얼거렸다. 두 사람이 갑판 위로 올라갔을 때 키잡이는 이물 쪽이 잘 보이도록 철사 그물의 여러 부분을 풀어 놓고 있었다. 선원 두 사람은 갈고리 장대를 준비해 구멍을 통해 올라가서 앞뒤로 자리를 잡았다.

그들은 커다란 활 모양으로 뻗은 강의 지류로 들어서고 있었다. 강물이 둑 너머까지 넘쳐 저지대에 진흙탕을 만들었다. 폭이 200~300야드는 좋이 될 듯했고, 물은 거의 움직임을 멈춘 것처럼 보였다. 경계 부근에 서 있는 나무 사이로 물이 조금씩 새어 나가는 모습으로 강물

---

* 구리와 아연 합금으로, 서양에서 금박 대용으로 쓰이는 재료. 혹은 그 재료를 이용한 금속 공예 기법으로 만든 물건.

이 들어오고 나가는 지점을 간신히 파악할 수 있을 정도였다. 지류 안쪽으로 유일하게 땅이 굳은 부분에, 물에 솟은 나무 말뚝 위로 작은 건물들이 서 있었다. 움막들이 모인 양옆으로 숲이 물 위로 길게 뻗어 있었지만, 그 안쪽으로는 나무를 베어 만든 공터에 작은 마을이 세워져 있었다. 반대쪽으로는 초벽을 올린 창고 움막과 다 허물어져 가는 판잣집 몇 채 그리고 말린 야자 잎으로 덮은 가축우리들이 보였다.

버려진 마을처럼 보였지만, 접근하는 배가 만드는 하얀 포말이 물가 풀밭 위로 흩뿌려지자, 인디언 몇 명이 덩굴로 뒤덮인 둑 뒤편 그늘에서 모습을 드러내더니 무표정한 얼굴로 그들을 바라보기 시작했다. 코널리는 큰 키에 널찍한 어깨, 팔과 볼에 하얀 무늬를 칠한 전사들이 등장하기를 내심 기대했지만, 지금 모습을 드러낸 이들은 허약하고 작달막했다. 납작하고 앙상한 머리 아래 초췌한 얼굴이 영양실조에 우울증을 앓고 있는 것처럼 보였다. 시궁창의 떠돌이 개처럼 그저 시무룩한 표정으로 그들을 주시할 뿐이었다.

페레이라는 손으로 햇빛을 가리며 앞쪽의 오솔길 너머를 바라보고 있었다. 둑길 반대쪽 끝에 등나무를 엮어 만든 다 낡은 방갈로 건물이 보였다.

"라이커는 안 보이는군. 아마 취해서 자고 있을 거요." 그러다 그는 코널리의 혐오감 섞인 찌푸린 얼굴을 눈치챘다. "유감스럽게도 이곳 꼴이 별로 마음에 안 드는 모양이시군."

둑길로 다가가는 내내, 배에 부딪친 물결이 미끈거리는 대나무 막대에 튕기며 그들의 얼굴로 악취 섞인 바람을 날렸다. 코널리는 고개를 돌려 뒤편으로 흩어지는 원반 모양의 물결을 바라보았다. 이곳 버려진 정착지로 향하는, 강을 거슬러 올라가는 여정의 마지막 부분에 이르니, 갈색 강물 속으로 사라지는 그 물결이야말로 문명의 질서와 분별로 이어지는 마지막 실타래 한 올 같다는 느낌이 들었다. 이 내륙의 늪지대에는 묘한 기운이 감돌고 있었다. 묘하게도 직접적으로 적개심을 표하는 것만큼이나 두려운 느낌이 드는, 죽음을 실은 공기의 기운이 주변을 둘러싸고 있었다. 아마존 정글의 모든 조야함과 폭력성이 이곳에 모여 일순간 균형을 맞추어 그의 마음을 초조하게 만들고 오싹한 기운을 뿜어내는 것만 같았다. 저 멀리 하류 쪽 강가에는 거대한 나무들이 시체처럼 희뿌연 허공으로 기울어져 있었고, 물 위를 감도는 안개는 늦은 오후의 정글을 불안한 정적으로 칠해 놓았다.

배가 둑에 부딪치더니, 이내 가볍게 흔들리며 한데 묶여 있는 물 먹은 카누 몇 대를 밀어내고 그 사이로 자리를 잡았다. 키잡이는 엔진을 거꾸로 돌리면서 선원들이 뱃줄을 고정시키기를 기다렸다. 도우러 앞으로 나오는 인디언은 단 한 사람도 없었다. 코널리는 원숭이처럼 생긴 얼굴 하나가 점액질로 뒤덮인 축축한 눈으로 자신을 바라보고 있는 걸 알아챘다. 구멍투성이 이가 초조하게 축 늘어진 아랫입술을 훑고 있었다.

여차하면 선장이 자신과 인디언 사이로 들어와 줄 것이라는 사실을 다행으로 여기며, 그는 페레이라를 돌아보았다. "선장님, 저번에도 물어봤던 거지만, 이곳 인디언들은 식인종입니까?"

페레이라는 기둥에 몸을 기대고 균형을 잡으면서 고개를 저었다. "전혀 아니오. 그런 걱정은 하지 마시오. 식인종이 있다 해도 이미 전부 멸종되었을 테니까."

"혹시…… 백인이라면 다르지 않을까요?" 본인도 이유를 알 수가 없었지만, 코널리는 무례할 정도로 '백인'이라는 단어를 강조하고 있었다.

페레이라는 크게 웃으며 제복 윗옷을 당겨 폈다. "세상에, 중위, 절대 아니오. 당신네 우주 비행사가 잡아먹혔을지도 모른다고 생각하는 거요?"

"그럴 가능성도 있으리라 봅니다만."

"내 맹세컨대, 지금까지 식인 풍습이 기록된 적은 한 번도 없소. 관심이 있을지도 모르니 말해 주지만, 사실 식인은 이 대륙에서는 희귀한 습속이오. 아프리카나…… 아니면 유럽 쪽에서 훨씬 흔히 찾아볼 수 있지." 그가 장난기 넘치는 표정으로 덧붙였다. 그리고 코널리를 향해 잠시 웃음을 짓고는 나직하게 말을 이었다. "인디언들을 경멸하지 마시오, 중위. 몸은 온갖 질병으로 가득하고 지저분하지만, 그들은 적어도 주변 환경과 균형을 이루며 살고 있소. 그리고 자신의 내면과도. 이 사람들 속에서 크리스토퍼 콜럼버스나 스펜더 대령 같은 이를 찾을 수는 없겠지만, 벨젠* 또한 찾을 수 없을 거요. 어쩌면 전자 또한 후자만큼이나 불안감의 표현일지도 모른다고 생각되지 않소?"

배는 둑을 따라 떠내려가다 카누 한 척을 덮쳤고, 카누는 그대로 우직 소리와 함께 뱃전 아래로 사라져 버렸다. 페레이라가 키잡이를 향해 소리쳤다. "전진하라고, 산초! 더 앞으로 가! 빌어먹을 라이커는 어디 가 있는 거야?"

배는 거품 가득한 갈색 강물을 나이아가라처럼 뿜어내며 앞으로 나아갔다. 대나무 울타리를 밀어붙이자 둑길 전체가 충격에 몸을 떨었다. 모터가 꺼지고 뱃줄이 단단히 고정되자, 코널리는 고개를 들어 머

---

* 나치스의 베르겐벨젠 강제수용소. 이곳에서 안네 프랑크가 숨을 거두었다.

리 위의 둑길을 바라보았다.

각진 얼굴에 끓어오르는 짜증을 주체하지 못하는 표정으로, 큰 키에 가슴을 드러낸 남자 하나가 그를 내려다보고 있었다. 다 떨어진 면직 반바지와 소매가 없는 야자 섬유 플리트 조끼를 입고, 챙이 넓은 밀짚 모자로 검은 눈을 거의 가린 차림이었다. 드러낸 가슴의 탄탄한 근육과 팔은 열대 티크 목재 색깔이었고, 색이 옅은 부분은 입술에 난 하얀색 흉터와 정강이뼈에 점점이 남아 있는 일광 궤양의 흔적뿐이었다. 손을 허리춤에 대고 거만하게 서 있는 그의 모습은, 코널리에게는 지금까지 지나쳐 온 정글에서 도저히 찾아볼 수 없던 길들여지지 않은 에너지의 상징처럼 보였다.

거구의 남자는 코널리를 다 살펴보고는 큰 소리로 외쳤다. "페레이라, 이런 빌어먹을, 대체 뭘 하고 있는 건가? 방금 밀치고 지나간 건 내 카누라고! 그 빌어먹을 키잡이한테 당장 눈깔에서 백내장을 뽑아내지 않으면 엉덩이에 총알을 쑤셔 박아 주겠다고 전해!"

페레이라는 만면에 웃음을 머금으며 둑길 위로 올라섰다. "친애하는 라이커, 진정 좀 하게. 자네 혈압을 생각해야지." 그는 천천히 물 위로 다시 떠오르는, 한참을 쓰지 않은 낡은 카누를 바라보았다. "게다가 자네한테 카누가 무슨 소용인가. 아무 데도 안 가면서."

라이커는 마지못한 기색으로 페레이라와 악수를 나누었다. "자네야 그렇게 생각하겠지, 선장. 자네와 그 빌어먹을 파견단 놈들은 내가 뭐든 다 해 주기를 바라니까. 다음에 찾아올 때는 상류로 1,000마일은 올라가 있을 거야. 남바족을 통째로 다 끌고 갈 거라고."

"그거 참 웅대한 계획이로군, 라이커. 그걸 노래로 읊으려면 호메로스라도 데려와야겠어." 페레이라는 몸을 돌려 코널리에게 둑길로 올라오라고 손짓했다. 인디언들은 여전히 죄책감에 빠진 불법 침입자처럼 무기력하게 한쪽 구석에서 나오지 않았다.

라이커는 코널리의 제복을 수상쩍게 여기는 듯 물끄러미 바라보았다. "이건 누구야? 외설 작품 소재를 찾으려고 기어들어 온 소위 인류학자라는 작자신가? 지난번에 경고했을 텐데, 더 이상 이런 놈들은 상대해 주지 않겠다고."

"아닐세, 라이커. 제복을 보면 모르겠나? 코널리 중위를 소개하지. 우리 모두가 평화롭게 함께 살 수 있도록 은혜와 자비를 베풀어 주는 후기성도형제회, 그러니까 소위 말하는 국제연합 소속일세."

"뭐라고? 이제 놈들이 여기까지 위임통치를 하려는 건가? 하나님 아버지, 아무래도 이 작자가 곡물의 단백질 함량을 들먹이며 나를 지겨워 죽게 만들 모양입니다!" 반어적인 신음 속에 아직 남아 있는 날카로운 유머 감각이 엿보였다.

"진정 좀 하게. 여기 중위는 아주 매력적이고 예의 바른 친구야. 우주 부서의 회수 분과에 근무한다네. 자네도 알겠지만, 실종된 비행기를 찾거나 뭐 그런 일 말이야. 자네가 도움을 줄 수 있을지도 모르겠어." 페레이라는 코널리에게 윙크를 하고는 그를 앞으로 이끌었다. "중위, 이곳의 '라자'이신 라이커 전하라오."

"별로 도움을 줄 수 있을 것 같지는 않은데." 라이커는 퉁명스럽게 대꾸했다. 악수를 나누는 라이커의 손가락 근육이 톱니가 달린 덫처럼 느껴졌다. 근육질 목을 구부정하게 숙이고 있는데도, 라이커는 코널리보다 족히 6인치에서 10인치는 더 커 보였다. 그는 잠시 코널리의 손을 붙들고 있었다. 험악한 인상의 가면 아래로 살짝 경계심이 엿보였다. "그 비행기가 언제 추락한 건가?" 그가 물었다. 코널리는 그가 이미 짭짤하게 이득을 볼 인양 작업을 떠올리고 있으리라 추측했다.

"좀 됐더군." 페레이라가 가벼운 투로 말했다. 그는 묵직한 탁상시계가 든 꾸러미를 들고는 라이커를 따라 둑길 끝에 있는 방갈로로 걸음을 옮기기 시작했다. 등나무 차양이 낮게 달리고, 사방으로 베란다가 있는 한 칸짜리 방이었다. 베란다 위로 길게 드리운 지붕이 햇빛을 차단했다. 주변 나무에서 건너온 덩굴식물들이 집까지 침범해 주변의 야자나무며 양치류 등과 얽혀 있었다. 그 때문에 집은 정글의 한 순간이 화석이 되어 얼어붙은 것처럼 보였다.

"하지만 인디언들이라면 뭔가 들은 것이 있을지도 모르지 않나." 페레이라가 말을 이었다. "사실대로 말하자면 5년 전이라더군."

라이커는 코웃음을 쳤다. "원 세상에, 희망을 가져도 정도가 있지." 그들은 함께 베란다로 올라섰다. 어깨가 좁은 인디언 소년 하나가 그늘에 숨어 이슬 맺힌 구슬처럼 보이는 눈으로 그들을 지켜보고 있었다. 순간 짜증이 났는지, 라이커는 소년의 정수리를 두 손으로 붙들고는 그를 그대로 계단 아래로 내동댕이쳤다. 그대로 주저앉은 소년은 여전히 코널리 쪽으로 시선을 고정시킨 채로 얼른 자리에서 일어서더니, 고음의 콧소리 비슷한 소리를 냈다. 공포와 흥분이 뒤섞인 듯한 소리였다. 코널리는 문가에서 그 모습을 지켜보다가, 문득 다른 인디언 몇 명이 부둣가로 나와서 그 소년과 비슷하게 넋이 나간 호기심을 드러내며 자신을 바라보고 있는 걸 눈치챘다.

페레이라가 코널리의 어깨를 두드렸다. "저 친구들이 감탄할 거라고 말했지 않은가. 자네도 봤나, 라이커?"

라이커는 퉁명스럽게 고개를 끄덕이고는, 방으로 들어가며 밀짚모자를 벗어 창가에 놓인 소파 위로 던져 버렸다. 방 안은 우중충하고 칙칙한 느낌이었다. 대나무를 얼기설기 엮어 만든 선반이 벽마다 줄지어 붙어 있고, 그 위에 상아와 대나무로 만든 원시적인 조각상이 장식되어 있었다. 방 가운데에는 흔들의자 두어 개와 카드용 탁자가 놓여 있었지만, 뒤편 벽에 서 있는 커다란 빅토리아풍 마호가니 화장대 때문에 작아 보이기만 했다. 다양한 각도로 붙어 있는 거울과 화려한 박공 장식이 마치 성당에서 훔쳐 온 제단 장식처럼 보였다. 얼핏 보기에는 한쪽으로 기울어 있는 듯했으나, 이내 코널리는 기울어진 것은 바닥이며, 화장대 뒷다리에 여러 개의 작은 쐐기를 대어 평형을 유지해 놓았음을 알아차렸다. 화장대 가운데, 작은 부속 거울들이 무한히 이어지는 반사된 상을 만드는 곳에는 3달러짜리 싸구려 자명종 시계가 하나 시끄럽게 째깍거리고 있었다. 그 옆에 윈체스터 산탄총 한 자루가 벽에 기대 있었다.

페레이라와 코널리에게 의자에 앉으라고 손짓한 다음, 라이커는 뒤편 창문 블라인드를 내렸다. 바깥으로 여러 채의 움막들이 주변에 둘러서 있었다. 인디언 몇 명이 무릎 사이에 창을 세워 끼운 채 그늘에 쭈그려 앉아 있었다.

코널리는 라이커가 부산스럽게 움직이는 모습을 지켜보다가, 조금 전 그에게서 비쳤던 조바심이 이제는 희미하지만 분명 눈에 띄는 불안으로 바뀌었음을 깨달았다. 라이커는 초조한 눈빛으로 창밖을 내다보고 있었다. 조금씩 자신의 움막 주변으로 모여드는 인디언들이 신경에 거슬리는 모양이었다.

방 안에는 기분 나쁘게 들큼한 냄새가 감돌았고, 코널리는 그의 어깨 너머로 보이는 카드놀이 탁자에 작은 짐승 가죽 뭉치가 잔뜩 쌓여 있는 것을 발견했다. 들쥐나 다른 작은 숲속 동물의 가죽인 듯했다. 가죽을 대강 다듬으려고 했는지, 가장자리를 따라 피가 엉겨 붙어 있었다.

라이커는 발로 탁자를 밀었다. "어쨌든, 여기 있네." 그는 페레이라에게 말했다. "열두 장 묶음으로 열두 꾸러미야. 말해 두는데, 모으는데 지독하게 힘들었다고. 시계는 가져왔겠지?"

페레이라는 상자를 무릎에 올려놓고 고개를 끄덕였다. 그는 마뜩잖은 눈빛으로 눅눅하고 지저분한 가죽 꾸러미를 바라보았다. "쥐 가죽이 섞인 거 아닌가, 라이커? 별로 괜찮아 보이지 않는데. 밖으로 나가서 확인해 보는 편이 좋겠군……"

"젠장, 페레이라, 헛소리 말게!" 라이커가 쏘아붙였다. "저 이상은 무리라고. 절반쯤은 내가 직접 가죽을 벗겼어. 시계나 좀 보세."

"잠깐 기다리게." 선장의 느긋하고 유쾌한 분위기가 딱딱하게 굳었다. 자신의 일시적인 이점을 충분히 이용하면서, 그는 손을 뻗어 가죽한 장을 세심하게 만져 보고는 고개를 저었다. "휴…… 내가 이 시계에 얼마나 썼는지 알고 있나, 라이커? 75달러야. 자네가 도움에 대한 보수로 받는 금액의 3년 치라고. 이럴 가치가 있는지는 잘 모르겠군. 게다가 자네는 별로 협조적이지도 않고 말일세. 그럼 이제 이곳으로 불시착했을지도 모르는 비행기 말인데—"

라이커는 손가락을 퉁겼다. "그건 잊게. 그런 비행기는 없으니까. 남바족 친구들은 내게 모든 것을 말해 주거든." 그는 코널리 쪽으로 시선을 돌렸다. "이 근방에는 비행기의 흔적조차 없었다고 내가 보증하지. 여기서 구출 작전을 벌여 봤자 시간 낭비일 뿐이야."

페레이라는 날카로운 눈으로 라이커를 바라보았다. "사실 추락한건 비행기가 아니네." 그러면서 그는 신호를 보내듯 코널리의 어깨를 두드렸다. "로켓 캡슐이지. 탑승자도 있었고. 아주 중요하고 가치 있는 사람일세. 바로 달 탐사대 조종사인 프랜시스 스펜더 대령이야."

"그거 참……" 라이커는 놀란 척 눈썹을 치켜세우며 창가로 천천히 걸음을 옮겼다. 그러고는 방갈로까지 반쯤 다가온 인디언 무리를 바라보았다. "세상에, 다음에는 뭘 가져올 건가! 달 탐사대 조종사라. 정말로 그런 사람이 이 부근에 있으리라고 생각하는 건가? 그런 작자가 이런 곳에서 버틸 수 있을 리가 있나." 그는 창밖으로 몸을 내밀고 인디언들을 향해 고함을 질렀지만, 인디언들은 몇 발자국 물러설 뿐 자리를 뜨지는 않았다. "빌어먹을 바보 자식들. 여긴 동물원이 아니라고."

페레이라는 인디언들을 바라보면서 그에게 상자를 넘겨주었다. 이제 방갈로 주변에는 50명도 넘는 인디언들이 몰려들어 저마다 자기네 움막 문간에 쪼그려 앉아 있었다. 젊은이 몇몇은 창날을 갈고 있었다. "묘하게 호기심이 넘치는군." 그는 상자를 화장대 쪽으로 가져가서 조심스레 포장을 푸는 라이커를 향해 말했다. "예전에 하얀 피부의 사람을 본 적이 있는 거겠지?"

"저놈들은 그냥 다른 할 일이 없을 뿐이야." 라이커는 커다란 손으로 상자 속에서 시계를 꺼내서, 아주 조심스레 자명종 옆에 내려놓았다. 자명종의 거의 들리지 않을 정도로 작은 추의 움직임 소리가 새 시계의 금속성 탈진기 소리에 완전히 파묻혔다. 그는 잠시 화려한 바늘과 문자반을 살펴보며 서 있었다. 그리고 이내 자명종을 집어 들고는, 충직하지만 어리석은 부하를 퇴역시키는 장교처럼, 작별을 고하는 듯한 손길로 쓰다듬더니 아래쪽 서랍에 넣고 자물쇠를 잠갔다. 그러고 나서 처음의 경쾌한 태도로 돌아와 페레이라의 어깨를 즐겁게 철썩 때렸다. "선장, 쥐 가죽이 더 필요하면 언제든 말하게!"

페레이라는 뒤로 물러서며 발꿈치로 코널리의 한 발을 건드렸다. 덕분에 코널리는 방갈로로 들어온 순간부터 느끼던 묘한 감각에서 잠시 벗어날 수 있었다. 뭔가 중요한 것을 목격한 건 확실했으나, 정확히 무엇인지는 모르겠다는 느낌이었다. 추리소설에 숨겨진 단서처럼.

"가죽은 상관없네." 페레이라가 말했다. "라이커, 우리가 필요로 하는 도움은 이걸세. 족장 회합을 열어서, 캡슐에 대해 기억하는 사람이 있는지를 물어봐 주게."

라이커는 이제 베란다 바로 아래까지 다가와 서 있는 인디언들을 바라보았다. 그는 짜증 섞인 동작으로 블라인드를 내리쳤다. "젠장, 페레이라, 아는 거 없다니까. 중위에게 지금 파크 가나 피커딜리에서 사람들을 붙들고 물어보는 게 아니라고 일러 주게. 인디언들이 본 게 있으면 내가 알고 있을 거야."

"그럴지도 모르지." 페레이라는 어깨를 으쓱했다. "하지만 나는 코널리 중위에게 협조하라는 명령을 받았고, 묻는다고 해될 일은 없지 않은가."

코널리는 자세를 바로 하고 앉았다. "선장님, 여기까지 왔으니 두세 번은 수풀을 수색해 봐야 할 것으로 생각합니다만." 라이커를 향해 그가 설명했다. "캡슐의 마지막 궤적을 다시 계산했습니다. 그가 착륙 예정지에서 직선상으로 더 오래 비행했을 가능성도 있어요. 그렇다면 이곳일 가능성이 높습니다."

라이커는 고개를 흔들며 소파에 털썩 주저앉아, 성난 듯 한 손에 주먹을 부딪쳤다. "그렇다면 언제든 수천 대의 불도저와 화염방사기를 대동하고 이곳에 상륙할 수도 있다는 소리겠군. 젠장, 중위. 사람을 달로 보내든 뭘 하든 상관은 없는데, 그냥 자네들 뒤뜰에서 끝내 주면 안 되겠나?"

페레이라는 자리에서 일어섰다. "이틀 정도만 있다가 떠날 걸세, 라이커." 그는 코널리에게 사려 깊게 고개를 끄덕이고는 문가로 걸음을 옮겼다.

코널리가 자리에서 일어나는 순간, 라이커가 갑자기 그를 불렀다. "중위, 궁금한 게 하나 있는데 말해 줄 수 있겠나." 입매가 기분 나쁘게 아래로 늘어지고, 호전적이며 도발적인 목소리가 흘러나왔다. "사람을 달로 보낸 진짜 이유가 뭔가?"

코널리는 걸음을 멈추었다. 그는 라이커를 적대하고 싶지 않은 마음에 대화가 계속되는 동안 침묵을 지키고 있었다. 그의 무례하고 이기적인 태도는 짜증 난다기보다 한심해 보였다. "군사적이나 정치적인 목적을 말씀하시는 겁니까?"

"아니, 그게 아니야." 라이커는 다시 허리춤에 손을 짚고 자리에서 일어나 코널리를 품평하듯 내려다보았다. "**진짜** 이유를 묻는 걸세, 중위."

코널리는 얼버무리듯 손짓을 했다. 왠지 몰라도 만족할 만한 답변을 꺼내기가 생각보다 힘들었다. "글쎄요, 인간의 원초적인 탐험 정신이 아닐까 합니다만."

라이커는 무시하는 듯 코웃음을 쳤다. "정말로 그걸 믿는 건가, 중위? '탐험 정신'이라니! 세상에! 정말 환상적인 아이디어로군. 페레이라라면 믿지 않겠지. 그렇지, 선장?"

코널리가 대답하기 전에 페레이라가 얼른 그의 팔을 붙들었다. "자, 중위. 형이상학적인 토론을 하고 있을 시간은 없소." 그리고 그는 라이커를 향해 덧붙였다. "자네나 내가 뭘 믿든 상관없는 일일세, 라이커. 사람이 달에 갔다가 돌아왔고, 그 사람은 지금 우리 도움을 필요로 하고 있네."

라이커는 유감스러운 듯 얼굴을 찌푸렸다. "불쌍한 친구. 지금쯤 상당히 불행한 기분이겠군. 애초에 달처럼 먼 곳까지 갔다가 돌아올 정도로 멍청한 작자라면 그런 꼴을 당해도 싸지만."

베란다에서 후드득 발소리가 들렸다. 햇빛 속으로 나서니 인디언 두어 명이 둑길 뒤로 몸을 숨기면서, 여전히 열렬한 관심을 보이며 코널리를 바라보고 있었다.

라이커는 문가에 서서 나른하게 시계 소리에 귀를 기울이고 있었지만, 두 사람이 배에 다시 오르려 하자 서둘러 그 뒤를 따라왔다. 여전히 반원을 그리며 조금씩 다가오는 인디언들을 흘깃거리면서, 그는 냉소적인 경멸감을 담은 눈빛으로 코널리를 내려다보았다. "중위," 그들이 배로 내려가기 전에 그가 말을 걸었다. "스펜더가 이곳에 불시착했다면 여기 살고 싶어 했을 거라는 생각은 해 본 적 없나?"

"그럴 것 같지는 않군요, 라이커." 코널리는 차분하게 대꾸했다. "게다가 스펜더 대령이 아직까지 살아 있을 가능성은 거의 없습니다. 우리 목적은 캡슐을 찾는 겁니다."

라이커가 대꾸하려 입을 열었을 때, 그의 방갈로 쪽에서 희미한 금속음이 울리기 시작했다. 그는 날카로운 눈으로 사방을 둘러보며 그 소리가 끝나기를 기다렸다. 그리고 순간 그 풍경 안의 모두가, 순찰선의 사람들과 둑길 끝에 선 수척한 추방자와 그 뒤의 인디언들이, 그대로 움직임을 멈춘 채 얼어붙었다. 낡은 자명종의 태엽을 끝까지 감아놓은 모양인지, 금속음은 30초 내내 계속되다가 마침내 '딩' 하는 높은 소리와 함께 멈추었다.

페레이라는 웃음을 지으며 손목시계를 확인했다. "시간이 아주 잘 맞는군, 라이커." 그러나 라이커는 이미 앞에 서 있는 인디언들을 헤치면서 방갈로로 돌아가고 있었다.

코널리는 인디언들이 흩어지는 광경을 지켜보다가 문득 손가락을 튕겼다. "선장님 말이 맞군요. 확실히 시간이 잘 맞는 모양입니다." 그는 움막으로 들어가는 무리를 보며 그의 말을 되풀이했다.

라이커와 대면하느라 지쳤는지, 페레이라는 코널리의 장비 옆에 주저앉으며 윗옷 단추를 풀었다. "라이커 일은 미안하지만, 경고는 미리 해 두었으니 말이지. 중위, 솔직히 말하자면 우리도 떠나는 편이 나을 것 같소. 여기는 아무것도 없으니까. 라이커도 알고 있는 거요. 하지만 저 친구는 바보가 아닌지라, 당신에게서 돈을 뽑아내기 위해 온갖 거짓 증거를 만들어 낼 수도 있소. 불도저가 오든 말든 신경도 안 쓸 거요."

"저는 그렇게 확신은 못 하겠습니다만." 코널리는 선실 창밖을 힐끗 내다보았다. "선장님, 라이커가 라디오를 가지고 있습니까?"

"당연히 없지. 왜 그러시오?"

"확실합니까?"

"물론이오. 저 친구라면 절대 손대지 않을 물건이지. 어쨌든 이곳에는 전기를 공급할 방법도 없고, 건전지도 없으니." 그는 코널리의 흥분한 표정을 눈치챘다. "무슨 생각을 하는 거요, 중위?"

"선장님이 유일한 접선자인 거지요? 이 근방에 다른 상인들은 없습니까?"

"전혀 없소. 인디언들이 너무 위험한 데다 교역을 할 물건도 없으니까. 왜 라이커가 라디오를 가지고 있으리라 생각한 거요?"

"그럴 수밖에 없습니다. 아니면 아주 비슷한 물건이 있거나요. 선장님, 방금 그 낡은 초인종 시계가 정확하게 시간을 알린다고 말씀하셨지요. **어떻게** 그럴 수 있는지는 생각해 본 적 없으십니까?"

페레이라는 천천히 자세를 바로잡았다. "일리 있는 말이오, 중위."

"바로 그겁니다. 나란히 서 있는 두 대의 시계를 보니 뭔가 묘한 느낌이 들더군요. 쉽게 구할 수 있는 저런 싸구려 자명종은 악명 높을 정도로 시간이 맞지 않습니다. 가끔은 24시간 동안 2~3분 정도씩 차이가 생기기도 하지요. 하지만 그곳의 시계는 오차가 10초 이내에 불과했습니다. 어떤 광학 도구를 이용해도 그 정도로 정확하게 시계를 맞출 수는 없을 겁니다."

페레이라는 미심쩍은 듯 어깨를 으쓱했다. "하지만 넉 달이 넘도록 이쪽에는 오지도 않았는데. 게다가 내가 왔을 때도 시간을 물어본 적이 없었소."

"물론 그렇겠지요. 그럴 필요가 없었을 테니까요. 그 정도로 정확하게 시간을 맞추려면 매일 정확한 시간을 확인할 방법이 필요합니다. 라디오나 다른 장거리 통신기기가 필요해요."

"잠깐 기다려 보시오, 중위." 페레이라는 정글 위로 떨어지는 석양빛을 바라보며 말했다. "놀라운 우연이기는 하지만, 분명 다르게 설명할 수 있을 거요. 라이커가 실종된 달 캡슐에서 장비를 가져왔을지도 모른다는 결론으로 간단히 넘어가지는 마시오. 이 숲에 추락한 다른 비행기들도 있지 않소. 게다가 그런 짓을 해 봤자 무슨 소용이 있겠소? 항공사나 철도를 운영하는 것도 아닌데. 저 친구가 대체 오차 10초 이내로 **정확하게** 시간을 확인할 필요가 뭐가 있겠소?"

코널리는 탐지 장비의 뚜껑을 두드렸다. 이 문제를 진지하게 대하기를 꺼리고 라이커와 숲속 인디언에 대해 지나치게 느긋하고 관대하게 여기는 페레이라의 태도에 갈수록 짜증이 치밀었다. 자신의 내밀한 세계를 날카로운 눈으로 꿰뚫어 보는 코널리를 무의식적으로 피하려 하는 것이 분명했다.

"그 친구에게 시계는 일종의 강박관념이오." 페레이라는 말을 이었다. "어쩌면 시계의 작동 원리에 놀랍도록 민감한 감각이 생긴 걸지도 모르지. 정확한 시간을 안다는 사실이 자신이 등진 문명의 역할을 대신해 주는지도 모를 일이고." 페레이라는 생각에 잠긴 채 궐련 끄트머리에 침을 축였다. "하지만 묘한 일이라는 점에는 동의하오. 어쩌면 조사를 좀 해 볼 필요가 있을지도 모르겠소."

에어컨을 틀어 놓은 선실에서 시원한 정글의 밤을 보낸 다음, 코널리는 다음 날부터 주변 지역을 신중하게 정찰하기 시작했다. 페레이라는 위스키 두 병과 소다수 용기를 들고 상륙했고, 코널리가 탐지 장비를 들고 촌락 주변을 돌아다니는 동안 성공적으로 라이커의 주의를 붙들어 두었다. 한두 번 라이커가 창가에 나와 위스키에 잔뜩 취한 채 자신을 향해 경쾌하게 소리를 질러 대는 모습이 보이기는 했다. 라이커가 잠들 때마다 페레이라는 햇빛 속으로 나와서, 얼룩진 제복을 입고 졸음에 겨운 돼지처럼 땀을 흘리며 인디언들을 몰아내려 시도했다.

"라이커에게 소리가 들리는 거리 안에만 있으면 안전할 거요." 페레이라가 코널리에게 말했다. 수풀 속 사방으로 나무를 베어 만든 오솔길들이 얽혀 있었고, 인디언 무리가 예전의 길을 완전히 무시하고 촌락으로 돌아올 때마다 새로운 길이 생겼다. 그렇게 만들어진 미로가 그들 주변 몇 마일에 걸쳐 뻗어 있었다. "길을 잃으면 당황하지 말고 그 자리에 그대로 있으시오. 우리가 결국 찾아내게 될 테니까."

음파탐지기와 전파감지기 모두 0에서 움직일 생각도 하지 않았고, 결국 코널리는 실종된 캡슐의 신호 유도기를 추적하려는 시도를 포기했다. 그는 대신 손짓으로 인디언들과 대화를 시도했지만, 라이커의 베란다에서 어슬렁거리던 맑고 젖은 눈을 가진 소년을 제외한 다른 인디언들은 모두 차가운 눈으로 그를 바라보기만 할 뿐이었다. 페레이라는 그 소년이 예전 부족 주술사의 아들이라고 말했다("라이커가 그의 역할을 어느 정도 가져간 셈이오. 이유는 모르지만 그 친구는 부족의 신뢰를 잃은 모양이더군"). 다른 인디언들은 코널리를 눈에 보이지 않는 신령의 그림자 정도로, 물질계의 것이 아닌 후광을 두른 존재로 여기는 반면, 소년은 코널리가 특별한 재주를 지닌 인간이라는 것을, 아마도 자기 아버지가 한때 보인 것과 별로 다르지 않은 능력을 가진 자라는 사실을 알고 있었다. 그러나 소년이 화농성 안염에 걸려 있어서 대화는 제한될 수밖에 없었다. 임균 감염으로 발생하고 계속 눈에서 눈물이 흐르는 이 병은 극도로 전염성이 높았다. 인디언 중 많은 수가 이 병으로 인해 영구 실명의 위협을 받고 있었다. 코널리는 향내 나는 나무껍질을 물에 녹여서 눈에 넣는 원주민의 모습을 보기도 했다.

라이커가 인디언들에게 가볍고 단순하게 권위를 행사하는 모습은 코널리를 의문에 빠트렸다. 그는 마호가니 화장대에 의자를 기대고 늘어져 앉아 한 손으로 금박 입힌 시계를 만지작거리면서, 대부분의 시간을 페레이라와의 눈물을 곁들인 담소에 빠진 채 보냈다. 위험할 거라는 생각은 조금도 들지 않는지 라이커는 비틀비틀 지저분한 마을로 들어서서는, 흐릿한 눈으로 인디언들 사이로 들어가서 물을 끓일 땔나무를 모아 오라고 소리치며 자기네 움막에 쭈그려 앉아 있는 인디언들을 직접 일으키곤 했다. 코널리가 흥미를 가진 것은 이런 취급에 대해 인디언들이 보이는 반응이었다. 그들을 구속하는 것은 라이커의 카리스마나 원시적인 왕의 권위가 아니었다. 지금 이 순간 라이커가 그들 위로 채찍질을 할 채비를 마치고 있기라도 한 것처럼 마지못해 허용하는 모습이었다. 라이커가 정부 기관과의 중재자로서 유용한 역할을 맡고 있는 것은 분명했지만, 그것만으로는 그가 지닌 권력의 원천을 설명할 수가 없었다. 게다가 어느 정도 지정된 한계선, 즉 촌락의 경계를 벗어나면 그의 권력은 극도로 줄어드는 것으로 보였다.

두 번째 아침이 찾아오고, 코널리가 실수로 숲속에서 길을 잃어버렸을 때 실마리가 하나 드러났다.

아침 식사를 끝낸 다음, 코널리는 순찰선 갑판 차양 아래 앉아서 갈색 젤리처럼 보이는 강의 수면을 바라보고 있었다. 촌락은 고요했다. 밤이면 인디언들은 수풀 속으로 사라졌다. 이곳의 인디언들은 마치 나그네쥐처럼 갑작스러운 이주의 충동을 이겨 내지 못했다. 가끔은 충동이 너무 강해 한 번에 200마일을 이동하는 경우도 있었다. 어느 때는 원기 왕성하게 출발했다가 몇 마일 가지 못해 흥미를 잃고는, 작은 무리로 나뉘어 힘없이 촌락으로 돌아오기도 했다.

그들의 부재를 최대한 이용하기로 마음먹은 코널리는 탐지 장비를 어깨에 짊어지고 부두로 올라갔다. 움막들 사이로 아직 연기가 피어오르는 모닥불이 몇 개 보였고, 버려진 가재도구와 깨진 도기가 붉은 흙 속에 누워 있었다. 멀리 숲을 뒤덮은 아침 안개가 걷히자, 코널리는 작은 언덕같이 생긴 지형을 발견했다. 마을에서 4분의 1마일 떨어진 정글 지면에서 불룩 솟아오른 곳이었다.

오른쪽의 움막들 사이에서 무언가가 움직였다. 노인 하나가 도기 조각과 야자 섬유 바구니가 쌓인 쓰레기 더미 가운데, 대충 만든 작은 차양 아래 책상다리로 앉아 있었다. 주변의 흙과 거의 구별이 가지 않는, 죽음이 가까워진 모습에 아마존 정글의 공허함이 모두 깃들어 있는 것만 같았다.

라이커가 홀로 정글에서 살아가는 이유에 대해 여전히 생각을 곱씹으면서, 코널리는 멀리 보이는 언덕으로 걸음을 옮기기 시작했다.

어제 라이커의 태도는 분명 수상쩍었다. 태양이 서쪽 숲 너머로 모습을 감추고 이내 정글이 짙은 군청색과 금빛에 감싸이기 시작하자, 온종일 계속되던 인디언들의 수다와 움직임이 모두 갑자기 멈추어 버렸다. 코널리는 정적이 찾아온 것이 기뻤다. 딱딱거리는 등나무 지팡이 소리와 정부에서 나누어 준 식재료를 섞느라 맷돌 돌리는 소리가 신경을 거스를 정도가 되었기 때문이다. 페레이라는 몇 번 조심스레 촌락 경계선까지 다가가서는, 인디언들이 움막에서 나와 라이커의 방갈로를 둘러싸고 큰 원을 그리고 앉아 지켜보고 있다고 알려 주었다. 라이커는 베란다에 나와 달빛을 받으면서 난간에 한 발을 올리고 턱을 괸 채로, 우울한 표정으로 주변에 모여든 부족민들을 살펴보고만 있었다.

"투창하고 예식용 깃털을 전부 갖추고 있더군." 페레이라가 속삭였다. "공격을 준비하고 있다고 믿을 지경이었소."

반 시간 정도 기다린 다음 부두로 올라간 코널리는 어둠 속에 원을 그리며 쭈그리고 앉아 있는 인디언들과, 이글거리는 눈으로 그들을 내려다보고 있는 라이커를 발견했다. 코널리에게 접근하려는 자는 주술사의 아들뿐이었다. 효력이 사라진, 아버지의 주술 도구로 보이는 푸른색 인조 수정을 손에 든 채로, 그가 천천히 머뭇거리면서 그림자를 가로질러 다가왔다.

불안해진 코널리는 배로 돌아갔다. 새벽 3시가 조금 지났을 무렵, 그들은 커다란 함성에 잠에서 깨어났다. 갑판으로 올라가 보니 땅으로 발 구르는 진동이 느껴졌다. 모닥불과 냄비를 뒤엎는 치익거리는 소리도 들렸다. 무리를 이끄는 것은 라이커였다. 그가 "하루우!"라고 소리칠 때마다 인디언들도 그의 말을 따라 했다. 그들은 이내 수풀 속으로 사라졌고, 몇 분 만에 촌락은 텅 비어 버렸다.

"라이커 저 친구 대체 무슨 짓거리를 하는 거지?" 흐린 달빛 아래 삐걱거리는 둑길에 올라서 있던 페레이라가 중얼거렸다. "이게 저 친구가 남바족에게 행사하는 권한의 실체인 모양이오." 그들은 말문이 막힌 채 잠자리로 돌아갔다.

언덕 가장자리에 도착한 코널리는 자연으로 돌아간 작은 과수원을 지나가며, 한밤중에 정글을 가로지르던 라이커의 의기양양하고 우렁찬 목소리를 다시 떠올렸다. 그는 느긋하게 거의 익지도 않은 구아버와 살짝 떫은맛이 나는 과즙이 든 화려한 색의 캐슈 열매를 따 모았다. 과일의 속을 뱉어 버린 다음, 그는 과수원을 나가는 길을 찾아 주변을 돌아다녔지만, 몇 분도 지나지 않아 자신이 길을 잃어버렸다는 사실을 깨달았다.

멀리서 보기에는 하나의 언덕 같았지만, 이곳의 둔덕은 사실 여러 개의 우각호에 퇴적물이 쌓여 만들어진 수많은 작은 언덕들의 집합이었다. 또한 경사면 사이의 분지에는 아직 깊은 늪지대가 남아 있었다. 코널리는 자기 장비를 나무 아래쪽에 걸쳐 세운 다음, 라이커와 페레이라의 관심을 끌려는 의도에서 권총을 꺼내 허공에 대고 쏘았다. 그리고 구조를 기다리며 자리에 앉아, 마침 짬이 나서 잘됐다고 생각하면서 탐지 장비를 열어 다이얼을 닦기 시작했다.

10분이 지나도록 아무도 나타나지 않았다. 조금 의기소침해진 데다 인디언들이 돌아와 자신을 발견할지도 모른다는 두려움에 사로잡혀, 코널리는 장비를 걸머지고 대강 촌락의 방향이라고 생각되는 북서쪽으로 걸음을 옮기기 시작했다. 야생 함박꽃나무 그늘을 헤치고 나가자 눈앞에 갑자기 언덕마루의 공터가 나타났다.

나뭇등걸이며 수풀 사이에 남비쿠아라 부족 전체로 보이는 인원이 쭈그리고 앉아 있었다. 머리카락 사이로 하얀 구슬 같은 눈을 빛내며, 무표정한 얼굴로 코널리를 주시하고 있었다. 그가 총을 쏘았을 때 이미, 고작해야 50야드밖에 떨어지지 않은 이곳 공터에 와 있던 모양이었다. 그리고 코널리는 그들이 자신이 나타난 바로 그 지점으로 들어오기를 기다리고 있었다는 인상을 받았다.

코널리는 머뭇거리며 라디오 탐지 장비를 더욱 단단히 쥐었다. 인디언들의 얼굴은 광택 나는 티크 목재 같았고, 어깨에는 여러 색의 흙으로 섬세하게 모자이크가 그려져 있었다. 수풀 사이로 비죽이 튀어나온 투창을 보면서, 코널리는 공터를 지나 반대편 숲의 그늘이 끊기는 곳으로 움직이기 시작했다.

열 걸음을 옮길 때까지도 인디언들은 꿈쩍도 하지 않았다. 그러나 다음 순간, 그들은 일제히 고함을 지르면서 수풀에서 일어나 온갖 소리를 지껄이며 코널리를 둘러쌌다. 키가 5피트를 넘는 사람은 아무도 없었지만, 튼튼하고 날렵한 몸이 주변에서 달려드는 바람에 그는 거의 넘어질 뻔했다. 잠시 후 소란은 가라앉았고, 경계선 밖에서 지도자로 보이는 사람 두세 명이 나와 코널리를 보다 자세히 살피기 시작했다. 엄지와 검지를 묘하게 움직이며 그를 꼬집고 건드리는 모습이 감정가가 흥미로운 짐승의 박제를 살펴보는 것만 같았다.

그러다 결국 일련의 고음의 신음과 으르렁 소리를 내면서 인디언들이 공터 가운데로 좁혀 들어왔다. 코널리의 다리와 어깨를 철썩 때려 그들 앞으로 움직이게 하는 모습이 마치 커다란 돼지를 몰아가는 몰이꾼들처럼 보였다. 모두 서로에게 격렬하게 소리치고 있었고, 일부는 마체테*로 풀을 썰어 대고 품에 나뭇잎 뭉치를 그러모으기도 했다.

코널리는 풀밭의 뭔가에 발이 걸려 비틀대며 무릎을 꿇었다. 자물쇠가 탐지 장비 뚜껑에서 미끄러져 벗겨졌고, 무거운 장비를 들고 비틀대며 자리에서 일어나자 권총이 총집에서 빠져나와 발밑 수풀 속으로 모습을 감추었다.

공황에 사로잡힌 코널리는 사방에 들썩거리는 머리들 위로 소리를 지르기 시작했고, 그러자 놀랍게도 옆의 인디언 중 하나가 다른 이들에게 고함을 쳐 댔다. 즉시 소강상태가 찾아왔고, 인디언들은 행동을 멈추고 다시 그를 둘러싸며 원을 만들었다. 코널리는 숨을 몰아쉬며 짓밟힌 풀밭을 더듬으면서 권총을 찾다가, 문득 인디언들이 자신이 아니라 눈앞에 드러난 탐지 장비의 계수기를 주시하고 있다는 것을 깨달았다. 계수기의 눈금 여섯 개가 짓밟힌 공터 위에서 격렬하게 움직이고 있었다. 인디언들은 목을 빼고, 마체테와 투창을 내린 채로, 입을 떡 벌리고 흔들리는 바늘을 바라보고만 있었다.

다음 순간 공터 가장자리에서 함성이 들렸다. 밀짚모자를 쓴 성난

* 날이 넓고 무거우며, 검보다 짧은 칼.

얼굴의 거대한 남자가 산탄총을 쇠지레처럼 손에 든 채 인디언들 사이로 뛰어들어 그들을 몰아냈다. 탐지 장비를 목에서 빼내려 안간힘을 쓰던 코널리는 페레이라 선장의 듬직한 손이 팔꿈치를 붙드는 것을 느꼈다.

"중위, 중위." 권총을 회수하고 촌락으로 돌아가는 동안 페레이라는 부드러운 목소리로 그를 안심시키며 이렇게 말했다. 뒤편에서 들려오는 소란은 이내 수풀 속으로 사라져 버렸다. "식전 기도를 올리기 직전에 딱 맞춰 도착한 것 같소."

그날 오후, 코널리는 순찰선의 캔버스 천 의자에 누워 있었다. 인디언들 중 절반 정도가 돌아와서 움막 사이를 무작정 헤매며 돌아다니거나 모닥불 자리를 들쑤시고 있었다. 다시 권위를 확보한 라이커는 방갈로로 돌아와 있었다.

"저자들이 식인종이 아니라고 하지 않았습니까." 코널리는 페레이라에게 물었다.

선장은 보다 중요한 문제를 생각하고 있는 듯 손가락을 튕겼다. "그렇소, 식인종은 아니지. 그런 걱정은 하지 마시오. 중위 당신이 솥에 들어가는 일은 없을 테니까." 코널리가 이의를 제기하자 그는 가볍게 발길을 돌렸다. 제복 깃을 빳빳하게 세우고, 권총 탄띠와 장교용 견착대를 제식용 위치에 정확하게 착용한 채였다. 뾰족한 장교용 모자는 눈을 거의 가리는 정도까지 눌러쓰고 있었다. 얼마 전의 사건으로 인해 뭔가 개인적인 의심이 생긴 모양이었다. "식량농업기구에서 원주민을 분류하는 기준에 따르자면, 식인종으로 분류되는 이들은 아니라는 소리요. 인간 사냥감을 따로 추적해서 사냥할 정도로 선호하는 것은 아니라는 뜻이지. 하지만—" 여기서 선장은 코널리에게 시선을 고정했다. "—특정 상황에서, 예를 들어 풍요의 의식을 치르는 도중이거나 하면 인육을 먹을 거요. 구성원 수가 적은 원시 부족에서는 항상 그렇듯이, 남비쿠아라족 또한 죽은 이의 시체를 매장하지 않소. 그 대신 상실감을 보존하고 육신의 정체성을 영속시키기 위해 시체를 먹어 버리지. 이제 이해가 되시오?"

코널리는 얼굴을 찌푸렸다. "제 정체성이 영속되기 직전이었다는 것을 알게 되니 정말 기쁘군요."

페레이라는 촌락 쪽을 바라보았다. "사실 절대 백인을 먹지는 않을 거요. 부족을 오염시키는 행위니까." 그는 문득 말을 멈추었다. "최소한 나는 늘 그렇게 믿었소. 하지만 뭔가 이상하군. 뭔가 달라진 것만 같으니…… 중위, 들어 보시오." 그는 설명을 이어 갔다. "정확하게 맞아떨어지지는 않지만, 여기 며칠 더 머물러야만 할 것 같소. 이런저런 일들 때문에 의심이 생기고 있소. 라이커가 뭔가를 숨기고 있는 것도 분명하고. 당신이 길을 잃었던 언덕은 일종의 성스러운 무덤 같은 느낌이오. 인디언들이 당신의 장비를 보던 눈길을 보니, 비슷한 걸 이전에 본 것만 같다는 생각이 들었소. 어쩌면 수많은 눈금이 돌아가는 계기판이라든가……?"

"골리앗 7호 말입니까?" 코널리가 미심쩍은 듯 고개를 저었다. 그는 순찰선의 용골을 부드럽게 두드리고 지나가는 수면 아래의 흐름에 귀를 기울였다. "그럴 것 같지는 않은데요, 선장님. 당신 말을 믿고 싶지만, 여러 가지 이유에서 별로 가능성은 없어 보입니다."

"나도 동의하오. 더 가능성이 높은 다른 설명이 있을지도 모르지. 하지만 그런 설명이 있기는 한가? 인디언들은 언덕에 쭈그려 앉아서 누군가가 도착하기를 기다리고 있었소. 당신의 탐지 장비를 보고 그들이 대체 무얼 떠올렸을까?"

"라이커의 시계는 어떻습니까?" 코널리가 제시했다. "어쩌면 일종의 주술적인 물건으로, 마법의 장난감으로 생각하고 있을지도 모르지요."

"그건 아니오." 페레이라는 단호하게 말했다. "이곳의 인디언들은 극도로 실용적인 자들이고, 쓸모없는 장난감 따위에 감탄하는 일은 없소. 그들이 당신을 살해하려다 머뭇거렸다는 말은, 당신이 가지고 있던 장비가 극도로 실제적인 효용이 있는 것이라는 뜻이오. 생각해 보시오. 만약 캡슐이 이곳에 착륙했고, 라이커가 그걸 몰래 묻었으며, 시계가 그 장소를 확인하는 법을 돕는 역할을 한다면—" 페레이라는 가볍게 어깨를 으쓱했다. "충분히 가능한 추론이지 않소."

"별로 그런 것 같지는 않군요." 코널리가 말했다. "게다가 라이커가 혼자서 캡슐을 파묻을 수는 없었을 겁니다. 그리고 스펜더 대령이 재진입 과정에서 생존했다면 라이커가 그를 도왔을 테고요."

"나는 그렇게 확신하지는 못하겠소." 페레이라는 생각에 잠겨 말했다. "우리 친구 라이커 씨는 달에서 귀환한 남자가 야만인들에게 살해당하는 사건이 일어나면 아주 재미있을 거라고 생각했을지도 모르지. 그냥 넘기기에는 너무 훌륭한 농담거리니까."

"이곳의 인디언들은 어떤 부류의 신앙을 가지고 있습니까?" 코널리가 물었다.

"교리나 신조가 존재하는 정식 종교는 없소. 죽은 이들을 먹어 치우니 그들을 되살리기 위한 내세를 상정할 필요도 없지 않겠소. 전반적으로 봐서는, 소위 말하는 화물숭배 신앙이란 것을 가지고 있소. 내가 말했듯이 이들은 아주 현실적인 종족이거든. 그래서 저토록 게으르게 살아가는 거요. 먼 미래의 어느 날에 마법의 범선이나 거대한 새가 나타나서 그들을 온갖 세속적인 물건으로 가득한 영원한 풍요의 땅으로 데려가 주리라 믿기 때문에, 지금은 그냥 앉아서 그 위대한 날을 기다리고만 있는 거요. 라이커가 그런 생각을 더욱 부추겼지. 매우 위험한 일이오. 멜라네시아의 섬들 중에는 이런 화물숭배 신앙 때문에 수많은 부족들이 완전히 쇠락해 버린 곳도 있으니까. 하루 온종일 해변에 늘어져서 세계보건기구의 비행정이 도착하기만을 기다리는 거요. 아니면……" 그는 말을 끝맺지 못했다.

코널리는 고개를 끄덕이며 페레이라가 입에 올리지 못한 부분을 마무리했다. "아니면 우주 캡슐을 기다리거나요."

근처에서 행방불명된 우주선이 발견될 것이라는, 페레이라의 어설프지만 커져 가는 확신에도 불구하고 코널리는 여전히 회의적이었다. 아슬아슬한 탈출 이후로 그는 묘하게 차분하고 감정이 흐릿한 상태가 되었고, 당시 눈앞까지 찾아왔던 죽음을 운명으로 여기듯 초연하게 반추했다. 아마존 정글에서 명멸하는 생명의 총량 전체와, 기억되지 않은 수많은 죽음과, 촌락 주변을 둘러싸고 방사형으로 뻗은 정글의 오솔길들을 따라 끝없이 누워 있는 수많은 나무들을 자신과 동일시하면서. 이틀밖에 지나지 않았는데도 정글의 논리가 그의 정신을 잠식해 들어갔고, 우주선이 이곳에 불시착했을 가능성은 갈수록 희박하게 느껴지기만 했다. 자연의 질서 속에서 서로 다른 계에 속해 있는 두 가지 요소가 교차될 수 있으리라는 생각 자체가 갈수록 비현실적으로만 느껴졌다. 게다가 회의적인 태도를 견지하는 보다 깊은 이유가 하나 더 있었다. 라이커가 우주탐사의 '실제' 이유에 대해 물은 이후 더욱 강해지는 생각이었다. 그가 말하고자 한 것은 우주 계획 자체가 인류의 깊은 무의식에 숨겨진 질병의 발현이고, 우주선이며 인공위성을 띄운 것은 그런 기구의 비행이 인간의 내면에 파묻혀 있는 특정 충동과 욕망을 만족시켜 주기 때문이라는 것이었다. 반면 정글에서는, 무의식이 발현되고 드러나게 되는 이곳에서는, 그런 식으로 욕망을 광기에 실어 표출할 필요가 없었다. 따라서 아마존이 우주 비행의 성공이나 실패에 어떤 식으로든 관련될 수 있다는 가정은, 일종의 정신적인 시차를 고려하면 갈수록 흐릿해지고 멀어지기만 했다. 사라진 캡슐 그 자체도 부서지는 거대한 환상의 파편으로밖에 생각되지 않았다.

어쨌든 그는, 장비를 빌려서 한밤중에 숲속으로 들어가며 난장판을 벌이는 라이커와 인디언들을 따라가 보겠다는 페레이라의 요청에 기꺼이 응했다.

다시 한 번 어둠이 찾아오자 예전과 같이 의례의 일부로 보이는 침묵이 촌락을 뒤덮었고, 인디언들은 자기네 움막 문간에 제각기 자리를 잡았다. 라이커는 추방당한 우울한 왕족처럼 베란다에 다리를 뻗고 앉아, 한쪽 눈으로는 뒤편 창문을 통해 시계를 살폈다. 달빛 속에서 축축하고 검은 눈 수십 개가 조금도 흔들리지 않고 그를 지켜보고 있었다.

30분이 지난 후, 마침내 라이커의 거대한 육체가 전류가 흐른 것처럼 움직이기 시작했다. 커다란 고함이 촌락 위로 울려 퍼지더니, 이윽고 그가 무리를 이끌고 수풀 속으로 들어갔다. 초승달의 빛에 저 멀리 정글의 검은 지붕 위로 부족의 봉분이 살짝 솟아 있는 모습이 보였다.

페레이라는 마지막 발소리까지 사라지기를 기다렸다가 부두로 올라가 그림자 속으로 사라졌다.

멀리서 정글을 헤치고 들어가는 라이커의 무리가 울부짖는 소리가 코널리의 귓가로 아련하게 들려왔다. 마체테로 나무 밑둥을 베어 내는 소리도 들렸다. 촌락 건너편에서는 잉걸불이 미풍에 흔들리며 버림받은 노인을 비추고 있었다. 전날 아침에 보았던, 아마도 과거 주술사였으리라 짐작되는 남자였다. 그의 옆으로 수척한 형체가 하나 더 보였다. 코널리 주변을 따라다녔던, 눈이 초롱초롱한 소년이었다.

라이커의 베란다 문이 바람에 흔들렸다. 코널리는 그 모습을 보고 마호가니 화장대 거울에 비친, 달빛을 받아 하얗게 빛나는 강물의 모습을 떠올렸다. 문이 가볍게 걸쇠에 부딪치는 모습을 바라보다가, 그는 이내 조용히 둑길을 건너 나무 계단 쪽으로 접근했다.

방 안에는 빈 담배 깡통 몇 개가 서랍 주변에 나뒹굴고, 문 뒤편 한쪽 구석에 빈 병이 쌓여 있었다. 도금한 시계는 마호가니 화장대 안에 넣고 자물쇠를 채워 둔 모양이었다. 튼튼한 자물쇠로 잠가 놓은 문을 몇 번 당겨 보던 코널리는 화장대 위에서 반쯤 빈 탄약상자 옆에 놓인 페이퍼백 한 권을 발견했다. 책장 귀퉁이가 접혀 있었다.

색이 바랜 붉은색 표지에 박힌 작은 검은색 글씨는 라이커의 손때로 흐릿해져 읽기가 힘들었다. 흘깃 보기에는 로그 지수표 같았다. 80여 쪽에 달하는 책장마다 숫자와 표가 깨알같이 들어차 있었다.

코널리는 호기심을 느끼고 책을 들고 문간으로 나섰다. 속표지는 보다 알아보기 쉬웠다.

에코 Ⅲ

통합 천체 교차표
1965~1980

국립 천문항해 및 우주탐사국 출판, 워싱턴 D.C., 1965년, 파트 XV. 서경 40~80도, 북위 10도~남위 35도(남미 대륙). 가격 35센트.

흥미가 동한 코널리는 책장을 넘겼다. 남위 5도, 서경 60도가량의 표에 자주 펼쳐 본 자국이 있었다. 그는 이 위치가 대충 캄푸스부루스와 일치한다는 것을 기억해 냈다. 책에는 에코 III 인공위성을 확인할 수 있는 고도와 각도가 연, 월, 일 단위까지 세세하게 기록되어 있었다. 1959년 에코 I을 쏘아 올린 이래 지구 주변을 돌고 있는 여러 개의 거대한 알루미늄 구체 중 최신형 물건이었다. 1968년에 이르는 모든 항목마다 연필로 표시한 흔적이 있었고, 그 이후로는 항목 하나하나에 줄이 그어져 지워져 있었다. 책장에 흐릿한 흑연 자국이 가득했다.

세심하게 지워 놓은 뜨개질의 흔적을 따라가던 코널리는 마지막 항목을 발견했다. 1978년 3월 17일. 시간과 위치는 **오전 1시 22분, 고도 서북서 43도, 카펠라와 에리다누스강자리 사이**였다. 그 아래 다음 날의 항목은 한 시간이 늦어지고 위치도 살짝 달라져 있었다.

라이커의 교활함에 슬프게 고개를 저으면서 코널리는 손목시계를 확인했다. 시간은 막 1시 20분이 되어, 다음 교차 시간까지 2분이 남아 있었다. 그는 하늘을 바라보며 에리다누스강자리를 찾았다. 인공위성은 그 위치에서 모습을 드러낼 것이었다.

이것으로 라이커가 인디언들에게 권위를 가지는 이유가 설명되었다! 무리에서 떨어져 나온 백인이 원시적인 야만인을 위압하고 놀라게 하는 데 이보다 좋은 방법이 어디 있겠는가? 천체 교차표와 믿을 만한 시계만 있으면, 그는 인공위성이 나타날 위치를 정확하게 짚어낼 수 있는 것이다. 인디언들은 한밤중의 하늘을 가로지르는 정체불명의 천체에 놀라고 겁을 먹게 될 것이다. 꾸준히 정해진 궤도를 따라 움직이면서, 자신의 마음속 가장 깊은 곳을 가로지르는 빛줄기처럼. 라이커가 인공위성에 대해 어떤 주장을 하든, 인공위성이 모습을 보이는 시간과 장소를 통제할 수 있는 능력을 가진 사람의 말이니 자연스레 받아들여지게 될 것이다.

코널리는 낡은 자명종이 어떤 식으로 정확한 시각을 알리는지를 깨달았다. 라이커는 이 표를 사용해서 매일의 밤하늘에서 정확한 시각을 읽어 낸 것이다. 보다 정확한 시계가 있다면 밤마다 하릴없이 인공위성이 모습을 보이기만을 기다리고 있지 않아도 된다. 이제 그는 시간에 맞추어 몇 분 전에 봉분을 향해 떠날 수 있는 것이다.

그는 둑길을 따라 걸어가다 하늘을 살피기 시작했다. 멀리서 낮은 고함이 한밤중의 공기를 뚫고 울리면서 유령처럼 정글 속으로 흩어져 갔다. 순찰선 선체에 앉아 있던 키잡이가 신음을 내며 맞은편 강둑 위로 하늘을 가리켰다. 그가 높이 든 팔을 따라가니 빠른 속도로 움직이는 빛의 점이 보였다. 정확하게 둔덕 위편으로 움직이고 있었다. 인공위성은 일정한 속도로 하늘을 가로질렀다. 높이 뜬 적란운 뒤로 모습을 감출 때마다 인공위성이 깜빡였다. 저 별이 바로 남비쿠아라족 화물숭배 신앙의 중심이 되는, 그들을 태우고 갈 화물선이었다.

인공위성이 남동쪽의 별들 사이로 사라져 갈 무렵 희미한 뒤척임이 코널리의 주의를 끌었다. 아래를 내려다보자 주술사의 아들인 젖은 눈의 소년이 몇 피트밖에 떨어지지 않은 곳에 서서 애타는 눈으로 그를 바라보고 있었다.

"안녕, 얘야." 코널리는 그에게 인사를 건네고, 사라지고 있는 인공위성을 가리켰다. "저 별 봤니?"

소년은 보일락 말락 하게 고개를 끄덕였다. 그리고 잠깐 망설이다가, 수면에 비친 달처럼 눈을 반짝이며 앞으로 나와서는 코널리의 손목시계를 건드렸다. 길게 기른 손톱이 문자반을 톡톡 두드렸다.

코널리는 영문을 모른 채 살펴보라는 듯 시계를 앞으로 내밀었다. 초침이 문자반 위를 움직이는 모습을 지켜보던 소년의 얼굴에 홀린 듯 경외를 품은 표정이 떠올랐다. 그는 열정적으로 고개를 끄덕이면서 하늘을 가리켜 보였다.

코널리는 웃음을 지었다. "그래, 이해했다는 거지? 교활한 라이커 어르신의 속임수를 간파해 낸 거냐?" 그는 소년에게 알겠다는 듯 고개를 끄덕였다. 소년은 여전히 손목시계를 열심히 두드리고 있었다. 두 번째 인공위성을 소환하고 싶은 모양이었다. 코널리는 웃음을 터트렸다. "미안하구나, 얘야." 그는 책을 두드려 보였다. "네게 진짜 필요한 건 바로 이 책 속에 숨어 있는 비장의 카드들이란다."

코널리는 다시 방갈로로 걸음을 옮기기 시작했지만, 순간 소년이 휙 뛰어올라 길을 막았다. 가는 다리를 벌리고 공격적인 자세를 취하고 있었다. 그런 다음 그는 장중하게 등에서 색유리 판이 달린 둥근 물체를 뽑아 들었다. 예전에도 가지고 다니는 걸 본 기억이 있는 물건이었다.

"그거 흥미롭게 생겼구나." 코널리는 몸을 숙이고 그 물건을 살펴보려 했지만, 흐릿한 빛 속에서 반짝이는 물건의 형체를 제대로 파악하기도 전에 소년이 그것을 뒤로 숨겨 버렸다.

"잠깐 기다려 보거라, 얘야. 다시 한 번 보여 주렴."

잠시 비슷한 무언극이 되풀이되었지만, 소년은 코널리에게 아주 잠깐 이상은 물건을 살펴보는 것을 허락하지 않을 모양이었다. 코널리가 확인한 것은 눈금이 달린 계기판과 흔들리는 계수기 정도였다. 소년은 앞으로 한 발짝 나오더니 코널리의 손목을 건드렸다.

코널리는 재빨리 금속 시계 끈을 풀었다. 손목시계를 소년에게 던져 주자, 그는 즉시 자신의 도구를 땅에 떨어트렸다. 물물교환에 성공한 그는 즐겁게 노래를 부르며 몸을 돌리더니 이내 숲속으로 모습을 감췄다.

코널리는 소년이 남기고 간 물건을 건드리지 않으려 조심하면서 몸을 숙여 눈금을 확인했다. 금속 껍데기는 심하게 긁히고 뜯겨 나가 있었다. 단순한 도구로 계기판에서 뜯어낸 것 같았다. 그러나 유리 덮개와 그 아래의 다이얼은 아직 무사했다. 측정기 가운데에는 다음과 같은 참조 사항이 적혀 있었다.

달 고도계

단위 : 100마일

골리앗 7호

제너럴일렉트릭 주식회사

스키넥터디

코널리는 소년이 놓고 간 물건을 양손으로 들어 올렸다. 기압 밀폐가 손상되어 자이로계가 에어쿠션 안에서 자유롭게 떠다니고 있었다. 계기판의 바늘은 우아한 새처럼 자유롭게 위아래로 오르내렸다.

다가오는 발걸음에 둑길이 퍼석거리는 소리가 났다. 코널리가 고개를 들어 보니 페레이라 선장이 땀으로 범벅이 된 채로 돌아오고 있었다. 한 손에는 모자를, 다른 손에는 탐지 장비를 들고 있었다.

"친애하는 중위!" 그가 헐떡이면서 말했다. "내 말 꼭 들어야 하오. 이런 빌어먹을, 정말 대단하더군! 라이커가 뭘 하고 있었는지 아시오? 너무 단순해서 이전에는 누구도 생각하지 못했다는 점이 놀라울 지경이오. 세상에서 가장 훌륭한 **농담거리**라고 할 수 있을 것 같다니까!" 그는 숨을 고르려 애쓰며 상륙용 사다리에 걸쳐 놓은 가죽 무더기 위로 주저앉았다. "힌트를 하나 주겠소. 나르키소스."

"에코." 코널리는 자신의 손에 든 물체를 바라보며 무덤덤하게 대꾸했다.

"벌써 알아챘소? 영리하군!" 페레이라가 모자 띠를 문질렀다. "어떻게 추측한 거요? 쉽게 알 수 있는 건 아니었는데." 그는 코널리가 건네는 책을 받아 들었다. "이건 대체—? 아, 그렇군, 이걸로 더 확실해지겠지. 당연한 소리." 그는 책으로 무릎을 철썩 때렸다. "이걸 그 작자 방 안에서 찾아낸 거요? 라이커에게 모자를 벗어 경의를 표해야 할 지경이군." 그는 코널리가 부두에 고도계를 세우고 조심스레 고정하는 모습을 보며 말을 이었다. "인정할 건 인정해야겠지. 꽤나 영리한 계획 아니오. 여기까지 와서 화물숭배 신앙이 강한 부족을 발견하고, 작은 책을 펼친 다음 '서둘러라, 거대한 하얀 새가 이제 도착할지니. 바로 **지금**!'이라고 말한다니, 그 모습이 상상이나 되시오?"

코널리는 고개를 끄덕인 다음 자리에서 일어나 등나무 줄기에 손을 문질렀다. 페레이라의 웃음소리가 잦아들자, 그는 발치에서 빛을 발하는 고도계 계기판을 가리켰다. "선장님, 다른 무언가가 이곳에 도착했습니다." 그는 조용히 말을 이었다. "라이커나 인공위성에는 신경 쓸 필요 없어요. 바로 이 화물선이 도착한 겁니다."

페레이라는 무릎을 꿇고 앉아 고도계를 살펴보더니 이내 크게 휘파람을 불었고, 코널리는 부두 가장자리로 다가가서 고요히 흐르는 강물과 그 위로 굽어보는 거대한 나무들을 바라보았다. 마치 절망으로 가득한 장례식장에 흐르는 숨죽인 고요함처럼, 그들의 가느다란 은빛 목소리가 죽음의 조수를 타고 멀어져 갔다.

다음 날 아침, 마을을 떠나기 30분 전에 코널리는 갑판 위에서 페레이라 선장이 라이커를 신문하는 일이 끝나기를 기다리고 있었다. 인디언들이 다시 모두 떠나 텅 빈 촌락이 햇빛 속에 달구어지고 있었다. 늙은 주술사와 그의 아들 또한 사라졌다. 아마도 이웃 부족으로 가서 자신들의 기술을 시험해 보려는 모양이었지만, 코널리는 손목시계를 잃은 것을 후회하지 않았다. 세심하게 살균하고 봉인을 마친 고도계가 선실의 짐 안에 안전하게 보관되어 있었으니까. 눈앞에 놓인 탁자에, 그의 벨트에 매달린 권총에서 2피트도 떨어지지 않은 곳에, 라이커의 책자가 놓여 있었다.

라이커를 경멸하고 있음에도 왠지 모르게 그를 마주하고 싶은 기분이 들지 않았다. 그래서 페레이라가 혼자 방갈로에서 나오는 모습을 보고 그는 다소 안도했다. 코널리는 수색대가 캡슐을 찾으러 이곳에 올 때 자신은 돌아오지 않겠다고 결심한 참이었다. 페레이라 혼자서도 충분히 안내할 수 있을 것이다.

"어땠습니까?"

선장은 슬쩍 웃음을 머금었다. "아, 물론 인정은 했소." 그는 난간 아래에 주저앉아서 책을 가리켰다. "애초에 선택의 여지가 없었으니까. 저게 없으면 여기서 살아갈 수 있을 리가 없지 않소."

"스펜더 대령이 여기에 불시착했다는 것도 인정했나요?"

페레이라는 고개를 끄덕였다. "장황하게 설명하지는 않았지만, 충분히 인정했다고 봐야겠지. 이곳 어딘가에 캡슐이 묻혀 있는 모양이오. 내 생각에는 저쪽 봉분 아래일 것 같군. 인디언들이 스펜더 대령을 붙들었고, 라이커 자신은 아무것도 할 수 없었다고 주장하고 있소."

"그건 거짓말입니다. 그는 인디언들이 제가 땅으로 내려왔다고 생각했을 때는 절 구해 냈잖아요."

페레이라는 어깨를 으쓱했다. "당신의 경우는 조금 다르다고 봐야겠지. 어쨌든 스펜더는 안 그래도 죽어 가고 있었던 모양이오. 라이커 말로는 낙하산이 심하게 불타 있었다고 하니까. 아마 어쩔 수 없는 기정사실로 받아들이고, 아무것도 하지 않고 모든 일을 조용히 묻어 버린 다음 불시착 자체를 화물숭배 신앙과 엮으려 한 것 같소. 아주 쓸모 있는 사건이었겠지. 에코 인공위성으로 인디언들을 속여 넘기기는 했지만, 그들의 참을성도 언젠가는 한계에 도달했을 테니까. 물론 골리앗이 불시착한 이후로는 에코를 계속 가리키면서 다음 착륙을 영원히 기다리면 되었을 테고." 그의 입가에 희미한 미소가 떠올랐다. "물론 그 작자는 이 사건 전체를 끔찍한 농담 비슷한 것으로 여기는 모양이오. 당신네와 문명 세계 전체에 대한."

베란다 문이 쾅 하고 열리며 라이커가 햇빛 아래로 나왔다. 가슴을 드러내고 모자도 쓰지 않은 그가 순찰선 쪽으로 걸어왔다.

"코널리, 자네가 거기 내 마술 상자 가지고 있지!" 그가 아래를 내려다보며 소리쳤다.

코널리는 권총 손잡이로 탁자 모서리를 두드리면서, 손을 뻗어 책을 손가락으로 훑었다. 그는 라이커를, 그의 거대한 육체가 아침 햇살을 받아 금빛으로 빛나는 모습을 바라보았다. 라이커는 여전히 우렁차게 소리치고 있었지만, 말투는 살짝 변해 있었다. 눈가의 비웃음은 사라지고, 그를 뒤틀어 바깥 세계에서 도망치게 만든, 내면에 숨어 있던 초조함과 의심이 이제 겉으로 드러나 있었다. 코널리는 흥미롭게도 그들의 역할이 서로 뒤바뀌었음을 깨달았다. 페레이라가 인디언들이 주변 환경과 균형을 유지하며 살아간다고 일러 주었던 것이 기억났다. 자연의 제약을 받아들이고, 숲의 드높은 지붕을 지배하려 들지 않는다고, 무의식의 자아를 밖으로 드러내려 하지 않는다고. 라이커는 그 균형을 깨트렸다. 에코 인공위성을 이용함으로써 20세기 당대의 정신병을 투사한 물체를 아마존의 중심부까지 끌고 들어와, 인디언들을 미신과 물질주의에 빠진 관광객으로 변화시켜 버렸다. 그들의 문화 전체는 이제 가짜 별이라는 미신 속 신을 중심으로 돌아가고 있었다. 지금 이 순간 정글을 있는 그대로 받아들이는 쪽은, 자기 자신과 수포로 돌아간 우주 계획을 새로운 시각에서 받아들이게 된 쪽은 라이커가 아니라 코널리였다.

페레이라는 키잡이에게 신호를 보냈고, 엔진이 숨죽인 으르렁 소리를 내며 돌아갔다. 순찰선은 가볍게 정박용 줄을 당기면서 움직이기 시작했다.

"코널리!" 라이커의 목소리는 이제 비명에 가까웠다. 호전적인 고함 속에 새된 두려움이 깃들어 있었다. 한순간 두 남자는 서로를 마주했다. 그리고 코널리는 자신을 내려다보는 라이커의 눈에서 어찌할 수 없는 고독을, 자신을 숲과 동일시하려는 헛된 시도를 읽어 냈다.

코널리는 책을 집어 들고는 몸을 앞으로 빼고 둑길 위 허공으로 던졌다. 라이커는 책을 받으려 시도하다가, 주저앉아서 책이 정박용 막대 사이로 가라앉기 전에 끄집어냈다. 그리고 그렇게 주저앉은 채로, 정박용 줄을 철거하고 순찰선이 출발하는 모습을 바라보았다.

코널리 일행은 곧 강줄기로 돌아와서, 물보라를 날리며 보다 깊은 강의 물결 속으로 달려 나갔다.

안전한 거리까지 빠져나와 라이커의 모습이 마지막으로 덩굴식물과 햇빛 속으로 사라져 가는 모습을 보며, 코널리는 페레이라를 돌아보았다. "선장님, 그래서 스펜더 대령에게는 결국 무슨 일이 일어난 겁니까? 여기 인디언들은 백인은 잡아먹지 않는다고 했잖습니까."

"신은 잡아먹는다오." 페레이라가 대답했다.

(1963)

사라진 레오나르도

The Lost Leonardo

레오나르도 다 빈치의 작품 〈십자가에 못 박힌 그리스도〉가 파리 루브르 박물관에서 사라졌다는 또는 덜 완곡한 표현을 사용하자면 절도를 당했다는 사실이 발견된 것은 1965년 4월 19일 아침이었다. 이 사건은 즉시 유례없는 스캔들을 불러일으켰다. 10여 년에 걸친 일련의 회화 절도 사건, 예를 들어 런던 국립미술관에서 사라진 고야의 〈웰링턴 공작의 초상〉이나 남프랑스와 캘리포니아의 대부호 저택에서 사라진 인상파 화가의 작품들, 그리고 본드 가나 리볼리 가의 경매장에서 미술품이 명백히 부풀려진 가격으로 팔려 나간다는 사실을 감안하면 대중도 이제 슬슬 과도하게 유명해진 명작 소실 사건에 익숙해질 법도 하건만, 이 사건은 또다시 전 세계의 경악과 분노를 불러일으켰다. 세계 곳곳에서 매일 수천 통의 전보가 프랑스 외무성과 루브르로 쏟아져 들어왔고, 보고타와 과테말라시티의 프랑스 영사관에는 돌멩이가 날아들었으며, 부에노스아이레스에서 방콕에 이르는 모든 프랑스 대사관의 공보 담당관들은 한계에 이를 때까지 재치와 수완을 발휘해야 했다.

나는 소위 '레오나르도 스캔들'이 벌어지고 24시간이 지난 다음에야 파리에 도착했는데, 그때까지도 혼란과 분노의 분위기가 피부로 느껴질 정도였다. 오를리 공항의 가판대에서부터 모든 신문이 일제히 같은 표제를 사용하고 있었다.

《콘티넨털 데일리 메일》 신문은 이런 식으로 간결하게 상황을 요약했다.

다 빈치의 〈십자가에 못 박힌 그리스도〉 도난
500만 파운드의 걸작이 루브르에서 사라지다

파리의 모든 공공 기관이 들고일어난 상태였다. 불운한 루브르 박물관 관장은 브라질리아의 유네스코 총회에서 돌아오자마자 엘리제 궁의 양탄자 위에 서서 대통령을 단독 면담하며 보고를 올려야 했다. 예비 내각이 소집되었고, 정무장관이 적어도 세 명 임명되었으며, 그들의 정치 경력은 작품을 되찾는 일에 달리게 되었다. 대통령 본인은 전날 오후의 기자회견을 통해 레오나르도 도난 사건은 비단 프랑스만이 아닌 전 세계의 문제이며, 조속한 반환을 위해 가능한 모든 사람이 협조해 줄 것을 열정적으로 간청했다. (그리고 고양된 분위기 속에서도 냉소적인 관찰자들은 대통령이 문제를 무마하기 위한 회견의 마지막에 '프랑스 만세'를 덧붙이지 않은 것은 이번이 처음이라는 사실을 지적했다.)

직업 때문에 나는 예술 작품과 긴밀한 관계에 있다. 세계적으로 유명한 본드 가의 경매장 노더비의 관리자 일을 오래 해 왔고, 아직까지 그 직위를 유지하고 있으니 말이다. 그러나 나 자신이 품은 감정은 일반 대중과 크게 다르지 않았다. 택시가 튈르리 정원을 지나가는 동안, 나는 레오나르도의 눈부신 걸작을 서툴게 2도 인쇄로 모사한 신문의 그림을 바라보면서 원래의 걸작에서 찾아볼 수 있던 웅장한 분위기, 비견할 데 없는 구성과 명암의 대조, 극상의 기교를 떠올렸다. 그리고 그 모든 미덕이 모여 시작된 르네상스의 정점을, 바로크 시대의 조각가와 화가와 건축가들에게 이정표가 되어 주었던 시대를 떠올렸다.

매년 그 작품의 복제품만 해도 200만 점이 팔린다. 패스티시*나 저급한 모작은 셀 수 없을 정도로 많고. 그럼에도 불구하고 원본에는 여전히 장중한 힘이 깃들어 있었다. 레오나르도의 작품 중에서 차지하는 지위로 말하자면, 마찬가지로 루브르가 소장하고 있는 〈성 안나와 성모자〉보다 2년 후에 완성되었으며, 4세기 동안 수많은 가필자들의 손길에 훼손되지 않은 몇 안 되는 작품 중 하나이자, 또한 부식되어 거의 알아보기 힘들 정도인 〈최후의 만찬〉을 제외하면 넓은 풍경과 많은 수의 배경 인물을 사용한 유일한 회화 작품이기도 했다.

이 작품이 관객을 강렬한 환각에 빠트리는 이유는 아마도 후자의 특성 때문일 것이다. 죽음을 맞이하는 그리스도의 얼굴에 떠올라 있는 불가사의하고 양면적인 표정이나 두건에 가려진 마리아와 막달라 마리아의 가느다란 눈매 등, 레오나르도의 특징이 된 인물 묘사는 이

---

* 원 작품에서 잡다하게 요소를 따와 수정해서 복제하거나 단순히 짜 맞춘 그림으로, 흔히 혼성모방으로 불린다.

작품에서는 단순한 매너리즘을 초월하고 있었다. 모든 등장인물들이 죽음의 황야를 가로질러 멀리 보이는 천상으로 소용돌이치며 승천하는 모습으로 배치되어 있기 때문이다. 그로 인해 십자가형의 형상은 인류의 부활과 심판을 보여 주는 묵시록에 나올 법한 모습으로 변용되었다. 단 하나의 화폭으로부터 미켈란젤로와 라파엘로가 시스티나 성당에 그린 위대한 프레스코화들이, 틴토레토와 베로네세의 화파가 탄생한 것이다. 이런 작품을 훔칠 만큼 뻔뻔한 작자가 존재한다는 것이야말로 역사의 위대한 기념물에 바치는 인류의 경외가 얼마나 하잘것없는지를 보여 주는 비극적인 증거라 할 수 있으리라.

그러나 마들렌에 있는 갤러리 노르망디 상사 사무실로 이동하는 동안, 나는 그 작품이 실제로 도난당한 것이 맞는지 의심이 들기 시작했다. 가로 15피트, 세로 18피트의 크기에, 원래의 캔버스를 떡갈나무 판목에 옮겨 놓았다는 점을 생각하면 무게가 상당할 것이 분명했다. 광신도나 정신병자의 소행일 가능성을 배제하면, 제정신이 박힌 전문 예술품 절도범이라면 시장이 존재하지 않는 그림을 훔치는 일에 시간을 낭비할 리가 없었다. 혹시 프랑스 정부가 임박한 사건으로부터 사람들의 주의를 돌리기 위해서 벌인 일은 아닐까? 그러나 왕정복고를 선포하고 자신이 부르봉 왕가의 후손이라 주장하는 사기꾼의 대관식을 노트르담에서 올려 주려는 생각이 아닌 이상, 이 정도까지 교묘한 연막작전이 필요할 리는 없었다.

나는 프랑스를 방문하는 동안 함께 지낸 갤러리 노르망디의 관장 조르주 드 스탈에게 기회가 오자마자 내 의심을 털어놓았다. 파리에 온 표면적인 목적은 그날 오후에 있을, 대표작을 도난당한 미술상과 갤러리 관장들의 회합에 참석하는 것이었지만, 우리가 즐겁고 기운차게 떠드는 모습을 본 외부인들은 분명 다른 목적이 있을 것이라는 의심을 했을 터이다. 그리고 그 의심은 두말할 나위 없이 사실이었다. 국제 미술품 시장이라는 이름의 혼탁한 물속에 큼지막한 돌멩이가 떨어지면, 나나 조르주 드 스탈과 같은 사람들은 재빨리 강둑에 자리를 잡고 서서, 평소와는 다른 물결이나 악취를 담은 거품이 올라오지는 않는지 유심히 관찰한다. 두말할 나위 없이 레오나르도 도난 사건은 정신 나간 좀도둑의 정체 외에도 많은 것을 드러내 줄 것이다. 지금쯤 그늘의 물고기들은 전부 숨을 곳을 찾아 정신없이 헤엄치고 있을 것이고, 모든 박물관 선임 큐레이터와 관장들은 유익한 일격을 맞은 꼴일 테니까.

복수심이 조르주에게 활기를 불러일으킨 모양인지, 그는 깔끔하고 경쾌한 걸음걸이로 책상을 돌아 나와서 나를 맞이했다. 계절에 딱 맞는 푸른색 실크 여름 양복이 매끄럽게 기름을 바른 머리카락처럼 반짝였고, 호리호리하고 사나워 보이는 얼굴 생김새는 악동 같은 매력을 발하는 미소 속으로 녹아들었다.

"사랑하는 찰스, 내 단언하건대, 그 문제의 그림은 실제로 완벽하게—" 조르주는 3인치 길이의 청백색 소맷동을 내뻗으며 양손을 마주쳤다. "—팡! 하고 감쪽같이 사라졌다네. 오랜만에 모든 사람들이 진실을 말하고 있어. 그보다 대단한 일은, 그 그림이 진품이었다는 사실이라네."

"그 말을 듣고 기뻐해야 할지 모르겠군요." 나는 이렇게 자백했다. "하지만 그것만 해도 루브르나 런던 국립미술관에 소장된 대부분의 작품들이 소유하지 못한 덕목이지 않습니까."

"동의하네." 조르주가 책상에 걸터앉았다. 에나멜 구두가 조명 아래 반짝였다. "이런 대재앙이 일어난 김에, 권위자분들께서 자기네 보물이라는 것들을 투명하게 공개해 주셨으면 좋겠네만. 적어도 레오나르도를 둘러싼 마법을 조금이라도 해제하기 위해서 말일세. 하지만 다들 수렁에서 헤어나지 못하고 있는 상황이라."

한동안 우리는 함께 그런 일련의 해명이 국제 미술품 시장에 어떤 영향을 끼칠지를 생각했다. 적당히 진품이기만 하면 모든 매물의 가격이 치솟을 것이며, 신성하고 범접할 수 없는 존재라는 르네상스 회화 작품의 인상 역시 변할 것이다. 그러나 이는 도난당한 레오나르도 작품의 천재성에는 조금도 흠집을 내지 못하는 일이었다.

"얘기해 주시죠, 조르주. 누가 훔쳐 간 겁니까?" 나는 마치 그가 답을 알고 있기라도 한 듯 물었다.

조르주도 할 말을 찾지 못하는 모양이었다. 몇 년 만에 처음 있는 일이었다. 그는 무력하게 어깨를 으쓱했다. "사랑하는 찰스, 나 역시 아무것도 모른다네. 완전히 수수께끼야. 모두가 자네와 마찬가지로 어안이 벙벙해 있기만 하다네."

"그렇다면 분명 내부자 소행이겠군요."

"당연히 아니지. 지금 루브르에 있는 친구들은 체면이 땅에 떨어졌으니까." 그는 전화기를 톡톡 두드려 보였다. "오늘 아침에 가장 수상쩍은 중개인들에게 연락을 해 보았다네. 메시나의 안트바일러와 베이루트의 콜렌스키야한테. 그런데 둘 다 짐작도 못 하더군. 사실은 둘 다 이번 사건이 현 정부가 꾸민 음모거나, 아니면 크렘린 측이 연루되어 있다고 확신하고 있었다네."

"크렘린이라고요?" 나는 믿지 못하겠다는 투로 되물었다. 그 단어를 입에 올리자 단박에 긴장이 고조되었고, 우리는 이후 30분 동안 속삭이듯 대화를 나누었다.

　　그날 오후 샤요 궁에서 열린 회의에서도 새로운 단서는 제공되지 않았다. 닳아 빠진 푸른색 양복을 입은 덩치 크고 우울한 카르노 수석 경감이 회의를 주재했고, 정보부 제2국 소속의 다른 요원들이 도열해 있었다. 모두 지치고 낙담한 표정이었다. 그도 그럴 것이, 지금까지 매 시간 수십 건의 가짜 경보를 확인해야 했기 때문이다. 그들 뒤로는 런던 로이드와 뉴욕 모건개런티 신탁의 조사관들이 적대적인 배심원처럼 심각한 얼굴로 앉아 있었다. 그와 대조적으로 무대 아래 도금 의자에 앉아 있는 200여 명의 미술상과 대리인들은 활기찬 풍경을 연출하고 있었다. 열 가지가 넘는 언어로 서로 떠들고, 온갖 과장된 추측을 허공으로 흘리면서.

　　체념으로 가득한 목소리로 간략하게 상황을 요약한 다음, 카르노 경감은 옆에 선 건장한 네덜란드 남자를 소개했다. 인터폴 헤이그 지사에서 파견한 유르헌스 감독관이었다. 그리고 루브르의 부관장인 M. 오귀스트 피카르를 불러 절도 사건에 대한 자세한 설명을 부탁했다. 그러나 설명을 통해서 밝혀진 것이라고는 루브르의 보안 배치가 일급이었으며 작품이 사라지는 것은 불가능한 일이라는 것뿐이었다. 내가 보기에는 피카르 본인도 그림이 사라졌다는 사실을 아직 완전히 믿지 못하고 있는 듯했다.

　　"……작품 주변 바닥에 설치되어 있는 압력 판도 작동하지 않았고, 작품의 전면을 가로질러 설치된 두 줄의 적외선 센서도 끊어지지 않았습니다. 신사 여러분, 청동 틀을 분해하지 않고 작품을 빼낼 수 없다는 점은 명백합니다. 그 청동 틀만 해도 무게가 800파운드고, 후면의 벽에 나사로 고정되어 있습니다. 그러나 나사에 흐르는 전기회로 경보 역시 작동하지 않았고……"

나는 단상 뒤 스크린에 고정되어 있는 두 장의 실물 크기 사진을 한참 바라보았다. 작품의 전면과 후면을 찍은 사진이었는데, 떡갈나무 액자 후면에는 여섯 벌의 알루미늄 가로대와 회로를 설치하는 연결점과 여러 해에 걸쳐 박물관 연구실에서 백묵으로 적은 온갖 낙서들이 보였다. 이 사진은 마지막 세척 작업을 위해 작품을 떼어 냈을 때 찍은 것으로, 일련의 질문을 통해 그 세척 작업이 절도 이틀 전에 완료되었다는 사실이 밝혀졌다.

이 새로운 소식에 회의장의 분위기가 일변했다. 온갖 개인적인 대화는 전부 멈추었고, 색색의 실크 손수건은 가슴팍의 주머니로 돌아갔다.

나는 팔꿈치로 조르주 드 스탈을 가볍게 찔렀다. "그렇다면 설명이 되겠군요." 분명 작품이 사라진 것은 보안 설비가 완벽하다고는 말하기 힘든 연구실에 있는 동안이었을 것이다. "**전시장 내부**에서 사라진 것이 아니었어요."

주변이 다시 술렁거리기 시작했다. 200개의 코가 다시 냄새를 맡으려는 듯 허공으로 솟았다. 그렇다면 작품은 **실제로** 사라진 것이고, 지구상 어딘가에 존재하고 있는 것이다. 그걸 발견하는 사람은 레지옹 도뇌르 훈장이나 기사 작위를 받거나, 아니면 적어도 우리 모두의 눈앞을 망령처럼 떠도는 소득세와 환율 수사의 총구를 완벽하게 피할 수 있을 것이 분명했다.

그러나 돌아오는 길에, 조르주는 침울하게 택시 차창으로 밖을 바라보고만 있었다.

"작품을 **훔친** 건 전시장 안에서였네." 그는 수심에 잠겨 내게 말했다. "사라지기 열두 시간 전에 거기서 내 눈으로 봤거든." 그는 내 팔을 꽉 붙들었다. "그걸 찾아내야 하네, 찰스. 노더비와 갤러리 노르망디의 영광을 위해서. 하지만 신이시여, 그걸 훔친 자는 분명 이 세상의 도둑이 아닐 걸세!"

이렇게 해서 사라진 레오나르도를 찾는 모험이 시작되었다. 나는 다음 날 아침 런던으로 돌아갔지만, 조르주와는 정기적으로 전화 연락을 주고받았다. 추적에 나선 다른 사람들과 마찬가지로 우리 또한 처음에는 귀를 기울이기만 했다. 귀를 땅에 대고 낯선 발소리를 찾는 것이다. 사람으로 붐비는 경매장과 갤러리에서, 우리는 부주의한 한마디를, 무심코 튀어나오는 단서를 기다렸다. 물론 사업은 아주 잘 돌아가고 있었다. 삼류 루벤스나 라파엘로를 가진 박물관과 개인 소장가들이 전부 한 단계씩 계급이 상승한 셈이었으니까. 운이 좋으면 이런 활황 덕분에 범인의 연줄 끄트머리에 있는 공범이나, 절도범이 포기한 과거의 레오나르도 모작—베로키오의 문하생이 그린 〈모나리자〉따위—이 다소 불법적인 판매처에 모습을 드러낼지도 모르는 일이었다. 외부 세계에서는 끔찍할 정도로 소란스럽게 탐색이 진행되었지만, 업계 사람들은 모두가 숨을 죽인 채 귀만 쫑긋 세우고 있었다.

솔직히 말하자면 너무 조용했다. 뭔가 물적 증거가 등장할 때가 되었는데 말이다. 갤러리와 경매장의 고운 체를 거치면 희미한 단서라도 모습을 드러내야 마땅했다. 그러나 아무런 소식도 들려오지 않았다. 모습을 감춘 레오나르도로 인한 활기가 사라지고 사업이 원래 리듬으로 돌아가자, 그 작품은 결국 실종된 걸작 목록의 항목 하나로 굳어지고 말았다.

이제 추적에 열의를 보이는 사람은 조르주 드 스탈뿐인 것만 같았다. 그는 종종 런던까지 전화를 걸어와서는 18세기 후반에 티치아노나 렘브란트의 작품을 구입한 무명의 자산가에 대한 정보를 요청하거나, 루벤스나 라파엘로의 문하생이 그린 파손된 모작의 역사에 대해 묻곤 했다. 그중에서도 특히 파손되었다가 복원된 작품이나 개인 소장가가 세상에 내보이기를 꺼리는 작품의 정보에 관심을 보였다.

따라서 레오나르도가 소실된 지 넉 달이 지나 그가 나를 만나러 런던으로 찾아왔을 때, 내가 이렇게 물은 것은 단순한 농담이 아니었다. "자, 조르주, 절도범이 누구인지 알아낸 겁니까?"

조르주는 커다란 서류 가방을 열면서 나를 향해 음울하게 웃어 보였다. "내가 그렇다고 말하면 놀라 줄 텐가? 사실을 말하자면 아직 모른다네. 하지만 짐작은 하고 있지. 아니, 가설이라고 할까. 자네가 이 이야기에 흥미를 보일 거라고 생각했다네."

"물론이죠, 조르주." 그리고 나는 덧붙였다. "요즘 계속 그쪽 일을 하고 있던 거로군요."

그는 비쩍 마른 검지를 들어 내 말문을 막았다. 경쾌한 매력이라는 꺼풀 아래로 지금까지 보지 못했던 심각한 태도가, 평소와는 다른 여유 없는 모습이 드러났다. "우선 찰스, 자네가 웃으며 나를 사무실에서 쫓아내기 전에 미리 말해 두겠네만, 나 자신도 이 가설을 완전히 환상적이며 말이 안 되는 것으로 간주하고 있다네. 하지만―"그는 자조하듯 어깨를 으쓱하면서 말을 이었다. "―이게 유일한 가능성인 것 같거든. 그 사실을 증명하기 위해 자네의 도움이 필요하네."

"부탁하지 않으셨어도 도왔을 겁니다. 그래서 그 가설이란 게 뭡니까? 더 기다릴 수가 없는데요."

그는 자신의 생각을 드러내도 될지 걱정하는 것처럼 머뭇거리더니, 이내 서류 가방을 비우기 시작했다. 그는 보관철을 꺼내 책상 위에 자신 쪽으로 줄줄이 늘어놓았다. 안에는 여러 작품의 복제 사진들이 들어 있었는데, 여기저기 백색 잉크로 표시가 되어 있었다. 일부 사진은 특정 부분을 확대한 것이었다. 모두 중세 복장의 염소수염 남자가 얼굴을 높이 쳐들고 있는 모습이었다.

조르주는 큰 사진 여섯 장을 내가 볼 수 있도록 돌려놓았다. "물론 이 작품들은 알고 있겠지?"

나는 고개를 끄덕였다. 그중 하나, 즉 레닌그라드의 예르미타시 박물관 소장품인 루벤스의 〈피에타〉를 제외하면, 모두 최근 5년 안에 진품을 본 적이 있었다. 다른 작품들은 레오나르도의 〈십자가에 못 박힌 그리스도〉를 비롯해 베로네세와 고야와 홀바인의 〈십자가에 못 박힌 그리스도〉 그리고 마지막으로 푸생의 〈골고다〉였다. 모두 해당 미술관의 일반 공개 작품이었다. 루브르, 베네치아의 산스테파노, 프라도, 암스테르담 국립미술관. 모두가 익숙하고 진품이 명백한 걸작, 푸생을 제외하면 모두가 주요 국립미술관의 간판인 작품이었다. "안심이 되는군요. 이 작품들이 전부 믿을 만한 곳에 보관되어 있다는 걸 알고 있으니까요. 아니면 설마 이 작품들이 수수께끼의 도둑의 다음 쇼핑 목록에 올라 있는 겁니까?"

조르주는 고개를 저었다. "아니, 그가 이 작품들에 별로 관심이 있을 것 같지는 않다네. 가끔씩 살펴보는 정도겠지." 나는 다시 조르주의 태도가 변했다는 사실을 눈치챘다. 자기만 아는 유머를 즐기는 듯한 모습이었다. "그 외에 눈에 띄는 점은 없나?"

나는 다시 사진들을 비교해 보았다. "모두 십자가에 매달린 예수를 다루고 있군요. 사소한 차이점이 있을지도 모르지만 진품으로 보입니다. 모두 이젤화고요." 나는 어깨를 으쓱했다.

"이 작품들은 모두 과거에 도난당한 적이 있었다네." 조르주는 재빨리 손을 오른쪽에서 왼쪽으로 옮기며 말을 이었다. "푸생은 1822년에 루아르 성 소장품 중에서 도난을 당했고, 고야는 1806년에 몬테카시노 수도원에서 나폴레옹에게, 베로네세는 1891년에 프라도에서, 레오나르도는 우리가 아는 것처럼 넉 달 전에, 홀바인은 1943년에 헤르만 괴링의 수집품에서 약탈을 당했지."

"흥미롭군요." 나는 이렇게 평했다. "하지만 한 번도 도난당한 적이 없는 걸작은 그리 많지 않습니다. 이게 당신 이론의 중요 논점이 아니었으면 좋겠는데요."

"물론 아니지. 하지만 다른 요소와 함께 적용하면 중요한 의미가 생긴다네. 자, 그럼," 그는 레오나르도 작품의 사진을 내게 건넸다. "뭔가 이상한 점 없나?" 내가 익숙한 그림을 보며 고개를 젓자, 그는 도난당한 작품의 또 다른 사진을 건넸다. "이건 어떤가?"

두 장의 사진은 구도가 살짝 다르기는 했지만 그 점을 제외하고는 동일해 보였다. "두 장 모두 〈십자가에 못 박힌 그리스도〉 진품이라네. 사라지기 한 달 전에 루브르에서 찍은 것이지."

"모르겠습니다. 전부 같아 보이는데요. 아니…… 잠깐만요!" 나는 가까운 곳에 놓인 독서등을 가져와서 사진 위로 몸을 숙였고, 조르주는 내 모습을 보면서 고개를 끄덕였다. "약간 다르잖아요. 대체 무슨 일이 벌어지고 있는 겁니까?"

서둘러 양쪽 사진을 부분별로 비교하던 나는 몇 분도 지나지 않아 미세한 차이점을 발견했다. 대부분은 사소한 부분까지 일치했지만, 사람으로 가득한 화폭 가운데 열 명 남짓한 이들이 한데 모여 있는 곳에서 한 사람이 바뀌어 있었다. 왼쪽 사진에서 세 개의 십자가 쪽으로 언덕을 올라가는 부분의 구경꾼 한 명의 얼굴이 완전히 새로 칠해져 있었던 것이다. 그림 중앙에는 십자가형에 처해지고 몇 시간이 지나도록 십자가에 매달린 그리스도의 모습이 공간 배치를 통해 시간을 나타내고 있었다. 화폭이 하나뿐이라는 제약을 벗어나기 위해 모든 르네상스 회화 작품에서 사용한 방식이었다. 언덕을 내려오면 시간을 거슬러 올라가게 되어, 관객의 눈앞에는 마지막으로 골고다를 오르는 그리스도의 고통이 펼쳐졌다.

얼굴에 덧칠이 된 인물은 낮은 경사로 쪽 군중의 일부였다. 검은 로브를 입은 키가 크고 체구가 강건한 남자로, 분명 레오나르도가 특별히 관심을 기울였던 대상인 모양이었다. 천사를 그릴 때에나 사용하는 훌륭한 육체와 매끄러운 우아함이 보였으니까. 가필을 하지 않은 상태를 찍은 왼쪽 사진을 보니, 레오나르도의 처음 목적은 죽음의 천사를 그리는 것이었음이 분명해 보였다. 아니, 그보다는 무의식의 사자使者, 양면성 속에서 이해할 수 없는 평온을 유지하는 끔찍한 존재, 인간의 내면 가장 깊은 곳에 존재하는 공포와 갈망을 주재하는 이가 그의 그림 속에 등장한 것만 같았다. 한밤중, 죽음의 도시가 된 폼페이의 발코니에서 아래를 내려다보는 회색 얼굴의 석상들처럼.

레오나르도와 그의 독특한 묘사에서 흔히 찾아볼 수 있는 이러한 요소들이 키 큰 천사처럼 보이는 인물의 얼굴에 하나로 집약되어 있었다. 십자가를 향해 왼쪽 어깨로 고개를 돌린 채라 거의 옆모습만 보였는데, 회색의 장중한 이목구비에 희미한 동정심이 드리워져 있었다. 잘생긴 셈족의 코에, 입 위로는 관자놀이 부근에서 약간 튀어나온 널찍한 이마가 솟아 있었다. 입가에 떠오른 공감과 이해가 실린 희미한 미소는, 뇌성이 울리는 어두운 하늘의 그림자에 가린 나머지 얼굴을 밝히는 광원 역할을 했다.

그러나 오른쪽 사진에서는 이 모든 것이 완벽하게 바뀌어 있었다. 천사처럼 장중한 인물의 모습은 아예 새로운 개념으로 변했다. 전반적인 외관은 비슷했지만 얼굴에 보이던 비극적인 공감의 표정은 사라져 있었다. 이 후대의 화가는 인물의 자세도 완전히 바꾸어서, 고개를 오른쪽으로 돌려 십자가 반대편, 푸른 황혼에 잠겨 밀턴의 지옥도 속 도시처럼 보이는 지상의 성도 예루살렘을 향하게 만들어 놓았다. 다른 구경꾼들이 무력하기는 해도 돕고 싶은 표정으로 언덕을 오르는 그리스도를 따르는 동안에도, 검은 로브를 입은 인물은 거만하고 비판적인 표정만을 짓고 있었다. 팽팽하게 긴장한 채 고개를 돌린 목 근육의 묘사를 보니 눈앞의 광경에 역겨움을 느끼고 고개를 돌린 것이 분명했다.

"이게 대체 뭡니까?" 나는 후자의 사진을 가리키며 물었다. "알려지지 않은 제자의 모사본 같은 겁니까? 이유를 모르겠는데—"

조르주는 앞으로 몸을 기울이고 사진을 톡톡 치면서 말했다. "**이쪽**이 레오나르도의 원본이라네. 이해가 안 되나, 찰스? 자네가 한참 음미하던 왼쪽 사진이야말로 수수께끼의 화가에 의해 가필된 것이란 말일세. 다 빈치가 죽기 몇 년 전에 말이지." 의심하는 나의 표정을 보고, 그는 웃으며 말을 이었다. "내 말 믿게, 진짜라니까. 이 인물은 전체 구성에서 사소한 존재일 뿐이라서 예전에는 아무도 진지하게 확인해 보지 않았다네. 작품의 나머지 부분은 두말할 것도 없이 진품이니까 말일세. 이 부분의 가필은 다섯 달 전에 세척을 위해 작품을 내리고 얼마 지나지 않아서 발견된 거라네. 적외선 검사를 해 보니 아래쪽에 완벽하게 남아 있는 실제 모습이 드러나더군."

그는 다른 사진 두 장을 내게 건넸다. 둘 다 인물의 머리를 확대한 것이었는데, 그걸 보니 두 인물의 차이가 확연하게 도드라졌다. "음영 부분의 붓 자국을 보면 알 수 있겠지만, 가필을 한 화가는 오른손잡이였다네. 물론 우리가 잘 알다시피, 다 빈치는 왼손잡이였지."

"그렇긴 한데……" 나는 어깨를 으쓱했다. "이상하게만 들리는군요. 당신 말이 맞는다면, 대체 왜 그렇게 사소한 부분을 바꾼 겁니까? 인물의 개념 자체가 달라졌잖아요."

"흥미로운 질문이로군." 조르주는 애매하게 대답했다. "일단 이 인물은 떠돌이 유대인 아하수에로로 보인다네." 그는 남자의 발치를 가리켰다. "아하수에로는 항상 에세네 지파식으로 샌들 끈을 교차해 묶은 모습으로 그려지지. 예수 본인도 소속되어 있었을 것이라고 짐작되는 지파 말일세."

나는 다시 사진을 들어 올렸다. "떠돌이 유대인이라." 그러고는 작은 소리로 그의 말을 되풀이했다. "흥미롭군요. 그리스도에게 더 빨리 움직이라고 조롱했다가 재림의 날까지 지상을 떠돌아다니는 운명을 맞이한 사람 아닙니까. 마치 가필자가 그를 동정하고 있었던 것 같습니다. 레오나르도의 표현 위에 비극적인 동정의 표정을 강제한 거지요. 이거 나쁘지 않은 가정인데요, 조르주. 화가의 작업실에 모여든 귀족이나 부유한 상인들이 슬쩍 그림에 끼어들곤 했다는 사실을 알고 있지 않습니까. 어쩌면 아하수에로도 그렇게 돌아다니며 자기 역할에 대한 모델을 했을지도 모릅니다. 일종의 죄책감에 떠밀려서요. 그런 다음에 나중에 그림을 훔쳐서 가필을 하는 겁니다. 자, 괜찮은 이론이 하나 **나왔군요.**"

나는 대답을 기대하면서 고개를 들고 조르주를 바라보았다. 그는 천천히 고개를 끄덕이고 있었다. 차마 입 밖에 내지 못하는 동의를 담은 시선으로 나를 바라보며, 조금도 웃음기를 띠지 않은 채. "조르주!" 나는 소리쳤다. "진심입니까? 설마 지금—"

그는 부드럽지만 강한 어조로 내 말을 잘랐다. "찰스, 설명할 테니 조금만 시간을 주게. 내 이론이 환상적이라고 경고하지 않았나." 내가 항변하기도 전에 그는 다른 사진을 하나 건넸다. "베로네세의 〈십자가에 못 박힌 그리스도〉일세. 기억나는 인물이 있나? 왼쪽 아래를 보게."

나는 사진을 빛 쪽으로 들었다. "그렇군요. 후기 베네치아 양식이라 훨씬 이교적이기는 하지만, 꽤나 분명합니다. 조르주, 이건 놀랍도록 비슷하게 생겼군요."

"나도 동의하네. 하지만 단순한 외양상의 문제가 아니야. 자세와 인물 묘사를 보게."

북적이는 사람들 속에, 이번에도 검은 로브와 교차 샌들 끈으로 확인이 가능한 아하수에로의 모습이 보였다. 가필을 한 레오나르도의 경우와는 달리 그리 독특한 모습으로 여겨지지는 않았다. 아하수에로는 이제 깊은 동정심을 품으며 죽어 가는 그리스도를 바라보고 있었으니까. 딱히 의미랄 것도 없는 해석이었지만, 두 인물의 얼굴은 마치 같은 모델을 그린 것처럼 동일한 생김새였다. 베네치아 양식이라 턱수염이 조금 더 길기는 해도 얼굴의 전체적인 윤곽과 튀어나온 관자놀이, 거칠지만 잘생긴 입과 턱선, 현명함이 깃든 눈매, 야성적인 아름다움과 활력이 숨어 있는, 경험 많은 의사 같은 생김새는 전부 레오나르도 작품 속 인물과 완벽히 일치했다.

나는 무력하게 손을 저었다. "어마어마한 우연의 일치로군요."

조르주는 고개를 끄덕였다. "한 가지가 더 있지. 레오나르도의 작품처럼 이 작품 역시 전체 세척 작업을 끝내자마자 도난당했다네. 2년 후에 피렌체에서 발견되었을 때는 약간 파손된 상태였고, 그 이후로는 복원 작업이 전혀 진행되지 않았지." 조르주는 말을 멈추었다. "내가 하고 싶은 말을 알겠나, 찰스?"

"대충은요. 그러니까 베로네세 작품을 지금 세척하면 조금 다른 모습의 아하수에로가 등장할 거라 생각하시는 것 아닙니까. 베로네세가 처음 그린 모습대로요."

"바로 그걸세. 어쨌든 말이 되는 해석이 아예 불가능한 상황 아닌가. 아직도 의심이 든다면 다른 작품들을 보게."

우리는 자리에서 일어나서 남은 사진들을 훑어보기 시작했다. 다른 작품들, 푸생과 홀바인과 고야와 루벤스에서도 같은 인물이 발견됐다. 똑같이 우울한 표정의 얼굴이 동정과 이해심을 가득 품은 채 십자가를 바라보고 있었다. 화가마다 스타일이 극도로 다르다는 점을 감안할 때 그 모든 인물은 놀랍도록 흡사했다. 또한 모든 작품에서 그 인물은 아무 의미 없는 자세를 취하고 있었다. 그들이 그려 낸 인물은 전설 속의 아하수에로의 모습과는 완벽히 상치되는 것이었으니까.

이제 조르주의 믿음이 내게도 강렬하게, 실재하는 힘처럼 전달되어 오고 있었다. 그는 한 손으로 책상을 두드렸다. "찰스, 여기 여섯 점의 작품은 전부 세척 작업 이후 도난을 당했다네. 심지어 홀바인의 작품조차도 강제수용소의 수감자가 복원한 이후 친위대 탈주병에 의해 헤르만 괴링 수집품에서 도난을 당했지. 자네도 말했지만, 마치 범인이 아하수에로의 드러난 모습을 세상에 보이고 싶지 않아서 일부러 이런 일을 벌인 것만 같다네."

"하지만 조르주, 이건 가정이 너무 과도하지 않습니까. 레오나르도의 작품을 제외하고는, 지금의 작품 아래 원래의 모습이 숨어 있다고 증명할 수가 없을 텐데요?"

"아직은 그렇지. 미술관 측에서 소장 작품이 완벽하게 진품이 아니라는 사실을 증명할 기회를 기꺼이 줄 리가 없지 않나. 따라서 아직 전부 가설일 뿐이네만, 자네라면 다른 설명을 찾을 수 있겠나?"

나는 고개를 저으며 창가로 가서, 본드 가의 소음과 활기찬 모습을 빌려 조르주의 과격한 추측을 잊으려 했다. "조르주, 정말로 검은 로브를 입은 아하수에로가 저 아래 거리 어딘가를 돌아다니면서 수 세기 동안 자신이 예수를 모욕하는 모습을 그린 작품들을 훔쳐서 가필을 하고 있다고 생각하는 겁니까? 터무니없는 소리예요!"

"도난 사건 자체도 터무니없지 않았나. 우주의 물리법칙에 매인 자라면 불가능한 절도 행각이라고 모두들 동의하고 있으니 말일세."

우리는 한동안 아무 말 없이 책상을 사이에 두고 서로를 바라보고만 있었다. "좋습니다." 나는 무례를 범하고 싶지 않은 마음에 타협을 하기로 했다. 그가 발산하는 강박적인 생각의 강렬함이 나를 불안하게 만들고 있었다. "그렇다면 우리가 취할 수 있는 최선의 방책은 그저 레오나르도가 다시 나타나기를 기다리는 것뿐이지 않습니까?"

"꼭 그럴 필요는 없지. 도난당한 작품 대부분은 10년에서 20년 정도 모습을 드러내지 않았다네. 어쩌면 시공간의 경계를 넘나드는 일이 힘에 부칠 수도 있고, 작품의 원래 모습을 보면 겁에 질려서—"그는 내가 다가오는 모습을 보며 잠시 말을 끊었다. "이보게, 찰스, 환상적인 가설**이기는** 하지만, 진실일 가능성도 아주 약간 존재하지 않나. 그래서 자네 도움이 필요한 걸세. 이 남자는 분명 엄청난 미술품 애호가일 거야. 저항할 수 없는 충동에 끌려서, 달랠 수 없는 죄책감 때문에, 십자가형을 그린 화가들에게 집착하는 작자일 거라는 말일세. 우리는 경매장과 갤러리를 주시하고 있어야 하네. 저 얼굴, 검은 눈과 고뇌로 가득한 얼굴⋯⋯ 얼마 안 있어 다른 〈십자가에 못 박힌 그리스도〉나 〈피에타〉를 찾고 있는 저 사람을 마주치게 될 거란 말일세. 기억을 더 들어 보게나. 혹시 저 얼굴이 기억나지는 않나?"

양탄자를 내려다보는 내 눈앞에 검은 눈의 방랑자가 떠올랐다. **더 빨리 가라고.** 그는 십자가를 지고 골고다를 오르는 예수를 향해 이렇게 조롱했다. 그러자 예수는 대답했다. **나는 갈 것이다. 그러나 그대는 내가 돌아올 때까지 기다려야 하리라.** '아니요'라고 말하고 싶었지만, 나도 모르게 떠오른 한 사람의 모습이 그러지 못하도록 막았다. 동지중해풍의 잘생긴 이목구비. 물론 복장은 달랐다. 잘 맞는 검은색 줄무늬 신사복, 금 손잡이가 달린 지팡이와 각반, 항상 대리인을 통해 입찰을 하고⋯⋯

"자네, **본** 건가?" 조르주가 내 쪽으로 다가왔다. "찰스, 나도 본 적이 있는 것 같다네."

나는 손을 저어 그를 물리쳤다. "확신은 못 하겠습니다, 조르주, 하지만⋯⋯ 의심은 생기는군요." 묘하게도 내가 본 적이 있다고 확신하는 얼굴은 레오나르도의 원본이 아니라 가필을 한 아하수에로의 얼굴 쪽에 가까웠다. 나는 갑자기 몸을 획 돌리고 말했다. "젠장, 조르주, 만약 그 말도 안 되는 가설이 사실이라면 이 사람은 레오나르도와 대화를 나눴을 것 아닙니까? 미켈란젤로나 티치아노나 렘브란트하고도?"

조르주는 고개를 끄덕였다. "한 사람 더 있지. 훨씬 먼 옛날에 말이야." 그는 생각에 잠긴 목소리로 덧붙였다.

조르주가 파리로 돌아간 이후 한 달 동안, 나는 사무실보다 경매장에 더 오래 머무르게 되었다. 눈에 익은 옆얼굴, 왠지 예전에 본 적이 있다는 확신이 드는 그 얼굴을 찾아 사방을 눈으로 훑었다. 그러나 이런 확신에도 불구하고 나는 여전히 조르주의 가설을 강박적인 환상 정도로 치부했다. 내 보조 경매사들에게 교묘한 질문을 몇 개 던져 보았는데, 골치 아프게도 그들 중 두 명이 비슷한 느낌의 사람을 기억해 내고 말았다. 이후 나는 도저히 조르주 드 스탈의 망상을 마음속에서 지울 수가 없었다. 사라진 레오나르도에 대해서는 더 이상 아무런 소식도 없었다. 단서의 완벽한 부재 앞에서 경찰도 예술계도 어찌할 바를 모르고 있었다.

따라서 5주 후 전보 한 통을 받았을 때, 나는 엄청난 흥분과 동시에 안도감을 느꼈다.

> 찰스. 즉시 오게. 그자를 봤어.
>
> 조르주 드 스탈

이번에는 오를리 공항에서 마들렌까지 택시를 타고 이동하는 중에도, 느긋하게 튈르리 정원을 구경하는 대신 검은 슬라우치 모자*를 쓰

---

* 모자챙이 축 늘어지는 테두리가 넓은 펠트 또는 직물 모자. 근대에 군용으로 흔히 쓰였다.

고 나무 사이로 숨어 움직이는 키 큰 남자를 찾아 주변을 두리번거리게 되었다. 둘둘 만 캔버스를 겨드랑이에 끼고 있을지도 모르니까. 조르주 드 스탈이 마침내 돌이킬 수 없을 정도로 정신이 나가 버린 것일까, 아니면 정말로 수수께끼의 아하수에로를 목격한 것일까?

갤러리 노르망디의 문으로 나와 나를 맞이한 조르주의 악수는 여느 때와 마찬가지로 굳건했으며, 표정은 침착하고 평온해 보였다. 사무실로 들어간 후, 그는 의자에 몸을 기대고 앉아 손가락 너머 묘한 눈빛으로 나를 바라보았다. 소식을 전하기 전에 시간을 끌 만큼 확신이 있는 모양이었다.

"그자가 여기 있다네, 찰스." 마침내 그가 입을 열었다. "파리에, 리츠 호텔에 머물고 있어. 여기서 19세기와 20세기 거장들의 경매에 참석하고 있다네. 운이 좋으면 오늘 오후에 나타날지도 몰라."

다시 한 번 불신의 감정이 솟구쳐 올라왔지만, 내가 반대의 말을 입 밖으로 내기도 전에 조르주가 말을 이었다.

"우리가 예상한 그대로의 모습일세, 찰스. 큰 키에 다부진 체격, 동상처럼 우아한 풍모야. 부자나 귀족들과 자연스럽게 어울릴 수 있는 모습이지. 레오나르도와 홀바인이 그의 모습을 정확하게 잡아냈어. 묘하게 지친 기색이 어린 강렬한 눈빛, 사막의 바람과 광활한 협곡 같은 모습."

"언제 처음 본 겁니까?"

"어제 오후에. 19세기 회화 작품이 다 끝나 가던 중에 반 고흐의 소품 하나가 올라왔어. 다른 작가의 〈선한 사마리아인〉을 모사한 작품이었지. 인생의 막바지에서 광기에 빠졌을 때 그린, 격렬한 소용돌이와 고통에 울부짖는 짐승처럼 보이는 인물들로 가득한 그림이었다네. 왜

인지는 몰라도 그 사마리아인의 얼굴을 보니 아하수에로가 떠오르더군. 문득 나는 고개를 들어 북적이는 경매장 안을 살펴보았네." 조르주는 상체를 앞으로 숙였다. "놀랍게도 그가 그곳에 있었다네. 맨 앞줄에서 3피트도 떨어져 있지 않은 곳에 앉아서, 내 얼굴을 똑바로 쳐다보고 있더군. 눈을 뗄 수가 없었지. 입찰이 시작되자 그자는 바로 매섭게 치고 나왔다네. 선입찰로 2,000프랑을 부르더군."

"그래서 그에게 낙찰됐습니까?"

"아니. 다행스럽게도 아직 재치가 녹슬지 않아서 말이야. 그자가 우리가 찾는 사람이 맞는지를 확인해야 하니까. 예전에는 아하수에로로만 모습을 드러냈지만, 요즘에는 벨칸토 양식으로 십자가에 매달린 그리스도를 그리는 화가는 별로 없으니까, 이제 다른 역할을 맡으면서 죄책감을 덜려 할 수도 있지 않겠나. 예를 들자면 선한 사마리아인이라든가. 15,000프랑까지 올라가니 더 이상 경쟁자가 남지 않았다네. 그것만으로도 최저 경매가의 열 배까지 올라간 셈이기는 했지만 말이야. 그래서 나는 그 시점에서 끼어들어 경매를 철회시켰다네. 만약 그자가 아하수에로라면 분명 오늘 돌아올 것이고, 자네와 경찰을 부를 수 있는 24시간의 유예가 생길 것 아니겠나. 카르노 경감의 부하 두 명이 오늘 오후에 이리로 올 거네. 대충 이야기를 꾸며 놨으니 눈에 안 띄게 알아서들 하겠지. 어쨌든 그 반 고흐 소품의 경매를 철회하자 난리 법석이 일어났다네. 모두들 내가 미쳤다고 생각했지. 우리의 검은 피부 친구는 즉시 자리에서 일어나 이유를 추궁했고, 나는 그 작품의 진위를 의심하고 있으며 우리 갤러리의 명예를 지켜야 한다고 대답할 수밖에 없었다네. 그리고 결과가 만족스럽게 나오면 내일 다시 경매를 진행할 거라고 말일세."

"머리를 잘 쓰셨군요." 내가 말했다.

조르주는 머리를 슬쩍 기울여 보였다. "나도 그렇게 생각했다네. 깔끔한 함정이었지. 그는 즉시 그 그림에 대해 열정적으로 변호를 하기 시작했다네. 그 정도로 경매장 경험이 많은 사람이라면 할 만한 일이 아니었지. 빈센트가 사용한 저급 안료에 대한 세세한 내용이라든가, 캔버스 뒤편까지 거론하면서 말일세. 캔버스 **뒤편**이라니, 모델 입장에서 그림에 대해 가장 기억에 남는 부분 아니겠나. 나는 그의 말을 그다지 신뢰할 수 없다고 했고, 그는 오늘 돌아오겠다고 약속했다네. 문제가 생길 경우를 대비해 자기 주소도 남기고 갔지." 조르주는 주머니에서 은빛 양각 무늬를 넣은 명함을 꺼내서 읽었다. "엔리크 다닐레비치 백작, 빌라 데스트, 카다케스, 코스타브라바." 명함 뒤편에는 이렇게 적혀 있었다. '리츠 호텔, 파리.'

"카다케스라." 나는 그의 말을 반복했다. "달리가 그 근처에 살지요. 포르트 이가트였던가. 또 다른 우연이로군요."

"우연 이상일 수도 있지. 지금 그 카탈루냐 출신의 대가가 샌디에이고 세인트조지프 성당의 의뢰로 뭘 그리고 있는지 아나? 지금까지 그가 그린 작품 중 최고의 역작이지. 바로 그걸세! 십자가에 못 박힌 그리스도야. 우리 친구 아하수에로가 다시 한 번 작업에 나선 거라네."

조르주는 책상 가운데 서랍에서 가죽 수첩을 하나 꺼냈다.

"그럼 내 말을 좀 들어 보게. 아하수에로 모델의 정체에 대해 나름대로 조사를 해 보았거든. 보통은 군소 귀족이거나 대상인이었지. 레오나르도의 경우에는 추적을 할 수가 없어. 그는 항상 대문을 활짝 열어 놓아서, 걸인이나 염소들까지 마음대로 작업실을 드나들었으니까. 누구든 들어와서 모델이 될 수 있었지. 그러나 다른 화가들의 경우에는 그보다는 까다로웠다네. 홀바인이 그린 아하수에로의 모델이 된 사람은 헨리 대니얼스 경으로, 은행가이자 헨리 8세의 친구였던 사람이라네. 베로네세의 경우에는 10인회의 일원으로, 유력한 차기 도제 후보였던 엔리 다니엘리였지. 같이 베네치아에 갔을 때 그 이름을 딴 호텔에 묵었던 적이 있지 않은가. 루벤스의 경우에는 헨리크 닐손 백작으로, 암스테르담에 체재 중이던 덴마크 대사였다네. 고야의 경우에는 자산가이자 프라도 미술관의 주요 후원자 중 하나인 엔리코 다 넬라라는 인물이었다네. 푸생의 경우에는 유명한 딜레탕트인 나일 공작 앙리였고."

조르주는 과장된 동작으로 수첩을 덮었고, 나는 말했다. "확실히 대단하군요."

"그 말대로일세. 다닐레비치, 대니얼스, 다니엘리, 다 넬라, 드 나일, 닐손. 다른 이름은 아하수에로. 있잖나, 찰스, 사실 약간 겁이 나기도 하네. 하지만 사라진 레오나르도가 이제 아주 가까운 곳까지 온 것만 같아."

따라서 그날 오후 우리의 용의자가 모습을 보이지 않았을 때, 우리는 더 이상 어찌할 수 없을 만큼 실망하고 말았다.

다행히도 반 고흐의 소품은 어제 경매에서 밀린 물건이라 꽤나 후순위를 받았고, 30여 점의 20세기 회화 작품이 먼저 경매에 들어갔다. 칸딘스키와 레제의 작품이 입찰되는 동안, 나는 조르주의 뒤편 단상에 앉아서 아래쪽에 모인 우아한 군중을 지켜보고 있었다. 미국인 감정가, 영국인 언론계 거물, 프랑스와 이탈리아 귀족들에다가 군데군데 화류계 숙녀분들이 참석해 색을 더해 주고 있는 이런 국제적인 무대라면 조르주가 묘사한 것처럼 눈에 띄는 사람일지라도 그리 어색해 보이지 않을 수 있었다. 그러나 목록의 매물들을 차근차근 경매에 붙이고, 카메라 전구의 불빛이 갈수록 눈을 피로하게 만드는 동안, 나는 그자가 나타나기는 할지 의문이 들기 시작했다. 맨 앞줄의 좌석은 그를 위해 예약되어 있는 상태였고, 나는 예의 도망자가 반 고흐의 경매를 개시하는 순간 시공간의 장벽을 뚫고 자기 자리에 화려하게 실체화하기만을 기다리고 있었다.

그러나 결국 자리도 작품도 주인을 만나지 못했다. 조르주가 진위에 의문을 제기했기 때문인지 고흐의 소품은 최저 경매가에도 이르지 못했고, 마지막 경매가 끝나자 우리는 입질이 오지 않은 미끼만을 손에 든 채로 단상 위에 남게 되었다.

"수상쩍은 낌새를 챈 게 분명해." 다른 경매인들이 경매장 어디에도 다닐레비치 백작이 모습을 드러내지 않았다는 사실을 확인해 주자 조르주가 중얼거렸다. 잠시 후 리츠 호텔에 전화를 걸었더니 백작이 체크아웃 하고 파리를 떠나 남쪽으로 가 버렸다는 소식을 들을 수 있었다.

"분명 이런 함정을 피하는 데는 선수가 다 되어 있을 테죠. 이제 어떻게 합니까?" 내가 물었다.

"카다케스로 가야지."

"조르주! 정신이 나간 겁니까?"

"천혀. 기회는 이번뿐이고, 반드시 잡아야만 하네! 카르노 경감이 비행기 편을 수배해 줄 걸세. 그를 만족시킬 만한 환상적인 이야기를 꾸며 봐야지. 자, 움직여 봄세, 찰스. 분명 그의 저택에 사라진 레오나르도가 있을 테니까."

우리는 카르노와 함께 바르셀로나에 도착했다. 유르헌스 감독관이 세관 문제를 처리해 주었고, 세 시간 후에는 순찰차 한 무리를 이끌고 카다케스로 출발할 수 있었다. 잠들어 있는 거대 파충류처럼 생긴 바위와 매끄러운 바다 위로 반짝이는 햇살을 만끽하며, 달리의 작품 속 시간이 멈춘 해안을 연상시키는 환상적인 해안선을 따라 질주하게 되다니, 모험의 종장을 여는 전주곡으로는 더없이 어울리는 광경이었다. 바람이 사방으로 다이아몬드처럼 햇살을 흩뿌리며 거대한 바위기둥에 부딪쳐 반짝였고, 육중한 반월형 성벽이 좌우로 갈라지더니 갑자기 빛으로 가득한 평온한 만이 나타났다.

빌라 데스트는 마을 위로 1,000피트는 솟은 곳에 서 있었고, 높이 솟은 성벽과 굳게 닫힌 무어식 창문이 햇빛을 받아 하얀 석영처럼 반짝였다. 거대한 검은 문은 성당의 납골당처럼 굳게 잠겨 있었는데, 초인종을 아무리 울려도 아무런 대답도 들리지 않았다. 이런 상황에 이르자 유르헌스와 지역 경찰들 사이에 한참 논쟁이 일었다. 지역 경찰은 명망 높은 지역 유지—다닐레비치 백작은 열 명 남짓한 유망한 지역 예술가들에게 경제적 후원을 해 주고 있는 모양이었다—를 건드리는 일의 위험성과 레오나르도 회수 작전에 이름을 올리고 싶은 욕망 사이에서 갈등하는 듯했다.

이런 상황에 초조해진 조르주와 나는 차와 기사를 빌려서 포르트 이가트로 떠났다. 경감에게는 파리를 떠난 민항기가 바르셀로나에 착륙하는, 따라서 아마도 다닐레비치 백작이 타고 있을 비행기가 땅에 내리게 될 두 시간 후까지는 돌아오겠다고 약속을 해 놓았다. 조르주가 자리를 뜨며 작은 소리로 덧붙였다. "물론 그 친구라면 다른 수단으로 여행을 하겠지만 말이지."

스페인 최고 화가의 가정에 쳐들어가려면 무슨 핑계를 대야 할지 짐작도 가지 않았지만, 노더비와 갤러리 노르망디의 전담 경매사 둘이 함께 들이닥친다면 분노를 잠재울 수 있을지도 모른다는 생각이 들었다. 해변에 서 있는 눈에 익은 백색의 계단식 건물로 가는 진입로로 들어선 순간, 방금 떠나는 손님을 실은 커다란 리무진 한 대가 우리 쪽으로 달려왔다.

도로에 움푹 팬 구덩이들 때문에 실제 너비가 좁아지는 지점에서 자동차들이 서로에게 접근했고, 거대한 세단 두 대는 신음하는 마스토돈처럼 먼지 속에서 서로를 스쳐 지나갔다.

갑자기 조르주가 내 팔꿈치를 붙들더니 창문 쪽을 가리켰다.

"찰스! 저기 그자가 있어!"

운전사들이 서로에게 욕설을 내뱉는 동안, 나는 창문을 내리고 건너편 차량의 어둑한 내부를 바라보았다. 뒷좌석에서 검은색 줄무늬 신사복을 입은 라스푸틴처럼 생긴 덩치 큰 신사가 소란에 고개를 드는 모습이 보였다. 어둠 속에서 하얀 소맷동과 금으로 만든 넥타이핀이 반짝였고, 장갑 긴 손은 지팡이의 상아 손잡이에 올려져 있었다. 거리가 좁혀지자 냉소적인 얼굴이, 수많은 손에 의해 수많은 화폭 위에 재창조되었던 바로 그 얼굴이 눈앞에 생생하게 나타났다. 검은 눈동자는 강렬하게 반짝였고, 널찍한 이마 위에 검은 눈썹이 날개처럼 솟구쳐 있었다. 날카롭게 휜 턱수염은 강인한 턱선을 휩쓸며 창날처럼 허공을 찔렀다.

말쑥한 정장 차림이었지만, 존재 자체가 엄청난 기운을 끊임없이 발산하고 있었다. 자동차의 경계 너머까지 뻗어 오는 강렬한 카리스마였다. 한동안 우리는 서로 2~3피트밖에 떨어지지 않은 채 시선을 교환했다. 그러나 그는 내 뒤편, 멀리 떨어진 다른 어딘가를 바라보고 있는 것만 같았다. 영원히 지평선 위에 새겨진 보이지 않는 언덕 꼭대기를. 그의 눈빛에서는 돌이킬 수 없는 비탄의 흔적이, 거의 환각에 가까운 절망이, 자기 연민이나 다른 무엇으로도 경감할 수 없는 진정한 고통의 낙인이 찍힌 자의 모습이 보였다.

"저자를 멈춰 세워!" 조르주가 소음을 뚫고 소리쳤다. "찰스, 경고를 하게!"

우리 차는 마지막 구덩이를 오르기 시작했고, 나는 엔진 소음을 뚫고 소리쳤다.

"아하수에로! 아하수에로!"

그는 당황한 눈으로 나를 돌아보면서, 검은 팔을 창틀에 대고 자리에서 일어나려 했다. 반신불수가 된 거대한 천사가 날아오르려는 듯한 모습이었다. 순간 두 차는 서로 떨어져 나갔고, 우리는 흙먼지 돌풍 속에서 상대 리무진을 놓치고 말았다. 평온한 대기 중에 난데없이 나타난 비바람이 사방에서 우리 차를 10여 분 동안 뒤흔들어 댔다.

비바람이 멎고 간신히 정신을 차렸을 때, 커다란 리무진은 온데간데없이 사라져 있었다.

빌라 데스트로 진입한 사람들은 식당 벽에 기대 세워진 도금 액자 안에서 레오나르도를 발견했다. 놀랍게도 집은 완벽하게 텅 비어 있었다. 하루 휴가를 받은 하인 두 명의 진술에 따르면 그날 아침에 저택을 떠날 때까지만 해도 평소와 다름없이 화려한 장식이 가득했다는데 말이다. 조르주 드 스탈이 언급했듯이, 사라진 입주자는 자신만의 교통수단을 가지고 있는 것이 분명했다.

작품에는 아무런 피해도 없었지만, 가볍게 훑어보아도 숙련된 솜씨로 그림 위에 가필을 하고 있었다는 것이 분명했다. 검은 로브를 입은 인물은 다시 십자가를 올려다보았고, 약간의 희망, 심지어는 회개의 빛이 동경하는 눈빛 속에 스며들어 있었다. 가필한 안료는 이미 말라 있었지만, 조르주는 위에 바른 광택제에 그때까지 점성이 남아 있었다고 알려 주었다.

환대받으면서 당당하게 파리로 돌아온 다음, 조르주와 나는 지금까지 이 작품이 겪은 위험을 고려해 보건대 더 이상 세척이나 복원을 시도하지는 않는 것이 좋겠다고 제안했다. 그리고 루브르의 관장과 직원들은 감사의 한숨을 쉬며 작품을 제자리에 되돌려 놓았다. 작품 전체가 레오나르도의 필치는 아닐지 몰라도, 저 정도 수준의 가필이라면 그곳에 있을 자격이 충분하다는 생각이 들었다.

다닐레비치 백작에 대한 소식은 더 이상 들려오지 않았지만, 최근 조르주가 산티아고의 범그리스도 박물관 관장으로 엔리코 다니엘라 교수라는 사람이 취임했다는 소식을 전해 주었다. 다니엘라 교수는 우리의 서신에 답을 하지 않았지만, 소문에 따르면 그 박물관은 〈십자가에 못 박힌 그리스도〉 수집품을 상당한 규모로 확충하려 노력하고 있다고 한다.

(1964)

종막의 해안
The Terminal Beach

무너진 벙커 바닥에 누워 잠을 청하는 밤마다, 트레이븐은 석호가에 부서지는 물결 소리를 들으면서 활주로 끝에서 엔진을 예열하는 거대한 비행기의 소리를 떠올렸다. 일본 본토에 퍼부어진 대규모 야간 공습의 기억이, 주변 사방에서 불타며 추락하는 폭격기들의 모습으로 찾아와 이 섬에서 보낸 첫 한 달을 지배했다. 이후 각기병이 발병함과 동시에 그 악몽은 사라졌고, 이제 이곳의 물결 소리에 떠오르는 것은 다카르 해변에서 들리던 대서양의 낮은 파도 소리, 고향에서 저녁마다 절벽 도로를 따라 공항에서 돌아오시던 부모님을 창문으로 바라본 때의 기억이었다. 머나먼 망각 속 기억에 압도되어, 그는 낡은 잡지로 만든 침대에서 힘겹게 몸을 일으켜 석호를 살펴보기 위해 모래언덕 위로 올라갔다.

차가운 밤공기 너머로 300야드 떨어진 비상용 착륙장 쪽에, 야자나무 사이에 버려진 슈퍼포트리스 폭격기의 모습이 보였다. 트레이븐은 어둑한 백사장을 건넜다. 너비가 반 마일을 살짝 넘는 작은 환초인데도 이미 호숫가가 어느 쪽인지 판별할 수가 없었다. 머리 위로는 모래 언덕을 따라 야자나무들이 알아볼 수 없는 문자처럼 바람 속으로 큰 키를 기울인 채 늘어서 있었다. 이 섬의 풍경은 모두 기묘한 암호 문자들로 뒤덮여 있었다.

해안을 찾으려는 생각을 포기한 트레이븐의 눈앞에 머나먼 과거의 커다란 캐터필러 차량이 남긴 흔적이 드러났다. 무기를 시험할 때 방출된 열에 모래가 녹아 굳은 것이었다. 두 줄의 화석화된 흔적이 밤바람에 모습을 드러내고 뱀처럼 구불구불하게, 고대의 용각류가 남긴 발자국처럼 분지를 따라 움직이고 있었다.

더 이상 걸음을 옮길 기력이 남지 않은 트레이븐은 캐터필러 자국 사이에 주저앉았다. 그리고 어쩌면 그 흔적이 해안으로 이어질지도 모른다고 생각하며, 바람이 만든 쐐기꼴 언덕 속으로 사라지는 흔적을 따라 모래를 파헤치기 시작했다. 그는 해가 뜨고 조금 지나서 벙커로 돌아왔고, 이어지는 한낮의 뜨거운 정적을 잠든 채 보냈다.

토치카

모래를 날리는 바닷바람 한 줄기도 불어오지 않는 진이 빠지는 오후에는 보통 그렇듯이, 트레이븐은 미로 한복판에서 길을 잃고 토치카 한 곳의 그늘에 앉아 있었다. 그는 거친 콘크리트 표면에 등을 댄 채 무기력한 눈으로 주변을 둘러싼 통로와 무수한 문들을 둘러보았다. 오후마다 그는 모래언덕의 버려진 벙커를 떠나 토치카들이 모여서 있는 쪽으로 내려갔다. 첫 30분 동안은 외곽 통로만을 오가며, 가끔씩 주머니 안의 녹슨 열쇠를 문에 끼워 보기만 할 뿐이다. 무기 시험장과 활주로 사이의 좁은 모래밭에서, 깨진 병과 깡통 무더기 속에서 발견한 열쇠였다. 그러나 결국에는 약에 취한 걸음걸이로 토치카 단지의 중심부로 들어가게 된다. 통로를 들락거리면서 눈에 보이지 않는 적을 은신처에서 몰아내려는 것처럼 정신없이 뛰어다닌다. 얼마 지나지 않아 방향을 완전히 잃어버리고, 아무리 노력해도 외곽으로 돌아가지 못하고 다시 중심부로 돌아오게 된다.

결국 그는 포기하고 먼지 속에 주저앉아서, 건물 아래쪽 틈새에서 새어 나오는 그림자를 지켜본다. 이유는 모르겠지만 태양이 정점에 이르렀을 때는 이렇게 갇힌 신세가 된다. 에네웨타크에서, 열핵의 정오에.

한 가지 질문이 그를 사로잡는다. '아무것도 없는 이 콘크리트 도시에서 어떤 사람들이 살 수 있었던 것일까?'

인공적 풍경

"이 섬은 심리 상태의 표출입니다." 낡은 잠수함 독 근처에서 연구를 하던 과학자 오즈본은 훗날 트레이븐에게 이렇게 말했다. 트레이븐은 도착하고 나서 2~3주도 지나지 않아 그 명백한 사실을 깨달았다. 모래와 생기 없는 야자나무 몇 그루 정도만 제외하면, 이곳의 풍경 전체는 인공적이었다. 버려진 콘크리트 차도의 방대한 시스템 속에는 인간의 손으로 만들어 낸 물건들만 가득했다. 핵무기 실험 계획이 종료되자 원자력위원회는 이 섬을 버리고 떠났다. 그리고 수많은 무기 격납고며 탑이며 토치카 때문에 섬은 원래의 모습으로 돌아갈 수 없었다. (트레이븐은 그보다 강한 무의식적인 목적이 존재한다는 사실을 감지했다. 원시인은 바깥세상의 사건을 자신의 정신 속으로 함입할 필요성을 느끼지만, 20세기의 인간은 그 반대의 일을 수행한다. 데카르트의 잣대를 인용하자면, 이 섬은 적어도 **존재한다**는 사실만은 확실하다. 다른 장소들에서는 찾아보기 힘든 특성이다.)

그러나 몇 명의 과학 분야 종사자들을 제외하면, 과거 핵무기 실험지였던 이 섬을 방문할 필요를 느끼는 사람은 별로 없었다. 석호에 정박해 있던 해군 순시선은 트레이븐이 도착하기 3년 전에 철수했다. 엉망이 된 섬의 모습 그리고 이 섬과 냉전 시대—트레이븐이 '제3차 세계대전의 서장'이라는 세례명을 내린—의 연관성은 지독하게 우울한 것이었다. 고요히 누워 있는 망자들의 유해로 가득한, 영혼의 아우슈비츠와 같은 곳이었다. 러시아와 미국의 데탕트가 이루어지자 모두가 이곳에 펼쳐졌던 악몽 같은 역사의 한 부분을 기꺼이 망각해 버렸다.

제3차 세계대전의 서장

원자폭탄이 가지는 실제 또는 가상의 파괴력은 집단 무의식에 직접적인 영향을 끼쳤다. 정신병자의 꿈과 환상에 대한 극도로 피상적인 연구 결과에 따르면, 세계의 파괴라는 아이디어는 무의식 속에 후천적으로 심어진 것으로 보인다…… 과학이라는 이름의 마법에 의해 파괴된 나가사키의 모습은 그 어떤 인간도 꿈속에서조차 상상하지 못했던 것이었다. 그로 인하여 정적에 휩싸인 수면 시간의 안전조차도 초조한 악몽으로 변질되기에 이르렀다.

글러버, 『전쟁, 사디즘, 평화주의』

제3차 세계대전의 서장. 트레이븐의 뇌리에는 이 시기가 모든 도덕률과 심리가 역전된 시기로 남아 있었다. 역사를 통틀어 그리고 특히 바로 찾아온 1945년에서 1965년에 걸친 제3차 세계대전의 분화구에 서서 발밑의 진동을 느끼며 보낸 20년 동안에는. 아내와 여섯 살 난 아들이 교통사고로 목숨을 잃은 것조차 이 거대한 역사적, 심리적 공허의 일부분으로 여겨질 정도였다. 매일 아침 수많은 이들이 목숨을 잃는, 북적이는 고속도로조차도 전 지구적 아마겟돈으로 향하는 진입로에 지나지 않았다.

세 번째 해안

그는 위험을 무릅쓰고 산호초를 뚫고 나갈 길을 찾다가 한밤중이 다 되어 물가로 올라왔다. 샬럿 섬에서 오스트레일리아인 진주잡이에게 임대한 작은 모터보트는 날카로운 산호에 동체가 뜯겨 나간 채 얕은 물속에 가라앉았다. 탈진 지경에 이른 트레이븐은 어둠 속에서 모래언덕 사이를 걸었다. 야자나무 사이로 벙커와 콘크리트 탑의 윤곽이 희미하게 어른거렸다.

다음 날 아침, 널찍한 콘크리트 비탈 중간쯤에 누워 있던 그는 환한 햇빛을 받으며 깨어났다. 콘크리트 비탈은 약 200피트 지름의 텅 빈 저수지일지, 아니면 무기 시험용 저수조일지 모를 구덩이를 둘러싸고 있었다. 환초섬 가운데 지어진 일련의 인공 호수 중 하나였다. 낙엽과 진흙이 배수구의 철망을 막아서 호수 바닥에는 미지근한 물이 2피트 깊이로 고여, 멀리 한 줄로 서 있는 야자나무의 모습을 반사하고 있었다.

트레이븐은 일어나 앉아 자신의 상태를 살폈다. 고작해야 자신의 물리적 존재를 확인하는 정도였고, 너덜너덜해진 면직물에 감싸인 수척한 육체 외에는 딱히 확인할 것도 없었지만. 그러나 주변 풍경이 이렇다 보니 자신의 몸을 감싸고 있는 누더기조차 독특한 생명력을 가진 것처럼 보였다. 황량하고 공허한 섬의 풍경 그리고 동물이라고는 단하나도 보이지 않는 모습이, 섬 표면에 새겨진 거대한 무기 시험용 저수조 때문에 더욱 강조되었다. 좁은 통로로 구획이 나뉜 호수들이 환초섬의 곡선형 해안선을 따라 뻗어 있었다. 호숫가 양쪽으로 금이 간시멘트 위에서 힘겹게 자리를 잡은 몇 그루의 야자나무가 그늘을 드리우고 있는 도로, 관측 탑과 외따로 떨어진 토치카 등이 한데 모여 섬을 통째로 덮는 거대한 콘크리트 덮개를 구성하고 있었다. 마치 아시리아나 바빌론의 거석 구조물처럼 생기 없고 위협적으로 (그리고 먼미래까지 남을 것이며, 그 시점에서 본다면 고대의 유적이 될 것이라는 점에서도 동일해) 보였다.

여러 번에 걸친 무기 시험이 모래를 여러 층으로 녹아 들러붙게 했고, 이렇게 만들어진 가짜 지층에는 아주 짧은, 마이크로초 단위의 지질시대들이 응축되어 있었다. 이 섬은 일반적으로 지질학자의 격언,

즉 '과거의 열쇠는 현재에 존재한다'가 거꾸로 적용되는 곳이었다. 이곳에서 현재의 열쇠는 미래에 있었다. 이 섬은 미래 시간의 화석과도 같은 곳이었다. 텅 빈 벙커와 토치카가 생물의 화석 기록은 갑주와 외골격만이 남는다는 원리를 증명해 보이고 있었다.

트레이븐은 미지근한 웅덩이로 들어가 무릎을 꿇고 셔츠와 바지에 물을 축였다. 물 위로 수척한 어깨와 수염이 무성한 얼굴이 비쳤다. 섬에 올 때 그는 작은 초콜릿 바 하나를 제외하고는 아무것도 가져오지 않았다. 섬이 어떤 식으로든 생존할 수단을 제공해 줄 것이라고 생각했기 때문이다. 어쩌면 트레이븐 본인 스스로 음식이란 미래를 향해 움직일 때만 필요한 것이므로, 과거로 돌아가거나 아니면 최소한 시간이 존재하지 않는 영역에 들어가는 이상 음식이 필요하지 않을 것이라는 사실을 무의식적으로 깨달았는지도 모른다. 태평양을 가로지르는 지난 6개월 동안의 여행만으로도, 항상 말랐던 그의 몸은 부랑자처럼 수척해져서 집착으로 가득한 눈빛만 아니었더라면 금방이라도 무너져 내릴 듯이 보였다. 그러나 여분의 살점을 제거함으로써 그의 내부에 숨어 있던 힘줄의 강건함이 드러났고, 효율적이고 직접적으로 몸을 움직일 수 있게 되었다.

트레이븐은 몇 시간 동안 벙커 안을 하나씩 살피며 편히 잠을 청할 수 있는 장소를 찾아다녔다. 그는 소형 활주로의 잔해를 건넜다. 활주로 옆에는 시조새의 시체처럼 보이는 열 대가량의 B-29 폭격기가 겹겹이 쌓여 있었다.

시체들

금속판으로 만든 움막이 늘어선 작은 골목으로 들어간 적이 있었다. 카페테리아, 오락실, 샤워 시설이 갖추어진 곳이었다. 카페테리아 뒤편에는 부서진 주크박스가 모래에 반쯤 파묻혀 서 있었다. 받침대에는 아직 음반이 들어 있었다.

그곳을 지나 움막에서 50야드 떨어진 작은 무기 시험장의 호수 안에, 인간의 형체들이, 그가 한때 유령 마을의 옛 주민들이라 생각했던 것들이 떠다니고 있었다. 그것들의 정체는 십수 개가량의 플라스틱 마네킹이었다. 뒤얽혀 있는 팔다리와 몸통들 사이에서 반쯤 녹은 얼굴들이 게슴츠레 찡그리며 그를 올려다보았다.

그의 양옆에서 모래언덕에 숨이 죽은 파도 소리가 들려왔다. 바다 쪽에서 거대한 파도가 산호초에 부딪혀 흩어지며 석호 안으로 밀려들었다. 그러나 그는 바다를 피하고 있었다. 바다가 보일 만한 둔덕이나 고지대에 올라가는 것이 망설여졌다. 사방에 서 있는 관측 탑에 올라가면 이 섬의 복잡한 지형을 한눈에 파악할 수 있겠지만, 그는 탑의 녹슨 사다리 쪽으로는 접근도 하지 않았다.

얼마 지나지 않아 트레이븐은 토치카와 관측 탑이 무작위로 배치된 것처럼 보이기는 해도, 주변 풍경을 가로지르며 특정한 시점으로 살피는 공통의 초점이 있다는 사실을 알아차렸다. 벙커 중 한 곳의 창틀에 주저앉아 휴식을 취하다가 확인한 바에 따르면, 모든 감시 지점은 일련의 동심 구획 위에 자리를 잡은 채 가장 안쪽에 위치한 성역을 향해 각도를 좁혀 들어가고 있었다. 그라운드 제로* 아래에 있는 이 궁극적인 원형은 서쪽으로 4분의 1마일 떨어진 곳에 늘어선 모래언덕들 너머에 숨어 있었다.

마지막 벙커

며칠 밤을 노숙을 한 후, 트레이븐은 섬에 도착한 첫날 눈을 떴던 콘크리트 해변으로 돌아와 표적 호수들로부터 50야드 떨어진 카메라 벙커 안에 집을 짓기 시작했다. 눅눅하고 무너져 가는 움막을 집이라고 부를 수 있다면 말이지만. 두껍고 기울어진 벽에 둘러싸인 어둑한 공간은 무덤 같은 느낌이 들기는 해도 일종의 물리적인 안도감을 제공해 주었다. 밖에서는 벙커 측면에 부딪쳐 무너져 내린 모래가 비좁은 문을 반쯤 파묻어 버려서, 마치 벙커를 건설한 후 지금까지 경과한 막대한 양의 시간이 결정화된 것처럼 보였다. 좁은 직사각형 모양의 카메라 촬영구 다섯 개가, 그것이 사용되는 기구에 따라 저마다 다른 모습과 위치에서, 서쪽 벽을 룬 문자처럼 점점이 덮고 있었다. 그리고 같은 문자의 다양한 활용 형태가 다른 벙커들의 벽을 장식하고 있었다. 흡사 이 섬만의 표식이라도 되는 양. 아침에 트레이븐이 깨어 있으면 항상 태양이 다섯 개의 빛의 문양으로 갈라지는 모습을 볼 수 있을 것이다.

하루 대부분의 시간 동안 벙커 안에는 눅눅하고 흐릿한 빛밖에 들어오지 않았다. 트레이븐은 활주로 옆 관제탑 안에서 읽다 버린 잡지 묶음을 찾아내 그것으로 침대를 만들었다. 어느 날, 처음으로 각기병

---

* 핵폭탄이 떨어지는 지점 또는 대재앙의 현장을 뜻한다.

이 찾아온 후 벙커에 누워 있던 트레이븐은 등으로 파고드는 잡지 한 권을 뽑아 들었다가 그 안에서 한 면을 가득 차지하고 있는 여섯 살짜리 여자아이의 사진을 발견했다. 차분한 표정에 자신만의 생각에 빠져 있는 금발 어린아이의 모습을 보고 있자니, 아들과 관련된 수많은 고통스러운 기억이 떠올랐다. 그는 사진이 인쇄된 책장을 벽에 핀으로 꽂아 놓고, 며칠 동안 몽상에 빠진 채 그것만 들여다보았다.

처음 몇 주 동안 트레이븐은 벙커를 떠나려는 시도조차 거의 하지 않았고, 섬을 마저 탐험하려던 계획은 계속 뒤로 미루었다. 섬 내부의 탐험이라는 상징적인 여정은 출발과 도착 시간조차 절로 정해질 것이 분명했다. 그는 모든 주기적인 생활 계획을 포기했다. 모든 시간 감각이 순식간에 사라졌고, 그의 삶은 완벽하게 현재의 자신의 존재로 함입했다. 한 순간과 그다음 순간은 두 개의 비연속적 현상으로 완벽하게 갈라졌다. 음식을 채집하기에도 너무 약해진 그는 망가진 슈퍼포트리스 폭격기에서 가져온 오래된 전투식량을 먹으며 목숨을 이어 갔다. 아무런 도구도 없는 상황이라 통조림을 따는 데 한나절이 꼬박 걸리기는 했지만. 육체는 계속 쇠락해 갔으나, 그는 뼈만 남은 자신의 팔다리를 무심한 눈으로 관찰할 뿐이었다.

이제 그는 바다의 존재도 잊어버린 채, 환초섬이 대륙의 한쪽 끝에 붙은 땅이라고 적당히 간주했다. 벙커의 남북 100야드 거리에 솟아 있는 모래언덕과 그 위에 울타리처럼 늘어선 기묘하게 생긴 야자나무가 석호와 바다를 가리고 있었다. 그리고 밤이면 들려오는 숨죽인 파도 소리는 전쟁과 어린 시절의 기억과 한데 엉겨 붙어 버렸다. 동쪽으로는 비상용 착륙장과 버려진 비행기가 있었다. 오후의 햇빛이 비치면 직선 그림자가 일렁이며 몸을 뒤틀고 회전하는 것처럼 보였다. 그가 종종 앉아 있곤 하는 벙커 앞에는 표적 호수들이, 환초섬을 가로질러 뻗어 있는 얕은 물이 보였다.

그의 머리 위로, 조리개 구멍 다섯 개가 미래 신화 속 수호자의 문양처럼 그 풍경을 내려다보고 있었다.

호수와 망령

이곳의 호수들은 선별된 식물 종들이 방사능으로 인해 어떤 생물학적 변화를 일으키는지 확인하려고 설계된 곳이었지만, 예전에 있던 실험체들은 이미 한참 전에 기괴한 자기 풍자 작품처럼 자라나다 결국 소각되었다.

저녁나절, 음산한 빛이 콘크리트 벙커와 진입로를 뒤덮고, 얕게 고인 물이 심지어 사자死者들에게까지 버려진 납골당 도시의 관상용 호수처럼 보일 때가 되면, 그는 반대편 강둑에 서 있는 아내와 아들의 망령을 보곤 했다. 그들은 몇 시간 동안이나 그를 지켜보고 있었던 것처럼 보였다. 조금도 움직이지 않았지만, 트레이븐은 그들이 자신을 부르고 있다고 확신했다. 그는 몽상에서 깨어나 비틀거리며 어둑한 모래밭을 가로질러 호숫가에 도달해서는 물속을 헤치고 들어갔다. 소리 없이 두 사람을, 손을 맞잡고 호수를 벗어나 멀리 보이는 진입로를 건너서 사라지는 두 사람을 부르면서.

그러고 나면 트레이븐은 추위에 몸을 떨면서 벙커로 돌아와서, 낡은 잡지로 만든 침대에 누워 그들이 돌아오기를 기다리곤 했다. 그들의 얼굴 모습, 아내의 볼에 빛나던 창백한 인광이 기억의 강물 속에서 떠다녔다.

토치카 II

토치카를 발견한 다음에야 트레이븐은 자신이 섬을 떠나지 않을 것이라는 사실을 깨달았다.

섬에 도착한 지 두 달이 지난 즈음이었는데, 얼마 안 되는 식료품 상자도 동이 나 버렸고, 각기병 증상은 더욱 심각해졌다. 손발의 감각이 둔해지고 근력이 떨어지는 증상이 계속되었다. 섬의 내부를 아직 탐험하지 않았다는 사실 때문에, 엄청난 노력을 기울여서 그는 간신히 잡지로 만든 잠자리에서 일어나 벙커에서 나올 수 있었다.

그날 저녁 문가로 흘러내린 모래 더미 옆에 앉아 있으니, 야자나무 사이로 멀리 환초섬 외곽에서 반짝이는 빛이 보였다. 이 빛을 아내와 아들의 환영으로 착각한 트레이븐은 그들이 모래언덕 어딘가 따스한 화덕 앞에 둘러앉아 자신을 기다리고 있을 것이라고 생각하며 빛을 향해 걸음을 옮기기 시작했다. 100야드를 가니 방향감각이 완전히 사라졌다. 그는 몇 시간 동안 활주로 가장자리를 헤매 다니다가, 결국 모래 속에 파묻힌 깨진 코카콜라 병에 발을 베이고 말았다.

밤 수색은 그 정도에서 미뤄 두기로 결정한 그는 다음 날 아침이 되어 다시 진지하게 길을 나섰다. 관측 탑과 토치카를 지나치자 열기가 섬 위로 두터운 층을 이루며 뒤덮고 있었다. 그가 들어온 곳은 시간이 없는 영역이었다. 갈수록 좁아지는 동심원만이 그가 발포장 안쪽으로 가로질러 가고 있음을 알려 주었다.

그는 이전번의 탐험에서 가장 멀리까지 갔던 곳이라고 기록해 둔 등성이를 타고 올랐다. 아래 평원에 기록용 탑들이 오벨리스크처럼 하늘로 솟아 있었다. 트레이븐은 그쪽으로 걸음을 옮겨 아래로 내려갔다. 회색 벽에는 멋지게 자세를 잡은 인간 형상들의 윤곽이 희미하게 보였다. 무기의 목표물로 사용된 인형 마을이 시멘트 속으로 타들어 가 새겨진 모습이었다. 화물 하역 지역에서는 콘크리트에 금이 간 곳마다 야자나무가 줄지어 자라나 움직임 없는 하늘을 이고 있었다. 이곳의 표적 호수는 보다 작았고, 부서진 플라스틱 모델 조각으로 가득 차 있었다. 대부분은 시험을 하기 전에 가져다 놓은 그대로 무력하고 얌전한 자세를 취하고 앉아 있었다.

가장 멀리 보이는 모래언덕, 카메라 감시탑이 고개를 돌려 그를 바라보기 시작하는 지점 너머로, 네모난 등을 가진 코끼리 무리처럼 생긴 형상이 보였다. 공터 안에 정확하게 열을 맞추어 울타리를 구성하듯 늘어서 있었고, 햇빛이 그들의 등에 반사되어 반짝였다.

트레이븐은 상처 입은 발을 절룩거리면서 코끼리 떼를 향해 나아갔다. 양쪽 언덕에서 흘러내린 모래가 쌓여 있는 가운데에 토치카 몇 개가 한쪽으로 기운 채 옆면을 드러내고 있었다. 벙커의 평원이, 예전의 무기 시험에 직격을 당해 반쯤 파묻힌 껍데기들의 무리가, 거석 구조물들을 출산한 후 버려진 자궁처럼 한참을 뻗어 있었다.

토치카 III

토치카의 엄청난 수와 위압적인 크기 그리고 그것들이 트레이븐에게 끼친 충격이 어느 정도였는지를 짐작하려면, 그가 이런 콘크리트 괴물 하나의 그늘에 앉아 있는 모습이나 섬 가운데 지역까지 뻗은 거대한 미로 속을 걸어가는 상상을 해 보아야 할 것이다. 이곳에는 2,000개의 토치카가 있었다. 15피트 높이의 완벽한 정방형 토치카들은 서로 10야드 거리에 떨어져, 서로와 폭심지 방향으로 기울어 세워졌고, 200개가 하나의 단지를 구성했다. 처음 건설한 이후 그리 풍화되지는 않은 듯했으며, 허여멀건 모습은 마치 집 한 채 크기의 선형 공기 덩어리를 찍어 내기 위해 만든 거대한 공구의 절삭 면을 보는 듯했다. 세 측면은 틈 하나 없이 매끄러웠지만, 폭심지를 향한 네 번째 면에는 좁은 관측용 문이 달려 있었다.

토치카에서 특히 트레이븐의 신경에 거슬리는 모습은 바로 이것이었다. 사방에 문이 상당히 많음에도, 기묘한 착시 현상 때문에 미로의 어느 곳에서도 통로 한쪽의 문들만이 보였다. 가장자리에서 언덕의 가운데로 다가갈수록 작은 금속 문들이 일렬로 나타났다 사라지기를 반복했다.

그라운드 제로 바로 아래에 있는 20여 개의 토치카는 튼튼하게 지어져 있었다. 나머지 토치카의 벽들은 두께가 다양했다. 밖에서 보기에는 전부 똑같이 견고했다.

처음 보이는 긴 통로에 진입하자, 트레이븐은 수개월 동안 자신을 따라다니던 피로감이 사라지기 시작하는 것을 느꼈다. 기하학적으로 균질하게 마무리된 토치카들은 단순히 그것들이 공간에서 차지하는 부피를 넘어서, 절대적인 고요와 질서로 트레이븐을 위압하는 것만 같았다. 그는 안으로 들어가 바깥 섬으로부터 문을 닫아걸고 싶은 마음에 미로 가운데로 걸음을 옮겼다. 몇 번에 걸쳐 왼쪽과 오른쪽으로 방향을 틀고 나니 바다와 석호와 섬 전체가 이루는 장관을 홀로 마주하게 되었다.

그는 여기서 토치카 하나에 등을 대고 자리에 앉았다. 아내와 아들을 찾겠다는 목적은 이미 잊었다. 섬에 도착한 후 처음으로, 버려진 주변 모습으로 인한 위치의 혼란이 사그라지기 시작했다.

이윽고 예상하지 못한 사건이 하나 발생했다. 석양이 드리우고 토치카 단지를 떠나 식량을 찾아야 할 때가 오자, 그는 자신이 길을 잃어버렸다는 사실을 깨달았다. 아무리 온 길을 되짚어 가려고 해도, 왼쪽이나 오른쪽으로 둘러 가려 해도, 태양의 위치를 보고 방향을 잡아 남쪽이나 북쪽으로 계속 걸어가려고 해도, 그는 결국 다시 출발점으로 돌아오고 마는 신세가 되었다. 간신히 탈출한 것은 이미 야음이 깔린 후였다.

트레이븐은 버려진 비행기 근처에 있는 이전 거처를 떠나기로 마음먹고, 슈퍼포트리스 폭격기의 중간 총좌와 조종실 사물함에 남은 통조림을 그러모았다. 그러고 나서 어설프게 엮은 썰매에 통조림을 담아 끌면서 환초섬을 가로질렀다. 토치카 단지의 가장자리까지 온 그는 기울어진 토치카 하나를 차지하고 색이 바래 가는 금발 소녀의 사진을 문 옆의 벽에 꽂아 놓았다. 사진은 이제 얼굴을 비추는 깨진 거울처럼 조각나 떨어지고 있었다. 토치카 단지를 발견한 후로 그의 반사신경은 이미 존재하는 신경계의 단계를 넘어 극도로 날카로워지고 있었다. (만약 자율신경계를 지배하는 것이 과거라면, 뇌척수계는 미래로 뻗어 있을 것이라고 트레이븐은 생각했다.) 저녁이 찾아오면, 그는 잠에서 깨어나 억지로 식사를 한 다음 토치카 사이를 돌아다녔다. 때로는 수통을 가져가서 이삼일을 머무르다 돌아오기도 했다.

잠수함 독

이런 위태로운 생활이 그다음 주 내내 계속됐다. 어느 날 저녁 토치카 단지 쪽으로 나가 보니 다시 아내와 아들이 모습을 드러냈다. 외따로 서 있는 카메라 탑 아래의 모래언덕 사이에 서서 무표정한 얼굴로 그를 바라보고 있었다. 트레이븐은 그들이 예전에 깃들여 있던 말라붙은 호수를 떠나 섬을 건너서 자신을 따라왔음을 깨달았다. 그 무렵 멀리서 자신을 부르는 빛이 다시 한 번 모습을 드러냈고, 그는 섬을 마저 탐험하기로 결심했다.

섬 외곽을 따라 반 마일을 더 걸어가자 네 개의 잠수함 독이 이제는 물이 빠진 작은 만 안에, 바다에서 이어지는 모래언덕 사이에 한데 모여 있었다. 독에는 아직도 몇 피트 정도 물이 차 있었고, 그 안에는 묘한 형광을 발하는 물고기와 식물들이 가득했다. 금속제 비계 꼭대기에서 주기적으로 경고등이 깜빡였다. 최근에 비운 것이 분명한 제법 큰 야영지의 흔적이 바깥 항구에 보였다. 트레이븐은 금속제 가건물 안에 저장된 식량을 탐욕스럽게 썰매에 가득 실었다.

식단이 바뀌자 각기병도 호전되었고, 이어지는 며칠 동안 그는 자주 이곳의 야영지에 들렀다. 생물학 탐사용 거점인 듯했다. 야외 사무소로 가 보니 돌연변이 염색체를 그린 커다란 차트가 있었다. 그는 차트를 둘둘 말아 벙커로 가지고 돌아왔다. 그 형태 자체에는 아무 의미도 없었지만, 트레이븐은 몸을 회복하는 동안 염색체마다 어울리는 이름을 붙여 주며 놀았다. (이후 새로운 곳으로 진출하다 발견한 비행기 잔해 근처에서, 그는 반쯤 파묻힌 주크박스를 찾아내 선택 패널에서 음반 목록을 뜯어낸 다음, 그것이 차트에 잘 어울리는 설명 목록이 되리라는 사실을 깨달았다. 이렇게 장식된 염색체 차트는 여러 층위의 연상 작용을 불러왔다.)

트레이븐 : 괄호 속 주석

비연속적인 세계를 구성하는 요소 :
마지막 해안.
마지막 벙커.
토치카 단지.

이 풍경에는 암호가 숨어 있다.
미래로 들어가는 진입 지점＝돌기로 가득한 여러 층위의 풍경＝중요한 시간의 영역.

8월 5일　트레이븐이라는 이름의 사람을 발견했다. 기묘한 부랑자 행색의 남자로, 버려진 섬 내륙지역의 벙커에 숨어 있었다. 심각한 방사능 노출과 영양실조로 고통받고 있지만, 자신이 그렇다는 사실을, 아니 주변 세계에서 일어나는 모든 일을 지각하지 못하는 것 같다……

본인은 자신이 내용을 밝힐 수 없는 과학 연구를 위해 이 섬에 왔다는 입장을 견지하고 있지만, 내 생각에는 자신의 진정한 목표와 이 섬만이 수행할 수 있는 역할을 이미 이해하고 있는 것으로 보인다…… 어떻게 보면 이 섬의 환경은 특정한 시간개념, 특히 그중에서도 억눌려 있는 죽음의 예감과 연결된 것처럼 보인다. 이런 건축물에 대한 이끌림은 과거 여러 사례에서 관측할 수 있듯이 따로 강조할 필요도 없을 것이다……

8월 6일 그는 망령에 홀린 눈을 하고 있다. 그가 이 섬을 찾아온 첫 방문객도, 마지막 방문객도 아닐 것이라 생각한다.

C. 오즈본 박사, 『에네웨타크 일지』

토치카 사이에서 길을 잃은 트레이븐

식량을 전부 소모해 버린 다음에도, 트레이븐은 거의 항상 토치카 구역 가장자리에 머무르며, 조금이나마 남은 힘을 아껴서 텅 빈 통로를 걸어 내려가려 했다. 감염된 오른발 때문에 생물학자들이 남기고 간 보급품을 가지러 가기도 힘들었고, 힘이 빠질수록 토치카의 미로에서 나갈 필요가 없다는 것을 깨달았기 때문이다. 거석 집단은 이제 시공간을 파악하는 논리적인 체계를 담당한 정신계를 완벽하게 대체하고 있었다. 토치카 구역이 없으면, 그가 지각하는 현실 세계는 발밑 몇 제곱인치 너비의 모래밭 정도로 좁아들어 버렸다.

미로를 탐색하는 마지막 시도 중 하나로, 그러니까 탈출하려는 헛된 시도를 하며 그는 하룻밤과 다음 날 오전 대부분을 낭비하고 말았다. 네모난 그림자 사이로 곤봉처럼 무겁고 무릎께까지 부어오른 것이 분명한 다리를 끌고 이동하면서, 그는 토치카 구역을 대체할 수 있는 것을 찾지 못하면 이 안에서 생을 마감하게 되리라는 사실을 깨달았다. 파라오를 안치한 무덤의 석재처럼 견고한, 스스로 세워진 납골당에 영원히 갇혀서.

그는 미로 가운데 어딘가에 무력하게 앉아 있었다. 경비행기의 소음이 천천히 하늘을 가르자 얼굴 없이 늘어선 네모난 무덤들이 그에게서 물러나기 시작했다. 비행기는 머리 위를 가로질러 날아가더니 5분후 다시 돌아왔다. 트레이븐은 이 기회를 놓치지 않고 미로에서 빠져나갔다. 고개를 들어 희미하게 번득이는 비행운의 흔적을 따라서.

벙커 안에 누워 있으니 비행기가 돌아와서 주변을 훑는 소리가 들렸다.

뒤늦은 구조

"당신 누굽니까? 지금 죽기 직전이라는 건 알고 있습니까?"

"트레이븐입니다…… 사고가 좀 있었어요. 비행기를 타고 와 주셔서 다행입니다."

"물론 그러시겠죠. 하지만 왜 우리 무선전화를 사용하지 않은 겁니까? 어쨌든 해군한테 구조하라고 연락하겠습니다."

"아닙니다……" 트레이븐은 한쪽 팔꿈치를 짚고 일어나 허리춤의 주머니를 힘없이 더듬었다. "여기 어딘가에 통행증이 있습니다. 저는 연구를 하고 있는 중이거든요."

"무슨 연구 말입니까?" 이 질문은 트레이븐이 자신의 의도를 완벽하게 파악하고 있다고 전제한 것이었다. 그는 바람이 불어 나가는 벙커 그늘 아래 누워서 오즈본 박사가 상처 입은 그의 발을 붕대로 싸매는 동안 힘없이 수통의 물을 마셨다. "그리고 우리 보급품을 훔쳐 가신 것 같습니다만."

트레이븐은 고개를 저었다. 50야드 떨어진 곳에 줄무늬가 들어간 푸른색 세스나기가 화려한 나비처럼 콘크리트 활주로 끝에 서 있었다.

"당신들이 돌아올 예정인 줄 몰랐습니다."

"착란 상태였던 모양이로군요."

조종석에 앉아 있던 젊은 여성이 비행기에서 내려와서 그들을 향해 걸어오고 있었다. 그녀는 회색 벙커와 감시탑 쪽을 흘깃거릴 뿐, 몰골이 엉망인 트레이븐 쪽에는 별로 흥미가 없는 듯했다. 오즈본은 그녀에게 뭔가를 말했고, 그녀는 트레이븐을 내려다본 후 비행기로 돌아갔다. 그녀가 몸을 돌리는 순간, 트레이븐은 벙커 벽에 붙여 놓았던 사진 속 아이를 발견했다고 생각하고 저도 모르게 몸을 일으켰다. 그러나 다음 순간, 그 잡지가 고작해야 4~5년밖에 되지 않았을 것이라는 사실이 떠올랐다.

비행기 시동 소리가 들렸다. 트레이븐이 지켜보는 가운데 비행기는 활주로 하나로 방향을 돌리더니 바람 속으로 날아올랐다.

그날 오후, 젊은 여성은 지프차를 타고 토치카 구역으로 와서 작은 침낭과 캔버스 천으로 만든 차양을 내려놓았다. 그러는 동안 트레이븐은 계속 잠들어 있었다. 오즈본이 주변 모래언덕을 조사하고 돌아올 때쯤 그는 개운해진 기분으로 일어났다.

"당신은 여기서 뭘 하고 있어요?" 젊은 여성이 고정 줄을 벙커 지붕에 붙들어 매면서 물었다.

트레이븐은 그녀의 움직임을 따라 시선을 돌렸다. "저……는 아내와 아들을 찾고 있습니다."

"이 섬에 있다고요?" 그녀는 놀라면서도 그의 말을 곧이곧대로 받아들인 듯 주변을 둘러보았다. "이곳에요?"

"어떻게 말하자면 그렇지요."

오즈본도 벙커를 살펴본 다음 그들과 합류했다. "저 사진 속 아이가 당신 딸입니까?"

트레이븐은 머뭇거렸다. "아뇨. 그 애가 **저를** 아버지로 입양했지요."

그 대답이 무슨 뜻인지는 전혀 파악하지 못했지만 섬을 떠나겠다는 다짐을 받고, 오즈본과 젊은 여성은 차를 몰아 자기네 야영지로 돌아갔다. 오즈본은 매일 돌아와 붕대를 갈아 주었고, 그를 태우고 오는 젊은 여성은 슬슬 트레이븐이 그녀에게 부여한 역할을 눈치챈 모양이었다. 오즈본은 트레이븐이 과거 공군 조종사였다는 사실을 듣고 나더니, 그가 열핵무기 실험이 파탄에 이른 후 모든 것을 잃고 이곳에 남겨진 현대의 순교자가 아닌지 의심하는 듯했다.

"죄의식 때문에 무분별한 도덕적 제재를 받을 필요는 없습니다. 죄의식에 너무 깊이 빠져 있는 것 같군요." 그가 '에덜리'*라는 이름을 언급하자, 트레이븐은 고개를 저었다.

오즈본은 포기하지 않고 계속 밀어붙였다. "에네웨타크라는 상징을 그와 비슷한 식으로 사용해서, 자신에게 성령의 바람이 불어오기를 기다리고 있는 것은 아닙니까?"

"제 말을 믿어 주세요, 박사님. 아닙니다." 트레이븐은 단호하게 대답했다. "제게 있어 수소폭탄은 절대적인 **자유**의 상징입니다. 그 폭탄이 제게 원하는 일은 뭐든 할 수 있는 권리를, 심지어는 의무를 주었다고 느끼거든요."

---

* 클로드 로버트 에덜리(1918~1978)는 히로시마 원폭 투하의 선도 정찰 역할을 맡았던 미군의 기상 탐사기 '스트레이트 플러시'의 조종사로, 훗날 정신병에 시달리고 반핵운동에 앞장섰다.

"그 논리는 좀 이상하군요." 오즈본은 이렇게 평가했다. "다른 건 그렇다 치고, 적어도 자기 육신에 대해서는 책임을 져야 하지 않겠습니까?"

"이제는 아니라고 생각합니다." 트레이븐이 대답했다. "어쨌든 우리 모두는 죽은 이들 사이에서 일어난 것이나 마찬가지 아닙니까."

그러나 그는 종종 에덜리를 떠올렸다. 제3차 세계대전 전기前期를 살아가는 인류의 원형과도 같은 인간…… 그 시대의 시작을 1945년 8월 6일로 잡는다면 말이지만. 우주 단위의 죄의식을 가득 떠안고 살아간 사람.

걸을 수 있을 정도로 건강을 되찾은 지 얼마 지나지 않아, 트레이븐은 다시 토치카 단지 속에서 길을 잃고 구조를 받아야 하는 신세가 되었다. 오즈본의 태도는 더 이상 회유 쪽이 아니었다.

"우리 작업은 거의 끝났습니다." 그는 경고하듯 말했다. "당신은 여기서 목숨을 잃을 겁니다, 트레이븐. 저 토치카들 속에서 대체 무얼 찾고 **있습니까?**"

트레이븐은 웅얼거렸다. 정체불명 민간인의 무덤, 호모 하이드로게넨시스, 에네웨타크원인原人. "박사님, 박사님의 탐사 캠프는 이 섬 반대쪽 끝에 있어요." 그가 말했다.

오즈본은 쏘아붙이듯 대답했다. "나도 압니다, 트레이븐. 그저 당신 머릿속에서 헤엄치고 있는 물고기가 잠수함 독에 있는 녀석들보다 더 희귀해 보일 뿐입니다."

그들이 떠나기 전날, 젊은 여성은 트레이븐을 그가 처음 도착한 호숫가로 태워다 주었다. 나이 든 생물학자에게 어울리지 않게 역설적인 마지막 선물로, 그녀는 오즈본이 건네준 제대로 된 염색체 범례 목록을 가져다주었다. 그들은 버려진 주크박스 앞에 차를 멈추었고, 그녀는 선곡 패널 위에 염색체 목록을 붙였다.

그들은 슈퍼포트리스 폭격기의 무너진 잔해 사이를 거닐었다. 트레이븐은 그녀를 시야에서 잃어버리고 10분 남짓 모래언덕 주변을 뒤지고 다녔다. 마침내 그녀를 찾아낸 건 섬을 방문한 탐사대 중 하나가 만들어 놓은 작은 반원형 극장 안에서였다. 그곳은 기울어진 거울처럼 생긴 태양광 반사판으로 지어져 있었다. 그녀는 비계 사이로 들어오는 트레이븐을 보며 웃음을 지었다. 수많은 파편이 된 그녀의 모습이 부서진 거울 면에 반사되었다. 어느 모습은 머리가 없고, 어느 모습은 뱀으로 된 수많은 팔을 가진 힌두교 여신처럼 수많은 팔들로 자기를 감싸고 있었다. 트레이븐은 혼란에 빠져 몸을 돌려서 지프 쪽으로 걸어갔다.

차를 타고 돌아오는 길에 그는 제정신을 되찾았다. 그는 자신의 아내와 아들의 모습을 본 경험을 털어놓았다. "언제나 차분한 얼굴이었습니다." 그는 말했다. "특히 아들이 그랬죠, 사실 항상 웃고 있는 아이였는데. 그 아이가 얼굴을 찌푸린 것은 태어날 때뿐이었습니다. 그런데 이제는 수백만 살은 먹은 것처럼 보이더군요."

젊은 여성은 고개를 끄덕였다. "찾을 수 있었으면 좋겠네요." 그리고 잠시 머뭇거리다가 덧붙였다. "오즈본 박사님이 당신이 여기 있다고 해군에 연락을 할 거예요. 어디 가서 숨어 있어요."

트레이븐은 그녀에게 감사를 표했다.

다음 날 트레이븐은 토치카 단지 가운데에 서서, 비행기를 몰고 섬을 떠나는 그녀를 향해 손을 흔들었다.

해군 수색대

트레이븐을 찾으려는 수색대가 도착하자 그는 논리적으로 합당한 단 하나뿐인 장소에 숨었다. 다행히도 수색은 형식적이었는데, 몇 시간도 지나지 않아 중지 명령이 내려왔다. 선원들이 맥주를 가져온 모양이었고, 수색은 이내 흥건한 술판으로 변해 버렸다.

나중에 트레이븐은 기록 탑 벽에 그려진 형상들의 입가에 백묵으로 그린 말풍선이 생겨나고, 그 안에 외설적인 대화가 적힌 것을 발견했다. 그런 낙서가 마치 동굴벽화의 춤추는 사람들처럼 보이는 그들의 자세에 음탕한 흥겨움을 더해 주었다.

술판의 절정은 활주로 근처 지하 탱크에 저장되어 있는 가솔린에 불을 붙인 것이었다. 귀를 기울이니 확성기에 대고 소리친 그의 이름이 메아리가 되어 죽어 가는 새의 구슬픈 노랫소리처럼 모래언덕 사이로 흘러가는 것이 들렸다. 이윽고 상륙정이 떠나며 폭발음과 웃음소리가 섞여 들려왔고, 트레이븐은 그것이 자신이 들을 수 있는 마지막 소리가 되리라고 예감했다.

그는 무기 발사용 표적 분지 중 하나에, 부서진 플라스틱 인형들 사이에 누워 숨어 있었다. 뜨거운 햇살 아래 인형들의 일그러진 얼굴이, 아무것도 보지 못하는 눈으로, 엉망으로 뒤얽힌 사지 사이로 입을 떡 벌린 채 그를 쳐다보고 있었다. 죽은 이들의 소리 없는 웃음처럼 흐릿한 미소였다.

인형들의 몸체를 타고 올라 벙커로 돌아오는 내내 그런 얼굴들이 그의 정신을 가득 채우고 있었다. 토치카 쪽으로 걸음을 옮기자 그의 아내와 아들이 길을 막고 서 있는 모습이 보였다. 그에게서 10야드도 떨어지지 않은 곳에서, 갈망을 주체하지 못하는 것만 같은 하얀 얼굴로 그를 바라보고 있었다. 트레이븐은 지금껏 토치카 구역과 이렇게 가까운 곳에서 그들을 본 적이 없었다. 아내의 창백한 얼굴에서 빛이 흘러나오는 것만 같았다. 그녀의 입이 그를 따스하게 맞이하려는 듯 살짝 벌어졌다. 그의 손을 붙들기 위해 손이 천천히 들려 올라갔다. 호기심 어린 표정으로 고정되어 있는 아들의 얼굴은 사진 속 아이와 같은 불가사의한 미소를 띠고 그를 바라보았다.

"주디스! 데이비드!" 깜짝 놀란 트레이븐은 그들을 향해 달려갔다. 그러나 순간 빛이 번득하더니 그들의 옷은 넝마로 변해 버렸고, 뒤틀린 목과 가슴께에 상처가 나타났다. 그는 당황해서 비명을 질렀다. 그들이 사라지는 모습을 뒤로하고, 그는 안전한 토치카 구역으로 달려 들어갔다.

작별의 교리문답

이번에는 오즈본이 예측한 대로 토치카 구역을 떠날 수가 없었다.

미로의 중심부 근처 어딘가에서, 그는 콘크리트 벽에 등을 기대고 앉아 고개를 들어 태양을 바라보았다. 주변에 줄지어 늘어선 수많은 입방체가 그의 세계의 지평선을 구성했고, 때론 난데없이 나타나거나 그를 향해 다가오기도 했다. 입방체들은 절벽처럼 우뚝 솟아 그를 내려다보기도 하고, 서로 간의 공간이 좁아져서 팔 하나 간격 정도로 붙기도 하고, 사이를 벌려 복잡하게 얽힌 통로를 만들기도 했다. 그러다 다시 물러나면서 팽창하는 우주의 점들처럼 서로에게서 멀어지기도 했다. 가장 가까운 줄이 지평선을 따라 점점이 박힌 울타리처럼 보일 때까지.

시간 또한 비연속적으로 흘러갔다. 몇 시간 동안 정오가 계속되며, 그림자가 토치카 안에 붙들리고 콘크리트 바닥에 반사된 열기가 끓어오르는 적도 있었다. 그러다 문득 이른 오후나 저녁 시간이 찾아왔음을 깨닫고 주변을 둘러보면, 이미 사방에 길게 뻗은 그림자의 손가락이 가득했다.

"잘 있어라, 에네웨타크." 그는 중얼거렸다.

어딘가에서 빛이 반짝였다. 마치 토치카 하나가 주판알처럼 뽑혀 나간 것만 같았다.

잘 있어라, 로스앨러모스. 다시 토치카 하나가 사라지는 것만 같았다. 그 주변을 둘러싼 통로는 그대로였지만, 그의 마음속에서는 작은 중립 구역 하나가 생겨났다.

잘 있어라, 히로시마.

잘 있어라, 앨라모고도.

"잘 있어라, 모스크바, 런던, 파리, 뉴욕……"

하나씩 토치카가 빠져나가며 지평선이 물결치듯 깜빡였다. 그는 끝이 없을 것같이 많은 작별 인사를 계속 열거하는 일이 부질없음을 깨닫고 이내 멈추었다. 이런 식으로 작별 인사를 하려면 우주의 모든 입자 하나하나에 자신의 서명을 해야 할 것이었다.

온전한 정오 : 에네웨타크

이제 토치카들은 계속 회전하는 서커스 바퀴처럼 위치를 잡고 있었다. 트레이븐은 토치카들을 타고 하늘 높이, 섬 전체와 바다를 볼 수 있는 곳까지 올라갔다가, 불투명한 콘크리트 바닥으로 만든 원반을 타고 아래로 내려갔다. 그 위치에서는 콘크리트 아래의 지표가, 거꾸로 뒤집혀 직선으로 뻗은 공동空洞으로 구성된 풍경이, 표적 호수들의 돔 모양 흙더미가, 수천 개에 달하는 토치카들의 텅 빈 입방체 모양 구덩이들이 보였다.

"잘 있어라, 트레이븐."

마지막이 다가오자, 그는 이런 궁극적인 거절을 통해 자신이 아무것도 얻지 못했다는 사실을 깨닫고 불만족스러워졌다.

가끔 정신이 또렷해질 때마다 그는 궤양이 점점이 수놓인 수척한 팔다리를 바라보았다. 오른쪽으로, 발뒤꿈치를 질질 끌면서 걸어와 흙이 흐트러진 자국이 보였다.

왼쪽으로는 토치카 사이를 가로지르는 긴 통로가 100야드쯤 이어지다 비스듬히 놓인 다른 통로와 합류했다. 그 사이로 건너편의 열린 공간이 보이는 좁은 틈새가 나 있었고, 그 안에 초승달 모양의 그림자가 허공에 둥실 떠 있었다.

이후 30분에 걸쳐 그 그림자가 천천히 움직였다. 태양 빛을 따라서 모래언덕 비탈로.

틈

방패의 문장처럼 그 앞에 떠올라 있는 수수께끼의 도형에 시선을 고정한 채로, 트레이븐은 모래 더미를 뚫고 몸을 움직였다. 힘겹게 자리에서 일어나, 토치카 쪽의 시야는 손으로 막고서 그는 한 번에 몇 걸음씩 움직여 가기 시작했다.

10분 후, 비틀대며 고요한 사막 도시를 나서는 탁발승처럼 그는 토치카 구역의 서쪽 가장자리로 나왔다. 50야드 앞에 모래언덕이 있었다. 그림자가 장막처럼 시야를 가린 너머, 환초섬의 이 지점 너머로는 황무지의 작은 언덕들 사이로 뻗은 석회암 등성이가 있었다. 낡은 불도저 잔해, 가시 철조망 뭉치와 50갤런짜리 드럼통이 반쯤 모래에 파묻혀 있는 모습이 보였다. 트레이븐은 모래언덕으로 다가갔다. 이 특징 없는 모래 더미를 어쩐지 그냥 떠날 수가 없었다. 그는 모래언덕 주변을 돌아보다 등성이 가장자리에 있는 좁은 틈 근처에 자리를 잡고 앉았다.

옷에 묻은 먼지를 떨어낸 후, 그는 토치카 구역을 계속 바라보았다.

10분 후 그는 누군가가 자신을 지켜보고 있다는 사실을 알아차렸다.

홀로 남은 일본인

시체가 트레이븐의 왼편 틈새 밑바닥에 누워서 그를 올려다보고 있었다. 건장한 체격의 중년 남성으로, 돌을 베개 삼아 누워 양팔을 쭉 벌린 채 틈새를 통해 하늘을 관찰하는 듯한 모습이었다. 물이 빠져 회색이 된 옷은 썩어 들어가고 있었지만, 소형 포식자가 존재하지 않는 섬이라서인지 피부와 근육의 형태는 그대로 보존되어 있었다. 무릎이나 손목 등 굽어 있는 관절 부위마다 질긴 외피에서 뼈가 튀어나와 반짝였지만, 손상되지 않고 남은 얼굴에는 전문직에 종사하는 일본인 남성의 특성이 그대로 간직되어 있었다. 툭 튀어나온 코, 높직한 이마와 널찍한 입매를 보면서, 트레이븐은 이 일본인이 의사나 법률가였을 것이라 추측했다.

어떻게 이 시체가 이곳에 있게 되었는지 궁금증을 느끼며, 트레이븐은 비탈을 따라 몇 피트 아래로 내려갔다. 피부에 방사능 화상 자국이 없는 걸 보니 이곳에 온 지 5년은 안 된 것이 분명했다. 또한 제복을 입고 있지도 않은 것으로 미루어 군대나 탐사대에서 조난당한 불운한 희생자도 아닌 듯했다.

시체의 왼쪽으로, 왼손이 닿는 거리에 너덜너덜해진 가죽 케이스가 보였다. 지갑처럼 접어 넣을 수 있는 지도의 잔해였다. 오른쪽으로는 배낭이 보였고, 그 안에는 수통 하나와 휴대용 식량 통이 들어 있었다.

트레이븐은 시체가 신은 구두의 갈라진 밑창에 발이 닿을 때까지 사면을 미끄러져 내려갔다. 굶주림으로 인한 반사적인 행동이 이곳에서 자의로 죽음을 택한 일본인을 잠시 무시하게 만들었다. 그는 팔을 뻗어 수통을 움켜쥐었다. 수통의 녹슨 밑바닥에는 한 컵 분량의 물이 고여 맴돌고 있었다. 트레이븐은 물을 꿀꺽꿀꺽 넘겼다. 물에 녹아 있는 금속염이 입술과 혀에 쓴맛을 남기며 들러붙었다. 식량 통에는 표면에 끈적하게 엉겨 붙은 시럽 말고는 아무것도 남아 있지 않았다. 트레이븐은 뚜껑으로 시럽 덩이를 떼 내어 질겅였다. 시럽이 녹으면서 중독될 것 같은 단맛이 입 안으로 퍼졌다. 잠시 후 그는 머릿속이 몽롱해지며 시체 옆으로 물러나 앉았다. 아무것도 보지 못하는 두 눈이 흔들리지 않는 동정심을 담은 채 그를 지켜보고 있었다.

파리

아마도 트레이븐을 따라 틈새로 들어온 것으로 보이는 작은 파리한 마리가 시체의 얼굴 위에서 윙윙거렸다. 트레이븐은 죄책감을 느끼면서 몸을 숙여 파리를 잡으려다가, 문득 이 작은 감시인이 시체의 충직한 동료이며, 충성의 대가로 시체의 땀샘에서 흘러나오는 영양분이 풍부한 액체를 먹고 살지도 모른다는 생각이 들었다. 그는 다치게 하지 않으려 애쓰며 자신의 손목 위로 파리를 유도했다.

야스다 박사 고맙네, 트레이븐. 지금 내 위치에서는 아무래도 힘들어서……

트레이븐 천만에요, 박사님. 파리를 죽이려고 해서 죄송합니다. 몸에 밴 습관이라 쉽게 떨칠 수가 없어요. 44년에 전쟁을 피해 오사카에 있었던 박사님의 누이네 아이들, 그 아이들 때문에 변명을 하기는 싫습니다. 알려진 동기라고는 대부분 야비한 것들이고, 희망을 가지고 알려지지 않은 것들을 찾아 헤매 봤자……

야스다 제발, 트레이븐. 그런 일로 부끄러워할 것 없네. 이 파리는 이렇게 오래 자신의 정체성을 유지한 것만 해도 충분히 행운아 아닌가. 자네가 애도하는 아들이나 내 조카딸 둘과 조카 하나의 경우에도, 그런 아이들은 매일 죽음을 맞이하지 않는가? 세계의 모든 부모들이 때 이른 죽음을 맞은 어린 아들딸들 때문에 눈물을 흘리지 않나.

트레이븐 정말 관대하시군요, 박사님. 저로서는 감히―

야스다 전혀 아닐세, 트레이븐. 자네도 사과할 필요 없어. 우리 둘은 스스로의 삶 속에 구현되지 않은 무한한 가능성들 중의 미약한 부산물 하나일 뿐일세. 그러나 자네의 아들이나 내 조카는 우리 마음속에서, 별과 같이 명확한 정체성을 유지하며 영원히 존재하게 되지 않았나.

트레이븐 (완전히 동의하지는 못한 상태로) 그럴지도 모르겠군요, 박사님. 하지만 그렇다면 이 섬의 경우에는 위험한 결론에 도달하게 되지 않습니까. 예를 들어 토치카들은―

야스다 내가 말하고자 한 게 바로 그걸세, 트레이븐. 여기 토치카들 사이에서 자네는 마침내 시공간의 위험에서 해방된 자신의 모습을 발견하지 않았나. 이 섬은 존재론적 에덴동산일세. 왜 비연속적 흐름의 세계에서 자신을 몰아내려 애쓰는 건가?

트레이븐 실례합니다. (파리가 다시 시체의 얼굴로 돌아와 말라붙은 눈두덩 위에 앉아서, 선량한 박사가 묘하게 눈을 반짝이는 듯한 효과를 만들어 냈다. 트레이븐은 손을 뻗어 파리를 얼러서 손바닥 위로 올라오게 했다. 그리고 파리를 자세히 살펴보았다.) 음, 그렇죠, 이곳의 벙커들은 존재론적인 사물일지도 모릅니다. 그러나 이 파리가 존재론적 개념인지는 의문의 여지가 있는데요. 이 섬에선 파리**일 뿐**인 것은 분명하지만요. 그 정도면 차선 정도는 되겠지만……

야스다 자네는 우주가 복수일 수 있다는 가능성을 인정하지 않는 모양이군. 왜 그런지 자신에게 물어보게나, 트레이븐. 왜 그런 일에 집착해야 하나? 내가 보기에는 자네가 바다의 하얀 거대 괴물을 사냥하고 있는 것 같다네. 이곳의 해변은 위험한 곳이라네. 다가가지 말게. 겸손한 태도를 유지하고, 모든 것을 인정하는 철학을 추구하게.

트레이븐 그럼 왜 여기 오셨는지 여쭈어봐도 되겠습니까, 박사님?

야스다 이 파리를 먹이기 위해서지. '그보다 더 큰 사랑이 있겠는가?'

트레이븐 (아직도 영문을 모른 채) 제 문제는 해결이 안 되는데요. 아시겠지만 그 토치카들은……

야스다 알았네. 자네가 그런 식으로 나오겠다면야……

트레이븐 하지만 박사님—

야스다 (위압적으로) 그 파리를 죽이게!

트레이븐 그건 끝도 아니고 시작도 아닙니다. (그는 무력하게 파리를 죽인다. 그리고 탈진한 상태로 시체 옆에서 잠에 빠진다.)

종막의 해안

트레이븐은 밧줄 조각을 찾으려 언덕 뒤편의 쓰레기 더미를 뒤지다가 녹슨 철사 한 뭉치를 발견했다. 그는 철사를 풀어 가져다가 시체의 가슴에 둘러서 틈새에서 끌어냈다. 나무 상자의 뚜껑이 대충 썰매로 쓸 만했다. 트레이븐은 시체를 앉은 자세로 고정시킨 다음 토치카 구역 주변을 따라 걸음을 옮겼다. 주변을 둘러싼 섬은 계속 침묵을 지킬 뿐이었다.

햇빛을 머금고 줄지어 늘어선 야자나무 아래, 이리저리 뻗은 줄기의 격자무늬 그림자에 변화를 일으키는 것은 오직 트레이븐의 움직임뿐이었다. 카메라 관측 탑의 네모난 상층부가 기억에서 사라진 먼 옛날의 오벨리스크처럼 모래언덕 위로 고개를 비죽 내밀고 있었다.

한 시간 후, 열려 있는 자신의 벙커 문 앞에 도착한 트레이븐은 허리에 매어 놓은 철사를 풀었다. 그는 오즈본 박사가 자신을 위해 남겨 놓고 간 의자를 벙커와 토치카 구역의 가운데쯤에 가져다 놓았다. 그리고 일본인의 시체를 의자에 붙들어 묶고, 손을 나무 팔걸이에 올려 죽음 직전에 이른 사람이 차분하게 휴식을 취하고 있는 자세를 만들었다.

만족할 만한 결과물이 나오자, 트레이븐은 벙커로 돌아가서 출입구 아래 쭈그려 앉았다.

이어지는 날들이 모여 한 주가 되는 동안에도, 일본인은 50야드 떨어진 곳에서 의자에 위엄 있게 앉은 채로 트레이븐을 토치카 구역으로부터 보호해 주었다. 그는 이제 가끔씩 정신을 차리고 먹을 것을 채집하러 갈 정도로 활력을 찾아 가고 있었다. 뜨거운 태양 아래 일본인의 피부는 갈수록 색이 바랬고, 트레이븐은 한밤중에 깨어날 때마다 콘크리트 바닥을 가로지르는 그림자 속에서 팔걸이에 손을 올린 채 앉아 있는 으스스한 시체를 바라보곤 했다. 이럴 때면 종종 모래언덕 쪽에서 자신을 지켜보는 아내와 아들의 모습 또한 보였다. 시간이 갈수록 그들은 점점 가까이 다가왔고, 때로는 몇 야드밖에 떨어지지 않은 뒤편에 서 있는 경우도 있었다.

트레이븐은 참을성 있게 그들이 말을 걸어오기를 기다렸다. 옥좌에 앉은 죽은 대천사가 입구를 지키는 거대한 토치카 구역을 생각하면서. 파도가 머나먼 백사장에 밀려와 부서지고, 꿈속에서 불타는 폭격기가 추락하는 가운데에서.

(1964)

거인의 익사체
The Drowned Giant

폭풍우가 지나간 다음 날 아침, 거인의 익사체가 도시에서 북서쪽으로 5마일 떨어진 해변으로 쓸려 올라왔다. 처음 소식을 알려 온 사람은 근처에 살던 농부로, 지역신문사 기자와 경찰이 연이어 사실을 확인해 주었다. 그럼에도 불구하고 나를 비롯한 대부분의 사람들은 그 소식을 미심쩍어했지만, 거인의 어마어마한 크기를 직접 목격하고 돌아오는 사람들이 갈수록 늘어나자 마침내 호기심을 견딜 수 없을 지경이 되었다. 동료들과 내가 연구를 하고 있던 도서관은 우리가 해변을 향해 출발하는 2시쯤이 되자 거의 텅 비었고, 그날 내내 거인에 대한 소식이 도시에 퍼져 나가면서 사람들은 계속해서 사무실과 가게를 뛰쳐나갔다.

해변을 굽어보는 언덕 위에 도착했을 즈음에는 이미 꽤 많은 사람들이 모여 있었고, 우리는 200야드 떨어진 얕은 물속에 누운 시체를 볼 수 있었다. 처음에는 크기에 대한 묘사가 상당히 과장된 것처럼 느껴졌다. 간조 때라 거인의 몸 대부분이 드러나 있었지만, 기껏해야 돌묵상어보다 약간 커 보였다. 팔을 옆구리에 붙이고 누운 모습이 마치 휴식을 취하는 것처럼, 거울같이 반짝이는 젖은 모래 위에 잠든 것처럼 보였다. 모래 위에 반사된 창백한 거인의 형상은 물이 빠져나가며 이내 사그라졌다. 맑은 하늘에서 햇빛이 쏟아지자 거인의 몸이 하얀 바닷새의 깃털처럼 반짝였다.

눈앞에 펼쳐진 장관에 당황하고 사람들이 내뱉는 뻔한 설명에 만족하지 못한 채로, 친구들과 나는 언덕에서 자갈밭으로 내려왔다. 모여든 사람들 모두 거인에게 다가가도 괜찮을지 망설이는 모양이었지만, 30분이 지나자 방수화를 신은 어부 두 명이 모래 위로 걸음을 옮기기 시작했다. 그들의 작은 형체가 누워 있는 익사체에 접근하자 관중 쪽이 떠들썩해졌다. 두 남자가 거인에 비해 엄청나게 작아 보였던 것이다. 거인의 발 일부가 모래 아래 파묻혀 있었음에도, 발의 높이만 해도 최소한 어부의 키보다 배는 높아 보였다. 그리고 우리는 즉시 이 거대한 익사체의 체적이 향유고래 중에서도 가장 큰 놈과 비교할 수 있을 정도라는 사실을 깨달았다.

작은 어선 세 척이 현장에 도착해서 해변에서 4분의 1마일 떨어진 곳에 멈추었고, 선원들이 이물로 몰려 거인을 구경하는 모습이 보였다. 배들이 신중하게 움직이는 모습에 해변의 관중은 모래 위를 가로질러 달려가지 못하고 머뭇댔다. 모두가 초조하게 언덕에서 자갈투성이 비탈로 내려와 조금이라도 더 가까이에서 시체를 보려 했다. 물결이 익사체 주변의 모래를 씻어 내려가서, 거인이 하늘에서 떨어지기라도 한 것처럼 주변에 움푹 팬 지형을 만들었다. 두 명의 어부는 거인의 우뚝 솟은 양발 사이에 서서, 마치 나일 강물이 일렁이는 유적의 기둥 앞에 서 있는 관광객처럼 우리에게 손을 흔들었다. 순간 거인이 단순히 잠들어 있을 뿐이며, 갑자기 몸을 뒤척이다 양발을 모을지도 모른다는 두려움이 피어올랐다. 그러나 거인의 희뿌연 눈은 하늘을 향하고 있을 뿐, 양발 사이에서 놀고 있는 자신의 작은 복제품들은 전혀 알아채지 못하는 모양이었다.

이내 어부들은 시체 주변을 둘러보기 시작했다. 길고 하얀 정강이 뒤쪽부터 시작해서, 손바닥을 위로 향하고 있는 커다란 손의 손가락을 살펴보느라 잠시 멈추더니, 곧 팔과 가슴 사이의 공간으로 들어가 시야에서 사라졌다. 이윽고 머리를 살펴보기 위해 다시 나와서는 손으로 햇살을 가리며 조각상처럼 생긴 얼굴을 올려다보았다. 좁은 이마, 곧게 뻗은 높은 콧대와 살짝 올라간 입매를 보니 프락시텔레스의 작품을 모방한 로마 시대의 작품이 떠올랐다. 우아하게 움푹 팬 콧구멍이 위압적인 조각상 같은 느낌을 더욱 강하게 했다.

갑자기 군중 속에서 고함이 들리며 수백 개의 손이 일제히 바다를 향했다. 그쪽을 본 나는 깜짝 놀랐다. 어부 한 사람이 거인의 가슴팍 위에서 걸어 다니면서 해변 쪽으로 손을 흔들고 있었던 것이다. 군중 속에서 놀라움과 승리의 기쁨이 뒤섞인 함성이 터져 나왔지만, 이어 사람들이 일제히 자갈밭에서 모래 위로 달려 나가는 소리가 산사태같이 울려 퍼져 금세 묻히고 말았다.

운동장 크기의 물웅덩이에 누워 있는 익사체 앞에 도착하자 흥분한 대화 소리는 다시 한 번 잦아들었다. 머지않아 사라질 거체의 물리적 규모에 압도당한 것이었다. 비스듬하게 누운 데다 다리 쪽이 해안선에 가까워서, 멀리서는 키를 제대로 가늠하기가 힘들었던 것이다. 어부 두 명이 거인의 몸 위에 서 있기는 했지만, 군중은 여전히 원을 그리며 거인을 멀찍이 둘러싸고 있었고, 서너 명씩 짝을 지은 몇몇 무리들이 조심스레 손발 쪽으로 다가갈 뿐이었다.

친구들과 나는 바다 쪽으로 뻗은 거인의 머리를 향해 걸어갔다. 둔부와 흉곽이 좌초된 배의 선체처럼 우리를 굽어보고 있었다. 소금물에 잠겨 부풀어 오른 진주 빛깔의 피부가 거대한 근육과 힘줄들을 감추었다. 우리는 살짝 구부러진 왼쪽 무릎 아래를 지났다. 다리 양쪽으로 축축한 해초가 엉겨 붙어 있었다. 몸통 아래에 두른 성기게 짜인 직물은 간신히 형체를 유지하고 있는 데다, 물에 닿아 옅은 누런색으로 바래 있었다. 햇빛에 말라 가는 직물에서 강한 소금 냄새가 피어올라, 거인의 피부에서 나는 달콤하지만 강렬한 냄새와 한데 뒤섞였다.

우리는 어깨 근처에서 걸음을 멈추고 조금도 움직이지 않는 얼굴을 올려다보았다. 입술은 살짝 벌어지고, 눈은 뿌연 푸른색 액체를 주입한 것처럼 텅 비고 허옇게 떠 있었지만, 섬세한 콧날과 눈썹 때문에 거인의 얼굴에서는 가슴과 어깨의 거친 힘과는 어울리지 않는 우아한 매력이 흘렀다.

귀는 조각 장식이 달린 문처럼 우리 머리 위 허공에 고정되어 있었다. 손을 들어 축 늘어진 귓불을 만지려는 순간, 누군가가 이마 가장자리로 머리를 내밀며 소리를 쳤다. 나는 깜짝 놀라 뒤로 물러섰는데, 이내 젊은이들 한 무리가 얼굴 위로 올라가서 서로 밀치면서 놀고 있는 걸 깨달았다.

이제 사람들이 사방에서 거인의 몸을 타고 오르고 있었다. 아래로 늘어진 팔이 마주 보는 층계 역할을 했다. 손바닥에서 팔뚝으로 그리고 팔꿈치를 거처 불거져 나온 이두근을 타 넘은 다음, 털 하나 없이 매끈한 가슴 위쪽의 절반을 차지하는 흉근의 산책로로 걸어 나갔다. 일단 거기까지 도착한 다음에는 얼굴로 올라가서 입술과 코로 등반을 할 수도 있고, 아니면 복부로 내려가서, 발목을 타고 올라와 한 쌍의 기둥처럼 굵직한 대퇴부를 돌아다니는 사람들과 합류할 수도 있었다.

우리는 인파를 헤치고 계속 거인 주변을 돌다가 펼쳐진 오른손을 살펴보기 위해 걸음을 멈추었다. 손바닥에는 마치 다른 세계의 잔여물처럼 작은 웅덩이가 고여 있었는데, 이제는 팔을 기어오르는 사람들 때문에 주변으로 흘러넘쳐 사라지고 있었다. 나는 피부에 새겨진 손금을 읽어서 거인이 어떤 존재였는가에 대한 단서를 찾으려 해 보았지만, 신체 조직이 불어서 거의 흔적도 찾아보기 힘들었다. 거인의 정체와 최후를 장식한 비극적인 사고에 대한 정보는 전부 사라진 셈이었다. 거대한 근육과 손목뼈를 보면 이 육체의 주인이 섬세했을 거라는 생각은 하기 힘들었지만, 부드럽게 구부러지는 손가락과 깔끔하게 6인치 길이로 다듬은 손톱들을 보면 일말의 절제와 온화한 성품을 가지고 있었을 것으로 생각되었다. 마을 사람들이 파리 떼처럼 달라붙어 있는 그리스 조각 같은 얼굴도 마찬가지였다.

우리는 해변으로 돌아와 자갈밭에 자리를 잡고 앉아서, 도시에서 끊임없이 몰려드는 사람들의 물결을 지켜보았다. 바다 쪽에는 고깃배가 예닐곱 척으로 불어났고, 선원들은 폭풍에 밀려온 어마어마한 익사체를 가까이에서 구경하기 위해 얕은 물을 헤치고 다가왔다. 잠시 후에는 경찰 한 무리가 등장해서 해변 출입을 통제하려는 시늉을 했지만, 누워 있는 거인의 육체 앞으로 걸어가자 그런 생각 따위는 순식간에 사라진 모양인지 결국 매료된 눈빛으로 계속 뒤를 돌아보며 함께 자리를 뜨고 말았다.

한 시간이 지나자 해변에는 족히 1,000명은 되는 군중이 모여들었다. 적어도 200명가량이 거인 위에 올라가 자리를 잡고, 붐비는 팔과 다리 위에 서 있거나, 가슴이나 배 위로 올라가서 정신없이 부대꼈다. 수많은 젊은이들이 얼굴을 점거하고, 볼 위에서 서로를 밀치거나 매끄러운 턱선을 타고 미끄러져 내려오곤 했다. 두세 명은 코를 붙들고 있었고, 한 명은 콧구멍 안으로 기어들더니 개처럼 짖는 소리를 내기도 했다.

오후가 되자 경찰이 돌아와서 대학에서 온 과학자들이 다가갈 수 있도록 인파 속에 길을 냈다. 육안해부학과 해양동물학의 권위자들이었다. 젊은이들을 비롯한 대부분의 사람들이 거인의 몸에서 내려왔고, 이마나 발가락 끝에 자리를 잡고 앉은 고집 센 사람들 몇 명만 남았다. 과학자들은 거인 주변을 돌면서 고개를 끄덕이고 바쁘게 서로 상의를 했고, 경찰들은 앞으로 나서며 관중을 밀쳐 길을 냈다. 펼쳐진 손바닥 앞에 이르자 경찰 지휘관은 손으로 올라가는 일을 도와주어야 할지를 물어보았지만, 과학자들은 황급히 그 제의를 거절했다.

과학자들이 해변을 떠나자 사람들은 다시 한 번 거인의 몸을 오르기 시작했고, 5시가 되어 우리가 현장을 떠날 즈음에는 발 디딜 틈도 없이 거인을 뒤덮고 있었다. 그 모습이 거대한 물고기의 사체를 뒤덮은 갈매기 떼처럼 보였다.

다음으로 해변을 방문한 것은 사흘 후였다. 도서관의 친구들은 하던 일로 돌아갔고, 거인을 계속 관찰하고 소식을 알리는 일은 내 몫으로 돌렸다. 어쩌면 내가 이번 일에 특별히 관심을 가지고 있는 것을 알아차렸는지도 모른다. 다시 해변에 가 보고 싶어 몸이 달아 있었던 것은 사실이니까. 시체애호증과는 다른 종류의 관심이었다. 내게 있어 그 거인은 아직 살아 있는 존재, 심지어 그를 구경하는 사람들 중 몇몇보다 더욱 살아 있는 존재였기 때문이다. 그토록 그에게 매료된 이유 중에는 그의 놀라운 규모, 사지가 차지하는 거대한 공간도 있었다. 보고 있으면 그 존재로부터 나의 왜소한 사지의 존재를 인정받는 느낌이 들었기 때문이다. 삶의 다른 모든 요소가 의심의 대상이 될지라도 그 거인은 생사와 관계없이 절대적인 존재이며, 해변에 모인 우리 불완전하고 하찮은 구경꾼들이 그와 비슷한 절대적인 존재의 세계를 엿볼 수 있게 해 주는 매개체였기 때문이다.

해변에 도착해 보니 군중은 상당히 줄어 있었다. 200~300명 정도가 자갈밭에 앉아 한가로이 소풍을 즐기며, 무리 지어 백사장을 가로지르는 사람들을 구경하고 있었다. 조수의 힘이 계속해서 거인을 해안 가까이로 데려왔고, 머리와 어깨를 해변 쪽으로 돌려놓았다. 그런 두 가지 변화가 거인을 더욱 커 보이게 하는 동시에 발치에 정박한 어선들은 더욱 작아 보이게 만들었다. 해변의 높낮이 차이 때문에 등이 살짝 휘어서 거인의 육체는 가슴을 내밀고 머리를 뒤로 젖힌, 더욱 과장된 영웅의 모습으로 바뀌었다. 해수와 계속 부어오르는 조직으로 인해 얼굴은 보다 매끈하고 젊음이 사그라진 모습으로 변했다. 그 크기 때문에 이목구비를 통해 거인의 연령이나 성격을 판별하기는 불가능했지만, 지난번에 방문했을 때는 고전적인 형태의 입매와 코로부터 신중하고 겸손한 젊은이였을 것만 같은 인상을 받았었다. 그러나 이제 거인은 적어도 중년에 접어든 나이로 보였다. 부어오른 볼, 살집이 붙은 콧대와 관자놀이, 가늘어진 눈매에서 여유로운 삶을 살아온 이의 성숙함이 엿보였으며, 이는 심지어 앞으로 찾아올 부패를 암시하는 것 같기도 했다.

거인의 사후에 가속되어 일어나는 이런 외모의 변화, 마치 살아 있는 동안 축적된 후천적 특징이 마지막에 단숨에 폭발하는 듯한 현상은 나를 더욱 매료시켰다. 우리 수백만 인간들이 지닌 유한한 생명의 파문이 모여 만들어 내는 소용돌이, 모든 것을 앗아 가는 시간이란 체계에 거인이 굴복하기 시작했음을 나타내는 것이기 때문이다. 나는 거인의 머리 반대편 자갈밭에 자리를 잡고 앉았다. 새로 도착하는 사람들과 팔다리를 오르는 어린아이들의 모습을 관찰할 수 있는 위치였다.

오전의 방문객 중에는 가죽 재킷을 입고 천 모자를 쓴 남자들도 있었다. 그들은 전문가의 눈으로 거인을 품평하듯 올려다보고는, 걸음으로 크기를 재고 유목流木 조각으로 백사장에 숫자를 끄적이며 계산을 했다. 내가 보기에는 토목과나 그 밖의 관공서에서 나온 사람들인 듯했다. 분명 이 거대한 해양 폐기물을 어떻게 처리해야 할지 궁리하고 있었을 것이다.

보다 화려한 차림새의 서커스 흥행주나 그와 비슷한 부류의 사람들도 현장에 등장하더니, 긴 오버코트 주머니에 손을 찔러 넣은 채 아무 말 없이 천천히 거인 주변을 돌았다. 아무래도 세계 최고의 서커스에 집어넣기에도 덩치가 너무 큰 모양이었다. 그들이 사라진 후에도 아이들은 팔다리 위를 뛰어다니며 놀았고, 젊은이들은 이목구비가 또렷한 얼굴 위에서 힘 싸움을 했다. 그들의 발에 묻은 축축한 모래가 거인의 하얀 피부를 뒤덮었다.

다음 날에는 일부러 오후 늦은 시간이 될 때까지 방문 시각을 늦추었다. 도착해 보니 자갈밭에는 50~60명도 채 안 되는 사람들만이 앉아 있었다. 거인은 조금 더 육지 쪽으로 가까이 다가와 이제 75야드 정도밖에 떨어져 있지 않았고, 발이 썩어 가는 방파제 울타리를 부수고 올라가 있었다. 단단한 모래 사면 위로 올라온 터라 몸은 바다를 향해 기울어졌고, 상처 입은 얼굴은 일부러 고개를 돌리고 외면하는 것처럼 보였다. 나는 자갈밭 위의 콘크리트 구조물에 연결된 커다란 금속 윈치에 걸터앉아 아래쪽에 누워 있는 육체를 바라보았다.

희게 탈색된 피부는 이제 진줏빛 광택을 잃어버리고 지저분한 모래 투성이가 되어 있었다. 손가락 사이 공간에는 해초 뭉치가 들어차고, 엉덩이와 무릎의 오목한 공간에는 쓰레기와 오징어 뼈가 모여 있었다. 그러나 이 모든 잔해와 점차 불어 가는 육체에도 불구하고, 거인은 여전히 서사시 속의 영웅처럼 장대한 풍모를 유지하고 있었다. 거대한 어깨와 굵직한 기둥 같은 팔다리는 여전히 다른 차원의 존재로 느끼게 했지만, 이제 예전에 느꼈던 완벽한 초인이라기보다는 아르고호나 『오디세이아』의 익사한 영웅 쪽에 더 가까운 모습이었다.

나는 백사장으로 내려와서 물웅덩이를 건너 거인에게 다가갔다. 남자아이 두 명이 귓구멍에 앉아 있었고, 멀리 발가락 위에는 젊은이 하나가 자리를 잡고 앉아서 내가 다가오는 모습을 바라보고 있었다. 늦은 시간까지 기다린 보람이 있었는지, 그 외에는 아무도 내가 다가가는 것을 눈치채지 못했다. 해변에 있는 사람들은 외투에 깊숙이 몸을 파묻고 있었기 때문이다.

손바닥을 뒤집은 채인 거인의 오른손은 부서진 조개껍질과 모래로 덮였고, 그 위로 수십 개의 발자국이 선명하게 찍혀 있었다. 내 위로 높이 솟은 거인의 둥그런 둔부가 바다의 모습을 완전히 차단해 주었다. 예전에 느꼈던 격하고 들큼한 냄새는 더욱 심해졌고, 뿌연 피부 아래로 뱀처럼 똬리를 튼 끈적하게 굳은 혈관이 보였다. 아무리 혐오스러운 모습일지라도, 내 발걸음을 시체 위로 이끈 것은 결국 이런 끊임없는 변화, 죽음 속에 보이는 생명의 모습이었다.

나는 튀어나온 엄지를 난간으로 이용해서 손바닥까지 올라간 다음, 이어 위를 향한 등정을 시작했다. 피부는 생각보다 훨씬 단단해서 내 몸무게를 실어도 움푹 들어가지는 않았다. 나는 재빨리 팔뚝의 경사를 타고 올라가 풍선처럼 부풀어 오른 이두근을 넘었다. 익사한 거인의 얼굴이 내 오른쪽으로 솟아오르기 시작했다. 동굴 크기의 콧구멍과 거대한 광대뼈가 끔찍한 모양새의 화산 분화구처럼 보였다.

나는 안전하게 어깨를 돌아 널찍한 가슴팍 위로 걸음을 옮겼다. 갈비뼈의 굴곡이 거대한 서까래처럼 늘어서 있었다. 하얀 피부 위에서 수많은 발자국이 남기고 간 상처가 검게 변색되는 중이었고, 각각의 사람들이 남긴 흔적이 명확하게 남아 있었다. 누군가가 흉골에 작은 모래성을 지어 놓았는데, 나는 얼굴을 조금 더 자세히 살펴보기 위해 반쯤 부서진 모래성 위를 올랐다.

아이 두 명이 이제 귀에서 나와 오른쪽 눈가로 올라가고 있었다. 이제 푸른 구체는 완전히 우윳빛 액체에 덮여 아무것도 보지 못하는 시선을 아이들의 작은 형체 너머로 향하고 있을 뿐이었다. 비스듬한 아래쪽에서 본 거인의 얼굴에서는 우아함과 온화함을 조금도 찾아볼 수 없었다. 거대한 난파선의 부러진 용골 같은 근육과 힘줄이 핼쑥한 입매와 들려 올라간 턱을 지탱하고 있었다. 나는 처음으로 거인이 마지막 순간에 느꼈던 극도의 육체적 고통을 깨닫게 되었다. 근육과 조직이 파괴되는 고통을 알아채지 못할 정도였을지도 모른다. 파도 소리조차 멀어진 텅 빈 해안에 홀로 밀려와 있는 망가진 시체의 절대적인 고독이, 그의 얼굴에 피로와 무력감의 가면을 덮어씌우고 있었다.

걸음을 옮기다가 발이 부드러운 조직 속으로 깊숙이 박혔다. 갈빗대 사이의 구멍에서 지독한 악취가 뿜어져 나왔다. 나는 구름처럼 머리 위를 맴도는 오염된 공기에서 빠져나와, 바다 쪽으로 고개를 돌리고 허파를 비웠다. 다음 순간 나는 거인의 왼손이 잘려 나가 있는 것을 알아차리고 깜짝 놀랐다.

나는 거무스레하게 변색되어 가는 잘려 나간 밑동을 한동안 바라보았다. 그러는 동안 100피트 위에 자리를 잡고 앉은 젊은이가 피를 갈구하는 눈빛으로 나를 관찰하고 있었다.

이는 일련의 약탈 중 첫 단계에 지나지 않았다. 나는 해변을 다시 가고 싶은 마음이 들지 않아 이어지는 이틀을 도서관에서 보냈다. 장대한 환상이 종말에 다가가고 있다는 것을 목격했기 때문이었다. 다음에 언덕을 넘어 자갈밭에 발을 들였을 때는 거인은 고작 20야드 정도밖에 떨어져 있지 않았다. 이렇게 거친 자갈밭 가까이까지 밀려오니, 한때 멀리서 파도에 휩쓸리던 모습 속에 숨어 있던 마법은 전부 사라져 버렸다. 거대한 크기에도 불구하고, 몸을 뒤덮고 있는 상처와 오물 때문에 거인의 시체는 그저 덩치 큰 인간처럼 보일 뿐이었다. 거대한 체구는 이제 무방비함을 더해 주는 약점으로밖에 느껴지지 않았다.

오른손과 오른발은 잘려 나가 경사 위편의 수레 위로 끌려 운반되는 중이었다. 방파제에 모여 있는 사람들에게 질문을 던지고서, 나는 그것이 비료 회사와 가축용 사료 회사가 벌인 짓임을 알게 되었다.

거인의 남은 발은 허공에 들려 있었다. 커다란 발가락에 강철 밧줄이 고정된 모습을 보니 다음 날 작업을 채비해 놓은 모양이었다. 십수 명의 인부들이 주변 해안에 드문드문 둘러서 있었고, 손과 발을 옮겨 낸 자리에는 깊게 팬 흔적이 남았다. 잘린 둥치에서는 검고 끈적한 액체가 흘러나와서 아래 백사장과 하얀 오징어 뼈를 물들였다. 자갈밭으로 내려갔더니 익살스러운 문구나 나치스의 만卍 자, 여타 기호들을 회색 피부 위에 새겨 놓은 것이 보였다. 미동도 않던 거상이 훼손을 당하자, 지금까지 억누르고 있던 혐오감이 갑자기 솟구쳐 오르기라도 하는 모양이었다. 뾰족한 나무토막에 한쪽 귓불이 꿰뚫리고, 가슴 한가운데에는 작은 모닥불이 타오르며 주변 피부를 그을리고 있었다. 바람이 재를 사방으로 흩날렸다.

부패가 진행되고 있다는 숨길 수 없는 증거인 악취가 사체 주변을 감돌았고, 그 때문에 항상 모여 있던 젊은이들도 떠나간 것 같았다. 나는 자갈밭으로 돌아와 윈치 위로 올라갔다. 볼이 부어올라 이제 눈은 거의 감긴 것처럼 보였고, 입술은 숨을 헐떡이는 것처럼 아래로 축 늘어져 있었다. 한때 곧게 솟은 그리스 조각상 같던 콧날은 뒤틀리고 납작해졌으며, 수많은 발에 짓밟혀 부풀어 오른 얼굴 안쪽으로 눌려 들어가 있었다.

다음 날 다시 해변을 방문했더니 머리가 사라져 있었고, 나는 안도감 비슷한 감정을 느꼈다.

다음에 해변을 찾아갈 때까지는 몇 주가 걸렸고, 그때는 일전에 느꼈던 인간스러운 분위기가 다시 완전히 사라져 있었다. 가까이 가서 보면 해변에 누워 있는 흉부와 복부는 분명 인간과 흡사한 모습이었지만, 처음에는 무릎과 팔꿈치께까지, 그다음에는 어깨와 허벅지까지 사지를 잘라 내고 나자 시체는 이제 다른 머리 없는 바다짐승, 이를테면 고래나 고래상어 등과 구분하기 힘들었다. 더 이상 형체를 알아볼 수 없게 되고 인격의 남은 잔재조차 거의 사라지자 대중의 흥미도 식어 버린 모양인지, 해변에는 나이 든 넝마주이 한 사람과 도급업자의 오두막 문가에 앉아 있는 경비원 한 사람을 제외하고는 아무도 보이지 않았다.

사체 주변으로 나무를 대충 엮어서 만든 비계가 세워져 있었다. 열 개가 넘는 사다리가 거기에 매달린 채 바람에 흔들렸다. 주변 백사장에는 밧줄 꾸러미와 금속 손잡이가 달린 긴 칼날과 갈고리 따위가 가득했다. 자갈밭은 피와 뼛조각과 피부 조각으로 끈적거렸다.

나는 경비원을 향해 목례를 했지만, 그는 코크스가 타고 있는 화로 너머에서 나를 물끄러미 바라보기만 했다. 오두막 뒤편의 커다란 통에서 큼지막한 지방 덩어리가 끓는 고약한 냄새가 주변에 진동했다.

대퇴골은 양쪽 모두 사라져 있었다. 작은 기중기를 사용한 모양이었는데, 한때 거인의 허리를 가리고 있던 성긴 직물이 그 위로 드리워져 있었다. 이제 골반의 텅 빈 구멍이 외양간 문처럼 뻥 뚫려 있었다. 상완골과 흉골과 생식기 역시 마찬가지로 제거된 상태였다. 흉부와 복부를 덮고 있는 남은 피부 위에 타르로 평행선이 그려져 있었고, 처음의 대여섯 구역은 가운데부터 껍질을 벗겨 내서 거대한 갈비뼈 아치가 그대로 드러나 있었다.

내가 자리를 떠나자 갈매기 한 무리가 허공에서 날아들어 해변을 하얗게 물들이며, 기름기에 젖은 백사장을 날 선 울음소리로 가득 메웠다.

몇 달이 지나 거인에 대한 소식이 대부분 사람들의 기억에서 사라진 후, 그의 육체 여러 부분이 도시 전역에서 다시 모습을 드러내기 시작했다. 대개는 비료 회사에서 너무 부수기 힘들다고 결론을 내린 골격 부위였다. 그 엄청난 크기와, 관절마다 붙은 거대한 힘줄과 둥글납작한 연골을 보면 정체를 즉시 알아챌 수 있었다. 이유는 몰라도 이렇게 흩어진 조각 쪽이 붙어 터지고 잘려 나간 사지보다 거인에게 처음 깃들어 있던 장엄한 풍모를 더 잘 간직하고 있는 것만 같았다. 길 건너편, 푸줏간 거리에서 가장 큰 도매상 건물 문가 양쪽에 두 개의 거대한 대퇴골이 우뚝 솟아올랐다. 대퇴골은 고대 드루이드교의 웅장한 거석처럼 일꾼들의 머리 위를 위협적으로 내려다보고 있었다. 순간 뼈에서 거인이 되살아나 자리에서 일어나더니, 도시의 거리를 돌아다니며 흩어진 자신의 조각을 모아 바다로 돌아가는 환영이 보였다.

며칠 후 조선소 한 곳의 입구에 왼쪽 상완골이 놓여 있는 모습이 눈에 띄었다. (반대쪽은 항구에서 가장 이용량이 많은 부두 아래 진흙 속에 수년 동안 파묻혀 있었다.) 같은 주에 미라가 된 오른손이 올해의 길드 축제에서 축제용 자동차 위에 전시된 채로 모습을 드러냈다.

아래턱은 흔히 그렇듯이 자연사박물관행이 되었다. 두개골의 나머지 부분은 사라졌지만, 아마도 쓰레기장이나 개인 소유 정원에서 뒹굴고 있을 것이다. 최근에 배를 타고 강을 따라 내려가던 도중에 나는 거대한 갈비뼈 한 쌍이 강가의 정원에 장식용 아치로 사용되고 있는 모습을 목격했다. 아무래도 고래의 턱뼈로 착각한 모양이었다. 놀이공원 근처 기념품 가게에서는 인디언 담요 크기의 커다란 피부 조각이 무두질되고 문양이 그려진 채 인형 옷이나 가면에 사용될 옷감으로 팔리고 있었다. 그리고 분명 도시 어딘가의 호텔이나 골프장 클럽하우스의 벽난로 위에는 미라가 된 코나 귀가 걸려 있을 것이다. 거대한 음경은 북서부를 오가는 서커스의 괴물 전시장으로 흘러들어 갔다. 엄청난 크기에 한때 대단한 능력을 가지고 있었을 것이 분명한 그 물건은 혼자 천막 하나를 차지하게 되었다. 재미있는 점은 서커스단 측에서 그 음경을 고래의 것이라고 선전했다는 사실이다. 사실 대부분의 사람들은, 심지어 처음 폭풍우가 몰아친 후에 해변으로 밀려 올라온 거인의 모습을 직접 목격했던 사람들조차도 이제 그 거인을 제대로 기억하지 못했고, 기억하는 이들도 거대한 바다 생물로만 떠올리고 있었다.

살점이 전부 떨어져 나간 나머지 골격 부위는 아직 그 해안에 그대로 남아 있다. 색이 바랜 갈빗대가 버려진 배의 골조처럼 백사장에 널브러져 있었다. 감시소와 기중기와 비계는 전부 철거되었고, 해변을 따라 만으로 밀려드는 모래가 골반과 등뼈를 파묻어 버렸다. 겨울이 되면 파도만 철썩일 뿐 하늘 높이 솟은 갈비뼈를 찾는 이는 아무도 없지만, 여름이 되면 망망대해에 지친 갈매기들에게 좋은 휴식처가 되어 주는 모양이다.

(1964)

다운힐 자동차 경주로 살펴본
존 피츠제럴드 케네디 암살 사건
The Assassination of John Fitzgerald Kennedy
Considered as a Downhill Motor Race

작가의 메모 : 1963년 11월 22일에 일어난 케네디 대통령의 암살 사건은 온갖 의문을 불러일으켰고, 워런위원회의 보고서를 통해서도 그중 많은 수가 해결되지 않았다. 그 끔찍했던 날의 사건을 보다 만족스럽게 설명하기 위해서는 종래의 방식과는 다른 관점을 도입할 필요가 있어 보인다. 특히 그중에서도 알프레드 자리의 「업힐 자전거 경주로 살펴본 '십자가에 못 박힌 그리스도'」가 유용한 실마리가 되어 주었다.

시작은 오즈월드였다.

경주로 위의 창문에서 신호탄을 쏘아 경주의 시작을 알린 사람이 바로 그였으니까. 모든 운전자들이 첫 신호탄 소리를 제대로 들은 것은 아니라고 알려져 있다. 이어지는 혼란 속에서 오즈월드는 총을 두 번 더 쏘았지만, 경주는 이미 시작된 후였다.

케네디는 출발이 별로 좋지 않았다.

그의 차에는 주지사가 장착되어 있어 시속 15마일 속도를 유지하는 중이었다. 그러나 잠시 후 주지사가 작동을 멈추자 차량은 급가속을 시작했고, 남은 경주로를 끝까지 고속으로 주파해 나갔다.

원정 팀을 살펴보자. 댈러스의 거리를 누비는 일급 자동차 경주의 명성에 걸맞게 대통령과 부통령 모두 여기에 참여했다. 부통령인 존 슨은 출발선에서 케네디 뒤쪽에 자리를 잡고 있었다. 두 남자 사이의 숨겨진 라이벌 관계는 관중의 관심을 모으는 주제였다. 대부분의 사람들이 지역 출신인 존슨을 응원했다.

출발점은 텍사스 교과서 보관소였고, 모두가 대통령의 경주에 돈을 걸고 있었다. 케네디는 댈러스 관중에게 인기 없는 참가자였으며, 많은 수는 대놓고 적개심을 드러냈다. 우리 모두가 잘 알고 있는 개탄스러운 사건을 그런 적개심의 실례로 여길 수 있을 것이다.

경주로는 교과서 보관소부터 내리막에 들어가며, 고가도로 아래를 통과해서 파클랜드 병원으로 그리고 그곳에서 러브 공군 활주로로 이어진다. 다운힐 자동차 경주로 중에서는 가장 위험한 코스의 하나로, 이곳을 넘어서는 난코스는 1914년에 사용이 중지된 사라예보 경주로밖에 존재하지 않는다.

케네디는 빠른 속도로 내리막길을 질주했다. 주지사가 손상을 입은 후 그의 차는 총알처럼 가속하기 시작했다. 깜짝 놀란 경주로 책임자들은 바퀴 두 개를 들고 모퉁이를 도는 자동차에 그대로 올라타려 시도했다.

선회. 케네디는 상황이 안 좋은 쪽으로 돌아가면서 병원에서 실격 처리를 당했다. 존슨이 자리를 이어받아 선두에서 경주를 계속했고, 결승선까지 자신의 우위를 유지했다.

깃발. 대통령이 참여한다는 사실을 강조하기 위해, 이번 경주에는 평소 사용하는 바둑판무늬 깃발 대신 미국 국기를 사용했다. 경주가 끝난 후 일등상을 받는 존슨을 찍은 사진을 보면 그 깃발을 승리의 상징으로 사용하기로 결정했다는 사실이 명백해 보인다.

이전까지 존슨은 뒷좌석에서, 대통령이 지시하는 대로 출발선 뒤쪽에 앉아 있어야만 했다. 사실 가짜 신호탄을 발사했을 때 재빨리 케네디를 앞서려고 한 시도는 경주로 관리자에게 제재를 당했고, 존슨은 그대로 밀쳐져 자동차 바닥을 나뒹구는 신세가 되었다.

경주 시작 지점에서의 혼란 탓에, 예전 실력을 유지하고 있었다면 분명 승자가 되었을 케네디는 병원 모퉁이에서 탈락할 수밖에 없었다. 적대적인 지역 관중들이 그 지역 출신자인 존슨의 승리를 원했으며, 그 때문에 케네디를 적극적으로 저지하려 달려들었을 것이라는 해석도 존재한다. 다른 이론에 따르면 경주로를 경비하던 경찰들이 시작 신호를 보낸 오즈월드와 결탁하고 있었다고 한다. 마침내 시작 신호를 올린 후 오즈월드는 즉각 경주로를 떠났으며, 얼마 지나지 않아 경주로 관리자들의 손에 붙들리고 말았다.

존슨도 분명 이런 식으로 경주에서 승리할 것이라고는 기대하지 않았을 것이다. 피트스톱*도 없었으니까.

이 경주에 대한 몇 가지 기묘한 의문이 남아 있다. 그중 하나는 차에 영부인이 탑승해 있었다는 점인데, 자동차 경주에서는 흔치 않은

---

* 자동차 경주 중에 급유, 타이어 교체, 기계장치 조정 등을 위해 몇 초간 정차하는 것.

일이다. 그러나 케네디라면 국가라는 배를 인도하는 입장에서 선장의 특권을 행사하고 싶어 했을 수도 있다.

워런위원회. 경주에 대한 내용으로 챙긴 부당이득. 반칙과 온갖 부정에 대한 불평을 잔뜩 늘어놓은 그 보고서에서, 위원회의 작자들은 출발 신호탄을 쏜 오즈월드에게 모든 책임을 돌렸다.

오즈월드가 심각한 오발을 했다는 사실에는 의문의 여지가 없다. 하지만 아직 한 가지 해결되지 않은 의문이 있다. 신호용 권총에 실탄을 넣은 것은 대체 누구였을까?

(1966)

지상 최대의 텔레비전 쇼
The Greatest Television Show on Earth

　2001년에 발견되어 실용화된 시간 여행 기술은 여러 분야에 중요한 영향을 끼쳤지만, 가장 큰 영향을 받은 분야는 텔레비전 방송이었다. 20세기의 마지막 4분기 동안 지구 전역에서 텔레비전 산업은 놀라운 성장세를 보였으며, 아메리카와 유럽과 아프리카-아시아의 거대 네트워크에서 송출하는 수많은 프로그램은 제각기 시청자가 10억 명은 된다고 주장했다. 그러나 방대한 재정 자원에도 불구하고, 텔레비전 사업자들은 항상 뉴스와 오락 프로그램 부족으로 고민하고 있었다. 첫 텔레비전 전쟁이었던 베트남전은 전장에서 실시간으로 전해지는 방송이라는 새로운 흥분 요소를 시청자들에게 전해 주었지만, 그 이후 세계 대부분의 사람들이 텔레비전에만 매달리는 바람에 전쟁이나 기타 뉴스가 될 만한 행위 자체가 거의 사라지다시피 하게 된 것이다.

이 시점에서 다행스럽게도 시간 여행 기술이 발견되었다.

최초로 벌어진 일련의 상표권 분쟁이 진정된 후(한 일본인 사업가가 역사 자체의 상표권을 등록하는 일에 거의 성공할 뻔했다. 이후 시간은 '공공의' 영역으로 규정되었다), 시간 여행에 따르는 가장 큰 장애물은 우주의 물리법칙이 아니라 제반 시설을 건설하고 전력을 공급하는 데 필요한 엄청난 양의 자금이란 사실이 밝혀졌다. 과거로의 사파리 여행에는 분당 거의 100만 달러의 돈이 들어갔던 것이다. 예수의 십자가형, 「마그나 카르타」 서명, 콜럼버스의 아메리카 대륙 발견을 확인하기 위해 몇 번의 단기 탐사를 수행하고 나자, 정부의 재정 지원을 받는 프린스턴 대학교 아인슈타인 기념시간센터조차도 더 이상 시간 여행을 감당할 수 없게 되었다.

두말할 나위 없이 과거로의 여행에 따르는 재정 부담을 감수할 수 있는 조직은 이제 하나밖에 남지 않았다. 바로 전 세계의 거대 텔레비전 방송국들이었다. 그들이 과도한 선정성을 지양할 것이라 맹세하자, 정부 지도자들 또한 그런 텔레비전 여행기의 교육적 효과가 지닌 장점이 심미적으로 끔찍한 결과물이 나올 위험을 감수할 정도는 된다고 설득되기에 이르렀다.

텔레비전 방송국 측에서는 역사를 온갖 일등급 뉴스와 오락을 제공할 수 있는 마르지 않는 샘물이라 여겼다. 거기에 덧붙여 공짜고 말이다. 그들은 즉시 수십억 달러, 루피, 루블, 엔을 투입하여 프린스턴 시간센터의 거대한 크로노트론을 복제하는 작업에 착수했다. 물리학자와 수학자로 구성된 프로젝트 팀이 보조 프로듀서로 배정되었다. 주요 지역(런던, 워싱턴, 베이징)으로 촬영 팀이 파견되었고, 곧 흥분에 달아오른 세계를 향해 첫 시험 방송이 송출되었다.

엘리자베스 2세의 대관식, 프랭클린 델러노 루스벨트의 취임식, 마오쩌둥의 장례식 장면을 담은 낡은 뉴스 영화 같은 흐릿한 영상이 '타임 비전'의 실현 가능성을 전 세계에 시연해 보였다. 정부 감시위원회에 보내는 친교의 표식이나 다름없는 이 장중한 상품 시연 이후, 텔레비전 방송국들은 진지하게 편성표를 기획하기 시작했다. 2002년 겨울 프로그램은 시청자들에게 케네디 대통령의 암살 사건(북미 방송국의 요령 없는 표현에 따르면 '살아 있는 것처럼 생생하게'), 노르망디 상륙작전과 스탈린그라드 전투를 방송할 예정이었다. 아시아 지역의 시청자들은 진주만 공습과 코레히도르 섬 함락 방송을 볼 수 있었다.

이런 죽음과 파괴를 강조하는 경향은 이후 방송의 밑바탕이 되었다. 이들 프로그램의 성공은 기획자들의 가장 허황된 꿈조차 훌쩍 넘어서는 것이었다. 연기가 곳곳에 피어오르는 전장의 모습, 불타 버린 전차와 상륙용 소형정의 모습은 수많은 이들의 구미를 만족시켰다. 더 많은 촬영진이 준비에 들어갔고, 군사 전문 역사가들이 파견되어 바스토뉴 해방이나 스리바치 산과 제국의회 건물 꼭대기에 깃발이 올라간 정확한 시간을 계산하기에 이르렀다.

1년도 지나지 않아 매주 방영되는 열두어 편의 프로그램이 30억 명의 시청자들에게 제2차 세계대전과 전후 수십 년 동안의 하이라이트 장면을 생방송으로 제공하게 되었다. 매일 밤 지구 어딘가에서는 존 F. 케네디가 딜리 광장에서 총격으로 목숨을 잃었고, 히로시마와 나가사키에서 원자탄이 폭발했으며, 베를린 지하 벙커에서 아돌프 히틀러가 스스로 목숨을 끊었다.

이런 성공을 거둔 이후, 텔레비전 방송국들은 1914년에서 1918년에 걸친 전쟁으로 시대를 옮겨 갔다. 참혹한 파상달과 베르됭의 전장을 통해 보다 비옥한 수확물을 거둘 생각이었다. 그러나 놀랍게도 진흙과 포탄으로 가득한 이 세계는 동 시간대에 경쟁 채널에서 방영하는 제2차 세계대전 생방송에 비하면 처참한 실패였다. 제1차 세계대전은 필리핀 해의 항공모함 갑판이나 1,000기의 폭격기가 에센과 뒤셀도르프 상공을 뒤덮는 위대한 기술력의 전쟁에 비할 바가 아니었던 것이다.

제1차 세계대전에서, 닳고 닳은 시청자들의 흥미를 불러일으키는 부분은 하나밖에 없었다. 바로 독일 제국 창기병의 기병 돌격 장면, 기병들이 준마를 타고 철조망을 넘어 하얀 깃털처럼 진흙탕 위를 날아오르는 모습이었다. 마창을 든 기병이 전쟁에 지친 수억 개의 텔레비전 화면 위에 흥겨운 축제와 화려한 제복이라는 이름의 마법을 부린 셈이었다. 타임 비전은 모든 것이 수포로 돌아갈 위기 상황에서 견장과 흉갑, 즉 고색창연한 기병대의 구원을 받게 된 것이다.

촬영진은 즉각 19세기로 되돌아가기 시작했다. 제1차 세계대전과 제2차 세계대전은 화면에서 사라졌다. 몇 달 안에 시청자들은 빅토리아 여왕의 대관식, 링컨의 암살 장면과 알라모 요새 공방전을 볼 수 있었다.

인스턴트 역사 방송 시즌의 클라이맥스로, 유럽과 북미의 거대한 타임 비전 방송국 두 곳은 사상 최대로 화려한 프로그램을 만들기 위한 합작을 시작했다. 바로 나폴레옹 보나파르트가 패퇴한 워털루 전투를 생방송으로 송출하기로 한 것이다.

준비 과정에서 양쪽 방송국은 이후의 타임 비전 역사에 엄청난 영향을 끼치는 발견을 하게 되었다. 전장을 방문하는 과정에서(총탄과 분노를 피하기 위해 타임캡슐의 투명한 벽 뒤에서 관측하였지만) 제작자들은 실제 전장에 투입된 병력이 역사가들이 추산한 것보다 훨씬 적다는 사실을 알게 된 것이다. 나폴레옹의 프랑스가 패배한 일이 정치적으로 얼마나 영향이 컸든지 간에 전투 자체는 실망스러웠다. 행군에 지친 수천 명의 병사들이 간헐적으로 소총과 대포를 쏘아 대며 패싸움을 벌였을 뿐이다.

곧이어 열린 제작 책임자 긴급회의에서 워털루 전투가 명성에 조금도 미치지 못한다는 사실이 확인되었다. 선임 프로듀서들이 전장에 도착해서, 캡슐을 떠나 변장한 채로 지친 병사들 사이를 돌아다녔다. 타임 비전 사상 최악의 시청자 평점이라는 끔찍한 전망이 닥쳐오고 있었다.

위기의 순간, 한 무명의 보조 프로듀서가 훌륭한 아이디어를 하나 떠올렸다. 무력하게 카메라 뒤에 앉아 있는 대신, 타임 비전 방송국 측에서 직접 개입해서 숙련된 기술과 자원을 투입하여 전투의 드라마를 고조시키자는 것이었다. 엑스트라, 즉 인근의 농업 공동체에서 고용한 용병들도 추가 투입할 수 있을 것이고, 텅 빈 총에 화약과 총탄도 공급해 줄 수 있을 것이며, 편집국에 있는 군사 자문위원들의 힘을 빌려 전투 전체를 새로 연출할 수도 있을 것이다. 그는 이런 말로 제안을 끝맺었다. "애초에 역사란 희곡 작품의 초안에 지나지 않는 것 아닙니까."

시청자 평점을 위해 역사를 다시 쓰자는 그의 제안은 결국 받아들여졌다. 텔레비전 방송국의 대리인들이 엄청난 양의 금화로 무장하고 벨기에와 북독일 평원을 훑으며 수천 명의 용병을 고용했다. (텔레비전 방송 엑스트라의 일반 임금에 맞추어 직위 불문하고 하루 촬영에 50달러씩, 대사가 있으면 75달러씩의 임금이 지불되었다.) 역사가

들이 전세를 나폴레옹에게 불리하게 돌리는 데 중요한 역할을 했다고 말해 오던, 수천 명의 강군으로 구성되었다고 하는 프로이센의 블뤼허 장군의 구원 부대는 사실 기껏해야 여단 수준에 지나지 않았다. 그러나 며칠도 지나지 않아 열성적인 수천 명의 지원자들이 군기 아래 모였고, 탄저병으로 고생하는 기마 엽병대를 치료하기 위해 오염된 식수원에 항생제가 투입되었으며, 티푸스로 고생하던 포병 여단은 엄청난 양의 클로로마이세틴의 도움을 받아 자리를 털고 일어날 수 있었다.

마침내 10억 명이 넘는 시청자들 앞에 공개된 워털루 전투는 지난 200여 년 동안 알려져 온 모습 이상의 장관이었다. 수천 명의 용병들이 광포할 정도로 사납게 전투에 뛰어들었고, 포탄이 끊이지 않고 허공을 날아다녔으며, 기병들은 돌격에 돌격을 거듭했다. 나폴레옹 본인조차도 사태의 진행에 깜짝 놀랐고, 유배지에서 여생을 보내는 내내 어안이 벙벙한 채였다고 한다.

워털루의 성공 이후, 타임 비전 방송국들은 철저한 현장 준비의 이점을 깨닫게 되었다. 이후 거의 모든 중요한 역사적 사건들은 편집국의 손에서 다시 쓰였다. 알프스를 넘는 한니발의 군대에는 코끼리가 대여섯 마리 정도밖에 없었기 때문에, 200여 마리의 코끼리가 말문이 막힌 로마군을 짓밟기 위해 추가로 투입되었다. 카이사르의 암살자는 두 명뿐이어서 추가로 다섯 명의 공모자가 투입되었다. 게티즈버그 연설을 비롯한 역사상 유명한 연설 현장은 감동을 더하기 위해 삭제와 편집 과정을 거쳤다. 그러는 동안에도 워털루는 잊히지 않았다. 최초의 투자 비용을 회수하기 위해 워털루 전투는 군소 프로그램 제작업체로 하청이 들어갔고, 이들 중 일부는 워털루 전투를 아마겟돈을 방불하는 규모로 부풀리기도 했다. 그러나 이런 식으로, 경쟁적으로 엑스트라와 무기와 동물을 퍼부어 만든 데밀*풍의 장관은 보다 세련된 시청자들에게는 경멸의 대상이 되었다.

텔레비전 기업들의 가장 큰 불만은 역사 전체에서 가장 흥미로운 주제를 사용할 수 없다는 것이었다. 기독교 교단들의 강력한 반대 때문에 그리스도의 삶과 관련된 사건들은 모두 텔레비전 화면에 올릴 수 없었던 것이다. 산상수훈을 생방송으로 시청하는 일이 영적으로 도움이 될지는 몰라도, 그 지복의 순간이 광고로 인해 군데군데 끊기게 될 것이라 생각하면 도저히 용납할 수 없었던 것이다.

프로그램 제작자들은 여기서 잠시 발목이 잡혔다가 이윽고 더 먼 과거로 돌아갔다. 타임 비전 5주년을 축하하는 어마어마한 규모의 합작 기획이 시작되었다. 바로 이집트를 탈출한 이스라엘 사람들이 홍해를 건너는 모습을 생방송하는 것이었다. 수백 대의 촬영용 카메라와 수천 명의 프로듀서들과 기술자들이 시나이 반도에 자리를 잡았다. 송출 두 달 전에 이르자 이집트의 군대와 여호와의 자식들 사이에 벌어지는 역사적 대치 상황에 제삼의 세력이 등장하게 될 것이 명백해졌다. 촬영 팀의 수만 해도 양측 병력의 수를 뛰어넘었을 뿐 아니라, 이집트 쪽에서 고용한 엑스트라에, 추가 파도 방출 장비에, 카메라를 지탱하기 위해 만들어 놓은 둑까지 있어서 이스라엘인들은 도저히 바다를 건널 수 없을 것처럼 보였다. 시청자 평점에 대적하는 전능하신 조물주의 능력이 시험대에 오른 것만 같았다.

---

* 세실 블런트 데밀(1881~1959)은 성경을 기조로 한 대작을 주로 제작한 할리우드의 대표적인 상업 영화 감독이다. 대표작으로 〈십계〉〈삼손과 데릴라〉〈지상 최대의 쇼The Greatest Show on Earth〉 등이 있다.

구시대적인 성직자 몇몇이 불길한 예언을 설파하기 시작했다. 그들의 말은 신문에서 다음과 같은 아이러니로 가득한 표제 아래 인쇄되었다. '천상에 대적하는 전쟁?' '텔레비전 제작자 조합이 시나이 평화협정을 거부하다.' 유럽과 미국의 출판사들은 이스라엘 사람들의 앞을 가로막은 어려움을 길게 나열하기 시작했다. 생방송 당일인 2006년 1월 1일의 통계에 따르면, 서반구 성인 시청자의 98퍼센트가 텔레비전 앞에 붙들려 있었다고 한다.

첫 장면이 화면에 떠올랐다. 우중충한 하늘 아래 도망치는 이스라엘 사람들이 바다 위에 설치된 잠복 카메라의 시야에 들어왔다. 처음에는 300명에 지나지 않았던 이스라엘 사람들은 이제 수 마일에 걸쳐 사막을 가로지르는 엄청난 행렬로 불어나 있었다. 순식간에 큰 무리를 이끌게 되어 혼란에 빠진 이스라엘의 지도자들은 불안하게 출렁이는 물을 건널 방법을 찾지 못하고 해변에서 발을 멈추었다. 지평선 부근에서 바퀴에 칼을 단 전차를 앞세운 파라오의 군대가 그들을 향해 달려오고 있었다.

시청자들은 마법에 붙들린 듯 화면을 주시했다. 많은 이들이 이번에야말로 텔레비전 방송국이 너무 지나친 짓을 한 건 아닌지 걱정하고 있었다.

다음 순간, 아무런 설명 없이, 수십억 개의 화면이 일제히 검게 변해버렸다.

대혼란이 일어났다. 모든 전화 교환대의 업무가 마비되었다. 정부 사이의 긴급 대화가 통신위성의 주파수를 가득 메웠고, 유럽과 아메리카의 타임 비전 방송국은 분노한 시청자들에게 포위되었다.

그러나 아무것도 방송되지 않았다. 현장 촬영진과의 모든 통신이 끊긴 것이다. 마침내 두 시간 후, 짤막한 영상 하나가 화면을 채웠다. 넘실거리는 물결이 부서진 텔레비전 카메라와 연출 장비를 뒤덮는 장면이었다. 가까운 강둑에서는 이집트 군대가 발길을 돌리는 모습이 보였다. 반대쪽에는 얼마 안 되는 수의 이스라엘인들이 안전한 시나이 반도로 들어가고 있었다.

시청자들을 가장 놀라게 한 것은 화면 전체를 뒤덮은 은은한 조명이었다. 고대의 초월적인 힘이 장면을 중계하는 느낌이 들었다.

이어진 연락 시도는 모두 성공하지 못했다. 세계에 존재하는 거의 모든 타임 비전 장비들이 파괴되었으며, 그 분야의 최고 프로듀서들과 기술자들은 영원히 사라져 버렸다. 아마도 그들은 시나이 반도의 바위 들판을 두 번째의 길 잃은 지파처럼 떠돌고 있을 것이다. 이런 소동이 일어난 이후, 과거를 찾아가는 사파리 방송은 전 세계의 방송 프로그램 편성표에서 영원히 사라지게 되었다. 반어적인 유머를 좋아하는 성직자 한 명이 텔레비전의 참회 집회에서 언급했듯이, "하늘의 대형 방송국에도 평점이 존재"하기 때문이었다.

(1972)

웨이크 섬으로 날아가는 꿈
My Dream of Flying to Wake Island

멜빌이 품은 꿈, 웨이크 섬으로 날아가는 꿈은—물론 그의 온갖 장애들을 생각하면 부질없는 야심일 뿐이기는 해도—해변 방갈로 위편의 모래언덕에서 추락한 비행기를 발굴하면서 다시 부풀어 올랐다. 그때까지는, 적어도 모래언덕 사이의 버려진 리조트에 도착해 보낸 석 달 동안은, 웨이크 섬을 향한 집착이 태평양의 환초섬을 찍은 낡은 사진, 거대한 콘크리트 활주로에 대한 희미한 기억 그리고 경비행기 조종석에 앉아 망망대해 위를 서쪽으로 날아가는 자신의 모습을 상상하는 정도로 가라앉아 있었다.

모래언덕에서 추락한 폭격기를 찾아낸 이후로는 모든 것이 변했다. 목적지 없이 해변을 거닐거나 간조 때 발코니에 앉아 끝없이 이어지는 백사장을 바라보며 시간을 보내는 대신, 멜빌은 이제 언덕 위의 비행기를 발굴하는 일에 모든 시간을 쏟았다. 텅 빈 리조트에서 유일한 이웃인 랭 박사와 저녁마다 체스를 두던 것도 취소했는데, 텔레비전 프로그램이 시작하기 전에 취침하고 5시에 기상해서는, 경계선으로 쓸 밧줄이며 삽을 끌고 모래 위를 가로질러서 발굴 현장으로 향하곤 했다.

마침 멜빌에게 필요한 일이기도 했다. 다시 시작된, 전두엽을 찔러 오는 편두통 증상에서 주의를 돌릴 수 있었으니까. 지속적인 전기 충격 요법의 기억이 떠오를 때마다 그는 자신의 예상보다 훨씬 동요했다. 마음속 주변부 어딘가에 숨어 있는, 보다 즐겁지 못한 세계가 재구축될 기회만을 노리고 있는 것이 분명하게 느껴졌던 것이다. 웨이크 섬으로 도망가려는 꿈은 그저 방향을 가리키는 자침磁針일 뿐이었지만, 실제로 추락한 비행기를 발견한 것은 자신의 모든 에너지를 쏟을 수 있는 그리고 운이 좋으면 편두통의 습격을 저지할 수 있는 좋은 기회임이 분명했다.

이곳 버려진 리조트 근처에는 전쟁 당시의 비행기가 여러 대 파묻혀 있었다. 백사장을 따라 랭 박사가 해양 생물 표본 채집이라 믿고 있는 산책을 하다 보면, 종종 해협 상공에서 격추되어 떨어진 연합군과 적군의 전투기 잔해가 눈에 띄었다. 녹슨 엔진 부품과 총구 부속이 모래에 반쯤 파묻힌 채 튀어나와 있었다. 이런 잔해는 바다의 물결에 쓸려 지면으로 모습을 드러냈다가도 다시 흔적도 없이 사라져 버리곤 했다. 여름철 주말이면 기념품 상인이나 제2차 세계대전 마니아들이 백사장을 헤집다가 가끔씩 온전한 엔진이며 날개 보를 찾아내곤 했지만, 대체로 가져가기에 너무 무거워서 그대로 그 자리에 놓아두고 떠났다. 그러나 주말마다 찾아오는 무리 중 하나인, 테넌트라는 이름의 전직 광고대행사 중역이 이끄는 집단은 반 마일 떨어진 곳의 모래밭을 몇 피트나 파고 들어가 온전한 메서슈미트 109 한 대를 찾아내기도 했다. 그 집단의 사람들은 멜빌의 방갈로 아랫길 끝에 스포츠카를 주차해 놓고, 개조한 상륙정에 펌프와 리프트 따위의 온갖 장비를 싣고 길을 떠나곤 했다.

테넌트는 메서슈미트 쪽으로 사람들이 접근하면 수상쩍게 여기며 경계했지만, 멜빌에 대해서는 버려진 리조트에 혼자 살면서 해변의 쓰레기를 뒤적이고 다닌다는 점에 흥미를 가진 모양이었다. 그는 멜빌에게 비행기를 한번 살펴보지 않겠느냐고 제안했다. 그들은 함께 젖은 모래 위로 차를 몰아, 백사장 수 피트 아래 지하의 양철 옹벽 안에 전투기가 익룡처럼 엎드려 있는 곳으로 향했다. 테넌트는 멜빌이 검게 그을린 조종석으로 내려갈 수 있도록 도와주었고, 그로 인해 멜빌은 즉시 자신의 첫 욕망을 다시 떠올렸다.

테넌트와 동료들이 그를 바닷가 방갈로로 데려다준 후, 멜빌은 자리에 앉아 몇 시간이나 팔과 손을 주물렀다. 지금까지 잊으려 애써 온 일련의 복잡한 손 기술이 의도치 않게 다시 모습을 드러내고 있었기 때문이다. 다이얼과 셔터가 달린 랭 박사의 치료 기구가, 캡슐처럼 생긴 그것의 내부가, 그에게는 109의 조종석보다 더 불안하게 느껴졌다.

나름대로 놀라운 발견이기는 했지만, 제2차 세계대전 때 사용되었던 녹슬어 가는 전투기 동체 따위는 멜빌이 찾아낸 물건에 비하면 하찮은 것에 지나지 않았다. 예의 폭격기, 또는 적어도 거대한 인공 구조물이 존재한다는 사실 자체는 한동안 알고 있었다. 처음에는 버려진 리조트에 정착하는 일 그리고 다른 무엇보다 아무것도 하면 안 된다는 사실에 정신을 쏟느라, 따스한 오후마다 방갈로 위편 모래언덕을 거닐면서도 다른 생각을 할 겨를이 없었다. 병원 체육실에서 측정할 수 없을 정도로 오랜 시간을 보냈음에도, 발이 빠지는 모래 위를 걷는 일은 상상외로 체력을 많이 잡아먹었다.

그 당시에는 다른 생각할 거리도 많았다. 리조트에 도착했으니 일단 병원의 요양 치료 사무실에서 지시한 대로 랭 박사와 연락을 취해야 했다. 이곳에서 어딜 가든 그 사람이 따라다닐 예정이었다. 그러나 의도적인 건지 아닌지는 알 수 없어도, 랭 박사는 멜빌 본인에게 딱히 관심을 두고 있지는 않은 듯했다. 그저 충동적으로 비싼 자동차를 몰고 이곳에 등장해서, 크롬 쥐라도 찾는지 쉴 새 없이 휴양소 근처를 뒤지고 돌아다니는 전직 조종사라고만 생각하는 듯 보였다. 랭은 내륙으로 5마일 들어간 곳에 있는 과학연구위원회의 실험실에서 일하며, 리조트 남쪽 끝 모래톱에 세워 놓은 휴양소의 한적함을 소중하게 생각했다. 그는 군말 없이 멜빌을 맞이하고는 방갈로 열쇠를 건넨 다음 그대로 떠났다.

자신에게 관심을 기울이지 않는다는 점이 멜빌에게는 다행스러웠지만, 바로 그 때문에 멜빌은 홀로 시간을 보내는 방법을 익혀야 했다. 그는 여행 가방 두 개를 가지고 이곳에 도착했다. 하나에는 새로 구입해서 익숙지 않은 옷가지가 가득 들어 있었고, 다른 하나에는 병원에서 머리를 찍은 엑스레이 건판과 웨이크 섬의 사진들이 들어 있었다. 엑스레이 건판은 랭 박사에게 넘어갔는데, 박사는 눈을 찌푸리고 건판을 머리 위로 들어 멜빌의 두개골 음각 사진을 살펴보았다. 마치 설계 자체의 결함을 지적하기라도 할 법한 태도였다. 웨이크 섬의 사진들은 별다른 말 없이 돌려주었다.

널찍한 콘크리트 활주로가 있는 태평양 환초섬의 사진들. 지난 몇 달 동안 수집한 것이었다. 병원에서 요양하는 동안 그는 웨이크 섬의 앨버트로스가 멸종되는 걸 막으려 하는 자연보호협회에 가입했었다. 수만 마리가 활주로 끝에 둥지를 틀고 있다가, 경유하는 항공사 소속 여객기가 이륙할 때마다 무리를 지어 날아오르는 미련한 새들이었다. 멜빌의 진짜 관심은 섬 그 자체였다. 제2차 세계대전 당시에는 공군기지였고, 이제는 태평양을 횡단하는 여객기의 급유를 위해 쓰이는 웨이크 섬. 수없이 긁힌 백사장과 콘크리트, 활주로 옆에서 녹슬어 가는 양철 판잣집까지, 인간이 만든 풍경이 총체적으로 쇠락하는 모습이 그의 마음을 강렬하지만 모호하게 사로잡았다. 그는 경비행기를 타고 섬에서 섬으로 건너가며 태평양을 가로지르는 백일몽에 빠졌다. 웨이크 섬에 발을 딛기만 하면 편두통은 영원히 사라질 것이 분명했다. 공군에서 제대할 당시 상황은 혼란스러웠다. 사고 후 요양 기간 동안, 군 소속 정신분석가들은 이후 어설프게 이어진 침묵 속 음모에서 기꺼이 자신의 역할을 수행했다. 그가 이곳 버려진 리조트의 집을 하나 빌리고, 소급 급여를 받아서 1년 정도 지낼 생각이라고 말하자, 그들은 안도의 한숨을 쉬면서 그를 보내 주었다. 머리를 찍은 엑스레이 건판과 웨이크 섬의 사진들도 챙겨 주었다.

"왜 하필이면 웨이크 섬인가?" 세 번째로 체스를 두러 만난 날 저녁, 랭 박사가 물었다. 그는 멜빌이 벽난로 위에 붙여 놓은 사진과 지형, 강수량, 지진 발생, 동식물 현황을 요약한 기록을 가리켰다. "괌은 안 되나? 미드웨이나? 하와이 제도는 어떤가?"

"미드웨이도 나쁘진 않지요. 하지만 거긴 지금 군항입니다. 착륙 허가를 내줄 것 같지가 않아요. 애초에 기후 자체도 다르지만요." 라이벌 태평양 섬들을 언급할 때면 멜빌은 항상 활기를 되찾고는 자신을 위한 신화를 재구축하는 일에 매진하곤 했다. "괌은 길이가 40마일이나 되고, 산악 지대와 울창한 정글로 뒤덮여 있습니다. 뉴기니 섬의 축소판 같은 곳이죠. 하와이 제도는 미국의 해안가 교외 지방에 지나지 않습니다. 진짜배기는 웨이크뿐이에요."

"자네는 극동 지방에서 어린 시절을 보냈다지?"

"마닐라에서요. 아버지가 그곳에서 직물 회사를 운영하셨습니다."

"그래서 자네에게 태평양 지역이 특별한 매력을 가지는 모양이로군."

"어느 정도는요. 하지만 웨이크는 필리핀에서 꽤 멉니다."

랭은 멜빌이 실제로 웨이크 섬에 간 적이 있는지는 묻지 않았다. 머나먼 태평양 환초섬으로 날아가는 꿈은 분명 멜빌의 머릿속 바깥에서는 실현되기 힘들어 보였다.

그러나 이내 행운이 찾아와 언덕에 묻혀 있는 비행기를 발견하게 된 것이었다.

밀물이 들어와 백사장을 뒤덮으면 멜빌이 거닐 곳은 방갈로 위쪽 모래언덕밖에 남지 않았다. 모래언덕은 바람에 쏠리고 깎이며 매일 모양이 변했다. 그러나 어느 오후 멜빌은 모래언덕 아래 직선의 형체가 존재한다는 것을, 인간이 만든 구조물이 잠들어 있는 것을 발견했다. 떨어져 나온 외양간이나 보트 격납고의 금속 지붕으로 보였다.

리조트 뒤편 경비행기 활주로에서 날아온 익숙한 단발기 소음에 짜증을 내면서, 멜빌은 흘러내리는 모래를 뚫고 언덕 위로 올라가 잡초가 드문드문 돋은 언덕마루에 자리를 잡았다. 예의 비행기, 개인 소유 세스나기가 바다 쪽에서 그를 향해 정면으로 날아와서 급상승하더니 그대로 그의 머리 위를 맴돌았다. 비행기는 30대 초반의 비행 취미를 가진 치과 의사가 몰고 있었는데, 그녀는 꽤나 전부터 멜빌에게 호기심을 가지고 있는 듯 보였다. 그녀의 플랫식스 엔진 소리가 멜빌의 머리 위를 계속 따라다녔기 때문이다. 간조 때 해안선부터 400야드에 이르는 모래 위를 거닐고 있을 때면, 김을 내뿜는 모래에 바퀴가 거의 닿을 정도로, 머리 위를 소음으로 뒤덮을 심산인지 엔진을 최대한 격렬하게 돌리면서 그를 지나쳐 날아가기도 했다. 요즘은 다양한 종류의 보조 연료 통을 시험하고 있는 모양이었다. 가끔씩 미국 세단을 몰고 리조트의 텅 빈 거리를 가로질러 비행장으로 향하는 그녀의 모습이 보이기도 했다. 이유는 모르겠지만 멜빌은 그녀의 경비행기 소리를 들으면 마음이 초조해졌다. 마치 두뇌 속의 가구가 검은색 커튼 뒤에서 이리저리 움직이는 것 같은 느낌이었다.

세스나기가 경계심 없는 둔한 바닷새처럼 느릿하게 머리 위를 돌았다. 해변 생태계 탐사에 몰두하는 척하며, 멜빌은 양발 사이의 모래를 쓸었다. 멍하니 내려다보는 시선 끝에서 회색 리벳으로 연결된 금속이, 너무나도 익숙한 유선형 구조체의 외피가 드러났다. 그는 자리에서 일어나 양손으로 모래를 치웠고, 이윽고 잘못 볼 리가 없는 에어로포일 곡면이 하늘 아래 드러났다.

세스나기는 치과 의사를 태운 채로 비행장 쪽으로 사라졌다. 멜빌은 이미 그녀에 대해서는 잊어버린 채 묵직한 모래 더미를 언덕 사이의 계곡으로 쏟아내리기 시작했다. 거의 탈진한 상태였지만, 그는 멈추지 않고 언덕에서 모습을 드러내는 우측 날개 끝의 모래를 치웠다. 재킷을 벗어 굵직한 하얀 모래알을 털어 내자 마침내 별과 막대기로 구성된 USAAF* 휘장이 모습을 드러냈다.

그는 얼마 지나지 않아 자신이 발견한 물건이 전시에 사용되었던, 거의 온전한 형태의 B-17임을 깨달았다. 이틀에 걸쳐 꾸준히 수 톤의 모래를 퍼내고 나자, 우측 날개 전체와 꼬리날개와 후방 기관총좌 전체가 모습을 드러냈다. 거의 피해를 입지 않은 모습이었다. 멜빌은 비행기가 해협을 건너다 연료가 떨어져서 간조 때의 해변에 착륙을 시도했으나, 젖은 백사장에 미끄러지는 바람에 그대로 해변 위쪽의 모래언덕으로 파고들어 간 것으로 추측했다. 완전히 못쓰게 된 '하늘의 요새'는 그대로 그 자리에 버려졌고, 이내 언덕에서 쓸려 온 모래에 완전히 덮여 버렸으리라. 작은 리조트가 건설되고 마을이 잠시 융성하다 쇠퇴하는 동안에도, 아무도 100야드 떨어진 모래언덕에 묻힌 제2차 세계대전의 유산을 알아채지 못한 것이다.

멜빌은 체계적인 계획을 세워 이 골동품 폭격기를 발굴해서 개장하기로 했다. 홀로 작업하자면 비행기 전체를 파내는 데만 석 달은 걸릴 것이고, 전부 분해해서 처음부터 재조립하려면 추가로 2년은 필요할 것이다. 휜 프로펠러 날개를 펴거나 라이트사이클론 엔진을 대체할 수단 따위는 여전히 모호했지만, 그는 이미 흙과 모래를 쌓고 널빤지를 덧대 만든 활주로를 마음속에 그리고 있었다. 불도저를 대여해서 언덕 꼭대기에서 해변까지 밀어 버리는 것이다. 기나긴 여름의 한낮이 지난 다음, 바닷물이 물러가서 간조선 근처의 모래가 매끈하고 단단해지면……

그를 만나러 오는 사람은 거의 없었다. 메서슈미트를 발굴하는 무리의 리더인 전직 광고대행업자 테넌트가 백사장을 건너와서, 모습이

---

* United States Army Air Forces. 미국육군항공대.

드러나기 시작한 포트리스의 날개와 동체를 구경하기는 했다. 양쪽 모두 서로에게 말을 걸지 않았다. 멜빌도 알다시피, 둘 다 보다 중요한 일로 마음속이 가득 차 있었기 때문이다.

그렇게 비행기에 매달려 있던 어느 저녁 무렵, 랭 박사가 요양원 쪽에서 해변을 따라 걸어 내려왔다. 그는 그림자로 뒤덮인 모래언덕에 서서 기수 총좌에서 모래를 퍼내는 멜빌의 모습을 물끄러미 바라보았다.

"탑재 폭탄은 어떤가?" 그가 물었다. "마을이 통째로 날아가는 모습은 보고 싶지 않네만."

"이건 정규 절차를 거쳐 유기된 물건입니다." 멜빌은 해체된 기관총좌를 가리키며 말했다. "기관총과 폭격 조준기를 포함한 모든 장비가 제거되어 있어요. 저 때문에 날아갈 걱정은 하지 않으셔도 될 겁니다, 선생님."

"100년 전이었다면 자네는 백악 절벽에서 디플로도쿠스 공룡 화석을 캐고 있었을지도 모르겠군." 랭은 이렇게 평가했다. 세스나기가 리조트 남쪽 끝의 사구 주변을 맴돌고 있었다. 항로 훈련을 마치고 돌아가는 듯했다. "그렇게 비행을 하고 싶으면 헬렌 윈스럽한테 부조종사로 데려가 달라고 청해 보지 그러나. 전에 한 번 자네에 대해서 물어보던데 말이야. 케이프타운까지 단발기 최단 기록에 도전할 계획을 세우고 있다더군."

이 새로운 소식은 멜빌의 관심을 돋우었다. 다음 날 발굴 현장에서 작업을 계속하는 내내 그는 세스나기의 소리를 찾아 귀를 쫑긋 세우고 있었다. 홀로 아프리카를 종단할 계획을 세우고 있는, 모래언덕 너머의 버려진 비행장에서 비행기를 손질하는 여성의 모습은 왠지 웨이크 섬으로 날아가는 꿈보다도 더 강렬하게 느껴졌다. 모래언덕에서 힘들여 파내는 중인 낡은 폭격기가 이륙은커녕 지금 있는 모래언덕 위를 떠나게 될 리도 없다는 사실도, 이제는 잘 알고 있었다. 그러나 그 여인의 비행기라면 나쁘지 않은 대용품이 될 것이다. 그는 이미 마음속으로 비행경로를 그리고 있었다. 그녀의 보조 연료 통의 용량을 가늠하고, 아조레스와 뉴펀들랜드를 급유 지점으로 정하면서.

그녀가 자신을 두고 떠날지도 모른다는 걱정이 든 멜빌은 그녀에게 직접 접근하기로 마음먹었다. 그는 차를 몰고 텅 빈 리조트 거리를 지나쳐, 비행장으로 가는 비포장도로로 접어들었고, 잠시 후 그녀의 미국 세단 옆에 차를 세웠다. 엔진 덮개를 열어 놓은 세스나기가 활주로 끝에 서 있었다.

그녀는 격납고의 작업대에서 연료 통 부속을 용접하고 있었다. 멜빌이 다가가자 그녀가 용접기를 끄고 마스크를 벗었다. 지적인 얼굴이 손에 가렸다.

"누가 먼저 여길 벗어날지 경주를 하고 있는 것 같군요." 그가 격납고 입구에서 머뭇거리자, 그녀가 안심시키듯 이렇게 말을 건넸다. "랭 박사님 말로는 이런 연료 통을 강화하는 방법을 아신다던데요."

멜빌의 눈에 그녀의 어색한 웃음은 복잡한 성적 은유를 감추고 있는 것처럼 보였다.

처음부터 멜빌은 그녀가 당연히 케이프타운 비행 계획을 중단하고 그를 부조종사 삼아 세계 일주 여행에 나설 것이라고 여겼다. 그는 서쪽을 향하는 비행 계획을 세우고, 자신의 몸무게에 맞추어 필요한 연료량을 재계산했다. 그리고 보조 연료 통을 지탱할 수 있도록 날개 구조와 버팀대의 새로운 설계를 보여 주기도 했다.

"멜빌, 나는 케이프타운으로 갈 거야." 그녀는 지친 듯 말했다. "몇 년 동안 이번 여행을 계획했다고. 다른 데로 갈 생각은 조금도 없어. 당신은 그 말도 안 되는 섬에 집착하고 있겠지만."

"일단 거기 도착하면 이해할 수 있을 거라니까." 멜빌은 그녀에게 다짐했다. "비행기 걱정은 하지 마. 웨이크에 도착한 다음에는 원하는 데로 가도 돼. 연료 통도 제거하고 버팀대도 잘라 낼 테니 말이야."

"웨이크 섬에 계속 있으려고?" 헬렌 윈스럽은 멜빌이 진지하게 말하는 것인지조차 확신하지 못하는 모양이었다. 치료용 의자에 앉아서 지금까지 꿈꾸던 온갖 다양한 치과 치료를 언급하는 열정적인 환자를 대하는 기분인 듯했다.

"계속 있을 거냐고? 그야 당연히……" 멜빌은 방갈로 벽난롯가를 따라 걸음을 옮기며, 줄줄이 붙어 있는 사진을 어루만졌다. "여기 활주로 좀 봐. 모든 것이 여기 있다니까. 웨이크 비행장처럼 커다란 공항은 엄청난 가능성을 가지고 있다고. 끝이 아니라 시작으로 가득한 곳이야."

헬렌 윈스럽은 별다른 대답 없이 멜빌을 물끄러미 바라보기만 했다. 그녀는 이제 더 이상 활주로 끝의 격납고에서 잠을 자지 않고, 주말에 들를 때마다 멜빌의 방갈로에서 머물렀다. 세스나기의 항속거리를 늘려 급유를 위한 착륙 횟수를 줄이려면 멜빌의 도움이 필요했기 때문이다. 초조함과 아이 같은 흥분은 참을 수 있었지만, 그가 갈수록 자신에게 의존해 오는 점이 그녀에게는 불안하게 느껴졌다. 그가 세스나기 개조 작업을 하는 동안, 그녀는 섬의 활주로에 대해 몇 시간 동안 쉬지도 않고 지껄이는 소리를 들어 주었다. 그러나 동시에 시동키가 꽂힌 비행기 옆에 절대 그가 홀로 남지 않도록 주의를 기울이는 것도 잊지 않았다.

그녀가 치과 일을 하러 떠나면, 멜빌은 언덕으로 돌아가서 다시 추락한 폭격기를 파내는 작업에 매진했다. 이제 양쪽 날개 모두 모래 밖으로 드러났고, 얼마 지나지 않아 동체 상부가 뒤따라 나타났다. 주말이면 그는 세스나기가 머나먼 서쪽으로 떠날 수 있도록 만드는 일에 매달렸다. 그가 극도로 흥분한 상태, 곧 웨이크 섬으로 날아가는 꿈이 현실로 이루어질 것이라는 희열을 애써 억누른 상태였음에도, 비행 계획을 세우고 세스나기의 기체를 개조하는 그의 작업은 세심하고 전문가답게 이루어지고 있었다.

수면을 방해하는 격렬한 편두통조차도 멜빌의 행복에 흠집을 내지 못했다. 그는 과거의 파편이 모습을 드러내는 것이, 과도하게 진지한 여류 비행사와 관계를 가지면서 받는 스트레스 때문이라 생각했지만, 이내 사방에서 솟아오르는 비행기들이 자신의 잊을 수 없는 악몽을 불러내고 있다는 사실을 깨닫게 되었다. 헬렌 윈스럽의 세스나기, 그가 빛 속으로 이끌어 내고 있는 하늘의 요새, 광고대행업자가 백사장 아래에서 끌어 올리고 있는 검게 그을린 메서슈미트까지도.

폭풍이 백사장을 휩쓸고 지나간 후, 그는 방갈로 발코니에 서서 저릿한 공기를 들이마시며 밤을 가득 채웠던 불쾌한 꿈들로부터, 광기로 가득한 은유의 세계로부터 벗어나려 했다. 그의 눈앞에 보이는 백사장은 수십 개의 녹슨 금속 조각, 폭풍에 떨어져 나온 비행기 부속으로 뒤덮여 있었다. 헬렌 윈스럽이 침실 창문을 통해 지켜보는 가운데, 그는 해변을 향해 발걸음을 옮겨 엉망이 된 백사장을 거닐면서, 꿈의 조수가 밀려가며 남겨 놓은 것처럼 사방에 널려 있는 기화기와 배기

집합관과 방향타와 뒷바퀴 파편을 하나씩 세었다.

이미 다른 기억들이 그의 주변으로 몰려들고 있었다. 분명 타인의 인생의 파편, 그가 연기해야 한다고 유도되었던 가상 환자의 병력에서나 찾아볼 수 있는 세세한 내용들이었다. 언덕 꼭대기에서 포트리스를 파내면서, 레이디얼 엔진의 실린더 회전판에서 모래를 쓸어 내면서, 그는 자신과 관계있었던 다른 비행체를, 날개가 없는 탈것들을 떠올렸다.

이제 폭격기는 완전히 모습을 드러냈다. 자신의 작업이 거의 끝났음을 파악한 멜빌은 기수 총좌 뒤편의 하부 탑승구 해치를 열었다. 처음 조종석이 모습을 드러낸 이후로, 멜빌은 줄곧 부서진 우측 유리창을 깨고 들어가 조종석 앞에 앉고 싶은 유혹을 느꼈다. 메서슈미트에서의 경험이 그를 주저하게 만들었다. 그러나 헬렌 윈스럽이 함께 있어 준다면 안전할 것이다.

그는 삽을 내던지고 모래를 가로질러 방갈로로 향했다.

"헬렌! 이리 좀 와 봐!" 그는 자부심을 가득 담아 언덕 위에 모습을 드러낸 비행기 쪽으로 손짓하고는, 이미 활주로 앞에 도달하기라도 한 것처럼 비행기 배를 가리켰다. 그는 자신을 진정시키려 애쓰는 헬렌 윈스럽을 이끌고 밧줄을 잡고서 무너져 내리는 경사면을 올라갔다.

탑승구로 올라간 다음 그는 마지막으로 백사장을, 녹슨 비행기 부속으로 가득한 황야를 내려다보았다. 그들은 동체 안으로 들어가서 상부 총좌의 방호벽을 돌아, 구식 통신 장비와 구명조끼와 탄약상자의 잔해를 타고 넘었다. 이곳에 온갖 노력을 쏟은 멜빌의 눈에는 동체 내부가 마법의 공간처럼 보였다. 고대의 기계 속에 존재하는 신비의 동굴 같았다.

헬렌과 함께 조종석에 앉으면서 그녀가 자신과 함께 태평양을 횡단할 것이라는 데 행복에 겨워, 그는 그녀의 손을 붙들어 조절 레버와 다이얼 위로 인도했다.

"좋아, 됐어. 연료 혼합 농도 확인, 기화기 냉각 완료, 프로펠러 각도 양호, 이륙을 위해 플랩을 내린다……"

그녀가 그의 어깨를 붙들어 계기판에서 떼어 내려 애쓰는 동안, 멜빌의 머릿속에서는 포트리스의 엔진에 시동이 걸리는 소리가 들려왔다. 영화를 보는 것처럼, 그는 군대의 시험비행 조종사였던 자신의 모습을 떠올렸다. 그리고 실패로 끝난, 단 한 번의 우주 비행사로서의 임무도. 끔찍한 운명의 장난 때문에 그는 우주에서 정신 붕괴를 겪은 첫 우주 비행사가 되었다. 그의 악몽 속 헛소리는 전 세계 수백만 시청자들을 거북하게 만들었다. 마치 우주에서 사람이 광기에 빠지는 모습이, 오래도록 잊고 있던 본능적인 행동을 발현시키는 메커니즘을 자극하기라도 한 것처럼.

그날 저녁, 멜빌은 침실 창가에 누워 백사장으로 밀려오는 고요한 바다를 바라보고 있었다. 헬렌 윈스럽이 그를 조종석에 놔두고 떠나 버리던 모습, 랭 박사를 찾으러 백사장을 달려가던 모습이 떠올랐다. 세심하게 주의를 기울이기는 했지만, 랭 또한 항공의학기관의 의사들과 마찬가지로 멜빌에게 도움이 되지 못했다. 그 역시 세 명이 탑승한 우주선에서 네 번째 승무원을 보았다는 멜빌의 집착을 없애 주지는 못했다. 멜빌은 인간인지 새인지 모를 그 수수께끼의 사람을 자신이 살해했다고 믿었다. 미친 걸로 모자라서, 우주 공간의 첫 살인까지 저지른 것일까? 해방된 다음 그는 세계 여행을 하리라 다짐했다. 밖으로는 웨이크 섬으로, 안으로는 자신의 마음속에 존재하는 행성을 가로지르기로 결심했다.

여름이 막을 내리고 함께 출발할 날이 다가왔을 즈음, 멜빌은 다시 추락한 폭격기를 파내려 애쓰는 신세가 되었다. 날씨가 서늘해지자 밤바람이 언덕의 모래를 휩쓸어 비행기의 동체를 다시 덮어 버리기 시작했기 때문이다.

랭 박사가 방문하는 횟수도 늘었다. 상태가 악화되어 가는 멜빌을 걱정하며, 박사는 흘러내리는 수 톤의 모래와 씨름하는 그의 모습을 지켜보았다.

"멜빌, 자네 무리하는 것 아닌가." 랭은 멜빌의 삽을 받아 들고 삽질을 시작했다. 멜빌은 날개에 걸터앉았다. 요즘은 조종석에 들어가지 않도록 주의하고 있었다. 백사장 저편에서 테넌트 일행이 겨울을 맞아 철수하고 있었다. 동체가 부러진 메서슈미트 109는 트럭 두 대에 나뉘어 실려 있었다. 멜빌은 헬렌 윈스럽과 함께 버려진 리조트를 떠나 서쪽으로 날아갈 날을 기다리면서 힘을 비축하는 중이었다.

"통신 장비도 준비가 끝났어." 떠나기 바로 전 주말에 그는 그녀에게 말했다. "이제는 비행 계획만 정리하면 돼."

헬렌 윈스럽은 벽난로 옆에 서 있는 그를 애처로운 눈길로 바라보았다. 그가 신경증 때문에 구토를 해 대는 것을 견디지 못하고 그녀는 다시 격납고로 거처를 옮겼다. 그렇기는 해도, 아니 오히려 그 때문에 그들 사이에 있던 가벼운 성적 관계는 무미건조하게 계속되고 있었다. 그러나 그녀는 여전히 그를 다독여 주려 노력했다.

500

"짐은 얼마나 가져갈 거야? 아무것도 안 쌌잖아."

"아무것도 안 가져갈 거니까. 사진만 빼고."

"웨이크 섬에 도착하면 사진은 필요 없을 텐데."

"그럴지도 모르지만—이제는 사진 쪽이 섬보다 더 현실같이 느껴지거든."

헬렌 윈스럽이 그를 두고 떠났을 때, 멜빌은 깜짝 놀라기는 했어도 실망하지는 않았다. 그가 부착한 날개 연료 통을 단 세스나기가 짐을 가득 싣고 활주로에서 이륙했을 때, 그는 모래언덕 위에서 작업에 매진하고 있었다. 엔진 소리를 들으니 시험비행이 아니라는 사실은 분명했다. 포트리스의 상부 총좌에 앉아서, 그는 그녀가 백사장 너머 바다를 향해, 계속 오른쪽으로 방향을 조정하며 바람을 타고 해협을 건너 날아가는 모습을 바라보았다.

비행기가 시야에서 사라지기 훨씬 전에 멜빌은 그녀를 잊어버렸다. 자신은 혼자 힘으로 태평양으로 날아갈 거니까. 다음 몇 주 동안 그는 비행기 아래 몸을 숨기고 바람이 쓸어 온 모래가 비행기 동체를 뒤덮는 모습을 바라보고만 있었다. 헬렌 윈스럽이 떠나고 광고대행사 중역이 메서슈미트를 가지고 가 버리자 그의 꿈은 훨씬 차분해졌고, 우주 비행의 꿈도 잦아들었다. 가끔은 우주 비행사로서 훈련을 받던 기억 전체가 환상이라고, 복잡한 환각 기제의 일부일 뿐이라고, 그의 진짜 야망에 대한 극단적인 은유라는 확신을 하기도 했다. 이런 확신은 그의 건강과 자신감을 눈에 띌 정도로 고양시켰다.

랭 박사가 언덕을 올라와 헬렌 윈스럽의 세스나기가 나이로비 공항에서 추락했고, 그녀가 2주 후 사망했다는 사실을 알려 주었을 즈음에는, 멜빌도 며칠 정도 진정한 슬픔을 느낄 만큼 회복되어 있었다. 그는 활주로로 차를 몰고 가서 텅 빈 격납고 주변을 돌아다녔다. 너무 서둘러 출발을 한 흔적이, 옷으로 가득한 여행 가방과 예비 구조용 신호탄이 텅 빈 기름통 주변에 널려 있는 것이 보였다.

언덕으로 돌아온 그는 모래 속에 추락한 폭격기를 다시 파내기 시작했다. 너무 많은 부분을 공기 중에 드러내지 않도록 주의하면서. 습기 찬 겨울 공기에 종종 탈진하기도 했지만 마음은 갈수록 차분해지고 있었다. 절대 들어가지 않을 조종석이 달린, 하늘의 요새의 육중한 동체 그리고 웨이크 섬으로 날아가는 꿈이 그의 자양분이 되어 주었다.

(1974)

저공비행
Low-Flying Aircraft

"저 작자는 혼자서 정신 나간 도박을 즐기고 있는 거야."

텅 빈 호텔의 10층 발코니에서, 포리스터와 그의 아내는 해변을 따라 1마일 떨어진 곳에 있는 엠푸리아브라바의 활주로에서 이륙하는 경비행기를 바라보고 있었다. 농업용 비행기를 개조한, 은빛 동체와 개방형 조종석이 달린 복엽기였다. 콘크리트 활주로 끝으로 달려가는 비행기에서 망가진 선풍기처럼 엔진이 으르렁거리는 소리가 울리며 텅 빈 리조트를 가득 채웠다.

"언젠간 실패하는 날이 올 거라고, 아마도 그날이 오기를 기다리고 있는 거겠지……" 포리스터는 무의식적으로 의자에서 일어나 음료수 카트를 밀면서 발코니 난간으로 나갔다. 비행기는 이제 빠르게 활주로를 달려 내려가고 있었다. 꼬리의 바퀴는 아직 활주로에 닿아 있었지만, 이제 그 앞으로 활주로가 200피트 정도밖에 남아 있지 않았다. 활주로는 30년 전에 이곳 코스타브라바의 휴양지까지 자가용 비행기를 몰고 오는 부유한 스위스인이나 독일인들을 위해 만들어진 것이었다. 그러나 보수를 한 지도 한참이 지났기 때문에, 바다로 튀어나와 있는 콘크리트 활주로는 강한 바닷바람에 깎여 원래의 3분의 1 길이까지 줄어든 상태였다.

그럼에도 고글 위로 각진 이마를 드러내고 긴 머리카락을 뒤로 질끈 묶은 조종사는 조금도 개의치 않아 보였다. 포리스터는 혼란스럽게 소용돌이치는 감정에 둘러싸여 난간을 붙들고 서 있었다. 저 오만하고 고독한 의사가 바위 위로 추락하는 모습을 보고 싶기도 했지만, 동시에 굴드와의 복잡 미묘한 라이벌 관계 때문에 주의하라고 소리쳐 주고 싶기도 했다.

마지막 순간, 활주로가 채 20피트도 남지 않은 시점에서 굴드는 비행기를 공중으로 끌어 올리기라도 하는 듯 최대한 몸을 뒤로 젖혔다. 비행기는 곧바로 무너진 콘크리트 활주로 위로 솟아올라, 바다 위를 저공으로 한 번 선회하더니 내륙을 향해 날아가기 시작했다.

포리스터는 머리 위를 지나가는 비행기를 좇아 고개를 들었다. 가끔은 굴드가 일부러 자신을 도발하는 것이 아닌가 싶기도 했다. 사실 주디스 쪽일 가능성이 더 높겠지. 그들 사이에는 말로 표현할 수 없는 동질감이 존재했으니까.

"방금 이륙하는 것 봤어?" 그가 물었다. "앞으로 몇 번 남지 않았을 걸."

주디스는 일광욕 의자에 누워서 이제 조용해진 활주로 쪽을 멍하니 바라보고 있었다. 지리한 임신 후반기의 고통에서 잠시라도 주의를 돌리게 해 주려고 이류의 위험성을 최대한 과장해서 말했던 적도 있었다. 그러나 이제 그런 광대짓을 할 필요는 없었다. 심지어 오늘 같은 날, 피게레스에서 보조의가 양막羊膜 스캔 결과를 가져오기를 기다리고 있는 동안에도. 다음번 여름 폭풍우가 무너져 가는 활주로에 심각한 손상을 입히면 굴드는 실패할 것이 분명했다. 이제 아무도 다니지 않는 수많은 도로 중 하나를 정리하기만 해도 이런 문제를 겪을 필요가 없을 텐데, 참 이상한 일이었다.

"이제 너무 조용하네." 주디스가 말했다. "보조의는 왔어? 오늘 오전 중에 오기로 했을 텐데."

"올 거야. 여기 치료소는 일주일에 하루만 문을 여니까." 포리스터는 아내의 작은 발을 손으로 들면서, 어떤 계산도 책략도 담기지 않은 눈으로 그녀의 하얀 다리를 감상했다. "걱정 마, 이번에는 좋은 소식이 있을 테니까."

"나도 알아. 묘한 일이지만 나도 그렇게 확신하고 있는걸. 요 몇 달 동안 전혀 의심조차 하지 않았어."

포리스터는 리조트 뒤편 언덕 너머로 사라져 가는 경비행기의 나지막한 진동음에 귀를 기울였다. 아래 거리에서는 바람에 밀려온 해변의 모래가 여러 개의 모래언덕을 만들며 자동차들을 창문 아래까지 파묻어 버렸다. 호텔 정문까지 이어지는 몇 안 되는 타이어 자국은 전부 보조의의 혼다가 낸 것이었다. 엄격한 얼굴의 남성 간호사의 덜컥거리는 엔진 소리가 울리면 마을 전체가 우수의 감정에 감싸이곤 했다. 그는 두 달 전 포리스터 부부가 이곳에 도착했을 때부터 주디스를 돌보았는데, 돌보는 손길은 섬세했지만 감정은 조금도 내비치지 않았다. 마치 임신의 최종 결과물을 확신하는 것처럼.

어쨌든 포리스터는 아직까지도 남은 희망에 매달리고 있었다. 예전에는 이럴 때마다 결실 없는 임신에 대한 공포에 사로잡힌 채 제네바를 떠나 지중해 연안의 텅 빈 휴양지를 계속 돌아다니면서, 다시 한 번 심각한 결함을 가진 태아의 모습이 드러나는 것을 기다리기만 했었다. 그러나 이번 마지막 임신만은 고대하고 있었다. 거의 도전처럼, 확률은 낮지만 상상할 수 있는 최고의 상품이 걸린 게임을 하는 것처럼 느껴졌다. 여섯 달 전에 주디스가 다시 임신을 했다는 사실을 털어놓았을 때, 그는 즉시 스페인으로 여행을 떠나기 위해 자동차를 수배했다. 주디스는 너무도 간단히 임신을 했다. 쓰디쓴 역설이었다. 이제 인간이 거의 남지 않은 이 세계에 남은, 격렬하고 가시지 않는 성행위에 대한 갈망과 결실이 없기는 해도 엄청난 생식력.

　"리처드, 그러지 마. 죽은 사람 같은 표정이잖아. 나를 위해 건배 한 번 해 줘." 주디스는 카트를 자기 의자 쪽으로 끌어당겼다. 그리고 자리에서 일어나 앉아 장난감처럼 몸을 움직이기 시작했다. 침실 거울에 비친 자신들의 모습을 보며, 포리스터는 스콧 피츠제럴드의 후기 작품에 등장하는 연인들처럼 보인다고 생각했다. 잘생기고 육감적인 그러나 내면에 죄의 비밀을 감추고 있는 한 쌍의 육체.

　"오늘 저녁이면 스캔 결과를 알게 되는 건 알지? 리처드, 축배를 들어야 할 거라고! 베니도름으로 가는 편이 나았을지도 모르겠네."

　"거긴 사람이 엄청나게 많잖아." 포리스터가 지적했다. "여름이면 열다섯이나 스무 사람 정도 와 있을지도 모른다고."

　"그래서 하는 소리야. 다른 사람들을 만나서 이 좋은 소식을 함께 나누어야지."

　"그럴까……" 코스타브라바 북쪽 끝의 이 한적한 휴양지를 찾아온 것은 다른 사람들을 만나지 않기 위해서였다. 사실 포리스터는 이곳에 굴드가 있다는 사실을 발견하고 화가 날 지경이었다. 그 히피 같은 의사는 해변의 버려진 호텔 한 곳에 살고 있었는데, 주말 동안 자리를 비웠다가 갑작스레 비행기를 타고 나타났던 것이다.

포리스터는 줄지어 늘어선 텅 빈 호텔과 아파트들을, 문을 닫은 지 한참이 지난 식당과 슈퍼마켓들을 눈으로 훑었다. 이곳의 인적 없는 풍경에는 어딘가 마음을 편안하게 해 주는 데가 있었다. 이곳, 세상이 잊은 마을에서 다른 사람은 거의 없이 지내는 쪽이 훨씬 편한 기분이 들었다.

난간 앞에 함께 서서 술을 홀짝이며 조용한 만을 굽어보면서, 포리스터는 만삭이 된 아내의 허리에 손을 둘렀다. 몇 주 동안 그는 아내에게서 거의 손을 떼지 않고 있었다. 굴드만 사라진다면 이곳은 즐거워질 것이다. 남은 여름 내내 이곳에서 뒹굴며 계속 사랑을 나누고 아기와 놀 수 있을 것이다. 요즘은 아기가 별로 없었다. 정상으로 태어날 확률은 1,000분의 1도 되지 않았으니까. 벌써부터 늙은 농부들이 언덕을 타고 내려와 해변에서 원시적인 대지의 축제 비슷한 것을 벌이는 모습이 눈에 선했다.

그들 뒤편에서 비행기가 다시 나타나 마을 위를 날아갔다. 잠깐이지만 의사의 은빛 헬멧을 본 것만 같은 기분이 들었다. 굴드의 짜증 나는 잘난 척 중 하나는 헬멧이며 비행용 재킷이며 낡은 메르세데스의 흙받기에까지 은색 줄무늬를 그리는 것이었다. 그의 성품에 걸맞지 않은 유치한 자만심의 발현이었다. 포리스터는 마을 곳곳에서 그런 페인트 흔적을 발견했다. 보트 정박지와 엠푸리아브라바 활주로와 로세스의 해변 호텔 사이를 흐르는 운하의 보행자용 교각에서, 굴드의 호텔 근처 길모퉁이에서. 겉보기로는 아무렇게나 그린 것 같은 표식이지만 마치 해독할 수 없는 독자적인 언어의 구성 요소처럼 보였다. 지금까지 한동안 포리스터는 굴드가 산속에서 범죄에 가까운 게임을 하고 있다고 확신했었다. 버려진 수도원에 침입해서 성상과 금쟁반을 약탈하고 있으리라고. 포리스터는 이 고독한 의사가 비행기를 몰고 끈질기게 지중해 연안을 돌아다니며 예술품을 잔뜩 모으는 모습을 그릴 수 있었다. 언젠가 세계의 경제가 다시 돌아가기 시작할 때를 대비해서 말이다.

피게레스의 달리 박물관에서 마지막으로 굴드를 만났을 때 벌어진 일은 이런 의심을 확신에 가깝게 해 주었다. 아이에게 기형이 없다는 사실을 확인하기 위해 양막 스캔을 하러 주디스를 출산 준비 진료소에 내려 준 다음, 그는 이곳 출신의 가장 저명한 예술가를 기리는 박물관 쪽으로 걸음을 옮겼는데, 이는 곧 잘못된 판단임이 드러났다. 텅 빈 미술관을 빠른 걸음으로 돌아다니다가, 그는 굴드가 중앙의 긴 의자에 누워서 애정이 담긴 시선으로 초현실주의 화가가 만든 축 늘어진 배아와 해부학적 괴물들을 감상하고 있는 모습을 발견했다. 은빛 얼룩이 가득한 재킷과 뒤로 묶은 긴 머리카락 때문에 의사라기보다는 중년 폭주족처럼 보였다. 그가 있는 의자 옆에는 골라서 떼 낸 캔버스 세 개가 놓여 있었다. 굴드는 나중에 그걸 가져다 호텔 방을 장식했다.

"저 그림은 저한테는 조금 이해하기 힘들군요." 포리스터는 이렇게 평가했다. "지옥에서 나온 뉴스 영화 모음집 같은데요."

"미래를 날카롭게 예측한 것이라는 점은 확실하지." 굴드도 동의했다. "궁극적인 디스토피아는 각자의 머릿속에 있는 법이니까."

박물관을 떠나면서 포리스터는 말했다. "3주 후면 주디스가 아이를 낳을 겁니다. 혹시 주디스를 돌보아 줄 수 있으신가요?"

굴드는 대답하지 않았다. 캔버스를 한쪽 손에서 다른 쪽 손으로 옮겨 잡으며, 그는 텅 빈 거리의 가로수들 쪽을 향해 얼굴을 찌푸렸다. 마치 무언가가 나타나기를 기다리고만 있는 듯한 눈이었다. 이번이 처음은 아니었지만, 포리스터는 이 남자가 지독하게 지쳐 있다는 것을, 깡마른 얼굴 아래 초조함이 깃들어 있다는 것을 깨달았다.

"보조의는 어떤가? 그 사람이 나보다는 솜씨가 좋을 텐데."

"사실 출산에 대해서 생각하고 있던 것은 아닙니다. 그보다는……"

"그럼 죽음을?"

"그게……" 굴드의 호전적인 말투에 당황해서, 포리스터는 머릿속에 든 완곡한 표현 목록을 애써 뒤적였다. "물론 희망을 잔뜩 품고는 있지만, 현실에 대처하는 법도 배워 둬야 하니까요."

"두 분 모두 훌륭하시군."

"그런 일도 가능하다는 점을 감안하면, 주디스는 선생님 같은 분이 도와주시기를 바랄 것 같습니다만……"

굴드는 그 말에 알겠다는 듯 고개를 끄덕이고는, 날카로운 눈으로 포리스터를 바라보았다. "결과가 어떻든 그 아이를 키워 보는 것은 어떤가?"

포리스터는 이 말에 마음속 깊은 곳까지 충격을 받았다. 의사의 공격적인 태도에 놀라서, 그는 기분 나쁜 손 인사와 함께 팔 아래 충격적인 작품들을 끼고 메르세데스로 걸어가는 의사의 뒷모습을 바라보고만 있었다.

주디스는 침실에서 잠들어 있었다. 포리스터는 아내의 살짝 풀린 손에서 바람을 빼냈다. 약을 먹는 데도 지친 모양이었다. 그는 약을 약병에 넣은 다음 침대 가장자리에 조심스레 엉덩이를 붙였다. 지난 몇 시간 동안 그는 발코니의 태양 아래에서 홀로 술을 홀짝이고 있었다. 그이유 중 하나는 지겨움이었다—인간의 임신에 걸리는 시간이야말로 진화의 가장 큰 실수임이 분명했다. 그리고 나머지는 혼란스럽게 뒤섞인 공포와 희망 때문이었다.

보조의는 대체 어디 있는 것일까? 포리스터는 다시 발코니로 나가서, 버려진 나이트클럽과 모터보트 대여 사무실 너머로 보이는, 피게레스로 가는 도로를 눈으로 훑었다. 눈길이 활주로에 이르렀을 때, 검은 옷을 걸친 젊은 여인이 굴드의 격납고 문가에 서 있는 모습이 보였다. 예전에도 그 여인이 주변을 오가는 모습을 한두 번 본 적이 있었다. 그녀와 굴드 사이에 성적인 관계가 있을 것이라 가정하고는 질투심을 느꼈다고 스스로 인정하기도 했었다. 그들 사이에는 묘하게 호기심을 자극하는 비밀스러운 점이 있었다. 그는 움직이지 않은 채로 젊은 여인이 햇빛 쪽으로 나오기를 기다렸다. 알코올과 과도하게 완벽한 일부일처제 생활로 인해 벌써부터 아랫도리에 힘이 들어가는 것이 느껴졌다. 홀로 있고 싶은 마음이 간절하면서도, 반 마일 거리 안에 젊은 여성이 한 사람 더 존재한다는 사실만으로도 포리스터는 미칠 지경이 되었다.

5분 후 다시 그 여자의 모습이 보였다. 클럽 나우티코의 옥상 발코니에 서서, 굴드의 은빛 비행기가 돌아오기를 기다리는 것처럼 내륙 쪽을 바라보고 있었다.

포리스터가 객실을 나설 때까지도 아내는 여전히 잠들어 있었다.

10층의 객실 중 정비가 되어 있는 것은 두 곳뿐이었다. 나머지 방들은 굳게 잠겨 폐쇄되어 있었다. 이제는 사라진 수천 명의 여행객들이 남기고 간 애수에 잠긴 짐들을, 천식용 호흡기를, 관수기를, 머리핀과 선탠오일 용기를 담은 타임캡슐처럼.

그는 지하실의 작은 가솔린 엔진으로 구동하는 종업원용 승강기를 타고 로비로 내려왔다. 냉방장치를 돌릴 전력은 없는데도 호텔 안은 서늘했다. 계단 옆, 관광지로서 절정이었던 시절의 로세스를 담고 있는, 다 떨어져 가는 우편엽서가 놓인 진열대 아래의 고리버들 의자에 나이 든 호텔 지배인과 그 부인이 앉아 있었다. 세뇨르 세르베라는 인구 감소가 처음 감지되었을 무렵 바르셀로나의 신문사에서 식자공 일을 하던 사람이었고, 아직까지도 전 세계의 쇠퇴에 대해 방대한 지식을 가지고 있었다.

"아내는 자고 있습니다. 보조의가 오면 바로 올려 보내 주세요."

"좋은 소식이었으면 좋겠군요. 오래 기다리셨잖습니까."

"좋은 소식이라면 오늘 밤 축하를 해야겠죠. 주디스는 이곳에 있는 모든 나이트클럽의 문을 열고 싶어 하더군요."

포리스터는 햇빛 속으로 걸음을 옮겨, 거리를 메운 모래언덕 중에서 가장 가까운 것을 타 넘기 시작했다. 그는 모래에 파묻힌 자동차의 지붕에 올라가 줄지어 늘어선 버려진 호텔들을 바라보았다. 어릴 적 아직 이 리조트가 절반쯤 여행객으로 차 있던 시절, 이곳에 와 본 적이 있었다. 당시에도 제법 많은 호텔이 문을 닫고 있었지만, 부모님의 말씀에 따르면 30년 전만 해도 마을이 너무 북적여서 해변의 모래조차 보기 힘들 지경이었다고 했다. 포리스터는 엠푸리아브라바의 술집과 나이트클럽 위로 항공모함처럼 군림하던 클럽 나우티코를, 세기말의 흥겨움에 열광하는 사람들로 가득한 장소를 기억하고 있었다. 소위 '비너스 호텔'이라 불리는 건물들이 그때부터 건설되고 있었고, 정신 나간 젊은 커플들이 지로나 공항에서 쏟아져 들어왔다.

포리스터는 자동차 지붕에서 뛰어내려 엠푸리아브라바로 뻗어 있는 해안 도로를 따라 걷기 시작했다. 마침내 담배꽁초와 병뚜껑에서 해방된, 뼛가루처럼 청결하고 부드럽기만 한 얼룩 하나 없는 백사장이 해안까지 이어졌다. 텅 빈 호텔들 앞으로 걸음을 옮기고 있노라니, 포리스터는 문득 사라져 간 사람들을 떠올리는데도 기분이 차분하기만 하다는 사실이 이상하게만 느껴졌다. 주디스나 다른 모든 아는 사람들, 예를 들어 호텔 로비에 홀로 앉아 있는 나이 든 식자공과 그 아내처럼, 그 또한 다가오는 몰락이란 악몽을 자연스럽고 평화로운 사건처럼 차분하게 받아들이고 있을 뿐이었다.

그와는 대조적으로, 40년 전에는 제어할 수 없는 공포가 전염병처럼 번져 갔었다. 세계의 인구가 뚜렷하게 감소하고 있다는 것, 출산율이 눈에 띄게 감소하고, 그보다 더 끔찍하게 기형 태아가 엄청나게 증가하고 있다는 것을 모두가 눈치채게 되면서부터였다. 이유가 무엇인지는 알 수 없었지만, 그 때문에 지금 포리스터는 한때 사람들로 붐볐던 코스타브라바의 해안을 홀로 거닐고 있는 것이었다. 극적이고 돌이킬 수 없는 결과였다. 지금과 같은 비율로 감소한다면, 유럽의 20만 명과 미국의 15만 명의 인구는 몇 세대를 버티지 못하고 0으로 수렴하게 될 것이 분명했다.

불행한 역설이지만, 그런 사태가 일어나는 와중에도 가임률은 조금도 변하지 않았다. 인류에서도 그리고 같은 영향을 받은 몇 안 되는 동물 종에서도. 사실 출산율은 도리어 급증했지만, 신생아의 거의 대부분은 심각한 기형을 안고 태어났다. 포리스터는 주디스의 첫아이를 떠올렸다. 눈이 제대로 형성되지 않아 그 자리에 시신경이 드러나 있던 모습을, 그보다 더 끔찍했던 기형의 성기를. 모든 종류의 부끄러움과 혐오를 담은 인간 생식기의 패러디 같던 모습을.

포리스터는 해변이 끝나는 곳, 호텔의 줄이 보트 정박지의 해안선을 따라 직각으로 꺾이는 곳에 와서 멈추어 섰다. 마을 쪽을 돌아보니 자신이 마지막 방문자가 되리라는 점이 거의 확실해 보였다. 유럽의 도로 시스템은 계속 망가지고 있었기 때문에, 머지않아 더 이상 자동차를 타고 스페인으로 들어올 수 없게 될 것이 분명했다. 지난 5년 동안 그와 주디스는 제네바에 살았지만, 포리스터는 유엔 기관에서 근무하는 터라 유럽 곳곳의 도시로 옮겨 다녀야 했다. 그는 방대한 양의 식량, 약품, 공산 소비재와 공업용 원자재의 비축분을 점검하는 조직을 총괄하고 있었다. 얼마 남지 않은 인구를 천 년은 지탱할 수 있는 물자가 창고와 기차 종착역, 버려진 슈퍼마켓과 멈추어 버린 공장 생산 라인에 쌓여 있었다. 제네바의 인구는 아직 2,000명가량이나 되었지만, 유럽의 도시 권역은 대부분 이미 텅 비어 버렸다. 놀랍게도 주요한 성당 도시들, 샤르트르나 쾰른이나 캔터베리 등도 껍데기만 남아 버렸다. 이유는 모르겠지만 종교도 사람들에게 별 위안이 되지는 못하는 모양이었다. 반면 잠시 찾아왔던 공황에도 불구하고 실제로 절망이 찾아오지는 않았다. 지난 30년 동안 그들은 무미건조하게 아이들을 도살하고 서반구를 천천히 폐쇄해 나갈 뿐이었다. 마치 서커스 시즌이 끝나서 텐트를 철거하고 동물들을 죽이는 일꾼들처럼.

운하 둑에 서서 포리스터는 클럽 나우티코의 하얀 외피를 올려다보았다. 젊은 여인의 흔적은 보이지 않았다. 그가 선 뒤편으로 활주로를 마주 보는 길가 식당이 하나 보였다. 몇 년 전에 버려진 곳이었다. 소금기에 찌든 창문 너머로, 바 뒤편 거울 앞에 줄지어 늘어선 술병들과 탁자 위에 쌓여 있는 의자들이 보였다.

포리스터는 문을 밀고 들어갔다. 식당 내부는 박물관처럼 보였다. 수년 동안 어느 것도 자리를 바꾸지 않았던 모양이었다. 문을 잠그지 않았는데도 훼손된 흔적은 조금도 없었다. 바닥에 깔려 있는 모래 위에 찍힌 발자국을 보니, 지난 몇 년 동안 여행객들이 이곳에 들러 바에서 목을 축인 다음 아무런 피해도 입히지 않고 나간 것이 분명했다. 포리스터가 방문한 모든 곳이 마찬가지였다. 수많은 도시와 공항에서 다음에 올 이들을 배려하는 것처럼, 사람들은 모든 것을 온전한 상태로 남겨 두고 떠났다.

식당 안의 공기는 퀴퀴했지만 서늘했다. 포리스터는 바 뒤편에 앉아 푼다도르 브랜디 한 병을 따서 조용히 홀짝이며 젊은 여인이 다시 모습을 드러내기를 기다렸다. 운하 건너편을 바라보니 보행자용 다리 난간의 금속판과 철사 위로 굴드가 그려 놓은 긴 형광 은색 기호들이 보였다. 문가에서 보니 같은 줄이 도로를 건너 굴드의 호텔로 가는 계단을 올라가서 로비로 사라지는 것을 알 수 있었다.

비틀거리며 도로로 나온 포리스터는 천박하고 화려한 호텔의 정면을 보면서 얼굴을 찌푸렸다. 조잡하고 에로틱한 그리스 양식이었다. 3층 높이의 나부상裸婦像들이 사티로스와 님프로 가득한 엉터리 현관 기둥을 떠받치고 있었다. 로세스에 빈 호텔이 저렇게 많은데, 굴드는 왜 굳이 이런 곳을 골라서 사는 것일까? 마을의 홍등가라 할 수 있는 이 구역에는 세상 사람들이 은유적으로 '비너스 호텔'이라 부르고, 주디스는 좀 더 직설적으로 '러브호텔'이라고 부르는 건물들이 잔뜩 있었다. 와이키키에서 글리파다 해변까지, 리우에서 헤시피까지, 인구 감소 위기가 찾아오자마자 이런 호텔 건물들이 우후죽순 들어서기 시작했다. 정부 지원을 받은 여행객들이 물밀듯이 쏟아져 들어와서는 세계 최후의 광적인 색정광 축제에 빠져들었다. 가임률을 높여야 한다는 잘못된 해결책을 위해 상상할 수 있는 모든 종류의 비정상적인 성적 행위가 장려되었다. 외설스러운 호텔 장식, 온갖 지원품과 보조 도구로 가득한 로비, 건물 내 방송으로 쉴 새 없이 틀어 주는 섹스 영화들, 이 모든 것이 더 이상 섹스가 아무런 소용이 없을지도 모른다는 두려움을 반영하고 있었다. 이제 후대를 위한 의무감은 조금도 남아 있지 않았다. '정상'이야말로 진정한 외설이 되었다. 이런 호텔의 현관 하나에서, 포리스터와 주디스는 가장 사악한 포르노 이미지를 목격했다. 건강한 아기의 사진을 외설적으로 수정한 모습이었다.

주디스와 포리스터는 당시의 절망적인 난교 파티에 끼어들기에는 너무 어린 나이였다. 그리고 그들이 결혼할 즈음에는 모든 종류의 외설적인 성행위를 꺼리는 분위기가 형성되어 있었다. 정조와 낭만적인 사랑, 혼전 순결을 비롯한 일부일처제의 모든 제약이 다시 세력을 확보했다. 전 세계의 인구가 감소하는 동안, 마지막 남은 부부들은 페르메이르의 그림 속 인물들처럼 충직하게 함께 자리를 지켰다.

그러나 그러는 동안에도 성적인 욕망은 조금도 수그러들지 않았다. 알코올이 혈관을 타고 흐르는 것을 느끼며, 포리스터는 뜨거운 햇빛 아래 비틀거렸다. 활주로 옆 격납고 근처 어딘가에 젊은 여자가 그를 기다리고 있었다. 어쩌면 지금도 어두운 실내에 들어앉아 그를 지켜보고 있을지도 모른다. 분명 그가 무슨 생각을 하고 있는지도 알고 있을 것이다. 유혹하듯 모습을 드러냈다 사라지는 것이 마치 그를 부추기는 것만 같았다.

포리스터는 다리 위로 걸음을 옮겼다. 뒤편에 늘어서 있는 화려한 호텔들은 조용하기만 했다. 오직 이 모험을 위해서 제작된 무대장치처럼 보였다. 발밑에서 다리의 금속 가로대가 부드럽게 울렸다. 그는 실로폰 건반처럼 가로대를 두드리면서 비틀거리며 난간에 기대섰다. 아직 채 마르지 않은 은빛 페인트가 그의 손에 배어들었다.

그는 아무 생각 없이 손을 셔츠에 문질렀다. 형광 페인트는 그대로 다리를 가로질러 활주로 옆 주차장에 버려진 차들 사이로 이리저리 이어졌다. 포리스터는 굴드의 반짝이는 길을 따라 운하를 건넜다. 주유소에 도착하자 젊은 여인이 격납고에서 나와 있는 모습이 보였다. 활짝 열린 문가에 서서, 네모난 햇빛 웅덩이 속에 발을 담그고 있었다. 지적이지만 어딘가 몽골증* 환자처럼 보이는 얼굴은 언제나 그렇듯 두꺼운 선글라스 뒤에 숨어 있었는데, 움푹 팬 볼과 튀어나온 눈두덩을 검은 안경알이 보호하고 있었다. 그렇게 표정을 숨기고 있음에도 포리스터는 그녀가 자신이 나타나리라 생각하고 있었음을, 아니 오히려 기대하고 있었음을 확신했다. 검은 숄 아래로 소녀처럼 손을 팔락이는 모습이 보였다. 이 리조트에 남성이라고는 오직 그밖에 없다는 걸 알고 있는 게 분명했다. 항상 홀로 비행에 나서는 굴드와 나이 든 식자공을 제외하면.

포리스터의 피부에서 뜨거운 땀방울이 솟아올라 이마를 타고 흘러내리기 시작했다. 그는 급유기 옆에 서서 손으로 땀을 훔쳐 냈다. 젊은 여인은 그의 손짓에 응답하는 것만 같았다. 손을 숄 아래에서 빼서 복

* 다운증후군의 전 용어. 증상이 나타난 얼굴이 몽골인과 닮았다고 해서 붙여진 명칭이나, 인종차별적 용어라는 인식하에 사용하지 않게 되었다.

잡한 신호를 보내듯, 포리스터를 부르는 듯 움직였다. 그는 그에 화답하여 손에 묻은 은빛 페인트를 무시하고 얼굴을 만졌다. 환심을 사려는 것처럼 금속빛 페인트를 자신의 볼과 코에 바르고 입가에 대고 문질렀다.

그가 젊은 여인의 앞으로 다가가 그녀의 어깨를 만지자, 그녀가 깜짝 놀란 듯 그를 바라보았다. 마치 은빛 페인트 때문에 사람을 잘못 알아보기라도 한 것처럼 보였다. 그의 손과 가슴과 얼굴 모양새를.

이미 늦었다는 것을 깨닫고, 그녀는 격납고의 어둠 속으로 몸을 움츠리고 물러섰다. 선글라스가 그녀의 손에서 바닥으로 떨어졌다. 은빛으로 번득이는 포리스터의 얼굴이 비행 사무소 창문에 반사되어 크롬 마스크처럼 그를 쏘아보았다. 그는 눈이 없는 여인이, 한 손으로 눈가를 가리려 애쓰며 선글라스를 찾아 자신의 발치를 더듬거리는 모습을 멍하니 바라보았다. 그때 문득 마을을 향해 날아오는 경비행기 소리가 들렸다.

굴드의 비행기가 클럽 나우티코 위를 선회하고 있었다. 은빛 금속 동체가 여러 면을 가진 거울처럼 햇빛을 반사했다. 포리스터는 알이 부서진 선글라스를 다시 쓰고 격납고 뒷벽에 주저앉아 있는 젊은 여인으로부터 몸을 돌렸다. 그는 오후의 햇살 속으로 나가서, 비행기가 착륙하고 있는 활주로를 달려서 건넜다.

두 시간 후 텅 빈 거리를 지나 호텔로 돌아오자, 세뇨르 세르베라가 손으로 햇빛을 가리며 계단 아래 서 있는 모습이 보였다. 그는 포리스터를 보더니 안도한 얼굴이 되어 그를 향해 손을 흔들었다. 포리스터는 여기까지 오는 동안 로세스 중심부의 호텔들을 들락거리면서, 화장실마다 들러서 얼굴과 손에 묻은 페인트를 씻어 내려 애썼다. 침실 하나에 들러 30분 정도 낮잠을 자기도 했다.

"포리스터 씨—" 노인이 무력하게 손짓했다.

"아내는 어디 있습니까?" 포리스터는 세르베라를 따라 호텔 층계로 걸음을 옮겼다. 그의 아내는 마호가니 책상 뒤에서 당황해서 어쩔 줄 모르고 오락가락하고 있었다. "무슨 일이 벌어진 거죠?"

"떠나시고 나서 바로 보조의가 도착했습니다." 노인은 아직도 포리스터의 얼굴을 덮고 있는 은빛 페인트의 흔적을 보고 문득 말을 멈추었다. 그리고 이내 정신없는 날의 사소한 문제 중 하나로 치부하고 넘어가려는 듯 손을 내저으면서 말을 이었다. "부인께 결과를 가져왔는데—"

"아내는 괜찮습니까? 어떻게 된 겁니까?"

포리스터는 승강기 쪽으로 향했지만 노부인이 손짓으로 그를 다시 불러들였다. "밖으로 나갔어요. 못 나가게 하려고 했지만 무리더군요. 옷을 잔뜩 차려입고요."

"차려입어요? 어떻게?"

"그…… 터무니없이 호화롭게요. 기분이 잔뜩 상한 것 같았어요."

"아, 세상에……" 포리스터는 숨을 삼켰다. "불쌍한 주디스. 대체 어디로 간 거지?"

"호텔로 갔을 겁니다." 세르베라는 손을 들고 머뭇거리더니 이내 줄줄이 늘어선 비너스 호텔들 쪽을 가리켰다.

30분 후 포리스터는 아내를 찾아냈다. 어느 호텔의 3층 신혼부부용 스위트룸이었다. 운하 옆 도로를 달려가며 주디스의 이름을 소리쳐 부르고 있는데, 굴드가 비행용 헬멧을 손에 들고 천천히 보도교를 건너오는 모습이 보였다. 금이 가서 검은 태양처럼 보이는 선글라스를 끼고 검은 옷을 입은 젊은 여인은, 앞이 보이지 않는데도 격납고 문에서 페인트칠한 다리 위까지 굴드를 따라오고 있었다.

마침내 주디스의 울음소리를 들은 포리스터는 호텔로 들어섰다. 그녀는 3층의 널찍한 스위트룸에서, 온갖 외설적인 조각상과 부조 장식에 둘러싸인 채 신혼부부의 침대에 사지를 뻗고 누워 있었다. 금은실 자수를 놓은 먼지투성이 침대보 위에서, 매춘부처럼 호화롭게 차려입은 모습이 임신 막바지에 이른 만취한 코르티잔처럼 보였다. 그녀는 남편을 알아보고 싶지 않은 듯 멍한 눈빛으로 포리스터를 바라보았다. 그가 접근하자 그녀는 침대 옆의 구속구를 들고 그를 때리려 했다. 포리스터는 아내의 손에서 물건을 빼앗았다. 그는 아내의 어깨를 붙들고 그녀를 진정시킬 생각이었지만, 침대 옆에 어질러져 있는 바이브레이터와 필름 카세트를 밟고 미끄러지고 말았다. 다시 몸의 균형을 잡았을 때 주디스는 문가에 있었다. 그는 아내를 따라 복도를 달려가면서 침실마다 밖에 비치되어 있는 포르노 잡지 진열대를 걷어찼다. 주디스는 옷을 한 꺼풀씩 벗어 던지며 계단을 내려갔다. 그러나 다행히도 굴드가 층계 맨 아래에 서서 그녀를 잡으려고 팔을 벌리고 있는 모습이 눈에 들어왔다.

굴드와 포리스터는 격정에 빠진 여인을 호텔로 데려다 놓은 후 황혼이 깃든 호텔 입구에 나와 섰다.

굴드는 위로를 해 주려는 듯 포리스터의 어깨에 손을 올렸다. 예상치 못한 행동이었다. 그러나 행동 뿐으로, 얼굴은 여전히 아무런 감정도 없이 무표정했다. "아침까지 잘 걸세. 보조의한테 말해서 탈리도마이드 처방을 받게나. 앞으로 3주는 약을 복용하는 편이 좋을 테니까."

그는 포리스터의 얼굴에 남은 은빛 흔적을 가리켰다. "요즘은 모든 사람이 제 나름의 전쟁 문양을 그리고 살지. 내가 착륙하기 직전에 격납고로 왔더군. 카르멘 말로는 자네가 실수로 안경을 밟았다고 하던데."

이유는 알 수 없지만 젊은 여인이 자신에 대해 일러바치지 않았다는 사실에 안도하며, 포리스터는 말했다. "안심시켜 주고 싶었을 뿐입니다. 너무 오래 걸려서 걱정하는 것 같아서요."

"이제 내륙 깊이 들어가야 하니까. 그 아이는 내가 근처에 없으면 불안해하지."

"그 여자가…… 눈이 먼 줄은 몰랐습니다." 포리스터는 함께 운하쪽으로 걸음을 옮기며 말했다. "선생님이 돌보아 주셔서 다행이군요. 여기 있는 걸 알면 스페인 사람들이 그 여자를 죽일 겁니다. 선생님이 떠나신 다음에는 어떻게 될까요?"

"그녀는 괜찮을 걸세, 그때쯤이면." 굴드는 걸음을 멈추고 활주로 둑길 너머로 사라지는 햇빛을 응시했다. 구멍투성이 콘크리트 일부가 바다로 무너져 내린 모양이었다. 굴드가 고개를 주억거렸다. 마치 조각나 사라지는 둑길을 통해 자신에게 남은 시간을 가늠할 수 있기라도 한 듯. "자, 그래서 그 아이는 문제가 뭔가?"

"똑같습니다. 같은 기형이에요. 보조의를 불러서 처리할 생각입니다."

"왜지?" 포리스터가 미처 대답하기도 전에 굴드는 그의 팔을 잡았다. "포리스터, 이건 정당한 질문일세. 누가 기형인지 정하는 사람은 누군가?"

"어머니들은 아는 모양이더군요."

"하지만 그들의 생각이 옳은 건가? 우리는 무고한 태아를 학살하는 일에서 이미 헤롯 왕을 능가한 지 오래일세. 자, 내일 나와 함께 가 보지 않겠나. 세르베라 부부가 자네 아내를 돌보아 줄 걸세. 어차피 하루 종일 잠만 자겠지만. 흥미로운 비행이 될 거야."

그들은 다음 날 아침 10시에 이륙했다. 전방 조종석에 앉아 프로펠러의 강풍을 얼굴 정면으로 받으면서, 포리스터는 비행기가 추락할 것이라고 확신하고 있었다. 비행기가 출력을 최대로 올리고 빠르게 활주로를 달리기 시작하자마자 벌써 갓 깨져 나간 콘크리트 가장자리가 보였다. 포리스터는 굴드를 힐끗 보며 목숨을 잃기 전에 비행기를 멈출 방법을 찾아낼 수 있기만을 바랐지만, 의사의 얼굴은 조금도 위험을 인지하지 못하는 양 무심하게 고글 뒤에 숨겨져 있었다. 마지막 순간에 이르러 굴드가 조종간을 뒤로 당겼다. 작은 비행기는 마치 거대한 손에 붙들려 허공으로 올라가듯 공중으로 치솟았다. 30초쯤 지나자 포리스터도 다시 숨을 쉴 수 있었다.

그들은 균형을 잡고는 적막한 리조트 위를 반시계 방향으로 돌았다. 굴드는 장갑 낀 손으로 로세스 너머 언덕에 칠해 놓은 형광 페인트를 가리켰다. 이륙 전, 포리스터가 자신이 이런 도전을 받아들인 이유가 무엇인지 되뇌며 불안하게 조종석에 웅크리고 있는 동안, 젊은 여인이 액체가 든 드럼통을 비행기 쪽으로 운반해 왔다. 굴드는 그 내용물을 포리스터의 발밑에 보이는 용기에 채워 넣었다. 그가 기다리는 동안 젊은 여인은 조종석 쪽으로 돌아와 포리스터를 물끄러미 바라보았다. 그의 얼굴에서 뭔가를 보고 싶은 것이 분명했다. 이 몽골증 여자가 기능을 잃은 시각을 이용해, 부서진 선글라스 사이로 세상을 살펴보려 하는 모습에는 어딘가 그로테스크한, 거의 희극적인 일면이 존재했다. 어쩌면 그가 더 이상 관심을 보이지 않아 실망한 것일지도 모른다. 포리스터는 그녀의 눈먼 응시에서 시선을 돌리고, 어두운 호텔 방 안에서 잠들어 있는 주디스를, 그녀의 몸속에 있는 작고 달갑지 않은 입주자를 떠올렸다.

800피트 아래로 큰 계곡이 내륙의 피레네 산맥 기슭을 향해 뻗어 있었다. 나지막한 산맥이 풍요로운 곡창지대인 엠포르다 평야의 북쪽 벽을 형성했다. 이곳에는 아직 약간이나마 경작지가 남아 있었다. 그러나 소는 이제 없었다. 수년 전에 전부 도축되어 버린 것이다.

계곡을 따라가다 보니, 포리스터는 언덕을 넘어가는 진입로와 비포장도로 위로 형광 페인트가 뿌려진 것을 발견할 수 있었다. 은빛 구획이 계곡 한쪽을 복잡하게 가로지르고 있었다.

굴드가 비행기를 타는 이유가 바로 이 때문인 듯했다. 산의 한쪽 면을 거대한 팝아트 캔버스로 사용하는 것. 의사는 계곡 아래쪽을 향해 손짓했다. 꼬마 들소처럼 생긴 작고 털이 덥수룩한 송아지 한 마리가 홀로 튀어나온 바위 위에서 당황한 듯 멍하니 서 있었다. 굴드는 엔진 회전을 늦추고 계곡 바닥을 향해, 송아지에게서 20피트도 떨어지지 않은 곳까지 저공비행으로 내려갔다. 돌연변이임이 분명한, 이 시각을 잃은 짐승이 어떻게 생존할 수 있을지 포리스터가 궁금해하고 있을 때, 발밑에서 갑자기 충격이 느껴졌다. 동체 하부의 살포기가 내려가 있었고, 곧이어 은빛 페인트가 공중으로 흩뿌려지며 뒤쪽으로 부채꼴을 그리기 시작했다. 페인트는 그대로 반짝이는 구름이 되어 허공에 떠 있다가, 이내 내려앉아 산 측면에 붓질을 한 것처럼 가느다란 선을 그렸다. 굴드는 살포기를 집어넣고는 방향을 틀어 다시 계곡 쪽으로 내려갔다. 이번에는 엔진을 최대한 올리고 송아지의 머리 위로 급강하하면서, 그 짐승을 바위 위에서 아래쪽으로 내몰았다. 송아지는 좌우로 비틀대며 몸을 가누지도 못하는 채로 은빛 길 위로 올라섰다. 그러고는 즉시 자세를 제대로 잡더니 페인트의 길을 따라 활기차게 움직이기 시작했다.

이후 한 시간 동안 그들은 계곡 위를 비행했고, 포리스터는 공중에서 뿌린 페인트 선이 산속의 안전지대까지 이어지는 복잡한 도로망을 구성하고 있다는 사실을 깨달았다. 마침내 기수를 돌려 작은 호수 위편 협곡을 선회하자 그곳에 수백 마리의 짐승이 살고 있는 모습이 보였지만, 포리스터는 이제 놀라지 않았다. 소 떼는 고개를 들고 그들 위를 날아가는 굴드를 눈으로 좇는 듯했다. 굴드는 지치지도 않고 필요한 곳에 계속해서 선을 덧붙이고 무리에서 떨어져 나온 소를 빛나는 길 위로 올리는 일을 반복했다.

엠푸리아브라바에 착륙한 다음, 그는 활주로에 서서 굴드가 비행기 시동을 끄기를 기다렸다. 젊은 여인이 격납고 안쪽 어둠 속에서 나와 숄 안으로 팔짱을 끼고 섰다. 포리스터는 비행기의 동체와 꼬리날개가 밝은 은색임을, 지금까지 계속 뿌리고 다녔던 그 금속성 스프레이로 덮여 있음을 깨달았다. 굴드의 헬멧과 비행 복장 그리고 얼굴과 어깨까지도 햇빛에 달아오른 것처럼 반짝이고 있었다. 고글로 보호되는 눈만이 페인트로 덮여 있지 않았다. 젊은 여인은 동족을 찾고 싶은 듯 그 검은 원형 속을 들여다보았다.

굴드는 여인을 반갑게 맞이하며 헬멧을 건네고, 이어 비행 재킷까지 벗어 건넨 다음 격납고 안으로 쫓아 보냈다.

그는 운하 쪽을 가리켰다. "자네 쪽 바에서 한잔하지." 굴드는 페인트칠한 길을 무시하고 주차장을 대각선으로 가로질렀다. "몸에 충분히 묻어 있으니 카르멘도 우리가 어디 있는지를 알 수 있을 걸세. 그러면 좀 안도를 하는 것 같더군."

"소 떼를 몰기 시작한 지 얼마나 된 겁니까?" 바 뒤편에 자리를 잡고 나서 포리스터가 물었다.

"겨울부터였네. 한 무리가 용케도 농장 주인의 도끼날을 벗어났던가 봐. 페르피냥에서 콜뒤페르튀스로 날아가다 보니 소 떼가 비행기를 따라오고 있더군. 전자기 스펙트럼의 다른 영역을 사용해서 나를 보는 것이 아닌가 생각했지. 그러다 보니 내가 옛날에 만든 착륙 유도등 반사재를 비행기에 뿌렸다는 사실이 기억나더군. 강한 인광을 발하는 물질이지."

"하지만 왜 놈들을 구해 주는 겁니까? 혼자 놔두면 살아남지 못할 텐데."

"그렇지 않다네. 사실 엄청나게 강인한 짐승이야. 올해 겨울쯤 되면 이 근방의 그 어떤 생물보다 앞서 생각하고 그것들을 따돌릴 수 있을 걸세. 카르멘과 마찬가지지. 아주 영리한 아이라네. 아무것도 볼 수 없으면서도 여기서 홀로 몇 년 동안 살아남았지. 페인트를 뒤집어쓴 내가 아마도 그 아이가 처음으로 본 인간일 걸세."

주디스의 아기를 생각하며 포리스터는 고개를 저었다. "제가 보기에는 기형아 같았습니다만. 그 튀어나온 이마하며."

"자네가 틀렸어. 나는 그 아이에 대해 많은 것을 알아냈다네. 카르멘은 형광 문자반이 달린 손목시계를 수백 개나 가지고 있지. 여러 해 동안 상점에서 훔친 것들이야. 그걸 전부 다른 시간을 가리키게 해서 동시에 작동시켜서는 거대한 컴퓨터처럼 사용한다네. 자연이 그 아이에게 무슨 역할을 맡기려 하는지는 오직 신만이 아시겠지만, 아마 우리는 그걸 확인할 만큼 오래 살지는 못할 테지."

포리스터는 동의하지 않는 눈으로 자기 브랜디 잔을 바라보았다. 푼다도르를 마시면서 기분이 나빠진 것은 이번이 처음이었다. "굴드 선생님, 지금 주디스의 배 속에 있는 아이가 기형이 **아니**라고 말하고 있는 것 아닙니까?"

굴드는 열정적으로 고개를 끄덕였다. "조금도 기형이 아닐세. 카르멘과 마찬가지야. 우리가 모두 진실로 받아들인, 소위 말하는 '인구 감소'와 마찬가지인 걸세. 사실 감소는 전혀 일어나지 않았어. 친자 살해라는 도덕적 쇠퇴가 있었을 뿐이지. 지난 50년 동안 출산율은 감소한 것이 아니라 증가했으니까." 포리스터가 항변하기 전에 그는 말을 이었다. "잠시만 열린 마음을 가져 보게나. 성행위 빈도는 급격하게 상승했고, 가임률은 유례없을 정도로 높지 않은가. 심지어 자네 아내도 일곱 차례나 출산을 했지. 이유가 뭐라고 생각하나? 우리는 방대한 교체 프로그램을 수행하고 있는 거라네. 애석하게도 교체되어 사라질 존재는 바로 우리겠지만. 우리의 임무는 그저 우리 후손들로 세상을 채우는 것뿐이지. 우리가 고독을 필요로 하고, 홀로 있으면서 극도로 행복을 느끼고, 어떤 절망도 느끼지 못하는 현상은 아마도 자연이 우리에게 건네는 작별 인사가 아닐까 싶다네."

"그럼 활주로는요?" 포리스터가 물었다. "그건 선생님의 작별 인사 방식입니까?"

한 달 후 주디스가 아들을 낳고 나서 요양을 마치자마자, 그녀와 포리스터는 로세스를 떠나 제네바로 돌아갔다. 세뇨르 세르베라와 그의 아내에게 작별 인사를 한 다음, 포리스터는 해안 도로를 따라 차를 몰았다. 오전 11시였지만 굴드의 비행기는 여전히 활주로 위에 있었다. 이유는 알 수 없었지만 오늘은 의사가 지각을 하는 모양이었다.

"차를 오래 몰아야 할 텐데. 당신 상태는 괜찮아?" 그는 주디스에게 물었다.

"물론이지. 이보다 더 좋았던 적이 없어." 그녀는 자리에 편안히 몸을 뉘었다. 포리스터의 눈에는 그녀의 마음에 지난 몇 달 동안 일어난 일을 차단하는 장막이 드리워진 것처럼 보였다. 그녀는 다시 침착하고 느긋한 모습으로 돌아왔지만, 그 속에는 전시장 마네킹 같은 상냥하게 고정된 표정이 엿보였다.

"보조의에게 돈은 줬어?" 그녀가 물었다. "그걸 하려면 추가 요금을 받던데……"

포리스터는 늘어선 비너스 호텔들을 바라보고 있었다. 출산하던 날 저녁의 일이 떠올랐다. 보조의는 세뇨라 세르베라에게서 그의 아들을 넘겨받았다. 그 방문 간호사는 아이를 처치하는 일이 당연히 자신에게 넘어오리라 생각한 듯했다. 포리스터는 승강기 앞에서 그 스페인 사람을 따라가 저지하면서, 자신의 아이를 어디서 처리할 생각이었을지 떠올려 보았다. 마을 구석 싸구려 호텔 뒷골목일까, 아니면 수백 개의 빈 욕실 중 하나일까. 그러나 포리스터가 아이와 눈을 마주치지 않으려 애쓰며 아들을 받아 들자, 보조의는 거부하지 않고 포리스터에게 수술용 가방을 건네기만 했다.

포리스터는 그 물건을 받지 않았다. 보조의가 떠난 다음, 세뇨라 세르베라가 로비로 돌아오기 전에 서둘러 그는 어두운 거리를 지나서 운하 쪽으로 걸음을 옮겼다. 굴드와 함께 산속으로 날아갈 때 입었던 그 은빛 재킷을 다시 입은 채였다. 다리를 건너자 젊은 여인이, 검은 숄 때문에 거의 보이지도 않는 모습으로 격납고에서 나왔다. 포리스터는 그녀를 향해 걸어가면서 튼튼하게 태어난 아이가 공기를 빨아들이고 옹알이를 하는 소리에 귀를 기울였다. 그는 갓난아이를 그녀의 품에 안겨 준 다음 운하 쪽으로 돌아서서, 재킷을 벗어 던지며 달려가기 시작했다.

피게레스 도로를 따라 줄지어 늘어선 호텔 사이를 달려가노라니 포리스터의 귀에 비행기 소리가 들려왔다. 굴드가 조종석으로 올라가서 이륙 전 엔진을 예열하고 있었다.

"저 사람 행동은 이해가 안 되네." 주디스가 말했다. "산속에서 대체 무얼 하고 있던 걸까?"

"나도 몰라. 집착하는 일이 있는 모양이지."

이틀 전에 몰아친 폭풍 때문에 활주로가 조금 더 무너져 내렸다. 그러나 포리스터는 굴드가 소 떼를 산속 깊은 곳까지 이끌어 가며 마지막 순간까지 날아오르리라는 것을 알고 있었다. 더 이상 소들이 자신의 도움을 필요로 하지 않게 되어, 최후의 이륙을 하게 될 그날이 올 때까지.

(1975)

어느 절대자의 탄생과 죽음
The Life and Death of God

1980년의 봄과 여름이 지나가는 동안 범상치 않은 소문 하나가 세계를 휩쓸기 시작했다. 처음에는 워싱턴과 런던과 모스크바의 정부와 과학자들의 회합에서만 들려왔지만, 얼마 지나지 않아 아프리카와 남미와 극동으로 퍼져 나갔고, 이윽고 모든 부류의 사람들, 오스트레일리아의 양치기에서 도쿄 나이트클럽의 호스티스나 파리 증권거래소의 증권 중개인까지 모두가 이 소문을 듣게 되었다. 매일 전 세계에서 적어도 열 개 신문사가 이 소식을 1면에 실었다.

소문이 계속되자 캐나다와 브라질을 위시한 몇몇 국가에서는 일용품 가격이 심각하게 하락할 지경이 되었고, 정부들에서는 즉시 소문을 부인하는 성명을 발표했다. 뉴욕의 유엔 본부에서는 사무총장이 저명한 과학자와 성직자와 사업가들로 구성된 위원회를 발족시켰다.

그 위원회의 목적은 단 하나, 즉 지난봄부터 예의 소문으로 인해 일어나기 시작한 흥분을 잠재우는 것이었다. 이는 물론, 모든 사람들에게 보편적으로 중요할 어떤 일이 머지않아 공표될 것이라는 확신을 심어주기만 했을 뿐이었다.

처음으로 서반구의 국가들은 소련을 위시해 쿠바, 리비아, 북한 같은 국가들의 동정적인 태도에서 도움을 받았다. 과거라면 이런 소문 때문에 조금이라도 허점이 드러났을 때 바로 기회를 놓치지 않았을 텐데 말이다. 그러나 그조차도 산업계의 심각한 불안과 공황매도의 물결을 막기에는 역부족이었다. 캔터베리 대주교가 성지를 방문할 예정이라는 성명이 발표되자, 런던 주식시장에서는 수백만 파운드가 쓸려 나가 버렸다. 소문과 함께 무단결근이 질병처럼 세계를 휩쓸었다. 디트로이트의 자동차 생산 라인이나 루르 지역의 주조 공장같이 서로 멀리 떨어진 온갖 공업지대에서, 노동자 전원이 작업에 흥미를 잃어 버리고 공장 정문을 통해 밖으로 쏟아져 나와서, 갈망하는 눈길로 텅 빈 하늘을 바라보고만 있는 일이 이어졌다.

다행스럽게도 소문의 효과는 전반적으로 평화롭고 비폭력적이었다. 소문이 옳다 한들 수 세기에 걸친 믿음을 확인해 주는 데 지나지 않는 중동과 아시아 지역에서는 약간의 호기심을 불러일으키는 정도였고, 당황한 움직임을 보이는 것은 선진 국가들의 정부와 과학자 모임들뿐이었다. 두말할 것도 없이 소문의 효과가 가장 컸던 지역은 유럽과 북미였다. 아이러니하게도 수 세기 동안 사회 전체가 그에 따른 이상에 기반하고 있다고 주장해 온 두 나라, 즉 미국과 영국에서 소문의 파장이 가장 심했다.

이 시기 동안 한 집단만은 온갖 추측으로부터 동떨어져 고고한 자세를 유지했다. 바로 전 세계의 종교 교단들이었다. 적대적이거나 무심했다는 건 아니다. 단지 그들의 태도에는 양면적이라 할 정도의 경계심이 엿보였다. 그들의 입장을 고려하면 소문 자체를 부인할 수는 없었겠지만, 모든 곳의 성직자와 종교인들은 신자들에게 충분히 조심할 것과, 섣부른 결론을 내리기 전에 다시 생각해 볼 것을 권고했다.

그러나 얼마 지나지 않아 사태는 예상치 못한 놀라운 방향으로 진전되었다. 세계의 모든 위대한 종교의 대표자들이 로마, 메카, 예루살렘에 모여서, 마침내 그들 사이의 경쟁과 차이를 극복하기로 했다고, 이제부터는 새로운 거대 교단, 세계신앙연합회의 일원으로서 손을 맞잡을 것이라고 다 함께 선언한 것이다. 세계적이며 초교파적이고, 모든 기존 종교의 필수적인 교리를 전부 받아들인 새로운 교단이 탄생한 것이다.

이렇게 놀라운 사태가 일어나자 마침내 세계 각국 정부도 결단을 내릴 수밖에 없었다. 8월 28일 유엔총회가 열렸다. 처음으로 모든 회원국이 참여한 상황에서 열린, 지금까지 그 어느 때보다 대중의 관심이 쏟아진 유례없는 총회였다. 수백 개의 텔레비전 채널의 사회자들이 그 장면을 전 세계에 중계하는 가운데, 엄청난 수의 과학자, 정치가, 학자들이 세계신앙연합회의 대표자들을 앞세우고 유엔 건물로 들어와 자리에 앉았다.

회의가 시작되자 유엔 의장은 저명한 과학자들을 연이어 호출했다. 가장 먼저 나선 사람은 영국 조드럴뱅크의 전파천문대 관장이었다. 그는 발언 서두에서 자연의 불확정성과 변덕의 배후에 존재하는 모든 것을 설명할 수 있는 궁극적인 이론을 찾기 위한 과학의 노력을 언급한 다음, 최근 조드럴뱅크와 푸에르토리코 아레시보 천문대에서 수행한 일련의 놀라운 연구에 대해 설명했다. 방사능의 발견이 눈에 보이지 않는 원자 안에 더 작은 입자의 단위가 존재한다는 데서 유래한 것처럼, 이 두 곳의 거대한 전파망원경이 전자기 복사가 사실은 무한한 수의 더 작은 파동으로 구성되어 있음을 발견한 것이다. '극-극초단파'라 이름 붙인, 모든 물질과 공간 속을 채우고 있는 파동이었다.

그러나 이런 극초단파의 구조를 컴퓨터로 분석하는 동안 훨씬 더 중요한 발견이 뒤따랐다고 과학자는 설명했다. 형상조차 존재하지 않는 전자기파 속에 극도로 복잡하고 계속해서 변화하는, 지성이라 칭할 수 있는 모든 요소를 갖춘 수학적 구조가 존재했던 것이다. 예를 하나 들면, 이 전파는 인간 관측자에게 반응하였으며 심지어 입 밖으로 내지 않은 생각까지 인지했다. 이에 대한 지속적인 연구 결과 이 전파를 지성을 가진 존재라고 부를 수밖에 없으며, 이 전파가 전 우주에 걸쳐 보편적으로 존재한다는 사실이, 보다 정확하게 말하자면 이 전파야말로 우주를 구성하는 기본 구조라는 점이 확인되었다. 지금 회의장의 사람들이 호흡하고 있는 공기, 사람들의 정신과 육체, 그 모두가 무한한 차원에 존재하는 이 지성체들이 만들어 낸 것이었다.

발표가 끝나자 무거운 침묵이 총회 회의장을 가득 채우더니, 이윽고 전 세계로 번져 나갔다. 지구상의 모든 도시와 마을의 거리는 텅 비어 버렸고, 모든 교통수단이 운행을 정지했다. 모든 사람들이 조용히 텔레비전 앞에서 기다리고만 있었다. 이윽고 유엔 의장이 자리에서 일어나 300명의 과학자와 종교인들이 서명한 선언문을 낭독했다. 2년에 걸친 철저하고 엄격한 시험의 결과, 지고신의 존재가 의심의 여지 없이 증명되었다고. 신의 존재에 대한 인류의 오랜 신념이 마침내 과학적으로 증명되었으며, 이제부터 인류 역사의 새로운 장이 열릴 것이라고.

다음 날 동일한 내용을 온갖 다양한 방식으로 표현한 표제가 전 세계의 신문 1면들을 장식했다.

신은 존재한다
절대자가 우주를 가득 메우고 있다

이어지는 몇 주 동안 사람들은 보통의 삶과 관련된 사건은 모두 잊어버렸다. 전 세계에서 신께 감사를 드리는 축제가 열렸고, 종교 행렬이 수많은 거리를 가득 메웠다. 세계의 성도와 성지마다 회개하는 이들이 구름같이 모여들었다. 모스크바, 뉴욕, 도쿄, 런던은 세계의 종말을 앞두고 만성절을 맞은 중세 도시를 방불하는 모습이었다. 수백만의 사람들이 거리에 무릎을 꿇고 하늘을 향해 고개를 들거나, 십자가나 묵주를 손에 든 채로 참회 행렬을 이루어 천천히 걸음을 옮겼다. 산피에트로, 노트르담, 세인트패트릭 대성당은 문 앞에 밀려드는 군중의 수가 너무 많아서 쉬지 않고 미사를 집전할 수밖에 없었다. 세계신앙연합회의 성직자들은 성복을 교환하고 상대 종교의 성무를 수행했다. 불교도가 세례를 받고, 기독교도가 마니차를 돌렸으며, 유대교도가 크리슈나와 조로아스터의 성상 앞에 무릎을 꿇었다.

보다 현실적인 이득이 뒤를 이었다. 세계 모든 곳의 의사들이 환자의 수가 크게 감소했다는 보고를 전해 왔다. 신경증과 기타 정신병은 하룻밤 새에 사라져 버렸다. 신을 발견한 일 자체가 즉효성 치료법이 된 모양이었다. 전 세계의 경찰 병력이 해산되었다. 군대의 병사들은 동원 해제를 기다리며 무기한 휴가에 들어갔고, 오랫동안 폐쇄되어 있던 국경선이 개방되었다. 베를린 장벽이 무너졌다. 모든 곳의 사람들이 강력한 적에 대해 결정적인 승리를 거둔 것처럼 행동하고 있었다. 미국과 쿠바, 이집트와 이스라엘과 같은 극도로 적대적인 라이벌 사이에 우호 협정이 체결되었다. 공군 전투기와 해군 함정은 고철 하치장으로 보내졌고, 비축한 무기는 모두 파괴되었다. (그러나 모든 이들을 아우르는 우애의 정신이 첫 사상자를 배출한 이후—벵골에서 스웨덴 출신 기술자 한 명이 호랑이와 포옹을 시도했던 것이다—수렵용 소총 몇 정은 보관하기로 하였다. 신의 존재가 증명되었다는 사실이 아직 생존을 위해 비참한 투쟁을 이어 나가야 하는 동물계의 하등 존재들에게는 알려지지 않았다는 경고문이 발표되었다.)

어쨌든 극도의 희열에 빠진 세계 사람들에게 이런 산발적인 사건은 거의 알려지지 않았다. 수천 명의 관중이 조드럴뱅크와 아레시보의 거대한 전파망원경을 둘러싸고 앉아 망원경의 원반을 멍하니 바라보고만 있었다. 상업용 텔레비전 안테나, 심지어는 라디오 안테나와 대충 비슷한 모양을 가진 다른 구조물 주변에도 마찬가지로 사람들이 몰려들어 절대자로부터 직접 메시지가 내려오기를 기다리고 있었다. 이내 서서히 사람들은 일터로 돌아갔다. 아니, 보다 정확하게 말하자면 돌아간 사람들은 자신의 직업이 도덕적으로 올바르다는 확신이 있는 이들뿐이었다. 제조업 분야는 계속 돌아갔지만, 대중에게 그 생산품을 파는 일을 맡은 대행사들은 딜레마에 빠지고 말았다. 전국 규모의 광고든 외판원의 선전이든, 모든 상품 판매의 근간에는 속임수와 과장이 존재하기 때문이다. 새로 등장한 신의 율법을 받아들인 판매자들은 더 이상 이런 행위를 견뎌 낼 수가 없었다. 그러나 그들을 통하지 않으면 생산품을 분배할 방법이 없었다.

처음 몇 주 동안, 통상과 산업 분야의 정체 현상은 별로 중요한 일로 보이지 않았다. 유럽과 미국의 사람들 대다수는 여전히 인간의 새로운 영역을, 처음으로 맞이한 진정한 천년왕국을 축하하고 있었던 것이다. 사적인 삶의 모든 의미가 달라졌고, 그에 따라 성행위와 도덕과 인간관계 모두가 변화를 맞이했다. 신문과 텔레비전도 변신했다. 과거 주류를 이루던 범죄 보도와 정치계의 가십, 서부극과 드라마는 사라지고 그 자리를 신을 발견한 배경을 자세하게 설명하는 기사와 프로그램들이 차지하게 된 것이다.

조물주의 정확한 본질에 대한 관심이 갈수록 커져 감에 따라 신의 도덕적 본질에 대한 상세한 검토가 이루어졌다. 과학자와 성직자들의 보편적인 설명에도 불구하고, 얼마 지나지 않아 이 절대자가 그 방대한 규모 때문에 사람이 생각해 낼 수 있는 모든 해석을 받아들일 수 있는 존재라는 점이 분명해졌다. 절대자가 기본적으로 도덕적이라는 점은 수학적 분석을 통해 알려진 조화와 순수 그리고 수학적인 대칭이라는 성질—이런 성질은 무작위적이거나 파괴적이기보다는 규칙적이고 창조적인 존재 쪽에서 두드러지게 마련이다—로부터 유추할 수 있었으나, 사실 이러한 성질은 인간의 일상생활에는 음악 원리만큼이나 도움이 되지 않았다. 두말할 나위 없이 궁극의 지성은 우주 전체의 모든 곳에 스며들어 있으며, 사람들의 정신과 육체 속을 무한한 도덕의 에테르처럼 무수한 잔물결을 일으키면서 흐르고 있지만, 이 신은 과거 사람들이 생각했던 신들에 비해 요구와 지시를 할 준비가 훨씬 부족해 보였다.

다행스럽게도 그들의 신은 질투심이 강하지도, 복수심에 사로잡혀 있지도 않았다. 하늘에서 벼락이 내리치는 일은 없었다. 심판의 날이나 땅끝까지 교수대가 세워진 참혹한 풍경이 찾아오리라는 공포는 다행히도 사라졌다. 보스와 브뤼헐의 그림 속 악몽이 현실로 이루어지지는 일은 없었다. 그리고 이번에는 인류도 강제 없이 자신의 행동을 통제할 수 있었다. 불륜이나 난혼 및 이혼은 거의 완벽하게 사라졌다. 흥미롭게도 결혼이 성립하는 수 자체도 줄어들었다. 아마도 많은 이들이 머지않아 일종의 천년왕국이 도래하리라는 생각을 하고 있었기 때문일 것이다.

널리 퍼진 이런 믿음은 여러 방식으로 모습을 드러냈다. 유럽과 북미의 산업 노동자 중 많은 수가 직업에 대한 흥미를 잃고, 이웃 사람들과 함께 문간에 앉아서 하늘을 바라보며 라디오 뉴스에 귀를 기울였다. 여름이 끝날 무렵이 되자 농부들은 생산물을 수확했지만, 다음 해의 작물을 재배할 준비에는 그다지 열의를 보이지 않았다. 종교인과 과학자로 구성된, 신이라는 현상을 아직도 연구하고 있는 위원회에서 연이어 발표하는 선언의 물결과 논란의 여지가 있는 해석 때문에, 알 수 없는 미래를 준비하느라 과도하게 매달리는 일이 현명하지 않은 행동일 수도 있다는 인식이 퍼졌던 것이다.

전 세계에 신의 존재 여부에 대한 확신이 방송되고 두 달이 지난 후에야, 정부 차원에서 이러한 현상에 우려를 표하기 시작했다. 공업과 농업에도 영향은 있었지만, 상업과 정치와 광고 분야만큼 심각한 상태는 아니었다. 새롭게 다져진 도덕성과 진실과 자선이라는 미덕이 곳곳으로 퍼진 결과가 명백하게 나타나고 있었다. 관리자나 시간 기록자나 검열관은 더 이상 필요하지 않았다. 유서 깊은 광고대행사들이 줄줄이 파산했다. 완벽한 정직성을 바라는 대중의 요구를 받아들이고, 하늘 높은 곳에 있는 전능하신 고객을 두려워한 나머지, 텔레비전 광고의 대다수는 이제 해당 상품을 구매하지 말라는 호소로 끝을 맺었다.

정치계에서는 레종데트르 자체가, 즉 자기 권리에 대한 주장과 음모와 족벌주의로 구성된 체제가 무너지고 말았다. 미국 연방의회에서 러시아 국가두마, 영국 하원에 이르기까지 십수 개의 의회는 존재 이유 자체를 상실했다.

세계신앙연합회 역시 동일한 문제에 직면해 있었다. 사람들은 여전히 전례 없는 규모로 성소를 찾아 참배드리고 있었지만, 정규 미사 시간에 맞추어 찾아와서 성직자라는 매개체를 통해 미사를 드리는 평신도의 입장을 취하는 대신 내키는 대로 절대자와 직접 소통을 시도하는 쪽을 택했던 것이다.

마르틴 루터가 종교개혁을 통해 절대자와의 소통이라는 성직자의 신성한 권리에 반역을 일으켰던 일을 기억하는 옛 기독교 소속의 세계신앙연합회 성직자들은 당연히 이런 전개에 크게 동요했다. 이들은 전 세계의 과학자들이 주장하는 수학적인 신의 모습을 받아들이고 싶지 않았지만, 그 대체재로 제공할 수 있는 것이 없어 수세에 몰린 상태였다. 반대로 물리학자 측에서는 재빨리 성직자들을 향해 그들이 오랫동안 성스럽다고 여겨 온 표식들이—십자가나 삼위일체나 만다라 따위—그들이 제공하는 과학적 진실이 아니라 상상력의 산물일 뿐이라는 사실을 지적했다. 모든 교단이 오랫동안 두려워해 온 일, 즉 신의 존재가 믿음이 아니라 지식을 통해 확인되는 일이 현실에서 이루어진 것이다.

대서양 양쪽에서 계속해서 변화하는 삶의 모습은 정부와 산업계 구성원의 골칫거리가 되기 시작했다. 미국과 북유럽의 삶은 인도와 극동의 모습을 닮아 가고 있었다. 미래에 대해 조금도 생각하지 않는 사근사근한 걸인들이 무리를 지어 거리를 떠돌기 시작한 것이다. 신의 왕국이 손에 닿을 곳까지 다가왔을지는 몰라도, 그 손은 모두 텅 비어 있었다.

10월 동안 표면적으로는 특별한 일이 일어나지 않았다. 그러나 월말이 다가오자 예루살렘에서 세계신앙연합회의 두 번째 총회가 열렸다. 여기서 영향력 있는 대주교 한 명이 신을 중립적인 거대 지성체로 여기는 과학적 관점에 대해 공공연한 비판을 쏟아 냈다. 그의 발언에 따르면, 그런 인식은 두말할 나위도 없이 조잡한 관측 장비를 사용한 결과에 따른 순진하고 과도하게 단순화된 관점일 뿐이었다. 신이 완벽하게 수동적인 존재일까, 아니면 바다처럼 온갖 형상과 감정을 드러내 보이는 존재일까? 마니교의 이단 교리를 언급하는 것이 조금도 부끄럽지 않다는 점을 덧붙이면서, 대주교는 옛날부터 인간과 자연 모든 곳에 선악의 양면성이 존재했으며, 앞으로도 존재할 수밖에 없다고 강조했다. 악이 본질적으로 인간 천성의 일부라거나 인간이 회개를 할 수 없는 존재라고 말하는 건 아니지만, 보이지 않는 신에 대해 수동적으로 숙고하는 일에 눈이 멀어 스스로에 적대감을 가지거나 실패하는 일이 생겨서는 곤란하기 때문이라는 것이다. 인간의 위대한 업적, 통상과 예술과 산업은 인류의 양면성과 동기를 건전하게 이해했기 때문에 가능한 일이었다. 최근 들어 문명적인 삶이 쇠퇴 양상을 보이는 것은 인류가 자신의 본질을 깨닫기를 거부하고 자신들을 절대자와 지나치게 가까운 존재로 인식하고자 했기 때문에 일어나는 현상이었다. 죄를 저지를 수 있는 능력이야말로 회개를 하기 위한 필수 요

건인 것이다.

대주교의 발언이 신호탄이라도 되듯, 그로부터 얼마 지나지 않아 세계 곳곳에서 어마어마한 범죄 행각이 이어졌다. 미국 중서부에서는 1930년대를 방불하는 일련의 대규모 은행 강도 사건이 벌어졌다. 런던에서는 무장 강도가 런던 탑의 왕실 보석 보관실을 습격했다. 그 밖의 사소한 절도 사건들이 뒤를 이었다. 이런 모든 범죄가 금전적 이득을 목적으로 하는 것은 아니었다. 파리에서는 루브르에서 난동을 피우던 광인이 〈모나리자〉를 찢어발겼고, 쾰른에서는 신의 존재 자체에 대해 항의하는 것으로 보이는 자들이 대성당의 중앙 제단을 훼손했다.

세계신앙연합회에서는 이런 범죄에 대해 예상치 못한 반응을 보였다. 인간의 연약함을 증명하는 익숙한 사례가 등장한 데 안심이라도 한 듯, 참을성 있는 관용의 자세로 그들을 반긴 것이다. 알자스 지방에서 악명 높은 아내 독살범이 체포되자, 지역 성직자는 그 남자의 범죄는 사실상 그가 순결한 존재라는 증거이며, 참회를 할 가능성이 열려 있음을 알려 주는 것이라는 성명을 발표했다.

이런 고통스러운 모순은 곧 사방으로 퍼져 나갔고, 양심이 부족한 일부 정치가들이 비슷한 내용으로 사람들을 선동하기 시작했다. 공군 전투기 제작이 주요 산업이어서 지역 경제에 막대한 타격을 입은 캘리포니아의 특정 지역을 기반으로 의원직에 출마한 한 정치가는, 모든 것에 깃들인 신이라는 개념이야말로 인간 행위의 다양성과 자유의지에 대한 모욕이라고 주장했다. 세계를 닫힌 곳으로 여기면 위대한 자유경제 민주주의의 기반이 되는 인간의 자결권과 주체성은 감소될 수밖에 없다는 것이다.

이 선언에 이어 취리히에서 회의에 참석 중이던 저명한 형이상학자의 연설이 뒤따랐다. 그는 우주의 복수성과 무한 현상학을 언급했다. 모든 가능성을 포용하는 신이라면, 자신이 존재하지 않을 가능성조차 포용해야 한다. 다른 말로 하자면 신은 형체도, 한계도, 정체도 파악할 수 없는 개방형 구조체에 속할 수밖에 없다는 것이다. 따라서 '신'이라는 어휘는 실용적인 측면에서 볼 때 아무 의미가 없었다.

처음 절대자를 발견했던 조드럴뱅크와 아레시보의 과학자들은 자신들의 발견을 다시 고려해 달라는 요청을 받았다. 워싱턴에서 열린 화상통신 청문회에서, 피로에 찌든 눈을 한 천체물리학자들은 수많은 법률가와 종교인들에게 시달리고 반대신문의 대상이 되었다. 현대의 이단심문을 방불하는 모습이었다. 조드럴뱅크와 아레시보에서는 너무 빨리 개종해 버린 군중으로부터 전파망원경을 보호하기 위해 군병력이 투입되었다.

대중은 이에 뒤따른 격렬한 논쟁에 큰 관심을 보였다. 12월 초순이 되어 크리스마스 철이 다가왔지만, 평소와 같은 열의는 어디에서도 보이지 않았다. 무엇보다 상점마다 팔 만한 물건이 별로 준비되어 있지 않았다. 추가로 쓸 돈도 별로 없었다. 일부 생필품에 대해 배급제가 시행되었다. 여러 측면에서 삶은 견딜 수 없을 지경이 되어 가고 있었다. 호텔과 식당은 영업을 하지 않았다. 자동차는 망가져 가기만 하고 수리를 받을 수 없었다.

논쟁이 지속되는 동안 사람들은 세계신앙연합회 쪽으로 고개를 돌렸다. 그러나 알 수 없는 이유로 모든 교회가 문을 닫았다. 모스크와 시너고그와 성소와 절 모두 불안에 빠진 사람들 앞에서 굳게 문을 닫아걸었다. 이제 종교 단체에서는 가장 배타적인 회원제 클럽처럼 엄중하게 신자를 선별했다. 모든 영적인 측면에서 교단의 지시를 받아들이고, 종교적인 행위에 있어 절대적인 권위를 인정하겠다고 동의한 지원자들만이 받아들여졌다. 세계적인 중요성을 가지는 포고문이 곧 발표될 것이지만, 이번에는 신실한 이들만이 그 소식을 들을 수 있으리라는 소문이 퍼졌다.

일련의 자연재해가 며칠에 걸쳐 이어지며 가중되는 불안과 불확실성의 분위기의 맥을 끊었다. 페루 북부에서 산사태가 일어나 마을 사람 1,000명이 목숨을 잃었다. 유고슬라비아에서는 주도 하나가 지진에 폐허가 되어 버렸다. 대서양에서는 대형 유조선이 빙하에 충돌해 침몰했다. 뉴욕의 한 신문이 머뭇거리며 올린 질문, 즉

신은 존재하는가?
세계신앙연합회가 신의 존재를 의심하다

라는 기사는 뒷면으로 밀렸다.

크리스마스를 3주 앞둔 시점에서 이스라엘과 이집트 사이에 전쟁이 발발했다. 중국은 네팔을 침공해서, 그들이 '신식민주의자'라고 이름한 이들의 음모에 빠져 내놓았던 영토를 되찾아 갔다. 일주일 후 이탈리아에서는 교회와 군부의 후원을 받은 혁명이 일어나 기존의 자유주의 정권을 몰아냈다. 미국과 유럽은 다시 공산품을 생산하기 시작했다. 북대서양에서는 러시아 소속 미사일 잠수함이 작전을 수행하는 모습이 포착되었다. 크리스마스이브가 되자 전 세계의 지진계가 고비 사막에서 거대한 충격파를 감지했고, 베이징의 라디오는 100메가톤

규모의 수소폭탄 실험이 성공했다는 소식을 전했다. 마침내 거리에 크리스마스 장식이 모습을 드러냈고, 수천 개의 백화점에 낯익은 산타클로스와 순록이 걸렸다. 수백 개의 교회에서 공개적으로 캐럴 축제를 열었다.

축제 분위기 속에서 세계신앙연합회의 대변인이 사상 최고의 영향력을 지닌 혁명적인 선언이라 일컬은 발표문에는 누구도 별로 관심을 기울이지 않았다. **신은 죽었다**라는 제목의 크리스마스 회칙이었다……

(1976)

유타 해변의 어느 오후
One Afternoon at Utah Beach

"우리가 지금 보고 있는 게 유타 해변이라는 거 알아?"

장화와 비옷을 벗으면서, 데이비드 오그던은 바다 쪽 창문 너머를 가리켰다. 별장에서 50야드 떨어진 곳부터 백사장이 오른쪽 절반이 바다에 쓸려 간 버려진 고속도로처럼 노르망디 해안선을 따라 이어지고 있었다. 반 마일 거리마다 우뚝 서 있는 검은 콘크리트 토치카가 포탄 자국이 가득한 형체를 평화로운 해협 위로 드리우고 있었다.

약한 파도가 텅 빈 해변으로 날름거렸다. 마치 무언가 일이 터지기를 기다리고 있는 것만 같았다.

"전쟁 기념관까지 걸어갔다 왔거든." 오그던이 설명했다. "거기 셔면, 그러니까 미국 전차인데, 그거 한 대하고 야포하고 기념 명판이 하나 있더라고. 여기가 미국 제1군이 노르망디 상륙작전 때 처음 상륙한 곳이란 말이야. 앤절라⋯⋯?"

오그던은 아내가 자신의 발견에 대해 뭐라고 말해 주기를 바라며 창문에서 고개를 돌렸다. 아내와 리처드 포스터, 즉 이곳 셰르부르에 일주일 동안 임대한 별장까지 그들을 데려다준 비행기 조종사는 벨벳을 씌운 긴 의자 양 끝을 차지하고 앉아, 묘할 정도로 무심한 얼굴로 오그던을 바라보고만 있었다. 휴가 복장을 깔끔하게 차려입고 브랜디 잔을 손에 든 채로 꼼짝도 않고 정중하게 듣고만 있는 그들의 모습을 보니 백화점 전시장에 놓인 마네킹 한 쌍이 연상되었다.

"유타 해변이라⋯⋯" 앤절라는 내키지 않는 표정으로 텅 빈 해변을 바라보았다. 마치 지금 당장 그녀를 위해 군대가 훈련을 시작하기를, 상륙정과 병사들로 해변을 가득 메우기를 기대하는 듯한 눈초리였다. "전쟁은 이제 생각도 안 나네요. 딕, 당신은 그 작전 때가 기억나나요?"

"저는 그때 두 살이었습니다." 포스터는 자리에서 일어나서 창가로 걸어가며 오그던의 시야를 일부 가렸다. "저는 데이비드 씨보다 조금 늦게 군 경력을 시작했거든요." 600야드 떨어진 곳의 토치카를 바라보고 있는 데이비드를 내려다보면서 그는 말을 이었다. "유타 해변이라—글쎄, 사선射線이 꽤 좋은 편이군요. 여기가 오마하나, 아니면 주노나 골드나 뭐 그런 다른 해변이 아니라는 건 확실합니까?"

딱히 무례하게 굴려는 생각은 아니었지만, 오그던은 젊은 남자의 말을 무시했다. 바닷바람 때문에 아직도 얼굴이 얼얼한 데다 지금은 텅 빈 백사장이나 토치카와 교감을 나누고 싶었던 것이다. 그는 해변을 걷다 저 콘크리트 괴물들이 얼마나 거대한지를 깨닫고 깜짝 놀랐다. 처음 예상한 것은 해변의 방벽 안에 박힌 지하 사격 진지 정도였는데, 이곳의 토치카 중 대다수는 3층 높이에 근처의 교구 교회보다도 규모가 큰 육중한 요새 건물이었다. 이런 토치카의 모습이 젖은 모래 위에 박히는 강철 부교처럼 그의 마음속에서 예상치 못한 도화선이 되었다. 더 이상 용도를 알아볼 수 없는 다른 모든 수수께끼 건축물, 마야의 궁전이나 카타콤이나 베트콩의 은신처나 콕토가 〈오르페의 유언〉을 찍은 레보의 보크사이트 광산처럼, 이곳에 있는 제2차 세계대전의 토치카도 시간을 초월하는 존재로 강력한 후천적 자아를 가지게 된 복잡한 암호처럼 보였다.

"오마하는 동쪽으로 더 가야 있네." 그는 포스터에게 있는 그대로 설명했다. "유타 해변은 82공수사단이 강하한 생메르에글리즈 마을의 활주로에서 가장 가까운 곳이었지. 우리가 지나온 그 늪지대가 바로 82공수사단의 발목을 잡았던 곳이라네."

포스터는 이해했다는 듯 고개를 끄덕였지만, 눈은 오그던의 날씬하지만 과도하게 활동적인 몸을 위아래로 훑고 있었다. 오늘만 해도 벌써 100번은 될 것이다. 이곳에 머무는 동안 포스터는 그의 결함을 목록으로 만들어 정리하는 것만 같았다. 나름의 공감하는 태도로, 전혀 무례하지 않게. 포스터를 마주 보던 오그던은 그가 고급 제트기 영업사원으로 꽤 오랜 시간을 보냈음에도 얼굴이 지독하게 창백하고 흙빛이라는 생각을 했다. 마치 깊은 내면의 고뇌에, 풀 길이 없는 갈등에 시달리는 모습이었다. 정오가 되면 입에서 검은 얼룩이 흘러나와 두툼한 턱으로 흘러내리는 것처럼 수염이 자라났다. 포스터는 바에서 너무 오랜 시간을 보내서 그을린 그림자라고 앤절라에게 설명한 적이 있었다.

두 남자 사이를 가르는 심판처럼 앤절라가 창가로 다가왔다. "입대한 적도 없고 분노로 가득한 총소리를 들은 적도 없는 사람치고는, 남편은 군사 문제에 대해 놀랄 정도로 잘 알고 있다니까요."

"확실히 그렇죠—민간인치고는요." 포스터도 동의했다. "제가 딱히 비판하려는 건 아닙니다, 데이비드 씨. 군에서 5년을 보냈는데도 워털루에서 어느 쪽이 이겼는지는 아무도 알려 주지 않더군요."

"자네는 헬리콥터 조종사 아니었나?" 오그던이 물었다. "사실 나도 그리 전쟁사에 관심이 있는 건 아닌데……"

엄밀하게 말하자면 그 말은 거짓이었다고, 오그던은 점심 식사를 하면서 속으로 인정했다. 앤절라가 노르망디에서 일주일을 보내자고 제안하기 전까지는 노르망디 상륙작전에 대해 떠올리지도 않았지만 말이다. 트윈 코만치를 시험비행 해 보겠다는 핑계로, 포스터는 그들을 공짜로 데려다주겠다고 제안했다. 왜 그런 제안을 했는지 이유는 짐작하기 힘들었지만. 이번 여행은 온갖 모호함으로 둘러싸여 있었다. 수많은 동기가 퍼즐처럼 서로의 내면에 숨어 있었다.

기묘한 구성의 세 사람이었다. 비행기 영업 사원, 40대 후반에 접어든 시골 영화 평론가 그리고 나름대로 성공한 세밀화가인 열 살 연하의 젊은 아내. 세 사람은 오래도록 잊힌 전장 옆의 훌륭한 별장에서 무엇이 그들을 이곳으로 이끌었는지 짐작조차 못 하는 듯 앉아 있었다. 기묘하다는 것은 어떤 갈등이 일어날 것이라서, 열정 때문에 범죄가 일어날 것이라서가 아니라, 서로 어울리지 않는 세 사람이 이렇게 안정적인 관계를 구축했다는 것 때문이었다. 6개월 전에 산세바스티안 축제에서 처음 만난 이후로 그들 사이에는 약간의 긴장감도 없었다. 오그던은 사람들이 그의 아내와 리처드 포스터가 불륜 관계라고 생각한다는 점을 분명히 알고 있었지만 말이다. 그러나 여러 이유 때문에 오그던은 그렇게 생각하지 않았다. 앤절라는 자존감을 유지하기 위해 적당히 실패한 사람을 주변에 두어야 하는 여자였기 때문이다.

그의 젊은 아내…… 오그던은 그 어구를 속으로 되뇌다가, 앤절라의 보다 날카로워진 턱선과 불거진 아래턱 근육, 시폰 블라우스 속의 각진 어깨를 바라보고 그녀도 이제 그 정도로 젊지는 않다는 사실을 깨달았다. 아내는 머지않아 두 사람이 처음 만났을 때의 그보다 나이가 많아질 것이다.

"부인을 생메르에 데려다 드릴 생각인데요." 점심 식사 후 포스터가 말했다. "같이 가시겠습니까, 데이비드 씨? 칼바도스 시음도 해 볼 수 있어요."

여느 때와 마찬가지로 오그던은 거절했다. 아침 산책 때문에 피로한 상태였다. 그는 안락의자에 몸을 묻고 나른하게 해변에 일렁이는 바다를 바라보았다. 아내와 포스터가 제멋대로인 것 같으면서도 미리 계획된 복잡한 시간표에 따라 매일 여행을 하고 있다는 것은 잘 알고 있었지만, 지금 이 순간 그의 관심은 600야드 떨어진 토치카에 집중되어 있었다. 계속 내리쬐는 햇빛에도, 토치카의 콘크리트는 물보라를 흠뻑 뒤집어쓴 채 젖은 무연탄처럼 윤기가 흘렀다. 마치 자기 주변의 날씨를 스스로 만들어 내는 것처럼.

아내와 포스터가 떠나고 한 시간이 지나자 오그던은 부츠를 신었다. 이제 점심시간의 피로에서 회복되기도 했거니와, 정적에 휩싸인 별장과 그 안의 고상한 가구들이 폐소공포증을 불러일으키는 극의 무대장치처럼 보였던 것이다. 강렬한 오후 햇살을 받은 해변은 반짝이는 거울로 변해서, 마치 눈에 보이지 않는 목적지로 그를 유혹하는 활주로의 조명처럼 보였다.

토치카 근처로 걸음을 옮기며, 오그던은 이곳 무너진 보루에 앉아 바다에서 찾아오는 침략자를 방어하는 자신의 모습을 그려 보았다. 서늘한 바닷가에는 지난 30년 동안 아무 일도 없었던 양 거대한 정적이 드리워 있었다. 한때 여기에서 벌어진 독일 육군과 연합군의 대선단 사이의 장대한 폭력이 그 이상의 갈등을 예방하는 것 같았고, 포스터와 아내의 관계에 대한 불안감을 달래 주는 것만 같았다.

토치카에서 50야드 떨어진 곳에서 그는 바다 쪽으로 솟은, 잡초로 가득한 언덕을 오르기 시작했다. 모래 위에는 닳아 버린 신발이나 자전거 타이어, 와인병과 야채 상자의 잔해가 잔뜩 널브러져 있었다. 수세대의 떠돌이들이 해변을 따라 이동하다가 이곳의 낡은 요새를 기항지로 삼았을 것이다. 토치카 뒤편의 콘크리트 계단에는 작은 모닥불을 피운 흔적이 남아 있었고, 탄약 저장고 바닥에는 말라붙은 배설물의 흔적이 보였다.

오그던은 토치카의 중앙 포대를 가로질렀다. 기관차 한 대가 통째로 들어갈 수 있을 법한 널찍한 직선 공간이었다. 여기서 대구경 함포가 침략자들의 함대에 포탄을 쏘아 댔을 것이다. 튼튼한 벽감 안에 설치된 좁은 계단을 따라 올라가면 관측소와 지붕 아래 소화기 총좌가 있었다. 오그던은 계단을 올라가다 어둠 속에서 두어 번 발을 헛디뎠다. 발길에 닳고 검은 표면 아래로 습기가 스며든 콘크리트가 제법 미끄러웠다.

지붕에 오르자 차가운 공기가 허파를 가쁘게 들락거렸다. 바다는 이미 저 아래로 멀어졌고, 별장은 쥐똥나무 산울타리 너머로 숨어 버렸다. 그러나 주변을 둘러보던 그는 해변을 따라 200야드 떨어진 방벽 뒤편에 주차된 흰색 팔라스를 바로 알아볼 수 있었다. 그들이 셰르부르에서 빌린 것과 같은 색의 시트로엥이었고, 오그던은 그게 바로 그 차임을 확신했다. 헌팅 재킷을 입은 키 큰 남자가 동행 여성을 이끌고 벽 뒤편의 울퉁불퉁한 땅 위를 걸어가는 모습이 보였다. 둘은 해변 위 조선대 끝에 있는 목조 보트 격납고로 다가갔다. 오그던은 여성의 사향쥐 모피의 무늬와, 남자의 팔꿈치로 손을 뻗는 장갑 낀 손의 동작을 분명히 알아볼 수 있었다.

오그던은 계단 안쪽으로 조금 내려갔다. 그리고 옹벽 안으로 어깨를 숨긴 채 차분하게 그들을 지켜보았다. 앤절라와 리처드 포스터가 함께 오도록 적극적으로 꼬드긴 사람이 자신이라는 사실은 이미 인지하고 있었다. 산책하듯 아로망슈의 노르망디 상륙작전 기념관까지 혼자 다녀온 일은 문제를 수면 위로 드러내 결단을 내리도록 자신을 몰아붙이려는 혼란스럽고, 반쯤은 무의식적인 시도였다.

그러나 그들이 보트 격납고의 자물쇠를 열고 마치 그를 공공연하게 도발하려는 것처럼 햇살 속에서 포용하는 모습을 보면서, 오그던은 극도의 상실감에 빠지고 말았다. 몇 달에 걸친 자제는 전부 수포로 돌아갔으며, 처음부터 아무 일 없을 거라고 자신을 속여 왔을 뿐임이 이제 너무도 명확해졌다.

그는 생각을 멈추고 옹벽을 등졌다. 운이 좋으면 그들이 별장으로 돌아오기 전에 짐을 싸고 택시를 부른 다음 셰르부르에서 떠나는 페리에 오를 수 있을지도 모른다. 그는 콘크리트 계단을 달려 내려가다 비스듬하고 축축한 바닥에 발이 미끄러졌고, 그대로 뒤로 넘어져 10피트 아래의 포대 바닥으로 추락하고 말았다.

흐릿한 빛 속에서 오그던은 축축한 콘크리트 벽에 기대어 손의 상처를 문질렀다. 운이 좋아서 머리는 보호할 수 있었지만 팔과 어깨의 피부가 벗겨진 것이 느껴졌다. 끈적거리는 기름이 황갈색 바지를 적셨고, 재킷에서 떨어져 나온 가죽 단추가 터진 밤송이처럼 층계 끄트머리에 떨어져 있었다. 바로 왼쪽으로는 총안을 통해 아래의 조용한 해변이 내려다보였다. 보트 격납고 근처에서 움직이는 것은 보이지 않았고, 흰색 팔라스는 여전히 방벽 옆에 주차되어 있었다.

이 시점에서 오그던은 해변을 주시하는 사람이 자기 혼자만이 아니라는 사실을 깨달았다. 6피트 떨어진 난간의 그림자 속에서, 회색 제복 때문에 모습을 확인하기 힘든 남자 하나가 콘크리트 벽에 기대앉아 있었다. 한 팔꿈치에 몸무게를 싣고, 멀리 뻗은 바다를 바라보는 남자를 보며, 오그던은 처음에는 남자가 시체인 줄로만 알았다. 금발은 거의 청백색에 가까울 정도로 색이 바래 있었다. 19세나 20세 정도밖에 안 돼 보였는데, 각진 얼굴 골격에 창백한 피부가 팽팽하게 들러붙은 모습이 마치 해골에 젖은 양피지를 붙여 놓은 것만 같았다.

무거운 부츠와 낡은 서지 바지에 감싸인 비쩍 마른 다리가 누더기에 감싸인 막대처럼 앞으로 튀어나와 있었다. 다리 대각선 건너편에는 이각대로 긴 총신을 받친 경기관총 한 정이 놓여 있고, 개머리판이 젊은이의 어깨에 단단히 고정되어 있었다. 주변에는 초라한 군사 박물관 전시물처럼 텅 빈 휴대용 식량 통, 다 쓴 탄약대, 반쯤 썩은 군장과 혁대, 기름 자국이 가득한 방수포 따위가 널려 있었다.

오그던과 몇 피트 떨어지지 않은 곳, 그의 손이 닿는 총안 위에, 어제 오후 아로망슈의 노르망디 상륙작전 기념관에서밖에 본 적이 없는 스프링액션 신호탄 권총이 놓여 있었다. 방금 마주친 젊은 독일 국방군 시체의 제복이나 장비와 마찬가지로, 오그던은 그 물건 또한 바로 알아보았다. 자세한 과정은 모르겠지만, 차가운 바람이나 서둘러 섞은 콘크리트에서 새어 나온 석회 덕분에 무사히 보존된 것이 분명했다. 흥미롭게도 기관총은 아직 작동할 것처럼 보였다. 총신 아래 비쭉 튀어나와 있는 총검이 보였고, 개머리판과 탄피 수납 통은 기름칠이 잘되어 번들거렸다.

이 섬뜩한 발견으로 인해 오그던은 아내의 불륜 따위는 완전히 잊었다. 그는 신호탄 권총을 들고 난간 너머 보트 격납고 쪽으로 쏘아 보려고 생각했다. 그러나 찰과상을 입은 손이 차가운 권총 손잡이에 닿는 순간, 오그던은 젊은 병사의 눈이 자신을 바라보고 있다는 사실을 깨달았다. 거의 모든 색소가 씻겨 나간 듯 바랜 푸른 시선이, 해변을 떠나 피로와 끈기가 가득한 눈으로 오그던을 살펴보고 있었다. 하얀 손은 여전히 느슨하게 한쪽으로 늘어져 있었지만, 오른쪽 어깨로 벽을 등지고 움직여서 오그던 쪽으로 총구를 약간 돌리고 있었다.

너무 겁을 먹어 차마 입을 열지 못하고 오그던은 뒤로 물러나 앉았다. 독일 병사의 장비 하나하나가 세세한 부분까지 전부 눈에 들어와 박혔다. 탄환 하나, 탄띠 조각 하나까지, 1944년에 그랬던 것처럼 여전히 유타 해변의 토치카를 지키고 있는 젊은 병사의 차가운 피부와 그 위의 땀구멍 하나하나까지.

잠시 후 총신은 해변을 향했고, 오그던은 안도했다. 독일 병사는 자세를 약간 움직여 다시 해변을 훑어보는 중이었다. 음식 조각을 입으로 옮기고 싶은 것처럼 왼손이 얼굴로 움직였다가 바닥으로 떨어졌다. 가슴에 둘러진 너덜너덜한 붕대 아래로는 검게 변색된 상처가 상의에 반쯤 가려져 있었다. 벽이 머리 위로 무너져 내릴까 겁먹은 오그던이 양손을 벽에 대고 자리에서 일어나는 동안에도, 젊은 병사는 조금도 그에게 주의를 돌리지 않았다.

그러나 오그던이 기관총 쪽으로 걸음을 옮기자, 하얀 갈고리 손이 바닥을 따라 발목을 붙들듯 다가왔다.

"Hören Sie……" 거의 지워지다시피 한 테이프를 재생하는 것처럼 억양 없는 목소리였다. "Wieviel Uhr ist es? Verstehen Sie? Quelle heure……? Aujourd'hui? Hier?" 손을 저어 오그던에게 떠나라고 신호하며 그는 중얼거렸다. "Zu viel Larm…… zu viel larm……"*

기관총 개머리판을 어깨에 단단히 붙이면서, 병사는 총신 너머로 아래쪽 해변을 바라보았다.

막 자리를 떠나려는 오그던의 눈에 해변에서 움직이는 뭔가가 잡혔다. 보트 격납고의 문이 열렸다. 리처드 포스터가 햇빛 아래로 나와서 서늘한 공기 속에서 나른하게 팔을 흔들며 앤절라를 기다리고 있었다. 30초 후에 그녀가 나왔고, 둘은 함께 모래언덕을 건너 주차된 팔라스로 가서는 차에 올라 그대로 출발했다.

오그던은 층계에 멈추어 서서 기관총을 가진 젊은이를 물끄러미 바라보았다. 그는 독일 병사가 포스터도 아내도 보지 못했다는 사실을 깨달았다. 보트 격납고와 방벽은 흙벽 난간에 가려 보이지 않는 곳에 있었던 것이다. 그러나 저 상처가 나아서 총안 근처까지 갈 수만 있다면……

10분 후 별장으로 돌아왔을 때, 오그던의 머릿속에는 제2차 세계대전 최후의 군사작전이 될 것이 분명한 전투의 작전과 전략이 들어차

---

* 이 독일어의 해석은 다음과 같다. "내 말을 들어 줘요……" "지금이 언제죠? 내 말 알겠어요? 몇 시……? 오늘은? 여기는?" "너무 시끄러워…… 시끄러워……"

있었다.

"아이 방에 있던 담요 못 봤어요?" 다용도실을 뒤적이던 앤절라는 거실 창가에 앉아 홀로 체스를 두고 있는 남편을 날카로운 눈으로 바라보았다. "도착했을 때 확인해 두지 않았는데, 소니에 부인은 계속 담요가 없어졌다고 주장하고 있거든요."

오그던은 체스보드에서 시선을 들었다. 그리고 고개를 저으며 토치카 쪽을 바라보았다. 그 발견을 한 지 사흘이 지났고, 긴장 때문에 탈진할 지경이었다. 언제라도 국방군 부상병이 허공을 맴도는 갈매기 사이로, 분홍색 담요를 어깨에 걸친 채 지붕에 모습을 드러낼 것만 같았다. 그는 점심때 앉는 자리도 바꾸었다. 탁자 한끝으로 바싹 다가가 토치카를 관찰할 수 있는 곳에 자리를 잡은 것이다.

"어쩌면 처음부터 없었을지도 몰라." 그가 말했다. "우리가 사다 놓으면 되겠지."

"여기 있던 건 분명해요. 소니에 부인은 그런 쪽으로는 확실한 사람이거든요. 그리고 물병 하나도 없어졌다고 하던데요. 여보, 지금 내 말 듣고 있어요?"

앤절라는 짜증 섞인 동작으로 이마로 내려온 금발을 쓸어 올리더니, 포기하고 외투를 집어 들었다. 리처드 포스터는 그들이 빌린 산탄총 두 정 중 하나를 팔 아래 끼고 진입로의 차 안에 앉아 있었다. 오그던은 그가 이제 항상 총을 가지고 다닌다는 점에 주목했다. 마치 별장의 분위기가 바뀐 것을 알아챈 것만 같았다. 사실 오그던은 휴가가 처음 시작되었을 때의 온화한 분위기를 유지하려고 지나치게 애쓰고 있기는 했다.

그는 끈기 있게 그들이 떠나기를 기다렸다. 30분 후 소니에 부인이 자기 심카를 타고 떠났다. 자동차 소리가 사라지자, 오그던은 자리에서 일어나서 빠른 속도로 별장을 가로질러 식당 뒤편의 온실로 향했다. 그는 목제 단 위에 놓인 화사한 겨울 화초 화분을 들어낸 다음, 벽에서 진열장을 떼어 내고 앤절라와 포스터가 아침 탁자 위에서 시간을 보내는 동안 생메르에서 사 온 여행 가방을 끄집어냈다. 빈 침실에서 담요를 가져간 것은 실수였지만, 그때는 젊은 병사를 살리는 일에만 신경을 쓰고 있었기 때문에 어쩔 수 없었다.

여행 가방에는 접착테이프, 살균 붕대와 소독용 크림, 비쉬 광천수 한 병과 슈냅스 한 병, 휴대용 석유스토브, 다양한 통조림 수프 여섯 통 그리고 마을의 총포상에게서 사 온 총신 청소용 줄 하나가 들어 있었다. 독일 병사가 기관총에 얼마나 열심히 기름칠을 해 왔을지는 몰라도, 총신을 제대로 손질해야 할 것은 분명했기 때문이다.

내용물을 확인한 다음, 오그던은 진열장을 원래 위치로 되돌려 놓고 온실 문으로 나갔다. 높직한 산울타리에 둘러싸인 정원은 따스했고, 해변에서 불어오는 바람은 축제에 가까울 정도로 반짝였다. 그러나 늘 그렇듯이 토치카에 도착하자 온도는 거의 10도 가까이 떨어져버렸다. 이 검은 콘크리트 보루는 자신만의 기후대에 존재하는 것 같았다.

오그던은 층계 앞에서 걸음을 멈추고 혹시라도 들어온 사람이 있을까 귀를 기울였다. 첫날 오후, 아이용 담요와 빵, 우유, 살라미로 꾸린 비상식량을 들고 해변을 달려 토치카로 돌아갔을 때, 독일 병사는 중상자에게 갑작스레 찾아오는 간헐적인 의식불명 상태에 빠져 있었다. 여전히 시선은 간조선을 향하고, 오른손은 기관총의 방아쇠 개머리판을 쥐고 있었지만, 얼굴이 너무 차갑고 창백해서 죽었다고 생각될 지경이었다. 그러나 휴대용 식량 통에 우유를 따르는 소리가 들리자 그는 다시 정신을 차리고 일어나 앉았고, 오그던이 그의 어깨에 담요를 둘러 주어도 얌전히 앉아 있었다. 아내가 뭔가를 알아차릴까 걱정되어 한 시간 이상 그곳에 머무를 수 없었지만, 오그던은 그날 저녁 내내 과도한 흥분에 빠져 있었다. 언제라도 지역 경찰과 독일 군사 사절단이 도착할지 모른다는 이유 모를 두려움이 그를 사로잡았다.

다음 날 아침, 오그던이 군인 묘지를 참배하겠다는 핑계를 대고 차를 가지고 생메르에 다녀온 이후, 독일 병사는 눈에 띌 정도로 상태가 나아졌다. 오그던을 거의 의식하지는 못하는 듯했지만, 이제 축축한 벽에 훨씬 편하게 몸을 기대고 있었다. 그는 붕대를 감은 가슴팍에 식량 통을 붙여 세우고 남은 소시지를 집어 들었다. 얼굴에 약간 생기가 돌아왔으며, 아래턱과 광대뼈 사이 피부에도 약간 살이 붙은 것 같았다.

독일 병사는 오그던이 이리저리 쑤시고 다닐 때마다 짜증이 나는 모양이었고, 너무 어린 나이라 그런지 묘하게 연약해 보이는 구석이 있었다. 오그던은 하루에 두 번 그를 방문하면서 물과 식량과 담배 그리고 그 외에 소니에 부인의 의심하는 눈길을 피해 가지고 나올 수 있는 모든 것들을 가져다주었다. 병사를 위해 불을 피워 주고도 싶었지만, 이번 나흘째 아침에 가져다줄 휴대용 스토브면 약간이나마 온기를 얻을 수 있을 것이다. 애초에 이런 추운 날씨에 살아남은 친구인 데다—그 수많은 겨울을 이곳에서 보낼 생각만 해도 오그던은 몸서리가 쳐졌다—머지않아 여름이 찾아올 테니까.

포대로 향하는 층계를 올라가자 독일 병사가 어깨에 담요를 두른 채 일어나 앉아 기관총을 소제하고 있는 모습이 보였다. 그는 숨을 헐떡이며 차가운 바닥에 주저앉는 오그던을 향해 목례하고는 계속 약실을 닦아 내기만 했다. 휴대용 스토브에는 관심도 주지 않았지만, 총신 청소용 줄을 건네자 감사의 감정이 담긴 눈으로 그를 바라보았다. 그리고 무기 조립을 끝낸 다음에야 식사를 시작했다.

오그던은 젊은 병사가 이 외로운 보루의 방어에 몰두하고 있다는 사실에 내심 흡족하게 그를 바라보았다. 오그던이 가장 존경하는 유의 용기였다. 이전에는 병사가 기력을 회복하면 이곳을 떠나거나 안전한 위치로 물러서지는 않을까 두려웠었다. 이 병사는 유타 해변의 실제 상륙작전을 놓친 것이 분명했고, 오로지 자신만 전쟁을 계속하고 있다는 사실도 알지 못할 것이었다. 오그던은 그에게 진실을 알려줄 마음이 전혀 없었고, 독일 병사의 결단은 조금도 흔들리지 않았다.

전반적으로 몸 상태가 나아졌음에도 다리는 여전히 움직이지 않았고, 따라서 그는 아직도 200야드 떨어진 곳에 있는 보트 격납고를 볼 수 있을 만큼 앞으로 나올 수 없었다. 매일 오후 앤절라와 리처드 포스터는 그 꼬마 자동차를 타고 언덕을 올라 판잣집으로 들어가서는 반 시간 동안 코빼기도 비치지 않았다. 그렇게 그들이 나오기를 기다리고 있자면, 독일군 부상병에게서 기관총을 빼앗아 낡아 빠진 판자 위로 탄띠가 빌 때까지 총알을 쏟아붓고 싶은 충동이 느껴질 때도 있었다. 그러나 아마도 젊은 병사 쪽의 조준 실력이 더 정확하고 집탄율도 좋을 것이다. 신호탄 권총은 총안 위에, 탄환이 장전된 채로 놓여 있었다. 독일 병사가 권총까지 소제하고 나면 준비가 끝날 것이다.

이틀 후 오후 1시가 조금 지나서 유타 해변 최후의 군사작전이 막을 올렸다.

그날 아침 11시 정각, 앤절라가 아침 식탁에 앉아 그 지역 프랑스어 신문을 읽고 있는 동안, 리처드 포스터가 복도의 전화를 받고는 식당으로 돌아왔다.

"오늘 오후에 떠나야겠는데요. 날씨가 나빠지고 있다고 합니다."

"뭐라고?" 오그던은 체스보드를 떠나 두 사람이 있는 식당으로 들어갔다. 그는 젖은 새틴 같은 해변을 휘감고 있는 밝은 햇살을 가리켜 보였다. "별로 그래 보이지는 않는데."

"방금 셰르부르 공항의 일기예보관하고 통화를 했습니다. 시칠리아에서 한랭전선이 올라오고 있답니다. 기압계가 승강기처럼 수직 상승하고 있어요."

오그던은 손뼉을 치면서 그들을 설득하려 했다. "자, 그럼 하루 정도만 더 있자고. 비행기야 언제든 출발할 수 있지 않나."

"말도 안 됩니다. 내일 이맘때쯤이면 해협이 적란운으로 꽉 들어차 있을 겁니다. 활화산으로 만든 미로 속을 날아가는 것 같을 텐데요."

"딕은 자기 일을 잘 아는 사람이잖아요." 앤절라도 동의했다. "점심 식사 후에 소니에 부인하고 가구 목록을 맞춰 보겠어요. 갈 때 열쇠를 주면 그 사람이 업자들한테 인계해 주겠지요." 그리고 여전히 미심쩍은 표정으로 리처드 포스터를 바라보고 있는 오그던을 향해 덧붙였다. "하루 정도는 아무래도 상관없잖아요, 데이비드. 당신 이번 주 내내 해변에서 혼자 놀기만 했으면서."

이어지는 30분 동안 오그던은 이곳에 머물 핑계를 찾으려 애쓰면서, 위층에서 들리는 여행 가방 끄는 소리를 들으며 거실을 왔다 갔다 했다. 자신의 계획이 단숨에 무너지기 직전이라는 사실을 깨닫고, 두 여인의 대화 소리를 머릿속에서 몰아내려 애쓰고 있었다. 이미 오늘 아침에 토치카에 들러 커피와 수프와 담배를 주고 온 참이었다. 독일군 젊은이는 거의 회복을 마쳤고, 이제 총안에 가까운 쪽으로 기관총을 옮겨 놓고 있었다. 그 친구는 그대로 그 자리에 놔두고 갈 수밖에 없었다. 며칠만 있으면 전쟁이 끝났다는 사실을 알아차리고 프랑스 당국자들에게 알아서 자수하겠지.

뒤로 현관문 닫히는 소리가 들렸다. 오그던은 진입로에서 들려오는 포스터의 목소리를, 앤절라가 그에게 뭔가 소리치는 것을 들었다. 그는 창가에서 그들을 바라보며 그들의 담대한 태도에 순수한 경탄을 보냈다. 마지막으로 함께 산보를 나가는 모양이었다. 포스터는 한 팔로는 앤절라의 팔짱을 끼고, 다른 손에는 산탄총을 들고 있었다.

불륜 관계를 뻔뻔하게 광고하듯 내보이는 모습에 여전히 놀라워하며—지난 이틀 동안 그들은 침대에 함께 들어가는 것만 빼고는 모든 일을 했다—오그던은 유리창에 몸무게를 실었다. 아직 약간이나마 기회가 남아 있었다. 엊저녁 앤절라가 저녁 식탁 건너편의 그를 바라보던 도발적인 눈빛이 기억났다. 그가 전혀 아무것도 하지 못할 거라고 확신하던……

15분 후 오그던은 당황한 소니에 부인을 뒤로하고 집을 떠나 그대로 달려 내려갔다. 손에는 산탄총을 든 채로, 거칠어지는 바다가 유타 해변에 몰고 온 물웅덩이를 건너서, 해변으로.

"Langsamer! Zu shnell. Langsam……"*
오그던을 진정시키려 애쓰면서 젊은 독일 병사는 하얀 손을 들어

---

* "천천히! 너무 빨라. 천천히……"

옹벽에서 떨어지라고 손짓했다. 그는 앞으로 나오며 이각대의 위치를 움직여 보트 격납고가 있는 쪽 해변으로 총구를 돌렸다. 오그던은 도착한 후 계속해서 몸짓으로 그쪽을 가리켰다.

오그던은 벽에 기대 몸을 수그린 채로, 독일 병사에게 주도권을 넘겨줄 만반의 채비를 마쳤다. 며칠 동안 젊은 병사는 놀라울 정도로 회복되었다. 손과 얼굴은 여전히 알비노처럼 하얀색이었지만, 이제는 살이 좀 오른 것처럼 보였다. 그는 중화기를 완벽하게 조작하며 손쉽게 총안 주변을 움직이고 있었다. 노리쇠는 뒤로 당겨지고, 방아쇠는 연사로 맞추어져 있었다. 파리한 미소가, 아이러니한 찌푸림이 그의 차가운 입가에 걸려 있었다. 그 역시 오랜 기다림이 끝을 맞이하게 되었음을 알고 있는 것만 같았다.

오그던은 기운을 북돋아 주려는 듯 고개를 끄덕이며, 산탄총을 최대한 군대식으로 잡으려 애썼다. 독일 병사의 기관총에 비하면 이 산탄총 정도의 화력은 아무것도 아니겠지만, 그가 할 수 있는 일은 이것밖에 없었다. 명확한 이유는 모르겠지만, 이 젊은 병사에게 빚을 진 것만 같은 느낌이 들었다. 제2차 세계대전 최후의 전쟁범죄를 유도하는 느낌에 죄책감도 들었다.

"저기 있어…… 보라고!" 오그던은 옹벽 뒤로 자세를 낮추면서 그쪽으로 정신없이 손짓했다. 보트 격납고 문이 열리고, 부서진 유리창이 그들 쪽으로 한 줄기 햇빛을 반사했다. 오그던은 신호탄 권총을 양손으로 쥔 채 무릎을 꿇고 앉았다. 독일 병사는 생기가 돌아와서는 정규 군인다운 태도로 모든 부상을 잊고 움직였다. 후면 조준기를 조절하고, 붕대를 감은 어깨를 중화기 위로 붙였다. 앤절라와 리처드 포스터가 보트 격납고 문으로 나왔다. 그들은 햇빛 속에서 잠시 멈추었다.

포스터는 어깨에 산탄총을 대고, 손가락 두 개로 방아쇠울을 단단히 잡고는 주변 언덕을 세심하게 살피고 있었다.

이런 공격적인 모습에 한순간 불안해져서 오그던은 신호탄 권총을 들고 두툼한 총탄을 포스터의 머리 위로 쏘았다. 헬기 조종사는 신호탄이 그리는 흔들리는 포물선을 바라보더니, 앞으로 달려 나오며 앤절라에게 소리를 쳤다. 그리고 총탄은 속도가 떨어지더니 이내 죽은 새처럼 고요한 바다로 떨어졌다.

"불발탄이잖아……!" 자신에게 화가 나서 오그던은 자리에서 일어나 머리와 가슴을 노출시키고는 산탄총을 들어 포스터를 향해 한 발을 쏘았다. 포스터는 토치카에서 100야드가 좀 넘게 떨어진 언덕을 이리저리 움직이며 다가오고 있었다. 오그던 옆에서는 젊은 독일 병사가 조준을 하고 있었다. 기관총의 긴 총신이 달려오는 인물을 좇았다. 오그던은 흉벽 앞에 서서 즐겁게 기관총의 핑음에 귀를 기울였다. 이윽고 리처드 포스터가 토치카에서 10야드 떨어진 수풀에서 몸을 일으키더니 오그던의 가슴팍으로 총탄을 날렸다.

"됐어요……?"

앤절라는 모피 코트 옷자락으로 볼을 감싸고, 침침한 층계 옆에 서서 기다렸다. 포좌 바닥에 쓰러진 시체를 피하면서, 그녀는 포스터가 산탄총을 벽에 기대 세우고 바닥에 무릎을 꿇는 모습을 지켜보았다.

"최대한 물러나 있어." 포스터가 그녀에게 손짓했다. 그는 시체를 확인하고는, 피에 젖은 신발로 신호탄 권총을 건드렸다. 공포와 지난 한 주 동안 누적된 피로 때문에 여전히 몸이 떨리고 있었다. 대조적으로 앤절라는 완벽하게 차분했다. 그녀다운 철저함으로 계단을 올라가 확인하자고 말하기까지 했다.

"그가 먼저 쏴서 정말 다행이야. 그러지 않았더라면 도저히…… 하지만 대체 저걸 어디서 찾은 거지? 여기 나머지 장비들은?"

"이제 나가서 경찰을 불러요." 앤절라가 말을 하고 기다렸지만, 포스터는 여전히 바닥을 둘러보았다. "딕! 한 시간 이상 지나면 증언이 별로 신빙성 있게 들리지 않을지도 몰라요."

"이 장비들 좀 보라고. 제2차 세계대전 당시의 군장에, 기관총 탄환에, 휴대용 스토브에, 독일어 교본하고 수프 통조림도 잔뜩 있고……"

"여기서 야영을 하고 있던 거예요. 도발이 먹히려면 한참 걸릴 거라고 말했잖아요."

"앤절라!" 포스터는 한 발짝 물러서며 그녀를 손짓해 불렀다. "저걸 좀 봐…… 세상에, 저 친구 독일군 제복을 입고 있잖아. 장화에, 상의에, 전부 갖추고 있어."

"딕!"

토치카에서 나와서 걸음을 옮기고 있노라니, 잔뜩 놀란 소니에 부인이 해변을 가로질러 그들에게 달려왔다. 포스터는 앤절라의 팔을 붙들어 주었다.

"이제 시작이군. 당신 괜찮아?"

"물론이죠." 앤절라는 얼굴을 찌푸리며 미끄러운 콘크리트 계단을 조심스레 내려갔다. "있잖아요, 어쩌면 우리가 상륙하고 있다고 생각한 걸지도 모르겠네요. 저 사람 항상 유타 해변 이야기만 하고 있었잖아요."

(1978)

우주 시대의 기억
Memories of the Space Age

하나

저 기묘한 조종사는 하루 온종일 골동품 비행기를 끌고 버려진 우주센터 위를 날아다녔고, 격렬한 소음은 플로리다의 정적 속으로 빨려 들어가듯 사라졌다. 새벽이 찾아오고 얼마 지나지 않아, 덜걱거리는 낡은 커티스 복엽기의 엔진 소리가 타이터스빌의 텅 빈 호텔 5층, 기력이 쇠진한 아내 곁에 누워 있던 맬러리 박사를 잠에서 깨웠다. 지난밤을 가득 메웠던 우주 시대의 꿈이, 빙하처럼 고요한 하얀색 활주로의 기억이 어지러운 마음의 한 조각처럼 하늘을 선회하는 괴상한 비행기 때문에 깨지고 말았다.

맬러리는 발코니에서 골동품 비행기가 케이프케네디의 녹슨 발사대 주변을 선회하는 모습을 지켜보았다. 복엽기의 위아래 날개 사이의 개방형 동체를 고정시키는 은빛 철사들이 실뜨기 모양처럼 복잡하게 엉킨 채 조종사의 헬멧에 반사된 햇빛에 반짝였다. 조종사는 어떻게든 그 복잡한 퍼즐에서 탈출하려고 공중에서 원을 그리고 동체를 회전시키며 애쓰는 듯 보였다. 그런 조종사를 무시하는 양, 비행기는 계속 숲의 나무 위를 이리저리 날아다니면서 버려진 거대한 활주로 사방으로 엔진 굉음을 울려 댔다. 마치 항공 역사 개척기의 망령이 금 간 콘크리트 아래 무덤에 잠들어 있는 아폴로계획의 거인들을 불러 일으킬 수 있기라도 한 것처럼.

일단은 포기한 듯, 커티스 복엽기는 발사대를 뒤로하고 내륙의 타이터스빌 쪽으로 방향을 돌렸다. 호텔 위를 덜걱거리며 날아가는 비행기를 보면서, 맬러리는 조종사의 고글 안에서 눈에 익은 짙은 눈썹을 알아보았다. 계속 다른 골동품 비행기를 몰고 나타나고 있었지만, 조종사는 항상 같은 사람이었다—맬러리는 근처 사설 비행장에 있는 잊힌 박물관에서 전시품을 빼돌려 타고 오는 것이라고 추측했다. 스패드와 솝위스캐멀도 있었고, 라이트 형제 시험기의 복제품도 있었다. 어제는 포커 삼엽기로 나사 쪽 둑길 위를 정신없이 날아다니면서 갈매기와 바다제비들이 날아다닐 하늘을 남겨 두지 않고 내륙 쪽으로 몰아냈다.

맬러리는 벌거벗고 발코니에 서서 호박색 공기를 맞으며 피부에 온기를 더했다. 견갑골 아래 갈비뼈의 개수를 세다 보니 처음으로 신장이 손에 만져졌다. 매일 식료품을 모으느라 꽤나 시간을 보냈고, 근처 버려진 슈퍼마켓에서 모아 온 통조림도 있었지만, 체중을 유지하기는 쉽지 않았다. 밴쿠버를 떠나 천천히, 불안하게 플로리다로 차를 몰아

돌아오던 지난 두 달 동안 그와 앤은 각자 체중이 30파운드가 넘게 빠졌다. 그들의 육체가 곧 닥칠, 시간이 사라진 세계를 위해 재정비를 하고 있는 것만 같았다. 그러나 뼈는 그대로였다. 골격만은 갈수록 튼튼하고 육중해져 가는 듯했다. 마치 무덤에서 영양 공급을 받지 못한 채 잠들 시간을 대비하는 것처럼.

습기 찬 공기 안에서 이미 땀범벅이 된 채로 맬러리는 침실로 돌아갔다. 앤은 깨어나기는 했지만 미동도 하지 않고 침대 가운데에 누워 있었다. 아이처럼 금발 머리카락 한 갈래를 입에 물고, 고정된 공허한 표정이 방금 멈춘 시계처럼 보였다. 맬러리는 자리에 앉아 그녀의 횡격막 위에 손을 올리고 부드럽게 그녀에게 숨을 불어 넣었다. 아침이 찾아올 때마다 잠든 동안 앤에게 주어진 시간이 끝나 버려서, 마지막 악몽 속에 그녀를 영원히 남겨 두고 오게 되는 것은 아닐까 두려워지곤 했다.

그녀는 맬러리를 멍하니 바라보았다. 마치 이 허름한 관광지의 호텔에서, 수년 동안 알아 온 것만 같지만 왠지 모를 이유로 알아볼 수 없는 남자의 곁에서 깨어난 것이 당황스러운 것만 같았다.

"힌턴?"

"아직 안 왔소." 맬러리는 그녀가 입에 머금고 있는 머리카락을 빼 주었다. "이제 내가 그 친구처럼 보이는 모양이오?"

"세상에, 눈이 멀어 가나 봐요." 앤은 베개에 대고 코를 문질렀다. 그녀는 양 손목을 들어 시간의 수갑처럼 채워져 있는 한 쌍의 시계를 바라보았다. 플로리다에 있는 상점이란 상점들에는 온갖 종류의 버려진 시계가 가득했고, 앤은 매일 새 시계를 골라 가졌다. 그녀는 안심시켜 주려는 듯 맬러리를 어루만졌다. "남자들은 다 똑같아 보이잖아요, 에드워드. 매춘부의 지혜라고요. 비행기 때문에 그런 거예요."

"잘 모르겠소. 정찰기는 아니더군. 아무래도 경찰은 케이프케네디까지 내려올 생각이 없는 모양이오."

"탓할 수는 없죠. 불길한 장소니까요. 에드워드, 우리도 떠나야 해요. 오늘 오전 중에 여길 벗어나자고요."

맬러리는 그녀의 어깨를 붙들고, 연약하지만 여전히 아름다운 여인을 진정시키려 했다. 힌턴을 맞이하려면 그녀는 최고의 모습을 유지하고 있어야 했다. "앤, 여기 온 지 아직 일주일밖에 지나지 않았잖소. 시간을 조금만 더 투자해 봅시다."

"시간요? 에드워드……" 그녀는 갑자기 애정 어린 손길로 맬러리의 손을 잡았다. "내 사랑, 우리에게 부족한 건 이제 시간뿐이에요. 다시 두통이 시작되고 있어요. 묘할 정도로 15년 전의 두통과 똑같은 느낌이에요. 정확하게 같은 신경이 쑤셔 와요……"

"처방을 해 주겠소. 오늘 오후는 자면서 넘길 수 있을 거요."

"안 돼요…… 불길한 예감이 들어요. 통증 하나도 놓치고 싶지 않아요." 그녀는 손목시계를 관자놀이에 가져다 댔다. 마치 시계의 신호에 맞춰 뇌를 조율하려는 것처럼. "여기 오는 것 자체가 미친 짓이었어요. 머무르는 건 더 미친 짓이고."

"나도 알고 있소. 하지만 성공할 확률이 낮아도 시도할 가치는 있는 일 아니오. 이 모든 일을 겪으면서 하나 깨달은 게 있다오. 탈출구가 존재한다면 케이프케네디에 있을 거라는 사실 말이지."

"아니에요! 이곳은 모든 것이 오염되어 있어요. 다른 나사 사람들처럼 우리도 오스트레일리아로 가야 해요." 앤은 바닥에 놓인 핸드백을 뒤져 타이터스빌의 서점에서 찾아낸, 삽화가 들어간 조류 도감을 힘겹게 꺼냈다. "이걸 보고 확인했어요. 서부 오스트레일리아는 플로리다에서 가장 먼 곳이래요. 거의 지구 정반대쪽에 있는 셈이라고요. 에드워드, 언니가 **퍼스**에 살고 있어요. 언니가 우릴 자기네 집으로 초대한 이유가 있는 거라고요."

맬러리는 멀리 케이프케네디의 발사대를 응시했다. 이제는 자신이 한때 저곳에서 근무한 적이 있다고 믿기조차 힘들었다. "오스트레일리아, 퍼스라고 해도 충분히 멀 것 같지는 않소. 우린 다시 우주로 나가야 하고……"

앤은 몸을 떨었다. "에드워드, 그런 말은 하지 말아요. 이곳은 **범죄**가 벌어진 땅이에요. 모두가 모든 일이 어떻게 시작되었는지 알고 있다고요." 함께 먼 비행기 소음에 귀를 기울이면서, 그녀는 자신의 풍만한 둔부와 부드러운 허벅지를 내려다보았다. 감당해 낼 수 있으리라 생각했는지 그녀는 고개를 들었다. "힌턴이 여기 있을 거라고 생각해요? 나를 기억 못 할지도 모르잖아요."

"당신은 기억할 거요. 그 친구를 좋아한 사람은 당신뿐이었으니까."

"글쎄요, 그렇다고 말할 수도 있겠죠. 탈옥하기 전까지 얼마나 감옥에 있었죠? 20년이던가요?"

"아주 오래 있었지. 어쩌면 또 당신을 태우고 비행하려 할지도 모르겠소. 당신도 좋아했잖소."

"그렇죠…… 이상한 사람이었어요. 하지만 여기 있다고 쳐도, 그 사람이 도와줄 수가 있을까요? 애초에 이 모든 일을 시작한 건 그 사람이었잖아요."

"아니, 힌턴이 아니오." 맬러리는 텅 빈 호텔에 울려 퍼지는 자신의 목소리에 귀를 기울였다. 느려진 시간이 소리의 진동수를 길게 늘여서, 소리가 더 깊이 울리는 것처럼 느껴졌다. "어떻게 보면 내가 시작했다고 할 수도 있을 거요."

앤은 그에게서 등을 돌린 채 양 귀에 시계를 대고 누워 있었다. 맬러리는 아침이 되었으니 밖으로 나가 먹을거리를 찾아야 한다고 다짐했다. 식량, 비타민 주사, 깨끗한 시트 두 장. 앤과 잠자리를 같이하면 서로 다투며 정신을 유지할 수 있으리라 생각했는데, 그 대신 애정이 생겨나고 말았다. 여기 케이프케네디에서, 발사대의 그림자 아래에서 아이를 잉태하기라도 한다면⋯⋯?

그는 밴쿠버의 진료소에 남겨 두고 온 몽골증이나 자폐증이 있는 아이들을 떠올렸다. 동료 의사와 지쳐 버린 부모들은 강력하게 이의를 제기했지만, 맬러리는 그런 증상이 시간에 관련된 질병이며, 시간 감각이 제대로 작동하지 않아 지각의 작은 섬에 조난당한 상태가 된 것이라고 굳게 믿었다. 몽골증의 경우에는 그 섬이 분 단위였고, 자폐 아들에게는 마이크로초 단위였다. 그리고 이곳 케이프케네디에서 잉태한 아이는 시간이 없는 세계의 주민일 것이다. 무한하고 끝없는 현재, 과거의 뇌가 생생하게 기억하는 태곳적 낙원의 주민. 탄생도 죽음도 처음으로 겪어 보는 존재. 천국이나 낙원의 모습이 항상 정적인 세계로 그려진다는 점은 꽤나 흥미로웠다. 영원한 동적평형의 세계도, 롤러코스터 같은 행동 과잉의 축제도, LSD와 실로사이빈으로 가득한 광기의 유원지도 아니었다. 영원을, 무한한 시간이 제공되면 넉넉하게 제공받은 바로 그 요소를 제거하는 선택을 한다는 점은 참으로 묘한 역설이었다.

그러나 케이프케네디에 더 오래 머물게 되면, 그와 앤은 얼마 지나지 않아 태고의 뇌로 돌아가게 될 것이다. 그가 우주로 나가도록 도왔던, 비극을 맞이한 첫 우주 비행사들과 마찬가지로. 밴쿠버에 있던 지난 한 해 동안 수많은 발작이 일어났다. 갑작스레 시간이 느려지거나 책상에 앉아 보내는 오후 시간이 며칠에 걸쳐 늘어졌다. 그에게 일어난 집중력 상실은 그도 동료들도 단순히 기벽의 발현이라 넘겼지만, 앤이 갈수록 정신을 놓는 모습은 무시할 수가 없었다. 시간을 느리게 경험하는 이런 현상이야말로 우주병의 명확한 첫 증상이었기 때문이다. 우주 비행사들 그리고 그 뒤를 이어 플로리다에 있던 모든 나사 직원들이 그랬던 것처럼. 지난 몇 달 동안은 매일 대여섯 번의 발작이 일어났고, 그럴 때마다 모든 것이 느려졌다. 면도를 하거나 수표에 서명을 하는 순간이 하루 길이까지 늘어났다.

시간은 고장 난 영사기에 넣은 영화필름처럼 일정하지 않은 속도로 흘러갔다. 때로는 되돌아가기도 하고, 거의 완전히 멈추기도 하면서. 언젠가는 한 장면에서 영원히 멈추어 버릴 것이다. 밴쿠버에서 차를 몰아 여기까지 오는 데 정말로 두 달이 걸린 것일까? 잭슨빌에서 케이프케네디까지 오는 데만 몇 주일이 걸린 것은 아닐까?

그는 플로리다 해안선을 따라 내려온 긴 여행길을 떠올렸다. 거대하고 텅 빈 호텔과 엉겨 붙는 시간의 세계, 버려진 통로에서 앤과 함께 겪었던 기묘한 조우, 며칠 동안 이어지는 것 같던 성행위. 아무도 없는 침실 사이를 거닐다, 때때로 플로리다까지 흘러온 다른 한 쌍을 만나는 경우도 있었다. 시간이 없는 구역의 영원한 현재에 사로잡힌 사람들을. 퐁텐블로 호텔에서 영원한 포옹에 빠져 있는 파올로와 프란체스카를. 그런 이들 중 몇몇은 눈에 공포가 깃들어 있기도 했다……

앤과 그 자신의 경우에는 15년 전 결혼을 했을 때 이미 시간이 동나 있었다. 우주 콤플렉스의 망령들 그리고 힌턴의 기억이 시간을 몰아내 버렸기 때문이었다. 그들은 온갖 성병에 감염된 채 에덴동산으로 돌아온 아담과 이브 같은 존재였다. 다행히 시간이 증발하면서 기억 또한 따라서 사라졌다. 그는 이제 거의 의미가 없어진, 얼마 안 되는 자신의 소지품을 바라보았다. 자신의 기나긴 쇠락을 기록한 녹음기. 밴쿠버에서 알던 여의사를 찍은 폴라로이드 누드 사진집. 학창 시절에 사용했던, 해부실 시체들에서 흘러내린 포르말린이 아직까지 묻어 있는 유례없는 소설 작품인 그레이의 『해부학 교과서』. 마이브리지의 스톱 프레임 염가판 사진집. 그리고 시몬 마구스에 대한 정신분석학 논문.

"앤……?" 침실 안이 더 밝아져 있었다. 묘하게 환한 빛이, 꿈속에서 보았던 순백의 활주로처럼 떠올라 있었다. 아무것도 움직이지 않았고, 맬러리는 잠시 주변의 모든 것들이 역사박물관의 밀랍 전시품이나 시골의 지친 부부를 묘사한 에드워드 호퍼의 회화 작품 같다고 생각했다. 꿈속의 시간이 그를 잠식해서 그대로 함입해 버리려 하고 있었다. 언제나 그렇듯이 두려움은 느껴지지 않았다. 맥박도 더 차분해졌다……

밖에서 굉음이 들리면서 그림자 하나가 발코니를 스치고 지나갔다. 커티스 복엽기가 머리 위에서 으르렁대더니 그대로 타이터스빌을 향해 저공으로 날아갔다. 갑작스러운 움직임에 놀란 맬러리는 선 채로 몸을 부르르 떨고는, 허벅지를 철썩 때려 심장의 움직임을 도우려 했다. 비행기가 간신히 그를 구원한 것이었다.

"앤, 아무래도 방금 그게 힌턴이었던 것 같소……"

그녀는 시계를 귀에 대고 옆으로 누워 있었다. 맬러리는 그녀의 볼을 쓰다듬었지만, 그녀의 눈은 그를 바라보고 있지 않았다. 차분하게 가슴으로 호흡하고 있었고, 맥은 동면에 들어간 포유동물만큼 느릿했다. 그는 아내의 어깨에 시트를 덮어 주었다. 한 시간만 기다리면 단하나의 장면만을 생생하게 기억하는 상태로 깨어날 것이다. 마지막으로 시간이 멈추는 그 순간을 대비하는 리허설처럼……

둘

맬러리는 왕진 가방을 손에 들고 슈퍼마켓의 부서진 창유리를 통해 거리로 나섰다. 이 버려진 상점이 가장 중요한 생필품 공급처였다. 문을 막아 둔 상점과 술집 앞 보도에 줄줄이 선 키 큰 야자나무들이 텅빈 마을에 그늘진 산책로를 만들어 냈다. 밖에서 발작이 찾아오는 경우도 몇 번 있었지만, 그때마다 야자나무가 플로리다의 햇살로부터 피부를 보호해 주었다. 자신도 이유는 이해하지 못하면서도 그는 나체로, 찌르레기와 잉꼬의 시선을 받으며 거리를 걷는 것을 즐겼다. 벌거벗은 의사 선생, 새들의 의사…… 어쩌면 깃털로 치료비를 지불할지도 모른다. 한밤중의 하늘처럼 검푸른 마카우앵무새의 꽁지깃이나 찌르레기의 금빛 날개깃을 모아들이다 보면, 언젠가는 직접 하늘을 나는 기계를 제작할 수 있지 않을까?

포장된 쌀밥, 설탕, 파스타 상자 등으로 가득한 왕진 가방은 제법 묵직했다. 다른 발코니로 가서 불을 피운 다음, 옥상 물탱크의 금속 맛이 나는 물을 조심스레 끓여서 탄수화물이 많은 식사를 준비할 것이다. 맬러리는 호텔 주차장에서 잠시 걸음을 멈추고는 5층까지 걸어 올라갈 힘을 비축했다. 높은 곳에 자리를 잡은 이유는 쥐와 바퀴벌레를 피하기 위해서였다. 그는 인적 없는 잭슨빌 교외 지역에서 가져온 순찰차의 앞 좌석에 앉아 휴식을 취했다. 앤은 자신의 멋진 토요타를 버리고 온 것을 후회하곤 했지만, 차를 바꾼 것은 분별 있는 결정이었다. 갑자기 순찰차가 나타나면 군용 정찰기를 혼란스럽게 할 수 있으며, 최고 속력으로 달리는 닷지라면 웬만한 경비행기는 따돌릴 수 있기 때문이다.

맬러리는 매일 아침 골동품 비행기를 타고 날아다니는 수수께끼의 조종사를 따라잡기 위해 이 차의 힘에 의존하고 있었다. 그 조종사가 시간이 갈수록 더 오래된 비행기를 타고 나타난다는 사실은 이미 깨달았다. 머지않아 맬러리가 따라잡을 수 있는 속도까지 내려올 것이다. 그러면 닷지의 추격을 뿌리치지 못하고, 자신의 비밀 비행장에 착륙할 것이다.

맬러리는 경찰 라디오에 귀를 기울였지만, 플로리다를 뒤덮은 거대한 공백을 반영하는 잡음이 들릴 뿐이었다. 대조적으로 항공교통 주파수는 수많은 언어로 이루어지는 온갖 대화로 가득했다. 모빌이나 애틀랜타나 서배너에 착륙하는 대형 제트기부터 바하마 상공을 비행하고 있는 군용기까지. 모두가 크게 거리를 두고 플로리다를 피해 다니고 있었다. 31도선 위쪽의 미국 땅에서는 이전과 동일한 일상이 그대로 계속되고 있었지만, 그 아래의 울타리도 없고 순찰자도 거의 없는 변경 지역에서는 버려진 정박지와 쇼핑몰, 감귤 농장과 퇴직자 주거지, 빈민가와 공항 모두를 거대한 정적이 뒤덮고 있을 뿐이었다.

새들이 맬러리에게 흥미를 잃은 듯 공중으로 날아올랐다. 얼룩덜룩한 그림자가 주차장을 가로질렀고, 고개를 든 맬러리는 날개가 호리호리한 우아한 형태의 비행기가 느릿하게 호텔 지붕 위를 흘러가듯 가로지르는 모습을 목격했다. 어린아이가 물장난을 치듯이 쌍날 프로펠러가 허공을 때렸고, 투명한 동체 안에서는 조종사 한 사람이 자전거 페달을 느긋하고 규칙적으로 밟고 있었다. 발전된 설계의 인력 글라이더가 버려진 마을의 열기에서 발생한 상승기류를 타고 소리 없이 지붕 위로 솟아오르고 있었다.

"힌턴!" 지금이라면 과거의 우주 비행사를 잡을 수 있으리라 확신하면서, 맬러리는 식료품을 내팽개치고 순찰차 운전대를 잡았다. 그러나 물을 먹은 엔진에 간신히 시동을 걸었을 즈음에는 이미 글라이더는 시야에서 사라진 후였다. 여객기만큼 길고 섬세한 날개가 숲 위를 스치고 지나가자, 바다제비와 흰털발제비들이 제공권을 침범한 소심한 비행체를 확인하려고 날아올라 뒤를 따라갔다. 맬러리는 후진으로 주차장을 빠져나와, 거리 한복판에서 포장을 뚫고 자라난 야자나무들을 이리저리 피하면서 글라이더를 추격하기 시작했다.

그는 진정하려 애쓰며 양쪽 샛길을 살피다가, 이윽고 도시 남쪽 외곽의 하이알라이* 경기장 위를 선회하고 있는 글라이더를 발견했다. 갈매기 떼가 구름처럼 글라이더를 둘러싸고 있었다. 일부는 느릿하게 돌아가는 프로펠러를 공격하고, 일부는 날개 끝에 내려앉으려 했다. 조종사는 갈매기 떼를 꼬드겨 따라오게 하고 싶은지, 가볍게 동체를 흔들고 기울이면서 바다 쪽으로, 우주센터의 건물들로 향하는 숲속 진입로로 끌어들이고 있었다.

* 스페인과 라틴아메리카에서 하는 스쿼시와 비슷한 경기.

맬러리는 속도를 줄여 300야드 정도로 거리를 유지하며 따라갔다. 글라이더와 순찰차는 이윽고 바나나 강을 가로지르는 다리를 건너 나사 건물 쪽 둑길 그리고 코코아비치의 버려진 술집과 모텔 쪽으로 향했다. 가장 가까운 발사대까지는 아직 북쪽으로 1마일은 떨어져 있었지만, 맬러리는 자신이 이미 우주센터의 외곽에 도착했다는 사실을 알고 있었다. 먼 과거의 탑들에서 위협적인 기운이 뿜어져 나왔다. 다른 종류의 우주적 법칙을 따른다는 점에서 마치 카르나크 대신전의 기둥들처럼 먼 옛날의 물건으로 느껴졌다. 자신을 잉태했던 플로리다 주와 함께 폐기된, 우주를 보는 관점의 상징이었으므로.

이제 맑아진 바나나 강의 물을 내려다보던 맬러리는 문득 자신이 우주센터의 콘크리트 건물과 둑길을, 사방에 가득한 간판과 철조망을, 카메라 감시탑과 관측용 벙커를 둘러싼 어두컴컴한 숲을 쳐다보지 않으려 하고 있다는 사실을 깨달았다. 앨라모고도나 에네웨타크와 마찬가지로 이곳에서는 시간 자체가 다르게 흘렀다. 정신적인 간극이 시간과 공간에 그리고 이곳에서 일했던 사람들의 마음속에까지 깊게 새겨져 있었다. 맬러리의 두개골 봉합선에서 시간이 새어 나와 자동차 아래로 흘러내렸다. 숲속의 나무들은 그가 뿌리에 양분을 공급해 주기를 바라고 있었다. 꿈쩍도 않고 선 나무들은 막스 에른스트의 몽상만큼이나 정신이 나가 있었다. 주저앉은 비행기의 시체에서 자라난 식물을 먹고 사는, 갈증을 채울 수 없는 새들과 마찬가지였다……

둑길 상공에서는 갈매기들이 하늘을 향해 울어 대며 경계하듯 맴돌고 있었다. 인력 글라이더가 고도를 낮추더니 선회하여 다리 위로 날아갔다. 작은 조종실이 차에서 10피트 위를 스쳐 지나갔다. 조종사가 열심히 페달을 밟자 프로펠러는 놀란 태양 빛을 받아 반짝였고, 맬러리는 투명한 조종석에서 금발 머리카락과 여성의 얼굴을 확인했다. 목덜미에는 붉은색 실크 스카프가 나부끼고 있었다.

"힌턴!" 맬러리가 온갖 소음으로 가득한 허공을 향해 소리치자, 조종사는 몸을 기울여서 숲을 지나 코코아비치로 향하는 진입로를 가리켜 보이고는, 그대로 나무 너머로 날아가 시야에서 사라졌다.

힌턴인가? 대체 무슨 해괴한 이유에서인지는 몰라도 과거 우주 비행사였던 남자는 이제 금발 가발을 쓰고 여장을 하고서, 맬러리를 다시 우주센터 건물 쪽으로 유인하고 있었다. 새들 또한 그에게 협력하는 것만 같았다……

갈매기들마저 강을 건너 숲으로 사라져서, 이제 하늘은 텅 비어 있었다. 맬러리는 차를 멈추었다. 차를 나와 도로로 발을 옮기려는 순간, 하늘에서 비행기 엔진 소음이 들려왔다. 포커 삼엽기가 우주센터에서 이륙하는 모습이 보였다. 비행기는 발사대에 딱 붙어 몇 번 선회하더니, 해안에서 50피트 고도를 유지한 채 야자나무와 억새 위를 휩쓸며 바다를 건너 접근하기 시작했다. 두 정의 기관총 총구가 정확하게 순찰차를 조준하고 있었다.

조종석 창문 위에 붙은 기관총이 사격을 개시하자, 맬러리는 다시 시동을 걸기 시작했다. 그는 조종사가 에어쇼에서 쓰다 남은 공포탄을 쏘는 것이라고만 여기고 있었다. 그러나 다음 순간 첫 탄환이 100피트 앞 도로에 박히며 금속성을 냈다. 두 번째 탄환은 차체를 뚫고 앞바퀴를 터트리고, 동시에 조수석 문틀을 잘라 내며 앞 좌석을 유리 파편으로 가득 채웠다. 비행기가 급상승하면서 두 번째 공격을 준비하는 동안, 맬러리는 가슴과 허벅지에서 피 묻은 유리 파편을 털어 내고는, 차에서 뛰어내려 금속 난간을 넘어 다리 옆의 얕은 지하 배수로로 들어갔다. 그의 피가 물을 타고 우주센터의 숲속으로, 피를 기다리고 있는 나무들 쪽으로 흘러들어 갔다.

셋

맬러리는 지하 배수로에 몸을 숨기고, 다리 위에서 불타고 있는 순찰차를 바라보았다. 연료가 타들어 가며 나는 연기가 텅 빈 하늘 높이 솟구쳐 올랐다. 케이프 주변 10마일 안에 있는 누구나 볼 수 있을 법한 커다란 봉화였다. 갈매기 떼는 사라졌다. 인력 글라이더와 여성 조종사는—포커 삼엽기가 다가오고 있다고 주의를 주던 모습이 기억났다—해안을 따라 남쪽 어딘가에 있는 은신처로 돌아간 모양이었다.

휴식을 취하기에도 너무 심하게 충격을 받은 맬러리는 1마일 길이의 둑길을 바라보았다. 본토까지 돌아가려면 30분은 좋이 걸어야 할 테고, 힌턴이 포커 삼엽기를 타고 구름 위에 숨어 있다면 그는 아주 손쉬운 표적이 될 것이다. 왕년의 우주 비행사가 바로 맬러리를 알아보고, 한때 나사에서 의사로 일했던 그가 자신을 찾아온 이유를 즉각 이해한 것일까?

바나나 강을 헤엄쳐 건너기에는 너무 지쳐 있어서, 맬러리는 해안으로 올라가 나무 사이로 걸음을 옮기기 시작했다. 그는 코코아비치의 버려진 모텔 중 한 곳에서 오후를 보내고, 야음이 깔린 다음에 타이터스빌로 돌아가기로 마음먹었다.

맨발에 닿는 숲 바닥이 서늘했지만, 나뭇잎으로 빽빽한 숲 천장을 뚫고 들어온 부드러운 빛이 그의 피부에 온기를 전해 주었다. 가슴과 어깨의 피는 이미 말라붙어 원주민의 문신처럼 생생하게 자국이 남았다. 불확실성으로 가득한 이 숲에서는 호텔에 두고 온 옷보다 이쪽이 더 어울리는 것만 같았다. 그는 녹슬어 가는 캠핑 트레일러를 지나쳤다. 거대한 금속 캡슐 위를 칡덩굴과 덩굴광대수염이 뒤덮고 있는 모습이, 마치 나무들이 손을 뻗어서 지나가는 우주선을 휘감아 땅으로 끌어 내린 것만 같았다. 버려진 자동차와 캠핑용 장비의 잔해, 이끼로 뒤덮인 채 바비큐 장비를 둘러싸듯이 놓인 의자와 식탁도 보였다. 20년 전 관광객들이 서둘러 이곳을 떠날 때 두고 간 물건이었다.

맬러리는 이 말단의 퇴적층을, 폭파 공작대가 만든 버려진 유원지처럼 보이는 곳을 통과했다. 그는 벌써 숲속에 존재하는 옛 세계의 주민이 된 듯한 느낌에 사로잡혔다. 어둠과 인내와 보이지 않는 삶의 세계. 100야드를 걸어가자 해안이 나왔고, 대서양의 파도가 텅 빈 모래톱을 씻어 내고 있었다. 돌고래 떼가 수면 위로 가뿐하게 뛰어 오르며 멕시코 만을 향해 남쪽으로 이동해 갔다. 새들은 사라졌지만, 물고기들은 이미 그들이 떠난 자리를 차지할 채비를 갖추고 있는 모양이었다.

맬러리는 기꺼이 그런 변화를 받아들일 수 있었다. 모래톱 위를 걸은 지 30분 남짓밖에 지나지 않았음은 알고 있었지만, 동시에 며칠 동안, 심지어 몇 주나 몇 달 동안 그곳에 있었던 기분도 들었다. 그의 정신 일부는 자신이 항상 그곳에 있었다고 여기고 있었다. 새와 비행기가 없는 고요한 우주에 자극을 받았는지 시간이 늘어지기 시작했다. 기억이 희미해지고 있었다. 과거를, 밴쿠버의 진료소와 그곳에 있는 상처 입은 아이들을, 타이터스빌의 호텔에 잠들어 있는 아내를, 심지어 자신의 존재마저도 잊어버렸다. 찰나는 영원의 일부일 뿐이다. 그는 고사리 잎을 하나 뜯어 천천히 땅으로 떨어지는 모습을, 가장 우아한 방식으로 중력에 저항하는 모습을 몇 분에 걸쳐 바라보았다.

자신이 꿈의 시간에 들어가고 있다는 사실을 깨달은 맬러리는 나무 사이를 달리기 시작했다. 그는 이제 슬로모션으로 움직이고 있었다. 약해진 다리가 마치 올림픽 육상 선수와 같은 우아함을 가지고 나뭇잎으로 뒤덮인 지표를 디뎠다. 날다가 잠들어 버린 듯한 나비를 손을 들어 만지려 했지만, 뻗은 손가락은 영원히 목적지에 도달하지 못할 것처럼 보였다.

나무가 차츰 줄어들면서 코코아비치의 해안 방갈로와 모텔들이 나타났다. 나무 사이로 버려진 호텔 하나가 보였다. 정문은 진입로 위로 무너졌고, 우주 시대의 테마파크와 동물원을 선전하는 간판에는 스패니시모스 이끼가 늘어져 있었다. 허리께까지 자란 작은 야자나무 사이로, 번쩍이는 금속과 네온사인으로 만들어진 로켓이 유원지의 회전목마처럼 발사대에서 솟아올라 있었다.

맬러리는 웃음을 머금으며 정문을 넘어 녹슬어 가는 우주선 옆으로 달려갔다. 테마파크 뒤편으로는 잡초가 무성한 테니스 코트, 수영장 그리고 작은 동물원의 잔해가 보였다. 악어 구덩이와 포유동물 우리와 조류 방사장도 있었다. 맬러리는 즐거운 기분으로 자기네 집으로 돌아온 동물들을 구경했다. 비만이 된 얼룩말 한 마리가 콘크리트 우리 안에서 졸고, 따분해진 호랑이는 자기 코를 노려보느라 사팔뜨기가 되어 있었으며, 늙은 카이만 악어 한 마리는 악어 구덩이 옆 잔디밭에서 일광욕을 했다.

이제 시간이 느려져 거의 멈출 지경이 되었다. 맬러리의 맨발이 걸음을 옮기다가 멈추고, 그대로 허공에 머물렀다. 수영장 옆 타일이 깔린 길 위에 거대한 투명 잠자리가 앉아 있는 모습이 보였다. 아침에 쫓아왔던 인력 글라이더였다.

늙은 치타 두 마리가 글라이더 날개 아래 그늘에 앉아서 새침한 눈으로 맬러리를 지켜보고 있었다. 한 마리가 몸을 일으켜 그를 향해 달려왔지만, 맬러리는 녀석이 그들 사이의 20피트 거리를 영원히 좁히지 못할 것임을 알고 있었다. 낡은 여행 가방을 재활용해 만든 듯한, 검은 점이 박힌 털가죽이 느릿하게 몸을 뻗더니, 그 모습 그대로 영원히 얼어붙는 듯 보였다.

맬러리는 시간이 멈추기를 기다렸다. 파도는 해변으로 밀려들다 가루 설탕을 뿌린 것처럼 그대로 얼어붙었다. 물고기들은 하늘에 멈추었다. 현명한 돌고래들은 새로운 영역에 들어온 것이 기쁜 듯 태양을 보며 웃음 짓고 있었다. 수영장의 얕은 쪽에 있는 분수에서 뿜어져 나오는 물은 이제 유리로 만든 파라솔이 되어 있었다.

움직이는 것은 아직 시간을 앞지를 수 있는 치타뿐이었다. 이제 그에게 10피트 가까이까지 다가와서는, 머리를 한쪽으로 기울이며 맬러리의 목덜미를 노리고 있었다. 누런 발톱이 힌턴의 총알보다 더 정확할 것 같았다. 그러나 맬러리는 이 폭력적인 고양이에게 조금도 공포를 느끼지 않았다. 시간이 사라지면 결코 자신에게 도달하지 못할 테니까. 시간이 없어지면 마침내 사자와 양이, 독수리와 들쥐가 함께 몸을 누일 수 있을 것이다.

그는 선명한 빛을 향해 고개를 들다가, 다이빙대 쪽에서 팔을 뻗은 채 허공에 떠 있는 젊은 여인을 발견했다. 물을 향해 제비처럼 뛰어드는 자세로 멈춘 그녀의 나신은, 바다 위 하늘에 떠 있는 돌고래만큼이나 아름다웠다. 차분한 얼굴이 뻗어 내린 작은 손에서 10피트 정도 떨어진 유리 표면을 응시하고 있었다. 맬러리의 존재를 눈치채지 못한 채로, 지금 수행하는 비행의 경이로움에만 집중한 모습이었다. 어깨에는 글라이더의 벨트를 맸던 붉은 자국이 남아 있고, 맹장 수술 자리에 남은 은빛 화살표 자국이 어린아이 같은 치골 쪽을 향하고 있었다.

이제 치타는 더 가까워졌다. 발톱이 맬러리의 어깨에 말라붙은 핏자국에 와서 닿았고, 회색 주둥이가 뒤로 말려 올라가며 뭉크러진 잇몸과 얼룩진 이빨이 드러났다. 팔을 뻗으면 끌어안을 수 있을 것만 같았다. 그 안에 남은 아프리카의 기억을 모두 받아들이고, 낡은 털가죽에 깃든 폭력을 잠재울 수……

넷

우주 시대에서 시간이 흘러 나가듯, 플로리다에서 시간이 흘러 나갔다. 잠시 멈추었던 시간은 씹혔던 필름이 다시 재생되는 것처럼 속도를 붙여 세계를 움직이기 시작했다.

맬러리는 수영장 옆에 놓인 접이식 의자에 앉아 글라이더 그늘 아래에서 휴식을 취하고 있는 치타들을 바라보았다. 치타들은 에이스 한 장을 손에 숨기려고 하는 카드 딜러처럼 앞발을 이리저리 꼬았다 풀었다. 때때로 코를 들고 괴상한 남자와 그의 피 냄새를 맡기도 했다.

날카로운 이빨이 보여도 맬러리는 고요하고 평온한 기분이었다. 복잡하지만 만족스러운 잠에서 깨어나는 느낌이었다. 작은 동물원 안에 있다는 것만으로 기분이 좋았다. 주변을 둘러싸고 있는, 아이들의 동화책 삽화처럼 무해한 장난감 로켓들 또한 마음에 들었다.

젊은 여인은 맬러리 옆에 서서 걱정스러운 눈빛으로 그를 바라보고 있었다. 맬러리가 치타와 충돌한 충격에서 회복되는 동안 옷을 챙겨 입은 모양이었다. 야단법석을 피우는 치타를 질질 끌어 떼어 놓은 다음, 그녀는 맬러리를 접이식 의자에 눕히고 가죽으로 된 누더기 비행복을 걸쳤다. 옷이 저것밖에 없는 것일까? 진정한 바람의 자식, 공중에서 태어나고 잠이 드는 여인일까. 과도하게 밝은 마스카라와 풍성하게 빗어 넘긴 금발 때문에 그녀는 마치 가죽옷을 걸친 앵무새, 항공업계의 펑크 마돈나처럼 보였다. 어깨에 붙은 낡은 나사 마크가 살짝 시건방진 느낌도 주었다. 오른쪽 가슴 위에 붙은 명찰에는 '**나이팅게일**'이라는 이름이 인쇄되어 있었다.

"가엾은 양반 같으니. 정신이 들어요? 위험할 정도로 멀리 가 버렸던 모양인데." 어린아이 같은 몸매와 부드러운 입매와 매끄러운 콧날 뒤로, 어른의 두 눈이 그를 경계하듯 바라보았다. "이봐요, 제복은 어떻게 된 거예요? 당신 경찰인가요?"

맬러리는 그녀의 손을 붙들고는, 약지에 낀 묵직한 아폴로계획 반지를 만져 보았다. 왠지는 몰라도 그녀가 힌턴과 결혼한 사이일 거라는 말도 안 되는 생각이 떠올랐다. 그러다 그는 확장된 동공과 살짝 달뜬 열기를 눈치챘다.

"걱정 마시오, 난 의사니까. 에드워드 맬러리요. 아내와 함께 휴가를 보내러 온 참이오."

"휴가라고요?" 그녀는 안도와 동시에 말문이 막히는지 고개를 저었다. "저 경찰차는…… 누군가가 선생님이…… 정신을 잃은 사이에 제복을 훔쳐 갔다고만 생각했어요. 의사 선생님, 요즘 플로리다로 휴가를 오는 사람은 아무도 없어요. 얼른 떠나지 않으면 이번 휴가는 평생 계속될지도 몰라요."

"나도 알고 있소……" 맬러리는 동물원의 졸고 있는 호랑이, 화려한 분수와 색색의 로켓들을 바라보았다. 앙리 루소의 〈즐거운 어릿광대〉 속 사랑스러운 세계였다. 그는 여자가 건네주는 청바지와 셔츠를 받아 들었다. 벌거벗은 채 있고 싶은 마음이기는 했다. 노출증의 충동이 끓어올라서가 아니라 나체야말로 지금 방문한, 사라진 영역에 걸맞은 모습이었기 때문이다. 아무 관심도 없이 앉아 있는, 불의 거죽을 가진 호랑이는 빛의 세계에 속하는 짐승이었다. "그래도 어쩌면 제대로 찾아온 것이 아닐까 하는 생각도 드는군. 여기 영원히 있고 싶소. 솔직히 말하자면, 방금 그 영원이 어떤 느낌일지 살짝 맛을 본 참이오."

"아니, 전 됐어요." 맬러리의 말에 호기심이 생겼는지, 여자는 그 옆의 풀밭에 쭈그리고 앉았다. "솔직히 말해 봐요. 발작이 얼마나 자주 찾아오죠?"

"매일 겪고 있소. 어쩌면 내가 인지하는 것보다 더 많이 겪을지도 모르지. 그쪽은 어떻소……?"

그녀가 살짝, 너무 빠르게 고개를 젓는 것을 보며 맬러리는 덧붙였다. "그 정도로 무섭지는 않은 건 알지 않소. 어떻게 보면 그 순간으로 돌아가고 싶은 기분마저 들지."

"그런 모양이네요. 아내분을 데리고 떠나세요. 언제 이곳의 시계들이 전부 정지할지 몰라요."

"그래서 우리가 여기 온 거요. 유일한 희망이니까. 아내에게는 나보다도 남은 시간이 더 적소. 우리는 모든 것을 마주하기 위해 이리로 온 거요, 그게 무슨 뜻이든. 사실 이제 마주할 것도 얼마 남아 있지 않지만."

"선생님…… 진짜 케이프케네디는 이곳이 아니라 선생님 머릿속에 있는 거예요." 의사가 있든 없든 신경 쓰지 않는 것이 명백한 태도로 여자는 비행용 헬멧을 착용했다. 그리고 다시 갈매기와 제비들이 비행기 엔진 소리에 이끌려 비상하기 시작하는 하늘을 바라보았다. "잘 들어요. 선생님은 한 시간 전에 거의 살해당할 뻔했어요. 경고를 해 주려고 했는데, 우리 동네 곡예비행사는 경찰을 좋아하지 않거든요."

"그런 모양이오. 그 작자가 당신을 공격하지 않아서 다행이오. 그가 당신의 글라이더를 조종하고 있다고 생각했소."

"힌턴이요? 죽어도 저 속에는 들어가지 않을걸요. 그 사람한테 필요한 건 속도예요. 힌턴은 새들과 어울리려 하고 있어요."

"힌턴……" 그 이름을 따라 말하면서 맬러리는 공포와 안도를 동시에 느꼈다. 자신이 몇 달 전 밴쿠버의 진료소를 떠날 때 계획했던 일이 마침내 돌이킬 수 없는 곳까지 왔음을 깨달았기 때문이다. "힌턴이 여기 있다는 말이로군."

"여기 있죠." 여자는 맬러리를 향해 고개를 끄덕였다. 아직 그가 경찰이 아니라고 확신하지 못한 모양이었다. "힌턴을 기억하는 사람은 별로 없을 텐데."

"나는 기억하고 있소." 그녀가 아폴로 반지를 매만지는 모습을 보며 그는 물었다. "당신 그자와 결혼한 것 아니오?"

"힌턴하고요? 선생님, 정말 괴상한 생각을 다 하시는군요. 선생님 환자들은 대체 어떤 사람들이에요?"

"나도 가끔 그게 궁금하오. 어쨌든 힌턴을 아는 것 아니오?"

"그 사람을 진짜로 아는 사람이 있긴 한가요? 항상 혼자 꿍꿍이를 꾸미는 사람인데. 여기 수영장을 수리하고 올랜도 박물관에서 저 글라이더를 가져다준 사람이 힌턴이에요." 그리고 그녀는 능청스럽게 덧붙였다. "디즈니랜드 동관 말이죠. 초기에는 사람들이 케이프케네디를 그렇게 불렀다면서요."

"기억이 나는군. 내가 나사에서 일하던 20년 전의 이야기요."

"제 아빠도 그랬죠." 그녀는 그 단체의 이야기를 꺼낸 것만으로도 화가 나는지 날카로운 목소리로 말했다. "마지막 우주 비행사셨어요. 앨런 셰플리. 유일하게 돌아오지 못한 사람이죠. 유일하게 모두가 기다려 주지 않은 사람."

"**당신** 아버지가 셰플리라고?" 맬러리는 깜짝 놀라서 멀리 발사장에 서 있는 발사대 쪽으로 눈을 돌렸다. "셔틀에서 목숨을 잃었지. 그렇다면 당신은 힌턴이……"

"선생님, 전 힌턴이 아빠를 죽였다고 생각하지 않아요." 맬러리가 입을 열기 전에 그녀는 눈 위로 고글을 눌러썼다. "게다가 어쨌든 이젠 상관없는 일이고요. 중요한 건 아빠가 착륙할 때 누군가가 여기서 기다리고 있어 줄 거라는 거죠."

"그를 기다리고 있는 거요?"

"그래야 하지 않겠어요, 선생님?"

"그야…… 하지만 정말 오래전 일이지 않소. 게다가 그가 이쪽으로 돌아올 확률은 100만 분의 1 정도밖에 되지 않을 거요."

"그건 사실이 아니에요. 힌턴은 아빠가 이쪽 해안 어딘가로 돌아오게 될 거라고 했어요. 궤도가 점차 하강하고 있대요. 그래서 전 매일 해변을 살피고 있죠."

맬러리는 그녀를 응원하듯 웃어 보이면서, 용감하지만 슬픈 아이를 사랑스럽게 여기는 눈으로 바라보았다. 그는 우주 비행사의 딸, 게일 셰플리의 사진이 실려 있던 신문을 떠올렸다. 판결이 난 후 법정 밖에서 찍은 사진에서 아이는 미망인의 품에 꼭 안겨 있었다. "그 친구가 돌아오면 좋겠군. 그리고 이 동물원은 다 뭐요, 게일?"

"나이팅게일이에요." 그녀가 자신의 이름을 정정했다. "아빠를 위한 동물원이죠. 우리가 떠나게 될 세계가 좀 특별한 곳이었으면 해서요."

"함께 떠날 생각이오?"

"말하자면 그렇죠. 선생님과 마찬가지로 그리고 이 주변의 모든 사람들과 마찬가지로요."

"역시 발작이 찾아오는 모양이로군."

"그리 자주 오지는 않아요. 그래서 계속 움직이는 거죠. 새들이 나는 법을 가르쳐 줘요. 그거 아시나요, 선생님? 새들은 시간에서 벗어나려 애쓰고 있어요."

그녀는 이미 구름 한 점 없는 하늘과 모여드는 새들 쪽으로 주의가 쏠려 있었다. 치타의 목줄을 묶은 다음, 그녀는 서둘러 글라이더로 향했다. "전 이제 가야 해요, 선생님. 오토바이 탈 줄 아세요? 호텔 로비에 야마하가 한 대 있어요. 빌려 가셔도 돼요."

그러나 이륙하기 전, 그녀는 맬러리에게 고백했다. "전부 근거 없는 희망일 뿐이죠, 선생님. 힌턴에게도 마찬가지예요. 아빠가 돌아올 때쯤에는 모두 아무 의미도 없을 거예요."

맬러리는 글라이더가 이륙하는 것을 도우려 했지만, 그 가벼운 비행체는 스스로의 힘으로 수월하게 날아올랐다. 그녀는 경쾌하게 페달을 밟으며 글라이더를 하늘로 띄우고 테마파크의 크롬 광택이 나는 로켓들을 타 넘어갔다. 글라이더는 호텔 위를 선회하더니 이내 길고 펄럭이는 날개를 펴고 북쪽의 텅 빈 해변으로 날아갔다.

그녀가 떠나자 초조해지는지, 호랑이는 우리 천장에 매달아 놓은 트럭 타이어를 붙들고 씨름하기 시작했다. 한순간 맬러리는 우리 문을 열고 함께 어울리고 싶은 충동을 느꼈다. 다이빙대에 묶여 있는 치타를 피해서 맬러리는 텅 빈 호텔로 들어가 계단을 걸어 옥상으로 올라갔다. 그는 승강기 칸의 사다리에서 우주센터 쪽으로 날아가는 글라이더를 지켜보았다.

앨런 셰플리. 최초로 우주에서 살해당한 사람. 맬러리는 셔틀의 젊은 파일럿을, 우주 시대의 종막이 오기 전에 케이프케네디에서 이륙한 마지막 우주 비행사 중 한 사람을 떠올렸다. 과거 아폴로계획의 비행사였던 셰플리는 열정적이며 호감이 가는 젊은이였다. 다른 우주 비행사들처럼 야심 찼지만, 동시에 신기할 정도로 순진했다.

다른 이들과 마찬가지로 맬러리 또한 셔틀의 부조종사보다 그를 훨씬 좋아했다. 부조종사는 당시 우주 비행사들 사이에 단 한 명뿐이던 민간인 이론물리학자였다. 맬러리는 의료센터에서 힌턴을 처음 만난 순간 본능적인 혐오감을 느꼈던 것을 떠올렸다. 그러나 동시에, 그때부터 그 남자의 어색하고 성마른 태도에 경탄한 것도 사실이었다. 우주 계획은 후기에 들어서자 정신적인 균형이 약간 부족한 이들을 끌어들였는데, 힌턴은 이런 2세대 우주 비행사에 속하는 인물이었다. 머큐리와 아폴로계획을 수놓았던 규율 잡힌 군인 같은 비행사들과는 다른, 내면에 복잡한 동기를 품고 있는 개성 강한 이단자들 중 하나였다. 힌턴은 코르테스나 피사로나 드레이크와 같은 격렬하고 강박적인 성격, 뜨거운 피와 차가운 심장의 소유자였다. 우주 계획의 핵심까지 들어가, 잠복해 있던 온갖 문제점을 수면 위로 드러낸 사람은 힌턴이 처음이었다. 초기 우주 비행사들이 무시했던, 훗날 그들의 정신이 꺾였을 때 온갖 우울증과 미신에 빠지게 만든 심리적인 문제들이 그에게서는 곧바로 고스란히 드러났다.

"최고의 우주 비행사는 꿈을 꾸지 않는다." 러셀 슈바이카르트는 한때 이렇게 말했다. 힌턴은 꿈을 꾼 것만이 아니라, 시공간의 구조를 찢어 내어 시간이 흘러가는 모래시계를 부수어 놓기까지 했다. 맬러리는 자신의 잘못을 알고 있었다. 애초에 셰플리와 힌턴을 붙여 놓은 것은 바로 자신의 책임이었던 것이다. 책임감 있고 성실한 셰플리가 일종의 특수한 형이상학적 실험의 방아쇠가 될 수 있으리라는 생각에서 말이다.

어떻게 봐도 셰플리의 죽음은 우주에서 일어난 첫 살인 사건이었다. 맬러리가 연출하고, 동시에 무의식적으로 환영한 파국이었다. 우주 비행사가 저지른 살인과 뒤따른 대중의 불안은 우주 시대의 종막을 상징했다. 인간이 우주로 진출함으로써 진화의 범죄를 저질렀으며, 자신의 의식을 구성하는 요소를 잘못 다루었다는 자각이 찾아왔다. 우주 센터 근처의 마을 주민들이 시간 감각에 혼란을 겪는 현상을 통해, 인간의 정신이 수백 년에 걸쳐 이룩한 연약한 연속성에 금이 가고 있다는 사실이 드러났다. 케이프케네디와 플로리다 전역이 반드시 피해야 하는 오염 지역이 되고 말았다. 마치 네바다와 유타의 핵실험지처럼.

하지만 어쩌면 힌턴은 우주에서 미쳐 버린 것이 아니라 우주에서 '정상으로' 돌아온 첫 인간일지도 몰랐다. 재판 내내 그는 자신의 결백을 주장하다가 이내 변호를 포기하고는, 때로는 기괴하게까지 보이던

전 세계 대중매체들이 벌이는 서커스를 금욕적인 태도로 지켜보기만 했다. 그 침묵은 모두의 심기를 거슬렀다. 대체 힌턴은 어떻게 자신이 결백하다고, 살인죄를 저지르지 않았다고 말할 수 있단 말인가? (당시 그는 셰플리를 도킹 모듈에 감금한 다음, 산소 용기에 구멍을 내고 관에 넣은 채로 우주로 밀어내면서 계속 냉정하게 있는 그대로 설명을 덧붙이기까지 했다.) 수십억 명의 증인들이 텔레비전을 통해 그 모습을 생생하게 지켜보고 있었는데!

힌턴을 위해 앨커트래즈가 새로 단장되었다. 나머지 인류를 오염시키지 못하도록 혹한의 섬에 그를 홀로 격리할 생각이었다. 하지만 20년이 지나자 그는 안전하게 사람들의 기억 속에서 사라졌고, 그가 탈출했다는 소식조차 잠시 언급되고 지나칠 정도밖에 되지 않았다. 그는 몰래 제작한 작은 비행기를 타고 탈출하려다 만의 차가운 물속으로 추락해서 사망한 것으로 간주되었다. 맬러리는 물에서 건져 올린 비행기를 확인하러 샌프란시스코까지 내려갔다. 감옥 섬의 바위투성이 땅에서 간신히 길러 낸 주목으로 오니숍터*를 만든 다음, 비료로 제작한 폭발물을 연료로 사용하는 로켓엔진을 직접 만들어 단 물건이었다. 성장이 느린 상록수가 몸무게를 지탱할 수 있을 만큼 튼튼해져 자유를 향한 날개가 될 때까지, 그는 20년을 기다린 것이다.

그리고 힌턴이 죽은 지 6개월도 지나지 않아서, 맬러리는 옛 나사 동료로부터 케이프케네디에서 골동품 비행기를 타고 날아다닌다는 괴짜 곡예비행 조종사 이야기를 듣게 되었다. 너무 하늘에 익숙해서, 그를 내려앉게 하려는 웬만한 시도는 죄다 수포로 돌아간다는 것이었

---

* 새처럼 상하로 날갯짓을 해서 나는 초기의 비행기. 레오나르도 다 빈치가 새가 나는 모습을 연구해서 처음으로 만들었다고 알려져 있다.

다. 새장처럼 생긴 구식 비행체의 묘사를 들은 맬러리는 물에 빠진 오니숍터가 겨울 해안으로 끌려 올라왔을 때의 모습을 떠올렸다……

힌턴은 케이프케네디로 돌아간 것이다. 야마하를 타고 해안 도로를 따라 코코아비치의 버려진 모텔과 칵테일 바를 지나치면서, 맬러리는 밝게 반짝이는 대서양의 백사장을 바라보았다. 감옥 섬의 바위투성이 해변과는 너무도 다른 모습이었다. 하지만 그 오니숍터가 눈속임일 뿐이라면? 힌턴이 우주센터 위로 날리는 그 모든 골동품 비행기들처럼 다른 목적을 숨기기 위한 기계에 지나지 않았다면?

다른 탈출 방법이 존재했다면?

다섯

15분 후, 속도를 올려 나사 둑길을 따라서 타이터스빌로 돌아가던 맬러리는 낡은 라이트식 복엽기에 따라잡혔다. 야마하의 엔진 소리를 뒤덮는 두 번째 엔진 소리가 바나나 강을 건너왔다. 곧이어 낡은 비행기가 나무 위로 모습을 드러냈고, 눈에 익은 핼쑥한 얼굴의 조종사가 개방형 조종석에 앉아 있는 모습이 보였다. 조종사는 가까스로 야마하를 앞질러 비행기가 도로 위로 10피트의 고도를 유지하도록 하면서, 맬러리에게 멈추라는 손짓을 한 다음 엔진을 멈추고 잡초가 무성한 콘크리트 위에 착륙했다.

"맬러리, 찾고 있었습니다! 이리 오시죠, 의사 선생님!"

맬러리는 머뭇거렸다. 라이트식 비행기의 모래 섞인 프로펠러 바람 때문에 셔츠 아래의 벌어진 상처가 따끔거렸다. 골조 사이를 기웃거리고 있자니, 힌턴이 손을 뻗어 그의 팔을 잡고는 부조종석으로 끌어올렸다.

"맬러리, 맞군요…… 변한 데가 없네!" 튀어나온 이마 위로 고글을 올리자 힌턴의 핏발 선 두 눈이 드러났다. 그는 경탄을 숨기지 않고 맬러리를 바라보았다. 마치 맬러리가 지난 20년 동안 나이를 먹었음에도 불구하고 살아 있다는 사실 자체가 놀라운 듯했다. "나이팅게일이 당신이 여기 왔다고 알려 줬습니다. 정체불명의 의사가 왔다고…… 제가 죽일 뻔했더군요!"

"이제 또 시도할 생각인가……!" 맬러리는 힌턴이 시동을 거는 모습을 보며 낡아 빠진 좌석 벨트를 붙들었다. 복엽기는 가뿐하게 하늘로 날아올랐다. 뻥 뚫린 둑길 상공에서 돌풍을 만나 잠시 뒤로 밀려가기는 했으나, 이윽고 수직으로 솟아 숲 위로 올라와서는 멀리 보이는 발사대를 향해 날아가기 시작했다. 수천 마리의 바다제비와 흰털발제비가 사방에서 그들을 둘러쌌는데, 괴상한 비행사와 황당한 기계에 익숙해지기라도 했는지 힌턴에 대해서는 조금도 신경 쓰지 않았다.

힌턴이 덜거거리는 손잡이를 당기면서 비행기를 조종하는 동안, 맬러리는 영양실조에 걸린 잔뜩 흥분한 남자를 흘깃거리며 살펴보았다. 감옥에서 그리고 케이프케네디의 거친 하늘에서 보낸 세월이 그의 창백한 피부에 온갖 금속염의 흔적을 새겨 놓았다. 피부가 벗겨진 눈꺼풀, 찔린 생채기로 가득한 코뼈, 강풍을 맞아 은빛이 돌 정도로 창백해진 상처 가득한 입술. 피로와 영양실조 때문에 그는 이미 신경증의 세계, 서로 다투는 온갖 정신 요소들이 과도하게 태엽을 감은 시계의 톱니바퀴들처럼 서로 얽혀 움직이지 못하는 곳으로 빠져들어 있었다. 맬러리의 팔을 당기는 태도를 보니 이미 마지막으로 만난 이후의 세월을 잊어버린 것이 분명했다. 그는 아래편 숲을, 구름다리를, 콘크리트 덱과 토치카를 가리켜 보였다. 자신의 영역을 자랑하고 싶어 안달이 난 모습이었다.

그들은 우주센터 구역의 중심부에 도착했다. 수많은 발사대들이 임대하려고 내놓은 교수대처럼 솟아 있었다. 가운데에는 거대한 크롤러 운반차 위의 발사대에 마지막 남은 셔틀 한 대가 수직으로 서 있고, 주변에는 녹슬어 가는 캐터필러가 속박에서 풀려난 거상의 사슬처럼 늘어져 있었다.

이곳 케이프케네디에서는 시간이 그대로 멈추는 것이 아니라 거꾸로 흐르기 시작한 모양이었다. 셔틀의 거대한 연료 탱크와 보조 모터는 모조 타지마할 돔과 미너렛*처럼 보였다. 크롤러 아래 활주로 진입로에 줄지어 늘어선 골동품 비행기들이 보였다. 릴리엔탈 글라이더가 장식으로 가득한 부채꼴 창문처럼 옆으로 누워 있고, 미그넷사의 플라잉플리, 포커, 스패드와 솝위스캐멀, 항공 역사의 여명기로 거슬러 올라가는 라이트 형제의 비행기도 있었다. 발사대 위를 선회하는 동안 맬러리는 이 골동품 비행기들 사이를 노니는 에드워드 시대의 조종사들을, 각반과 오버코트를 차려입은 비행사들을, 가죽끈으로 모자를 동여맨 여성 승객들의 모습을 볼 수 있지 않을까 하는 기대를 품었다.

케이프케네디의 한낮의 땡볕 속에는 다른 유령들도 있었다. 비행기가 착륙한 다음, 맬러리는 마치 하늘을 가리는 철제 성당처럼 보이는 발사대 아래 그림자 속으로 걸음을 옮겼다. 한때 활짝 열려 있던 우주

* 이슬람교 사원의 외곽에 설치하는 첨탑. 예배 시간을 알리고 축제일에는 불을 켜기도 한다.

센터의 덱은 이제 무성한 숲속에서, 눈을 잃은 벙커와 녹슨 카메라 탑의 불길한 침묵으로 가득 차 있었다.

"맬러리, 와 주셔서 정말 기쁩니다!" 힌턴이 조종사 헬멧을 벗자 짧게 친 머리 안으로 울퉁불퉁한 두개골이 보였다. 맬러리는 한때 그가 광폭한 간수에게 공격을 받았다는 사실을 떠올렸다. "당신이었다니 믿을 수가 없어요! 앤은 어디 있죠? 앤은 괜찮습니까?"

"여기 있다네. 타이터스빌의 호텔에 있지."

"그건 압니다. 지붕에 올라와 있는 걸 봤어요. 제가 보기에는……" 힌턴은 말꼬리를 흐렸다. 생각을 하다가 자기가 무슨 일을 하고 있었는지 잊은 듯 보였다. 그는 원을 그리며 걷다가 곧 정신을 다잡았다. "어쨌든 이렇게 다시 보니 정말 반갑습니다. 제가 기대한 것 이상이에요. 당신은 이곳에 무슨 일이 벌어지고 있는지 확실하게 알고 있던 사람이니까요."

"내가 말인가?" 맬러리는 차가운 발사대 뒤에 숨어 있는 해를 찾아 주변을 둘러보았다. 케이프케네디는 생각한 것보다 훨씬 음산한 장소였다. 먼 옛날의 죽음의 수용소 같은 느낌이었다. "내 생각에는 그다지—"

"당연히 알고 있었죠! 어떻게 보면 우리는 공범이라고 할 수도 있을 겁니다. 제 말을 믿어요, 맬러리. 다시 공범이 될 수 있을 겁니다. 하고 싶은 말이 아주 많아요……" 맬러리를 보게 되어 기쁘지만 몸을 떨고 있는 의사의 모습에 걱정이 되었는지, 힌턴은 쉴 새 없이 움직이던 손으로 그를 끌어안았다. 맬러리가 움찔거리며 어깨를 빼려 하자, 힌턴은 휘파람을 불면서 걱정하는 눈빛으로 그의 셔츠 안쪽을 쳐다보았다.

"죄송합니다, 맬러리—그 경찰차 때문에 헷갈렸어요. 그들이 언제

저를 찾아올지 모르니 서둘러 움직여야 합니다. 하지만 별로 좋아 보이는 얼굴은 아니로군요. 시간이 얼마 남지 않은 모양이죠. 처음에는 이해하기 힘들지만……"

"이해하기 시작하고 있네. 자네는 어떤가, 힌턴? 이 모든 일에 대해 자네하고 이야기를 나누고 싶네만. 자네 몰골이 꼭—"

힌턴은 쓴웃음을 지었다. 그는 영양실조에 걸린 몸을 참을 수 없는 듯 자기 엉덩이를, 머지않아 버리게 될 위축증에 시달리는 자신의 장기를 철썩 때렸다. "굶어야만 했습니다. 그 기계는 적하 중량이 정말로 얼마 되지 않았거든요. 들키지 않으려고 몇 년에 걸쳐 천천히 진행했죠. 더 끔찍한 정신병이 생기고 있는 중이라고 의심이라도 했는지 끝없이 신체검사를 해 대더군요. 제가 새로운 세계로 가는 문을 열고 있다고는 상상도 못 했겠죠." 그는 주변의 우주센터를, 공허한 허공을 바라보았다. "우리는 시간에서 벗어나야 합니다. 애초에 우주 계획의 목적이 그거였으니까요……"

그는 맬러리를 보면서 여섯 층 위의 조립용 덱으로 통하는 철제 계단을 향해 손짓했다. "올라가야 합니다. 전 셔틀 안에 살고 있어요. 격납고 안에 화성 탐사선의 승무원용 모듈이 아직 남아 있더군요. 대단한 물건이고, 플로리다에 있는 대부분의 호텔보다 훨씬 편안하죠." 그가 희미하고 반어적인 미소를 띠며 덧붙였다. "그 작자들이 저를 찾으러 저기까지 올 리도 절대 없고요."

맬러리는 계단을 오르기 시작했다. 미끄러운 리벳과 축축한 난간을 만지지 않으려 애쓰며, 조립용 덱 위로 모습을 드러내는 기울어진 셔틀 껍데기를 외면하려고 시선은 아래로 두고 있었다. 케이프케네디를 그토록 오래 생각해 왔는데도, 이 거대하고 환원적인 기계의 기괴함을, 숭배자들의 힘으로 행성 표면을 움직이며 연과 시간과 초를 집어 삼키는 거수巨獸를 마주하기에는 아직 준비가 부족하다는 생각이 들었다.

심지어 힌턴조차도 압도된 것처럼, 셰플리가 나타나기를 기다리는 듯 하늘을 훑어보는 중이었다. 맬러리가 등 뒤에 서지 않도록 조심하는 투로 미루어, 지금 자신과 함께 있는 과거 나사 소속 의사가 자신을 함정에 빠트릴지도 모른다고 의심하는 듯했다.

"맬러리, 비행과 시간은 서로 한데 묶여 있습니다. 새들은 항상 그 사실을 알고 있었죠. 시간에서 벗어나려면 우선 나는 법을 배워야 합니다. 그래서 제가 여기 있는 겁니다. 혼자서 나는 법을 터득하려고 하고 있어요. 그 시작으로 여기 있는 낡은 비행기들을 날려 보는 거지요. 마지막으로는 날개 없이 날고 싶어요……"

활짝 펼쳐진 셔틀의 삼각 날개 아래에서, 맬러리는 난간에 기댄 채 몸을 천천히 흔들며 계단을 오르느라 지친 허파에 공기를 불어 넣으려 애썼다. 정적이, 온 세계의 멈춰 버린 시계의 중심부의 적막이 너무 거대하게 느껴졌다. 그는 뭐든 움직임을 찾아 숨 막히는 숲과 활주로를 눈으로 훑었다. 하늘로 올라가 위에서 충분히 확인하려면 힌턴의 기계가 필요할 터였다.

"맬러리, 당신 설마……? 걱정 말아요, 제가 도와줄 테니까." 힌턴은 그의 팔꿈치를 붙잡고 몸을 일으켜 붙들었다. 맬러리는 갑자기 빛이 강해지는 것을 느꼈다. 치타가 자신을 향해 달려올 때 마지막으로 보았던 강렬한 백색 섬광이었다. 시간이 대기를 떠나며, 그가 흘러가는 매초를 붙들려고 애쓰는 동안 가볍게 일렁였다.

흰털발제비 한 무리가 조립용 덱 위를 가로질러 날아가다, 폭발하는 검댕처럼 셔틀 주변을 휘감고 돌았다. 그에게 경고를 하는 것일까? 갑자기 눈앞을 가득 채우는 새 떼가 방해를 한 것인지, 맬러리는 시야가 다시 맑아지는 것을 느꼈다. 이번에는 발작을 이겨 냈지만, 언젠가 다시 찾아올 것이다.

"선생님—? 괜찮을 겁니다." 맬러리가 난간을 붙들고 몸을 가누는 것을 보고, 힌턴은 대놓고 실망한 표정을 지었다. "저항하려 하지 말아요. 모두가 저지르는 실수지요."

"이건 갈수록……" 맬러리는 그를 밀쳤다. 힌턴은 난간에 너무 가까이 있었고, 광기 어린 손짓 한 번이면 간단하게 그를 난간 너머로 넘겨 버릴 수 있을 것처럼 보였다. "새들이—"

"물론이죠, 우리는 새들과 합류할 겁니다! 맬러리, 우리는 날 수 있어요. 우리 모두가 말입니다. 상상해 보십시오, 선생님. 진정한 비행입니다. 영원히 공중에서 살게 되는 거예요!"

"힌턴……" 맬러리는 덱 안쪽으로 물러섰고, 힌턴은 미끄러운 난간을 손으로 잡은 채 바람을 타고 몸을 허공으로 날리는 자세를 취했다. 저 광인과 그의 광기 어린 계획에서 벗어나야 했다.

힌턴은 아래 보이는 비행기를 향해, 조종석에 앉은 유령들을 향해 손을 흔들어 인사를 보냈다. "릴리엔탈과 라이트 형제, 커티스*와 블레리오**, 심지어 미녜 그 친구까지—모두 여기 있습니다, 선생님. 그래서

---

* 글렌 커티스(1878~1930)는 1908년에 자신이 만든 비행기로 미국 최초의 공공 비행에 성공했으며, 제1차 세계대전 당시 미국, 영국, 러시아 등에 군용기를 공급했다. 후에 라이트 사를 병합해 커티스라이트사를 세웠다.

** 루이 블레리오(1872~1936)는 1909년 직접 제작한 비행기로 영국 도버 해협을 최초로 횡단했다.

제가 케이프케네디로 온 겁니다. 처음으로 돌아가야 하니까요. 항공기술이 우리 모두를 잘못된 길로 들여놓기 이전으로 말입니다. 맬러리, 시간이 멈추면 이 덱에서 날아올라 태양을 향해 날아갈 수 있어요. 당신과 제가 말입니다, 선생님. 그리고 앤도……"

힌턴의 목소리가 점차 낮아지면서 우레처럼 울려 퍼지기 시작했다. 셔틀의 흰색 후미가 투명한 뼈로 만든 등잔처럼 빛나고, 불길한 기운이 가득한 숲 위로 망령의 빛을 비추었다. 맬러리는 비틀대며 앞으로 걸음을 옮겼다. 힌턴이 난간을 박차고 나가서 하늘로 올라가 새들에게 도전하는 모습을 보고 싶은 충동이 반쯤 생겨나고 있었다. 어깨에 힘을 주기만 하면……

"선생님—?"

맬러리는 손을 들었지만, 더 이상 힌턴에게 다가갈 수가 없었다. 치타와 마찬가지로 그 또한 영원히 몇 인치의 거리를 좁히지 못하는 것이다.

힌턴은 부드럽게 그의 팔을 붙들어서 난간 쪽으로 이끌었다.

"나는 겁니다, 선생님……"

맬러리의 발이 난간 끝에 닿았다. 공기의 일부가 된 피부 속으로 빛이 스며들었다. 시간과 공간의 묵직한 중량을 벗어 던져야 했다. 녹슬어 가는 덱과 육중한 차량을 떠나야 했다. 숲 위에 영원히 고정된 채로, 시간과 빛을 지배하며 자유롭게 허공에 뜰 수 있을 것이다. 날 수 있을 것이다……

바람이 단속적으로 그의 얼굴을 때렸다. 주변 공기에 금이 가는 모습이 보였다. 인력 글라이더의 투명한 날개가 곁을 스치듯 지나갔고, 프로펠러가 햇빛을 잘라 냈다.

어깨를 붙들고 있는 힌턴의 손이 서둘러 그를 난간 너머로 밀어내려 했다. 글라이더는 한쪽으로 동체를 기울이더니 빙 돌아 다시 한 번 그들 쪽을 향해 날아왔다. 프로펠러에서 햇빛이 내리꽂히며, 광자의 물줄기가 맬러리의 눈 속으로 시간을 다시 공급해 주었다. 젊은 여인이 탄 글라이더가 스쳐 날아가는 순간, 그는 힌턴의 손에서 벗어나면서 자리에 주저앉았다. 고글 안의 초조한 표정이 보였고, 힌턴을 향해 경고하듯 소리치는 목소리가 들렸다.

그러나 힌턴은 이미 사라진 후였다. 금속 층계를 달려 내려가는 발소리가 울렸다. 그는 포커를 타고 이륙하며 성난 목소리로 맬러리를 향해 실망했다고 소리쳤다. 맬러리는 금속 덱의 가장자리에 무릎을 꿇고 앉아서 시간이 다시 마음속으로 흘러들어 오기를 기다렸다. 미끄러지는 난간을 갓 태어난 아기처럼 꼭 붙들고.

여섯

테이프 24. 8월 17일

오늘도 힌턴은 보이지 않는다.

앤은 잠들어 있다. 한 시간 전 잡화점에서 돌아오자 일주일 만에 처음으로 초점이 있는 눈으로 나를 바라보았다. 그녀가 제대로 정신을 차리고 있는 몇 분 안에 간신히 그녀에게 음식을 먹일 수 있었다. 그녀에게 있어 시간은 거의 멈춰 버린 것이나 다름없다. 거의 정지한 시간 속에서 오랜 시간을 보내는 것이 분명하다. 때에 따라 다른 정지 장면 속에 들어가 있는 것이다. 그러다가 가끔 깨어나면 힌턴을 입에 올리며, 그와 함께 세스나기를 타고 마이애미로 떠날 것이라고 말하곤 한다. 빛을 향해 여행을 할 때마다 다시 생기를 찾는 것처럼 보인다. 시간이 흘러가지 않는다는 사실 그 자체에서 자양분을 섭취하는 것만 같다.

나도 같은 느낌을 받는다. 힌턴의 지저분한 손톱이 어깨에 남긴 상처가 감염되기는 했지만. 하루에 열 번도 넘게 발작이 일어나고, 움직임을 거의 감지하기 힘들 정도로 모든 것이 느려진다. 광자가 태양까지 일렬로 늘어서며 빛이 갈수록 강렬해진다. 잡화점을 떠나는데 머리 위에서 앵무새 한 마리가 도로를 가로질러 날아갔다. 50피트를 날아가는 데 두 시간이 걸린 것만 같다.

앤의 시간이 영원히 멈추기까지 일주일 정도밖에 남지 않았으리라 생각된다. 내 쪽은 3주 정도려나? 시간이 어떤 정확한 지점에서, 이를테면 9월 8일 오후 3시 47분에 영원히 멈출 것이라고 생각하면 참 묘하다는 느낌이 든다. 다른 이들은 아무 생각 없이 지나쳐 버릴 마이크로초 하나가 내게 있어서는 영원히 계속되는 것이다. 시간을 어떻게 사용할지 결정하는 편이 좋겠다!

테이프 25. 8월 19일

이틀을 바쁘게 보냈다. 어제 정오에 앤의 병이 악화되었다. 힌턴이 라이트식 비행기를 타고 호텔을 공습하는 순간에 깨어 있었기 때문에 미주신경성 쇼크를 받은 것 같다. 그녀의 심장이 뛰는 소리도 간신히 들릴 지경이었다. 나는 몇 시간 동안 그녀의 종아리와 허벅지를 마사지했다(아내를 어루만지며 영원 속으로 빠져들 수 있다면 참으로 행복할 텐데). 어쩌면 힌턴의 비행기 소리가 그녀를 다시 이쪽으로 데려올 수도 있을 거라는 생각에, 나는 그녀를 일으켜 세워 부축해서 발코니로 나갔다. 사실 오늘 아침에는 그녀가 완전히 또렷하게 정신을 차리고 내게 말을 걸기도 했다. 엉망이 된 내 몰골에 깜짝 놀란 모양이었다. 그녀에게는 오늘 또한 3주 전의 고요한 오후나 다름없을 테니까.

아직 떠날 수는 있다. 버려진 차 한 대를 골라 시동을 걸고, 마지막 남은 시간이 다 되기 전에 잭슨빌의 경계선에 도달하면 되는 것이다. 우리가 애초에 왜 이곳으로 왔는지를 계속 되새겨야 한다. 북쪽으로 달아난다고 해도 아무것도 해결되지 않는다. 해결책이 존재한다면 분명 이곳에 있을 것이다. 힌턴의 집착과 셰플리를 태우고 지구 궤도를 도는 관 사이에, 우주센터와 밤마다 너무 잘 보이는 섬뜩한 천체 사이에. 그게 도착하는 순간 시간을 탈출하게 되어, 내가 우주에서 목숨을 잃도록 만든 그 남자의 시신이 증발하는 것을 바라보며 남은 영원을 보내게 되지는 않았으면 좋겠다. 계속 그 호랑이가 떠오른다. 어떻게든 진정시킬 수 있을 것만 같다.

테이프 26. 8월 25일

오후 3시 30분. 며칠 만에 제정신으로 온전히 시간을 보내게 되었다. 15분 전 힌턴이 호텔 위를 공습하고 지나갔을 때 깨어났다. 야자나무가 흔들려서 발코니에 먼지와 벌레가 가득했다. 힌턴이 우리를 깨워놓으려 애쓰고 있다는 건 명백하다. 자신의 마지막 수를 쓸 준비가 될 때까지, 아니면 내가 사라지고 마음대로 앤을 데려갈 수 있게 될 때까지 종말을 연기하고 싶은 것이다.

아직도 그의 동기에 대해 생각한다. 그는 시간의 소멸을 받아들인 것만 같았다. 이 질병 자체를 우리가 붙들어야 하는 기회로, 진화의 다음 단계로 여기는 듯했다. 그는 나를 조립용 덱 가장자리로 이끌어 가며 날아오르라고 유혹했다. 게일 셰플리가 글라이더를 타고 나타나지 않았다면 나는 그대로 난간 너머로 떨어졌을 것이다. 방식이 묘하기는 해도 그는 나를 도우려 한 것이다. 시간이 없는 새로운 세계로 이끌어 가려 했다. 셰플리를 셔틀에서 밀어내면서, 힌턴은 그를 죽이는 게 아니라 자유롭게 풀어 주고 있다고 생각했을 것이다.

갈수록 원시적으로 변해 가는 비행기들은 순수한 비행의 형태를 위한 힌턴의 탐색 과정이다. 마지막 순간이 오면 그 순수한 이륙이란 것을 하겠지. 어제는 균형이 맞지 않는 상자 달린 연처럼 생긴 산투스두몽*의 비행체가 날아갔다. 제1차 세계대전 비행기는 포기한 모양이었다. 일부러 잘못 설계된 비행체를 타는 것은 날개를 이용한 비행에서 벗어나 온전한 비행을 하려는 시도의 일환일 것이다. 항공학이 아니라 시적인 구조물을 사용하려는 것이다.

샤머니즘과 공중 부유의 근원, 성적인 에너지의 집중을 통한 비행—그런 것들을 시간에서 벗어나기 위한 시도라고 볼 수 있는가? 샤면은 육체를 벗어나 정신적인 존재가 되어 비행하는 능력과 죽은 이들의 영혼을 안내하고 불을 다스리는 능력을 가지고 있다고들 한다. 이 모든 것을 합치면 우주 비행에서 장기간 무중력에 노출된 이들이 겪게 되는 전정신경 손상 증상과 유사한 데가 있지 않은가. 그것들을 받아들여야 한다.

호랑이는—그 호랑이가 불타고 있다는 생각을 떨쳐 낼 수가 없다.

---

* 아우베르투 산투스두몽(1873~1932)은 프랑스에서 활동한 브라질 출신의 항공기 제작자로, 비행선으로 유명하다. 브라질의 비행기 개척자로 불리며, 브라질 산투스두몽 공항은 그의 이름을 딴 것이다.

테이프 27. 8월 28일

오늘은 정적만 가득하다. 플로리다의 부드러운 녹색 풍경 위로는 중얼거리는 소리 하나조차 들려오지 않는다. 힌턴이 자살했는지도 모르겠다. 어쩌면 그 모든 비행은 일종의 속죄 의식 같은 것이고, 그가 죽으면 샤먼의 저주도 풀릴지 모른다. 그러나 내가 정말로 시간 속으로 돌아가고 싶은 것일까? 반면 휘황찬란한 빛으로 가득한 정적인 세계는 마치 에덴의 환영같이 내 마음을 사로잡는다. 만약 시간이란 것이 원시적인 정신의 개념일 **뿐이라면** 시간을 거부하는 것이 옳을 터이다. 샤머니즘뿐 아니라 모든 미신과 신앙에는 시간이 없는 세계를 구축하려는 의도가 담겨 있다. 게일의 동물원에 있는 호랑이보다 살짝 더 큰 정도의 뇌면 충분했을 원시인이, 어째서 프로이트나 레오나르도와 거의 동일한 정신을 가지고 있던 것일까? 어쩌면 여분의 신경 용량은 시간으로부터 해방되기 위해 존재하는 것일지도 모른다. 그리고 그 유일한 목적을 달성하기 위해서는 우주 시대에 돌입하여 최초의 우주 비행사를 희생 제물로 바쳐야만 하는 것이다.

힌턴을 죽인다라…… 하지만 어떻게?

테이프 28. 9월 3일

날짜가 사라져 간다. 이제 시간의 흐름을 거의 인식하기 힘들다. 앤은 침대에 누워 있다가, 정신이 드는 몇 분 동안에는 옥상으로 올라가려는 헛된 시도를 한다. 마치 하늘이 일종의 탈출구를 제공하기라도 할 것처럼. 방금 층계에서 그녀를 데리고 내려온 참이다. 음식을 찾으러 나가는 일도 너무 힘겹다. 오늘 아침 슈퍼마켓으로 가는데 빛이 너무 밝아서 눈을 감고 눈먼 거지처럼 더듬거리면서 거리를 돌아다녀야 했다. 거대한 용광로 가운데에 서 있는 느낌이 들었다.

앤은 갈수록 초조해하고 있다. 처음 듣는 언어로 열심히 혼잣말을 중얼거리며 여행을 준비하는 모습이다. 게일어 연시戀詩처럼 길게 늘어지는 독백을 하나 녹음한 다음, 정상 시간에 맞게 빠른 속도로 재생해 보았다. 고통에 겨운 "힌턴…… 힌턴……" 소리가 반복되었다.

깨닫는 데 20년이 걸린 모양이다.

테이프 29. 9월 6일

이제 며칠밖에 남지 않은 것이 분명하다. 매일 열 번도 넘게 찾아오는 꿈의 시간 속에서 모든 것이 느려지다 이윽고 멈춰 버린다. 방금 발코니에서 찌르레기 한 무리가 거리를 가로질러 날아가는 모습이 보였다. 몇 시간에 걸쳐 날아가며, 움직이지 않는 날개에 의지해 나무 위 허공에 매달려 있었다.

마침내 새들이 나는 법을 익힌 것이다.

앤이 깨어났다……

앤 누가 나는 법을 익혔어요?

EM 괜찮소. 새들 이야기요.

앤 당신이 가르쳐 준 건가요? 내가 무슨 소리를 하는 거죠? 내가 얼마나 오래 가 있었나요?

EM 해 뜰 무렵부터요. 무슨 꿈을 꾸고 있었는지 말해 주시오.

앤 지금 이거 꿈인가요? 일어나게 도와줘요. 세상에, 벌써 거리가 어두워졌네. 이젠 정말 시간이 없어요. 에드워드, 힌턴을 찾아요. 뭐든 그가 시키는 대로 해요.

일곱

힌턴을 죽인다……

야마하의 엔진이 달각이며 살아나는 소리를 들으면서 맬러리는 의자에 앉아 호텔을 돌아보았다. 언제라도 앤이 마지막 남은 찰나의 시간을 애써 붙들며 옥상으로 올라가려 할지 모른다. 타이터스빌의 멈춰 있는 시계들이 언제 그녀에게 진짜 시간을 알려 줄지 모른다. 길을 잃은 여인은 텅 빈 승강기 축을 돌아 올라가는 층계에서 영원을 맞이하게 될 것이다.

힌턴을 죽인다…… 방법은 전혀 떠오르지 않았다. 맬러리는 거리를 따라 타이터스빌의 동쪽으로 나가며, 버려진 차들을 피해 힘겹게 갈지자 주행을 했다. 기어도 뻑뻑하고 출력도 불안정해서 꽤나 운전하기가 힘들었다. 이제 그는 익숙하지 않은 교외 지역으로 들어와 있었다. 1960년대 건축 호황일 때 나사 직원들을 위해 만들었던 주택단지와 쇼핑몰과 주차장이 펼쳐져 있었다. 그는 텔레비전들을 도로 위에 쏟아 낸 채로 뒤집어진 트럭과 주류 판매점의 정면 유리를 뚫고 들어가 있는 세탁물 차량을 지나쳤다.

동쪽으로 3마일 떨어진 곳에 우주센터의 발사대가 보였다. 발사대 위에 비행기 한 대가 떠 있었다. 동체에 프로펠러가 달린 원시적인 헬리콥터였다. 힌턴이 마침내 날개 없이 나는 방법을 알아낸 것인지, 길쭉한 프로펠러 날은 멈추어 있었다.

맬러리는 오토바이의 출력을 최대로 올리고 케이프를 향해 달렸다. 교외 주택 지구가 계속 눈앞에 펼쳐졌다. 같은 쇼핑몰, 술집과 모텔, 같은 상점과 중고차 판매장이 끝없이 반복되었다. 앤과 함께 대륙을 가로지르는 동안 줄곧 보았던 모습이었다. 다시 한 번 플로리다를 관통하는 여정에 나선 것처럼 생각될 지경이었다. 수백 개의 작은 마을들이 한데 엉겨 붙어서, 똑같이 생긴 주류 판매점과 주차장과 쇼핑몰이 도심 DNA 가닥의 기초단위를 구성하고 있었다. 그리고 그 DNA는 세포의 핵인 우주센터에서 만들어져 나오고 있었다. 몇 분이나 몇 시간이 아니라 수년, 수십 년에 걸쳐서, 그는 오토바이를 몰고 도로를 달리고 고요한 교차로를 가로질렀다. 헝클어진 실타래가 지구 전체의 지표에서 풀려 나가 우주로 쏠려 올라가서는 우주의 벽을 포장하고, 다시 휘어져 이곳에 착륙해 출발점인 우주센터로 돌아오고 있었다. 그는 다시 뒤집힌 트럭과 쏟아진 텔레비전들을 지나치고, 다시 주류 판매점 창문에 박힌 세탁물 차량을 지나쳤다. 영원히 이들을 지나치고, 영원히 같은 교차로를 건너고, 영원히 같은 모텔 위에 달린 같은 녹슨 간판을 보게 될 것이다……

"선생님……!"

살 타는 냄새가 맬러리의 코 안에서 생기 있게 움직이기 시작했다. 오른쪽 정강이가 쓰러진 오토바이의 배기관 아래 짓눌리고, 드러난 상처에는 불탄 면바지 조각이 들러붙어 있었다. 검은색 비행복을 입은 젊은 여성이 거리를 건너 달려오는 모습을 보며, 맬러리는 육중한 오토바이에서 몸을 빼내다가 아직 회전 중인 바퀴에 걸려 그대로 도로에 무릎을 꿇었다.

타이터스빌의 중심부에서 반 마일 떨어진 교차로였다. 주차장으로 가득한 밤하늘 같은 평야는 그대로 우주의 깔때기로 빨려 들어가 졸아들어서, 버려진 모텔과 집 두 채와 뒤집힌 트럭 옆에서 자신을 바라보고 있는 텔레비전들의 텅 빈 화면밖에 남지 않았다. 보도를 따라 조금 떨어진 곳에는 주류 판매점 창문에 박혀 있는 세탁물 차량이 보였고, 먼지 쌓인 보드카와 버번 병 위로 게일 셰플리가 착륙시킨 글라이더의 날개 끝자락이 그림자를 드리우고 있었다.

"맬러리 선생님! 제 말 들리세요? 세상에 이런……" 그녀는 맬러리의 머리를 붙들고 눈 속을 들여다보더니, 아직 쿨럭거리고 있는 야마하의 엔진을 껐다. "여기 앉아 있으신 걸 보고, 혹시나 해서…… 세상에, 다리가! 설마 힌턴이……?"

"아니…… 내가 스스로 불을 지른 거요." 맬러리는 여자의 어깨에 한 팔을 두르고 자리에서 일어섰다. 여전히 머릿속을 정리하려고 애쓰는 중이었다. 방금 지나온 거대한 교외 세계에는 묘하게 자신을 끌어당기는 느낌이 있었다…… "저걸 타려고 한 것 자체가 어리석은 일이었소. 힌턴을 만나야 하오."

"선생님, 제 말 좀 들어 보세요……" 여자는 열에 달뜬 눈으로 손을 저었다. 마스카라와 머리 모양새는 기억하는 것보다 더욱 괴상했다. "지금 선생님은 죽어 가고 있다고요! 하루나 이틀, 아니 한 시간도 버티지 못하고 가 버릴 거예요. 차를 찾아서 북쪽으로 데려다 드릴게요."

그녀는 간신히 하늘에서 눈을 뗴었다. "아빠를 두고 가고 싶지는 않지만, 선생님은 여기서 떠나셔야 해요. 이 장소가 이제 선생님 머릿속까지 들어와 버렸단 말이에요."

맬러리는 묵직한 야마하를 일으켜 세우려 애썼다. "힌턴―이제 남은 건 그 작자뿐이오. 앤을 위해서도 마찬가지고. 어떻게든 그 작자를…… 죽여야 해."

"그 사람도 알고 있어요, 선생님―" 그녀는 공중에서 엔진 소리가 다가오는 것을 알아차리고 말을 멈추었다. 비행 물체 한 대가 근처에 떠 있었다. 야자 잎 사이로 그림자에 파묻힌 동체가 보이고, 헬리콥터 프로펠러가 돌아가며 햇빛을 가려 깜빡였다. 텔레비전 세트 사이로 몸을 숙인 그들의 머리 위로 비행 물체가 날아갔다. 골동품 오토자이로가 비행형 수확기처럼 허공을 휩쓸고 지나가는 모습이 보였다. 신나게 돌아가는 프로펠러는 태양 빛으로 작동하는 듯했고, 개방된 조종석에 앉아 있는 조종사는 조작에 바빠 아래쪽 거리를 살필 겨를이 없어 보였다.

맬러리는 힌턴이 이미 사냥감을 발견했다는 사실을 깨달았다. 호텔 옥상에 어깨에 가운을 두른 앤 맬러리가 서 있었다. 마침내 하늘을 향한 꿈에 떠밀려 계단을 올라가는 데 성공한 모양이었다. 그녀는 멍한 눈으로 오토자이로를 바라보았다. 그것이 호텔 지붕 위를 선회하다가 먼지와 낙엽을 폭풍처럼 흩날리며 착륙할 때에도 겨우 한 발짝 뒤로 물러설 뿐이었다.

옥상에 내려앉자 프로펠러 바람이 그녀의 어깨에서 가운을 벗겨 냈다. 그녀는 벌거벗은 채 오토자이로를 바라보았다. 괴상한 기계를 타고 시간이 사라진 세계로부터 그녀를 구하러 찾아온, 자신의 연인을.

여덟

나사 진입로에 도착했을 무렵에는 우주센터에서 커다란 연기 기둥이 피어오르고 있었다. 오토바이 뒷좌석에 타고 있던 맬러리는 붉게 물든 하늘로 올라가는 연기를 올려다보았다. 숲속에는 열기가 가득했고, 나뭇잎이 용광로 안의 석탄처럼 타고 있었다.

힌턴이 셔틀을 이륙시키기 위해 셔틀 엔진에 급유를 한 것일까? 앤을 데려가서 셰플리에게 했던 것처럼 함께 우주로 떠나 버리리라. 궤도에 안치되어 있는 죽은 우주 비행사와 합류할 것이다.

눈앞의 나무를 뚫고 연기가 번져 왔다. 셔틀 발사대의 폭발로 인해 밀려오는 듯했다. 게일은 야마하의 속도를 올려 연기 구름을 뚫고 나가려 했다. 셔틀은 여전히 발사대에 올라가 있었다. 모터 소리는 들리지 않았고, 하얀 동체는 콘크리트 활주로 위에서 일어나는 폭발 섬광에 반짝였다.

힌턴이 골동품 비행기들에 불을 지른 것이다. 기름이 타는 자욱한 연기 속에서, 불타 버린 동체 껍데기가 착륙장치 위로 내려앉는 모습이 보였다. 커티스 복엽기가 활활 타오르고 있었다. 격렬한 불길이 포커의 엔진실을 집어삼켰고, 연료 통이 폭발하면서 기관총 탄약이 연쇄적으로 폭발을 일으켰다. 폭발하는 카트리지의 충격이 날개로 전해졌고, 날개는 카드로 지은 집처럼 그대로 접히며 무너졌다.

게일은 발을 대고 야마하의 균형을 잡은 다음, 200야드 앞에서 불타는 비행기들의 빛으로 달아오른 나무들을 멀찍이 돌았다. 고글에 폭발 섬광이 번득였고, 그 때문에 진한 화장과 금빛 머리카락이 재처럼 하얗게 빛났다. 힌턴의 모습을 찾아 비행기들을 둘러보는 맬러리의 누르께한 얼굴로 열기가 훅 뿜어져 왔다. 동체에서 이글거리는 불꽃에서 일어난 바람으로, 오토자이로의 프로펠러가 바쁘게 돌아가다가 이내 불이 붙어 마지막으로 화려한 불꽃 쇼를 벌였다. 그 옆으로 라이트식 비행기의 날개를 따라 불길이 달려갔다. 불타는 비행기가 무수한 불꽃을 튀기며 공중으로 치솟더니 그대로 솝위스캐멀 위로 추락했

다. 격렬한 열기가 플라잉플리의 잘 정비된 엔진을 움직이기 시작했
는데, 작은 비행기는 불타는 잔해 사이로 크게 원호를 그리면서 움직
이다가, 스패드와 블레리오를 치고 지나가더니 마침내 불덩이가 되어
무너졌다.

"선생님, 조립용 덱 위요!"

맬러리는 여자의 손을 따라 시선을 옮겼다. 그들로부터 100피트 위
에, 앤과 힌턴이 금속 층계참에 나란히 서 있는 모습이 보였다. 불타는
비행기의 화염이 그들의 얼굴 위에 어른거리는 모습이 마치 그들이
이미 함께 허공으로 날아오른 것만 같았다. 힌턴이 앤의 허리에 손을
두르고 있기는 했지만, 함께 빛 속으로 걸어 나가는 그들은 서로를 인
식하지 못하고 있는 듯했다.

아홉

코코아비치에서 보내는 마지막 오후 동안 늘 그랬듯이, 맬러리는 버
려진 호텔 수영장에서 휴식을 취하며 케이프케네디의 텅 빈 하늘을
항상 같은 속도로 가로지르는 하얀 글라이더를 지켜보았다. 졸음에
겨운 동물원 식구들로 둘러싸인 이 평화로운 정원에서, 그는 분수가
의자 옆 잔디밭으로 수정 알갱이를 떨구는 소리에 귀를 기울였다. 허
공으로 흩날리는 물방울은 이제 거의 멈춰 있었다. 글라이더와 바람
과 자신을 지켜보는 치타들과 마찬가지로. 상징적이고 빛나는 세계를
구성하는 다른 요소들과 마찬가지로.

시간이 천천히 자신의 몸에서 빠져나가는 것을 느끼면서, 맬러리는

분수 아래 서서 솟아오른 물줄기가 유리로 만든 나무로 변신하는 모습을 즐겁게 지켜보았다. 오색 과실이 그의 어깨와 손 위로 드리웠다. 가까운 바다에서는 돌고래가 하늘로 날아오르고 있었다. 수영장에 몸을 담가 본 적도 있었다. 응축된 시간의 거대한 덩어리 속에 파묻히는 것이 즐겁기만 했다.

다행히도 익사하기 전 게일 셰플리가 그를 구조했다. 맬러리는 그녀가 자신을 지겨워하기 시작했다는 것을 알았다. 이제 그녀는 오로지 자신의 아버지만을, 그가 언젠가는 시간의 물결을 헤치고 귀환 하리라 믿으며 찾아다니고 있었다. 밤이 오면 궤도는 더 낮아져서 달아오른 입자들이 숲 위로 날아가는 것이 보였다. 이제 식사도 거의 하지 않는 모양이었다. 맬러리는 아버지가 도착하면 그녀가 비행을 그만둘 것이라는 사실만으로도 기뻤다. 아버지와 딸은 함께 떠날 수 있을 것이다.

맬러리도 자기 나름의 떠날 준비를 마친 상태였다. 손에는 항상 호랑이 우리의 열쇠를 들고 있었다. 이제 남은 시간이 얼마 없었다. 빛으로 가득한 세계는 태초에 있었던 창조의 순간을 칭송하는 야외극의 장면 모음집으로 변해 버렸다. 대단원이 찾아오면, 우주의 모든 요소는, 아무리 하찮은 것이라도, 그의 눈앞 무대에서 자기 자리를 찾으리라.

그는 우리의 창살 너머에서 자신을 기다리고 있는 호랑이를 바라보았다. 커다란 고양잇과 동물들은 그들 이전에 지구를 지배했던 도마뱀들과 마찬가지로 항상 약간은 시간에서 벗어난 곳에 있었다. 그 털가죽에 새겨진 화염을 보니 우주센터에서 비행기들을 집어삼키던 불꽃이 떠올랐다. 앤과 힌턴이 그 안에서 아직까지 영원히 날고 있는 그 불꽃이.

그는 수영장을 떠나 호랑이 우리로 걸음을 옮겼다. 그는 머지않아 문을 열고 화염을 끌어안을 것이다. 짐승과 함께 시간 너머의 세계에 몸을 누이게 될 것이다.

(1982)

근미래의 전설

Myths of the Near Future

　황혼 녘까지도 셰퍼드는 여전히 추락한 비행기의 조종석에 앉아 있었다. 해변을 가로질러 조금씩 다가오는 저녁의 밀물을 무시한 채로. 벌써 첫 파도가 세스나기의 바퀴에 도달해서 동체에 포말을 흩뿌렸다. 어두운 밤바다는 플로리다 해변으로 반짝이는 거품을 쉬지 않고 밀어 올렸다. 마치 텅 빈 바와 모텔에 잠들어 있는, 유령이 된 거주자들의 잠을 방해하기라도 하려는 양.

　그러나 셰퍼드는 계기판 앞에 차분히 앉아서, 죽은 아내와 이제는 물이 빠진 코코아비치의 수영장들과 오늘 오후 옛 우주센터를 뒤덮고 있는 숲 위를 날아가다 보았던 수상한 나이트클럽을 떠올렸다. 화려한 네온사인이 달린 라스베이거스 카지노와 우아한 고전풍 박공으로 크롬 지붕을 지탱한 소小트리아농*을 섞어 놓은 것처럼 생긴 건물이, 갑자기 야자수와 열대 활엽수 사이로 홀연 모습을 드러냈다. 그 어떤 영화 촬영용 세트보다도 비현실적인 모습이었다. 반짝이는 지붕에서 50피트밖에 떨어지지 않은 하늘을 날아가던 셰퍼드는 마리 앙투아네트 본인이 골든너깃 호텔**의 복장을 걸치고 나와 악어들을 대상으로 소젖 짜는 여자를 연기하는 모습이 보이지는 않을까 내심 기대가 될 정도였다.

묘한 일이지만, 일레인은 이혼하기 전에는 주말에 토론토에서 앨곤퀸 공원까지 여행하는 것을 언제나 좋아했다. 금속광택이 반짝이는 사치스러운 유선형 트레일러로 자연 속을 달리는 일은, 마치 조금 전에 목격한 네온사인이 가득한 베르사유 궁전의 파편과 마찬가지로 자작나무와 솔방울로 가득한 숲과는 조금도 어울리지 않았다. 케이프케네디 숲속 깊은 곳에 숨어 있는 괴상한 나이트클럽과 그곳 거주자들이 보이는 묘한 행동을 고려해 볼 때, 셰퍼드는 일레인이 살아 있으며, 매우 높은 확률로 필립 마틴슨에게 붙들려 있으리라는 결론을 내렸다. 30여 년 전에 고전풍을 선호했던 디즈니랜드 경영진이 지었을 것이 분명한 크롬제 나이트클럽이 그 젊은 신경외과 의사의 취향에 맞았을 것이다. 플로리다 반도의 칙칙한 숲에 그들이 모여들게 만든 불행한 사건들의 대미를 장식하기에 딱 맞는, 한심스러울 정도로 요란한 건물이었으니까.

그러나 마틴슨은 일부러 그 나이트클럽을 고를 정도로 교활한 작자

---

* 프랑스의 베르사유 궁전 정원 북쪽에 있는 작은 궁전. 루이 15세가 퐁파두르 후작 부인을 위해 짓도록 했으나 완공되었을 즈음에는 그녀가 이미 죽은 뒤였다. 이후 루이 16세의 왕비 마리 앙투아네트에게 주어졌으며, 그녀는 정원을 영국식으로 꾸미고 농촌을 비유한 작은 마을을 만들게 했다.

** 미국 라스베이거스에서 가장 크고 오래된 카지노 호텔.

였다. 그건 셰퍼드가 모습을 드러내게 하려는 계획의 일부일지도 모른다. 그는 몇 주 동안 코코아비치의 텅 빈 모텔 주변을 돌아다니고 있었다. 연이나 글라이더를 날리면서, 셰퍼드와 대화를 나누고는 싶지만 접근하기에는 겁이 나는 것처럼. 셰퍼드는 스타라이트 모텔이란 이름이 붙은, 해안 도로 옆에 한 덩이로 모여 있는 지저분한 방갈로 한 곳의 어둑한 침실에 안전하게 몸을 감추고, 이중 블라인드 틈새로 그의 모습을 관찰했다. 마틴슨은 매일 셰퍼드가 모습을 드러내기를 기다렸지만, 항상 둘 사이에 물 빠진 수영장이 놓이도록 조심해서 자리를 잡았다.

처음에는 그 젊은 의사가 새에 집착하는 모습이 셰퍼드의 짜증을 불러일으켰다. 종이 반죽으로 만든 콘도르 모양 연을 시체처럼 줄지어 모텔에 매달아 놓은 것부터, 셰퍼드가 자는 오두막의 문에 백묵으로 피카소의 비둘기를 그려 놓고 가는 것까지 말이다. 지금 이렇게 파도가 밀려오는 해변의 세스나기 안에 앉아 있는 와중에도 젖은 모래 위에 그려진 뱀 머리 모양을 알아볼 수 있었다. 한 시간 전에 착륙했던 거대한 아즈텍의 새 그림 중 일부분이었다.

새…… 일레인이 플로리다에서 보내온 마지막 편지에 새에 대한 언급이 있기는 했지만, 그 새들은 그녀의 머릿속에서만 비상하는 존재였다. 신경외과 의사 따위의 작품보다 훨씬 이국적인, 귀스타브 모로의 천국에서 날아온 깃털과 보석으로 가득한 키마이라*들이었다. 그렇기는 해도 셰퍼드는 마침내 미끼를 문 셈이었다. 마틴슨이 대화를 원한다는 것을, 다만 오직 자신의 방식으로만 하기를 원한다는 사실을 받아들였으니까. 그는 억지로 모텔에서 나와서, 수영장 바닥에 가득

* 그리스 신화에 나오는 기이한 짐승. 머리는 사자, 몸통은 양, 꼬리는 뱀 또는 용의 모양을 하고 있으며 불을 내뿜는다.

쌓인 수백 개의 선글라스 중에서 가장 큰 것을 찾아 얼굴을 감춘 다음, 타이터스빌에 있는 경비행기 착륙장으로 향했다. 그리고 대여한 세스나기를 몰고 숲의 나무 위를 한 시간 동안 오가며 마틴슨이나 그의 연을 찾아 케이프케네디 전역을 누볐다.

돌아가고 싶은 유혹을 느끼면서도, 그는 버려진 우주비행장 주변을 이리저리 날아다녔다. 상상할 수 있는 어떤 하늘로도 이어지지 않는 거대한 활주로며, 낡은 관짝에서 비죽이 솟아 나온 무수한 죽음 같은 녹슨 발사대의 모습에 기분이 나쁘기는 했지만.

여기 케이프케네디는 우주의 작은 한 조각이 죽음을 맞이한 곳이었다. 진한 에메랄드빛이 숲속에서 반짝였다. 마치 우주센터의 중심부에 커다란 등불이 있어, 그곳에서 빛이 흘러나오는 것만 같았다. 아마도 나무의 잎이며 가지에 붙어 자라는 희귀한 버섯류가 발하는 형광이겠지만, 이 빛은 이미 밖으로 뻗어 나가 코코아비치의 북쪽 거리까지 그리고 인디언 강을 건너 타이터스빌까지 이르렀다. 심지어 금방이라도 무너질 것처럼 보이는 가게와 주택들까지도 똑같은 농밀한 빛을 발하고 있었다.

청명한 바람이 수정으로 만들어진 새의 벌린 부리처럼 주변을 감싸고 돌기 시작했고, 섬광이 이빨 사이에서 번득였다. 셰퍼드는 무성한 정글의 지붕 아래로 피신하기로 마음먹으며 사방을 가득 메운 홍학과 찌르레기 떼 속으로 기체를 하강시켰다. 타이터스빌에서는 이제 얼마 안 남은 통행 가능한 도로를 오가는 정부 순찰차를 제외하고는 아무도 문밖으로 나올 생각조차 하지 않았다. 몇 안 되는 거주자들은 숲이 플로리다 반도를 따라 올라와 주변을 죄어 들어오는 동안 침실에 숨어 휴식을 취하고 있을 뿐이었다.

바로 그때 셰퍼드는 아폴로 12호 발사대 철탑의 그늘 사이에서 나이트클럽을 발견했고, 반짝이는 네온사인에 놀라 세스나기의 속도를 줄였다. 다시 회전수를 올리며 두 번째로 기수를 돌리자 바퀴가 야자수 잎 위를 스치면서 덜컹거렸다. 바나나 강에서 이어지는 얕은 하구 옆의 공터에 나이트클럽이 서 있었다. 콘크리트 활주로 끝부분의 무너져 가는 감시탑 근처였다. 삼면에서 압박해 들어가는 정글 가운데에서, 화려한 사랑새와 마카우앵무새들로 둘러싸인 나이트클럽은 먼 옛날 사라져 버린 재계 거물이 주말을 보내던 천국처럼 보였다.

전면 유리를 뒤덮으며 날아가는 새들 사이로 셰퍼드는 두 사람이 숲으로 달려가는 모습을 목격했다. 회색 환자복을 입은 대머리 여인이 앞서 달려가고, 낯익은 검은 얼굴의 남자가 민영 교도소 간수의 단호한 걸음걸이로 그 뒤를 쫓고 있었다. 여성은 제법 나이가 있음에도 불구하고 날아오를 것처럼 발걸음이 가벼웠다. 세스나기의 소리에 당황한 것인지, 그녀는 놀란 마카우앵무새들을 향해 도움을 청하는 수신호를 보내려는 듯 하얀 손을 흔들었다. 마치 원색의 깃털을 빌려 자신의 드러난 두피를 덮고 싶은 것처럼 보였다.

정신이 나간 여인이 자신의 아내인지 확인하려는 생각으로 셰퍼드는 다시 한 번 비행기를 선회시켰다. 그러나 숲 아래 펼쳐진 만과 콘크리트 진입로의 미로 사이에서 그는 길을 잃어버리고 말았다. 다시 한 번 나이트클럽을 발견하자, 그는 기수를 낮추고 나무 위로 하강하기 시작했다. 그러나 인간의 힘으로 움직이는 비행체가 숲속 공터에서 날아올라 그의 활강 궤도를 가로막았다.

세스나기의 배는 되는 크기에, 비닐과 피아노선을 얽어 만든 삐걱대는 글라이더가 셰퍼드 앞에서 좌우로 흔들리며 시선을 빼앗으려 최선을 다했다. 셰퍼드는 자기 비행기의 프로펠러에 정신이 팔린 채 기수를 올려 글라이더를 넘어갔다. 그리고 마지막 순간, 검은 수염이 난 마틴슨이 투명한 연 안에서 열심히 페달을 밟는 모습을 보았다. 마치 공중에 매달려 몸부림치는 물고기 같은 모습이었다. 이어 숲속 나뭇가지가 기다리고 있었던 양 슬립스트림을 빠져나오는 세스나기를 덮쳤고, 날카로운 나뭇가지가 우현 날개를 찢으면서 조수석 문을 날려 버렸다. 밀려드는 바람에 혼이 빠진 셰퍼드는 기수를 코코아비치 쪽으로 돌렸고, 이내 젖은 모래 위로, 마틴슨이 그날 아침 셰퍼드를 위해 그려 놓은 거대한 부리를 가진 육식 조류의 그림 위로 비상착륙을 했다.

파도가 세스나기의 조종석 안으로 밀려들어 왔고, 차가운 포말이 셰퍼드의 발목을 간질였다. 해변을 따라 전조등이 다가오더니, 이윽고 정부의 지프 차량이 비행기에서 100야드 떨어진 물가까지 다가왔다. 지프를 몰고 온 젊은 여인이 전면 유리에 몸을 기대고 전조등을 비추며 셰퍼드를 향해 소리쳤다.

셰퍼드는 아직도 세스나기를 버리기가 망설여지는 듯 천천히 안전띠를 풀었다. 바다에서 밀려온 밤이 이제 누추한 해안가 마을을 뒤덮었다. 그러나 주변 모든 것은 여전히 상공에서 보았던 형광색으로 빛나고 있었다. 그의 아내가 사로잡혀 있는 숲속 건물에서 뿜어져 나온 빛의 입자들로. 세스나기의 프로펠러를 씻어 내리는 파도, 해변에 늘어선 텅 빈 술집과 모텔, 말을 잊은 우주센터의 발사대 모두가 수백만 개의 작은 불빛들로 반짝이고 있었다. 그의 주변에 구축되기만을 기다리는 새로운 세계의 표면을 흐르는 빛의 광맥이었다. 셰퍼드는 나이트클럽을 떠올리면서 케이프케네디를 감싸는 어둠 속의 수많은 불똥을 바라보았다. 이미 그는 이곳이 자기력으로 구성된 도시의 아주 작은 일부분일지도 모른다고, 그의 주변과 내면에 이르기까지 이미 자리하고 있는 시간을 뛰어넘은 세계의 근교일지도 모른다고 생각하기 시작했다.

그 모습을 마음속에 간직한 채, 그는 수압을 뚫고 조종석 문을 연 다음 허리께까지 오는 물속으로 뛰어내렸다. 파도를 타고 밤의 마지막 조각이 다가오고 있었다. 지프의 전조등 불빛 속에서 그는 앤 고드윈의 성난 손길이 어깨에 닿는 것을 느끼며 그대로 물속으로 고꾸라졌다. 그녀는 치맛자락을 물 위로 출렁이면서 익사한 조종사를 수습하듯 그를 끌어내어 온기가 남은 모래 위로 데려다 눕혔다. 날개로 그들을 감싸 안은 거대한 은빛 새의 그림 위로 바다가 밀려들고 있었다.

혼란스러운 비행이었지만 적어도 외출은 한 셈이었다. 석 달 전 코코아비치에 처음 도착했을 때, 셰퍼드는 눈에 띄는 첫 번째 모텔의 문을 따고 들어가 어둑한 침실에 안전하게 웅크리고는 나올 생각도 하지 않았다. 토론토에서 여기까지 오는 동안은 악몽과도 같은 중간 기착지의 연속이나 다름없었다. 반쯤 버려진 버스 차고와 렌터카 사무소에서 한참을 기다리고, 검은 유리로 사방을 막아 놓은 수상쩍은 택시 뒷좌석에 몸을 묻고 사진기 렌즈를 걱정하는 빅토리아 시대의 사진사처럼 외투를 머리까지 뒤집어쓴 채 웅크리고 있었다. 남쪽으로, 갈수록 강렬해지는 햇빛 아래로 들어갈수록 뉴저지, 버지니아, 사우스캐롤라이나와 노스캐롤라이나의 풍경은 선명하면서도 동시에 흐릿하게 변해 갔다. 반쯤 빈 마을과 한적한 고속도로가 마치 LSD 때문에 염증이 가득한 망막을 공기 중에 직접 노출시키고 보는 것처럼 느껴졌다. 때론 핵에 위태롭게 고정되어 있는 곤돌라에 타서 태양의 내부를 보고 있는 것 같은 기분이 들었다. 그가 탄 택시의 먼지투성이 창문을 녹여 버릴 수 있는, 불타는 유리 같은 공기를 통해서.

토론토에서도, 일레인과 이혼하고 순식간에 상태가 나빠진 이후에도, 그는 말초신경계의 문제로만 여길 뿐 자신이 은둔하게 된 진짜 이유를 짐작도 못 하고 있었다. 사람들이 빠져나간 도시에 남은 셰퍼드는 자신이 마지막으로 감염된 이들 중 하나라는 사실에 놀랐다. 셰퍼드는 겉으로 보기에는 냉정한 건축가였지만, 내면에는 다른 사람들의 정신 질환에 대한 강한 공감 능력이 숨어 있었기 때문이다. 비서 한 명이 두통이라도 앓으면 설계사 사무실 안을 쉬지 않고 돌아다닐 지경이었다. 때로는 주변에 펼쳐진 이 죽어 가는 세계가 혹시 자신이 만들어 낸 것은 아닐까 하는 생각마저 들었다.

이 기묘한 질병, 소위 말하는 '우주병'의 초기 증상이 모습을 드러낸 지도 벌써 20년이 흘렀다. 처음에 극소수의 사람들이 증상을 보였을 때만 해도 일상생활의 틈새로 파고들어 뿌리를 내리며 행동 양식을 아주 살짝 바꾸는 정도였지만, 이내 모든 환자들은 외출을 꺼리고, 직업과 가족과 친구를 버리고, 햇빛을 혐오하고, 지속적으로 체중이 감소하고, 집에 칩거하는 증상을 보였다. 병이 점차 확산되어 100명 중 한 명이 감염자인 상황에 이르자 1980년대에서 1990년대에 걸친 지속적인 오존층 감소 현상이 원인으로 지목되었다. 어쩌면 바깥세상을 피하고 틀어박히는 증상이 그저 자외선 복사의 위험을 피하기 위한 자가 보호 기제일지도, 심리적으로 맹인의 검은 안경과 같은 효과를 내는 것일지도 모른다고 말이다.

그러나 햇빛에 대한 과장된 반응, 불규칙하게 찾아오는 편두통과 각막이 욱신거리는 증상 등이 항상 나타나는 것으로 미루어 질병 자체는 신경 문제인 것으로 보였다. 고집스럽고 충동적인 취미 행위를 계속하는 양상도 보였는데, 소설을 읽으며 특정 단어를 모두 찾아 표시하거나, 계산기를 사용해 아무런 의미 없는 산수 퍼즐을 만들거나, 비디오 녹화기로 텔레비전 프로그램의 조각을 모으거나, 특정 표정이나 계단이 나오는 장면을 계속 재생하면서 몇 시간을 허비하는 등이 대표적인 증상이었다.

그리고 말기 환자들이 보이는 증상에서 '우주병'이란 명칭이 유행하게 되었으며, 처음으로 병의 정체에 대한 제대로 된 단서가 발견되었다. 환자들은 거의 예외 없이 한때 자신들이 우주 비행사였다고 믿기 시작했다. 조명을 낮춘 병실이나 뒷골목 호텔의 지저분한 침대에 누워 있는 환자들이, 주변 환경에는 조금도 신경 쓰지 않으면서도 자신이 한때 우주로 나가 화성과 금성에 다녀왔다고, 암스트롱과 함께 달 표면을 걸었다고 확신했다. 의식이 남아 있는 마지막 순간에 도달한 환자들은 하나같이 침착하고 고요한 표정으로, 새 여행을 앞두고 졸음에 겨운 승객처럼 태양으로 돌아가는 마지막 여행에 대해 중얼거리곤 했다.

셰퍼드는 일레인이 최후의 은둔에 들어갔던 모습을, 세인트로렌스 강가에 서 있는 하얀 벽의 치료소를 마지막으로 방문했던 때를 기억한다. 이혼 후 2년 만에 처음으로 만나는 것이었다. 그러나 그는 매력적이고 자신감 넘치는 치과 의사였던 아내가 처음 춤추러 나가는 꿈에 겨운 소녀로 변해 있으리라고는 상상도 못 했었다. 일레인은 몰개성한 움막 속에서 그를 향해 환히 웃으며, 하얀 손을 뻗어 침대로 끌어들이려 했다.

"로저, 우리 곧 떠날 거야. 우리가 함께 가는 거야……"

어두침침한 복도를 따라 걸어가며 사방에서 정신없이 중얼거리는 소리를, 온갖 텔레비전 연속극에서 주워들은 반쯤 잊힌 우주 용어들의 조각을 듣노라니, 인류 전체가 이륙할 준비를 하고 있는 것은 아닐까 하는 생각이 들었다. 인간 종족 전체가 태양으로 귀환할 준비를 하고 있는 것일지도 몰랐다.

셰퍼드는 치료소의 젊은 소장과 마지막으로 나눈 대화를 기억했다. 그 의사는 짜증이 치미는 태도를 보였다. 셰퍼드에게라기보다는 자기 자신과 직업에 대한 짜증 같았다.

"**극단적인** 치료법요? 신께서 부활급의 기적이라도 베풀어 주시기를 기대하는 겁니까?" 셰퍼드의 양 볼을 오가는 미심쩍은 경련을 보며, 마틴슨은 동정심의 표현으로 그의 팔을 부드럽게 잡았다. "죄송합니다. 참 훌륭한 여성이신데요. 부인과 오래 대화를 나눴습니다. 대부분은 선생님에 관한 것이었고요……" 영양실조에 걸린 아이처럼 격양된 그의 작은 얼굴에 잠시 우울한 미소가 스쳐 지나갔다.

셰퍼드가 치료소를 떠나기 전에, 젊은 의사는 그해 초여름에 정원 의자에 앉아 있는 일레인을 찍은 사진들을 보여 주었다. 그녀의 생생한 입술에는 이미 즐거움이 반짝이고 있었다. 자신만만한 치과 의사였던 아내는 몰래 치료용 웃음가스를 흡입한 것만 같은 모습이 되어 있었다. 마틴슨은 분명 그녀에게 상당히 감탄하고 있었다.

하지만 그 역시 의학에 종사하는 다른 모든 사람들처럼 잘못된 길로 들어선 것은 아니었을까? 전기 충격과 감각 박탈 요법, 전두엽 부분 절제와 환각제 사용은 모두 문제를 잘못 파악한 치료법일지도 몰랐다. 일레인과 다른 환자들은 그저 우주를 탐사하고 싶을 뿐이고, 자신의 질병을 우주선을 건조하기 위한 극단적인 은유로 삼는 것일지도 몰랐다. 우주 비행사에 집착하게 된다는 점이 열쇠였다. 흥미롭게도 이 질병의 증상은 아폴로계획이 종료되고 수십 년 후에 당시 우주 비행사들이 보이던, 미신과 침묵 속으로 침잠하는 증상과 상당히 유사했다. 설마 먼 우주로 향하는 여행에 오르는 일이, 심지어는 그에 대해 생각하고 텔레비전으로 시청하는 것만으로도, 결과를 예상할 수 없는 진화의 계단을 오르는 효과가 있는 것일까? 아주 독특한 종류의 금단의 과실을 섭취하게 만드는 것일까? 어쩌면 중추신경계는 우주를 선형의 구조체가 아니라 발전한 시간의 형태로 받아들일지도 모른다. 헛되이 붙들려고 노력하던 영원에 대한 은유로 받아들일지도 모른다……

과거를 돌이켜 본 셰퍼드는 자신이 몇 년 동안이나 질병의 초기 증상이 나타나기를 고대해 왔음을, 태양을 향한 위대한 여정의 일원으로 초대받기를 간절하게 원하고 있었음을 깨달았다. 이혼 전 몇 달 동안 그는 주의 깊게 증상의 특성을 관찰했다. 체중과 식욕 감소, 건축가 일을 하는 동안 직원과 고객 모두를 무신경하게 무시하는 태도, 외출을 망설이는 경향, 잠시라도 햇빛을 받으며 서 있으면 알레르기성 발진이 돋아나는 모습까지. 일레인을 따라 앨곤퀸 공원에 가서는, 주말 내내 말쑥한 유선형 캠핑카의 크롬제 자궁 안에 틀어박힌 채로 보내기도 했다. 그 자체가 마치 우주인의 캡슐처럼 느껴졌다.

일레인이 그를 도발하고 있던 것일까? 아내는 셰퍼드가 일부러 멍하니 앉아 있는 시간을, 괴상한 시계와 기묘한 건축물을 만지작거리는 일을 그리고 다른 무엇보다도 포르노에 대한 관심을 싫어했다. 그 끔찍한 취미는 교육과 기질을 통해 배양된 초현실주의 화가들에 대한 집착에서 싹튼 것이었다. 이유는 몰라도 그는 몇 시간 동안이나 키리코의 토리노 복제화들을, 텅 빈 주랑과 뒤집힌 시선에서 느껴지는 일탈의 징조를 바라보며 서 있곤 했다. 뒤이어 마그리트의 시공간 전위가 그의 하늘을 일직선으로 놓인 한 줌의 블록으로 바꾸어 놓았고, 그 다음으로 달리의 생물형상적 구조체가 등장했다.

이 마지막 화가가 그를 포르노그래피에 빠지게 만들었다. 그는 어둑한 침실에 들어앉아 블라인드를 내려서 콘도미니엄의 발코니에 들러붙은 귀찮은 햇빛을 떨쳐 낸 다음, 화장대와 욕실에 앉아 있는 일레인을 녹화한 비디오를 하루 종일 감상했다. 그녀가 비데에 쭈그리고 있는 모습, 욕조 가장자리에 앉아 물기를 닦는 모습, 희망이 섞인 찌푸린 표정으로 오른쪽 가슴의 형태를 살피는 모습을 확대 촬영한 영상을 감상하고 또 감상했다. 거대한 반구를 확대한 모습이, 셰퍼드의 손가락 사이에서 노닐던 굴곡의 영상이 침실의 벽과 천장을 환하게 비추었다.

결국 나름대로 관대한 편이던 일레인의 참을성도 바닥이 나고 말았다. "로저, 당신 대체 자신에게─그리고 나한테 뭘 하고 있는 거야? 침실을 개인용 포르노 영화관으로 만들어 놓았잖아. 나를 포르노 배우로 써서." 그녀는 지난 20년 동안 쌓인 애정을 압축하듯 그의 얼굴을 손으로 붙들었다. "제발 부탁인데, 병원 좀 가 봐!"

그러나 이미 병원은 다녀온 후였다. 그리고 3개월 후 집을 떠난 쪽은 일레인이었다. 그가 사무실 문을 닫고 탈진 상태가 된 직원들을 즉석에서 해고하고 있을 무렵, 일레인은 가방을 꾸려 환한 햇빛이라는 불안한 안전 속으로 걸음을 옮기고 있었다.

그로부터 얼마 지나지 않아 우주 트라우마는 새 승객을 맞이했다.

셰퍼드가 마지막으로 그녀를 본 것은 마틴슨의 치료소에서였다. 그런데 그로부터 6개월도 채 안 되어 그녀의 놀라운 회복에 대한 소식이 들려왔다. 말기 환자를 병상에서 해방시켜 주곤 하는 일시적인 호전이 분명했다. 마틴슨은 동료들의 공개적인 비난과 직권남용 혐의를 감수하며 치료소 소장 자리에서 물러났다. 그는 일레인과 함께 캐나다를 떠나 남쪽으로, 플로리다의 따스한 겨울로 들어갔고, 이제는 케이프케네디의 옛 우주센터 근처에서 살고 있었다. 그녀는 깊은 둔주 증상을 기적적으로 떨치고 자리에서 일어난 모양이었다.

처음에는 셰퍼드도 믿지 않았다. 그저 젊은 신경외과 의사가 도가 지나칠 정도로 일레인에게 집착해서 그녀를 구하기 위해 위험하고 극단적인 치료 방법을 사용하는 것이라고만 생각했다. 마틴슨이 일레인을 납치하는 모습을, 정신을 차리지 못하고 있지만 여전히 아름다운 여인을 병상에서 들어 올려 자신의 차로 데려가서는, 따가운 플로리다의 햇살을 향해 출발하는 모습을 상상하기도 했다.

그러나 일레인은 실제로 괜찮아진 모양이었다. 회복되는 동안 그녀는 셰퍼드에게 여러 통의 편지를 썼다. 그녀는 편지에서 버려진 호텔을 감싸듯 무성하게 자란 숲의 음침하지만 반짝이는 아름다움을, 바나나 강이 내려다보이는 전망과 버려진 우주센터의 녹슨 발사대를 언급했다. 토론토의 차가운 봄 햇빛 아래에서 그녀의 마지막 편지를 읽고 있으니, 마치 플로리다 전체가 일레인을 위해 오팔처럼 반짝이는 궁전과 상상 속의 동물들의 세계로, 귀스타브 모로의 거대한 실내 벽화로 모습을 바꾼 것만 같다는 생각이 들 지경이었다.

……당신이 여기 있었으면 좋겠어, 로저. 이 숲은 바다의 푸른빛으로 가

득해. 마치 한때 플로리다 반도를 뒤덮었던 어둑한 늪지대가 과거에서 찾아와 우리를 삼키고 있는 것만 같아. 여기에는 태양 표면에서 걸어 나온 것처럼 생긴 이상한 생물들이 가득해. 오늘 아침 강가를 바라보는데 금빛 발굽을 가진 유니콘이 물 위를 걸어가는 모습이 보였어. 필립이 내 침대를 창가로 옮겨다 줬고, 나는 여기 하루 종일 앉아서 새들을 꾀려 노력하고 있어. 전에 본 적이 없는, 멋진 미래 세계에서 온 듯한 새들이야. 이젠 절대 여기를 떠나면 안 된다는 확신이 들어. 어제는 정원을 가로지르는데, 가볍고 반짝이는 금빛 비늘이 내 몸에 둘러져 있다는 사실을 깨달았어. 비늘이 반짝이는 잔디 위로 떨어졌거든. 강렬한 햇빛이 시공간에 기묘한 영향을 끼치는 모양이야. 여기에는 새로운 종류의 시간이 있다고 나는 확신하고 있어. 옛 우주센터 쪽에서 흘러나오는 것 같아. 나뭇잎이나 꽃잎 하나하나, 심지어 손에 든 펜과 지금 당신에게 쓰는 이 글마저도 제각기 후광을 가지고 빛나고 있어.

이제 모든 것들이 아주 느리게 움직여. 새 한 마리가 하늘을 가로지르는 데도 한나절이 걸리는 느낌이야. 처음에는 작고 초라한 참새지만, 결국 금조처럼 화려한 깃을 가진 호사스러운 새로 변신해. 그 당시에는 필립이 공격을 받기는 했지만, 우리가 여기 와서 다행이라고 생각해. 그 사람 주장으로는 이곳에 오는 게 내게 남은 마지막 가능성이었다는 거야. 빛을 두려워하지 말고 받아들여야 한다고 말하던 게 기억나. 어쨌든 그 사람은 자신의 생각보다 더 많은 것을 희생해야 했어. 아주 지쳐 있지, 불쌍한 사람. 내가 잠이 들까 봐 두려워하고 있어. 내가 꿈을 꿀 때마다 새로 변신하려고 한다는 거야. 오늘 오후에 창가에서 잠이 깼는데, 그 사람이 나를 붙들고 있었어. 내가 숲으로 날아가 영원히 사라지기라도 할 거라고 생각했나 봐.

당신도 여기 있었으면 좋겠어. 초현실주의자들이 만들었을 법한 세상이야. 여기 어디에선가 당신을 만날 것만 같다는 생각이 들어……

편지에는 마틴슨의 쪽지가 첨부되어 있었다. 그에 따르면 일레인은 편지를 쓴 다음 날 목숨을 잃었으며, 그녀의 뜻에 따라 우주센터 근처의 숲에 매장했다는 것이었다. 사망증명서에는 마이애미 주재 캐나다 영사의 확인 서명이 있었다.

일주일 후 셰퍼드는 토론토 아파트의 문을 닫아걸고 케이프케네디를 향해 출발했다. 작년 내내 그는 도전을 할 준비를 마친 채, 초조하게 질병의 증상이 자신을 찾아오기를 기다리고 있었다. 다른 모두와 마찬가지로 그 또한 낮 동안에는 거의 밖으로 나가지 않았지만, 창문의 블라인드 사이로 황혼 녘에나 활기가 돌아오는 햇살 가득한 거리를 바라보고 있노라면 결국 초조함을 견디지 못하고 계속해서 무언가에 몰두할 수밖에 없었다. 따가운 정오의 햇살 아래로 나가 텅 빈 사무 지구를 돌아다니며, 정적 속에서 외벽에 기대어 세련된 포즈를 취해 보기도 했다. 두터운 두건을 쓴 경찰이나 택시 운전사 한둘이 용광로 속의 유령처럼 서서 그를 지켜보고 있었다. 그러나 셰퍼드는 그들에게 신경 쓰기보다는 자신의 강박에 따라 행동하는 쪽을 택했다. 충동적으로 아파트 안을 돌아다니면서 블라인드를 전부 올려 모든 방을 줄지어 늘어선 하얀 입방체로 만들어 버리기도 했다. 그 모두가 새로운 종류의 시공간을 제작하기 위한 도구였다.

일레인이 마지막 편지에서 했던 말을 하나씩 곱씹어 본 후, 아직은 그녀를 애도하지 않기로 마음먹은 셰퍼드는 열정적으로 남쪽을 향해 길을 떠났다. 직접 운전하기에는 너무 흥분된 상태인 데다 갈수록 강해지는 햇빛이 두려워서, 그는 버스와 대여 리무진과 택시를 이용해 여행했다. 셰퍼드는 일단 플로리다에 도착하기만 하면 마틴슨의 손에서 아내를 구해 내어 에메랄드빛 숲의 영원한 고요 속에서 함께 안식을 찾을 수 있으리라 생각했다. 일레인의 관찰은 틀리는 법이 없었으니까.

그러나 그가 이곳에서 찾아낸 것은 너저분한 먼지투성이 세계, 물 빠진 수영장과 정적뿐이었다. 30년 전 우주 시대가 종막을 맞은 이후, 케이프케네디 근처의 해안 마을들은 모두 버려져 숲에 잠식되었다. 타이터스빌, 코코아비치와 옛 로켓 발사장은 이제 심령 재해 영역에 가까운 불길한 장소로 여겨졌다. 텅 빈 바와 모텔들은 열기 속에 주저 앉았고, 간판은 녹슨 장난감처럼 삭아 갔다. 한때 비행 관제사나 천체 물리학자들이 살던 훌륭한 저택 옆 물 빠진 수영장은 이제 수많은 죽은 곤충과 부서진 선글라스들의 안식처가 되어 있을 뿐이었다.

외투를 머리 위로 둘러 햇빛을 가린 셰퍼드는 초조한 기색인 택시 운전사에게 요금을 지불했다. 죔쇠가 풀려 활짝 펼쳐진 서류 가방을 발치에 놓은 채로 지갑을 찾노라니, 운전기사의 호기심 어린 눈빛이 가방의 내용물로 향했다. 액자에 든 마그리트의 〈여름의 행진〉 복제화, 휴대용 비디오카세트 영사기, 통조림 수프 두 통, 손때 묻은 《카메라 클래식》 잡지 여섯 권 세트, 일레인/샤워실이라는 제목에 I에서 XXV까지 숫자가 붙은 한 무더기의 카세트테이프 그리고 마레*의 『크로노그램』 문고판 서적.

---

* 프랑스의 생리학자 에티엔 쥘 마레(1830~1904)는 생리 현상 연구를 위한 표도법表圖法을 완성해 보급시켰고, 인간과 동물의 동작을 연구하고자 움직임의 연속적 국면을 사진적으로 기록하는 촬영법인 크로노포토그래피를 개발했다.

운전사는 생각에 잠겨 고개를 끄덕였다. "견본인가요? 저게 정확하게 뭐 하는 물건이죠, 생존용 장비입니까?"

"특별한 생존 장비죠." 셰퍼드는 남자의 목소리에 깃든 비꼬는 기색을 알아차리지 못하고 설명했다. "타임머신용 정착기입니다. 제가 하나 만들어 드릴 수도 있어요……"

"너무 늦었군요. 제 아들은 이미……" 운전사는 반쯤 웃으면서 검은색 창문을 올리고는 뿌연 먼지를 구름처럼 피워 올리며 탬파로 떠났다.

별 이유 없이 스타라이트 모텔을 선택한 셰퍼드는 물 빠진 수영장 쪽으로 창이 난 부서지지 않은 객실을 찾아 들어갔다. 사무실 계단에 앉아 졸고 있는 나이 든 레트리버 한 마리를 제외하면 자신이 유일한 손님이었다. 그는 블라인드를 꼼꼼하게 내린 후 어둠 속 퀴퀴한 침대에서 이틀 동안 휴식을 취했다. 여행 가방을, 일레인을 찾는 일을 도와줄 '생존 장비'를 곁에 둔 채로.

둘째 날 해 질 녘이 되자 그는 침대를 떠나 창가로 가서 처음으로 코코아비치를 세심하게 살펴보았다. 그는 플라스틱 블라인드 사이로 물 빠진 수영장의 비스듬한 바닥에 엉성한 대각선을 그리고 있는 그림자를 지켜보았다. 문득 택시 운전사와 나눈 짤막한 대화가 떠올랐다. 삼차원 해시계의 복잡한 기하학적 구조 속에 고대의 타임머신을 움직일 수 있는 암호가 숨어 있어서, 케이프케네디의 모든 물 빠진 수영장에서 수백 번씩 반복적으로 그려지고 있을 것만 같았다.

지저분한 해안 마을이 모텔 주변을 둘러싸고 있었다. 부서진 차도와 인도를 뚫고 자라난 야자나무들이 아열대 지방의 황혼에 의해 홍학 빛깔의 파라솔로 변해서는 버려진 술집과 상점을 가리고 있었다. 코코아비치 너머로는 우주센터가, 녹슨 발사대가 오래된 흉터처럼 하늘에 드리워 있었다. 지저분한 창문을 통해 그 모습을 바라보던 셰퍼드는 처음으로 예의 흥미로운 환상을 겪었다. 자신이 한때 우주 비행사였으며, 은박 우주복을 입은 채 거대한 로켓 부스터 꼭대기의 선실 의자에 누워 있었다고…… 말도 안 되는 소리지만 어딘지 모를 곳에서 그런 기억이 솟아 나왔다. 우주센터는 두려운 존재였지만 동시에 마치 자력을 가진 영역처럼 그를 끌어들이고 있었다.

그러나 일레인이 묘사했던 환상적인 세계는, 보석 같은 새들로 가득한 숲은 어디 있는 것일까? 다이빙대 아래에서 잠들어 있는 나이 든 골든레트리버가 금빛 발굽을 또각거리며 바나나 강 위를 거닐 것 같아 보이지는 않았다.

낮 동안 방을 떠나는 일은 거의 없었지만―플로리다의 햇살은 여전히 마주 대하기에는 너무 강했다―셰퍼드는 어떻게든 규칙적인 생활을 유지하려 애썼다. 우선 자신의 육체에 더욱 신경을 쓰기 시작했다. 지난 몇 년 동안 몸무게가 계속 줄었는데, 되돌리려는 노력을 한 번도 해 보지 않은 지속적인 육체의 쇠퇴 중 일부였다. 그는 욕실 거울 앞에 서서 자신의 처참한 몰골을 바라보았다. 어깨는 비쩍 마르고 누르스름한 팔 끝에는 축 처진 손이 달려 있었지만, 얼굴만은 광신도 같았다. 면도도 제대로 하지 않은 피부가 튀어나온 턱과 뺨의 뼈에 팽팽하게 늘어났고, 아무도 찾지 않는 동굴처럼 움푹 팬 눈두덩 속에서는 날카로운 한 쌍의 눈빛이 번득였다. 사람들은 10년 전의 자신의 모습을 간직하고 다닌다고 하지만, 셰퍼드는 자신이 나이를 먹으며 동시에 젊어지고 있다는 느낌이 들었다. 과거와 미래가 이 모텔의 침실에서 기묘한 랑데부를 하고 있는 것만 같았다.

그래도 그는 억지로 차가운 수프를 목구멍으로 넘겼다. 자동차를 몰고 케이프케네디의 숲과 활주로를 파악할 수 있을 정도의 기력은 필요했으니까. 어쩌면 경비행기를 한 대 수배해서 공중에서 우주센터를 살펴보는 쪽이 나을지도 몰랐다.

저녁이 되어 하늘이 비스듬히 기울고, 이고 있던 시클라멘 빛깔의 구름을 멕시코 만으로 떨구기 시작하자, 셰퍼드는 모텔을 떠나 코코아비치의 버려진 상점과 슈퍼마켓에서 식료품을 모아들였다. 잡초가 무성한 골목길에는 아직 나이 든 거주자들이 있었고, 드물게 찾아오는 손님들을 위해 문을 연 술집도 하나 남아 있었다. 노숙자들은 녹슨 자동차에서 잠을 청했으며, 가끔씩 부랑자가 정신분열증에 걸린 로빈슨 크루소처럼 비틀대는 걸음으로 제멋대로 자라난 야자나무와 타마린드 사이를 거닐었다. 오래전 우주센터를 떠난 기술자들은 어둑한 도로를 건너지 못하고 영원히 망설이면서, 너저분한 하얀 가운을 걸친 채 버려진 상점을 오갔다.

사람 없는 공구점에서 충전기 하나를 꺼내 오다가, 셰퍼드는 옛날 나사의 해체를 막기 위한 캠페인이 진행될 때 텔레비전에 자주 등장하던 과거의 관제센터 직원과 부딪칠 뻔했다. 멍한 얼굴에 옛 비행 궤적이 아로새겨져 있는 눈빛이, 마치 머리에 수학 공식이 가득 새겨진 키리코의 마네킹처럼 보였다.

"아니야⋯⋯" 그는 손을 저으며 셰퍼드를 향해 얼굴을 찌푸렸다. 얼굴에 가득한 주름살이 이제 도달할 수 없는 미래로 향하는 방정식을 그리고 있었다. "다시 한 번⋯⋯ 17초⋯⋯" 그는 비틀거리면서 어스름 속으로 걸어 들어갔다. 한 손으로 야자나무를 두드리며, 자신만의 카운트다운에 빠진 채.

이곳의 사람들은 대부분 홀로 시간을 보냈다. 버려진 모텔에 자리 잡은 황혼 녘의 손님들이었다. 집세를 낼 필요도 없고, 기억을 돌려받을 일도 없었다. 모두가 버스 정류장 옆에 있는 정부의 지원센터를 피했다. 그곳에는 마이애미 대학에서 보낸 심리학자와 대학원생 두 명이 와 있었는데, 무너져 가는 베란다에서 잠들어 버린 나이 든 주민들에게 식료품 꾸러미와 약품을 나눠 주는 일을 했다. 떠돌이 노숙자들을 모아들여 정부가 운영하는 탬파의 치료소에 들어가도록 설득하는 일 또한 그들의 임무였다.

셋째 날 저녁, 근처 슈퍼마켓을 터는 동안 셰퍼드는 예의 젊은 심리학자가 지프의 지저분한 앞 유리를 통해 자신을 바라보고 있음을 알아차렸다.

"혹시 범법 행위에 도움이 필요한가요?" 그녀는 셰퍼드 쪽으로 다가와서 그가 모아들인 물건으로 가득한 상자를 바라보았다. "안녕, 앤 고드윈이에요. 아보카도 퓌레, 쌀 푸딩, 안초비까지. 한밤중의 만찬이라도 벌일 모양이군요. 필레 스테이크는 어때요? 당신한테는 그쪽이 정말 필요할 것처럼 보이는데."

셰퍼드는 한쪽으로 길을 비키려 애썼다. "걱정 안 하셔도 됩니다. 휴양하면서 업무도 보고 있는 거라서요…… 과학 연구 중이죠."

그녀는 예리한 눈초리로 그를 바라보았다. "여름철 방문객이 한 사람 늘었군요. 박사 학위가 있으면서도 우주 시대에 벌어들인 돈을 축내며 먹고사는 당신 같은 사람들 말이에요. 어디 머물고 있나요? 차로 태워다 드리죠."

셰퍼드가 무거운 상자를 들고 끙끙거리는 모습을 본 그녀가 대학원생들에게 손짓하자, 그들이 어둑한 거리를 건너 다가오기 시작했다.

그 순간 녹슨 쉐보레 한 대가 거리로 접어들었다. 운전석에는 수염을 기르고 중절모를 쓴 남자가 앉아 있었다. 지프가 길을 막고 있어서 묵직한 세단은 멈추고 후진을 시작했고, 셰퍼드는 그 남자가 세인트로렌스 강을 내려다보는 치료소 계단에서 마지막으로 보았던 젊은 의사임을 알아챘다.

"마틴슨 박사님!" 앤 고드윈은 셰퍼드의 팔을 놓으며 소리쳤다. "드릴 말씀이 있어서 기다리고 있었어요, 박사님. 잠깐만요……! 저번에 주신 처방전 말인데, 꼭 폐경기가 찾아온 사람이 필요한—"

움직이지 않는 기어를 때리고 있는 모습을 보니, 마틴슨은 오로지 앤 고드윈과 그녀의 질문을 피하는 일에만 골몰한 듯했다. 그러다 그는 상자 위로 자신을 주시하는 셰퍼드의 두 눈을 알아챘다. 그는 움직임을 멈추고 셰퍼드를 마주 노려보았다. 솔직하고, 초조해 보이기까지 하는, 배신이 발각되고 한참 후에 재회하게 된 옛 친구의 표정이었다. 입이나 턱의 병을 감추기 위한 것처럼 수염을 길렀지만, 얼굴 자체는 사춘기 소년 같은 느낌이 들면서도 동시에 묘한 열병 때문에 나이를 먹은 것처럼 보이기도 했다.

"박사님, 이미 보고를 드렸는데—" 앤 고드윈이 마틴슨의 자동차 앞까지 도달했다. 그가 맥없이 조수석에 놓인 황동 커튼 막대 꾸러미를 숨기려고 시도하는 모습이 보였다. 숲속에 값비싼 천이라도 걸어 치장할 생각인가? 셰퍼드가 질문을 던지기도 전에, 마틴슨은 기어 레버를 당기고 속도를 올려 빠져나가 버렸다. 백미러가 앤 고드윈의 손을 치고 지나갔다.

그러나 적어도 마틴슨이 이곳에 있다는 사실만은 확인한 셈이었고, 그 짧은 만남 덕분에 셰퍼드는 앤 고드윈의 눈길을 피해 빠져나갈 수 있었다. 물건을 들고 모텔로 돌아가고 있는데 레트리버가 비틀거리는 걸음으로 그의 옆으로 따라붙었다. 둘은 함께 물 빠진 수영장 옆 어둠 속에서 맛있는 간식을 즐겼다.

곧 마틴슨을 추적해서 일레인을 구출할 수 있을 거라는 생각을 하니, 벌써 힘이 돌아오는 것만 같았다. 다음 주 내내 그는 오전에는 잠을 자고, 오후에는 근처 차고에서 징발해 온 낡은 플리머스를 수리하며 보냈다.

예상대로 마틴슨은 곧 다시 모습을 드러냈다. 새 모양의 작은 연이 주기적으로 코코아비치의 하늘을 날아다니기 시작했다. 은빛 연실은 마을 북쪽에 있는 숲속 어딘가로 이어지며 사라졌다. 다른 연 두 개가 그 뒤를 따라 공중으로 솟아올랐으며, 숲속의 누군지 모를 열정적인 사람이 날린 세 벌의 연은 고요한 하늘에 높이 떠서 일렁였다.

이어지는 며칠 동안 코코아비치의 거리에는 다른 새 문양이 등장하기 시작했다. 상점 현관에 덧댄 널빤지에, 먼지가 뿌옇게 앉은 자동차 지붕에, 스타라이트 모텔 수영장의 낙엽으로 뒤덮인 끈적한 바닥에 백묵으로 그린 피카소의 비둘기들이 나타났다. 그 모두가 마틴슨이 보낸 수수께끼의 메시지인 모양이었다.

그 신경외과 의사가 셰퍼드를 숲속으로 유인하려는 생각인 것일까? 호기심을 억누르지 못한 셰퍼드는 결국 어느 날 오후 차를 몰고 타이터스빌에 있는 경비행기 착륙장으로 향했다. 허름한 활주로를 찾아오는 차량은 거의 없었고, 케이프 지역 관광 여행을 홍보하는 광고판 아래 먼지투성이 사무실에서, 은퇴한 상용 비행기 조종사가 꾸벅꾸벅 졸고 있는 모습만 보였다.

짤막한 흥정을 끝낸 후, 셰퍼드는 단발 세스나기 한 대를 빌려서 부드럽게 어둠이 내려앉는 저녁 하늘로 날아올랐다. 그리고 옛 우주센터 근처를 세심하게 살피다가 마침내 숲속에서 기묘한 나이트클럽을 찾아냈고, 나무 사이를 달려가는 망령 같은 기묘한 대머리 여인의 가슴 아픈 모습을 목격했던 것이다. 뒤이어 마틴슨이 인력 글라이더를 타고 하늘로 올라와서 그를 놀라게 했다. 분명 셰퍼드를 습격해서 세스나기를 정글로 추락하게 만들려는 의도였을 것이다. 그러나 셰퍼드는 그곳에서 도망쳐서 코코아비치까지 힘겹게 날아와 밀물에 휩쓸려 버렸다. 앤 고드윈이 물에 잠긴 비행기에서 말 그대로 그를 끌어내 왔지만, 그는 어떻게든 그녀를 진정시킨 다음 자리를 피해 모텔로 돌아갈 수 있었다.

그날 저녁 그는 텅 빈 수영장 옆에 놓인 의자에서 휴식을 취하면서, 깊은 쪽 수영장의 벽에 녹화된 아내의 모습을 틀어 놓고 감상했다. 육체와 기하학의, 기억의, 애정과 욕망의 교묘한 조합 속에 그 생생한 선율의 열쇠가, 이곳 케이프케네디에서 최초의 우주 비행사들이 자기도 모르게 드러내 버린 새로운 시공의 열쇠가 존재했다. 그 자신이 그날 저녁 물에 잠긴 비행기의 조종석에서 언뜻 목격했던 바로 그것이.

셰퍼드는 새벽이 다 되어서야 잠들었고, 두 시간 후 어둑한 침실에서 갑자기 빛이 움직이는 바람에 잠에서 깨어났다. 뭔가가 태양을 가려 작은 일식이 일어나고 있었다. 햇빛이 일렁이며 창가에서 흔들렸다. 침대에 누워 있던 셰퍼드는 플라스틱 블라인드에 비친 여성의 옆얼굴과 헝클어진 머리카락 윤곽을 보았다.

셰퍼드는 오전의 따가운 햇살과 자신을 엄습할 공포증에 대비해 마음을 다잡고 블라인드를 열었다. 200피트 떨어진 곳, 수영장 반대편의 의자 위로 사람이 탈 수 있을 정도로 커다란 연이 허공에 멈추어 있었다. 둥근 태양을 등진 날개 달린 여성이 캔버스 전체로 활짝 팔을 펼치고 있는 그림의 윤곽이 보였다. 그녀의 그림자가 플라스틱 블라인드 위를, 셰퍼드의 손가락에서 몇 인치밖에 떨어지지 않은 곳을 두드리고 있었다. 마치 어둑한 침실의 안전 속으로 들여보내 달라고 애원하는 것만 같았다.

마틴슨은 이 거대한 연에 타라고 말하려는 것일까? 가장 색이 짙은 선글라스로 눈을 가리고 셰퍼드는 객실을 떠나 물 빠진 수영장을 돌아서 연 쪽으로 움직였다. 이제 태양을 향해 가벼운 도전을 해 볼 때였다. 연이 머리 위에서 가볍게 펄럭였다. 은빛 연실은 해안을 따라 반 마일 떨어진 보트 격납고 뒤편으로 사라지고 있었다.

셰퍼드는 자신감을 가지고 해안 도로를 따라 걸어가기 시작했다. 밤사이 세스나기는 바다에 쓸려 가 사라졌다. 보트 격납고 뒤편에 있는 사람은 커다란 연을 조종해 실을 감고 있는 모양이었고, 여인의 그림자는 셰퍼드의 발치에 깃털로 가득한 머리카락의 그림자를 드리웠다. 그는 버려진 소형 보트 사이에서 마틴슨을 발견할 수 있으리라고 이미 확신한 채, 그가 허공으로 올려 보낸 영문 모를 메시지에 대해 생각하고 있었다.

셰퍼드는 발이 걸려 여인의 그림자 위로 넘어질 뻔하고는, 잠시 걸음을 멈추고 주변을 둘러보았다. 몇 주일, 몇 달 동안이나 햇빛을 피하면서 보내서 이제 빛으로 가득한 풍광이 어색해 보이기만 했다. 그의 정신 가장자리로 밀려오며 교활한 짐승처럼 혀를 날름거리는 바다 역시 마찬가지였다. 그는 이 모든 것을 무시하고 도로를 따라 달려갔다. 연을 날리던 사람은 야자나무로 가득한 거리 속으로 스며들듯 사라져 버렸다.

셰퍼드는 선글라스를 벗어 던지고 허공을 올려다보았다. 그러고는 기억보다 훨씬 가까이 있는 하늘에 깜짝 놀라고 말았다. 1마일 너비의 입방체를 모아서 수직으로 세워 놓은 것처럼, 뒤집혀 있는 거대한 피라미드의 벽처럼 보였다.

파도가 발아래 젖은 모래로 밀려들었다. 마치 빛의 궁전을 방문한 사람을 환영하는 듯했다. 해안이 기울어지고 도로 가운데가 솟아올라 뒤집히는 것처럼 느껴졌다. 그는 잠시 걸음을 멈추고 버려진 자동차의 지붕에 기대어 몸을 가누었다. 수천 개의 바늘로 찌른 것처럼 망막이 아려 왔다. 술집과 모텔의 지붕에서, 녹슨 네온사인과 발치의 고운 모래에서 열에 달뜬 반짝임이 올라오기 시작했다. 주변의 풍경 전체가 그대로 연소해 버릴 것만 같았다.

보트 격납고가 일렁이며 그를 향해 다가왔다. 지붕이 양옆으로 흔들렸다. 거대한 문이 갑자기 텅 빈 산의 절벽처럼 활짝 열렸다. 셰퍼드는 순간 어둠에 눈이 멀어 뒤로 물러섰다. 동시에 날개 달린 남자의 형상이 그림자 속에서 뛰쳐나오더니, 은신처를 찾는 듯 그를 지나쳐서 백사장을 달려 근처 숲으로 들어갔다. 깃털 달린 머리 장식 아래로 얼굴에는 수염이 덥수룩하고, 팔에는 목조 뼈대에 캔버스 천을 붙여 만든 날개가 달려 있었다. 그는 괴상한 모양의 비행기처럼 날개를 펄럭이면서 나무 사이를 달려갔다. 그러나 날개는 도움이 아니라 방해가 될 뿐이었는데, 이내 한쪽 날개가 야자나무에 걸려서 어깨에서 벗겨지고 말았다. 하지만 그는 남은 한쪽 날개로라도 날아오르려는 생각인지, 펄쩍펄쩍 뛰면서 그대로 숲속으로 사라지고 말았다.

너무 놀라 웃음조차 나오지 않는 상태에서 셰퍼드는 마틴슨을 쫓아

달리기 시작했다. 그는 신경외과 의사 뒤로 늘어진 금속 실을 따라갔다. 인간이 탈 수 있는 연은 가까운 잡화점 지붕 위에 떨어져 있었지만, 셰퍼드는 그쪽은 무시하고 좁은 골목길을 따라 달려갔다. 실은 어느 버려진 트럭의 뒷바퀴 아래에서 끊겨 있었고, 마틴슨의 모습은 보이지 않았다.

사방에 새 모양의 표식이 보였다. 울타리와 나무줄기마다 백묵으로 그린 수백 개의 새 문양이 위협하듯 주변을 가득 메우고 있었다. 마틴슨은 이 숲의 원래 거주자를 위협해서 이곳 케이프케네디에서 쫓아낼 마음을 먹은 모양이었다. 셰퍼드는 끊어진 연실의 끝부분을 손가락으로 쥐고 트럭 발판에 주저앉았다.

마틴슨은 왜 그 말도 안 되는 날개를 달고 새가 되려고 시도한 걸까? 그는 심지어 도로 한끝에 엉성한 새덫을 만들어 놓기도 했다. 콘도르나 작은 날개 달린 사람을 잡을 수 있을 정도로 커다란 덫이었다. 건드리면 쓰러지는 대나무 장대 위에는 작은 헛간 크기의 새장이 비스듬하게 설치되어 있었다.

햇빛으로부터 눈을 가리면서 셰퍼드는 트럭 보닛 위로 올라가 몸을 추슬렀다. 코코아비치 지역에서도 처음 와 보는 곳이었다. 사방에 도로가 미로처럼 숲속으로 뻗어 있었다. 세스나기를 타고 있을 때 본 생기 넘치는 빛, 우주센터를 중심으로 사방으로 확산되면서 닿는 모든 것을 빛 발하게 만드는 그 빛의 영역에 들어온 것은 분명했다. 이곳의 빛은 보다 짙었지만 공명은 더욱 강했다. 마치 잎이며 꽃 하나하나가 하나의 용광로 안을 들여다보는 창문인 것만 같았다.

줄지어 선 허름한 술집과 상점들 사이로 기묘한 모습의 세탁소 하나가 그를 바라보고 있었다. 입구를 막아 버린 가전용품점과 버려진 카페 사이에 있는 세탁소 건물은 축소한 신전 같은 모습이었다. 지붕에는 금박을 입힌 타일을 올렸고, 문은 크롬이었으며, 창문 유리에는 에칭으로 정교한 문양이 새겨져 있었다. 그리고 건물 내부에는 은은한 빛이 가득했다. 흡사 신전 거리에 있는, 램프 불빛을 밝힌 석굴 같은 느낌이었다.

숲속으로 뻗은 근처 거리에도 비슷한 모습의 기괴한 건물들이 이어졌다. 건어물 상점이, 주유소가, 세차장이 햇빛에 반짝였다. 방콕이나 라스베이거스에서 찾아오는 우주 애호가들을 위해 만든 게 분명했다. 무성하게 자란 타마린드와 스패니시모스 이끼에 뒤덮인 금빛 탑이며 금속 창들이 숲속에서 보석처럼 반짝이는 교외 지역을 형성하고 있었다.

셰퍼드는 아폴로 발사대 꼭대기에 숨어 있을 마틴슨을 찾는 일을 포기하고 모텔로 돌아가기로 마음먹었다. 육중한 갑옷을 걸친 것처럼 피로가 몰려왔다. 그는 카페 옆의 화려한 건물로 들어가서는 평범한 세탁소에 어울리지 않는 화려한 내부를 구경하며 웃음을 머금었다. 철제 장식물과 색유리 아래 세탁기들이 늘어서 있었다. 우주선 기술자들의 긴 작업복과 청바지를 숭배하기 위해 만들어 놓은 부속 신전처럼 보였다.

마치 건물이 약한 지진에 진동하고 있는 양, 루비 같은 붉은빛이 셰퍼드 주변에서 일렁였다. 한쪽 손으로 유리 같은 벽을 짚은 셰퍼드는 이내 손바닥이 벽면에 녹아드는 것처럼, 벽면 양쪽 모두가 스크린에 영사한 모습처럼 보인다는 사실에 놀라고 말았다. 손가락의 수많은 윤곽이 서로 겹쳐 들어가며 떨렸다. 바닥에 댄 발이 떨리면서 같은 수의 빠른 진동을 다리와 엉덩이로 전달했다. 흡사 자신의 존재 자체가 홀로그램 이미지로, 무한하게 늘어선 자신의 복제로 변하고 있는 것만 같았다. 비잔틴의 옥좌처럼 보이는 금속 계산대에 놓인 거울 안에서 이제 그는 대천사처럼 빛을 발하고 있었다. 그는 탁자에서 유리 문진 하나를 집어 들었다. 문진은 산호빛으로 반짝이며 진동하다가, 이내 홍해처럼 붉은색을 퍼트리며 빛나기 시작했다. 세탁소 사방의 벽에서 뿜어져 나오는 붉은빛은 그의 혈류에서, 계속해서 깜빡이며 증식하는 환영들 속으로 녹아든 그의 몸에서 힘을 받아 뻗어 나가고 있었다.

셰퍼드는 투명해진 자신의 손을 내려다보며 세탁소를 나와 강렬한 햇빛 속으로 걸음을 옮겼다. 기울어진 울타리 너머로 코코아비치의 물 빠진 수영장들이 보였다. 제각기 빛과 그림자로 구성된 복잡한 기하학적 형상이었고, 기울어진 테라스는 모두 다른 차원으로 들어가는 비밀 입구처럼 보였다. 그는 얀트라*로 가득한 도시에, 신실한 시간 여행자들을 위해 모든 주택과 모텔들 바깥에 땅을 파고 명상용 우주 원반을 그려 놓은 지역에 들어선 것이었다.

거리는 텅 비어 있었지만, 뒤에서 귀에 익은 힘겨운 헉헉 소리가 들렸다. 늙은 레트리버가 현실에 존재할 수 없는 금빛 털가죽을 휘날리며 거리를 걸어오고 있었다. 셰퍼드는 그 모습을 본 순간 일레인이 마지막 편지에 묘사한 유니콘을 본 것이라 확신했다. 그는 자신의 손목을, 눈부시게 발광하는 손가락들을 내려다보았다. 태양이 그의 피부를 구릿빛 금속판으로 담금질해서, 팔과 어깨를 의장용 갑주로 둘러싸고 있었다. 그의 주변으로 시간이 압축되고, 과거와 미래의 수많은 다른

---

* 삼각형, 원, 연변蓮弁 등으로 이루어진 힌두교에서 사용하는 기하학적 도형.

자신들이 현재로 파고들어 와 주변을 둘러쌌다.

그의 어깨에서 빛의 날개가 솟아올랐다. 태양이 내려 준 금빛 깃털로 이루어진 날개가. 과거와 미래에서 다시 태어난 자신의 망령들이, 부름을 받아 그와 결합하기 위해 이곳 코코아비치의 거리로 모여들고 있었다.

나이 든 여인이 보트 격납고 옆의 움막 문가에서 깜짝 놀란 눈으로 셰퍼드를 바라보았다. 가냘픈 손이 푸른색으로 탈색된 머리카락에 가 닿더니, 그녀는 순식간에 초라한 노파에서 과거 전성기의 화장이 진한 미녀로 변신했다. 젊은 시절로부터 찾아온 수천 명의 그녀 본인이 그 주변으로 날아들어, 주름진 뺨에 혈기를 불어 넣고 작대기 같은 손에 온기를 공급했다. 그녀의 나이 든 남편은 흔들의자에 앉아 아내를 바라보고 있었다. 수십 년 만에 처음으로 아내의 모습을 알아본 그 또한 마법의 바다 너머에 반쯤 잠들어 있던 정복자의 모습으로 변신하고 있었다.

셰퍼드는 그들에게 그리고 오두막과 모텔 방에서 걸어 나오는 부랑자와 노숙자들에게 손을 흔들었다. 모두가 잠에서 깬 천사처럼 젊은 시절의 모습을 되찾아 갔다. 대기를 뚫고 쏟아지는 빛의 흐름이 느려지기 시작했고, 시간은 서로를 뒤덮으면서 겹겹이 쌓였으며, 과거와 미래의 조각이 한데 엉겨 붙었다. 얼마 지나지 않아 광자의 흐름조차 멈추어 버리고, 공간과 시간은 영원히 정지할 것이다.

이 세계의 흡인력의 일부가 되고 싶은 마음에, 셰퍼드는 날개를 들어 올리고 태양을 향했다.

"날려고 했던 건가요?"

셰퍼드는 침대 옆의 벽에 등을 대고 앉아 있었다. 날개가 꺾인 것처럼 팔로 단단히 무릎을 감싼 채로. 어둑한 침실에는 익숙한 가구들이 놓여 있었다. 화장대 거울에 고정시켜 놓은 마레와 마그리트의 복제품, 머리 위 벽에 검게 도사린 필름을 비추기 위한 영사기까지.

그러나 방 안은 어딘가 이상해 보였다. 수수께끼의 정기선 위 그에게 할당된 객실에서, 염려하는 눈빛의 젊은 심리학자가 침대 발치에 앉아 있기 때문일 것이다. 먼지를 휘날리며 달려오던 그녀의 지프가, 확성기에서 쏟아진 굉음이 하늘로 날아오르려는 노부부와 다른 부랑자들을, 천사의 무리를 거리에서 몰아내던 광경이 기억났다. 갑자기 단조로운 세계가 돌아오고, 과거와 미래의 자신들이 몸에서 빠져나갔으며, 그는 다시 허름한 술집과 움막으로 가득한 거리에 홀로 서 있게 되었다. 늙은 개 한 마리를 대동한 허수아비 같은 모습으로. 부랑자들과 노부부는 순간 움찔하더니 메마른 볼을 꼬집으며 다시 어둑한 자기네 침실로 돌아갔다.

이곳이 현재였다. 그는 깨닫지 못한 채 이 잿빛의 가지런한 공간에서 평생을 보낸 것이다. 그러나 아직 문진이 손에 들려 있었다. 지금은 잠잠했지만 빛에 비추어 보니 다시 이글거리기 시작하면서, 짤막한 과거와 무한한 미래를 자신에게 불러들이기 시작했다.

셰퍼드는 투명한 날개를 기억해 내고는 속으로 웃음을 머금었다. 물론 환상이기는 했다. 수많은 자기 자신의 팔과 어깨가 전기로 만든 깃털처럼 일렁이고 있을 뿐이었으니까. 하지만 미래의 언젠가는 날개 달린 사람이, 마틴슨의 덫에 걸리는 유리의 새가 될 수도 있지 않을까? 그는 거대한 새덫에 걸린 채 태양을 꿈꾸는 자신의 모습을 그려 보았다……

앤 고드윈은 고개를 저었다. 그녀는 셰퍼드를 등진 채 명백한 혐오를 드러내며 옷장 문에 붙여 놓은 포르노 사진을 관찰하고 있었다. 이모텔의 괴상한 입주자는 광택이 나는 사진 위에 연필로 기하학적인 문양을 그려 놓았다. 마치 성교에 열중한 여인에게 새로운 해부학적 기관을 추가해 주려는 듯이.

"그래서 여기가 당신 연구실인가요? 며칠 동안 당신을 관찰했는데. 당신 정체가 뭐죠?"

셰퍼드는 손목에서 시선을 들었다. 이제는 검은빛으로 변한 자신의 혈관 안을 휘돌던 금빛 액체를 떠올리면서.

"로저 셰퍼드입니다." 그리고 충동적으로 덧붙였다. "우주 비행사죠."

"진짜요?" 그녀는 환자의 기색을 살피는 간호사처럼 침대 가장자리에 앉았다. 셰퍼드의 이마를 짚어 보고 싶은 표정이었다. "당신 같은 부류의 사람이 얼마나 많이 케이프케네디를 찾아오는지 놀라울 지경이에요. 30년 전에 우주 계획이 끝났다는 사실을 감안하면요."

"안 끝났습니다." 나직한 목소리로, 셰퍼드는 매력적이지만 혼란에 빠진 이 젊은 여인의 생각을 고쳐 주기 위해 최선을 다했다. 그녀가 떠나기를 바라면서도, 그녀가 자신에게 도움이 될 수도 있다는 생각이 들었다. 그녀가 이 잿빛 세계로부터 해방될 수 있도록 도움을 주고 싶기도 했다. "사실 새로운 계획에는 수천 명의 사람들이 관여하고 있습니다. 최초의 진정한 우주 시대가 머지않아 열릴 겁니다."

"두 번째가 아니라요? 그럼 아폴로계획은……?"

"실수였지요." 셰퍼드는 화장대 거울에 붙여 놓은 마레의 연속촬영 사진 쪽으로 손짓을 했다. 미속도 촬영을 통해 진동하는 것처럼 보이는 사진은 앤 고드윈이 도착하기 전까지 보았던 모습과 흡사했다. "우주 탐험은 응용기하학의 한 범주로서, 포르노그래피와 많은 부분에서 유사성을 가지죠."

"그거 기분 나쁜 설명이네요." 그녀는 살짝 몸을 떨었다. "당신 사진들은 특정 부류의 정신병을 제작하는 조리법처럼 보여요. 낮 동안은 밖으로 나가면 안 돼요. 햇빛이 눈을 태우니까요. 그리고 정신도."

셰퍼드는 서늘한 벽에 얼굴을 대고 누르며, 과도한 관심을 보이는 젊은 심리학자를 쫓아낼 방법을 궁리했다. 그의 눈길이 플라스틱 블라인드 사이로 들어오는 빛의 선을 좇았다. 더 이상 태양은 두렵지 않았고, 도리어 어두운 방에서 빠져나가고 싶어 몸이 달아 있었다. 진정한 자신은 바깥의 밝은 세상에 속한 존재였다. 이곳에 웅크리고 있으면, 침대 옆 영사기에 똬리를 틀고 있는 필름의 프레임 속에 담긴 정지 영상이 된 것 같은 기분이 들었다. 그의 삶 전체가 일종의 정지 화면처럼 여겨졌다. 어린 시절과 학창 시절, 맥길과 케임브리지 대학 시절, 밴쿠버에서 일반 사원으로 근무하던 시절, 일레인과의 연애까지, 그 모두가 잘못된 속도로 틀어 놓은 수많은 필름 조각처럼 느껴졌다. 일상의 꿈과 야망, 사소한 희망과 실패, 그 모두가 이렇게 분절된 요소들을 온전한 하나로 되돌리기 위한 시도일 뿐이었다. 감정이란 과도하게 늘어난 사건의 거미줄을 힘겹게 유지하고 있는, 팽팽하게 당겨진 지탱 줄에 지나지 않았다.

"괜찮은 건가요? 불쌍하게도, 숨 쉴 수 있어요?"

셰퍼드는 자신의 어깨에 앤 고드윈의 손이 올라와 있는 걸 깨달았다. 문진을 너무 꽉 쥐고 있어서 손마디가 허옇게 보일 지경이었다. 그는 손아귀 힘을 풀고 그녀에게 유리로 만든 꽃을 보여 주었다.

그는 가벼운 투로 말했다. "이 동네에 꽤 흥미로운 건축물들이 있더군요. 태국의 신전처럼 생긴 주유소나 세탁소 같은 것들 말입니다. 혹시 본 적이 있나요?"

그녀는 그의 시선을 피했다. "그래요. 코코아비치의 북부에서요. 하지만 그쪽으로는 가지 않으려 해요." 그녀는 머뭇거리며 덧붙였다. "우주센터 근처에는 이상한 빛이 떠돌거든요. 눈을 믿을 수 없는 풍경이에요." 그녀는 작은 손으로 꽃의 무게를 가늠해 보았다. 마틴슨의 백미러가 스친 손가락에 아직 상처가 남아 있었다. "그쪽에서 이걸 찾아낸 건가요? 꼭 미래의 화석처럼 보이네요."

"그 말대롭니다." 셰퍼드는 손을 뻗어 꽃을 다시 가져왔다. 그에게는 그 문진이 제공하는 안전이 필요했다. 젊은 여인이 그를 끄집어내기 전 경험했던 빛나는 세계를 기억나게 해 주는 물건이었기 때문이다. 어쩌면 이 여인도 그를 따라 그곳으로 가 주지 않을까? 그는 고개를 들어 강인한 이마와 높이 솟은 코를, 시간의 세파를 헤치고 살아남을 수 있는 날카로운 돌출부를, 금빛 날개를 펄럭이기에 충분한 널찍한 어깨를 바라보았다. 갑자기 그녀를 살펴보고 싶은, 새 비디오 필름의 주연으로 삼고 싶은, 그녀 신체의 굴곡을 탐험해 보고 싶은 욕구가 솟아올랐다. 낯선 비행기의 보조날개며 동체를 어루만지면서 살펴보는 조종사처럼.

그는 자리에서 일어나 옷장으로 향했다. 그리고 별다른 생각 없이 아내의 나체와 침대에 앉아 있는 젊은 여성의 신체 구조를 비교해 보기 시작했다. 그녀의 가슴과 허벅지의 굴곡을, 목과 치골의 삼각형을.

"저기요, 미안하지만 그만둬 줄래요?" 그녀는 셰퍼드와 사진 사이에 자리를 잡고 섰다. "당신의 그 실험 속에 매몰될 생각은 없거든요. 어쨌든 그 비행기를 찾으려고 경찰이 오고 있는 모양이고요. 자, 그래서 이게 다 뭔가요?"

"미안합니다." 셰퍼드는 정신을 차렸다. 그리고 얌전히 자신의 '장비' 구성품들을 가리켜 보였다. 필름 조각, 크로노그램과 포르노 사진, 마그리트 복제화. "이건 일종의 기계입니다. 타임머신이죠. 밖에 있는 물 빠진 수영장을 동력으로 사용하고 있습니다. 나는 아내를 살리기 위한 은유를 제작하는 중입니다."

"아내분은…… 언제 돌아가신 건가요?"

"석 달 전입니다. 하지만 아직 이곳 숲속에, 우주센터 근처 어딘가에 있어요. 지난번 저녁에 만났던 의사가 아내를 담당했습니다. 그 작자는 새로 변하려고 시도하고 있었죠." 앤 고드윈이 그의 말에 끼어들기 전에 셰퍼드는 그녀의 팔을 붙들고 문가로 향했다. "자, 어서요. 저 수영장이 어떻게 작동하는지 보여 드리죠. 걱정 말아요, 밖에서는 10분 정도만 있으면 되니까. 우리 모두 태양을 너무 겁내고 있어요."

텅 빈 수영장 가장자리에 도달했을 때 그녀는 셰퍼드의 팔꿈치를 붙들고 있었고, 가혹한 햇살로 가득한 얼굴에는 초조한 기색이 떠올라 있었다. 수영장 바닥에는 낙엽과 버려진 선글라스들이 가득했는데, 그 안에 새의 모양이 그려져 있는 것이 확연하게 보였다.

셰퍼드는 금빛 가득한 공기 속에서 마음 놓고 숨을 쉬었다. 하늘에 연은 보이지 않았지만, 코코아비치 북쪽에 인력으로 움직이는 비행기가 조잡한 날개로 상승기류를 타고 숲 위를 선회하는 모습이 보였다. 그는 수영장의 얕은 쪽에 있는 크롬 사다리를 타고 내려가서, 초조한 모습의 젊은 여인이 따라올 수 있도록 도왔다.

"이게 모든 것의 열쇠입니다." 그가 설명하는 동안, 그녀는 끔찍한 햇빛을 손으로 가리며 그를 진지하게 쳐다보았다. 자랑스럽게 하얀 타일과 그림자 쪽으로 손짓을 하는 셰퍼드는 자부심 때문에 현기증이 날 지경이었다. "앤, 이건 독특한 형태의 엔진입니다. 우주센터가 이런 물 빠진 수영장들로 둘러싸여 있는 건 우연이 아닙니다." 셰퍼드는 불현듯 이 젊은 심리학자에게 친근함을 느끼고, 그녀가 자신을 경찰에 신고하지 않을 것이라 확신하며, 그녀와 비밀을 공유하기로 마음먹었다. 기울어진 바닥을 따라 깊은 쪽으로 나아가면서 그는 그녀의 어깨를 붙들었다. 발밑에서 버려진 선글라스의 검은 안경알 수십 개가 부서지는 소리가 들렸다. 코코아비치의 물 빠진 수영장 안에 로마의 분수에 하듯 던져 넣은 수천 개의 선글라스 중 일부였다.

"앤, 이 수영장에는 밖으로 나가는 문이 있어요. 나는 그 문을, 우리 모두가 도망칠 수 있는 쪽문을 찾으려 하고 있지요. 우주병은 아폴로 비행처럼 공간에 의한 것이 아니라 시간에 의한 거예요. 우리는 그걸 일종의 정신병으로 생각하지만, 사실 우주병은 수백만 년 전부터 준비되어 온 예비 계획일지도 몰라요. 진정한 우주 계획, 시간 너머의 세계로 탈출할 수 있는 기회란 말입니다. 30년 전 우리는 우주로 가는 문을 열었지만······"

그는 수영장 바닥의 부서진 선글라스 사이에서 가장 깊은 곳의 높다란 벽에 등을 대고 앉아 빠르게 중얼거리고 있었다. 앤 고드윈은 지프에서 구급 가방을 가져오기 위해 경사를 달려 올라갔다. 그의 피와 태양이 함께 그의 창백한 손에 들린 꽃 모양 유리 문진에 붉은 기운을 채워 타오르게 만들었다.

이후 모텔 침실에서 함께 휴식을 취하는 동안 그리고 그다음 주 내내 함께 보낸 시간 동안, 셰퍼드는 그녀에게 아내를 구출하려던 시도에 대해서 설명했다. 그들 주변에 일어나는 모든 사건의 실마리를 찾기 위해서였다.

"앤, 시계는 던져 버려요. 블라인드를 열어요. 우주를 하나의 시간 안에 존재하는 구조체로 생각하는 겁니다. 지금까지 일어났던 모든 일, 앞으로 **벌어질** 모든 사건은 사실 동시에 일어나고 있는 겁니다. 우리는 죽으면서 동시에 살아 있을 수 있어요. 우리가 생각하는 자신의 정체성, 주변에 일어나는 사건들의 흐름, 그 모두는 착시 현상에 지나지 않습니다. 우리의 두 눈은 너무 가깝게 붙어 있어요. 숲속의 기묘한 신전들, 놀라운 모습의 새와 짐승들─당신도 그걸 모두 보았지 않습니까. 우리는 모두 태양을 받아들여야 합니다. 당신의 아이들이 여기 살았으면 좋겠어요. 그리고 일레인도─"

"로저─" 앤은 자신의 왼쪽 가슴에 올라와 있는 그의 손을 치웠다. 셰퍼드는 말을 이으면서 강박적으로 그녀 몸의 굴곡을 탐하고 있었다. 마치 금고 자물쇠를 따려는 도둑처럼. 그녀는 강박증에 빠진 남자의 나신을 물끄러미 바라보았다. 팔꿈치와 목에 햇빛에 검게 탄 자국이 군데군데 섞여 있는 하얀 피부를, 물 빠진 수영장만큼이나 애매모호한 빛과 그림자의 기하학적 도형으로 가득한 살결을.

"로저, 당신 아내는 석 달 전에 죽었어요. 사망증명서 사본을 보여 줬잖아요."

"그래요, 죽었죠." 셰퍼드도 동의했다. "하지만 그건 단편적인 시각일 뿐입니다. 아내는 여전히 전체 시간 속 어딘가에 존재하고 있어요. 일단 한 번 살았던 사람은 그 누구도 진짜로 죽을 수 없으니까. 나는 아내를 찾아낼 겁니다. 그녀가 여기서 내가 자신을 되살리기만을 기다리고 있다는 걸 알고 있으니까······" 그는 침실 사방에 가득한 사진들 쪽으로 가볍게 손짓했다. "별거 아닌 것처럼 보일지 모르지만, 이 은유는 제대로 작동할 겁니다."

그 한 주 동안, 앤 고드윈은 최선을 다해 셰퍼드가 자신의 '기계'를 건조하는 일을 도왔다. 하루 종일 폴라로이드 카메라에 몸을 내맡기고, 자신의 육체를 촬영한 필름을 침대 위쪽 벽에 투영하도록 허벅지와 국부를 이리저리 움직이면서 끝없이 포르노 속의 자세를 취했다. 셰퍼드는 렌즈 속 정지 화면으로 몇 시간씩 그녀의 모습을 바라보았다. 마치 그런 모습들에서 해부학적인 문을, 조합의 열쇠 중 하나를 찾을 수 있으리라고 여기는 양. 조합 속의 다른 변속기는 마레의 크로노그램, 초현실주의 회화 작품들 그리고 끝없이 밝게 빛나는 물 빠진 야외 수영장이었다. 저녁이면 셰퍼드는 그녀를 데리고 어스름 속으로 나가서 텅 빈 수영장 옆에서 자세를 잡게 만들었다. 허리 위로는 벌거벗게 하고, 델보*의 풍경화 속 몽환적인 여인들 같은 모습으로.

그러는 동안 케이프케네디 상공에서는 마틴슨과의 결투가 이어졌다. 폭풍이 지나가고 나니 물에 빠진 세스나기가, 날개와 꼬리의 일부와 조종석과 이착륙 장치의 부속이 해변으로 쓸려 올라왔다. 비행기가 다시 모습을 드러내자 두 남자는 부산하게 행동에 나섰다. 코코아비치 거리마다, 페인트가 떨어져 나가는 상점 정문에 스프레이로 그린 새 문양이 곱절로 증가했다. 발톱으로 세스나기의 잔해를 움켜쥔 거대한 새의 윤곽이 해변을 가득 메웠다.

---

* 폴 델보(1897~1994)는 벨기에 출신의 초현실주의 화가이며 키리코의 영향을 많이 받았다. 그리스 신전, 고전적인 구도, 나부들의 이미지를 중심으로, 몽환적이고 초현실주의적인 꿈과 향수의 세계를 구축했다.

그러는 동안 빛은 갈수록 밝아져만 갔다. 우주센터의 발사대에서 뻗어 나온 빛은 나무와 꽃을 불길로 휘감고 흙투성이 보도를 다이아몬드가 박힌 카펫으로 뒤덮었다. 앤은 코코아비치를 뒤덮은 불길한 빛이 그 존재를 자신의 망막에 각인시키려 하는 것처럼 느꼈다. 그녀는 창가로 가기를 주저하고, 마지막 며칠 동안 자신의 몸을 온전히 셰퍼드에게 맡겼다. 그가 혼란에 빠져 그녀의 과거와 미래를 감옥에서 빼내 주겠다는 생각으로 그녀의 목을 졸랐을 때에야, 앤은 모텔에서 도망쳐서 타이터스빌의 보안관에게 달려갔다.

경찰차의 사이렌 소리가 숲속으로 사라지는 것을 들으며 셰퍼드는 플리머스의 운전대에 몸을 기댔다. 아슬아슬하게 몸을 빼내 한동안 사용되지 않은 샛길을 통해서 바나나 강을 건너는 옛 나사 진입로로 들어선 참이었다. 그는 주먹을 폈고, 앤 고드윈과 다투었을 때 입은 상처의 통증이 그를 초조하게 만들었다. 그 젊은 여인에게 자신이 그녀를 도우려 하고 있음을, 그가 그토록 사랑스럽게 어루만졌던 시간에 갇힌 일시적인 육체로부터 그녀를 해방시켜 주려고 할 뿐임을 시간을 들여 찬찬히 설명해 주기만 했더라면.

셰퍼드는 다시 시동을 걸고 샛길을 따라 차를 몰았다. 이미 길은 울퉁불퉁한 정글 비포장도로가 되어 있었다. 거대한 발사대의 그림자 안에 파묻히다시피 한 이곳 메릿 섬에서는, 숲은 빛으로 환히 타오르는 것처럼 보였다. 나뭇잎이며 나뭇가지 하나하나가 무게를 잃은 채 주변에 떠 있는 심해의 세계였다. 첫 우주 시대의 유물들이 무성한 수풀 속에서 빛에 달뜬 유령처럼 모습을 드러냈다. 꽃이 활짝 핀 덩굴식물이 누더기처럼 뒤덮은 구형 연료 통, 버려진 발사대 아래 무너진 로켓 발사기, 6층 높이의 강철 호텔처럼 보이는 육중한 캐터필러 차. 풀려 나온 캐터필러가 숲속으로 길게 눈금이 새겨진 금속 도로를 만들고 있었다.

600야드 앞에서 길 위로 쓰러져 있는 야자나무를 마주치자, 셰퍼드는 시동을 끄고 차에서 나왔다. 우주센터 근처에 도달하자 시간의 융합 현상이 더욱 진행되어 있는 모습이 보였다. 길옆으로 쓰러진 썩어 가는 야자나무들은 동시에 살아 있었으며, 나무껍질은 동시에 젊은 시절의 밝은 옥색과, 성숙한 숲의 구릿빛과, 나이를 먹으면서 생기는 우아한 회색 문양이 공존하며 반짝였다.

숲의 나뭇잎 사이로 아폴로 12호 발사대가 거대한 해시계의 바늘처럼 떡갈나무 사이로 솟아오른 모습이 보였다. 바나나 강의 은빛 하구로 바늘의 그림자가 드리워 있었다. 세스나기를 타고 확인했던 모습을 떠올리며, 셰퍼드는 나이트클럽이 북서쪽으로 1마일 정도 떨어진 곳에 있으리라 짐작했다. 그는 걸어서 숲을 지나기 시작했다. 쓰러진 나무토막 위로 발을 옮기며, 프레스코화처럼 드리운 채 눈길을 유혹하는 스패니시모스 이끼는 건드리지 않으려 애썼다. 작은 공터를 지날 때, 그 옆의 얕은 개울에 커다란 악어 한 마리가 스스로 발하는 빛속에서 만족스럽게 일광욕을 하는 모습이 보였다. 과거와 미래의 자신들과 금빛 주둥이를 비비면서 미소를 띠고 있었다. 축축한 부엽토 위로 생생한 빛깔의 고사리들이 솟아올랐다. 복잡한 모양의 잎새가 겹치며 구릿빛과 푸른 녹빛이 서로 하나로 녹아들었다. 심지어 평범한 덩굴광대수염조차도 오래전에 사라진 우주 비행사들의 시체로 포식한 것처럼 보였다. 시간을 양분으로 삼아 자라난 세계였다.

나무에 그려진 새 문양이 보였다. 철거 담당자가 무리해서 작업하여 숲 전체를 날아오르게 만들 준비를 해 둔 것처럼, 모든 나무줄기마다 피카소의 비둘기가 그려져 있었다. 좁은 공터마다 거대한 새덫이 설치되어 있었다. 새가 아닌 다른 사냥감을 포획하기 위한 것이 분명했다. 장대 위에 얹힌 새장 옆에 선 셰퍼드는 모든 함정이 아폴로 발사대 쪽을 향하고 있음을 깨달았다. 마틴슨이 두려워하는 것은 셰퍼드가 아니라 우주센터의 중심부에서 날아올 비행 생물체라는 뜻이었다.

셰퍼드는 아슬아슬하게 균형을 유지하고 있는 새덫 쪽으로 나뭇가지 하나를 던졌다. 대나무 튕기는 소리가 나며 육중한 새덫이 땅으로 떨어졌다. 낙엽 구름이 피어오르면서 빛이 사방의 나무에 반사되어 떨리듯 반짝였다. 거의 동시에 100야드쯤 떨어진, 쓰러진 작은 야자나무 쪽에서 다급한 움직임이 일었다. 셰퍼드가 새덫 뒤에 몸을 숨기고 기다리고 있자니 수염이 길고, 너덜너덜한 새 분장을 걸친 채 로빈슨 크루소와 인디언 용사를 섞어 놓은 몰골을 한 남자가 달려오는 모습이 보였다. 손목에는 밝은 빛깔의 마카우앵무새 깃털을 매달고, 이마에는 비행기 조종사의 고글을 쓰고 있었다.

그는 그대로 달려와서 심란한 표정으로 새덫을 바라보았다. 그리고 안이 비어 있다는 사실에 안도하며, 눈가의 다 망가진 깃털들을 쓸어 넘기고 하늘을 가리는 정글의 지붕을 바라보았다. 마치 자신의 사냥감이 근처 나뭇가지 위에 앉아 있기라도 한 듯한 모습이었다.

"일레인……!"

마틴슨의 외침은 비참한 흐느낌에 가까웠다. 저 신경외과 의사를 어떻게 달래야 할지 짐작도 할 수 없었지만, 셰퍼드는 자리에서 일어섰다.

"일레인은 여기 없습니다, 선생—"

마틴슨이 뒤로 흠칫 물러섰다. 수염 성성한 그의 얼굴이 아이처럼 작아 보였다. 그는 간신히 자신을 억제하는 모습으로 셰퍼드를 바라보았다. 그의 눈이 빛나는 숲 바닥과 나뭇잎을 훑었다. 그러다 그는 흐릿하게 잔상이 남기 시작하는 자신의 손가락을 불안한 듯 털었다. 달라붙어 오는 자신의 환영들에 두려움을 느낀 모양이었다. 그는 셰퍼드를 향해 경고하듯 손짓했다. 그의 팔다리를 빛나는 갑주처럼 둘러싸기 시작한 수많은 윤곽선을 가리킨 것이다.

"셰퍼드, 계속 움직여. 방금 소리가 들렸다고. 일레인 혹시 봤어?"

"아내는 죽었습니다, 선생."

"죽은 자라도 꿈은 꿀 수 있다고!" 마틴슨은 열병에 걸린 사람처럼 몸을 떨면서 셰퍼드를 향해 고개를 주억거리더니 새덫을 가리켰다. "일레인은 하늘을 나는 꿈을 꿨어. 나는 일레인이 도망치려 하면 잡으려고 여기 이것들을 설치한 거야."

"선생……" 셰퍼드는 탈진한 의사에게 다가갔다. "날기를 원한다면 날게 두세요. 꿈꾸게 해 줘요. 그리고 **깨어나도록**……"

"셰퍼드!" 마틴슨은 자신을 향해 다가오는 점멸하는 손길을 피해 뒤로 물러섰다. "일레인은 죽은 자들 사이에서 돌아오려 하고 있단 말이야!"

셰퍼드가 그에게 가 닿기도 전에 신경외과 의사는 몸을 돌렸다. 그가 깃털을 정돈하더니 야자나무 사이를 뚫고 들어가서, 고통과 공포가 서린 새 울음소리를 내며 숲속으로 사라졌다.

셰퍼드는 그가 가도록 놔두었다. 이제 마틴슨이 연을 날리고 숲속을 새 문양으로 채운 이유를 알 수 있었다. 그는 일레인을 위해 우주센터를, 정글을 통째로 거대한 새장으로 바꾸고 있었던 것이다. 그녀가 편히 지낼 수 있도록. 날개 달린 여인이 죽은 후 침상에서 일어나는 모습을 보며, 그는 어떻게든 일레인을 케이프케네디의 마법에 걸린 숲속에 가두어 두고 싶었던 것이다.

셰퍼드는 새덫 옆을 떠나 숲속으로 걸음을 옮겼다. 그의 눈길은 이제 불과 몇백 야드 떨어진 거대한 발사대에 고정되어 있었다. 시간의 바람이 그의 피부를 어루만지면서, 다른 자신들을 팔과 어깨에 붙여 담금질하는 것이 느껴졌다. 그는 다시 한 번 코코아비치의 허름한 거리를 거닐던 천사와 같은 존재로 변모하고 있었다. 그는 콘크리트 활주로를 지나 보다 깊은 숲속으로 들어섰다. 화려한 프레스코화로 치장한 에메랄드빛 세계, 벽이 없는 궁전의 세계였다.

그는 숨 쉬는 것조차 거의 그만두었다. 우주센터 가운데로 들어가니 시간이 빠른 속도로 응집되어 가는 것이 느껴졌다. 숲의 무한한 과거와 미래가 하나로 엉겨 붙고 있었다. 긴꼬리앵무 한 마리가 머리 위로 나뭇가지 사이에 멈추어 있는 모습이 보였다. 수없이 점멸하며 겹쳐 가는 모습이 공작보다 아름다웠다. 보석처럼 반짝이는 뱀 한 마리가 나뭇가지에서 몸을 드리운 채, 한때 벗어 던졌던 모든 반짝이는 허물을 자신의 몸으로 다시 모아들이고 있었다.

바나나 강의 하구가 나무 사이로 스며들어 와서는 그의 발치에서 얌전히 은빛 혀를 뻗고 몸을 뉘었다. 50야드 건너의 강둑 위에 세스나기에서 보았던 나이트클럽이 있었다. 반짝이는 간판이 나뭇잎 사이에서 빛을 발했다.

물가에 도착한 셰퍼드는 잠시 머뭇거리다 이내 단단한 수면으로 발을 옮겼다. 간유리 위를 걷는 것처럼 발아래로 자잘한 파랑波浪이 느껴졌다. 시간이 존재하지 않으면 아무것도 수면에 간섭할 수 없다. 나이트클럽 아래, 석영처럼 빛나는 잔디밭 위에는 찌르레기 한 무리가 하늘로 날아오르고 있었다. 소리 없이 허공에 못 박힌 새들의 금빛 날갯죽지가 햇빛을 받아 반짝였다.

셰퍼드는 물가로 나와 새들을 향해 경사로를 올라갔다. 거대한 나비 한 마리가 광대처럼 화려한 날개를 활짝 편 채로 허공에 정지해 있었다. 셰퍼드는 나비를 피해 나이트클럽 쪽으로 다가갔다. 인력 글라이더가 풀밭에 놓여 있었다. 프로펠러가 빛나는 칼날처럼 보였다. 케트살이나 큰부리새의 일종인 듯한 처음 보는 새 한 마리가 글라이더 위에 앉아 있었지만, 자세히 살펴보니 평범한 찌르레기일 뿐이었다. 찌르레기는 사냥감을, 계단에 있는 작은 도마뱀을 노리고 있었다. 도마뱀은 이제 수많은 자신으로 이루어진 갑주를 입고 이구아나처럼 자신감 넘치는 모습을 하고 있었다. 숲의 다른 모든 것들과 마찬가지로, 장식품이 되어 버린 이들 생물들에게도 악의는 한 방울도 남아 있지 않았다.

셰퍼드는 크리스털 문 너머 빛으로 가득한 나이트클럽의 그늘을 바라보았다. 이 이국적인 건물은 공원지기의 오두막이나 주말 동안 조류 관찰을 하러 나온 이들의 은신처가 수많은 빛에 담긴 여러 정체성을 빨아들여 소형 카지노로 변한 것이었다. 마법의 문을 지나자 작지만 호화로운 방이 등장했다. 부엌 옆으로 좋은 천이 깔린 전기의자들이 크롬으로 만든 성당의 부속 경당처럼 둥글게 놓여 있었다. 뒤편 벽을 따라서는 몇 년 전에 현지 조류학자가 놓고 간 빈 새장 몇 개가 놓여 있었다.

셰퍼드는 문을 열고 공기가 통하지 않는 내부로 들어섰다. 축축하고 기분 나쁜 냄새가 주변에 가득했다. 새들의 냄새가 아니라 햇빛 아래 너무 오래 방치해 둔 사체의 냄새였다.

부엌 너머, 두꺼운 커튼 그림자에 반쯤 가려진, 반짝이는 황동 막대로 만들어진 커다란 새장이 보였다. 한쪽을 벨벳 천으로 가린 채 좁은 단상 한쪽 끝에 올라가 있는 모습이, 마치 마술사가 조수와 비둘기 떼를 사용해 화려한 속임수를 펼치려고 준비해 둔 것만 같아 보였다.

셰퍼드는 빛나는 의자를 건드리지 않으려 조심하며 방을 가로질렀다. 새장 안에는 폭이 좁은 병실용 침대가 하나 들어 있었다. 양옆 난간은 최대로 올라가 단단히 고정되어 있었다. 시트도 깔리지 않은 매트리스에는 가운을 걸친 나이 든 여성이 누워서 얼굴에 드리워진 철창을 흐릿한 눈으로 바라보고 있었다. 머리카락은 이마에 둘러진 하얀 수건 안에 숨겨져 있었다. 관절염에 걸린 한쪽 손은 베개를 붙들고, 턱은 끝처럼 앞으로 튀어나와 있었다. 입은 일그러진 미소로 고정된 채 멍하니 벌어져 있었는데, 놀라울 정도로 고른 치열이 눈에 띄었다.

한때 익숙했던, 아주 오랫동안 그의 삶의 일부였던 얼굴을 뒤덮은, 밀랍처럼 굳은 피부를 바라보면서 셰퍼드는 처음에는 지금 눈앞에 있는 것이 어머니의 시체라고 생각했다. 그러나 벨벳 천을 들추자 햇빛이 그녀의 하얗고 고른 이 위로 내리쬐었다.

"일레인……"

그는 이미 아내가 죽었다는 사실을 받아들이고 있었다. 슬픔에 빠진 마틴슨이 그녀의 육신을 보존하기 위해 만든 임시 납골당에 너무 늦게 도착했다는 것도 알고 있었다. 그가 셰퍼드를 숲으로 끌어들이기 위해 애쓰는 동안, 그녀의 육신은 이 새장에 감금되어 있었던 것이다.

그는 창살 사이로 손을 뻗어 그녀의 이마를 만졌다. 떨리는 손이 수건을 벗겨 머리카락 한 올 없는 머리를 드러나게 만들었다. 그러나 회색 얼굴 덮개를 되돌려 놓기도 전에, 무언가가 셰퍼드의 손목을 붙드는 것이 느껴졌다. 아내의 오른손이, 오래전에 모든 감각이 사라져 버리고 이제 마디진 막대기처럼 보이는 손이 남편의 손목을 붙든 것이다. 흐릿한 눈이 조금도 놀라지 않고 차분하게 젊은 남편의 모습을 받아들이고 있었다. 허옇게 뜬 입술이 매끈한 이를 훑었다. 마치 조심스레 자신의 존재를 확인하는 듯한 모습이었다.

"일레인…… 내가 왔어. 당신을 데려가 줄게……" 그녀의 손을 온기로 덥히려 애쓰며, 셰퍼드는 어마어마한 안도감을 느꼈다. 지난 몇 개월 동안 느꼈던 고통과 불안감이, 비밀의 문을 찾으려 기울인 모든 노력이 가치가 있었다는 사실을 깨닫게 된 것이다. 그는 아내를 향해 쏟아지는 애정을, 그녀가 죽은 후 표현할 수 없어 내면에 쌓여 가고만 있던 감정을 표출해야 할 필요성을 느끼고 있었다. 그녀에게 말해 주고 싶은 것이 천 가지도 넘었다. 미래를 향한 계획, 불안한 건강 상태 그리고 다른 무엇보다도 케이프케네디의 물 빠진 수영장을 통해 그녀를 찾으러 온 기나긴 여정을.

바깥의 글라이더의 모습이, 이제 빛나기 시작한 조종석을 지키고 있는 기묘한 새의 모습이 보였다. 저 후광을 빌리면 함께 날아서 도망칠 수 있을 것이다. 일레인의 몸에서 발산되기 시작하는 구슬프다시피한 빛에 당황하여, 그는 새장 문을 더듬거렸다. 그러나 그녀가 몸을 뒤척이면서 자신의 얼굴에 손을 올리자 따뜻한 빛이 그녀의 회색 피부 위로 번져 갔다. 피부는 점차 부드러워지고, 이마에 튀어나온 두개골은 매끈한 관자놀이 살 아래로 들어가고, 입가에 머금은 뒤틀린 죽음의 미소는 20년 전에 만났던 젊은 학생의 밝은 곡선으로, 테니스 클럽의 수영장에서 그를 향해 짓던 그 미소로 바뀌었다. 그녀는 다시 어린 아이로 돌아갔다. 과거의 그녀들이 갈라진 몸에 물을 대고 살을 붙여서, 과거와 미래의 이미지를 동력으로 움직이는 활기찬 여학생의 모습으로 그녀를 되돌리고 있었다.

그녀는 자리에서 일어나 앉아 힘찬 손가락으로 머리에 쓴 두건을 벗고, 촉촉한 은빛 머리카락을 아래로 내렸다. 그리고 셰퍼드를 향해 손을 뻗어 창살을 사이에 두고 남편을 포옹하려 했다. 그녀의 팔과 어깨는 이미 빛으로, 셰퍼드도 두르고 있는 반짝이는 깃털로 가득했다. 그는 날개 달린 여인의 날개 달린 연인이었다.

새장 문을 여는 순간, 정문이 열리며 햇빛이 들어왔다. 입구에 마틴슨이 서서 밝은 하늘을 바라보고 있었다. 악몽에서 깨어난 몽유병 환자의 멍한 얼굴로, 깃털은 벗어 던지고 십수 개의 빛나는 자신의 형상에, 시간의 프리즘을 통해 본 과거와 현재의 굴절된 상에 둘러싸여 있었다.

그는 아내에게서 떨어지라고 경고하듯 셰퍼드를 향해 손짓했다. 셰퍼드는 이제 저 의사가 일레인의 죽음을 애도하다가 꿈의 시간을 살짝 엿보았음을 확신하고 있었다. 우주센터의 보이지 않는 기운에 이끌려 온 과거와 젊은 시절의 그녀들을, 스스로를 구원하기 위해 죽음에서 돌아온 그녀를 목격한 것이다. 그는 열린 새장을, 날개 달린 여인이 무덤에서 일어나 꿈을 향해 날아오르는 모습을, 과거의 수많은 형상을 소환해 부활하는 것을 두려워하고 있었다.

마틴슨이 곧 이해할 것이라 확신하면서, 셰퍼드는 아내를 끌어안아 침대에서 일으켰다. 서둘러 이 젊은 여인을 햇살 속으로 데리고 나가려고.

이 모든 것들이 과거 삶의 한 귀퉁이에서 그들을 기다려 온 것일까? 셰퍼드는 입구에 서서 침묵에 잠긴 세계를 바라보았다. 케이프케네디와 메릿 섬의 모래톱으로 밀려드는 호박색 바다가 거의 손에 잡힐 듯했다. 아폴로 발사대에 매달려 다이아몬드처럼 반짝이는 공기가 지붕을 이루듯 숲 위로 뻗어 있었다.

아래쪽 강에서 반짝이는 움직임이 보였다. 젊은 여인 하나가 은빛 머리카락을 반쯤 펼친 날개처럼 흩날리며 수면 위를 달리고 있었다. 일레인은 나는 법을 익히는 중이었다. 쭉 뻗은 팔에서 발산되는 빛이 수면에서 반짝이고 주변 나뭇잎으로 빛의 얼룩을 만들었다. 그녀가, 그의 어머니이자 동시에 딸이기도 한 여인이, 셰퍼드에게 함께 어울리자는 듯 손을 흔들었다.

셰퍼드는 물가를 향해, 잔디밭 위에 굳어 있는 찌르레기 떼 사이로 걸음을 옮겼다. 허공에 멈춘 새들은 제각기 자신의 반사광에 넋을 잃은 채 응고된 보석이 되어 있었다. 그는 허공의 새 한 마리를 잡아서 깃털을 쓰다듬으며, 앤 고드윈을 어루만지다 발견한 그 열쇠를 찾아보려 했다. 손안에서 들썩이는 새장이, 심장을 둘러싸고 맥박 치는 깃털의 우주가 느껴졌다.

새는 몸을 떨다가 꼬투리를 간신히 벗어난 꽃처럼 다시 살아났다. 그리고 그의 손가락 사이에서 날아올라 무수한 잔상과 함께 나뭇가지 사이로 날아갔다. 셰퍼드는 자유를 찾은 새의 모습에 기쁨을 느끼며, 찌르레기를 한 마리씩 공중에서 끌어 내려 쓰다듬어 주었다. 커다란 나비도, 케트살과 이구아나도, 나방과 곤충도, 시간 속에 얼어붙어 버린 고사리와 물가의 작은 야자나무도 해방시켰다.

그리고 마지막으로, 그는 마틴슨을 해방시켰다. 그는 무력한 의사를 끌어안고 젊은 학생의 강건한 힘줄과 나이 든 의사의 지혜가 깃든 골격을 찾아 더듬었다. 순간 마틴슨은 깨달음을 얻으며 자기 자신을 되찾았다. 젊음과 노령이 얼굴의 개방된 기하학적 구조 속에서 하나로 모이면서 과거와 미래의 자신이 행복하게 손을 잡았다. 그는 기분 좋게 손을 들어 올린 채 셰퍼드에게서 떨어져 나와서는, 서둘러 일레인을 만나고 싶은 마음을 이기지 못하고 풀밭을 달려 내려갔다.

셰퍼드는 만족하여 그들과 함께하기 위해 걸음을 옮겼다. 머지않아 숲에는 다시 생명이 찾아올 것이고, 그들은 코코아비치로, 앤 고드윈이 어둑한 침대에 누워 있는 모텔로 돌아갈 수 있을 것이다. 그리고 그들은 함께 계속 움직일 것이다. 남부의 작은 마을과 도시들로, 공원에서 몽유병에 시달리고 있는 아이들에게로, 집 안에 틀어박혀 꿈을 꾸고 있는 어머니와 아버지들에게로, 현재에서 깨어나 무한한 시간 속에 가득한 자신들의 세계로 되돌아가기 위해 기다리고 있는 사람들에게로.

(1982)

미확인 우주정거장 조사 보고서
Report on an Unidentified Space Station

조사 보고 1

행운이 따른 덕분에 이곳 버려진 우주정거장에 불시착할 수 있었다. 부상자는 없다. 탐험이 재앙으로 흐르기 시작한 시점에 안전한 피난처를 찾을 수 있었다는 것만으로도 정말 운이 좋았던 듯싶다.

이 우주정거장에는 식별 표식이 붙어 있지 않으며, 항해도에 기록되기에는 크기가 너무 작다. 구식 장비이기는 해도 설계는 깔끔하고 제대로 작동하고 있는데, 최근까지 여행자들이 환승하는 동안 휴식처로 이용했던 듯하다. 내부에는 승객용 홀로 보이는 곳이 여럿 있으며, 편안한 라운지와 대합실이 딸려 있다. 함교나 제어실의 위치는 아직 확인되지 않았다. 우리는 이 정거장이 보조 위성 중 하나로, 보다 큰 제어 시스템의 일부였으며, 상위 환승 시스템의 이용량이 많아짐에 따라 교통량이 감소하여 버려진 곳이라고 추측하고 있다.

독특한 점이 한 가지 있는데, 바로 이 정거장의 강력한 중력장이다. 작은 질량에 비해 중력장이 놀랍도록 강하다. 하지만 이는 우리 계측기가 제대로 작동하지 않는다는 증거로 보인다. 수리에는 그리 시간이 걸리지 않을 테니, 그동안 피난처 역할을 해 줄 수 있는 과거 대이동의 유물을 발견한 것만으로도 만족하고 있다.

정거장의 추정 반지름 : 500미터

조사 보고 2

수리가 처음 예상보다 오래 걸리고 있다. 일부 장비는 완전히 처음부터 새로 제작해야 하는 상태라, 우리는 제작 시간을 단축할 재료를 찾아서 임시 거처 내부를 탐색해 보기로 했다.

놀랍게도 이 정거장은 우리가 추측한 것보다 훨씬 거대했다. 비정상적으로 강한 중력에 이끌린 성간물질로 구성되어 있는 희박한 대기층이 정거장 주변을 둘러싸고 있다. 이 미세 입자가 정거장의 상당히 많은 부분을 가리고 있었기 때문에 이곳의 지름이 수백 미터 정도라고 여기게 된 것이다.

우리는 정거장을 두 개의 반구로 나누는 중앙 승객용 홀을 가로질렀다. 이 넓은 공간에는 수천 개의 탁자와 의자들이 놓여 있었다. 그러나 200미터를 전진해 높은 격벽에 도달하자 그 식당 구역은 그저 훨씬 더 큰 구역의 부속 공간일 뿐임이 밝혀졌다. 3층 높이의 거대한 천장이 사방으로 뻗은 열린 라운지와 산책로를 굽어보고 있었다. 우리는 거대한 층계를 여러 번 오르내렸는데, 전부 상당한 규모의 중간층 공간이 딸렸고, 거기서 각각 동일한 크기의 구역이 위아래로 뻗어 있었다.

이 우주정거장은 분명 거대한 환승 설비로, 한 번에 수천 명의 승객을 수월하게 수용할 수 있는 곳이었던 모양이다. 승무원 구역이나 인원 통제 초소는 보이지 않는다. 개인용 선실이 단 한 곳도 존재하지 않는 것으로 미루어, 엄청난 수의 승객들이 환승하기 전까지 아주 잠시만 머물던 것으로 보이며, 놀라울 정도로 스스로를 잘 통제할 수 있었거나 강한 힘에 의해 구속되어 있었던 모양이다.

정거장의 추정 반지름 : 1마일

조사 보고 3

혼란만 가중되고 있다. 48시간 전에 정거장의 하부 공간을 탐사하러 떠난 대원 두 명이 아직도 돌아오지 않았다. 광범위한 수색을 했지만 소득은 없고, 이제는 비극적인 사고가 벌어진 것이 아닐까 하는 두려움이 든다. 수백 개의 승강기 중 제대로 작동하는 것은 하나도 없는데, 어쩌면 그 친구들이 제대로 고정되어 있지 않은 승강기에 들어갔다가 추락사한 것일지도 모른다는 생각이 들었다. 우리는 육중한 승강기 문 하나를 열고 엄청난 크기의 승강기 통로 아래쪽을 내려다보았다. 정거장 안의 승강기 상당수는 1,000명의 승객을 동시에 수송할 수 있는 규모다. 가구 몇 점을 가져다 통로 아래로 던진 다음 바닥에 충돌하는 소리가 들릴 때까지의 시간을 측정해 보려고 했지만, 충돌하는 소리는 전혀 들리지 않았다. 우리의 목소리는 바닥없는 심연 속으로 울려 퍼지며 사라질 뿐이었다.

어쩌면 우리 동료들이 아래쪽 구역 멀리 떨어진 곳에서 조난당한 것은 아닐까? 이 정거장의 예상 크기를 고려해 볼 때, 멀리 떨어진 상부 구역 어딘가에 정비 직원이 상주하고 있을지도 모른다. 우리가 여기 있다는 사실을 모르는 채로.

정거장의 추정 반지름 : 10마일

조사 보고 4

정거장의 크기에 대한 추정치가 다시 한 번 크게 수정되었다. 이 정거장은 분명 큰 소행성이나 작은 행성 정도의 크기다. 우리의 계측기에 따르면 이 정거장에는 수천 개의 공간이 있으며, 저마다 승객용 홀이나 라운지, 식당 따위의 수 마일씩 뻗은 일정한 구역의 형태를 가지고 있다. 그러나 아직까지 승무원이나 관리 직원이 존재한다는 증거는 발견하지 못했다. 어쨌든 행성 규모의 대합실에 있는 엄청난 수의 승객들의 요구를 맞출 수 있었던 모양이다.

항상 똑같이 내리쬐는 조명 아래 안락의자에 앉아 휴식을 취하던 우리 모두는 방향감각이 얼마나 순식간에 사라지는지를 깨닫게 되었다. 아무 생각 없이 모두 함께 같은 공간에서 적당히 자리를 잡고 앉으면, 끝없이 이어지는 탁자와 안락의자들 속에서 자신의 위치를 잊어버리고 마는 것이다. 승객들은 분명 직관적으로 위치를 파악할 수 있

는 유도 장비를 가지고 다녔을 것이다. 정거장 안을 마음대로 돌아다
닐 수 있게 해 주는 개념모형 같은 것 말이다.

정거장의 정확한 규모를 파악하기 위해서, 그리고 가능하면 수리 작
업을 팽개치고 무한한 탐사 여행에 나선 우리 동료들을 구출하기 위
해서 이곳을 얼마나 더 오래 헤매야 할지 짐작조차 가지 않는다.

정거장의 추정 반지름 : 500마일

조사 보고 5

동료들의 단서는 보이지 않는다. 우주정거장 내부의 정적이 우리의
시간 감각에 영향을 미치기 시작했다. 우리는 가운데 구역 중 하나에
서 측정할 수조차 없을 정도로 오랫동안 직선으로 이동하고 있다. 동
일한 보행자용 홀, 층계에 연결된 중간층 공간, 변하지 않는 조명 아래
의 승객용 라운지가 수 마일에 걸쳐 뻗어 있다. 이 정도의 조명을 유
지할 때 필요한 에너지를 고려하면, 이 정거장을 제어하는 이들은 이
용 승객의 수를 최고치로 가정하고 있는 것이 분명했다. 그러나 상당
히 오래전부터 이곳에 사람이 없었다는 것을 알려 주는 증거는 충분
히 많다.

우리는 계속 걸음을 옮겨 두 개의 라운지 홀 사이로 뻗어 있는, 똑같
이 생긴 복도를 따라 이동하면서 일정한 간격을 두고 잠깐씩 휴식을
취했다. 그러나 아무리 꾸준히 걸어가도 조금도 앞으로 나아가고 있
지 않은 것 같다는 느낌이 모두를 사로잡았다. 명백히 무한해 보이는
작은 대합실 안에서, 구체 위의 개미처럼 같은 곳을 빙빙 돌고 있는 것

만 같았다. 수수께끼를 더하려는 모양인지, 우리의 계측기는 우리가 빠른 속도로 질량이 증가하는 구조체의 가운데를 관통하는 중이라고 확신하고 있었다.

우주가 무한한 크기를 가진 거대한 우주정거장인 것은 아닐까?

정거장의 추정 반지름 : 5,000마일

조사 보고 6

방금 놀라운 사실을 발견했다! 우리 계측 장비가 정거장의 바닥에서 아주 약간이지만 감지할 수 있을 정도의 곡률을 탐지해 냈다. 우리 뒤편의 천장이 조금씩 낮아지다 결국 바닥면 아래로 사라지며, 바닥은 명확한 지평선을 그리면서 시야에서 없어진다는 말이다.

따라서 이 정거장은 유한한 길이의 곡률을 가진 구조체인 것이다! 분명 곡률 변화의 기준이 되는 자오선이 존재할 것이고, 곡률의 가운데 선을 따라 걸어가면 출발점으로 돌아갈 수도 있을 것이다. 우리 모두는 즉시 희망이 솟아오르는 것을 느꼈다. 어쩌면 이미 중앙선을 따라가고 있는 중인지도 모른다. 엄청나게 오래 걸리기는 하겠지만 사실 집으로 돌아가고 있는 중인지도 모른다.

정거장의 추정 반지름 : 50,000마일

우리가 품은 희망은 그리 오래가지 못했다. 정거장의 비밀을 정복하고 눈에 보이지 않는 덩치를 그물로 사로잡았다는 생각에 흥분한 채로, 우리는 자존심을 회복하고 발길을 재촉하고 있었다. 그러나 이제 우리는 곡률이 존재하기는 하지만 모든 방향으로 존재한다는 사실을 알고 있다. 각각의 벽은 그 옆의 벽에 대해, 바닥은 천장에 대해 곡률을 가진다. 사실 이 정거장은 그 크기가 등비수열로 증가하는 확장 구조체인 것이다. 내부의 인간이 걸음을 옮길수록 목적지에 도달하기 위해 필요한 거리는 더 늘어나기만 한다. 정거장의 설비가 무한한 것이나 다름없다는 점을 고려할 때, 내부의 인간이 이동해야 하는 거리는 극도로 멀 수밖에 없는 것이다. 어디까지나 무한하지 않는다면 말이지만.

두말할 필요도 없이 이 정거장의 복잡한 구조는 우리에게 좋지 못한 영향을 끼치기 시작했다. 이제 정거장의 크기는 승선한 승객의 숫자가 아니라(물론 이 또한 엄청난 숫자이긴 하겠지만) 그 안에서 이동해야 하는 거리를 기준으로 측정해야 한다. 단 한 명의 승객만이 존재하는 이상적인 경우를 따져 보자. 무한한 여행길에 오른 한 사람의 여행자는 무한한 환승 라운지를 거쳐야 할 것이다. 다행히도 아직 우리 중 일부는 이 정거장이 무한해 보이는 겉모습을 가진 유한한 구조물이라고 가정하고 있다. 크기가 무한에 얼마나 근접할지는 그저 승객의 의지와 야심에 달린 문제일 뿐이다.

정거장의 추정 반지름 : 1,000,000마일

조사 보고 8

사기가 최저점을 찍은 순간, 우리는 작지만 중요한 발견을 하나 하게 되었다. 온갖 공포와 억측에 사로잡혀 끝없는 승객 구역을 가로지르던 도중에 최근 인간이 존재했던 흔적을 발견한 것이다. 얼마 전에 한 무리의 인간이 이곳을 지나간 것이 분명했다. 중앙 홀의 의자에 앉았던 흔적이 있고, 승강기 문 하나가 강제로 열려 있으며, 지친 여행객들이 남긴 자취가 보였다. 두 명 이상이었던 것이 분명하니 애석하지만 사라진 동료들일 가능성은 배제할 수 있을 듯했다.

그래도 이 정거장에 다른 이들이 있는 것이다. 어쩌면 우리와 마찬가지로 무한한 여행을 계속하고 있을지도 모르는 이들이!

우리는 조명 틀이나 바닥 타일 등 정거장의 실내장식도 살짝 달라졌음을 알아차렸다. 사소한 문제로 보일지도 모르지만, 무한이나 다름없이 팽창을 계속하면서 건축구조에 천천히 변화를 보인다는 뜻이 아닌가. 어쩌면 정거장 안 어딘가에는 우주처럼 끊임없이 팽창하는 텅빈 승객 구역에 둘러싸인, 사람으로 가득한 구역이, 어쩌면 도시 하나가 있을지도 모른다. 문명이 생겨났다 멸망하는, 정거장을 가로질러 끝없이 이동하는 사람들이 만드는 국가 체제가 존재할지도 모른다.

왜 그런 의미 없는 여행을 하는 것일까? 우리는 그저 사람들이 가장 위대한 본능, 이 정거장의 크기를 측량하고자 하는 본능에 이끌려 움직였기만을 바랄 수밖에 없다.

정거장의 추정 반지름 : 5광년

조사 보고 9

우리는 환희에 휩싸여 있다! 거대한 구역을 하나하나 이동할 때마다 희열은 커져만 간다. 더 이상 동료 인간의 흔적은 찾을 수 없고, 이제 생각해 보니 우리가 내부 곡률의 선을 따라 움직이다가 예전에 우리가 남긴 자취를 마주친 것일 가능성이 높은 듯하다.

그러나 이런 사소한 문제는 이제 아무 의미도 없다. 우리는 정거장의 크기가 무한하다는 사실을 받아들였으며, 이는 우리 마음속을 종교적이라 할 만한 감정으로 채운다. 우리의 계측 장비는 한동안 추측했던 가설을 여지없이 사실로 드러낸다. 우리가 태양계에서 여기까지 여행한 텅 빈 우주 공간이 이 정거장의 내부에, 끝없이 이어지는 곡면 사이의 공동에 존재한다는 것을. 태양계와 그 행성들, 우리 은하계를 이루는 수백만 개의 다른 항성계들, 은하계가 속한 섬우주조차도 정거장의 경계 안에 존재하는 것이다. 정거장은 우주와 함께 존재하기 시작했으며, 우주의 구조를 이룬다. 우리의 의무는 이곳을 여행하는 것이다. 이미 기억에서 희미해지고 있는 출발점에서 시작해서, 정거장 그 자체, 그 안의 모든 층과 구역이 목적지인 여행을.

따라서 우리는 계속 걸음을 옮겨야 한다. 정거장을 향한 경외심을 연료로 삼아, 우리가 내딛는 모든 발걸음이 그 목적에 도달하기 위한 수단이라는 사실을 인지하면서. 정거장의 존재가 우리에게 힘을 주고, 삶의 유일한 목적을 제공한다. 그 대가로 정거장을 숭배하기 시작했다는 사실이 정말로 행복하다.

정거장의 추정 반지름 : 15,000,000광년

(1982)

꿈 화물

Dream Cargoes

석호 위로 태양보다 더 생생한 팔레트에서 온갖 색깔을 받으며 새
로운 생명이 하나 일어나고 있었다. 해가 뜨고 얼마 지나지 않아 프로
스페로호의 함교 뒤 갤러웨이 선장의 선실에서 눈을 뜬 존슨은, 그대
로 침대에 누워 천장에서 선연한 감청색과 선홍색 빛이 뛰놀며 무늬
를 만드는 모습을 바라보았다. 카리브 해의 햇빛이 열대식물의 잎사
귀를 타고 한데 모인 다음, 금속성으로 반짝이는 석호 표면에 반사되
어 따뜻한 공기 위로 네온 장막을 그려 냈다. 존슨으로서는 마이애미
와 베라크루스의 나이트클럽 건물에서밖에 본 적 없는 모습이었다.

그는 발이 묶인 화물선의 기울어진 함교로 올라갔다. 밤이 지나는
사이 섬의 식물들이 다시 한 번 밀려와 있었다. 마치 어둠을 화려한 색
의 잎새와 꽃봉오리로 바꾸는 마법을 찾아낸 것만 같았다. 강렬한 햇

빛으로부터 눈을 가리며, 그는 프로스페로호를 에워싼 600야드 너비의 텅 빈 해변을 둘러보았다. 그러나 체임버스 박사가 탄 고무보트의 흔적은 어디에도 보이지 않았다. 지난 사흘간 불안한 밤을 보내고 아침이 찾아올 때마다, 석호의 구석 후미에 고무보트가 보였다. 오염된 물에서 올라오는 과도하게 희망찬 꿈들을 떨치며, 그는 차가운 커피한 모금을 마시고는 선미 난간에서 뛰어내려 새어 나온 화학물질 웅덩이 사이를 헤매면서 그 미국인 생물학자를 찾아다니곤 했었다.

그녀가 한때 황무지였던 이 섬에 너무도 감동을 받았다는 사실에 존슨은 기쁘기만 했다. 이 섬은 푸에르토리코 북동쪽 해안에서 7마일 떨어진 곳에 있는 자연의 폐기물 같은 장소였다. 제2차 세계대전 당시 미군이 쓰레기 하치장으로 사용했던 별 특색 없는 환초섬의 변모에 자신이 일익을 담당했음을, 존슨은 겸허하게 인정했다. 존슨의 짧은 삶에서 자신으로 인해 감동을 받은 사람은 그녀가 처음이었다. 그리고 여성 생물학자가 보이는 조용한 경탄은 그에게 생애 처음으로 성취감을 느끼게 했다.

존슨은 고무보트에 실린 과학 기자재의 명찰을 통해 그녀의 이름을 알았다. 그러나 아직까지는 그녀에게 말을 걸기는커녕 다가가 본 적도 없었다. 자신의 거친 태도와 낡은 선원 복장이 부끄러웠기 때문이다. 카리브 해 전역의 선원 술집에서 출입 금지를 당하게 만든, 몸에 깊이 배어든 화학물질 냄새는 말할 것도 없고. 그러나 나흘째 되는 날 그녀의 모습이 보이지 않자, 그는 마음을 다잡고 자신을 소개하지 않은 것을 후회하기 시작했다.

산성용액의 흠집으로 가득한 선교루의 창문을 통해, 그는 숲의 벽에 층층이 걸린 꽃 무더기를 바라보았다. 한 달 전 이 섬에 처음 도착해서 기울어진 화물선의 키를 빼내려 애를 쓰고 있던 당시에는, 무너진 군대 막사와 모래에 파묻힌 물탱크 사이로 한두 그루의 키 작은 야자나무가 자라고 있을 뿐이었다.

그러나 존슨이 차마 생각하고 싶지 않은 여러 이유로, 이제는 완벽하게 새로운 식생이 섬을 뒤덮고 있었다. 야자나무는 선명한 푸른색의 카리브 해 위로 깃대처럼 높이 솟아올라 생생한 초록색 깃발을 흩날렸다. 그 주변의 백사장은 꽃이 활짝 핀 포도나무와 알록달록한 은박지처럼 빛나는 파란 잎을 가진 덩굴광대수염으로 가득했다. 마치 존슨이 선실에서 잠들어 있는 동안 정원사가 찾아와 비장의 식물용 영약을 뿌리고 간 것만 같았다.

그는 갤러웨이의 선장 모자를 쓰고 뿌연 거울 앞에서 자신의 모습을 이리저리 훑어본 다음, 조타실 뒤 갑판으로 걸어 나오며 매캐한 화학물질 냄새로 가득한 석호의 공기를 들이마셨다. 끔찍하기는 했지만 적어도 찌든 땀과 싸구려 럼주와 디젤이 뒤섞인 선장실의 악취를 가려 주는 역할은 했다. 갤러웨이의 선장실을 버리고 선원 선실의 해먹으로 돌아갈까 진지하게 고민하기도 했지만, 악취에도 불구하고 선장실을 버려서는 안 될 것만 같은 생각이 들었다. 갤러웨이가 마지막으로 혐오로 점철된 욕설을 남기고 화물선에 단 하나뿐인 구명보트로 탈출하고 난 후, 이 저주받은 함의 선장이라는 직책은 존슨의 것이 되었기 때문이다.

갤러웨이와 네 명의 멕시코인 선원과 탈진한 포르투갈인 기관사가 배를 저어 어둠 속으로 사라지는 모습을 바라보면서, 존슨은 반드시 선장실에서 자고 선장의 식탁에서 식사를 할 것이라고 다짐했다. 최하등급 화학물질 수송선에서 사환과 평선원으로 5년 동안 일한 끝에 마침내 가지게 된 자신의 배였으니까. 프로스페로호가 골동품에 가까운 화물선인 데다 카리브 해 해저를 향해 수직으로 침몰하는 항로에 올라 있기는 했지만.

굴뚝 뒤편에는 선박 등록국인 라이베리아 국기가 산성 공기 속에서 삭아 너덜너덜해진 채 걸려 있었다. 존슨은 선미의 사다리에 발을 걸치고 삐걱대는 선체 위에서 균형을 잡고는, 그대로 얕은 물속으로 뛰어내렸다. 그리고 조심스레 바닥에 발을 딛고 갑판에서 던진 금속 용기에서 새어 나온 고약한 녹색 거품 사이를 뚫고 헤엄치기 시작했다.

간조선 위쪽의 깨끗한 백사장으로 올라가서, 그는 청바지와 운동화에 묻은 에메랄드빛 염료를 씻어 냈다. 석호 안에서 우현으로 기울어 있는 프로스페로호의 모습은 마치 터진 그림물감 통처럼 보였다. 앞 갑판에 있는 화학 폐기물 용기에서는 아직도 내용물이 배수구를 따라 흘러내리고 있었다. 그리고 갑판 아래에 있는 것들 중 가장 끔찍한 화물이―갤러웨이 선장이 뇌물을 받고 적재해서, 선적 목록에도 오르지 않은 이름 모를 유기화합물이었는데―녹슨 금속판을 녹이고 불길한 형광 청색과 남색의 스펙트럼을 배 아래 석호로 흘려보내고 있었다.

존슨은 카리브 해의 모든 항구에서 거부당한 이 화학물질이 두려웠고, 그래서 화물선이 해안으로 올라간 다음 용기를 배 밖으로 버리려 시도했다. 그러나 낡은 디젤엔진이 움직임을 멈추자 윈치는 그대로 굳어 버렸고, 해골이 그려진 경고 문구와 접합부가 삭아서 터져 버린 드럼통 몇 개만 주변 백사장에 내려놓을 수 있을 뿐이었다.

존슨은 해안을 따라 출발해서 석호 만 너머의 바다를 살펴보면서 체임버스 박사의 흔적을 찾아 헤맸다. 사방에서 정신 나간 조경수들이 폭동을 벌이고 있었다. 선명한 원색의 새싹이 낡은 탄약상자의 금속 잔해를 뚫고 솟아올라 장식장과 트럭 타이어를 가득 채웠다. 기묘하게 생긴 덩굴손이 거대한 버섯의 선홍색 갓 위를 휘감았다. 버섯의 허연 밑동은 선원의 뼈대만큼이나 굵직했다. 존슨은 온갖 식물을 피하며 야자나무 사이 공터에 서 있는 낡은 장교용 차량 쪽으로 걸음을 옮겼다. 자동차는 바퀴도 빠지고 수십 년 동안 비를 맞아 군대 표식도 지워진 상태로 모래 속에 반쯤 파묻혀 있었는데, 그 지붕과 차창에도 덩굴손이 기어오르고 있었다.

존슨은 한때 푸에르토리코의 훈련소를 찾아온 미군 장성이 몰았을 법한 차량에서 휴식을 취하기로 마음먹고는, 운전석 문을 휘감고 있는 덩굴을 떼어 냈다. 운전대 앞에 자리를 잡고 앉으면서 문득 화물선을 떠나 섬에서 야영을 하는 쪽이 나을지도 모른다는 생각이 들었다. 근처에는 양철 지붕을 가진 막사 건물이 서 있었다. 저 정도면 바다 쪽의 보다 안전한 장소에 움막을 만들 정도의 물자는 충분히 될 것이다.

그러나 존슨은 자신과 버려진 화물선 사이에 뭐라 할 수 없는 유대감을 느꼈다. 그는 베라크루스에서 갤러웨이 선장한테 속아 탔던 프로스페로호의 비참한 마지막 항해를 떠올렸다. 기항하기로 되어 있는 갤버스턴까지만 항해하면 바하마로 가는 소형 여객선의 갑판 표를 살 정도의 돈을 받을 수 있을 것이었다. 나소 공항 옆 합판 방갈로에서 병약한 애인과 사는 홀어머니를 본 지도 3년이 지난 참이었다.

두말할 것도 없이, 그들은 갤버스턴은 물론이고 마이애미나 기타 화물을 부릴 수 있는 항구에는 들어가지도 못했다. 어설프게 봉인한 폐기물 용기는 베라크루스를 떠나기도 전부터 줄줄 새기 시작했다. 갤러웨이 선장의 성깔머리는 그의 변덕스러운 항해술이나 럼주와 테킬라 섭취량과 마찬가지로 갈수록 고약해지기만 했다. 멕시코인 해운업자가 그들의 화물을 말 그대로 바다 가운데 버려두고 도주했다는 사실을 깨달은 후로는 더욱 그랬다. 화물은 베라크루스로 다시 입항하는 것조차 거부당한 낡은 화물선에 실린 채 멕시코 만을 이리저리 돌아다니다 녹슨 선체와 함께 그대로 해저에 가라앉게 만들고, 화학물질 재처리 비용은 자기 호주머니에 챙기는 쪽이 더 수지가 맞는다는 결론을 내린 모양이었다.

두 달 동안 그들은 고독하게 항구에서 항구로 떠돌면서, 적대적인 해양경찰과 세관 직원들, 보건관리국 관료들과 생태학적 대재해의 가능성을 걱정하며 몰려든 언론인들에게 시달리면서 쫓겨나기를 반복했다. 자메이카 킹스턴에서는 텔레비전 방송국이 10마일 제한선을 벗어날 때까지 그들을 쫓아왔고, 산토도밍고에서는 야음을 틈타 항구로 잠입하려는 그들을 도미니카 해군의 정찰기가 맞이했다. 플로리다 탬파 근해에서는 화물 일부를 바다에 던져 버리려 하는 갤러웨이 선장의 행동을 그린피스에서 나온 모터보트들이 저지했다. 미국 해안경비대는 화물선 위로 조명탄을 쏘아 올리며 배를 멕시코 만으로 몰아냈고, 때마침 그곳에서는 허리케인 클라라의 끄트머리가 그들을 기다리고 있었다.

간신히 폭풍을 벗어나고 보니 화물은 계류대를 벗어나 한쪽으로 쏠려 버렸고, 프로스페로호는 오른쪽으로 10도 가량 기울어 있었다. 부글거리는 화학물질이 금 간 용접선을 통해 새어 나와서 갑판 위로 흘러 수면으로 떨어졌다. 거기서 발생하는 매캐한 증기 때문에 존슨과 멕시코인 선원들은 임시 마스크 밑에서 콜록거릴 수밖에 없었고, 갤러웨이 선장은 테킬라 병을 든 채로 홀로 선장실에 처박혀 코빼기도 비치지 않았다.

그날 위기를 모면한 것은 일등항해사 페레이라 덕분이었다. 그는 호스 파이프를 연결해서 새는 드럼통을 수압으로 세척했지만, 이미 화학물질에 녹아 내린 프로스페로호의 선체에서는 계속 침수가 진행되었다. 푸에르토리코가 시야에 들어왔지만 선장은 항구 쪽으로 진로를 돌릴 생각조차 하지 않았다. 그는 양손에 술병을 들고 키에 기댄 채로 페레이라에게 엔진을 끄라는 신호를 보냈다. 그는 자기 연민에 빠져서 멕시코인 해운업자, 미국 해안경비대, 자신의 배를 앗아 간 전 세계의 농화학자들과 그들이 연구하는 끔찍한 과학 모두를 저주하는 독백을 길게 읊조렸다. 프로스페로호가 최후를 기다리며 물에 떠 있는 동안, 페레이라가 미리 챙겨 놓은 짐 가방을 들고 나타났고, 선장은 멕시코인들에게 구명보트를 내리라고 명령했다.

존슨이 배에 남겠다는 결정을 내린 것은 이때쯤이었다. 그는 평생 직접 무언가를 다스려 본 적이 없었다. 여섯 살 때는 나소 공항에서 구두닦이들의 심부름을 하고 어머니를 위해 신경질적인 여행객들에게 동전을 구걸했다. 간신히 읽고 쓰는 법을 익힌 학창 시절에는 해변 식당에서 접시닦이를 하면서 악당이나 다름없는 지배인들에게 계속 봉급을 뜯겼다. 항상 사건이 일어나면 대응할 뿐, 스스로 사건을 벌인 적은 없었다. 그러나 이제 난생처음으로, 그는 프로스페로호의 선장이 되어 자기 운명의 주인이 된 것이다. 갤러웨이의 욕설이 어스름 속으로 사라지기를 조금도 기다리지 않고, 존슨은 계단을 뛰어 내려가 기관실로 향했다.

낡은 디젤엔진이 마지막으로 안간힘을 쓰는 소리를 들으면서 존슨은 함교로 돌아왔다. 프로펠러가 힘겨워도 꾸준히 어두운 바닷물을 헤치는 소리를 들으며, 그는 프로스페로호의 방향을 천천히 북서쪽으로 틀었다. 500마일 떨어진 바하마 군도까지만 가면 눈에 띄지 않는 정박지는 수도 없이 많았다. 내용물이 새는 드럼통만 어떻게든 처리하면, 이 배를 몰고 섬에서 섬으로 돌아다니며 일거리를 얻을 수도 있을 것이다. 그리고 배에는 어머니의 이름을 따서 벨벳메이라는 이름을 붙일 것이다. 존슨 선장은 지나치게 큰 선장 모자를 쓰고 발밑에 300톤의 금속 괴물을 거느린 채 당당하게 함교에 서 있는 자신의 모습을 그렸다.

다음 날 새벽, 그는 바다 가운데에서 완벽하게 길을 잃었다. 밤 동안 배는 더 심하게 기울었다. 갑판 아래에서는 새어 나온 화학물질이 선체의 금속을 계속 갉아 먹었고, 인광으로 반짝이는 증기가 함교를 감쌌다. 기관실에는 산성을 띤 바닷물이 무릎까지 차올랐으며, 환기구를 통해 증기가 올라와 갑판과 난간 전부를 기묘한 색의 점액으로 뒤덮었다.

어떻게든 뗏목을 만들 목재를 찾으려 애쓰던 존슨의 눈에, 푸에르토리코 해안에서 7마일 떨어진 곳에 있는 제2차 세계대전 당시의 쓰레기 섬이 눈에 들어왔다. 그 섬의 석호 안쪽은 미 해군이나 그린피스 고속정이 지키고 있지 않을 것이다. 그는 프로스페로호를 몰아서 조용한 수면을 건너 얕은 물 위에 정박시켰다. 밀려드는 바닷물이 화물칸의 용액을 묽게 만든 모양이었다. 다시 제대로 숨을 쉴 수 있게 된 존슨은 갤러웨이 선장의 침대로 들어가서, 빈 병을 치워 누울 자리를 만든 다음 난생처음으로 꿈 없는 잠에 빠져들었다.

"어이, 이봐요! 당신 괜찮아요?" 여성의 손이 장교용 차량의 지붕을 때렸다. "당신 대체 여기서 뭘 하고 **있는** 거죠?"

존슨은 깜짝 놀라 잠에서 깨어나 운전대에서 고개를 들었다. 잠이 든 동안 칡덩굴이 차를 휘감고 지붕과 전면 창틀을 타고 올라온 모양이었다. 선명한 녹색 덩굴손이 그의 왼손을 휘감아 손목을 운전대에 묶어 놓고 있었다.

손으로 얼굴을 문지르고 있자니 바로 그 미국인 생물학자가 이파리 사이로 그를 응시하는 모습이 보였다. 버려진 자동차를 우리로 사용하는 괴상한 동물원의 수감자를 바라보는 시선이었다. 그는 몸을 빼내려고 애쓰면서 운전석 문을 힘껏 밀었다.

"물러나요! 내가 잘라 줄 테니까."

그녀는 주머니칼로 덩굴을 잘라 냈다. 튼튼하고 굳건한 손목이 드러났다. 존슨이 땅에 내려서자 그녀는 그의 어깨를 붙들더니 날카로운 눈으로 그를 위아래로 훑어보았다. 30세가 넘어 보이지는 않으니 아마도 존슨보다 세 살 정도 위일 것이다. 그러나 존슨은 그녀에게서 나소의 교사들에게서 느꼈던 것과 같은 침착한 거리감을 느꼈다. 입은 어릴 적 보았던 꾹 다문 입술들보다는 풀려 있었지만. 아마 그녀가 진심으로 존슨을 걱정하고 있기 때문일 것이다.

"다친 데는 없는 모양이군요." 그녀가 말했다. "하지만 저 차를 자주 몰고 다니지는 않는 게 좋겠어요."

그녀는 존슨에게서 떨어져, 잘 닦은 구릿빛이 나는 야자나무 줄기에 손을 대고 깨어나는 생명의 격렬한 맥박을 느끼면서 거닐었다. 어깨에는 클립보드, 표본 병, 카메라와 필름 뭉치가 든 캔버스 백을 메고 있었다.

"내 이름은 크리스틴 체임버스예요." 그녀는 존슨 쪽을 보며 말했다. "이 섬에서 식물학 연구를 하고 있죠. 당신, 저기 난파한 배에서 온 건가요?"

"내가 선장입니다." 존슨은 그녀를 보며 당당하게 말했다. 그는 자동차 안으로 손을 뻗어 덩굴의 격렬한 포옹에 휩싸여 있는 선장 모자를 꺼내고는, 먼지를 털고 각도가 적당해 보이기를 바라면서 머리에 올렸다. "그리고 난파를 당한 건 아닙니다. 수리를 하려고 뭍에 올린 거죠."

"정말요? 수리를 한다고요?" 크리스틴 체임버스는 웃음 띤 얼굴로 그를 바라보았다. 적어도 선홍색 갓을 가진 거대한 버섯만큼은 흥미로워 보이는 모양이었다. "그래서, 당신이 선장이라는 거군요. 그럼 다른 선원들은 어디 있죠?"

"다들 배를 버렸지요." 존슨은 솔직하게 털어놓을 수 있어서 다행이라 생각했다. 이 매력적인 생물학자 그리고 그녀가 섬에 깊은 관심을 가진다는 사실이 마음에 들었다. "화물에 문제가 좀 있었거든요."

"그랬던 모양이네요. 배가 두 동강 나기 전에 여기 도착한 것만 해도 대단한데요." 그녀는 그의 눈동자와 입술을 바라보면서 공책을 꺼내 존슨을 관찰한 결과를 휘갈겨 썼다. "선장님, 샌드위치 좀 어떠신가요? 소풍용 점심 식사를 챙겨 왔는데. 제대로 뭔가를 드셔야 할 것 같은데요."

"그야……" 선장이라는 호칭에 기쁨을 감추지 못하며, 존슨은 그녀를 따라 고무보트가 정박된 해변으로 나왔다. 아무래도 짐이 많아서 늦은 모양이었다. 원추형 텐트, 플라스틱 아이스박스, 상자에 가득한 통조림, 작은 보관함도 하나 있었다. 존슨은 지금까지 절인 쇠고기와 콜라와 조리실 스토브로 구운 오트밀 비스킷만 먹고 살았다.

온갖 장비들을 가져왔는데도 그녀는 짐을 풀어 놓을 생각을 하지 않았다. 존슨과 섬을 공유해도 될지 확신하지 못하거나, 자신의 연구 대상에 대해 다른 접근 방식을 택해야 할지 생각하고 있는 듯했다. 인간 거주자의 존재를 감안하는 접근 방식을.

그녀를 안심시키려는 마음에서, 존슨은 샌드위치를 나누어 먹으며 프로스페로호의 마지막 항해와, 새어 나오는 화학물질의 재앙에 대해 설명했다. 그녀는 그의 이야기를 들으면서 고개를 끄덕였다. 이야기를 이미 어느 정도 알고 있는 것처럼 보였다.

"항해 기술이 대단했던 것 같네요." 그녀는 그를 칭찬했다. "그 배를 버린 선원들은 배가 바베이도스 근처에서 침몰했다고 보고했어요. 그 중 한 명은, 내 생각에는 갤러웨이라는 이름이었던 것 같은데, 자기네가 구명보트를 타고 바다에서 한 달을 보냈다고 하더군요."

"갤러웨이?" 존슨은 나소의 여교사들이 하던 것처럼 입술을 오므렸다. "행실이 좋지 못했던 선원이죠. 그래서 아무도 배를 찾지 않고 있는 거로군요?"

"그렇죠. 완벽하게 아무도 찾지 않아요."

"그리고 다들 침몰했다고 생각하고 있고요?"

"그대로 바다 밑바닥으로 가라앉았다고 생각하죠. 바베이도스의 사람들은 오염 물질이 보이지 않아서 다행이라고만 여기고 있어요. 거기는 해변마다 관광객이 가득하니까."

"중요한 문제죠. 그리고 푸에르토리코에서 내 배가 여기 있는 걸 아는 사람은 아무도 없는 거죠?"

"나만 빼고요. 이 섬은 내 연구 주제거든요." 그녀는 설명했다. "지금은 산후안 대학에서 생물학을 가르치고 있지만, 하버드로 자리를 옮기고 싶거든요. 하지만 강사 자리는 정말 구하기 힘들어요. 이 섬에서는 아주 흥미로운 일이 벌어지고 있으니, 운이 조금만 따라 준다면……"

"확실히 흥미롭죠." 존슨도 동의했다. 크리스틴 박사의 말투에 묻어 있는 음모를 꾸미는 느낌 때문에 불안한 마음이 들기 시작했다. "여기에는 오래된 군 장비가 잔뜩 묻혀 있더군요. 해변에 집을 지을 생각입니다."

"좋은 생각이군요…… 4~5개월은 걸릴 것 같지만요. 음식이 필요하다면 그건 도와줄 수 있어요. 하지만 조심해요." 크리스틴 박사는 그의 팔에 생긴 부어오른 붉은 자국을 가리켰다. 덩굴의 수액에 독이 있었던 모양이었다. "이 섬에는 그것 말고도 흥미로운 점이 또 있으니까요."

"그건……" 존슨은 프로스페호로의 선체를 갉아 먹고 나와 석호 안으로 퍼져 가는 산성 액체를 바라보았다. 그는 지금까지 위험하고 불안정한 화학물질을 이곳에 가져온 것이 자기 잘못이라는 생각은 하지 않으려 애써 왔다. "다른 일이 몇 가지 일어나고 있기는 하죠."

"몇 가지요?" 크리스틴 박사는 목소리를 낮췄다. "잘 들어요, 존슨, 당신은 지금 놀라운 생물학적 실험의 한가운데에 있는 거예요. 전 세계 어디서도 이런 일이 벌어지는 걸 용인할 리가 없으니까요. 만약 알기만 하면 오늘 오후에라도 미 해군이 움직이기 시작할 거예요."

"내 배를 가져갈까요?"

"배를 가져가서 가장 가까운 해구에 가라앉히고, 화염방사기로 섬을 통구이로 만들겠지요."

"그럼 나는요?"

"언급하고 싶지 않네요. 얼마나 진행되었느냐에 따라 다르겠죠. 당신의……" 그녀는 자신의 격렬한 언사가 그에게 충격을 주었다는 것을 깨닫고, 안심시키려는 듯 그의 어깨를 붙들었다. "하지만 발견될 이유가 없으니까요. 적어도 한동안은 그럴 테고, 발견될 즈음에는 어차피 아무 상관도 없는 일이 되겠죠. 과장이 아니라, 당신은 새로운 유의 생명을 창조한 거예요."

화물을 내리는 일을 도우면서 존슨은 그녀의 말을 곱씹어 보았다. 프로스페로호에서 새어 나오는 화학물질이 성장을 촉진했을 거라는 추측이야 이미 하고 있었고, 독성 화합물이 자신에게 영향을 끼칠지도 모른다는 생각이 떠오르지 않은 것도 아니었다. 그는 갤러웨이의 선실 거울을 바라보며 턱수염을 확인하고 수상한 사마귀가 나지 않았는지 점검했다. 바다 위에서 독성 증기를 마시면서 몇 주를 보낸 터에 폐와 기도가 쓰리기도 했고, 이상하게 허기가 지기도 했지만, 상륙한 이후로는 몸 상태도 조금 나아졌다.

그는 크리스틴이 허벅지까지 오는 고무장화를 신고 뜰채를 든 채로 얕은 물속으로 들어가 석호의 동식물을 살펴보는 모습을 지켜보았다. 그녀는 몇 개의 표본 병에 형광을 발하는 물을 채운 다음 텐트 옆의 보관함에 넣고 자물쇠를 채웠다.

"존슨, 선적 목록을 좀 보여 줄 수 없나요?"

"선장…… 아니, 갤러웨이가 가지고 내렸어요. 게다가 진짜 화물은 기록하지도 않았고."

"그랬을 게 뻔하죠." 크리스틴은 화려한 색의 해초가 푸른 전선 다발처럼 떠 있는 사이를 헤치고 돌아다니는 자홍색 게를 가리켰다. "혹시 눈치챘어요? 죽은 물고기나 게는 전혀 보이지 않아요. 이런 일이 생기면 보통 수백 마리 단위로 폐사하는데. 그게 내 관심을 끈 첫 번째 사실이죠. 그리고 게만이 아니에요. 당신도 꽤나 건강해 보이고……"

"혹시 나도 더 강해질까요?" 존슨은 튼튼한 어깨 근육을 움직여 보였다.

"……정신적으로는 완전히 혼란에 빠진 것 같지만, 곧 괜찮아질 거예요. 그러는 동안 배를 좀 살펴봐도 될까요? 프로스페로호를 방문하고 싶은데."

"크리스틴 박사님……" 존슨은 이 단호한 여성을 제지하려고 팔을 붙들었다. 그리고 그녀의 매끄러운 피부와 튼튼한 다리를 바라보았다. "그건 너무 위험해요. 갑판이 무너져서 떨어질지도 모른다고요."

"그럴 수도 있겠군요. 용기의 라벨은 확인을 했겠죠?"

"그래요, 애초에 숨기려고 하지도 않던데요." 존슨은 최선을 다해 기억을 짜냈다. "유기……"

"유기 인산염이겠죠? 좋아요. 내가 알아야 하는 건 어느 용기가 새고 있는지 그리고 대충 어느 정도나 샜는지예요. 어떤 화학반응이 일어났는지 정확하게 알아낼 수 있을지도 모르니까요. 존슨 당신은 자기도 모르는 새에 엄청난 가능성을 가진 화합물을 만들어 낸 거예요. 수많은 사람들이 온갖 이유로 그 조제법을 알고 싶어 하겠지요……"

해변 집의 문가에서 대령의 의자에 앉은 채로, 존슨은 사방에 펼쳐진 반짝이는 세계를 만족스러운 눈으로 바라보았다. 빛과 생명에 달뜬, 마치 자신의 마음속에서 뿜어져 나온 것처럼 보이는 세계였다. 소철과 거대한 타마린드와 열대 덩굴식물로 빽빽한 정글의 벽이 간조선 바로 위까지 해변을 가득 메우고 있었고, 그 모습이 비쳐 형광의 색색으로 다채로운 석호의 수면은 네온사인 빛깔의 염료로 가득 찬 솥단지처럼 보였다.

식물이 너무 빽빽하게 자라 백사장은 존슨의 발밑에만 겨우 남아 있었다. 아침마다 존슨은 금속 움막 안으로 밀려드는 꽃 덩굴과 야생 목련을 잘라 밀어내느라 한 시간씩을 썼다. 벌써 나뭇잎이 양철 지붕을 우그러뜨리고 있었다. 아무리 열심히 노력해도, 크리스틴이 주말마다 사진기와 표본 병을 지참하고 방문할 때 사용하는 오솔길을 제대로 유지할 수가 없었다. 게다가 한 가지 일에 집중하는 것도 갈수록 힘들어졌다.

만으로 다가오는 그녀의 고무보트 소리를 들으며, 존슨은 자부심을 가지고 자신의 영역을 둘러보았다. 자기가 모래 속에서 찾아낸 금속제 카드 탁자에, 오늘 아침에 크리스틴을 위해 채집한 다양한 과일을 올려놓은 참이었다. 생물학 지식이 없는 존슨이 보기에는 석류와 파파야, 캔털루프 멜론과 파인애플의 기묘한 잡종 같았다. 토마토처럼 거대한 산딸기와 알이 야구공만 한 보라색 포도도 있었다. 모든 과일이 양지에 늘어놓은 보석들처럼 뜨거운 햇볕 아래 빛을 발했다.

프로스페로호와 함께 이곳에 도착한 지도 넉 달이 흘렀다. 한때 쓰레기 섬이었던 이곳은 다른 어디서도 찾아볼 수 없는 독특한 식물원으로 변해 버렸다. 새로운 종의 나무와 덩굴과 꽃이 매일 생겨났다. 강력한 생명의 엔진이 섬을 조종하고 있었다. 고무보트를 타고 석호를 건너면서 크리스틴은 지난 주말에 생겨난 덩굴과 꽃봉오리로 이루어진 공중 정원을 올려다보았다.

얕은 물속에 누워 숨이 끊어진 프로스페로호의 부식된 선체 틈으로 햇빛이 파고들고 있었다. 화학 폐기물은 이미 마지막 한 방울까지 석호로 흘러 나갔다. 그러나 존슨은 배에 대해서도, 이곳까지 온 여정에 대해서도 전부 잊었다. 과거의 인생과 나소 공항의 시끄러운 엔진 아래에서 보낸 불행한 어린 시절에 대해서도. 그는 '포틀 대령, 미 육군 공병대'라고 스텐실 글자가 적혀 있는 캔버스 의자 위로 털썩 주저 앉았다. 마치 옛 에덴동산의 한 구역을 자기 것으로 만든 플랜테이션 농장주처럼 보였다. 자리에서 일어나 크리스틴을 맞이하는 그는 오직 미래만을 생각하고 있었다. 이 섬을 함께 소유하게 될, 임신을 한 자신의 신부와 자신의 아들을.

"존슨! 세상에, 뭘 하고 있던 거야?" 크리스틴은 해변으로 고무보트를 밀어 올리고는, 파도와 싸우느라 지쳐 주저앉았다. "식물학적 정신 병동 같잖아!"

존슨은 그녀를 보고 너무 행복해서 한 주 내내 떨어져 있느라 느낀 괴로움을 전부 잊어버렸다. 그녀가 설명한 대로, 그녀는 학생을 가르치고 연구 보고서를 준비하고 표본을 기록하고 정리하느라 이곳에 머무를 수가 없었다.

"크리스틴 박사님……! 하루 종일 기다렸어요!" 그는 반짝이는 플랑크톤으로 가득한 암적색 파도가 밀려오는 얕은 물속으로 걸음을 옮겨서, 고무보트를 백사장 위로 끌어 올렸다. 그리고 그녀가 보트에서 내리는 것을 도왔다. 헐렁한 셔츠 아래 보이는 그녀의 둥근 복부에서 눈을 떼려고 애쓰면서.

"괜찮아, 봐도 되니까……" 크리스틴은 그의 손을 자신의 배 위로 눌렀다. "어때 보여, 존슨?"

"나한테는 그리고 이 섬한테도 과분할 정도로 아름다워 보여요. 모두가 조용해졌잖아요."

"멋진 표현이네. 시인이 다 됐어, 존슨."

존슨은 다른 여성은 생각해 본 적도 없었고, 자신의 아이를 품고 있는 이 생물학자보다 더 아름다운 여성은 존재할 수 없다는 사실을 알고 있었다. 그는 과학 장비들 사이로 보이는 플라스틱 아이스박스를 발견했다.

"크리스틴, 나 주려고 아이스크림 가져온 거예요……"

"당연히 가져왔지. 하지만 아직은 먹지 마. 우린 할 일이 아주 많거든, 존슨."

그는 화물을 내렸지만, 보트 바닥에 있는 나일론 그물과 스프링이 달린 철제 프레임은 마지막까지 미루었다. 새덫은 배에서 가장 내리기 싫은 물건이었다. 섬의 정글 최상층에는 화려한 색의 새들이 살고 있었다. 한때 제비나 핀치 등이었던 새들로, 이제는 반짝이는 깃털과 꼬리 덕분에 공작처럼 화려해 보였다. 그는 크리스틴의 고집을 이기지 못하고 결국 덫을 설치했다. 거대해진 지느러미와 목도리처럼 발달한 외부 아가미를 가진, 육지에서의 삶을 준비하는 듯 보이는 형광색 물고기나 바로크풍 갑주를 두른 게나 달팽이를 채집하는 일에는 반대한 적이 없었다. 그러나 크리스틴이 이런 희귀하고 아름다운 새들을 실험실로 데려간다는 생각만 하면 기분이 언짢아졌다. 그것들이 해부용 메스 아래에서 머지않아 목숨을 잃을 것이라는 생각이 들었다.

"덫은 내가 말한 대로 설치한 거지, 존슨?"

"전부 설치하고 미끼도 넣어 놓았어요."

"잘했어." 크리스틴은 그물을 백사장 위에 펼쳤다. 갈수록 서두르는 듯 보였다. 마치 실험이 곧 끝나게 될지도 모른다는 양. "왜 한 마리도 잡히지 않았는지 알 수가 없네."

존슨은 동의한다는 듯 어깨를 으쓱했다. 사실 정어리 통조림은 자기가 전부 먹어 버렸고, 커다란 소철 아래 설치한 함정으로 어쩌다 날아들어온 새는 그대로 놓아주었다. 매끄러운 선홍색 날개와 연처럼 생긴 꽁지깃을 가진, 하늘을 나는 꿈의 모습을 한 새였다. "아직 안 잡히네요. 저 새들은 꽤나 영리한 모양이에요."

"물론 그렇겠지. 새로운 종족이니까." 그녀는 포틀 대령의 의자에 앉아서 작은 카메라로 과일 사진을 찍었다. "이 포도는 거대하네. 어떤 포도주가 나올지 모르겠어. 신들의 샴페인, 그랑크뤼……"

존슨은 불안한 눈으로 보라색과 노란색의 둥그런 과일들을 바라보았다. 그는 크리스틴의 부탁을 받고 석호에서 잡아 온 물고기와 게를 먹었지만 아무런 부작용도 느끼지 못했다. 이 과일은 새들에게 먹이기 위한 것이 분명했다. 그는 크리스틴이 섬의 다른 모든 것들과 마찬가지로 자신도 실험의 일부로 이용하고 있다는 것을 알았다. 너무 빨리 벌어져서 실제로 있었던 일인지도 확신할 수 없는, 그들이 나누었던 짧막한 사랑에서 잉태한 아이 또한 실험의 일부였다. 어쩌면 그 아이는 새로운 인간 종족의 창시자가 될지도 모른다. 그리고 공항 구두닦이들의 심부름꾼이던 존슨이 언젠가 행성을 다시 채울 진화한 종족의 아버지로 기억될지도 모른다.

그의 훌륭한 체격을 새삼 눈치챘는지 그녀가 말했다. "당신 놀라울 정도로 좋아 보이네, 존슨. 이 실험의 필요성을 굳이 증명해야 한다면……"

"아주 튼튼해진 기분이 들어요. 당신하고 우리 아들을 보살필 수 있을 거예요."

"딸일지도 몰라. 아니면 그 중간에 있는 존재일지도." 그녀는 항상 그렇듯 냉정하게 사실을 있는 그대로 언급하여 그를 놀라게 했다. "존슨, 내가 없는 동안에는 뭘 하고 지내? 말해 봐."

"당신 생각을 해요, 크리스틴 박사님."

"나도 당연히 네 생각을 해. 잠을 많이 자는 건 아니고?"

"아뇨, 이런저런 생각을 하느라 바빠요. 시간이 정말 빠르게 흘러가는걸요."

크리스틴은 슬쩍 공책을 열었다. "눈치채지도 못하는 사이에 시간이 흘러간다는 뜻이야?"

"그래요. 아침을 먹고 기름 램프를 채우고 있으면 어느새 점심시간이 되어 있어요. 하지만 더 느리게 가기도 해요. 떨어지는 나뭇잎을 보고 있으면 어떤 면에서는 멈춰 있는 것처럼 보이거든요."

"좋아. 시간을 조작하는 방법을 익히고 있는 거야. 정신이 확장되고 있는 걸지도 몰라, 존슨."

"어쩌면 크리스틴 박사님만큼 현명해질지도 모르겠네요."

"아, 내 생각에는 그보다 훨씬 흥미로운 방향으로 발달하고 있는 것 같아. 사실 말이야, 존슨, 여기 과일을 좀 먹어 줬으면 좋겠어. 걱정하지 마, 이미 분석도 끝냈고, 나도 같이 조금 먹을 테니까." 그녀는 멜론 크기의 사과를 조금 잘라 내고 있었다. "우리 아기한테도 조금 맛을 보여 주고 싶으니까."

존슨은 머뭇거렸지만, 크리스틴이 항상 말하던 대로 이 섬에서 발생한 신종 생물에는 기형이라 부를 만한 점은 조금도 없었다.

과일은 하얗고 달콤했다. 식감은 거칠거칠했고, 농익어 발효된 망고의 톡 쏘는 맛이 약간 섞여 있었다. 입의 감각이 약간 없어지고, 배 속에는 기분 좋은 시원함이 남았다.

날개를 지닌 이들을 위한 음식이었다.

"존슨! 아픈 거야?"

그는 깜짝 놀라 깨어났다. 잠에서 깨어난 것이 아니라, 손에 와서 앉은 커다란 나비의 문양을 살펴보면서 무아지경에 빠졌다가 깨어난 것이었다. 그가 의자에 앉은 채 고개를 들자 걱정하는 눈으로 자신을 살피는 크리스틴의 모습이 보였다. 그리고 현관을 가득 메우고 그의 어깨를 무겁게 짓누르고 있는 굵은 덩굴과 꽃이 핀 덩굴손들도. 그녀의 호박색 눈에 나무와 꽃이 발하는 것과 동일한 오색 가득한 빛이 깃들어 반짝였다. 섬의 모든 것이 자신의 빛을 색색으로 나누는 프리즘으로 변하고 있었다.

"존슨, 일어나 봐!"

"일어나 있어요. 크리스틴…… 당신이 오는 소리를 못 들었나 봐요."

"여기 온 지 한 시간이나 지났어." 그녀는 그의 뺨을 어루만져 열이 나는지를 확인하며, 정신이 빠진 듯한 그의 태도에 어쩔 줄 몰라 하고 있었다. 그녀의 뒤편으로 식물로 뒤덮이지 않은 몇 피트 안 되는 백사장에 올라와 있는 고무보트가 보였다. 야자나무와 칡덩굴과 꽃으로 가득한 두터운 정글의 벽이 해변까지 뻗어 나가 있었다. 햇빛을 받은 거대한 과일들은 무게를 이기지 못하고 터져 나가고, 화려한 색의 과즙이 모래 위로 흘러나왔다. 숲이 피를 흘리는 것처럼 보였다.

"크리스틴? 벌써 돌아온 거예요……?" 존슨은 고작해야 몇 분 전에 그녀가 떠났다고 생각했다. 그녀에게 손을 흔들어 작별을 고하고 과일을 마저 먹으려 자리에 앉았던 것이 기억났다. 그리고 커다란 나비를, 마치 물감을 칠한 서커스 광대의 손처럼 보이는 나비를 감상했던 기억이 났다.

"존슨, 지금 일주일 만에 돌아온 거야." 그녀는 그의 어깨를 붙들고, 썩어 가는 식물로 만든 수백 피트 높이의 불안한 벽을 올려다보면서 고개를 찌푸렸다. 층층이 꽃으로 뒤덮인 거대한 성당의 벽이 석호의 물속으로 떨어져 내리고 있었다.

"존슨, 화물 좀 내리게 도와줘. 며칠 동안 아무것도 못 먹은 꼴이잖아. 새는 잡았어?"

"새요? 아뇨, 아직 아무것도요." 존슨은 덫을 설치했던 일은 간신히 기억해 냈지만, 사방에 가득한 놀라운 풍경에 정신이 팔려 새를 쫓는 것은 잊어버렸다. 깃털로 가득한 유령들이 화려한 천사처럼, 선홍색 깃털 광택을 허공에 흩뿌리며 우아하게 날아올랐다. 시선을 떼지 않고 있으면 허공에 고정되어 있는 것처럼 보였다. 시간을 떨쳐 내려는 양 천천히 움직이는 날개가 보였다.

그는 크리스틴을 멍하니 바라보았다. 그녀의 피부와 머리카락에서 색깔이 분리되어 나오는 것을 알아차렸다. 그녀의 형상이 매초 나뉘어 나와서는 그녀 주변 허공으로 겹겹이 겹쳐졌다. 그녀의 팔과 어깨에서 이국적인 깃털이 뻗어 나오는 것만 같았다. 그들을 붙들고 있던 고루한 현실이 녹아내리기 시작했다. 시간은 멈추었고, 크리스틴은 하늘로 날아오를 준비가 끝나 있었다……

크리스틴과 그들의 아이에게 나는 법을 가르쳐 주어야 한다.

"크리스틴, 우리 모두 배울 수 있어요."

"뭘 말이야, 존슨?"

"나는 법을 배울 수 있어요. 이제 시간은 없으니까. 시간 안에 있기에는 모두 너무 아름다우니까."

"존슨, 내 시계 좀 봐."

"모두 함께 숲으로 가서 사는 거예요, 크리스틴. 하늘 높은 곳의 꽃
들 사이에서 살 수 있어요……"

그는 그녀의 팔을 붙들었다. 머지않아 찾아올 그들의 모습, 하늘의
종족이 어떤 수수께끼와 아름다움을 가지고 있는지를 보여 주고 싶어
서. 그녀는 반박하려 했지만 결국 포기하고, 존슨의 부드러운 손길에
이끌려 해변의 집을 떠나서 부풀어 터진 꽃으로 가득한 정글의 벽으
로 가며 농담을 던졌다. 그리고 존슨이 꽃 덩굴을 타고 태양을 향해 기
어오르려 애쓰는 동안, 그녀는 고무보트에 실려 있는 통신기에 손을
얹은 채 선홍색 석호 해변에 앉아 있었다. 배 속의 아이를 달래고, 존
슨을 위해 눈물을 흘리다가, 마침내 두 시간이 흘러 해군 연안 순시선
의 사이렌 소리가 바다 위로 울려 퍼지는 것을 듣고서야 간신히 마음
을 추스를 수 있었다.

"통신을 보내 주셔서 정말 기쁩니다." 미 해군 대위가 크리스틴에게
말했다. "사실 새 한 마리가 산후안의 해군기지에 도착했습니다. 살려
보려고 애썼지만 제 날개 무게를 이기지 못하고 으스러지더군요. 이
섬의 다른 생물들처럼요."

그는 함교에서 정글의 벽을 가리켰다. 가득 자라난 식물의 지붕이
거의 대부분 석호로 무너졌고, 남은 것은 새덫을 머리에 인, 처음부터
있던 야자나무 몇 그루뿐이었다. 수면 아래에서 꽃봉오리들이 물에
빠진 수천 개의 랜턴처럼 빛나고 있었다.

"저 화물선은 여기 얼마나 있던 건가?" 나이 많은 민간인이 물었다.

정부 소속 과학자인 듯, 쌍안경을 들고 침수된 프로스페로호의 선체를 바라보고 있었다. 해변의 움막 앞에서는 선원 두 명이 크리스틴의 남은 장비를 고무보트로 옮겼다. "몇 년은 여기 있었던 것처럼 보이는데."

"6개월요." 크리스틴은 대답하고 나서 존슨 옆에 앉아 기운을 북돋아 주려는 양 웃음을 지어 보였다. "존슨 선장이 무슨 일이 벌어지고 있는지를 깨닫자마자 나한테 연락을 취해 달라고 부탁했어요."

"6개월밖에 안 됐다고? 그게 이곳 신종 생물들의 생애 주기인 모양이로군. 생체 시계가 멈춘 것처럼 보이지 않나. 번식을 하는 대신 자기 조직을 계속 불리는 거지. 저기 씨앗이 없는 거대한 과일들처럼 말일세. 개체의 삶이 종 전체의 삶이 되는 셈이야." 그는 무심하게 앉아 있는 존슨 쪽으로 손짓해 보였다. "저 친구의 시간관념이 변화한 이유도 그 때문일지 모르겠군. 많은 분량의 기억이 정신 속에 하나로 유착되어 있어서, 허공으로 던진 공이 떨어지지 않는 것처럼 보이는 거야……"

죽은 물고기들이 파도에 휩쓸려 순시선의 이물을 스치고 지나갔다. 반짝이는 시체들이 버려진 모조 장신구처럼 반짝였다.

"박사님은 오염되지 않으셨겠지요?" 대위가 크리스틴에게 물었다. "아이를 생각해서 묻는 겁니다."

"아뇨, 저 과일은 전혀 먹지 않았어요." 크리스틴은 단호하게 말했다. "여기 방문한 것은 두 번뿐이고, 몇 시간씩밖에 있지 않았습니다."

"좋습니다. 물론 의료진이 철저하게 검진을 하겠지만요."

"섬은 어떻게 할 건가요?"

"섬 전체를 태워 버리라는 명령을 받았습니다. 폭파 시간을 두 시간

후로 맞춰 놓았지만 그때까지는 충분히 물러날 수 있을 겁니다. 어떻게 보면 좀 아쉽기도 하군요."

"아직 새들이 있네요." 존슨의 시선을 따라 나무 위를 바라보던 크리스틴이 말했다.

"다행히도 자네들이 전부 붙들어 놓은 모양이네만." 과학자는 크리스틴에게 쌍안경을 건넸다. "저 유기 폐기물은 위험한 물질이야. 인간이 장기간 노출되면 무슨 일이 벌어질지 어떻게 알겠나. 신경계가 죄다 끔찍하게 변형될지도 모르지. 하루 종일 돌 하나만 바라보고 있어도 행복한 기분이 들 게야."

크리스틴의 손을 잡고 있는 것만으로도 행복을 느끼며, 존슨은 그들의 대화를 듣고 있었다. 그녀는 조용히 미소 띤 얼굴로, 비밀을 공유하게 되었다는 것을 인지하면서 그를 바라보고 있었다. 그녀는 아이를, 실험의 마지막 한 조각을 보호하려 애쓸 것이다. 그리고 아이가 살아남는다면 그 아이가 자신들을 대체할지도 모른다고 생각하는 이들로부터 격렬한 도전을 받게 될 것임도 알고 있었다.

그러나 새들은 견뎌 냈다. 그의 머리는 맑아졌고, 그는 찰나의 순간 동안 보았던 다른 세상을, 보다 진보한 세상의 모습을 떠올렸다. 숲의 무너진 지붕 위로 자신이 설치해 놓은 덫이 보였다. 그 안에 거대한 선홍빛 새들이 날개를 접고 앉아 있었다. 저들이라면 꿈을 전달할 수 있을 것이다.

10분 후 고무보트를 갑판 위로 끌어 올린 순시선은 석호를 건너 항해하기 시작했다. 서쪽 곶에 이르자 대위는 선실로 들어가는 크리스틴을 부축했다. 존슨도 그들의 뒤를 따르다가, 순간 정부 과학자를 밀치고 난간 너머로 뛰어내려 그대로 바다로 뛰어들었다. 그리고 100피트 떨어진 해안을 향해 헤엄치기 시작했다. 자신에게 나무를 올라 새들을 풀어 줄 힘이 있다는 것을, 그리고 운이 좋으면 번식력이 있는 한 쌍을 풀어 주어 그들과 함께 시간 속에서 탈출할 수 있을지도 모른다는 사실을, 그는 알고 있었다.

(1990)

제임스 그레이엄 밸러드 후기

　단편소설이란 소설이라는 보물고 속의 잔돈과 같은 존재이다. 풍요로운 장편소설의 틈바구니에서 쉽사리 무시당하며, 가치에 비해 과대평가를 받으나 종종 위조 동전임이 밝혀지기도 한다. 그러나 최고의 작가들, 즉 보르헤스, 레이 브래드버리, 에드거 앨런 포와 같은 이들이 빚어낸 단편은 귀금속에서 주조해 낸 화폐와 같아서, 상상이라는 지갑 깊숙한 곳에서 영원히 금빛으로 반짝인다.

　내게 단편소설은 항상 중요한 지위를 차지했다. 순간을 포착해 내고, 단 한 가지의 주제를 맹렬히 파고들 수 있게 해 주는 특성도 마음에 들고, 이후에 장편으로 발전하게 될 아이디어를 시험해 보기에도 적합하다. 내가 쓴 모든 장편소설은 단편소설에서 시작되었다. 『크리스털 세계』 『크래시』 『태양의 제국』을 읽어 본 독자라면 이 단편집에서 그 작품들의 씨앗이 움텄음을 알 수 있을 것이다.

50년 전 처음 글을 쓰기 시작했을 무렵에는 단편소설이 독자들에게 상당히 인기가 있었고, 일부 신문은 매일 새로운 단편을 지면에 싣기도 했다. 그러나 슬프게도 현대의 독자들은 단편을 읽는 일에 더 이상 관심이 없는 모양이다. 어쩌면 텔레비전 드라마의 공허하고 배배 꼬인 이야기들 때문일지도 모르겠다. 나를 포함한 젊은 작가들은 항상 자신의 첫 장편소설을 일종의 생식력 시험으로 여겨 왔지만, 오늘날 출판되는 장편 중 많은 수는 단편으로 개작하는 쪽이 훨씬 나아 보인다. 한 가지 흥미로운 사실은, 완벽한 단편은 여럿 존재하지만 완벽한 장편은 존재하지 않는다는 것이다.

단편소설 자체는 여전히 명맥을 이어 가고 있다. 특히 민담이나 우화와의 유사성을 가장 잘 살릴 수 있는 SF 장르 쪽에서 그렇다. 이 단편집의 작품 중 많은 수는 SF 잡지에 처음 수록되었지만, 당시의 독자들은 그것들이 전혀 SF가 아니라고 거세게 불평하곤 했다.

그러나 나는 SF에서 선호하는 만들어진 미래가 아니라, 다가오는 것을 내 눈으로 직접 볼 수 있는 진짜 미래에 관심을 가졌을 뿐이다. 미래는 두말할 필요도 없이 지뢰가 가득 깔려서 전진하는 사람의 발목을 언제라도 물어뜯을 채비를 마친, 진입하기에 극도로 위험한 영역이다. 독자 투고자 한 명이 최근 내게 『버밀리언샌즈』의 시 쓰는 컴퓨터가 밸브를 통해 증기 동력을 공급받는다는 사실을 지적했다. 그리고 그 세련된 미래인들이 왜 다들 컴퓨터나 호출기를 가지고 있지 않느냐고 물었다.

나는 그저 『버밀리언샌즈』가 미래가 아니라 환상을 곁들인 현대를 무대로 삼고 있다고밖에 대답할 수 없었다. 사실 이 설명은 이 책의 모든 작품, 아니 내가 쓴 모든 작품들에 적용되는 이야기이다. 그러나 증기로 작동하는 컴퓨터와 풍력으로 작동하는 텔레비전은 괜찮아 보인다. 자, 여기 또 단편의 아이디어가 하나 생겨났다……

2001년
J. G. 밸러드

1

J. G. 밸러드의 단편집에 대해서는 논의의 흐름을 하나로 좁힐 수가 없다. 워낙 다양해서 대표작 한 편으로 집약할 수 없기 때문이다. 이 거대한 작품 목록에 대한 이야기를 꺼내려면 지리학이나 기타 자연과학의 용어를 빌려 오는 편이 낫다. **지층**이나 **연대** 수준으로 이야기를 풀어 나가야 한다는 말이다.

그리고 이런 다양한 시대에 대한 설명을 하나의 문단으로 표현한다면 다음과 같을 것이다……

우선 편의상 **과학소설** 시기라고 부를 만한 연대가 존재한다. 자연의 성질이 끔찍한 변화를 겪고 묘하게 과학기술과 유사한 형상을 가지는 시대이다. 많은 작품이 뒤틀린 팜스프링스를 연상시키는 무대에서 벌어지며, 독자들은 음파로 만든 조각상이나 노래하는 꽃과 같은 기묘한 물건들을 마주하게 된다. 두 번째 연대에 들어서면 밸러드가 자연에 가하는 변조의 정도가 더욱 강해진다. 이제 그는 시간과 공간에 손을 대며, 존재의 깊숙한 본질까지 파고들어 변조를 시작한다. 세 번째 연대에 이르면 그의 상상력은 더욱 종말론적 색채를 띠는데, 자연 재해의 예언이 작품 속에 가득해진다. 여기까지의 초기 작품군은 빽빽해 보일 정도로 밀도가 높다. 『J. G. 밸러드 단편소설 전집』(전 2권)의 절반 1권에는 1956년에서 1964년에 걸쳐 집필한 작품이 수록되어 있다. 비슷한 분량의 절반 2권은 1964년에서 1992년까지의 작품이다. 새로운 연대가 등장하는 것은 1960년대 후반 즈음이다. 이제 전산화된 경제, 테러, 독재정치, 시시한 외설물 등 현대적인 분위기의 무대에서 우주적인 변화가 발생한다. 밸러드의 단편에서 마지막이자 가장 긴 연대를 구성하는 것은 바로 이런 작품들, 모텔과 우주여행과 암살 시도로 가득한, 무너져 가는 세계의 휘황찬란한 풍경이었다.

다른 말로 하자면, 밸러드의 단편은 20세기 영국 소설계에서 유례를 찾아볼 수 없는 일군을 구성한다. 그의 단편소설은 특별하다.

2

1967년 조지 맥베스와의 인터뷰에서, 밸러드는 동시대 다른 소설들과 자신의 작품의 차이점을 규정하려 시도한다. 그는 이렇게 말한다. "많은 소설은 인물을 중심으로 구성되어 있습니다. 경험의 근원, 행위,

오랜 시간에 걸친 인물의 성장 등에 초점을 맞추지요. 이런 소설에서는 과거를 끌어와 현재를 해석하고, 전반적으로 직선적인 서술 방식을 사용하며, 대부분의 사건을 시간 순서에 따라 열거합니다. 인물 중심 구성에 어울리는 방식이지요." 그리고 이렇게 말을 잇는다. "반면 현재로 눈을 돌리게 되면—그리고 이 단편들을 통해 저는 자신의 현재를 재발견하고자 시도했습니다—직선을 벗어난 서술 방법이 필요하다는 생각이 듭니다. 일단 오늘날 우리의 삶은 직선적인 구조로 이루어져 있지 않으니까요. 훨씬 정량적이지요. 무작위적인 사건들이 끊임없이 일어납니다."

이런 덩치 큰 이론에는 나름대로 규모의 매력이 존재하지만, 딱 맞아떨어지는 이야기인지는 확신할 수가 없다. 전반적으로 옳은 말일지는 몰라도 피상적인 개괄일 뿐이다. 근면한 독자라면 다소 진지한 문학사를 떠올리게 될지도 모른다.

그의 단편소설은 전통적인 하나의 단편 주류와 조금도 관계가 없기 때문이다. 즉 체호프와 모파상에서 내려온, 현실적이면서 아이러니를 사용하는 유형 말이다. 그의 단편은 상상력으로 충만하고 환상으로 가득한 작품들 쪽에 속한다. 밸러드는 최고의 단편소설로 '보르헤스, 레이 브래드버리, 에드거 앨런 포'의 작품들을 꼽은 바 있다. 이들과 마찬가지로, 그의 단편 또한 일반적인 한계를 넘어선 세계를 다룬다. 그러나 이런 전통의 관점에서 보아도 명확한 해결책이 생기는 것은 아니다. 이탈로 칼비노는 환상문학에 대한 에세이에서 환상문학 내부의 사상을 다음과 같이 정의한다.

환상을 다루는 문학의 본질은 현실의 지각에 내포된 문제에서 나온다.

이는 단순히 우리의 마음이 투사한 환각일 수도 있는 비정상적인 존재들, 가장 끔찍하거나 신비롭거나 두려운 본성을 숨기고 있을지도 모르는 정상적인 존재들 양쪽 모두에 적용된다. 환상문학의 가장 강력한 효과는 양립할 수 없는 서로 다른 현실성 사이의 그 어딘가에서 발현된다.

근면한 독자는 당장 한 가지 난제에 부딪힌다. 에드거 앨런 포의 경우라면 이런 정의가 통용될 수 있을지도 모른다. 그러나 밸러드가 창조한 세계를 해석하고자 할 때는 전혀 도움이 되지 않는다.

이 지점에서 우리가 상정하는 이상적인 독자는 잠시 생각을 멈추고, 작품 하나를 선택해 해석을 시도할 수도 있을 것이다.

3

밸러드의 가장 뛰어난 단편 중 하나는 「시간의 목소리」이다. 이 작품은 통상적인 아방가르드의 형식을 따르지 않는다. 도입부의 대화문에서는 고전적인 형식이 엿보인다('"요즘은 뭘 하면서 시간을 보내나, 로버트?" 그가 물었다. "아직도 횟비의 실험실에 놀러 가나?"'). 다음의 문체로 판단하자면 일반적인 직선적 서술을 사용하는 리얼리즘 소설처럼 보인다('앤더슨은 책상 건너편에 앉아 있는 파워스를 향해 애석한 듯 미소를 지으며 무슨 말을 건넬지 고민했다'). 그러나 일반적인 줄거리와 배경을 기대한 독자들은 얼마 지나지 않아 평범해 보이던 소설 속 관점이 살짝 뒤틀려 있음을 깨닫게 된다. 몇몇 등장인물은 칼드런이나 코마처럼 묘한 이름을 가지고 있다. 그리고 밸러드가 종종 사용하는 기법에 따라 슬쩍 지나쳐 가는 배경을 살펴보면 이해할 수 없는 내용이 가득하다. 독립적인 사소한 묘사('80년 넘게 버려져 있던 사금 채취 장비')뿐만 아니라, 확인할 수 없지만 명확한 대상을 가리키는 어휘, 사방에 펼쳐져 있는 기묘한 '카메라 감시탑'과 '정다면체 유리 벽', 거기다 독자의 상식과는 동떨어진 과학 용어들까지 등장한다('진동하는 막이 공명을 통해 에너지를 모으듯이, 유전자 속의 단백질 격자 안에 에너지가 축적된다는 사실이……').

이런 모든 요소가 뒤섞여 현재일 수도 있는 미래를 구성하며, 이로 인한 혼란 속에 이 단편의 주제가 존재한다. 겉보기에는 생물학자인 횟비가 비표현 유전자 발현 연구에서 발견한 기묘한 현상이 작품의 중심 소재인 듯하다. 그의 동료인 파워스는 시한부 인생으로, 자신에게 남은 시간 동안 횟비의 실험을 적용해서 생명체의 잠재적 미래를 끌어내려 시도하고 있다. 그리고 문제의 해답은 횟비가 자살하기 직전의 여름에 수행한 작업에 숨겨져 있는 것처럼 보인다('나중에 파워스는 종종 횟비를, 그리고 그 생물학자가 빈 수영장 바닥에 새겨 놓은 기묘한 자국을 떠올렸다. 얼핏 보기에는 무작위로 그린 것 같은 깊이 1인치, 길이 20피트의 홈이 서로 뒤얽혀 중국 글자처럼 복잡한 표의문자를 형성하고 있었다……'). 결국 파워스는 소금 호수 가운데에 콘크리트를 부어 횟비의 도식을 자기 식대로 그리고자 마음먹는다. 작업이 끝나자 그 도식은 우주를 축소해 표현한 만다라임이 밝혀진다. 파워스는 그 가운데로 들어간다. '머리 위에서 별의 목소리가 들렸다. 수백만에 달하는 우주의 목소리가 한쪽 지평선부터 반대쪽 지평선까지 밤하늘을 가득 메우고 있는 모습이 진정한 시간의 차양이라 부를 만했다.'

이렇게 진행되는 이유는 이 소설의 주제가 엔트로피이기 때문이다. 그의 관점은 단순히 인체의 엔트로피에 머무는 것이 아니라, 죽어 가는 별과 죽어 가는 행성의 엔트로피까지 확장된다. 그로 인해 작품 전체가 기묘한 만다라를 굳건한 중심축으로 잡고 돌아가게 된다. 파워스가 죽음을 맞이하는 순간, '만다라의 형상은 거대한 우주의 시계처럼 그의 눈앞에 고정된 채로 남아서 흐름의 수면 위에서 빛을 발했다……'

4

밸러드가 자신의 작품이 평범한 회고적 심리의 범주를 뛰어넘었다고 생각하는 것은 당연한 일이다! 헤밍웨이의 단편들과 『이상한 나라의 앨리스』, 『네이키드 런치Naked Lunch』 등 그가 좋아한 책의 목록을 보면, 쉽사리 예상할 수 있는 선구자들의 작품이 눈에 띈다. 그러나 묘할 정도로 추상적인 작품 두 가지가 유독 눈을 사로잡는다. 하나는 비행기 블랙박스에서 회수한 조종석 내부의 대화이고, 다른 하나는 로스앤젤레스 시의 직업별 전화번호부이다. 전화번호부의 경우에는 밸러드 본인이 '자신이 훔친 유일한 책'이라고 언급한 적이 있다. 그리고 이렇게 덧붙였다. "로스앤젤레스 시 전화번호부의 독특한 점은 로스앤젤레스의 실제 삶을 그려 보인다는 것이다. 그 풍경은 배우와 감독과 영화 시사회로 가득한 현란한 세계와는 너무도 다르다. 배관공보다 정신 상담사가, 의사보다 데이트 주선 사무소가, 동물 병원보다 애견 미용실이 더 많다. 신문의 구인 구직 광고를 보면 독자층을 짐작할 수 있듯이, 대도시의 전화번호부는 도시의 진정한 내면을 드러내 보인다. 로스앤젤레스 시 전화번호부는 인간의 모습에 대해 발자크의 소설을 모두 합친 것보다도 더 많은 것을 알려 준다."

인물이란 무엇인가? 또는 동기란 무엇인가? 밸러드의 단편에도 인간의 일반적인 동기가 존재하기는 하지만, 전면에 나서지 않고 회고하듯 배경 속에 숨어 있을 뿐이다. 마치 고전적인 풍경화에 숨어 있는 은둔자의 움막이나 언덕 위의 도시처럼. 밸러드는 이런 식으로 인간의 동기가 뒤로 물러나는 현상이 '감정의 사멸' 때문이라 말한다. 20세기는 히로시마와 홀로코스트 같은 끔찍한 잔혹 행위뿐만 아니라, 컴퓨터와 고급 금융으로 구성된 가상 세계를, 과거의 인간 행태가 더 이상 영향을 미칠 수 없는 장소를 창조해 냈다고 말이다. 이 이론이 옳은지를 따져 보는 건 크게 중요치 않다. 중요한 것은 밸러드가 여기에 착안해 놀랍도록 독창적인 소설을 써냈다는 점이다. 기묘할 정도로 형식에 집착하는 산문을 통해, 그는 모든 고전적 형식이 없어진 세계에서 인물이 어떤 모습을 취하게 될지를 묘사한다.

밸러드는 반복되는 주제 대신 반복되는 비유의 구조를 사용한다. 따라서 「시간의 목소리」에서 독자는 기존 단편을 재사용한 부분을 발견하게 된다. 소리와 음파에 대한 집착은 「비너스의 미소Venus Smiles」나 「소리의 물결The Sound Sweep」에서도 찾아볼 수 있다. 새로운 행성은 「기다림의 장소The Waiting Ground」에서, 불면증은 「맨홀 69Manhole 69」에서 등장한다. 그러나 각각의 경우에서 그가 사용하는 비유는 재배치를 통해 새롭고 독창적인 요소로 다시 태어난다. 독자 입장에서는 이런 구조의 존재 자체를 허구라고 생각할 수도 있겠지만, 진실은 그보다 더 기묘하다. 보다 정확하게 표현하자면 이렇게 말해야 할지도 모른다. 기존 소설의 근원은 고립된 인물과 그 인물이 보이는 여러 관례 및 자아의 모습에 있지만, 밸러드 작품의 경우에는 중심인물이 훨씬 큰 존재로, 불가해하며 그간 무시되어 온 사회와 환경의 강압 그 자체로 드러난다고. 밸러드의 재정의에 따르면 현대의 인물은 이런 모습으로, 언제나 무리 또는 군중 안에서 자신의 모습을 감추면서 살아간다. 바로 그 때문에 그를 보르헤스나 카프카나 포와 비교하는 일은 딱히 쓸모가 없다. 그의 문장은 이 작가들에 비해 훨씬 동시대성이 강하며, 따라서 언제나 희미하게 풍자적인 분위기를 띤다. 그의 유명한 주장 중 하나는 자신이 미래가 아니라 '예지 속 현재'를 글로 옮긴다는 것이다. 그리고 그가 묘사하는 위태로운 현재의 모습이 그의 형이상학적 작품을 충격적이고 불안하게 만든다. 때론 위대한 선지자였던 쥘 베른이야말로 그와 가장 비슷한 작가가 아닐까 하는 생각이 든다. 두 작가 공히 그럴싸한 현대의 요소들—잠수함, 우주선, 엑스선, 유전자 이론 등—에 더 크고 불길한 중요성을 불어넣는다.

소설을 집필하는 작가들은 누구나 묘사를 통해 무대를 창조한다. 그 장소가 표면적으로는 현실의 장소일 수도 있고 아닐 수도 있지만. 나보코프는 『롤리타』의 후기에서 '러시아와 서유럽을 창조하느라 40여 년이 걸렸는데, 이제는 미국을 창조하는 과업이 눈앞에 있다'라고 썼다. 그리고 밸러드는 소설 속 무대를 창조하는 일에서는 최고의 작가 중 한 사람이라고 할 수 있을 것이다. 이 전체주의적인 흉포한 분석가는 소설이 가지는 전체주의적 성질, 즉 작품이 그 안의 용어를 지배한다는 사실을 다루는 데에도 전문가였다. 밸러드는 고압적인 자세로 설명 없는 두문자어나 뒤틀린 단어를 창조해 낸다. 이는 단편집의 첫 작품인 「프리마 벨라돈나Prima Belladonna」부터 명백하게 드러나는 특성이다. '버밀리언샌즈에 오기 전까지, 그는 최초로 초로 식물류의 번식에 성공한 큐 자연보호 구역에서 전시 책임자로 근무했다……'

그러나 그의 무대 창조 능력이 충격으로 다가오는 이유는, 그가 동시에 우리 자신의 생태 구역도 묘사하기 때문이다. 그가 총체적 의도, 총체적 인물을 다루는 이유는 20세기의 존재 방식이 개인을 보다 거대한 환경의 일부로 변화시키는 것이기 때문이다. 기본적인 환경만이 아니라 계속해서 스며들어 오는 광고와 증권 거래와 전산화된 현실 역시 그렇다. 그는 우리 시대의 삶의 구획을, 거대한 교외 지역을 구성하는 추상적인 공간을, 제방과 공터를 훌륭하게 묘사한다. 이런 관념적인 일상, 특정성이 존재하지 않는 공간이야말로 밸러드가 선호하는 지형이다. 이는 작은 야자수가 솟아 있는 콘크리트 해변일 수도, 다른 행성일 수도, 미래의 기술 발전을 선도하는 실험실일 수도 있다.

한 가지 중요한 사실을 지적하자면, 밸러드 작품의 무대는 캘리포니아의 아파트 건물에서 칸 지방까지 전 세계에 걸쳐 있지만, 그 진정한 모습은 항상 어딘가 영국적이다. 「시간의 목소리」조차 그렇다. 엔트로피 자체는 물론 우주 전체에 존재하지만, 동시에 밸러드가 목격한 엔트로피는 빈사 상태에 빠진 제국의 전후 교외 지역에서 목격한 모습이다. 사실 영국이 세계에서 가장 현대적인 국가였던 이유는 엔트로피 측면에서 선두 주자였기 때문이다. 원한, 양심, 슬픔, 황혼, 콘크리트에 있어서도 선두 주자였고. 디스토피아! 디스토피아를 찾고 싶으면 그저 주변을 둘러보기만 하면 된다. 빗속에 우중충하게 들어서 있는 입체 교차로와 다층 주차장 건물 사이를.

후기 단편에서 이런 기묘한 예지의 정치성은 갈수록 두드러지고, 이 단편집의 시대를 넘은 후기 장편소설에 이르러 원숙한 결실을 맺는다.『코카인의 밤』과『슈퍼칸』에서 보여 주는 재정적 초현실주의에 관한 연구, 그리고『밀레니엄 인류』와『나라가 임하시오며』에서 보여 준 부르주아의 어둠에 이르기까지. 또한 동시에 기술적인 측면에서도 변화가 일어난다. 그의 초기 작품에서 찾아볼 수 있던 어휘 형성에 대한 흥미는 점차 대중문화에 의한 어휘 변형 쪽으로 옮겨 간다. 밸러드는 어휘 등록의 주재자가 된다. 단편은 형식을 활용하기 위한 간단한 습작 역할을 하기 시작한다. 그런 일면은 1968년 로널드 레이건이 캘리포니아 주지사가 되자마자 썼던 「내가 로널드 레이건을 강간하고 싶은 이유Why I Want to Fuck Ronald Reagan」에서 보여 준 불량스러운 영민함에서 드러난다. 이 단편은 어휘를 이용해 광란의 축제를 벌인다. 의학 용어, 정신분석학 용어, 여론조사 그 모두에 용납할 수 없는 환상이 가득 들어차 있다. '다음과 같은 다양한 "레이건"의 성교 모습을 이용한 다중 복합 영화가 제작되었다. (a)유세 연설 도중, (b)1년 차와 3년 차 차량 간의 모델 교환을 위한 후배위 충돌 과정, (c)후방 배기구 조립 과정, (d)베트남 아동학대 희생자와의 행위.'

이런 방식의 충격 요법을 사용해서, 밸러드는 단편의 새로운 가능성을, 체호프식의 난해한 정신분석을 넘어서는 방법을 제안했다.

5

왜냐하면 밸러드의 주제는 시스템이었기 때문이다. 물리적으로는 방대한 도시 공간과 고속도로였고, 정신적으로는 정신 질환과 신경증의 광활한 내적 풍경이었다. 로널드 레이건을 이용한 허풍에서 밸러드는 우선 어떤 식으로 당대의 다양한 집착이 한 점으로 수렴했는지 그리고 공모 관계에 있었는지를 고찰한다. 영화, 정치, 분석이라는 각각의 가상 세계는 모두 동일한 폭력의 다른 형태인 것이다. 바로 그 때문에 그의 후기 문체는 곡예를 반복하게 된다. 각각의 닫힌 시스템은 다른 시스템이 겉모습만 바꾼 것으로 밝혀진다.

마지막 단편 중 하나인 「공격 대상 The Object of the Attack」은 1984년에 집필되었다. 언제나 그렇듯 장르소설의 은은한 느낌이 서린 작품이다('수많은 사건들이 순식간에 일어난다'). 그러나 암살 시도를 다룬 이 작품에서, 독자는 초현대적인 축소판 실험실에 들어온 것처럼 밸러드의 모든 집착이 서로 반응하는 모습을 찾아볼 수 있다. 영국적이며 부르주아적인 표면의 어조에는 강렬한 힘이 숨어 있고, 영국 왕실과 미국 대통령과 우주여행은 질병을 해석하는 방식으로, 정신병에 가까운 해석을 위해 사용된다.

하지만 그래서 안 될 것이 있는가? 만다라는 세계의 표상 중 하나이며, 따라서 어떻게 보면 모든 이야기는 만다라라고 부를 수 있을 것이다. 밸러드의 소설 속 어휘를 사용해 보자면, 모든 이야기는 우주적 시계라고 부를 수 있으리라. 최종적인 파국을 향해 천천히 바늘을 움직이고 있는 시계.

2014년 런던에서
애덤 서웰

파괴된 세상의 예언자

밸러드의 경우 단편 '전집'은 장점과 단점을 동시에 지닌다. 시간 흐름에 따라 작가의 변화를 살펴볼 수 있다는 것은 즐거운 일이지만, 같은 소재를 공유하는 작품으로 구성된 단편집에서 찾아볼 수 있던 동일 주제의 변주가 주는 즐거움은 사라져 버리고, 작품들은 연대순으로 나열된 무수한 단편들 사이에 흩어져 자기 반복으로 전락하는 결과를 가져온다. 가상의 마을인 '버밀리언샌즈'를 무대로 하는 단편집 『버밀리언샌즈』(1971)나 우주여행 또는 비행과 연관된 작품들을 모아 놓은 『우주 시대의 기억』(1988)에 수록된 작품들이 그런 경우에 속한다.

그래서 이 단편선에 수록할 작품을 선택할 때는 비슷한 느낌을 주는 작품을 최대한 배제하려 했는데, 오히려 그 때문에 밸러드의 개성이 제대로 드러나지 않고 구성이 산만해진 것이 아닐까 걱정스럽기도 하다.

「해제」에서 서웰이 언급한 것처럼, 밸러드의 초기 단편에서는 펄프 SF와 에드거 앨런 포의 영향을 명확하게 엿볼 수 있다. '밸러드풍 Ballardian'이라는 수식어가 붙는 예언적 디스토피아의 화풍이 완성된 것은 1960년대 중반 들어서이며, 그의 단편이 수록되는 지면 또한 《사이언스 판타지》나 무어콕의 《뉴월드》에서 아방가르드 예술지인 《앰빗》이나 《버내너스》로 옮겨 간다. 그와 동시에 밸러드의 디스토피아도 「수용소 도시」에서 「빌레니엄」으로 그리고 「종말의 해안」으로 이어지게 된다.

고전적인 디스토피아 소설의 중심 주제는 어디까지나 디스토피아 그 자체이며, 주인공 또는 서술자는 체제의 희생양이 되어 해악을 시연하는 역할을 맡는다. 「수용소 도시」나 「빌레니엄」은 그리고 어느 정도까지는 「잠재의식 인간」도 그런 전통을 따르는 소설이고, 독자는 주변 세계가 주인공을 옥죄어 파국에 이르게 할 것임을 손쉽게 예측할 수 있다. 물론 그 안에서도 밸러드는 끊임없이 자기 자리를 찾으려 노력한다. 전형적인 주인공이 등장하는 「수용소 도시」와는 달리 「빌레니엄」의 주인공은 고작해야 수동적인 저항의 자세를 보일 뿐, 결국에는 불가해한 세계 속으로 매몰되고 만다. 「잠재의식 인간」에서는 지적이고 합리적인 주인공이 너무도 간단하게 굴복하는 모습을 통해 디스토피아의 근원이 반드시 외부의 억압에만 존재하는 것이 아님을 암시한다.

그리고 「종말의 해안」에 이르러 비로소 밸러드의 소설은 기존의 틀을 벗어던진다. 이 작품에서 밸러드의 디스토피아는 미군의 수소폭탄 실험지였던 에네웨타크 환초라는 현실의 공간으로 등장하기에 이른다. 에네웨타크의 인위적이고 기하학적인 풍경만이 주인공에게 남겨진 유일한 현실이며, 나머지 외부 세계는 피상적인 꿈으로만 존재한다. 그에게 있어서는 섬 밖에서 찾아온 박사 일행보다 에네웨타크에 매몰된 이름 없는 백골 쪽이 현실에 가까운 존재이다. 이제 그의 디스토피아는 미래라는 시간에 얽매이지 않는다. 인물의 내면과 외면을 오가고, 독백과 대화의 경계를 규정할 수 없는 서술 방식이 그 뒤를 받쳐 준다. 예언적 현재가 미래를 대체하고, 문체와 형식이 개념을 따라잡으며, 이후 작품들에서 펼쳐질 세계를 엿볼 수 있게 해 준다.

밸러드의 후기 작품군에서 디스토피아는 부차적인 주제가 된다. 1960년대 후반부터 그는 다양한 장르와 서술 방식을 넘나들면서 현실의 모순을 직접 묘사하고 재단하기 시작한다. 그러나 그 속에 보이는 일부 작품들에서 밸러드의 디스토피아는 개인 안으로 침잠해 들어간다. 세계는 담담하게 파국을 향해 나아갈 뿐, 그 원인은 피상적으로만 제공되거나 아예 언급조차 되지 않는다. 고통은 현실과 갈등을 빚는 주인공의 내면에만 존재하며, 주인공을 제외한 다른 등장인물조차 빈 수영장의 표의문자처럼 피상적인 존재로만 묘사되기에 이른다. 『크리스털 세계』(1966) 및 이를 변주한 두 편의 케이프케네디 단편 「우주 시대의 기억」과 「근미래의 전설」을 비교해 보면 그런 변화는 명확해진다. 밸러드풍 디스토피아의 결정판이라 할 수 있는 이 두 작품에서, 디스토피아를 구성하는 요소는 전 지구적 규모의 신경증이나 다름없다. 세계의 신경증이 개인의 신경증을 유발하고, 개인의 신경증이 전 세계로 퍼져 나간다. 주인공은 그런 세계와 자신을 애써 거부하면서도 매혹되고, 결국 굴복하거나 초월하는 운명을 맞이하게 된다.

이런 밸러드풍 디스토피아의 근원을 그의 개인적인 경험에서 찾는 것은 억측일지도 모른다. 하지만 어쨌든 그를 일반 독자층에 널리 알린 것은 서웰이 언급하지 않은 세 번째 작품군, 즉 자전적 소설이었다. 상하이 조계에서 보낸 유복한 어린 시절, 수용소에서 맞이한 사춘기, 전후 영국에서 겪은 젊은 시절의 방황, 런던 교외에 정착한 이후의 삶이 모두 대중의 호기심의 대상이 되었다.『태양의 제국』(1984)과『여인의 친절함』(1991)은 문단의 평가와 상업성 모두에서 기존의 작품들과는 견줄 수 없는 성공을 거두었고, 말년의 그가 마지막으로 집필한 것도 자서전이었다. 한 가지 흥미로운 사실은, 그가 자신의 인생을 소재로 삼기 시작한 것이 작가로서 원숙기에 접어든 1977년에 이르러서였다는 점이다. 개인과 사회의 무수한 파국을 소재로 삼아 탐구하고, 모순으로 가득한 세계를 표현할 방법을 찾아낸 후에야 비로소 폭력으로 가득했던 자신의 유년기를 해설할 수 있게 된 것은 아니었을까.

마지막으로 소개하고 싶은 단편이 하나 있다.「J. G. B.의 자서전The Autobiography of J. G. B.」*이라는 작품인데, 2009년 밸러드 사후에 추모의 뜻으로《뉴요커》에 실렸던 것이다.

주인공 B는 어느 날 아침 모든 인간이 사라진 셰퍼턴에서 눈을 뜬다. 그는 차를 몰고 근교 도시들을 하나씩 둘러보다 마침내 런던까지 도달하지만, 아무도 없는 도시를 돌아다니다 다시 셰퍼턴으로 돌아올 뿐이다. 자신이 혼자가 아니라는 유일한 증거는 런던 동물원에 들렀을 때에야 발견하는데, 새들은 빗장을 풀자마자 하늘로 날아가 버리고 만다. 자신이 세상에 남은 유일한 인간임을 확인한 주인공을 바라보며, 밸러드는 다음과 같이 이야기를 마무리 짓는다.

---

* http://www.newyorker.com/magazine/2009/05/11/the-autobiography-of-j-g-b
  위 사이트에서 영어 전문을 볼 수 있다.

여름이 지나가고 온화한 가을 날씨가 찾아올 때쯤, B는 홀로 쾌적하고 편안하게 지낼 채비를 끝냈다. 겨울을 나기에 충분한 통조림과 연료와 식수를 확보하는 일도 다 끝냈다. 조금도 오염되지 않은 깨끗한 강물이 근처를 흐르고 있었고, 석유는 주유소나 주차되어 있는 차들에서 손쉽게 입수할 수 있었다. 근처 경찰서에서 권총과 장총을 꺼내 와서 혹시라도 모를 위험이 등장할 경우에도 대비했다.

그러나 찾아오는 방문객은 새들뿐이었고, 그는 자신과 예전 이웃들의 정원에 곡식과 씨앗을 뿌려 이들을 맞이했다. 그는 이미 그곳에 살던 사람들을 잊어버리기 시작했다. 셰퍼턴은 얼마 지나지 않아 모든 종류의 새가 존재하는 훌륭한 방사장이 되었다.

그렇게 그해가 평화롭게 지나갔고, B는 진정한 작업을 시작할 준비를 마쳤다.

제임스 그레이엄 밸러드 연보

1930   상하이 조계 종합병원에서 태어났다. 직물 회사의 임원인 아버지 제임스 밸러드가 가족을 대동하고 새로 설립된 상하이 지사의 총 책임자로 부임했던 것이다. 상하이 체류 시절, 상하이 성당학교를 다녔다. 이 학교는 상하이 성공회의 중심이었던 주장로(九江路)의 성삼위 성당에서 영국인 자녀들을 위해 연 학교로, 훗날 『태양의 제국Empire of the Sun』에도 등장한다.

1937   일본군이 조계를 제외한 상하이 전역을 점령한다. 밸러드 가족은 도심으로 이사한다. 여동생 마거릿이 태어난다.

1941   일본군이 상하이 조계를 점령한다. 외국인에 대한 배급제가 시행

되고, 완장을 착용하도록 강제된다. 12월, 일본은 연합국 민간인을 룽화 민간인수용소에 수감하기 시작하고, 이듬해 밸러드 가족 역시 수용소로 이송된다.

1945 제2차 세계대전이 종전되면서 수용소에서 석방된다. 어머니, 여동생과 함께 영국으로 귀환하여 플리머스에 정착한다.

1946 케임브리지의 기숙학교 레이스 스쿨에 입학한다. 이후 어머니와 여동생은 중국으로 돌아가고, 밸러드는 방학 중에는 조부모와 함께 살게 된다.

1949 중국이 공산화함에 따라 남은 가족도 영국으로 귀환한다. 케임브리지 대학교 킹스 칼리지 의학부에 입학한다. 소설을 쓰기 시작한다.

1951 단편이 교내 대회에 입상하면서 작가의 꿈을 품고 학교를 자퇴한다. 아버지의 조언에 따라 런던 대학교 퀸메리 칼리지의 영문학부에 입학하나 한 학기 후 자퇴한다. 이후 광고 기획사의 카피라이터로 일하며 단편 집필을 계속하지만 출판 계약에는 이르지 못한다.

1954 공군에 입대하여 캐나다에 배속된다. 미국 잡지를 통해 처음으로 SF를 접한다.

1955 13개월 복무를 마치고 제대해 영국으로 귀환한다. 케임브리지 대학교 시절의 지인인 헬렌 메리 매슈스와 결혼하여 런던 근교 치직

714

에 자리를 잡는다.

1956   장남 제임스가 태어난다. 도서관 사서와 SF 영화 각본가로 일하면서 소설을 집필해 나간다. SF 단편 「도주」와 「프리마 벨라돈나」가 SF 잡지에 수록되며 작가로 등단한다.

1958   과학 잡지 《케미스트리 앤드 인더스트리》의 보조 편집자 겸 필자로 입사한다. 계속해서 《뉴월드》와 《사이언스 판타지》에 단편을 기고한다.

1960   세 자녀와 함께 런던 근교 셰퍼턴으로 이사한다. 휴가 기간 동안 첫 장편소설 『근원 모를 바람 *The Wind from Nowhere*』을 집필하여 출간한다.

1962   장편소설 『물에 잠긴 세계 *The Drowned World*』와 단편집 『시간의 목소리 *The Voices of Time and Other Stories*』 『빌레니엄 *Billennium*』을 출간한다. 영국 뉴웨이브 SF의 신성으로 인정받게 된다.

1963   퇴직과 함께 전업 작가의 길에 들어선다. 단편집 『영원행 여권 *Passport to Eternity*』 『사차원 악몽 *The Four-Dimensional Nightmare*』을 출간한다.

1964   스페인에서 가족 여행을 즐기던 도중 아내 메리가 34세의 젊은 나이로 급성폐렴으로 사망한다. 큰 충격을 겪은 밸러드는 한동안 집필을 중단했으며, 이후로도 아내를 언급하기를 극도로 꺼렸다고

한다. 장편소설『불타 버린 세계*The Burning World*』와 단편집『종막의 해안*The Terminal Beach*』을 출간한다.

1966   장편소설『크리스털 세계*The Crystal World*』와 단편집『불가능 인간*The Impossible Man*』을 출간한다.

1967   SF 작가이자 《뉴월드》의 편집장인 마이클 무어콕의 소개로 클레어 월시를 만난다. 당시 SF 잡지의 편집자로 일하던 월시는 즉시 그와 연인이 되었고, 밸러드의 만년에 이르기까지 동반자이자 이해자로서 함께하게 된다. 아방가르드 예술지 《앰빗》의 편집자 겸 필자로 일하기 시작한다. 단편집『과부하 인간*The Overloaded Man*』『재난지역*The Disaster Area*』『영원의 날*The Day of Forever*』을 출간한다.

1970   단편집『잔혹 전시회*The Atrocity Exhibition*』를 출간한다. 정치를 잔혹하게 비꼰 실험적인 작품들로 가득한 이 단편집은 미국과 영국 양쪽에서 엄청난 논란을 불러일으켜, 결국 출판사 측에서 초판 전량 회수 및 소각이라는 극단적인 대응을 하게 된다.『잔혹 전시회』에 수록된 단편 중 하나인「크래시!」를 바탕으로, 사고로 손상된 차량을 늘어놓은 전시회를 연다.

1971   단편집『버밀리언샌즈*Vermilion Sands*』『크로노폴리스*Chronopolis and Other Stories*』를 출간한다.

1973   장편소설『크래시*Crash*』를 출간한다.

1974 장편소설『콘크리트 아일랜드*Concrete Island*』를 출간한다.

1975 장편소설『하이-라이즈*High Rise*』를 출간한다.

1976 단편집『저공비행*Low-Flying Aircraft and Other Stories*』을 출간한다.

1977 『J. G. 밸러드 걸작선*The Best of J. G. Ballard*』을 출간한다.

1978 『J. G. 밸러드 걸작 단편선*The Best Short Stories of J. G. Ballard*』을 출간한다.

1979 장편소설『무한한 꿈의 회사*The Unlimited Dream Company*』를 출간한다.

1981 장편소설『안녕 미국*Hello America*』을 출간한다.

1982 단편집『근미래의 전설*Myths of the Near Future*』을 출간한다.

1984 장편소설『태양의 제국』을 출간한다. 이 작품으로《가디언》소설상과 제임스테이트블랙 기념상을 수상하고, 부커상 후보에 오른다. 상하이와 수용소 시절을 다룬 이 자전적 소설이 베스트셀러 대열에 합류하면서, 밸러드는 순식간에 주류 문단에 진입한다.

1987 스티븐 스필버그 감독의 영화〈태양의 제국〉이 개봉한다. 밸러드는 재해석과 재창조를 거친 어린 시절을 보는 경험이 기묘한 느낌을 주었다고 평했다. 장편소설『창조의 날*The Day of Creation*』을 출간

한다.

1988 단편집 『우주 시대의 기억*Memories of the Space Age*』과 장편소설 『러닝
와일드*Running Wild*』를 출간한다.

1991 자전적 소설 『여인의 친절함*The Kindness of Woman*』을 출간한다. 어린
시절부터 현재에 이르기까지 밸러드가 경험한 다양한 여성들의
이야기를 다룬 작품으로, 영국에서 성차별 논란을 불러일으킨다.

1994 장편소설 『낙원으로 돌진*Rushing to Paradise*』을 출간한다.

1996 장편소설 『코카인의 밤*Cocaine Nights*』을 출간한다.

1997 드몽포르 대학교에서 명예박사 학위를 받는다.

2000 장편소설 『슈퍼칸*Super-Cannes*』을 출간한다.

2001 『슈퍼칸』으로 영연방 작가상을 수상한다.

2003 대영제국 훈장 수여 제의를 받았으나, "왕정을 유지하기 위한 복
고적인 가식일 뿐"이라며 거부한다. 장편소설 『밀레니엄 인류
Millennium People』를 출간한다.

2006 마지막 장편소설 『나라가 임하시오며*Kingdom Come*』와 『J. G. 밸러

드 단편소설 전집*The Complete Short Stories of J. G. Ballard*』(전 2권)을 출간한다. 전립선암 말기 판정을 받은 이후 자서전『삶의 기적*Miracles of Life*』을 집필하기 시작한다.

2008   『삶의 기적』을 출간한다. 골든펜상을 수상한다.

2009   4월 19일 셰퍼턴의 자택에서 영면한다. 향년 78세. 런던 대학교 로열홀러웨이에서 사후 명예박사 학위를 받는다.『J. G. 밸러드 전집*The Complete Stories of J. G. Ballard*』이 출간된다.

세계문학 단편선을 펴내며

세상의 모든 이야기는 단편으로 시작되었다. 성서와 그리스 신화를 비롯해 인류의 많은 신화와 설화는 단편의 형식으로 사물의 기원, 제도와 금기의 탄생, 운명이라는 이름의 삶의 보편적 형식을 설명했다.

〈세계문학 단편선〉은 모든 산문의 형식 중 가장 응축적이고 예술성이 높은 단편소설에 포커스를 맞추어 세계문학을 바라보는 새로운 관점을 제시하고자 한다. 단편소설을 언급할 때 빼놓을 수 없는 작가들의 작품들은 물론이고, 한두 편의 장편소설로만 우리에게 알려진 세계적 작가들이 남긴 주옥같은 단편들을 통해 대가의 진면모를 총체적으로 바라볼 수 있게 할 것이다. 또한 우리에게 문학의 변방으로 여겨져 왔던 나라들의 대표적 단편 작가들도 활발히 소개할 것이며 이미 순문학과의 경계가 불분명해진 장르문학의 형성과 발전에 크게 기여한 작가들의 작품 역시 새롭게 조명해 나갈 것이다.

에드거 앨런 포는 문학작품은 독자가 앉은자리에서 다 읽을 수 있을 정도로 짧아야 한다고 했다. 바쁜 일상의 삶을 사는 현대인들에게 〈세계문학 단편선〉은 삶과 사회, 나아가 세계를 바라볼 수 있게 하는 더할 나위 없이 좋은 친구가 될 것이라 확신한다.

21세기인 현재에 이르기까지 단편소설은 그리스 신화가 그러했듯이 삶의 불변하는 조건들을 응축된 예술적 형식으로 꾸준히 생산해 왔다. 그리고 새로운 문학적 기법과 실험적 시도를 통해 단편소설은 현재도 계속 진화, 확장되고 있다. 작가의 치열한 예술적 열정이 가장 뜨겁게 반영된 다양한 개성으로 빛나는 정교한 단편들을 통해 문학의 진정한 존재 이유를 독자들이 느낄 수 있기를 소망하며 이번 〈세계문학 단편선〉을 펴낸다.

현대문학 편집부

제임스 그레이엄 밸러드

초판 1쇄 펴낸날 2017년 5월 19일

지은이 제임스 그레이엄 밸러드
옮긴이 조호근
펴낸이 김영정

펴낸곳 (주)현대문학
등록번호 제1-452호
주소 06532 서울시 서초구 신반포로 321(잠원동, 미래엔)
전화 02-2017-0280
팩스 02-516-5433
홈페이지 www.hdmh.co.kr

© 2017, 현대문학

ISBN 978-89-7275-755-9 04840
세트 978-89-7275-672-9

* 책값은 뒤표지에 있습니다.